EDIÇÕES BESTBOLSO

A taça de ouro

Henry James (1843-1916) nasceu nos Estados Unidos. Além de romances e obras de teatro, o autor deixou inúmeros ensaios sobre viagens, críticas literárias, cartas e três obras autobiográficas. Seu estilo elíptico e de contrastes quase imperceptíveis, com longos parágrafos meticulosamente compostos nos quais todos os elementos são indispensáveis, é capaz de extrair beleza e verdade de pormenores do cotidiano. O autor passou os últimos anos de sua vida em absoluto isolamento, interrompido apenas em 1904, quando regressou brevemente aos Estados Unidos depois de vinte anos de ausência. Henry James recebeu a cidadania britânica no decorrer da Primeira Guerra Mundial. Estrelado por Nick Nolte e Kate Beckinsale, *A taça de ouro* foi adaptado para o cinema em 2000.

HENRY JAMES

A taça de ouro

Tradução de
ALVES CALADO

EDIÇÕES
BestBolso

RIO DE JANEIRO – 2009

CIP-BRASIL. CATALOGAÇÃO-NA-FONTE
SINDICATO NACIONAL DOS EDITORES DE LIVROS, RJ

J29t James, Henry, 1843-1916
A taça de ouro / Henry James; tradução de Alves Calado. – Rio de Janeiro: BestBolso, 2009.

Tradução de: The Golden Bowl
ISBN 978-85-7799-137-2

1. Romance norte-americano. I. Alves Calado, Ivanir, 1953-. II. Título.

09-2146 CDD: 813
CDU: 821.111(73)-3

A taça de ouro, de autoria de Henry James.
Título número 118 das Edições BestBolso.
Primeira edição impressa em julho de 2009.
Texto revisado conforme o Acordo Ortográfico da Língua Portuguesa.

Título original norte-americano:
THE GOLDEN BOWL

www.edicoesbestbolso.com.br

Design de capa: Luciana Gobbo com foto intitulada "Postcard of Lovers Kissing on a Couch" (Blue Lantern Studio/CORBIS/Corbis (DC)/ Latinstock).

Rua Argentina 171 – 20921-380 Rio de Janeiro, RJ – Tel.: 2585-2000

Impresso no Brasil

ISBN 978-85-7799-137-2

Livro 1
O príncipe

Parte I

1

Pensando bem, o príncipe sempre gostara mais de sua Londres. Era um dos romanos modernos que encontravam junto ao Tâmisa uma imagem mais convincente da verdade do Estado antigo do que a deixada junto ao Tibre. Criado com a lenda da cidade à qual o mundo pagava tributo, reconhecia na Londres atual, muito mais do que na Roma contemporânea, as verdadeiras dimensões desse fato. Se fosse para se sentir num *Imperium*,* dizia a si mesmo, e se desejasse, como um romano, recuperar um pouco dessa sensação, o lugar certo para fazê-lo era a London Bridge, ou mesmo, num bela tarde de maio, o Hyde Park Corner. Mas não foi para qualquer um desses lugares que a predileção, de fato bastante vaga, guiou seus passos no momento que nos interessa. Ele simplesmente entrara ao acaso na Bond Street, onde sua imaginação, trabalhando num âmbito relativamente curto, o fazia parar vez por outra diante de alguma vitrine em que objetos grandes e pesados, em prata e ouro, em formas projetadas para a contribuição de pedras preciosas, ou em couro, aço, latão, destinados a centenas de usos e abusos, ficavam atulhados como se, na insolência do Império, fossem o butim de vitórias em lugares distantes. Os movimentos do jovem, entretanto, denunciavam sua desatenção até mesmo quando uma de suas paradas se devia a possibilidades em rostos que passavam por ele na calçada, sombreados por gigantescos chapéus com fitas, ou em matizes mais delicados sob a seda tensa das sombrinhas sustentadas em ângulos obstinados nas vitórias** a esperar. E o pensamento

---

*Império. Um tema recorrente na obra de Henry James.

**Carruagem para dois passageiros, com quatro rodas, cobertura dobrável e boleia.

distraído do príncipe não era sequer um pouco sintomático, visto que, apesar de a mudança de estação ter chegado e a agitação das ruas ter começado a diminuir, as possibilidades de rostos naquela tarde de agosto ainda eram uma das notas dominantes da cena. Ele estava inquieto demais para se concentrar – esse era o fato –, e a última ideia que lhe teria ocorrido agora, em qualquer contexto, era a de perseguir alguém.

Ele estivera perseguindo uma pessoa durante seis meses, algo que nunca fizera antes, e o que o deixara inseguro, no momento em que o encontramos, era a sensação de que obtivera resultado. A captura havia coroado a perseguição – ou, como ele teria dito, o sucesso recompensara a virtude; de modo que a consciência desses fatos deixava-o, por enquanto, mais sério do que alegre. Uma sobriedade que poderia ser consorte do fracasso assentava-se em seu belo rosto, implicitamente regular e grave, mas ao mesmo tempo quase radiante de um modo estranho e funcional, com seus olhos azuis-escuros, o bigode castanho-escuro e a expressão tão pouco "estrangeira", para uma visão inglesa, a ponto de costumarem lhe dizer, com pouco tato, que ele parecia um irlandês "refinado". O que aconteceu foi que pouco antes, às três horas, seu destino fora praticamente selado, e mesmo que ele fingisse não ir contra isso, o momento teve algo da implacabilidade de uma chave rangendo na maior fechadura que pudesse existir. Ainda não havia o que fazer, além de sentir o que *havia sido* feito, e nosso personagem sentia isso enquanto andava sem destino. Era como se já estivesse casado, tamanha a decisão com que os procuradores, às três horas, permitiram que a data fosse marcada, e faltavam pouquíssimos dias para esse dia. Ele deveria jantar às oito e meia com a jovem em cujo nome, e em nome de cujo pai, os advogados de Londres tinham obtido uma inspirada harmonia com seu representante, o pobre Calderoni, recém-chegado de Roma e agora aparentemente na situação maravilhosa de "ser apresentado a Londres", pelo próprio Sr. Verver, antes de partir de novo – o Sr. Verver, cuja intimidade com seus milhões havia atribuído a objetivo tão pequeno, durante os arranjos, o princípio da reciprocidade. A reciprocidade com a qual o príncipe estava mais perplexo naqueles minutos era a de Calderoni ter trocado sua companhia por uma visita aos leões. Se havia algo no mundo que o rapaz claramente pretendia, nesse momento, era ser muito mais decente como genro do que na mesma situação tinham se mostrado tantos sujeitos em que ele podia pensar. Pensava naqueles sujeitos – dos quais era tão diferente – em inglês; usava mentalmente a palavra inglesa para descrever essa diferença, uma vez que, familiarizado com a língua desde muito pequeno a ponto de nenhuma nota de estranheza permanecer nos lábios ou nos ouvidos, ele a achava conveniente, na vida, para o maior número de relacionamentos. Achava-a conveniente, de modo estranho, até mesmo para as relações consigo próprio – mesmo não deixando de notar, com o passar do tempo, que ainda poderia haver outras, inclusive em grau mais íntimo *daquela*, que abordariam, possivelmente com mais violência, as maiores das menores questões – quais seriam? – do vernáculo. A Srta. Verver lhe dissera que ele falava inglês bem demais – a culpa era dele, e ele não pudera falar um inglês pior nem mesmo para agradá-la.

– Quando falo pior, veja bem, eu falo francês – dissera ele, dando a entender assim que havia discriminações, sem dúvida do tipo invejoso, para a qual aquela língua era mais apta. A moça deixou claro que havia recebido isso como um reflexo do seu francês, que ela sempre sonhara em tornar bom, ou melhor, para não dizer da sensação evidente no rapaz de que aquele idioma pressupunha uma inteligência que ela não podia alcançar. A resposta do príncipe a essas observações – amável, encantadora, como cada resposta que as partes desse novo arranjo tinham recebido dele – era que estava praticando o seu inglês para conversar de maneira adequada, supostamente em termos iguais, com o Sr. Verver. Seu futuro sogro tinha um domínio da língua que, segundo ele, o colocava em desvantagem em qualquer discussão; além disso – bem, além disso ele fizera à moça a observação que positivamente, dentre todas as suas observações até o momento, tinha-a tocado de modo mais sutil.

– Tu sabes, eu o acho um *verdadeiro galantuomo*;* sem dúvida alguma. Há uma quantidade de impostores por aí. Ele me parece simplesmente o melhor homem que já vi na vida.

---

*Cavalheiro, em italiano.

– Bom, meu caro, por que não seria? – perguntara ela com jovialidade.

Foi isso, precisamente, que levou o príncipe a pensar. As coisas que tinham tornado o Sr. Verver o que ele era pareciam trazer uma acusação de desperdício contra as outras coisas que, nas outras pessoas que o rapaz conhecia, impediam tal resultado.

– Ora, a "forma"* dele – respondera o príncipe – poderia deixar dúvidas.

– A forma de papai? – Ela não tinha entendido. – Fico pasma em ver que ele tem alguma.

– Ele não tem a minha; não tem sequer a tua.

– Obrigada pelo "sequer"! – A moça rira dele.

– Ah, a tua, minha cara, é tremenda. Mas o teu pai tem a dele. Isso eu descobri. De modo que não duvides. É o lugar aonde ela o levou; este é o ponto.

– Foi a bondade dele que o levou – objetara nossa jovem.

– Ah, querida, eu acho que a bondade jamais levou alguém a algum lugar. A bondade, quando é real, mantém as pessoas imóveis. – Ele gostara da distinção que fez e que o divertiu. – Não, é o *jeito* dele. Pertence a ele.

Mas ela continuou pensando:

– É o jeito americano. Só isso.

– Exatamente: só isso. Só isso, é o que eu digo! Combina com ele: de modo que deve ser bom para alguma coisa.

– Tu achas que seria bom para *ti*? – perguntara Maggie Verver, sorrindo.

E sua resposta fora uma das mais felizes.

– Não creio, minha cara, se é que realmente queres saber, que alguma coisa possa me ferir ou me ajudar neste momento. Do jeito que eu sou... mas verás por si mesma. Entretanto digamos que eu *seja* um *galantuomo* – algo que espero sinceramente. Na melhor das hipóteses sou como uma galinha cortada em pedaços e mergulhada no molho, cozida com um *crème de volaille*, com metade das partes

*Comportamento.

descartadas. Teu pai é a ave natural correndo no *bassecour.** Suas penas, seus movimentos, seus sons são as partes que, em mim, foram descartadas.

– Ah, naturalmente, uma vez que não se pode comer uma galinha viva!

O príncipe não ficara chateado com isso, mas fora categórico.

– Bom, eu estou comendo o teu pai vivo; e este é o único modo de prová-lo. Quero continuar comendo, e é quando fala inglês que ele *está* mais vivo, de modo que devo cultivar isso, para obter meu prazer. Ele não poderia se fazer igual em qualquer outra língua.

Importava pouco que a moça continuasse a contestar – era uma simples brincadeira para a diversão dela.

– Acho que papai poderia fazer com que gostasses dele em chinês.

– Seria um problema desnecessário. O que quero dizer é que ele é uma espécie de resultado de seu tom inevitável. Assim, gosto é do tom. Que o tornou possível.

– Ah, tu irás ouvi-lo bastante – riu ela – antes de terminar conosco.

Apenas isso, em verdade, fizera-o hesitar um pouco.

– Por favor, o que queres dizer com "terminar" com vocês?

– Bom, descobrir tudo que há para descobrir a nosso respeito.

Ele realmente conseguira receber a resposta como uma brincadeira.

– Ah, querida, eu *comecei* com vocês. Acho que sei o bastante para jamais me surpreender. Na verdade são vocês que não conhecem nada. Existem duas partes em mim. – É, ele se sentira impelido a prosseguir. – Uma se compõe da história, dos feitos, dos casamentos, dos crimes, das tolices, das incontáveis *bêtises*** de outras pessoas; especialmente do infame esbanjamento de dinheiro que poderia ter ficado para mim. Essas coisas estão escritas: literalmente em fileiras de volumes, em bibliotecas; são tão públicas quanto abomináveis. Todo mundo pode ter acesso a elas, e vocês, vocês dois, maravilhosamente, olharam-nas no rosto. Mas existe outra parte, sem dúvida muito

---

*Curral.

**Grosserias.

menor, que, tal como é, representa meu eu único, a porção pessoal, desconhecida, desimportante – desimportante a não ser para *ti*. Sobre ela vocês não descobriram nada.

– Felizmente, meu caro – dissera a moça corajosamente. – Porque nesse caso, por favor, qual seria a ocupação prometida para o meu futuro?

Agora mesmo o rapaz se lembrava de como ela parecera extraordinariamente *clara* – ele não poderia usar outra palavra – em sua beleza, ao dizer isso. Também se lembrava do que se sentira impelido a responder:

– Tu sabes, nós aprendemos que os reinos mais felizes são os reinos sem história.

– Ah, eu não tenho medo da história! – Ela tivera certeza disso. – Podes chamá-la de a parte ruim, se quiseres; a tua, com certeza, se destaca. Que outra coisa me fez originalmente pensar em ti? Não foi, como suponho que tenhas visto, o que chamas de tua porção desconhecida, teu eu particular. Foram as gerações antes de ti, as loucuras e os crimes, a pilhagem e o esbanjamento. O papa maligno, o maior monstro de todos, sobre o qual falam tantos volumes da biblioteca de tua família. Se por enquanto eu li apenas dois ou três, devo me entregar muito mais ao restante, assim que tiver tempo. Portanto, onde, sem os teus arquivos, anais, infâmias, tu estarias?

Ele se lembrou do que havia respondido com seriedade.

– Eu poderia estar numa situação pecuniária um tanto melhor.

Mas a situação dele importava tão pouco aos dois diante do assunto presente que, tendo já então vivido o bastante para entender com profundidade o sentimento de sua vantagem, ele não guardara qualquer impressão da réplica feita pela moça. Ela havia apenas adoçado as águas em que agora ele flutuava, tingindo-as pela ação de alguma essência, derramada de um frasco com tampa de ouro, destinada a aromatizar o banho. Ninguém antes dele, nunca – nem mesmo o papa infame – houvera se enfiado até o pescoço num banho assim. Por sinal, isso mostrava o quão pouco alguém de sua raça poderia escapar da história. O que, senão a história, principalmente o tipo de história *deles*, proporcionava a segurança do desfrute de mais dinheiro do que o próprio construtor de palácios poderia sonhar? Este era o elemento que o incomodava e sobre o qual Maggie espalhava, ocasionalmente, suas exóticas gotas coloridas. Elas eram da cor... de quê, no mundo? De quê, se não da extraordinária boa-fé americana? Eram da cor de sua inocência, e ao mesmo tempo de sua imaginação, da qual a relação entre eles, entre ele e essas pessoas, se inundava. O que ele dissera além disso – na ocasião em que o representamos captando os ecos de seus pensamentos a flanar –, o que ele dissera além disso voltou, porque tinha sido a própria voz de sua sorte, o som tranquilizador que estava sempre com ele.

– Vocês, americanos, são incrivelmente românticos.

– Claro que somos. É exatamente isso que torna tudo tão bom para nós.

– Tudo? – perguntara ele.

– Bem, tudo que é bom. O mundo, o belo mundo, tudo que nele *é* belo.

Naquele momento ele a olhara – e sabia muito bem como ela o havia impressionado, com relação ao belo mundo, como uma das coisas belas, das coisas mais belas. Mas o que respondeu foi:

– Vocês veem demais; é isso que algumas vezes pode lhes causar dificuldades. Quando não veem muito pouco – acrescentara, pensando mais além. Mas admitira saber o que ela queria dizer, e talvez seu alerta fosse desnecessário. Ele tinha visto as tolices do romantismo, mas de algum modo parecia não haver tolices no deles; nada, tinha de reconhecer, além de prazeres inocentes, prazeres sem penalidades. A alegria dos dois era um tributo aos outros sem ser uma perda para eles próprios. Só que o engraçado, observara ele respeitosamente, era que o pai dela, apesar de mais velho e mais sábio, e além do esperado, era tão mau – isto é, tão bom – quanto ela.

– Ah, ele é melhor – declarara livremente a moça. – Isto é, ele é pior. Sua relação com as coisas das quais ele gosta, e eu acho isso lindo, é absolutamente romântica. Assim como o que ele está fazendo aqui: é a coisa mais romântica que eu já vi.

– Queres dizer, a ideia que ele teve para o lugar onde nasceu?

– Sim: a coleção, o museu para o qual ele quer doá-la, e que preza mais, como sabes, do que qualquer coisa no mundo. É o trabalho de sua vida e o motivo de tudo que ele faz.

O jovem, em seu humor atual, poderia ter sorrido de novo – sorrido delicadamente, como sorriu para ela depois.

– Foi o motivo para ele me deixar tê-la?

– Sim, meu caro, positivamente; ou de certo modo. A propósito, American City não é a cidade natal dele, uma vez que, apesar de não ser velho, ela é nova comparada a ele, mais nova. Ele começou lá, gosta de lá, e o lugar cresceu, como diz ele, como o programa de um evento de caridade. De qualquer modo tu fazes parte da coleção: uma das coisas que só podemos obter aqui. Tu és uma raridade, um objeto de beleza, um objeto caro. Talvez não sejas único, mas és tão curioso e eminente que há muito poucos iguais; pertences a uma classe da qual tudo se conhece. És o que chamam de *morceau de musée.**

– Sei. Tenho o grande sinal disso – arriscara ele –, de que custo um monte de dinheiro.

– Não faço a mínima ideia de quanto custas – respondera ela séria, e ele havia adorado, por um instante, o modo como ela falou. Até mesmo havia se sentido vulgar, por um instante. Mas tirou o melhor partido daquilo.

– Tu não descobririas se fosse uma questão de pagar para não me perder? Nesse caso meu valor seria estimado.

Ela o havia encarado com seus olhos encantadores, como se o valor dele estivesse ali, à sua frente.

– Sim, se estivesses falando sério, eu preferiria pagar a perder-te.

E lembrou o que isso o fizera dizer:

– Não fales de *mim*. És tu que não pertences a esta época. Tu és uma criatura de uma época mais corajosa e melhor, e o *cinquecento*,** em seu ponto mais dourado, não se envergonharia de ter a ti. Mas teria vergonha de mim, e se eu não conhecesse algumas das peças que o seu pai comprou, temeria, por American City, a crítica dos especialistas.

---

*Peça de museu.

**Século XVI.

De qualquer modo teria sido ideia tua mandar-me para lá, em nome da segurança? – perguntara ele em tom pesaroso.

– Bom, talvez nós tenhamos de fazer isso.

– Irei aonde quiseres.

– Precisamos ver primeiro; isso só acontecerá se for necessário. Existem coisas que papai deixa de lado, as maiores e mais difíceis de ser transportadas, claro, que ele guarda, que tem guardadas em enormes quantidades aqui, em Paris, na Itália, na Espanha, em armazéns, depósitos, bancos, cofres, maravilhosos lugares secretos. Nós temos vivido como dois piratas: convictos piratas teatrais, do tipo que pisca para outro e diz "a-há!" quando se trata do lugar onde seu tesouro está enterrado. O nosso está enterrado em toda parte, menos o que queremos ver, as coisas com as quais viajamos e que temos por perto. Essas, as peças menores, são as que carregamos e arrumamos como podemos, para tornar menos feios os hotéis onde nos hospedamos e as casas que alugamos. Claro que é um perigo, e precisamos manter vigilância. Mas papai adora uma bela peça, ama, como diz ele, o que há de bom nela, e é pela companhia de alguns de seus objetos que ele se dispõe a correr riscos. E nós temos tido sorte extraordinária. – Maggie deixara isso claro: – Nunca perdemos coisa alguma. E frequentemente os objetos mais finos são os menores. Os valores, na maioria dos casos, como deves saber, nada têm a ver com tamanho. Mas não há coisa alguma, por mais minúscula que seja, que tenhamos perdido.

– Gosto da classe em que me colocas! – Ele havia rido disso. – Eu devo ser uma dessas pequenas peças que tu desembrulhas nos hotéis, ou na pior das hipóteses nas casas alugadas, como esta maravilhosa, e expões com as fotos de família e as revistas novas. Mas não sou algo tão grande a ponto de precisar ser enterrado.

– Ah, meu caro, tu não serás enterrado antes de morrer. A não ser que consideres ir para American City o mesmo que ser enterrado.

– Antes de me pronunciar, eu gostaria de ver meu túmulo. – Assim, a seu modo, ele tivera a última palavra na conversa, a não ser pelo resultado de uma observação que lhe subira aos lábios no início, e que ele havia contido, e que agora lhe retornava. – Boa, má ou indiferente, espero que haja em mim uma coisa em que tu acredites.

Ele parecera solene, até para si mesmo, mas ela recebeu a frase com jovialidade.

– Ah, não me limite a "uma"! Eu acredito em coisas suficientes a teu respeito, meu caro, para que restem algumas, ainda que a maioria desmorone. Cuidei *disso*. Dividi minha fé em compartimentos estanques. Nós precisamos fazer de tudo para não afundar.

– Tu acreditas que eu não sou hipócrita? Reconheces que não minto, não disfarço nem engano? *Isso* é estanque?

A pergunta, à qual ele dera certa intensidade, fez com que ela o encarasse um instante, com a cor subindo ao rosto como se a frase lhe houvesse soado mais estranha do que ele pretendera. No ato ele percebera que qualquer discussão séria *sobre* veracidade, lealdade, ou pelo menos o desejo disso, praticamente a pegava despreparada, como se fosse uma coisa bastante nova. Ele havia notado isso antes: o sinal inglês, o sinal americano, de que era necessário zombar da duplicidade, assim como do "amor". Não era uma coisa para ser debatida. De modo que o tom de sua pergunta foi – bom, para não dar outro nome – prematuro; mas era um erro que valia a pena, pela pilhéria quase exagerada em que a resposta dela instintivamente buscou refúgio.

– Estanque, o maior compartimento de todos? Bom, é a melhor cabine, o convés principal, a sala de motores e a cozinha! É o barco em si, é toda a companhia de navegação. É a mesa do capitão e toda a bagagem, a leitura que levamos para a viagem. – Ela tinha imagens, como essa, retiradas de vapores e trens, de uma familiaridade com "companhias de navegação", de um conhecimento de vagões "particulares", de uma experiência de continentes e mares que ele ainda era incapaz de imitar; de vastos maquinários e instalações modernas que ele ainda não conhecia, mas fazia parte do interesse de sua situação atual que ele pudesse, praticamente sem piscar, sentir que seu futuro esbarraria neles.

Na verdade, por mais contente que estivesse com o noivado e por mais bela que achasse sua noiva, era a visão *daquele* maquinário que constituía principalmente o "romance" de nosso jovem – a ponto de criar em seu estado interior um contraste que ele era inteligente o bastante para sentir. Era inteligente o bastante para sentir-se humilde, para desejar não ser nem um pouco áspero ou voraz, para não insistir em seu lado da barganha. Resumindo, para alertar a si mesmo contra a arrogância e a cobiça. Bastante estranho, em verdade, era seu sentimento deste último perigo – o que pode ilustrar sua atitude geral com relação aos perigos vindos de dentro. Pessoalmente, considerava ele, não possuía os vícios em questão – e isso era bom demais. Sua linhagem, por outro lado, tinha-os em quantidade considerável, e de certa forma ele estava cheio de sua linhagem. A presença dela dentro dele era como a consciência de algum cheiro inextirpável no qual suas roupas, toda a sua pessoa, suas mãos e seu cabelo, podiam ter sido imersos, como num banho químico: o efeito não estava em qualquer lugar específico, mas ele se sentia constantemente à mercê da causa. Conhecia a história de seus antepassados, conhecia em cada detalhe, e era importante manter as origens bem à vista. O que era seu franco julgamento sobre a feiura daquilo, perguntava a si mesmo, senão uma parte do cultivo da humildade? O que era esse passo tão importante que ele acabara de dar senão o desejo de alguma nova história que poderia, enquanto possível, contradizer, e se necessário até mesmo desonrar categoricamente, a antiga? Se o que lhe restara não servia, ele deveria *fazer* algo diferente. Reconhecia perfeitamente – sempre em sua humildade – que o material para a feitura tinha de ser os milhões do Sr. Verver. Nada mais havia na Terra que ele pudesse utilizar; tentara antes e tivera de reconsiderar e ver a realidade. Por mais que fosse humilde, não era tão humilde a ponto de se considerar frívolo ou estúpido. Tinha a ideia – que poderia divertir seu historiador – de que se você fosse suficientemente estúpido para se enganar com relação a isso, você sabia disso. Portanto ele não estava enganado – seu futuro *poderia* ser científico. Nada havia nele para impedi-lo. Estava se aliando à ciência. Afinal de contas, o que era a ciência senão a ausência de preconceito sustentada pela presença de dinheiro? Sua vida seria cheia de máquinas, que eram o antídoto para a superstição, que por sua vez era a consequência, ou pelo menos a exalação, dos arquivos. Pensava nessas coisas – no fato de não ser fútil e em sua aceitação absoluta dos desenvolvimentos da era futura – para refazer o equilíbrio ao estar sendo considerado de modo tão diferente. Os momentos em que mais hesitava eram aqueles em que se pegava acreditando que, de fato, a futilidade lhe seria perdoada. Mesmo nessa visão absurda, ele teria sido suficientemente bom. Tal era a complacência do espírito romântico nos Verver. De fato eles não sabiam, pobres coitados, o que significava nesta linha – a linha da futilidade – a coisa verdadeira. *Ele* sabia – tendo visto, tendo experimentado, tendo medido. Na verdade essa era uma lembrança para simplesmente apagar – do mesmo modo como, bem na sua frente enquanto caminhava, a porta de ferro de uma loja, fechando cedo no dia abafado de verão, baixou estalando sob o empuxo de alguma manivela. De novo existiam máquinas, além de vidros planos, ao seu redor, havia dinheiro, poder, o poder das pessoas ricas. Bom, agora ele era *delas*, das pessoas ricas; estava do lado delas – se este não fosse o modo mais agradável de dizer que elas estavam do lado dele.

Seja como for, algo desse tipo era a moral e o murmúrio de sua caminhada. Teria sido ridículo – tal moral vindo de tal fonte – se de algum modo ela não tivesse se ajustado à gravidade da hora, aquela gravidade da opressão que comecei a registrar. Outro aspecto era a proximidade imediata da chegada do contingente vindo de sua casa. Ele deveria encontrá-los na manhã seguinte em Charing Cross: seu irmão mais novo que havia se casado antes dele, mas cuja mulher, judaica, com um dote que havia dourado a pílula,* não estava em condições de viajar; sua irmã e o marido, os mais anglicizados dos milaneses; seu tio materno, o mais aposentado dos diplomatas; e seu primo romano, Don Ottavio, o mais *disponível* dos ex-deputados e dos parentes – um mero punhado dos consanguíneos que, apesar do pedido de discrição nupcial por parte de Maggie, iriam acompanhá-lo ao altar. Não era uma multidão, mas aparentemente seria um grupo maior do que a noiva conseguiria para si mesma, uma vez que não tinha uma quantidade de parentes entre os quais escolher e não gostava de convites casuais. Ele havia gostado da atitude da jovem

*A expressão "*dourar a pílula*" significa a tática sutil de persuadir renitentes, quando se procura destacar os aspectos positivos de algo desfavorável. No caso do casamento do irmão do príncipe, o dote da noiva foi o "aspecto positivo" do acordo matrimonial.

nesta questão, e concordara por completo, o que lhe dava um vislumbre, indistintamente agradável, do tipo de discriminações pelas quais ela seria geralmente governada – e que de certa forma combinavam com seu próprio gosto. Ela e o pai não tinham relações naturais, segundo explicou; de modo que não tentavam suprimir o lugar com outras artificiais, falsas, procurando aqui e ali. Ah, sim, eles tinham bastantes conhecidos – mas casamento era uma coisa íntima. Você convidava os conhecidos quando *tinha* casa e família – convidava-os a visitar, mas não os convidava sozinha, para cobrir sua nudez e tentar fingir o que não era. Ela sabia do que falava e do que gostava, e ele estava preparado para aceitar isso, descobrindo um bom agouro em ambos os fatos. Esperava, desejava, que ela tivesse caráter; sua mulher *deveria* tê-lo, e ele não sentia medo de que ela tivesse demais. Já precisara lidar com muita gente que tinha; notavelmente com os três dos quatro eclesiásticos, acima de todos seu tio-avô, o cardeal, que teve um papel importante na sua educação: e o efeito de tudo isso jamais o havia perturbado. Assim, ele buscava razoavelmente essa característica nas pessoas mais íntimas, coisa que ela iria se tornar. Encorajava essa característica, quando surgia.

Portanto ele sentia, no momento, como se seus papéis estivessem em ordem, como se suas contas estivessem equilibradas como nunca na vida e que poderia fechar a pasta com um estalo. Ela se abriria de novo, sem dúvida, com a chegada dos romanos; talvez até mesmo se abrisse com o jantar desta noite em Portland Place, onde o Sr. Verver havia montado uma tenda sugerindo a que Alexandre mobiliou com o espólio de Dario.* Mas o que nesse meio-tempo marcava sua crise, como eu disse, era o sentimento das duas ou três horas seguintes. Ele parava nas esquinas, nos cruzamentos. Continuava emanando dele, em ondas, aquela consciência, aguda com relação à fonte, mas vaga com relação ao fim, da qual comecei falando – a consciência de um apelo para fazer algo por si mesmo, antes que fosse tarde demais.

*Alexandre o Grande conquistou a Pérsia depois de derrotar o rei Dario III. Nesse trecho, Henry James apresenta o personagem Adam Verver como um explorador de impérios. Além disso, Adam, como Alexandre, realizou seus feitos durante sua juventude.

Qualquer amigo com quem ele pudesse mencioná-la poderia transformar o apelo em franco escárnio. Por quê, por quem – senão por ele mesmo e pelas enormes vantagens anexas – se ele estava para se casar com uma moça extraordinariamente encantadora, cujas "perspectivas" do tipo sólido eram tão garantidas quanto sua afabilidade? Certamente não iria fazê-lo apenas por *ela*. Mas por acaso o príncipe estava tão livre para sentir, e ao mesmo tempo não estava livre para formular, que após um tempo surgiu diante dele, claramente, a imagem de uma amiga que ele costumava achar irônica. Ele sustentou o tributo de atenção dos rostos passantes apenas para deixar seu impulso se acumular. A juventude e a beleza mal o faziam se virar, mas a imagem da Sra. Assingham fez com que ele parasse um cabriolé. A juventude *dela*, sua beleza, eram coisas mais ou menos do passado, mas encontrá-la em casa, como provavelmente aconteceria, seria "fazer" algo para o qual ele ainda tinha tempo, traria alguma razão e provavelmente reduziria sua inquietude. Reconhecer a adequação de tal peregrinação específica – ela morava bem longe, em Cadogan Place – já era de fato reduzi-la um pouco. Uma percepção da adequação de agradecer-lhe formalmente e de ajustar o momento do ato como ele estava fazendo – isto, pensou ele enquanto ia, era obviamente todo o problema que ele vinha enfrentando. Era verdade que havia confundido o clima do momento, havia-o entendido errado, de forma superficial, como um impulso de desviar o olhar – desviar o olhar de onde seus compromissos haviam se acumulado. A Sra. Assingham representava, corporificava seus compromissos – ela era, em sua pessoa agradável, a força que os colocara sucessivamente em ação. Ela tinha *feito* seu casamento, tão certamente quanto o ancestral papal fizera sua família – ainda que ele mal pudesse ver por que ela o havia feito, a não ser porque também era obstinadamente romântica. Ele não a subornara nem persuadira, não lhe dera nada, mesmo os agradecimentos articulados tinham sido escassos até agora; de modo que o lucro dela – pensando em termos vulgares – devia ter vindo totalmente dos Verver.

No entanto – ainda podia lembrar a si mesmo – ele estava longe de supor que ela tivesse sido regiamente remunerada. Tinha certeza de que não; porque, se havia pessoas que recebiam presentes e pessoas que não recebiam, ela devia estar do lado certo e pertencer à classe orgulhosa. Só que, por outro lado, o desinteresse dela era bastante estranho – implicava tremendos abismos de confiança. Ela era admiravelmente ligada a Maggie, cuja posse de uma amiga assim poderia ser considerada um de seus "bens"; mas a grande prova de afeto fora, com seu desígnio, juntá-los. Ao encontrar-se com ele durante um inverno em Roma, ao encontrar-se com ele depois em Paris e ao "gostar" dele desde o início, como depois de um tempo dera a entender francamente, ela o escolhera para sua jovem amiga e o apresentara, inconfundivelmente, a uma luz favorável. Mas o interesse por Maggie – este era o ponto – teria resultado em pouca coisa sem o interesse por *ele*. Em que repousava esse sentimento não solicitado e não recompensado? Que bem – uma vez que esta era como a pergunta dele a respeito do Sr. Verver – ele devia ter feito por ela? A ideia que o príncipe fazia de uma recompensa para as mulheres – semelhante à sua ideia de um pedido – era mais ou menos a de fazer amor com elas. E ele não demonstrara, pelo que acreditava, qualquer interesse amoroso pela Sra. Assingham, tampouco achava que ela houvesse suposto isso sequer por um momento. Naqueles dias, para destacá-las, ele gostava das mulheres por quem não havia demonstrado interesse: isso representava – e era o que lhe dava prazer – um estágio de existência diferente de quando gostava de destacar as mulheres por quem se sentia atraído. E tampouco, com tudo isso, a Sra. Assingham fora agressiva ou ressentida. Em que ocasião, se é que houve alguma, ela parecera considerá-lo insignificante? Essas coisas, as motivações de certas pessoas, eram obscuras, de modo um tanto alarmante; contribuíam para aquele elemento do impenetrável que sozinho qualificava seu sentimento de sorte. Ele se lembrava de ter lido, na infância, um conto maravilhoso de Allan Poe, compatriota de sua futura esposa, o que demonstrava, a propósito, que imaginação os americanos *podiam* ter: a história do naufragado Gordon Pym, que, à deriva num barquinho mais próximo do Polo Norte – ou seria do Sul? – do que qualquer pessoa havia estado, encontrou num determinado momento uma ofuscante cortina de luz que ocultava tanto quanto a escuridão, mas da cor de leite ou neve. Havia momentos em que ele sentia seu próprio barco passar por um mistério assim. O estado de espírito de seus novos amigos, inclusive da própria Sra. Assingham, tinha semelhanças com uma grande cortina branca. Ele jamais conhecera cortinas que não fossem de um púrpura quase totalmente preto – que produziam, onde estavam penduradas, uma escuridão intencional e agourenta. Quando eram postas para esconder surpresas, as surpresas costumavam ser chocantes.

Mas, vistos dessas profundezas muito diferentes, não era nos choques que ele encontrava motivos para sentir apreensão; o que o príncipe sentia ainda não ter medido era algo que, ao buscar um nome, ele teria chamado de a quantidade de confiança depositada nele. Em muitas ocasiões durante o mês anterior ele ficara imóvel, com o pensamento, recém-determinado ou renovado, na expectativa geral – para definir toscamente – da qual ele era o sujeito. O singular era que aquilo não parecia tanto uma expectativa de algo específico quanto uma suposição grande, branda, vazia de méritos quase além de qualquer nota, de qualidade e valor essenciais. Era como se ele fosse uma antiga moeda em relevo, feita com ouro de uma pureza não mais usada, estampada com armas gloriosas, medievais, maravilhosas, da qual o "valor" em mero dinheiro moderno, soberanos e meias-coroas, seria suficientemente grande, mas para a qual, uma vez que havia modos melhores de usá-la, tal divisão em partes fosse supérflua. Esta era a imagem da segurança que lhe estava aberta para nela descansar; ele constituiria uma posse, mas escaparia sendo reduzido às suas partes componentes. O que isso significaria senão que, em termos práticos, ele jamais seria julgado ou testado? De qualquer modo, por enquanto, essas eram perguntas sem resposta; tudo que *havia* diante de si era que ele estava investido de atributos. Estava sendo levado a sério. Perdido na névoa branca estava a seriedade *deles* que os fazia recebê-lo. Estava até mesmo a da Sra. Assingham, apesar de ela ter, como frequentemente mostrara, um espírito zombeteiro. Por enquanto ele só podia dizer que não fizera nada para quebrar qualquer encanto. O que deveria fazer se tivesse de perguntar a ela francamente, esta tarde, o que *havia*, em termos morais, por trás do véu deles? Isso significaria perguntar o que esperavam que ele fizesse. Provavelmente ela responderia: "Ah, tu sabes, é o que nós esperamos que tu *sejas*!", ao que ele não teria saída senão negar seu conhecimento. Será que *isso* quebraria o encanto, o fato de ele dizer que não tinha ideia? Na verdade, que ideia ele poderia ter? Ele também se levava a sério – fazia questão disso; mas não era simplesmente uma questão de capricho ou fingimento. Ele encontrava modos, eventualmente, de enfrentar sua própria avaliação; mas a deles, cedo ou tarde, independentemente do que dissessem, iria colocá-lo à prova em termos práticos. Como a prova prática naturalmente seria proporcional ao conjunto de seus atributos, chegamos a uma escala que ele não era, honestamente, capaz de calcular. Quem, senão um bilionário, poderia dizer o que era uma troca justa por um bilhão? Essa medida era o objeto encoberto, mas ele realmente se sentia, enquanto a carruagem de aluguel parava em Cadogan Place, um pouco mais perto da cortina. Prometeu a si mesmo, virtualmente, dar um puxão nela.

2

— Estes não são bons dias, tu sabes – dissera ele a Fanny Assingham depois de se declarar agradecido por encontrá-la, e em seguida, com sua xícara de chá, colocando-a a par das últimas novidades: os documentos assinados há uma hora, *de part et d'autre*,* e o telegrama de seus familiares que tinham chegado a Paris na manhã anterior, e que, fazendo ali um intervalo, pobres coitados, pareciam considerar a coisa toda uma tremenda pândega. – Nós somos pessoas muito simples, meros camponeses comparados a vocês – também observara –, e Paris, para a minha irmã e o marido, é o fim do mundo. Portanto Londres será mais ou menos outro planeta. Para eles Londres sempre foi, como acontece com muitos de *nós*, praticamente uma Meca, mas esta é a primeira caravana verdadeira que eles fazem; eles conhecem a "velha Inglaterra"** principalmente como uma loja de artigos em borracha e

*De ambas as partes.

**Nome de uma famosa loja parisiense que vende roupas tipicamente inglesas.

couro, com os quais se vestem com o máximo de peças possível. Mas tudo isso significa que irás vê-los, todos eles, envoltos em sorrisos. Precisamos ser muito calmos com eles. Maggie também é maravilhosa; seus preparativos são de uma escala tremenda! Ela insiste em hospedar os *sposi** e meu tio. Os outros ficarão comigo. Reservei quartos para eles no hotel, e, com todas aquelas assinaturas solenes há uma hora, isso traz o problema de volta para mim.

– Queres dizer que estás com medo? – perguntara divertida a anfitriã.

– Com um medo terrível. Agora só posso esperar a chegada do monstro. Estes não são bons dias; não são uma coisa nem outra. Na verdade eu não *tenho* nada, e ao mesmo tempo tenho tudo a perder. Não sei o que ainda pode acontecer.

O modo como ela riu foi, por um momento, quase irritante; veio, para a imaginação dele, de trás da cortina branca. Isto é, era um sinal da profunda serenidade dela, que o irritava, em vez de tranquilizá-lo. E para ser tranquilizado, afinal de contas, para que o ajudasse a superar a dificuldade, em sua impaciência mística, para que lhe dissesse o que podia entender e em que poderia acreditar – foi que ele viera.

– Então o casamento é o que tu chamas de monstro? – perguntara a Sra. Assingham. – Admito que na melhor das hipóteses é algo amedrontador; mas, pelo amor de Deus, se é isso que estás pensando, não fuja dele.

– Ah, fugir dele seria fugir de *ti* – respondeu o príncipe. – E eu já te disse muitas vezes como dependo de ti para ver através de mim. – Ele gostou tanto do modo como a amiga recebeu isso, no canto de seu sofá, que deu à sua sinceridade (se é que *era* sinceridade) expressão total. – Estou começando a grande viagem pelo mar desconhecido; meu navio está aparelhado e com a partida marcada, a carga acomodada e a tripulação completa. Mas o que me parece ser o problema é que não consigo navegar sozinho; meu navio precisa fazer parte de um par, precisa ter, na vastidão das águas, um... como é que vocês chamam?... um consorte. Não peço que fiques a bordo comigo, mas

*A irmã do príncipe e seu marido.

preciso manter tuas velas à vista, como orientação. Garanto que nem mesmo sei os pontos cardeais. Mas com um guia posso seguir perfeitamente. Tu *precisas* ser minha guia.

– Como podes ter certeza de que eu devo guiar-te?

– Ora, por ter me trazido em segurança até agora. Eu jamais estaria aqui sem ti. Tu proporcionastes o navio, e, ainda que não tenhas me levado a bordo, acompanhaste-me, sempre gentilmente, até o cais. O teu navio está, convenientemente, no atracadouro ao lado, e agora não podes me abandonar.

A Sra. Assingham mostrou de novo sua diversão, que pareceu a ele excessiva, como se, para sua surpresa, ele a deixasse também um pouco nervosa; ela o tratava muito bem, como se ele não estivesse dizendo verdades e sim fazendo desenhos bonitos para o seu entretenimento.

– Meu navio, caro príncipe? – Ela sorriu. – Que navio, meu Deus, eu tenho? Esta casinha é nosso único navio, meu e de Bob, e felizmente podemos tê-lo. Nós andamos, como poderias dizer, ao deus-dará, sem descanso para a sola dos pés. Mas finalmente chegou a hora de nos assentarmos.

Diante disso o jovem fez um protesto indignado.

– Tu falas em descansar quando estás me lançando em aventuras? Isso é egoísta demais!

Ela balançou a cabeça com sua lucidez gentil.

– Aventuras, não, que Deus não permita! Tu tiveste as tuas, como eu tive as minhas; e minha opinião tem sido, o tempo todo, que nós não deveríamos recomeçar. A minha última, exatamente, foi fazer por ti tudo que mencionas de modo tão bonito. Mas consiste simplesmente em ter-te conduzido ao descanso. Tu falas em navios, mas eles não servem como comparação. Tuas perambulações estão terminadas: estás praticamente no porto. O porto – concluiu ela – das Ilhas Douradas.*

*Na mitologia grega, essas ilhas estão localizadas no Extremo Oriente. Região em que também se encontra o Jardim das Hespérides, onde cresciam maçãs de ouro que garantiam a imortalidade a quem as comesse.

Ele olhou em volta para estabelecer uma relação melhor com o lugar; em seguida, após uma hesitação, pareceu falar certas palavras em vez de outras.

– Ah, eu sei onde *estou*! Declino ser deixado, mas o motivo de ter vindo, claro, foi agradecer. Se o dia de hoje pareceu, pela primeira vez, o fim das preliminares, sinto quão poucas teria havido sem ti. A primeira foi totalmente tua.

– Ora – disse a Sra. Assingham –, elas foram notavelmente poucas. Eu as vi, eu as *tive* – ela sorriu – mais difíceis. Tudo, deves sentir, aconteceu por si mesmo. De modo que deves sentir que tudo ainda continua.

O príncipe concordou rapidamente.

– Ah, maravilhoso! Mas foste tu que concebeste.

– Ah, príncipe, tu também!

Ele a encarou com mais intensidade durante um momento.

– Tu concebeste primeiro. A maior parte.

Ela devolveu o olhar como se este a houvesse feito pensar.

– Eu *gostei*, se é o que queres dizer. Mas sem dúvida tu também gostaste. Insisto em que tive um trabalho fácil. Afinal de contas, só precisei, quando achei que estava na hora, falar contigo.

– Tudo isso é bem verdadeiro. Mas tu estás me deixando, mesmo assim, estás me deixando, estás lavando as mãos com relação a mim. Mas isso não será fácil; eu não *serei* abandonado. – E ele circulou o olhar de novo, abarcando a sala bonita que ela havia acabado de descrever como seu refúgio final, o lugar de paz para um casal cansado do mundo, para onde ela havia se retirado recentemente com "Bob". – Manterei este lugar à vista. Diga o que disser, eu precisarei de ti. Tu sabes, não abrirei mão de ti para ninguém.

– Se estás com medo, e certamente não estás, pretendes me deixar no mesmo estado? – perguntou ela depois de um momento.

Ele também esperou um minuto, depois respondeu com uma pergunta:

– Tu disseste que "gostou" de tornar meu noivado possível. Continuo achando lindo que tenhas feito isso; é encantador e inesquecível. Mas, ainda mais, é misterioso e maravilhoso. *Por que*, minha cara e encantadora mulher, tu gostaste?

– Não sei o que pensar dessa pergunta. Se até agora não descobriste, que significado pode ter qualquer coisa que eu diga? Realmente, tu não tens consciência a cada minuto – acrescentou enquanto nada vinha da parte dele – da perfeição da criatura que coloquei em tua posse?

– A cada minuto, reconhecidamente cônscio. Mas é exatamente este o motivo da minha pergunta. Não foi apenas uma questão de *me* entregares; foi uma questão de entregá-la. Foi uma questão do destino *dela*, ainda mais do que do meu. Tu pensavas a respeito dela todas as coisas boas que uma mulher pode pensar com relação a outra, no entanto, segundo seu relato, tu gostaste de contribuir para colocá-la em risco.

A Sra. Assingham mantivera os olhos nele enquanto o rapaz falava, e foi isso que, visivelmente, determinou uma repetição.

– Estás tentando me amedrontar?

– Ah, esta é uma visão tola, eu seria vulgar demais. Aparentemente não podes entender minha boa-fé nem minha humildade. Eu sou tremendamente humilde – insistiu o jovem –, é assim que estou me sentindo hoje, com tudo tão terminado e pronto. E tu não queres me levar a sério.

Ela continuou a encará-lo como se ele realmente a perturbasse um pouco.

– Ah, vocês, os astutos e velhos italianos!

– Aí está – retrucou ele. – Era aonde eu queria que chegasses. Este é um tom de resposta.

– Sim. Se tu és "humilde", *deves* ser perigoso. – Ela fez uma pausa enquanto ele apenas sorria; em seguida disse: – Não quero perder-te de vista nem um pouco. Mas mesmo que quisesse, não acharia certo.

– Obrigado por isso, é do que eu precisava. Tenho certeza de que quanto mais estiveres comigo, mais entenderei. É a única coisa que desejo no mundo. Eu sou excelente, realmente acho, só que sou estúpido. Posso fazer bastante bem a qualquer coisa que eu *veja*. Mas primeiro preciso ver. – E ele procurou demonstrá-lo. – Não importa que algo tenha de me ser mostrado, na verdade gosto mais assim. Portanto é isto que eu quero, que sempre quererei: teus olhos. Através *deles* desejo ver, mesmo correndo o risco de que me mostrem algo de que eu talvez não goste. Através deles saberei. E disso jamais terei medo.

Ela podia estar esperando ver aonde ele chegaria, mas falou com certa impaciência:

– De que diabo estás falando?

Mas ele pôde perfeitamente dizer:

– Do meu medo real, honesto, de estar "de fora" algum dia, de estar errado, *sem* saber. É para isso que sempre confiei em ti para dizer quando eu estiver. Não: com vocês isso é um sentimento. Nós não o temos, não como vocês. Portanto...! – Mas já dissera o bastante. – *Ecco!** – ele simplesmente sorriu.

Não era para ser disfarçado o fato de que a estava manipulando, mas é claro que ela gostava dele.

– Eu me interessaria – observou a Sra. Assingham – em ver algum sentimento que *tu* não possuas.

Bom, ele apresentou um imediatamente:

– O moral, cara Sra. Assingham. Quero dizer, como vocês o consideram. Claro que tenho algo que na nossa pobre e velha Roma atrasada passa suficientemente por moral. Mas não se parece tanto com a de vocês quanto a tortuosa escada de pedra – meio arruinada, de quebra! – em algum castelo de nosso *quattrocento*** se parece com o "elevador veloz como um raio" de um dos prédios de 15 andares do Sr. Verver. O sentimento moral de vocês funciona a vapor, manda-os para cima como um foguete. O nosso é lento, íngreme e pouco iluminado, faltando tantos degraus que... bom, que em quase qualquer situação é mais rápido dar a volta e descer de novo.

– Com a confiança de subir por meio de algum outro caminho? – sorriu a Sra. Assingham.

– Sim, ou de não precisar subir. Entretanto, eu te disse isso no início.

– Maquiavel! – exclamou ela simplesmente.

---

*É isso!

**Século XV.

– Faz-me enorme honra. Eu gostaria de ter o gênio dele. Entretanto, se realmente achasse que tenho a perversidade dele, tu não dirias. Mas tudo bem – concluiu o príncipe bastante alegre –, sempre te terei para procurar.

Depois disso, durante um tempo, ficaram sentados frente a frente; em seguida, sem comentário, a anfitriã perguntou se ele desejava mais chá. Tudo o que ela lhe daria, deduziu ele de imediato; e desenvolveu, fazendo-a rir, a ideia de que o chá dos ingleses era de certa forma a sua moralidade, "feita", com água fervente, no pequeno bule, de modo que quanto mais o bebêssemos, mais morais ficaríamos. Seu chiste serviu de transição, e ela lhe fez várias perguntas sobre a irmã e os outros, perguntas sobre o que Bob, em particular, o coronel Assingham, seu marido, poderia fazer pelos cavalheiros que estavam para chegar, e com quem, assim que saísse, o príncipe iria se encontrar imediatamente. Ele também falou coisas engraçadas sobre sua família, a quem descreveu, com anedotas sobre seus hábitos, imitações de seus modos e profecias sobre sua conduta, como mais rococós do que qualquer coisa que Cadogan Place jamais conheceria. Era disso, explicou a Sra. Assingham, que ela gostaria neles, e o comentário, por sua vez, provocou em seu visitante uma nova declaração sobre todo o conforto que sentia em poder depender tanto dela. Nesse ponto, os dois já estavam juntos há cerca de vinte minutos; mas ele lhe fizera visitas muito mais longas, e permaneceu agora como se quisesse que sua atitude provasse sua apreciação. Ficou, ainda mais – *isto* era realmente o sinal da hora –, apesar da inquietação que o trouxera, inquietação esta na verdade provavelmente alimentada pelo ceticismo que a Sra. Assingham tentava amenizar. Ela não o havia tranquilizado, e chegou, notavelmente, um momento em que o motivo de seu fracasso surgiu. Ele não a havia amedrontado, como ela dissera, e isso o príncipe sentia; entretanto ela não estava à vontade. Estava nervosa, mesmo tentando disfarçar; a visão dele, seguida do anúncio de seu nome, a havia mostrado desconcertada. Esta convicção, para o rapaz, ficou mais profunda e mais aguda; mas também teve o efeito de deixá-lo feliz, a despeito disso. Era como se, ao visitá-la, ele tivesse feito mais do que pretendia. Pois de algum modo era *importante* – era isso – que nesta hora houvesse alguma coisa errada com a Sra. Assingham, com quem, durante todo o tempo em que se conheciam, um tempo tão considerável agora, jamais houvera a menor coisa errada. Assim, esperar e observar isso era saber, em verdade, que havia algo de errado com *ele*; uma vez que – estranhamente, com tão pouco em que se basear – seu coração começara a bater num ritmo de *suspense*. Por fim, num clímax, ficou bastante claro que eles praticamente haviam parado de fingir – isto é, de fingir que estavam enganando um ao outro com fórmulas. O não dito havia surgido, e houve uma crise – nenhum dos dois poderia dizer quanto durou – durante a qual ficaram reduzidos, apesar de toda a conversa, a olhar um para outro numa escala bastante incomum. Nesse momento eles poderiam estar mantendo a imobilidade portentosa como uma aposta, sentados para uma fotografia ou até mesmo participando de um *tableau-vivant*.*

O espectador de quem eles seriam dignos poderia ter lido significados próprios na intensidade da comunhão dos dois – ou então, mesmo sem significados, ter encontrado o seu relato, esteticamente, em algum jogo agradável de nosso moderno sentido de "tipo", tão raramente distinguido de nosso moderno sentido de beleza. O tipo estava ali, na pior das hipóteses, na cabeça morena e bonita da Sra. Assingham, onde os cabelos pretos e crespos faziam ondas tão finas e numerosas que ela parecia ainda mais na moda do que desejava. Sua riqueza de tons, o nariz generoso, as sobrancelhas marcadas como as de uma atriz – esses traços e o fato de tratar-se de alguém que já chegara à meia-idade pareciam apresentá-la insistentemente como filha do Sul, ou ainda mais do Oriente, uma pessoa criada em redes de dormir e divãs, alimentada com sorvetes e cuidada por escravos. Era como se seu maior esforço fosse tocar um bandolim, deitada, ou compartilhar uma fruta açucarada com uma gazela de estimação. Mas na verdade

*Em português, "quadro-vivo". Trata-se de uma técnica na qual os atores ficam imóveis, fixos em poses expressivas que podem sugerir uma estátua ou uma pintura. Os quadros foram utilizados no século XVIII por damas e senhores da sociedade que tinham o hábito de se divertir imitando pinturas, posando com vestimentas correspondentes àquelas que se viam nas telas.

ela nem era uma judia mimada nem uma mestiça preguiçosa; Nova York fora seu lugar de nascimento, e a "Europa", sua formação. Usava amarelo e púrpura porque achava melhor – como gostava de dizer, quando tocavam no assunto – parecer a rainha de Sabá do que uma *revendeuse*;* colocava pérolas nos cabelos e carmim e ouro no vestido que usava para o chá pelo mesmo motivo: sua teoria era de que a própria natureza a vestira exageradamente, e que sua única saída era afogar o exagero na vestimenta, uma vez que era impossível tentar corrigir a natureza, de modo que vivia coberta e rodeada por "coisas", que na verdade eram brinquedos e simulacros, uma parte da diversão que gostava de proporcionar aos amigos. Esses amigos faziam parte do jogo – o jogo de brincar com a disparidade entre seu aspecto e seu caráter. O caráter era atestado pelo segundo movimento de seu rosto, que convencia o espectador de que a visão dela com relação aos humores do mundo não era indolente nem passiva. Ela gostava, precisava do ar quente da amizade, mas os olhos da cidade americana espiavam de alguma forma, pela simples oportunidade, por baixo das pálpebras de Jerusalém. Com sua falsa indolência, resumindo, com sua falsa ociosidade, suas pérolas, palmeiras, pátios e fontes falsos, ela era uma pessoa para quem a vida se compunha de detalhes múltiplos, detalhes que não a deixavam, quando a encontravam a qualquer momento, nem um pouco perplexa ou preocupada.

– Por mais que eu possa parecer sofisticada – esta era sua expressão frequente, ela achava a simpatia sua melhor habilidade. Dava-lhe muita coisa que fazer; fazia-a, como também dizia ela, perder-se. Na vida a Sra. Assingham tinha dois grandes vazios a preencher, e descrevia-se lançando retalhos sociais dentro deles como tinha visto velhas damas, no início da sua vida na América, jogar pedaços de seda nos cestos onde guardavam material para alguma colcha de retalhos. Um desses hiatos na completude da Sra. Assingham era a falta de filhos; outra era sua falta de riqueza. Era maravilhoso ver como qualquer das duas coisas, na totalidade do tempo, aparecia pouco; a simpatia e a

*Em português, "revendedor". Os temas tratados nesse parágrafo retornarão durante a visita à loja de antiguidades, no capítulo 6.

curiosidade podiam tornar seus objetos praticamente filiais, assim como um marido inglês que durante os anos no serviço militar havia "administrado" tudo em seu regimento para fazer a economia florescer como a rosa. Alguns anos depois do casamento, o coronel Bob tinha deixado o exército, que nessa época, sem dúvida, tinha feito tudo o que era louvável pelo enriquecimento de sua experiência pessoal, e assim ele era capaz de dedicar todo o tempo à jardinagem. Entre os amigos mais jovens desse casal reinava uma lenda, quase venerável demais para a crítica histórica, de que o próprio casamento, o mais feliz de sua classe, datava do distante alvorecer da era, um período primitivo quando essas coisas – coisas que as moças americanas aceitavam como "suficientemente boas" – não tinham começado a existir; de modo que aquele casal agradável tinha sido, com relação ao risco assumido de cada lado, corajoso e original, honradamente marcado, para o entardecer da vida, como descobridores de uma espécie de Passagem Noroeste.* A Sra. Assingham sabia que não era assim, sabia que não houvera uma hora histórica, desde a de Pocahontas, em que algum jovem inglês não tivesse acreditado precipitadamente e que alguma moça americana não tivesse, com algumas gradações a mais, se entregado totalmente à incapacidade de duvidar; mas ela aceitava resignadamente os louros de fundadora, uma vez que na verdade era praticamente a *doyenne*** viva de sua tribo transplantada, e uma vez que, acima de tudo, ela *havia* inventado combinações, ainda que não tivesse inventado a de Bob. Fora ele quem a fizera, quem a deduzira, sozinho, a partir de seu primeiro vislumbre – repousando sobre o mesmo, através dos anos que viriam, como prova suficiente, nele, por si mesma, da inteligência mais elevada. Se ela mantinha sua própria inteligência, ele, em grande parte, deveria ter o crédito total. Na verdade havia momentos em que a Sra. Assingham,

---

*Desde o século XVI diversos exploradores vinham tentando empreender uma rota marítima entre os oceanos Atlântico e Pacífico que passasse pela América do Norte, mas o primeiro a realizar a rota completa foi Roald Amundsen, na sua expedição de 1903 a 1906.

**Em português, "decano". Membro mais antigo de uma instituição, corporação ou assembleia.

particularmente, sentia quão pouco ele poderia ter permitido que ela mostrasse os limites comuns. Mas na verdade a inteligência da Sra. Assingham foi testada quando seu visitante disse finalmente:

– Não creio, vejas só, que estejas me tratando bem. Tu tens em mente algo que não me dizes.

Também ficou claro que o sorriso dela, em resposta, foi um tanto embotado.

– Será que sou obrigada a dizer tudo que tenho em mente?

– Não é uma questão de tudo, mas de qualquer coisa que particularmente possa ter a ver comigo. Nesse caso não deves guardá-la. Tu sabes com que cuidado desejo prosseguir, levando tudo em conta e não cometendo qualquer erro que possa magoar a *ela*.

Diante disso, a Sra. Assingham fez, depois de um instante, uma interrogação estranha:

– "Ela"?

– Ela e ele. Nossos dois amigos. Maggie ou seu pai.

– Eu *tenho* uma coisa em mente – retrucou a Sra. Assingham –, uma coisa que aconteceu e para a qual eu não estava preparada. Mas não é algo que tenha exatamente a ver contigo.

O príncipe, com júbilo imediato, jogou a cabeça para trás.

– O que quer dizer com "exatamente"? Por algum motivo vejo volumes inteiros na palavra. É o modo como as pessoas colocam uma coisa quando colocam... bem, de modo errado. *Eu* coloco as coisas de modo certo. O que foi que aconteceu para mim?

A anfitriã, no momento seguinte, havia se animado com o tom dele.

– Ah, vou adorar se assumires tua parte nisso. Charlotte Stant está em Londres. Esteve aqui há pouco.

– A Srta. Stant? Verdade? – O príncipe expressou uma surpresa evidente, uma transparência através da qual seus olhos encontraram os da amiga com uma expressão chocada. – Ela veio da América? – perguntou rapidamente.

– Parece que chegou ao meio-dia num hotel, vindo de Southampton. Veio me visitar depois do almoço e esteve aqui durante mais de uma hora.

O jovem ouvia com interesse, ainda que não com um interesse grande demais para sua jovialidade.

– Tu achas que tenho uma parte nisso? Qual é a minha parte?

– Ora, qualquer uma que quiseres, a que pareceste agora ansioso por reivindicar. Foi tu mesmo quem insistiu.

Diante disso o príncipe a encarou com uma inconsistência consciente, e ela pôde ver que ele havia mudado de cor. Mas o jovem parecia sempre tranquilo.

– Na hora eu não sabia qual era o assunto.

– Não achavas que poderia ser tão ruim?

– Tu chamas isso de muito ruim?

– Somente – sorriu ela – porque foi assim que isso pareceu afetar-*te*.

Ele hesitou, ainda com um traço do rubor, ainda olhando-a, ainda ajustando seu comportamento.

– Mas tu admitiste que ficaste perturbada.

– Sim, no sentido de que nem mesmo a procurei. Não mais do que imagino que Maggie tenha feito.

O príncipe pensou; depois, como se estivesse satisfeito em poder dizer alguma coisa muito natural e sincera:

– Não... tudo certo. Maggie não procurou por ela. Mas tenho certeza de que adorará vê-la.

– Tens *tanta* certeza assim? – e a anfitriã disse isso com uma seriedade diferente.

– Ela ficará felicíssima – prosseguiu o príncipe. – A Srta. Stant foi procurá-la agora?

– Ela voltou ao hotel para trazer as coisas para cá. Não posso deixá-la sozinha num hotel.

– Não, eu sei.

– Se ela ficar aqui, deve se hospedar comigo.

Ele compreendeu.

– Então ela está vindo agora?

– Eu a aguardo a qualquer momento. Se esperares, poderás vê-la.

– Ah – declarou ele imediatamente –, que encantador! – Mas essa palavra saiu como se, de certa forma, fosse uma substituição súbita de alguma outra. Pareceu acidental, ao passo que ele desejava ser firme. E desse modo, por sinal, foi como ele se mostrou em seguida. – Se não fosse pelo que vai acontecer nos próximos dias, certamente Maggie gostaria de hospedá-la. Na verdade – prosseguiu com lucidez – o que vai acontecer não é exatamente o motivo para *fazer* com que ela queira hospedá-la? – Como resposta a Sra. Assingham apenas o encarou, e isso, no instante seguinte, aparentemente teve mais efeito do que se ela tivesse falado. Porque ele fez uma pergunta que pareceu incongruente. – Para *que* ela veio?

Isso fez a anfitriã rir.

– Bom, exatamente para o que disseste. Para o teu casamento.

– Meu? – perguntou ele.

– De Maggie, é a mesma coisa. Para o seu grande acontecimento. E, afinal de contas, ela está muito solitária.

– Ela te deu isso como um motivo?

– Não lembro bem, ela me deu tantos! Coitada, Charlotte transborda em motivos. Mas existe um que, independentemente do que ela fizer, eu sempre lembro para mim mesma.

– E qual é? – Era como se ele devesse adivinhar, mas não conseguisse.

– Bem, o fato de que ela não tem um lar, absolutamente nenhum. Ela está extraordinariamente sozinha.

De novo ele compreendeu.

– E também não tem grandes posses.

– Muito pequenas. O que, com as despesas das ferrovias e dos hotéis, não é um motivo para ela ficar andando de um lado para outro.

– Pelo contrário. Mas a Srta. Stant não gosta do país dela.

– Dela, meu caro? O país é muito pouco "dela". – A atribuição, por um instante, divertiu a anfitriã. – Ela reatou com o país agora, mas tem muito poucas outras coisas a ver com ele.

– Ah, eu digo dela do mesmo modo como, nesta hora do dia, poderia ter dito meu – explicou o príncipe em tom afável. – Garanto que sinto como se aquele grande lugar já me pertencesse.

– Esta é a tua sorte e o teu ponto de vista. Tu possuis, em breve praticamente *irás* possuir, boa parte dele. Charlotte não possui praticamente nada no mundo, pelo que me disse, além de dois baús gigantescos, somente um dos quais eu lhe dei permissão de trazer para esta casa. Ela depreciará para ti – acrescentou a Sra. Assingham – a "tua propriedade".

O jovem pensava nessas coisas, pensava em tudo; mas sempre tinha à mão o recurso de fazer com que tudo ficasse fácil.

– Ela veio com planos a meu respeito? – Então, num momento, como se até mesmo isso fosse sério demais, ele fez soar a nota que menos tinha a ver consigo mesmo. – *Est-elle toujours aussi belle*?* – De certa forma, este era o ponto mais distante ao qual Charlotte Stant podia ser relegada.

A Sra. Assingham tratou do assunto com tranquilidade.

– Está igual. Na minha opinião, em todo o mundo, é a pessoa cuja aparência está mais sujeita à apreciação. Tudo está no modo com que ela afeta as pessoas. Elas ficam admiradas quando, por acaso, isso não acontece. E pela mesma razão é criticada.

– Ah, isso não é justo! – disse o príncipe.

– Criticá-la? Aí está! Tu já foste respondido.

– Eu já fui respondido. – Ele recebeu aquilo, bem-humorado, como sua lição, e afundou seu desconforto anterior, com resultado excelente, numa docilidade agradecida. – Eu só queria dizer que talvez haja coisas melhores a fazer com a Srta. Stant do que criticá-la. Quando começas a fazer *isso*, com qualquer pessoa...! – Ele foi vago e gentil.

– Concordo que é melhor ficar longe disso enquanto podemos. Mas quando se torna *necessário* fazê-lo...

– Sim? – perguntou ele quando ela fez uma pausa.

– Então saiba o que tu queres dizer.

– Sim – ele sorriu. – Talvez *eu* não saiba o que quero dizer.

– Mas é isso que, neste momento, em todos os sentidos, tu particularmente deverias saber. – Mas a Sra. Assingham não foi adiante, tendo aparentemente, antes de qualquer outra coisa, um escrúpulo com relação ao tom que acabara de usar. - Entendo, claro, que, dada a

*"Ela é sempre tão bela?"

grande amizade dela com Maggie, Charlotte quisesse estar presente. Ela agiu por impulso, mas agiu generosamente.

– Ela agiu lindamente – disse o príncipe.

– Eu digo "generosamente" porque quero dizer que de modo algum ela avaliou o custo. Agora, de certa forma, ela terá de avaliá-lo. Mas isso não importa.

Ele podia ver quão pouco.

– Tu cuidarás dela.

– Eu cuidarei dela.

– Então está tudo bem.

– Está tudo bem – disse a Sra. Assingham.

– Então por que estás perturbada?

Isso afetou-a – mas apenas por um minuto.

– Não estou, não mais do que tu.

Os olhos azuis-escuros do príncipe eram dos mais belos e, ocasionalmente, com exatidão, faziam lembrar as altas janelas de um palácio romano, de uma fachada histórica criada por um dos grandes arquitetos da Antiguidade, escancarada ao ar dourado num dia festivo. Em ocasiões assim seu olhar sugeria uma imagem – de algum personagem muito nobre que, esperado, aclamado pela multidão na rua e tendo tecidos antigos e preciosos postos sobre o parapeito para apoiá-lo, viera se mostrar alegre e galante: sempre muito menos em seu próprio interesse do que no dos espectadores e súditos cuja necessidade de admirar, até mesmo de ficar boquiabertos, precisava ser considerada periodicamente. Desse modo, a expressão do jovem se tornava algo vívido e concreto – uma bela presença, de um príncipe verdadeiro, um governante, um guerreiro, um patrono iluminando a arquitetura corajosa e difundindo o sentimento de ter uma função. Já fora dito alegremente de seu rosto que a figura aparecendo na grande moldura era o fantasma de algum ancestral orgulhosíssimo. De qualquer modo, quem quer que fosse o ancestral, agora o príncipe estava, para benefício da Sra. Assingham, à vista do povo. Apoiado no damasco carmesim, ele parecia assimilar o dia luminoso. Parecia mais jovem do que era, belo, inocente, vago.

– Ah, bem, *eu* não estou! – exclamou ele alto e bom som.

– Eu gostaria de *vê*-lo, senhor! – disse ela. – Porque o senhor não teria uma sombra de uma desculpa. – Ele mostrou como concordava que não teria, e a serenidade de ambos, assim, tornou-se tão importante como se algum perigo os houvesse diretamente ameaçado. A única coisa era que se a evidência da alegria deles estava tão estabelecida, a Sra. Assingham precisaria explicar seus modos anteriores, e ela passou a fazer isso antes que abandonassem o assunto. – Meu primeiro impulso é sempre me comportar, com relação a tudo, como se temesse complicações. Mas não temo; na verdade gosto delas. Elas são o meu elemento.

O príncipe submeteu-se, para agradá-la, àquele relato de si própria.

– Mas mesmo assim – disse ele – se nós não estivéssemos na presença de uma complicação.

Ela hesitou.

– Uma moça bonita, inteligente e estranha hospedada em nossa casa é sempre uma complicação.

O rapaz avaliou aquilo, quase como se a questão lhe fosse nova.

– E ela vai ficar muito tempo?

A anfitriã gargalhou.

– Como é que vou saber? Eu não perguntei.

– Ah, sim. Tu não podes.

Mas alguma coisa no tom de sua voz divertiu-a de novo.

– *Tu* achas que poderia?

– Eu?

– Achas que poderia descobrir com ela, para mim, a provável duração da sua permanência?

Ele se apresentou corajosamente à ocasião e ao desafio.

– Ouso dizer que sim, se me desses a chance.

– É toda tua – respondeu a Sra. Assingham; uma vez que ouvira, naquele instante, uma carruagem parando à sua porta. – Ela voltou.

3

Aquilo fora dito como uma pilhéria, mas enquanto esperavam a amiga em silêncio, o efeito do silêncio foi transformar o momento em gravidade – uma gravidade que não se dissipou nem mesmo quando o príncipe falou em seguida. Ele estivera pensando no caso e tomando uma decisão. Uma jovem bonita, inteligente e estranha hospedada em nossa casa *era* uma complicação. Até aí a Sra. Assingham estava certa. Mas existiam os fatos – as boas relações, desde a época de escola, entre as duas moças, e a clara confiança com que cada uma das duas havia chegado.

– Tu sabes, ela pode *nos* visitar a qualquer momento.

A Sra. Assingham recebeu aquilo com uma ironia além de qualquer riso.

– Tu gostarias de tê-la na lua de mel?

– Ah, não, para isso tu podes ficar com ela. Mas por que não depois?

A Sra. Assingham encarou-o durante um minuto; depois, ao som de uma voz no corredor, os dois se levantaram.

– Por que não? Tu és esplêndido!

No minuto seguinte Charlotte Stant estava com eles, tendo sido introduzida na casa assim que saiu do carro de aluguel e preparada para não encontrar a Sra. Assingham sozinha – isto deveria ter sido notado – pela resposta do mordomo, na escada, a uma pergunta que lhe fora feita. Ela podia ter olhado para a anfitriã com tal objetividade e alegria apenas por saber que o príncipe também estava ali – a evidência de apenas um momento, mas que o fez percebê-la de um modo ainda melhor do que se ela o houvesse encarado instantaneamente. Ele aproveitou a chance que lhe fora dada, uma vez que estava consciente de todas essas coisas. Assim, o que viu, por alguns segundos, com intensidade, foi uma jovem alta, forte, encantadora, que mostrava, a princípio, exatamente a aparência de sua situação aventurosa, uma sugestão, em toda a sua pessoa, nos movimentos e nos gestos, em indicações livres, vívidas, mas ao mesmo tempo felizes de como se vestia, da concisão agradável do chapéu até o tom de marrom dos sapatos, de ventos, ondas e alfândegas, de países distantes e viagens longas, o conhecimento do como e do onde e o hábito, baseado na experiência, de não ter medo. Ao mesmo tempo ele tinha consciência de que o tom "forte" não era a base dessa combinação, como poderia ter sido imaginado; agora estava suficientemente familiarizado com as pessoas de língua inglesa, havia sondado com atenção suficiente as possibilidades, para ter uma rápida visão das diferenças. Além disso, possuía sua própria visão da força de espírito dela. Era grande, o príncipe tinha motivos para acreditar, mas jamais interferiria com o gosto extremamente pessoal, sempre divertido, daquela jovem. Foi exatamente com este último – uma vez que ela o projetava positivamente, no ato, como uma luz – que ela reapareceu, naquele momento, para amenizar os preocupados olhos do príncipe. Ele a enxergava à luz dela própria: o fato de ter se dirigido imediata e exclusivamente à amiga de ambos era como um lampião que ela estivesse segurando no alto para o benefício e o prazer do jovem. Aquilo mostrava tudo – acima de tudo a presença dela no mundo, tão perto, tão irrecuperavelmente contemporânea da dele: um fato aguçado, aguçado, mais aguçado durante aqueles instantes do que qualquer outro, até mesmo que o do seu casamento, mas acompanhado, de um modo subordinado e controlado, daqueles outros, faciais, fisionômicos, dos quais a Sra. Assingham estivera falando como um motivo de apreciação. Assim eram eles, esses outros, enquanto ele os encontrava de novo, e esta foi a conexão que instantaneamente estabeleceram com ele. Se tinham de ser interpretados, isso contribuiria ao menos para a intimidade. Certamente havia apenas uma saída para *ele*: interpretá-los comparando com o que já era conhecido.

Fazendo uso de canhestros termos exagerados, o rosto era estreito demais e comprido demais, os olhos não eram grandes, e a boca, por outro lado, nem um pouco pequena, com substância nos lábios e uma pequena, pequeníssima, tendência à protrusão nos dentes sólidos, afora isso muito bem-formados e de um branco luminoso. Mas, estranhamente, era como um punhado de posses dele que essas coisas, em Charlotte Stant, agora o afetavam; itens numa lista inteira, itens reconhecidos, cada um deles, como se, durante um longo intervalo, tivessem sido "guardados" – embrulhados, numerados, reservados num armário. Enquanto a Srta. Stant encarava a Sra. Assingham, a porta do armário se abriu; ele retirou as relíquias, uma a uma, e cada vez mais, a cada instante, era como se ela estivesse lhe dando tempo. Ele viu de novo que o cabelo espesso da jovem era, falando vulgarmente, castanho, mas que havia um tom trigueiro de folha de outono, para "apreciação" – uma cor indescritível, da qual ele não conhecera outro caso, algo que lhe dava, em alguns momentos, a cabeça rústica de uma caçadora. Ele viu as mangas do casaco puxadas sobre os pulsos da jovem, mas de novo imaginou os braços livres, que estavam dentro deles, totalmente arredondados, a esbeltez polida que os escultores florentinos, nos grandes tempos, haviam amado, e da qual a aparente firmeza é expressa em sua velha prata e seu velho bronze. Ele conhecia aquelas mãos finas, conhecia os dedos compridos e a forma e a cor das unhas, conhecia a beleza especial de movimento e linha quando ela virava as costas, e a integração perfeita de todos os acessórios, como algum instrumento maravilhosamente bem-acabado, algo feito intencionalmente para se mostrar em troca de um prêmio. Conhecia acima de tudo a extraordinária delicadeza da cintura flexível, como a haste de uma flor expandida, que lhe dava também a semelhança de uma comprida bolsa de seda, cheia de peças de ouro, mas que fora passada, vazia, através de um aro. Era como se, antes que a jovem se virasse para ele, o príncipe tivesse pesado tudo aquilo em sua mão aberta e até mesmo escutado um pouco do barulho do metal. Quando ela se virou, foi para reconhecer com os olhos o que ele devia estar fazendo. Não revelou qualquer impressão por tê-lo encontrado assim, salvo talvez que a inteligência em seu rosto poderia a qualquer momento revelar a impressão de qualquer coisa. Se quando ela se afastou parecia uma caçadora, quando chegou mais perto pareceu, talvez de maneira não totalmente correta, uma musa. Mas o que disse foi simplesmente:

– Tu sabes que não te livraste de mim. Como vai a querida Maggie?

Logo viriam, pela atuação não forçada do acaso, as chances para o rapaz fazer a pergunta sugerida pela Sra. Assingham pouco antes de Charlotte entrar. A oportunidade, se ele optasse por aproveitá-la, estaria integralmente ali dentro de alguns minutos – a licença dada literalmente para perguntar àquela jovem quanto tempo ficaria com eles. Uma vez que uma questão de mera ordem doméstica havia rapidamente determinado uma saída de alguns instantes, por parte da Sra. Assingham, tendo o efeito de deixar os dois visitantes livres.

– A Sra. Betterman estava lá embaixo? – perguntara ela a Charlotte, aludindo a algum membro da casa que deveria tê-la recebido e acomodado seus pertences; ao que Charlotte respondera ter encontrado apenas o mordomo, que fora muito encantador. Ela havia protestado contra qualquer atitude a seu favor; mas a anfitriã, levantando-se das almofadas, via mais coisas no não aparecimento da Sra. Betterman do que poderia perceber um olhar casual. O que ela via, resumindo, exigia sua intervenção, apesar de um sério "deixe que *eu* vá!", por parte da jovem, e um prolongado gemido sorridente pelo problema que estava causando. Nesse momento o príncipe teve consciência de que deveria partir; a instalação da Srta. Stant não exigia sua presença; era o caso de ir embora – se não houvesse motivo para ficar. Mas ele tinha um motivo – do qual estava igualmente cônscio; e durante um bom tempo não fizera nada mais consciente e intencional do que não partir às pressas. Sua visível insistência – era exatamente isso – até mesmo lhe exigiu um certo esforço desagradável, o tipo de esforço que ele associava principalmente a agir em nome de uma ideia. A ideia estava ali, a ideia era descobrir alguma coisa, alguma coisa que desejava muito saber, e saber não amanhã, não em algum tempo futuro, não em breve esperando e pensando, mas se possível antes de sair dali. Além do mais, essa curiosidade específica se confundia um pouco com a ocasião que lhe fora oferecida para satisfazer a curiosidade da Sra. Assingham; ele não admitiria que estava ficando para fazer uma pergunta grosseira – claramente nada havia de grosseiro no fato de ter seus motivos. Seria rude, por sinal, dar as costas, sem uma ou duas palavras, a uma velha amiga.

Bom, do jeito como se passou, ele teve as tais uma ou duas palavras, uma vez que a preocupação da Sra. Assingham era apenas prática. A pequena crise foi de duração mais curta do que o nosso relato; uma duração maior, naturalmente, tê-lo-ia forçado a pegar seu chapéu. De certa forma ele ficou feliz, ao se encontrar sozinho com

Charlotte, por não ser culpado dessa inconsequência. O que não deveria perturbar era o tipo de coerência que ele desejava, uma vez que a coerência era uma espécie de dignidade. E por que não poderia ter dignidade quando tinha tanta consciência, pode-se dizer, daquilo em que repousavam essas vantagens? Ele não fizera coisa alguma que não devia – na verdade, não fizera qualquer coisa. Mais uma vez, como um homem consciente de ter conhecido muitas mulheres, ele podia assistir, como teria chamado, ao fenômeno recorrente, predestinado, à coisa sempre tão certa quanto o nascer do sol ou a chegada dos dias santos, à coisa que a mulher fazia e que a revelava. E fazia, sempre, inevitavelmente, infalivelmente – não podia deixar de fazer. Era sua natureza, era sua vida, e o homem sempre podia esperá-lo sem levantar um dedo. Esta era a posição e a força *dele*, do homem, de qualquer homem: ter necessariamente a vantagem, só ter de esperar, com paciência decente, ser colocado, independentemente de sua vontade – poder-se-ia dizer – na posição correta. De modo que a pontualidade do desempenho da parte da outra criatura era sua fraqueza e seu profundo infortúnio – não menos, sem dúvida, do que sua beleza. Isso produzia no homem aquela extraordinária mistura de pena e lucro em que principalmente consistia sua relação com ela, quando não era um mero bruto; e de fato lhe dava a base mais pertinente para ser sempre gentil com ela, gentil com relação a ela, gentil *para* ela. Ela sempre enfeitava sua ação, claro, abafava, disfarçava e arrumava, mostrando nessas dissimulações uma inteligência à qual se comparava apenas uma coisa no mundo: sua abjeção; a mulher deixaria que a ação fosse conhecida como qualquer coisa, menos a verdade da qual era feita. Era exatamente isso que Charlotte Stant estaria fazendo agora; esse era o motivo atual e a sustentação, até certo ponto, de cada um de seus olhares e movimentos. Ela era a vigésima mulher, estava possuída pelo seu destino, mas seu destino também era arrumar as aparências, e o que agora o preocupava era descobrir como ela se expunha. Ele iria ajudá-la, queria resolver a situação *com* ela – dentro de qualquer ponto razoável; a única coisa era saber que aparência poderia ser mais bem produzida e mais bem preservada. Produzida e preservada da parte dela, claro; uma vez que da parte dele, felizmente, não houvera qualquer loucura a encobrir, nada além de um acordo perfeito entre conduta e obrigação.

De qualquer modo os dois estavam de pé, juntos, quando a porta se fechara atrás da amiga, com um sorriso consciente, tenso e como se cada um dos dois esperasse que o outro tocasse a nota ou desse o tom. O rapaz se conteve, em seu *suspense* silencioso – e só não estava com mais medo porque sentia o medo dela. Mas ela sentia medo de si própria; ao passo que, na medida de sua lucidez, ele estava apenas com medo dela. Será que ela se jogaria em seus braços ou, pelo contrário, seria maravilhosa? Ela veria o que ele ia fazer – foi o que o estranho minuto sem palavras disse a ele – e agiria de acordo. Mas o que ele poderia fazer além de deixar claro que faria qualquer coisa, tudo, por ela, do modo mais honradamente fácil possível? Mesmo que ela se jogasse em seus braços, ele tornaria isso fácil – fácil, isto é, de desconsiderar, de ignorar, de não lembrar, e também de não, do mesmo modo, lamentar. Na verdade não foi isso que aconteceu, apesar de também não ter sido com um simples toque, mas através das gradações mais delicadas, que a tensão dele diminuiu.

– É maravilhoso estar de volta! – disse Charlotte por fim; e foi só isso que ela lhe deu claramente. Além do mais, isso era apenas o que qualquer outra pessoa poderia ter dito. Entretanto, com duas ou três outras coisas que, diante da resposta dele, vieram em seguida, o caminho foi razoavelmente apontado, ao passo que o tom, e toda a atitude dela, estavam o mais distantes possíveis da verdade de sua situação. A abjeção que estava presente para ele como fazendo parte da essência não conseguiu se mostrar, e num instante ele viu que, se ela estava se conciliando, era possível confiar na conciliação. Bom – era tudo que ele pedia; e assim podia admirá-la muito mais por isso. A aparência particular que ela assumiria era a de não ter de prestar contas a ele – na verdade seria a de não ter qualquer conta a prestar a ninguém – com relação a motivos ou razões, a idas e vindas. Era uma jovem encantadora que havia se encontrado com ele antes, mas também era uma jovem encantadora com vida própria. Ela colocaria isso no alto – alto, alto, alto, infinitamente alto. Bem, então ele faria o mesmo; nenhuma altura seria grande demais para os dois, nem mesmo a mais vertiginosa concebível para uma pessoa jovem tão sutil. De fato, a mais vertiginosa parecia ter sido alcançada quando, depois de outro instante, ela chegou o mais próximo que chegaria de um pedido de desculpas pela brusquidão.

– Estive pensando em Maggie e, por fim, senti vontade de me encontrar com ela. Queria vê-la feliz, e não fico espantada ao encontrar-te tímido demais para me dizeres que eu *devo*.

– Claro que ela está feliz, graças a Deus! Só que, tu sabes, é quase terrível a felicidade das criaturas jovens, boas, generosas. É de dar medo. Mas a Virgem Santíssima e todos os santos têm-na sob sua guarda.

– Certamente que sim. Ela é a mais querida dentre as queridas. Mas não preciso te dizer isso.

– Ah – retrucou ele com seriedade –, sinto que ainda tenho muito a aprender sobre ela. – E acrescentou: – Ela vai ficar incrivelmente feliz por estares conosco.

– Ah, vocês não precisam de mim! – sorriu Charlotte. – Esta é a hora dela. É uma grande hora. Nós já vimos bastante, com as garotas, como é. Mas é exatamente por esse motivo. Quero dizer, o motivo pelo qual eu não queria perder isso.

O príncipe inclinou na direção dela um rosto gentil, compreensivo.

– Não deves perder nada. – Ele conseguira o tom, e podia mantêlo agora, porque só precisava que lho tivessem dado. O tom era a felicidade futura de sua esposa; a visão dessa felicidade como uma alegria para uma velha amiga. Era, sim, magnífico, e não menos por ter chegado a ele, de súbito, tão sincero, tão nobremente exaltado. Algo nos olhos de Charlotte parecia dizer isso, parecia implorar antecipadamente quanto ao que ele encontraria naquilo. Ele estava ansioso – e tentou mostrar também isso – para descobrir o que ela queria; preocupado, como facilmente poderia estar, com o que a amizade entre as duas fora para Maggie. Essa amizade fora reforçada com as asas da imaginação jovem, da generosidade jovem; tinha sido, acreditava ele – sempre contando com a intensa adoração dela pelo pai –, a emoção mais viva que Maggie conhecera antes que surgisse o sentimento inspirado por ele. Que ele soubesse, ela não convidara o objeto dessa amizade para o casamento dos dois, nem mesmo pensara em lhe propor, por uma questão de algumas horas, uma viagem árdua e dispendiosa. Mas ela a mantivera contatada e informada, de semana a semana, apesar dos preparativos e da concentração. "Ah, eu andei escrevendo para Charlotte, gostaria que você a conhecesse melhor": ele ainda podia ouvir, das semanas recentes, esse registro do fato, assim como ainda podia estar consciente, não sem alguma estranheza, do elemento gratuito no desejo de Maggie, que ele ainda não conseguira indicar para ela. Mais velha e talvez mais inteligente, de qualquer modo, por que Charlotte não reagiria – e não seria bastante *livre* para reagir – a tais fidelidades com algo mais do que apenas boas maneiras formais? As relações entre as mulheres estavam entre as mais estranhas, verdade, e nesse ponto ele provavelmente não teria confiado numa jovem de sua própria linhagem. Estava prosseguindo baseado na imensa diferença – por mais difícil que pudesse ser desemaranhar dessa jovem a qualidade da linhagem *dela*. Nada nela a situava definitivamente; Charlotte era um produto raro, especial. Sua especificidade, sua solidão, sua carência de posses, isto é, sua carência de ramificações e outras vantagens, contribuíam para enriquecê-la de algum modo com uma neutralidade estranha, preciosa, para constituir para ela, tão distanciada e ao mesmo tempo tão consciente, uma espécie de pequeno capital social. Era o único que ela possuía – e era o único que uma jovem solitária, gregária, *poderia* possuir, uma vez que poucas, sem dúvida, tinham chegado a isso num grau parecido, e uma vez que esta o havia alcançado apenas através de algum dom da natureza ao qual mal se poderia dar um nome definido.

Não era uma questão de seu estranho dom para as línguas, que ela manipulava como um malabarista lançando bolas, argolas ou tochas acesas – não era exatamente isso, uma vez que ele conhecera pessoas quase tão poliglotas quanto ela, a quem essa capacidade não conseguira tornar interessantes. Ele também era poliglota, por sinal – o que igualmente acontecia com tantos de seus amigos e conhecidos; e para nenhum deles, mais do que para ele próprio, essa habilidade era algo além de uma conveniência comum. O caso é que nessa jovem isso era uma beleza em si, e quase um mistério: assim, certamente, mais de uma vez ele gostara de perceber, nos lábios dela, dentre todas as graças civilizadas, aquela graça raríssima entre os bárbaros:* uma perfeita habilidade no uso do italiano. Ele conhecera estrangeiros – alguns, e principalmente homens – que falavam sua língua de modo agradável; mas não conhecera homem ou mulher que mostrasse para a mesma o instinto quase espantoso de Charlotte. Lembrava-se de que, quando se conheceram, ela não revelou isso, quase como se o inglês entre eles, o dele tão parecido com o dela, fosse o meio inevitável. Ele percebera totalmente por acaso – ouvindo-a falar com outra pessoa à sua frente – que os dois possuíam uma alternativa igualmente boa; na verdade uma alternativa incomparavelmente melhor, uma vez que ele se divertia muito mais vigiando-a à espera dos erros que jamais surgiam. O relato que ela fez do mistério não bastou: a lembrança que ela possuía do nascimento em Florença e da infância florentina; seus pais, originários do grande país, mas também já de uma geração corrupta, desmoralizada, falsificada, poliglotas muito antes dela, com a *balia*** toscana que era sua primeira lembrança; os empregados da vila, os queridos *contadini**** do *podere*,**** as meninas e os outros camponeses do *podere* vizinho, toda a mobília humana maltrapilha mas mesmo assim bela de sua infância, inclusive as boas irmãs do pobre convento nos morros da Toscana, convento mais precário do que quase qualquer outra coisa, mas também mais bonito, onde ela fora mantida estudando até a fase subsequente, a fase de estudos muito mais grandiosos em Paris, onde Maggie chegaria, terrivelmente amedrontada, como uma menina menor, três anos antes que ela própria terminasse o seu período de cinco anos. Essas reminiscências, naturalmente, proporcionavam uma base, mas não o haviam impedido de insistir que algum ancestral estritamente civilizado – gerações atrás, e

*Para os gregos, romanos e, posteriormente, para outros povos, quem pertencesse a outra raça ou civilização e falasse outra língua que não a deles; estrangeiro.

**Enfermeira.

***Camponeses.

****Fazenda.

vindo dos morros da Toscana, se ela preferisse – se fizesse sentir, indelevelmente, no sangue e na voz de Charlotte. Ela nada sabia do ancestral, mas aceitara a teoria dele, com graça, como um dos presentes que fazem a amizade florescer. Porém agora todas essas questões se fundiram, ainda que um sentimento das mesmas sem dúvida estivesse envolvido, não de modo artificial, na coisa seguinte, numa suposição que sua prudência o fez articular.

– Imagino que não gostavas particularmente do teu país, não é? – Por enquanto eles iriam se prender ao inglês.

– Não sinto que ele pareça particularmente meu. E lá não importa nem um pouco se gostamos ou não; e isto não importa a ninguém, a não ser a nós mesmos. Mas eu não gostava – disse Charlotte Stant.

– Isso não é encorajador para mim, é?

– Quer dizer, porque vocês vão para lá?

– Ah, sim, claro que nós vamos. Eu queria imensamente ir.

Ela hesitou.

– Mas agora? Imediatamente?

– Dentro de um ou dois meses, esta parece ser a nova ideia. – E diante disso surgiu algo no rosto dela, pelo que o príncipe imaginou, que o fez dizer: – Maggie não te escreveu?

– Não para dizer que vocês iam imediatamente. Mas é claro que devem ir. E claro que devem ficar – Charlotte foi facilmente clara – o máximo de tempo possível.

– Foi isso que fizeste? – Ele riu. – Ficaste o máximo de tempo possível?

– Bom, foi o que me pareceu, mas eu não tinha "interesses". Tu terás, em grande escala. É o país dos interesses. Se eu tivesse ao menos alguns, sem dúvida não teria ido embora.

Ele esperou um instante; ainda estavam de pé.

– Então os teus estão aqui?

– Ah, os meus! – A jovem sorriu. – Eles ocupam pouco espaço, quaisquer que sejam.

O modo como isso veio dela, e o que de certa forma fez por ela, determinou nele um discurso que alguns minutos antes teria parecido precário e de gosto questionável. O encorajamento que ela lhe deu fez a diferença, e ele o sentiu realmente como uma alavanca para ajudá-lo a trazer uma palavra honesta e natural, com a própria permissão, aos lábios. Para ambos, certamente, nada poderia estar mais no tom de uma elevada ostentação.

– O tempo todo eu estava achando muito provável, veja bem, que tu tivesses achado um caminho para o casamento.

Ela encarou-o durante um instante e, apenas por aqueles segundos, ele temeu pelo que poderia ter estragado.

– Casamento com quem?

– Ora, com um americano bom, gentil, inteligente, rico.

De novo a certeza dele pendeu na balança – e então ela foi, como ele sentiu, admirável.

– Eu tentei com todo mundo que conheci. Esforcei-me ao máximo. Mostrei que tinha chegado, publicamente, *para* isso. Talvez tenha mostrado demais. De qualquer modo, não adiantou. Tive de reconhecer. Ninguém me queria. – Nesse momento ela pareceu lamentar por ele ter de ouvir algo tão desconcertante. Teve pena do sentimento dele; se ele estava desapontado, ela iria alegrá-lo. – Tu sabes, a existência não depende disso. Quero dizer, de arranjar um marido.

– Ah, a existência! – comentou o príncipe vagamente.

– Achas que eu deveria pedir mais do que a mera existência? Não vejo por que *minha* existência, mesmo reduzida o quanto quiseres até ser meramente minha, deveria ser tão impossível. Existem algumas coisas que eu deveria poder ter, coisas que eu deveria poder ser. A posição de uma mulher solteira hoje em dia é muito favorável, tu sabes.

– Favorável a quê?

– Ora, simplesmente à existência. Que pode conter, afinal de contas, de um modo ou de outro, muita coisa. Pode conter, na pior das hipóteses, até mesmo afetos; na verdade afetos fixados bastante particularmente nos nossos amigos. Eu gosto extremamente de Maggie, por exemplo, adoro-a. Como poderia adorá-la mais se estivesse casada com um dos homens de quem falas?

O príncipe gargalhou.

– Tu poderias adorá-*lo* mais...!

– Ah, mas não é uma questão disso, é?

– Minha cara amiga, é sempre uma questão de fazer o máximo que podemos, sem prejudicar os outros. – Neste momento ele sentiu que os dois estavam numa base excelente; por isso prosseguiu, como se quisesse mostrar francamente como sentia a firmeza dessa base. – Portanto me aventuro a repetir a esperança de que tu irás se casar com um sujeito formidável; e também para repetir minha crença de que tal casamento será mais favorável para ti até mesmo do que o espírito da época, como dizes.

A princípio, como resposta, ela apenas o encarou, e pareceria ter recebido aquilo com docilidade se talvez não parecesse um pouco mais disposta a recebê-lo com diversão.

– Muito obrigada – disse simplesmente; mas naquele momento a amiga de ambos estava de volta. Foi inegável que, ao entrar, a Sra. Assingham olhou, com certa agudeza, e sorridente, de um para o outro; e a percepção disso talvez tenha sido o que levou Charlotte, para se tranquilizar, a passar à próxima questão: – O príncipe tem muitas esperanças de que eu ainda me case com alguma pessoa boa.

Independentemente de isso ter funcionado ou não para a Sra. Assingham, o próprio príncipe ficou mais do que nunca tranquilizado. Ele estava *seguro*, numa palavra – era o que aquilo tudo significava; e ele exigira estar seguro. Estava suficientemente seguro para quase qualquer brincadeira.

– Isso se deve apenas ao que a Srta. Stant esteve me contando – explicou à anfitriã. – Não dá vontade de imitar a coragem dela? – Se a brincadeira era grande, ele pelo menos não a havia começado, isto é, não como uma brincadeira; coisa na qual a observação de sua companheira para a amiga a havia transformado. – Ela andou tentando na América, pelo que disse, mas não obteve resultado.

De algum modo o tom não era o que a Sra. Assingham esperava, mas ela se esforçou ao máximo.

– Então – respondeu ao rapaz –, se assumes tamanho interesse, *tu* deves levá-lo a cabo.

– E tu deves ajudar, minha cara – disse Charlotte imperturbável –, como já ajudou antes, de modo tão belo, esse tipo de coisa a acontecer. – E em seguida, antes que a Sra. Assingham pudesse responder ao apelo, ela se dirigiu ao príncipe numa questão muito mais próxima dele. – O *teu* casamento será na sexta-feira? Ou no sábado?

– Ah, na sexta-feira não! Por quem nos tomas? Não existe sequer uma simpatia popular que estejamos negligenciando. No sábado, por favor, no Oratório,* às três horas, e exatamente com 12 testemunhas.

– Doze incluindo *eu*?

Isso pegou-o de surpresa – ele gargalhou.

– Tu serias a décima terceira. Não vai servir!

– Não se estiveres preocupado com as "simpatias" – disse Charlotte. – Gostarias de que eu ficasse de fora?

– Claro que não, minha cara. Nós daremos um jeito. Vamos fazer um número par, arranjaremos alguma velha. Eles devem ter alguma lá para isso, não é? – A resposta da Sra. Assingham finalmente indicou que o príncipe deveria partir; ele havia apanhado de novo o chapéu e se aproximou dela para a despedida. Mas teve outra palavra para Charlotte.

– Vou jantar esta noite com o Sr. Verver. Tens algum recado?

A jovem pareceu pensar um pouco.

– Para o Sr. Verver?

– Para Maggie, para se encontrar com ela mais cedo. É disso que ela gostaria, eu sei.

– Então eu chegarei mais cedo, obrigada.

– E eu creio – prosseguiu ele – que ela mandará buscá-la. Quero dizer, mandará uma carruagem.

– Ah, eu não preciso, obrigada. Eu posso ir de ônibus, pagando um *penny*, não é? – perguntou ela à Sra. Assingham.

– Ah, não precisa! – disse o príncipe enquanto a Sra. Assingham encarava Charlotte com brandura.

– Sim, meu amor, e eu lhe dou o *penny*. Ela deve *chegar lá* – acrescentou a boa dama para o amigo.

Mas Charlotte, enquanto este último se despedia, pensava em outra coisa.

---

*Brompton Oratory, em Knightsbridge. Igreja em que, frequentemente, são realizados casamentos elegantes.

– Há um grande favor, príncipe, que quero te pedir. Quero, entre o dia de hoje e sábado, dar um presente de casamento a Maggie.

– Ah, não precisa! – exclamou de novo o rapaz, em tom tranquilizador.

– Ah, mas eu *preciso*. Na verdade foi praticamente por isso que eu voltei. Na América era impossível conseguir o que eu queria.

A Sra. Assingham demonstrou ansiedade.

– Então, querida, o que é que tu queres?

Mas a jovem olhou apenas para o visitante.

– É isso que o príncipe, se for bom, irá ajudar-me a decidir.

– *Eu* não posso ajudá-la a decidir? – perguntou a Sra. Assingham.

– Certamente, querida, nós precisamos conversar bastante a respeito. – E ela manteve os olhos fixos no príncipe. – Mas eu quero que ele, se tiver a gentileza, vá comigo procurar. Quero que ele julgue e escolha comigo. Isso, se puder ceder uma hora, é o grande favor que eu desejo.

Ele ergueu as sobrancelhas.

– O favor que você veio da América para pedir? Ah, então certamente eu devo arranjar uma hora! – Ele deu um sorriso maravilhoso, mas foi muito maior, afinal de contas, do que ele estivera admitindo. Tinha tão pouco a ver com o resto que, diretamente, para ele, não significou a nota de segurança; preservava esse caráter, na melhor das hipóteses, mas se mostrou a nota de revelação pública. E rapidamente, rapidamente, a nota de revelação pública pareceu-lhe melhor do que qualquer outra. Dentro de mais um momento pareceu até mesmo exatamente o que ele queria; afinal, o que poderia, também em termos do público, colocar a relação dos dois no lugar correto? Por meio desse apelo à Sra. Assingham a coisa foi estabelecida como correta, e ela imediatamente mostrou que achava o mesmo.

– Certamente, príncipe – gargalhou ela –, tu deves arranjar uma hora! – E na verdade foi uma licença tão explícita da parte dela, ao representar o julgamento amigável, a opinião pública, a lei moral, a margem que o marido pode ter permitida, ou qualquer outra coisa, que – depois de observar a Charlotte que, caso ela viesse a Portland

Place de manhã, ele faria questão de estar lá para vê-la e assim, facilmente, combinar uma hora – ele partiu com a impressão absolutamente confirmada de saber, como disse a si mesmo, onde estava. E foi para isso que havia prolongado sua visita. Ele estava onde podia estar.

4

— Não entendo bem, minha cara – disse o coronel Assingham à esposa na noite da chegada de Charlotte –, devo dizer, por que levas isso, mesmo na pior das hipóteses, tão ferozmente a sério. Afinal de contas não é culpa *tua*, é? Que eu seja enforcado se for minha.

Era tarde, e a jovem que havia desembarcado em Southampton naquela manhã tendo chegado pelo "vapor especial" e que então havia se acomodado num hotel somente para se reacomodar, algumas horas depois, numa casa particular, neste momento estava, eles podiam esperar, pacificamente descansando de suas aventuras. Houvera dois convidados para o jantar, ex-militares bastante acabados, da época dele, casualmente escolhidos pela anfitriã na véspera. E quando os cavalheiros, depois da refeição, juntaram-se às damas na sala de estar, Charlotte, alegando cansaço, já havia pedido licença. Mas os guerreiros logrados tinham ficado até depois das onze – a Sra. Assingham, ainda que praticamente sem ilusões, como disse, quanto ao caráter militar, estava sempre distraindo os velhos soldados; e como o coronel chegara, antes do jantar, apenas a tempo de se vestir, até este momento ele na verdade não fora convocado pela companheira a debater a situação que, como ficaria sabendo agora, a chegada da visitante havia criado para eles. Na verdade já passava da meia-noite, os serviçais tinham sido mandados para a cama, o barulho das rodas havia cessado de chegar à janela ainda aberta para o ar de agosto, e Robert Assingham vinha ficando a par, o tempo todo, do que lhe cabia saber. Mas suas palavras, citadas há pouco, se apresentavam, no momento, como a essência de seu espírito e sua atitude. Ele abria mão da responsabilidade, e que se danasse se não abrisse – ambas eram expressões que ele usava repetidamente. Mesmo sendo o mais simples, mais são, mais obsequioso dos homens, ele cedia habitualmente à linguagem extravagante. Uma vez a esposa lhe dissera, com relação à sua violência verbal, que tais excessos, da parte dele, faziam-na pensar num general aposentado que uma vez ela vira se distraindo com soldadinhos de brinquedo, lutando e vencendo batalhas, sitiando e aniquilando inimigos com pequenas fortalezas de madeira e minúsculos exércitos de latão. A ênfase verbal exagerada do marido era a *sua* caixa de soldados de brinquedo, seu jogo militar. De modo inofensivo aquilo satisfazia nele, em seus anos de declínio, o instinto militar; os impropérios, quando suficientemente numerosos e arrumados em sua força, podiam significar batalhões, esquadrões, tremendos canhonaços e gloriosas cargas de cavalaria. Era natural, era delicioso – o romance, e também para ela, da vida no campo e do estrondo perpétuo das armas. Significava lutar até o final, até a morte, mas ninguém jamais era morto.

Menos felizardo do que a esposa, entretanto, apesar de sua riqueza de expressões, ele ainda não encontrara a imagem que descrevia o jogo predileto *dela*; tudo que podia fazer era praticamente deixar por sua conta, imitando a filosofia dela. Vezes sem conta ele havia se levantado tarde da noite para discutir aquelas situações que abundavam na consciência mais elevada da Sra. Assingham, mas jamais deixara de negar que qualquer coisa na vida, qualquer situação vinda dela, poderia ser crítica para ele. Ela podia ter cinquenta situações críticas ao mesmo tempo, se quisesse – e era disso que as mulheres gostavam, afinal de contas; uma vez que sempre havia, quando estavam entranhadas demais em alguma, algum homem, como elas muito bem sabiam, para tirá-las. Ele não teria uma situação crítica que fosse sua, por preço nenhum, de qualquer tipo, nem mesmo entraria numa junto com ela. Assim, observava-a em seu elemento predileto, do mesmo modo como algumas vezes havia observado, no Aquarium, a célebre dama que, numa roupa de banho sumária, ainda que apertada, dava saltos mortais e fazia truques no tanque de água que parecia tão frio e desconfortável para quem não era anfíbio. Nessa noite ele ouvia a companheira, enquanto fumava seu último cachimbo, observava-a dando sua demonstração, como se tivesse pagado um xelim. Mas era verdade que, se fosse esse o caso, ele desejava receber o equivalente ao valor de seu dinheiro. O que era, em nome de Deus, a *coisa* pela qual ela estava tão disposta a se responsabilizar? O que ela fingia que iria acontecer, e o que, na pior das hipóteses, poderia a pobre jovem fazer, mesmo admitindo que quisesse fazer alguma coisa? O que, na pior das hipóteses, por sinal, podia-se imaginar que ela teria na cabeça?

– Se ela tivesse me dito no momento em que chegou aqui – respondeu a Sra. Assingham –, eu não teria a dificuldade que tive para descobrir. Mas ela não foi muito condescendente, e eu não vejo qualquer sinal de que irá se tornar. O certo é que ela não veio por nada. Ela quer... – a Sra. Assingham elaborou a ideia lentamente – ver o príncipe de novo. Não é *isso* que me perturba. Quero dizer que tal fato, *como* um fato, não me perturba. Mas pergunto a mim mesma: *para quê* ela quer isso?

– De que adianta perguntar a si mesma se não sabes? – O coronel se recostou, à vontade, com um dos tornozelos apoiado sobre o outro joelho, e os olhos atentos à boa aparência de um pé extremamente esbelto que ele ficava balançando, revestido de seda preta finamente tecida e couro de qualidade. Aquele membro parecia confessar, para a consciência da disciplina militar, tudo a respeito de ser tão polido e perfeito, tão reto, apertado e bem-acabado como um soldado num desfile. Chegava a sugerir que alguma pessoa "sofreria" alguma coisa, prisão no alojamento ou supressão de salário, se aquele pé não fosse exatamente como era. Bob Assingham era totalmente distinguido por uma magreza, uma magreza bastante distinta da frouxidão física, que pode ter sido determinada, da parte dos poderes superiores, por visões de transporte e acomodação, e que na verdade beirava a anormalidade. Ele se "fez" tão bem quanto seus amigos, na maior parte, sabiam, no entanto permanecia famintamente magro, com cavidades faciais e abdominais de aspecto bastante feio, e com uma consequente frouxidão no vestuário que, combinada com a escolha de estranhos tons claros e estranhas texturas como se fossem de palha, ao estilo das esteiras chinesas, capazes de provocar espanto nas lojas onde comprava, sugeriam o hábito de ilhas tropicais, uma contínua cadeira com assento de bambu, uma autoridade exercida em varandas amplas. Sua cabeça redonda e bem-feita, com o tom particular de cabelos brancos, era uma tigela de prata ao contrário; seus malares e os pelos do bigode eram dignos de Átila, o Huno. As cavidades oculares eram fundas e escuras, mas os olhos, dentro delas, pareciam pequenas flores azuis colhidas naquela manhã. O coronel sabia tudo que havia a saber sobre a vida, que ele via como, em grande parte, uma questão de arranjo pecuniário. Sua mulher o acusava de uma carência de reação moral e intelectual, ou mesmo de uma completa incapacidade para ambas. Ele nunca chegava ao ponto de entender o que ela estava dizendo, isso não importava, uma vez que, apesar da limitação, ele podia ser uma criatura perfeitamente social. As enfermidades, os sofrimentos dos homens não o surpreendiam nem o chocavam, e de fato – o que talvez fosse sua única falha real numa carreira próspera – raramente chegavam até mesmo a divertir; ele os recebia como ponto pacífico, sem horror, classificando-os segundo o tipo e calculando resultados e chances. Podia, em antigos climas desconcertantes, em antigas campanhas cheias de crueldade e indisciplina, ter tido tamanhas revelações e conhecido tamanhos espantos que nada mais havia a aprender. Mas era totalmente satisfeito, apesar de gostar, nas discussões domésticas, de usar o grau superlativo; e sua gentileza, do modo mais estranho, nada parecia ter a ver com a experiência. Ele podia lidar perfeitamente com as coisas, apesar de todas as suas necessidades, sem chegar perto delas.

Era assim que lidava com a esposa, de quem uma grande proporção de significados ele sabia que poderia negligenciar. Para a economia geral de ambos, ele cortava partes do jogo mental dela, assim como cortava, economizando com um toco de lápis, os telegramas redundantes que ela escrevia. De tudo no mundo, o que guardava menos mistério para ele era o seu clube, onde talvez fosse tido como controlador demais, e que ele controlava com sagacidade perfeita. Sua conexão com o mesmo era uma obra-prima de cortes. Na verdade, voltando atrás, este era provavelmente o processo que ele poderia estar-se propondo a aplicar ao ponto de vista da Sra. Assingham com relação ao que estava agora diante deles; isto é, à conexão deles com as possibilidades de Charlotte Stant. Além disso, ele gostava de

Charlotte, que era uma hóspede tranquila e concisa, e que ele sentia, observando os instintos da jovem contra o desperdício, como sendo muito mais do seu tipo do que do tipo de sua mulher. O coronel poderia falar com ela sobre Fanny quase de um modo melhor do que poderia falar com Fanny sobre Charlotte. Mas no momento fez o melhor possível em nome desta última necessidade, até mesmo a ponto de insistir com a pergunta que pronunciou por fim:

– Se não consegues pensar no que a amedronta, espere até *conseguir* pensar. Isso te fará um bem muito maior. Ou então, se isso significa esperar demais, descubras com *ela*. Não tentes descobrir *comigo*. Perguntes a ela.

A Sra. Assingham negava, como sabemos, que seu marido tivesse um jogo mental; de modo que, de seu lado, ela podia tratar essas observações apenas como se tivessem sido gestos físicos sem significado ou movimentos faciais nervosos. Ela os desconsiderava como se por hábito e gentileza; entretanto não havia ninguém com quem falasse de modo tão persistente sobre coisas tão íntimas.

– A complicação imensa é a amizade dela com Maggie. Porque *isso* – pensou ela em voz alta – é muito natural.

– Então por que ela não pode ter vindo por esse motivo?

– Ela veio – a Sra. Assingham continuou a meditar – porque odeia a América. Não havia lugar lá para ela; ela não se ajustava. Não estava em harmonia, assim como as pessoas que ela encontrava. De modo que é terrivelmente difícil; ela não pode, por meios próprios, começar a viver lá. Assim como não pode, de certo modo, viver aqui.

– Queres dizer, viver *conosco*?

– Viver com qualquer um. Ela não pode viver simplesmente se hospedando com as pessoas, e não quer isso. Ela é boa demais para isso, mesmo que pudesse. Mas ela irá – ela *precisa*, cedo ou tarde – se hospedar com *eles*. Maggie vai querer, Maggie vai exigir. Além disso, Charlotte mesma vai querer.

– Então por que não achas que é por isso que ela veio?

– *Como* é que isso vai acabar? – continuou ela, como se não estivesse ouvindo. – É o que eu fico pensando.

– Por que não acabaria bem?

– E se alguma coisa do passado voltar *agora*? Como é que isso vai acabar? Como vai acabar?

– Isso vai acabar, ouso dizer, sem que tenhas de meter as mãos. Quando, minha cara – prosseguiu o coronel enquanto fumava –, tu viste alguma coisa tua, alguma coisa que tu fizeste, não acabar?

– Ah, eu não fiz isso! – A pergunta provocou sua resposta direta. – Eu não a trouxe de volta.

– Tu esperavas que ela ficasse aqui todos os dias para fazer a tua vontade?

– Nem um pouco, mas eu não teria me importado se ela viesse depois do casamento. É o fato de ter vindo assim, antes. – E a Sra. Assingham acrescentou com incoerência: – Eu sinto muita pena dela, é claro que ela não pode gostar disso. Mas não sei que perversidade a domina. Ela não precisava olhar tudo cara a cara, e não faz isso, suponho, simplesmente para se castigar. É quase, este é o ponto fundamental, um castigo para *mim*.

– Então talvez esta tenha sido a ideia dela – disse Bob Assingham. – Consideres, pelo amor de Deus, um castigo para ti e acabes com isso. Também vai servir como castigo para mim.

Mas ela estava longe de acabar; era uma situação com lados diferentes, como disse, e uma situação em que, com justiça, não era possível ficar cega a nenhum deles.

– Isso não significa, tu sabes, por exemplo, que eu a considere má. Nunca, nunca. Não penso assim a respeito dela.

– Então por que isso não basta?

Nada bastava, deu a entender a Sra. Assingham, a não ser que ela desenvolvesse seu pensamento.

– Ela não pretende deliberadamente, ela não deseja de forma consciente a menor complicação. É perfeitamente verdadeiro que ela considera Maggie uma amiga querida, quem não considera? Charlotte é incapaz de qualquer plano para tocar num fio da cabeça de Maggie. Entretanto aqui está ela. E lá estão *eles* – terminou a Sra. Assingham.

De novo o marido fumou durante um tempo em silêncio.

– Mas, afinal de contas, o que aconteceu entre eles?

– Entre Charlotte e o príncipe? Ora, nada; a não ser eles terem de reconhecer que nada *poderia* acontecer. Esse foi o pequeno romance entre os dois, foi até mesmo sua pequena tragédia.

– Mas o que, diabos, eles *fizeram*?

– Fizeram? Eles se apaixonaram um pelo outro. Mas, vendo que era impossível, desistiram.

– Então onde estava o romance?

– Ora, na frustração, no fato de terem a coragem de olhar os fatos de frente.

– Fatos? – insistiu o coronel.

– Bem, para início de conversa, o fato de que nenhum dos dois tem meios para se casar. Se ela tivesse ao menos um pouco – quero dizer, um pouco para dois –, acho que ele teria enfrentado corajosamente. – Depois disso, como o esposo apenas emitiu um som estranho e vago, ela se corrigiu: – Quero dizer, se ele próprio tivesse apenas um pouco, ou um pouco mais do que um pouco, um pouco para um príncipe. Eles teriam feito o possível – ela lhes fez justiça –, se houvesse um meio. Mas não havia um meio, e Charlotte, para seu mérito, acho, entendeu isso. Ele *precisava* ter dinheiro, era uma questão de vida e morte. De qualquer modo, não teria sido nem um pouco divertido casar-se com ele como um mendigo, quero dizer, deixando-o como tal. Foi isso que ela teve, assim como *ele* teve, o bom senso de enxergar.

– E o bom senso deles é o que chamas de romance?

Ela o encarou durante um momento.

– O que mais tu queres?

– *Ele* não queria nada mais? Ou, por sinal, a pobre Charlotte também não queria?

Ela manteve o olhar fixo; havia naquele olhar um jeito que meio respondia.

– Os dois estavam totalmente apaixonados. Ela poderia ter sido sua... – a Sra. Assingham se conteve; durante minutos chegou a perder o fio da meada. – Ela poderia ter sido qualquer coisa que quisesse, exceto esposa dele.

– Mas não foi – disse o coronel, muito absorto em fumar.

– Não foi – ecoou a Sra. Assingham.

O eco, não alto mas profundo, preencheu o quarto durante algum tempo. Ele pareceu ouvi-lo se apagar aos poucos; depois recomeçou:

– Como tens certeza?

Ela esperou antes de dizer, mas quando falou, foi definitiva:

– Não houve tempo.

Ele deu um pequeno riso diante da explicação; podia ter esperado alguma outra.

– Isso demora tanto tempo?

Mas ela continuou séria.

– Demora mais do que eles tiveram.

O coronel mantinha a neutralidade, mas ficou pensando.

– Qual foi o problema com o tempo dos dois? – Depois disso, enquanto, lembrando-se de tudo, revivendo tudo, encaixando as peças, ela apenas considerava, ele perguntou: – Quer dizer que tu entraste com a *tua* ideia?

Isso levou-a rapidamente ao ponto, como se também, de certa forma, para responder a si mesma.

– Nem um pouco, *na época*. Mas sem dúvida tu te lembras de como tudo aconteceu, há um ano. Eles haviam rompido antes mesmo que o príncipe ouvisse falar de Maggie.

– Por que ele não ficou sabendo dela pela própria Charlotte?

– Porque Charlotte nunca falou dela.

– E foi isso também que ela te contou?

– Não estou falando do que ela me contou. Isso é uma coisa. Estou falando do que sei por mim mesma. Isso é outra.

– Em outras palavras, tu achas que ela mente para ti? – perguntou Bob Assingham, de modo mais afável.

Ela desconsiderou a pergunta, achando-a uma grosseria.

– Na época ela nem mesmo citou o nome de Maggie.

Aquilo soou tão assertivo que pareceu impressioná-lo.

– Então foi ele quem te contou?

Depois de um momento ela admitiu.

– Foi ele.

– E ele não mente?

– Não, para lhe fazer justiça. Acredito que ele não mente de modo nenhum. Se eu não tivesse acreditado – declarou a Sra. Assingham, numa justificativa geral –, não teria nada a ver com ele, quero dizer, neste assunto. Ele é um cavalheiro, quero dizer, *tão* cavalheiro quanto deve ser. E não tinha nada a ganhar. Isso ajuda até mesmo a um cavalheiro. Fui eu que falei de Maggie ao príncipe, em maio do ano passado. Antes disso ele nunca tinha ouvido falar dela.

– Então é grave – disse o coronel.

Ela hesitou.

– Quer dizer que é grave para mim?

– Ah, tudo é grave para "ti", isso é ponto pacífico, e é disso que estamos falando fundamentalmente. É grave – *era* – para Charlotte. E é grave para Maggie. Isto é, *foi*, quando ele a viu. Ou quando ela *o* viu.

– Tu não me atormentas tanto quanto gostarias – prosseguiu ela – porque não pensas em nada que eu já não tenha pensado mil vezes, e porque eu penso em tudo que tu jamais pensarás. Tudo isso teria sido grave se não estivesse certo. Tu não consegues compreender que nós chegamos a Roma antes do final de fevereiro.

Ele mais do que concordou.

– Não há nada na vida, minha cara, que eu *possa* compreender.

Bom, aparentemente não havia nada na vida que ela, numa necessidade real, não pudesse.

– Charlotte, que estivera lá, naquele ano, desde cedo, praticamente desde novembro, partiu de súbito, deves lembrar-te, mais ou menos no dia 10 de abril. Ela deveria ter ficado; deveria ter ficado, naturalmente, de certa forma, por nós; e deveria ter ficado ainda mais porque os Verver, que deveriam estar lá todo o inverno, mas se demoraram semana após semana em Paris, finalmente iam chegar. Iam chegar e, isto é, Maggie ia principalmente para vê-la, e acima de tudo para estar com Charlotte *lá*. Tudo foi alterado pela ida de Charlotte a Florença. Ela partiu de um dia para o outro, tu esqueces tudo. Ela deu motivos, mas eu achei estranho, na ocasião; tinha a sensação de que alguma coisa devia ter acontecido. A dificuldade foi que, mesmo sabendo um pouco, eu não sabia o suficiente. Não sabia que a relação dela com o príncipe tinha, como tu dizes, chegado "perto"; isto é, eu não sabia *quão* perto. A partida da coitada foi uma fuga, ela foi embora para se salvar.

O coronel havia escutado mais do que demonstrava, pelo que se revelou em seu tom de voz.

– Para se salvar?

– Bom, na verdade acho que também para salvá-*lo*. Eu percebi depois; percebo tudo agora. Ele lamentaria, ele não queria magoá-la.

– Ah, imagino – gargalhou o coronel. – Eles geralmente não querem!

– De qualquer modo, ela fugiu, os dois fugiram; porque simplesmente tiveram de encarar o fato. O casamento era impossível e, sendo assim, quanto mais rápido pusessem os Apeninos entre eles, melhor. Na verdade os dois tinham levado algum tempo para sentir e descobrir isso. Haviam se encontrado constantemente, e nem sempre em público, durante todo o inverno; haviam se encontrado mais do que era sabido, ainda que se soubesse um bocado. Mais, certamente, do que eu imaginava na época, ainda que eu não saiba que diferença isso tudo faria para mim. Eu gostei dele, achei-o encantador, desde o dia em que nós o conhecemos; e agora, depois de mais de um ano, ele não fez nada para estragar isso. E há coisas que poderia ter feito, coisas que muitos homens fariam facilmente. Portanto acredito nele, e eu estava certa, a princípio, em saber que acreditaria. De modo que não fui – e ela declarou isso como se estivesse lendo numa ardósia, depois de somar todos os itens, o resultado de uma coluna de números –, de modo que eu não fui, digo a mim mesma, uma tola.

– Bom, estás tentando dar a entender que eu disse isso? Tudo que a situação deles requer, de qualquer modo – declarou Bob Assingham –, é que a deixes em paz. O caso agora é deles; eles compraram e pagaram. Deixou de ser teu.

– De que caso estás falando?

Ele fumou durante um minuto; depois, com um gemido:

– Meu Deus, será que existem tantos assim?

– Há o de Maggie e o príncipe, e há o do príncipe e Charlotte.

– Ah, sim; e também – zombou o coronel – há o de Charlotte e o príncipe.

– Há o de Maggie e Charlotte – prosseguiu ela – e também o de Maggie e eu. E acho que também há o de Charlotte e eu. Sim, o de Charlotte e eu certamente é um caso. Resumindo, veja bem, há uma grande quantidade. Mas eu pretendo manter a cabeça no lugar.

– E nós precisamos resolver todos os casos esta noite?

– Eu poderia perder a cabeça se as coisas tivessem acontecido de outra forma, se eu tivesse feito alguma tolice. – Ela prosseguira séria, sem ligar para a pergunta dele. – Eu não suportaria isso agora. Mas minha consciência é minha força; ninguém pode me acusar. Os Verver chegaram a Roma sozinhos. Charlotte, depois dos dias que eles passaram com ela em Florença, decidiu-se pela América. Maggie, imagino, ajudou-a; deve ter-lhe dado um presente, e um presente bom, de modo que muitas coisas foram fáceis. Charlotte deixou-os, veio para a Inglaterra, "encontrou" algumas pessoas, viajou para Nova York. Ainda tenho sua carta de Milão, contando; naquele momento eu não sabia tudo o que havia por trás, mas mesmo assim senti que ela buscava uma vida nova. Certamente, de qualquer modo, a carta clareou *aquele* ar; quero dizer, o velho e querido ar romano, em que estávamos envoltos. A carta deixou o campo livre, e isso me deu liberdade. Para mim não existia a ideia de qualquer outra pessoa quando juntei os dois. Mais do que isso, essa ideia não existia para *eles*. De modo que tu vês – concluiu ela – onde isso me coloca.

Com essas palavras a Sra. Assingham se levantou, como se elas fossem a luz do dia em direção à qual, através de um túnel escuro, ela estivesse abrindo caminho, e a empolgação na voz, combinada com sua vivacidade recuperada, poderia ter significado o apito agudo do trem que sai finalmente ao ar livre. Ela caminhou pelo quarto; olhou durante um momento para a noite de agosto; parou, aqui e ali, diante das flores em jarros e vasos. Sim, era claramente como se estivesse provando o que precisava de prova, como se sua operação tivesse sido, quase inesperadamente, um sucesso. Talvez a velha aritmética tivesse sido falaciosa, mas a nova resolvia a questão. Mas seu marido, estranhamente, ficou no lugar onde estava, aparentemente sem avaliar esses resultados. Assim como havia se divertido com a ênfase dela, o coronel não estava empolgado com seu alívio; na verdade o interesse dele podia ter sido mais angariado do que ele admitia.

– Queres dizer – perguntou ele – que o príncipe já se esqueceu de Charlotte?

Ela girou para encará-lo, como se o marido tivesse tocado uma mola.

– Ele *quis*; naturalmente, era a melhor coisa que poderia fazer. – A Sra. Assingham estava de posse do caso principal, era o que parecia; agora tinha-o por inteiro. – Ele era capaz desse esforço, e tomou o melhor caminho. Lembre-se também do que Maggie nos pareceu na época.

– Ela é muito boa, mas sempre me parece, mais do que qualquer outra coisa, a jovem que ganha um milhão por ano. Se queres dizer que é isso que ela pareceu especialmente para ele, é óbvio que colocas a coisa sob teu ponto de vista. O esforço para esquecer Charlotte não poderia, eu te garanto, ter sido tão difícil.

Isso fez com que ela se detivesse apenas um instante.

– Eu nunca disse que desde o princípio, nunca disse que cada vez mais, ele gostava do dinheiro de Maggie.

– Eu nunca disse que eu também não gostaria – respondeu Bob Assingham. Ele não fez qualquer movimento; fumou mais um minuto. – Quanto Maggie sabia?

– Quanto? – ela pareceu considerar, como se estivesse avaliando entre litros e galões, qual seria o melhor modo de exprimir a quantidade. – Ela sabia o que Charlotte, em Florença, havia lhe contado.

– E o que Charlotte *havia* lhe contado?

– Muito pouco.

– O que te deixa tão certa?

– Ora, isso: o fato de que ela *não podia* contar. – E explicou um pouco o que queria dizer. – Existem coisas, meu caro... tu mesmo já não sentiste isso, por mais rude que seja, que ninguém poderia contar a Maggie. Existem coisas que, dou minha palavra, eu não tentaria contar a ela agora.

O coronel fumou pensando nisso.

– Ela ficaria muito escandalizada?

– Ela ficaria muito apavorada. Ficaria, no seu jeitinho estranho, muito magoada. Ela não nasceu para conhecer o mal. Não deve jamais conhecê-lo.

Bob Assingham deu um sorriso estranho e impiedoso; cujo som, na verdade, fixou a esposa à sua frente:

– Nós vamos dar grandes passos para impedir isso.

Mas ela ficou ali parada para protestar.

– Nós não vamos dar nenhum passo. Todos os passos foram dados; foram dados a partir do momento em que ele chegou junto à nossa carruagem naquele dia na Vila Borghese: o segundo ou terceiro dia depois de ela ter chegado a Roma, quando, como lembras, tu foste a algum lugar com o Sr. Verver, e o príncipe, que havia entrado na carruagem conosco, veio conosco para o chá. Eles haviam se conhecido; tinham se visto muito bem; haviam estabelecido uma relação: o resto viria por si mesmo e como pudesse. Começou praticamente, eu lembro, durante o nosso passeio. Por acaso Maggie ficou sabendo, pelo modo como algum outro homem o cumprimentou, no alegre estilo romano, de uma esquina pela qual passávamos, que um dos nomes de batismo do príncipe, o que era sempre usado por seus amigos, era Amerigo:* que era o nome (como tu provavelmente não sabes mesmo depois de uma vida inteira *comigo*), há quatrocentos anos, ou sei lá há quanto tempo, do homem ambicioso que seguiu, através do mar, na esteira de Colombo e teve sucesso, ao passo que Colombo fracassou, em se tornar o padrinho, ou aquele que deu nome, ao novo continente; de modo que a ideia de qualquer conexão com ele pode até agora emocionar nossos seios pouco artísticos.

A placidez séria do coronel podia sempre, de modo bastante adequado, responder às pouco frequentes acusações imperturbáveis e desenvoltas, por parte da esposa, de ignorância com relação à terra onde ela nascera; e aquelas profundezas escuras, mesmo no momento presente, não foram diretamente iluminadas por uma inquirição que conseguisse ser curiosa sem ser apologética.

*Aparentemente, o príncipe é descendente de Amerigo Vespucci (Américo Vespúcio), navegador italiano cuja expedição alcançou a costa norte da América do Sul em 1499.

– Mas onde está a conexão?

A esposa respondeu de pronto:

– Nas mulheres, isto é, em alguma mulher obsequiosa, de antigamente, que descendia do homem ambicioso, do suposto descobridor, e a quem o príncipe, portanto, tem a sorte de poder se referir como uma ancestral. Um ramo da outra família havia se tornado importante; suficientemente importante, pelo menos, para se casar com a dele; e o nome do navegador, coroado de glória, iria, muito naturalmente, tornar-se moda entre eles a ponto de cada filho, em cada geração, ser designado para usá-lo. O que eu quero dizer, de qualquer modo, é que me lembro de ter percebido na época como o príncipe, desde o início, foi ajudado na relação com os queridos Verver pelo fato de usá-lo. A conexão se tornou romântica para Maggie no momento em que ela a percebeu; ela descartou, num átimo, qualquer elo que pudesse ser vago. "Com este sinal", eu praticamente disse a mim mesma, "ele conquistará"; com a sorte, claro, de ter também os outros sinais necessários. Na verdade isso foi praticamente o momento decisivo da situação. O que também me pareceu – concluiu ela – um sinal adorável da honestidade dos Verver.

O coronel captou a narrativa, mas seu comentário foi prosaico:

– Ele sabia, o Amerigo, o que queria fazer. E não estou falando do *antigo*.

– Eu sei do que estás falando! – exclamou corajosamente a mulher.

– O antigo – ele enfatizou seu ponto de vista – não é o único descobridor da família.

– Ah, como quiseres! Se ele descobriu a América, ou conseguiu ser homenageado como se tivesse descoberto, seus sucessores iriam, com o devido tempo, descobrir os americanos. E foi um deles em particular, sem dúvida, que descobriria como nós somos patriotas.

– E não seria esse mesmo – perguntou o coronel – que realmente descobriu o que chamas de conexão?

Ela o encarou.

– A conexão é uma coisa verdadeira, a conexão é perfeitamente histórica. Suas insinuações ricocheteiam em sua mente cínica. Tu não entendes que a história dessas pessoas é conhecida, raízes e galhos, em cada momento de seu curso?

– Ah, tudo bem – disse Bob Assingham.

– Vás ao Museu Britânico – continuou ela, com ênfase.

– E o que eu devo fazer lá?

– Existe uma sala imensa, um recesso, ou departamento, ou seja lá o que for, cheia de livros escritos apenas sobre a família *dele*. Tu podes ver por ti mesmo.

– Tu viste por *ti mesma*?

Ela hesitou apenas um instante.

– Certamente; eu fui um dia com Maggie. Nós o procuramos, por assim dizer. Eles foram extremamente corteses. – E ela caiu de novo na corrente que o marido havia agitado ligeiramente. – De qualquer modo, o efeito foi produzido, o encanto começou a funcionar, em Roma, a partir daquele momento em que o príncipe andou na nossa carruagem. Minha única atitude, depois, tinha de ser fazer o máximo por isso. A atitude certamente foi bastante boa – apressou-se a Sra. Assingham em acrescentar – e eu não achei que seria meu dever fazer o mínimo. Na mesma situação, hoje, eu não agiria de outro modo. Entrei no caso como ele me pareceu então e, como, por sinal, ainda me parece. *Gostei* do caso, tive todo tipo de pensamentos bons a respeito e nada, mesmo agora – disse ela com certa intensidade – me faz pensar diferente.

– Nada pode jamais fazer-te pensar algo que não queiras – observou o coronel, ainda em sua poltrona, por cima do cachimbo. – Tu tens uma capacidade preciosa de pensar o que queres. E além disso queres, de um momento para outro, pensar coisas tremendamente diversas. O que aconteceu – prosseguiu ele – foi que tu mesma te apaixonaste violentamente pelo príncipe e, como não podia *me* tirar do caminho, tiveste de tomar um outro caminho tortuoso. *Tu* não podias te casar com ele, tanto quanto Charlotte, mas podias casá-lo com outra pessoa: era sempre o príncipe, era sempre um casamento. Podias casá-lo com a tua amiguinha, com relação a quem não havia objeções.

– Não apenas não havia objeções, mas havia motivos, positivos, e todos excelentes, todos encantadores. – Ela falou isso com uma ausência de qualquer repúdio por ele ter exposto a mola de sua conduta; e essa abstenção, clara e efetivamente cônscia, evidentemente nada lhe custou. – *É* sempre o príncipe, e *é* sempre, graças a Deus, um casamento. E essas são as coisas, graças a Deus, que sempre serão. O fato de eu poder ajudar, há um ano, certamente me deixou feliz, e continua me deixando feliz.

– Então por que não estás tranquila?

– Eu estou tranquila – disse Fanny Assingham.

Ele encarou-a, com sua candura incolor, ainda sentado no mesmo lugar; ela se movimentou de novo, um pouco, enfatizando com a inquietação a declaração de tranquilidade. A princípio ele ficou tão quieto como se tivesse aceitado a resposta, mas não manteve silêncio durante longo tempo.

– O que achas de, segundo tu mesma disseste, Charlotte não ter podido contar tudo a ela? O que achas de o príncipe não ter contado nada? Digamos que eu entenda que existem coisas que não podem ser contadas. Uma vez que, como disseste, ela pode ser amedrontada e chocada tão facilmente. – O coronel fez essas objeções devagar, dando-lhe tempo, com as pausas, para parar de andar de um lado para outro e voltar a ele. Mas ela continuava andando quando ele concluiu a pergunta. – Se não tivesse acontecido nada que não devesse acontecer entre os dois antes de Charlotte dar no pé, uma vez que, exatamente como disseste, não *deveria* haver: por que, diabos, o que *aconteceu* teria sido tão ruim para ser falado?

Depois dessa pergunta a Sra. Assingham ainda continuou a circular – sem respondê-la diretamente mesmo quando finalmente parou.

– Eu achava que querias que eu ficasse tranquila.

– E quero, e estou tentando fazer com que não te preocupes mais. Não podes ficar tranquila com relação a *isso*?

Ela pensou durante um momento, depois pareceu tentar.

– Deduzir que ela teve de "dar no pé" pelos motivos dos quais falamos, ainda que o dar no pé tenha feito por ela o que ela queria... *isso* eu posso sentir perfeitamente que não foi o que Charlotte quis fazer.

– Ah, então, se isso *fez* por ela o que ela queria...! – Mas a conclusão do coronel ficou pendurada no "se", que sua mulher não aproveitou.

De modo que continuou pendurada por mais tempo ainda quando ele voltou a falar. – O que então me faz pensar, nesse caso, é em por que ela voltou para ele.

– Digamos que ela não voltou para ele. Não realmente para *ele*.

– Eu digo o que quiseres. Mas isso não fará para mim o mesmo bem que faria se tu dissesses.

– Nada, meu caro, te fará bem – retrucou a Sra. Assingham. – Tu não te importas com nada em si; não te importas com nada a não ser para te divertires de modo grosseiro ao ver que eu não lavo minhas mãos...!

– Eu pensava que teu argumento era que tudo está tão certo que é exatamente isso que tu fazes.

Mas a esposa, como este era um ponto de vista que ela havia apresentado frequentemente, pôde prosseguir como havia conseguido antes.

– Tu és totalmente indiferente, de fato; és totalmente imoral. Tu tomaste parte no saque de cidades, e tenho certeza de que fizeste coisas pavorosas. Mas eu não perturbo minha cabeça. E daí?! – Ela gargalhou.

Ele aceitou a gargalhada, mas manteve o tom.

– Bom, eu apoio a pobre Charlotte.

– "Apoias"?

– Na tentativa de saber o que ela quer.

– Ah, nesse caso, eu também. Ela sabe o que ela quer. – E a Sra. Assingham disse a quantidade, finalmente, em nome da jovem, como o resultado maduro de suas caminhadas e pensamentos noturnos. Durante a conversa ela havia procurado o fio, e agora o havia encontrado. – Ela quer ser magnânima.

– Ela *é* – disse o coronel quase cinicamente.

– Ela quer – agora a esposa falava depressa – ser totalmente superior, e é capaz disso.

– De querer?

– De realizar sua ideia.

– E qual *é* a ideia dela?

– Ajudar Maggie a superar.

Bob Assingham pensou.

– Superar o quê?

– Tudo. Ela *conhece* o príncipe. E Maggie não conhece. Não, meu caro – a Sra. Assingham teve de reconhecer –, ela não conhece.

– Então Charlotte veio para lhe dar aulas?

Fanny Assingham continuou a desenvolver seu pensamento.

– Ela fez uma coisa fantástica por ele. Isto é, há um ano, ela praticamente fez. Praticamente, de qualquer modo, ajudou-o a fazer por si mesmo e me ajudou a ajudá-lo. Ela se manteve afastada, ficou longe, deixou-o livre; e, além do mais, o que foram seus silêncios para com Maggie além de uma ajuda direta a ele? Se ela tivesse falado em Florença; se tivesse contado sua pobre história; se tivesse voltado a qualquer momento, até algumas semanas atrás; se não tivesse ido para Nova York e não tivesse ficado lá; se não tivesse feito essas coisas, tudo que aconteceu desde então seria diferente. Portanto ela está em posição de ser coerente agora. Ela conhece o príncipe – repetiu a Sra. Assingham. Isso implicou de novo seu reconhecimento anterior. – E Maggie, coitada, não conhece.

Ela estava empolgada, estava lúcida, estava quase inspirada; e isso redundou num mergulho mais profundo até o raso bom senso de seu marido:

– Em outras palavras: Maggie está correndo perigo por conta de sua ignorância? Então, se ela está correndo perigo, *há* perigo.

– Não haverá, uma vez que Charlotte entenda. Foi nisso que ela se baseou ao crer que podia ser heroica, na verdade, que podia ser sublime. Ela *é*, ela será – nesse ponto a boa dama estava arrebatada. – De modo que é possível ela se tornar, para sua melhor amiga, um elemento de segurança *incontestável*.

Bob Assingham tocou no ponto fundamental:

– Qual deles dois tu dirias que é o melhor amigo dela?

Ela fez um gesto de impaciência.

– Descubras tu! – Mas ela havia adotado a grande verdade assim revelada. – Nós é que devemos, portanto, ser os melhores amigos dela.

– "Dela"?

– Tu e eu. Nós é que devemos ser amigos de Charlotte. Nós é que devemos, do nosso lado, ajudá-la a passar por isso.

– Pela sua grandiosidade?

– Pela sua vida nobre, solitária. Só que, isso é essencial, ela não precisa *ser* solitária. Será ótimo se ela se casar.

– Então nós devemos casá-la?

– Nós devemos casá-la. Será a melhor coisa que eu posso fazer – prosseguiu a Sra. Assingham. Ela percebia cada vez mais. – Isso vai compensar.

– Compensar o quê? – Mas como ela nada disse, o desejo do coronel por lucidez se renovou. – Se tudo está tão bem, o que há para compensar?

– Bom, se eu fiz alguma coisa errada, por acaso, para qualquer um deles. Se eu cometi algum erro.

– Tu vais compensar cometendo outro? – Então, como de novo ela não respondeu: – Eu achava que a tua questão era exatamente que tinhas certeza.

– Nunca se pode ter toda certeza de qualquer coisa. Sempre há possibilidades.

– Então, se tudo que nós podemos é acertar a esmo, por que continuar nos intrometendo?

Isso fez com que ela o encarasse de novo.

– Onde estarias, meu caro, se eu não tivesse me intrometido *contigo*?

– Ah, aquilo não foi se intrometer: eu era teu. Eu fui teu – disse o coronel – desde o momento em que não objetei.

– Bom, essas pessoas não vão objetar. *Elas* também são minhas, no sentido de que eu gosto imensamente delas. E também no sentido de que acho que elas não gostam muito menos de mim. Nossa relação, no total, existe: é uma realidade, e uma realidade muito boa; nós estamos unidos, por assim dizer, e é tarde demais para mudar. Precisamos viver *nisso* e com isso. Portanto, garantir que Charlotte consiga um bom marido o mais rápido possível, como eu digo, será um dos meus objetivos de vida. Cobrirá todas as bases – disse ela com convicção. E então, à medida que a convicção do marido parecia igualar-se tão pouco à dela: – As bases, quero dizer, de qualquer nervosismo que eu possa sentir. Na verdade este será o meu dever, e não descansarei enquanto meu dever não for cumprido. – Nesse ponto ela havia chegado a algo que parecia exaltação. – Dedicarei minha vida a isso, durante um ano ou dois se necessário. Farei todo o possível.

Finalmente ele aceitou.

– Tu insistes em que não há limite para o que podes "fazer"?

– Não digo que não haja limite, ou alguma coisa do tipo. Digo que há boas chances, o bastante para dar esperança. Por que não haveria quando uma moça, afinal de contas, é tudo o que ela é?

– Quando dizes "tudo", queres dizer que ela é apaixonada por outra pessoa?

O coronel fez sua pergunta com uma calma sem dúvida designada para ser fatal; mas isso mal a abalou.

– Ela não está tão apaixonada a ponto de não querer se casar. Neste momento, especificamente, ela gostaria.

– Ela te disse isso?

– Ainda não. É cedo demais. Mas dirá. Além do mais, por enquanto não preciso da informação. O casamento dela provará a verdade.

– E que verdade?

– A verdade de tudo que digo.

– Provará a quem?

– Ora, a mim, para começar. Isso bastará para mim: o fato de dar certo para ela. O que isso provará – prosseguiu a Sra. Assingham – é que ela está curada. Que aceita a situação.

A isto ele pagou o tributo de uma longa tragada no cachimbo.

– A situação de fazer a única coisa que ela pode fazer e que realmente parece cobrir os seus rastros?

A esposa encarou-o, aquele homem bom e seco, como se agora, por fim, ele fosse meramente vulgar.

– A única coisa que ela pode fazer e que realmente criará rastros totalmente novos. A coisa que, mais do que qualquer outra, será sensata e correta. A coisa que lhe dará a melhor chance de ser magnífica.

Ele emitiu lentamente sua fumaça.

– E que te dará, do mesmo modo, a melhor chance de seres magnífica com ela?

– Eu devo ser pelo menos tão magnífica quanto puder.

Bob Assingham se levantou.

– E tu *me* chamas de imoral?

Ela hesitou.

– Chamo de estúpido, se preferires. Mas a estupidez levada até um certo ponto *é* imoralidade. Do mesmo modo, o que é a moralidade senão inteligência? – isto ele não pôde responder; o que a deixou em condições de concluir definitivamente: – Além do mais, na pior das hipóteses, isso tudo é tremendamente divertido.

– Ah, se simplesmente colocasses *desse modo*...!

A implicação dele era que, nesse caso, ambos tinham um ponto em comum; mas mesmo assim ele não conseguiu pegá-la por isso.

– Ah – disse ela junto à porta –, não estou falando da diversão em que estás pensando. Boa noite. – Em resposta a isso, enquanto desligava a luz elétrica, ele deu um gemido estranho, curto, quase um grunhido. Aparentemente ele *havia* pensado em algum tipo específico.

5

— Não, agora eu preciso falar, porque desejo ser absolutamente honesta. – Assim disse Charlotte, de modo um tanto agourento, depois de os dois terem entrado no parque. – Não quero fingir e não posso fingir nem mais um instante. Podes pensar o que quiseres a meu respeito, que não me importo. Eu sabia que não deveria fingir e agora descubro até que ponto. Eu voltei para isto. Na verdade não foi para qualquer outra coisa. Para isto – repetiu enquanto, sob a influência do tom de sua fala, o príncipe já havia parado.

– Para "isto"? – perguntou ele, como se a coisa específica que ela havia indicado lhe fosse vaga. Ou melhor, como se fosse uma quantidade que, mesmo no máximo, não poderia ser grande.

Mas seria tão grande quanto ela pudesse torná-la.

– Ter uma hora sozinha contigo.

Havia chovido forte durante a noite, e apesar de agora as calçadas estarem secas, graças a uma brisa purificante, a manhã de agosto, com suas nuvens densas pairando acima e o ar refrescado, estava fria e cinzenta. O verde múltiplo do parque havia se aprofundado, e um cheiro forte de irrigação, limpando o local de poeira e odores menos aceitáveis, subia da terra. Charlotte havia olhado ao redor, expressivamente, desde que haviam chegado, como se esperasse uma recepção intensa, um reconhecimento geral: mesmo no coração de Londres, o dia era tipicamente inglês, rico, simples, lavado pelo tempo. Era como se estivesse esperando por ela, como se ela o conhecesse, situasse, amasse, como se o dia fosse parte do motivo para ela ter voltado. Se esse fosse o caso, obviamente a impressão só poderia se perder no italiano meramente vago; era uma daquelas para as quais você precisava ser, graças a Deus, americano – como de fato precisaria ser, graças a Deus, um americano para todos os tipos de coisas: desde que não precisasse, graças a Deus ou não, ficar na América. Às dez e meia – também por compromisso definido – o príncipe havia chegado a Cadogan Place para se encontrar com a hóspede da Sra. Assingham, e em seguida, após uma breve espera, os dois haviam caminhado juntos pela Sloane Street e entraram direto no parque a partir da Knightsbridge. O acordo para isso acontecera, após dois dias, como consequência inevitável do apelo feito pela jovem naqueles primeiros momentos na sala de estar da Sra. Assingham. Foi um apelo que os dois dias nada tinham feito para invalidar – pelo contrário, tinham feito tudo para colocar uma luz, à qual, obviamente, não seria de bom-tom que alguém levantasse qualquer objeção. E, afinal de contas, quem levantaria uma objeção desde o momento em que a Sra. Assingham, informada e aparentemente sem desaprovar, não interveio? Foi isso que o jovem se perguntou – com uma noção muito adequada do que poderia deixá-*lo* ridículo. Ele não começaria – pelo menos isso era certo – mostrando medo. Ainda que a princípio tivesse sido intenso, o medo já teria diminuído, e não pouco; tão feliz, tão total, tão propício – ele poderia tê-lo chamado – fora o efeito desse rápido intervalo.

O tempo fora ocupado principalmente pela recepção aos seus convidados para o casamento e pela atenção não menos absorvida de Maggie à sua amiga, a quem manteve durante horas em Portland Place; a quem ela ainda não havia, uma vez que não teria sido conveniente, convidado para se mudar, mas que estivera presente, com outras pessoas, o contingente *dele*, no almoço, no chá, no jantar, em repastos perpétuos – jamais em sua vida, percebeu o príncipe, tivera de participar de tantas refeições – sempre que ele havia se apresentado. Se até este momento, a não ser por um minuto, ele não estivera a sós com Charlotte, do mesmo modo, positivamente, ele não estivera com Maggie; e se, portanto, ele não estivera sequer com Maggie, nada era mais natural do que não ter estado com Charlotte. O minuto excepcional, um simples átimo, subindo atrás de todos os outros a gigantesca escadaria de Portland Place, foi o suficiente para a jovem lembrar-lhe – tão preparado ela presumiu que ele estivesse – do que deveriam fazer. O tempo era curto, se iam fazê-lo. Todo mundo havia trazido presentes; os parentes dele haviam trazido maravilhas – como e que ainda possuíam, onde ainda encontravam, tais tesouros? Apenas ela não trouxera nada, e estava com vergonha; mas mesmo com a visão do restante dos tributos ela não seria deixada para trás. Faria o que pudesse, e ele, sem o conhecimento de Maggie, ele devia lembrar, tinha prometido ajudá-la. Ele havia prolongado o minuto a ponto de ter tempo de hesitar, procurando um motivo, e depois se arriscar revelando o motivo. O risco era que ele poderia magoá-la – ferir seu orgulho, se é que ela possuía esse tipo de orgulho. Mas ela poderia muito bem se magoar de qualquer modo; e, além disso, esse tipo específico de orgulho era exatamente o que ela não tinha. De modo que a pequena resistência dele, enquanto os dois se demoravam, fora apenas suficientemente branda para não ser impossível.

– Odeio encorajar-te, e logo para esse objetivo, afinal de contas, a gastar o teu dinheiro.

Ela havia parado um ou dois degraus atrás dele, onde, enquanto o olhava sob a luz alta da cúpula do salão, esfregava com a palma o mogno polido da balaustrada, montada sobre fino trabalho de ferro fundido inglês do século XVIII.

– Por que achas que tenho tão pouco? Pelo menos tenho o bastante: o bastante para que nós aproveitemos nossa hora. O bastante – ela havia sorrido – é tão bom quanto um festim! E, afinal de contas, obviamente não se trata de alguma coisa cara, Maggie está atulhada de tesouros; não se trata de competir ou brilhar mais do que os outros. O que é que ela *não* tem e que seja caríssimo? A minha oferta será algo pobre, exatamente algo que nenhuma pessoa rica *poderia* jamais lhe dar, e que, sendo ela rica demais para comprar, jamais teria. – Charlotte falava como se tivesse pensado muito. – Só que, como não pode ser uma coisa fina, deve ser divertida; e este é o tipo de coisa que devemos caçar. E, além disso, caçar em Londres é uma coisa divertida por si.

Agora mesmo ele se lembrou de como fora atingido pela palavra.

– "Divertida"?

– Ah, não estou falando de um brinquedo cômico. Falo de alguma coisinha com encanto. Mas absolutamente *certa*, em seu preço comparativamente barato. É isso que eu chamo de divertida – explicara ela. Além disso, acrescentara: – Tu costumavas me ajudar a conseguir coisas baratas em Roma. Eras esplêndido para pechinchar. Eu ainda tenho tudo, não preciso dizer, as pequenas pechinchas que te devo. Existem pechinchas em Londres no mês de agosto.

– Ah, mas eu não entendo o estilo de compras na Inglaterra e confesso que acho tedioso. – E nesse ponto, enquanto se viravam para subir juntos, ele havia objetado: – Entendo meus pobres queridos romanos.

– Eram *eles* que te entendiam: esta era tua vantagem – ela havia rido. – A nossa diversão aqui é exatamente eles não nos entenderem. Nós podemos *tornar* isso divertido. Verás.

Se ele hesitara de novo foi porque o assunto permitia.

– Sem dúvida a diversão será encontrar o nosso presente.

– Decerto, como eu digo.

– Bom, se eles não vierem até nós...?

– Nós iremos até eles. Há sempre alguma coisa a ser feita. Além disso, príncipe, eu não sou absolutamente uma mendiga, se é que queres saber. Sou pobre demais para algumas coisas – dissera ela, no entanto, por mais estranho que isso fosse, com bastante leveza. – Mas não sou pobre demais para outras. – E havia parado de novo no topo. – Andei economizando.

Ele realmente havia questionado isso:

– Na América?

– Sim, mesmo lá. E nós não deveríamos deixar – concluiu ela – para depois de amanhã.

Isso, definitivamente, com mais dez palavras, foi o que se passou – o príncipe sentindo o tempo todo que qualquer tipo de pedido iria apenas exacerbar a situação. Ele poderia continuar com as coisas como estavam, mas de jeito algum poderia exacerbá-las. Além do que era abominável fazer com que ela implorasse. Ele *estava* fazendo – ela havia implorado; e isso, por causa de uma sensibilidade especial nele, não era bom. Foi assim, concluindo, que chegaram onde estavam: ele estava engajado, o mais intensamente possível, na política de não exacerbar. Manteve-se assim mesmo quando ela deixou claro – como se esse fosse o ponto principal – que obviamente Maggie não deveria fazer ideia de nada. Metade do interesse, pelo menos, era que ela não deveria suspeitar; de modo que ele deveria esconder totalmente – assim como Charlotte também faria – que os dois tinham estado juntos em algum lugar ou que haviam se visto sozinhos durante mais do que cinco minutos. Resumindo: o sigilo absoluto da pequena excursão era essencial; ela apelou que ele tivesse a gentileza de lhe dizer que não a havia traído. Francamente, tinha de haver alguma coisa um tanto desconcertante em tal apelo em tal hora, praticamente na véspera do casamento: uma coisa era ter encontrado a jovem casualmente na casa da Sra. Assingham, e outra era combinar com ela uma manhã praticamente tão privada quanto as antigas manhãs dos dois em Roma, e praticamente não menos íntima. Ele havia contado imediatamente a Maggie, naquela mesma noite, sobre os minutos que haviam se passado entre os dois em Cadogan Place – apesar de não mencionar aqueles durante a ausência da Sra. Assingham, assim como não mencionou que a amiga, com tão pouca demora, propôs naquele dia. Mas o que brevemente impedira seu consentimento a qualquer mistério atual, verdadeiro – o que o fizera, enquanto estavam no topo da escada, hesitar por tempo suficiente para ela perceber –, foi a sensação de semelhança entre o pequeno plano à sua frente e ocasiões, no passado, das quais ele estava bastante desligado, das quais ele só desejava estar desligado. Era como recomeçar alguma coisa – o que ele menos desejava. A força, a beleza de sua posição atual estava em ser um absoluto novo começo, no fato de que o que estava começando seria totalmente inédito. Esses itens de sua consciência haviam se agrupado tão rapidamente que, quando Charlotte os leu em seu rosto, ele estava na presença do que eles significavam. Ela os havia questionado assim que os leu, havia-os recebido com um "Então você quer contar a ela?" que de algum modo os tornou ridículos. Isso o fizera, prontamente, voltar a minimizá-la – isto é, a amenizar a "preocupação exagerada". Obviamente os escrúpulos óbvios eram preocupação exagerada, e naquele momento ele havia se agarrado, à luz desta verdade, ao princípio feliz que faria face a qualquer situação.

Este princípio era simplesmente ser, com a jovem, sempre simples – e com a simplicidade definitiva. Isso cobria tudo. Havia coberto, naquela hora e local, certamente, sua submissão imediata à visão do que era mais claro. Isso, na verdade, acontecia porque o que Charlotte pedia era pouco, comparado com o que dava. O que ela dava tocou-o, enquanto o encarava, uma vez que era toda a canção de sua renúncia. Ela de fato renunciava – renunciava a tudo, e sem sequer insistir no que tudo aquilo tinha sido para ela. Sua única resistência era a insistência na questão menor de os dois manterem segredo do encontro. Isso, em troca de "tudo", de tudo de que ela abria mão, *era* apenas uma bagatela. Assim, ele se deixou ser guiado; concordou tão rapidamente, numa indulgência esclarecida, com qualquer virada específica que ela pudesse desejar na ocasião, que o selo da preferência dela estava bem aplicado à mesma enquanto eles ainda se encontravam no parque. Na verdade a aplicação exigiu que os dois se sentassem um pouco, para ver onde estavam; e em obediência a isso eles tiveram cerca de dez minutos, de uma qualidade bastante distinta, em duas cadeiras sob uma das árvores maiores. Eles haviam escolhido para o passeio a grama cortada, refrescada pela chuva, depois de encontrá-la já seca; e as cadeiras, viradas de costas para o caminho largo, a rua principal e a vista de Park Lane, davam para a vastidão de verde que de certa forma parecia aprimorar a liberdade dos dois. Desse modo elas ajudaram Charlotte a tornar sua posição – temporária – ainda mais clara, e foi com esse objetivo, obviamente, que, de maneira abrupta, ao ver a oportunidade, ela se sentou. Ele ficou de pé durante alguns instantes à sua frente, como se quisesse enfatizar a importância de não perder tempo, importância na qual ela própria insistira anteriormente; mas depois de Charlotte ter dito algumas palavras foi impossível para o príncipe não recorrer à afabilidade. Ele enfatizou quanto pôde, por meio dessa concessão, que se finalmente cedera à primeira proposta dela com relação ao que seria "divertido" naquilo, qualquer ideia que ela poderia ter contribuiria para isso. Consequentemente – com toda coerência – ele teria de tratar como divertido o fato de ela reafirmar, e reafirmar de novo, a verdade que era a verdade *dela*.

– Não importa o que aches, e não peço qualquer outra coisa de ti, além disto. Eu quero ter dito, e só. Quero não ter deixado de dizer. Ver-te de novo e estar contigo, estar como estamos agora, como costumávamos ficar, por uma hora pequena – ou duas, digamos – é o que está na minha cabeça há semanas. Quero dizer, claro, ter isso *antes*. Antes do que vais fazer. Assim, o tempo todo, veja bem – prosseguiu ela fixando-o com os olhos –, para mim era uma questão de ver se eu poderia conseguir isso a tempo. Se eu não pudesse ter vindo agora, provavelmente não viria, talvez nunca. Agora que estou aqui, devo ficar, mas houve momentos, lá, em que me desesperei. Não foi fácil, havia motivos; mas era isto ou nada. Portanto, veja bem, eu não lutei em vão. *Depois*... ah, eu não queria! Não quero dizer – ela sorriu – que não teria sido delicioso ver-te mesmo depois, ver-te em qualquer tempo; mas eu jamais viria por esse motivo. Isto agora é diferente. Isto é o que eu queria. Isto é o que consegui. Isto é o que sempre terei. Isto é o que me faltaria, claro, se tivesses optado por fazer me faltar. Se tivesses me achado horrenda, se tivesses te recusado a vir, naturalmente eu ficaria imensamente "lograda". Eu precisava correr o risco. Bom, tu és tudo que eu poderia ter esperado. É isso que eu deveria dizer. Não queria simplesmente passar um tempo contigo, queria que soubesses. Queria que tu – ela continuou; devagar, baixinho, com um pequeno tremor na voz, mas sem a mínima falha de sentido ou sequência –, queria que tu entendesses. Isto é, queria que ouvisses. Acho que não me importo se entendes ou não. Se não te peço nada, eu não peço – não devo pedir – nem mesmo isso. O que possas pensar de mim não importa nem um pouco. O que eu quero é que isso esteja sempre contigo, para que jamais possas te livrar disso, o pensamento de que eu *fiz*. Não vou dizer que *tu* fizeste, tu podes fazer tão pouco quanto quiseres. Mas que eu estive aqui contigo onde estamos e como estamos; eu dizendo isto. Em outras palavras, entregando-me, e perfeitamente disposta a fazer isso em troca de nada. É só.

Ela parou, como se sua demonstração estivesse completa – mas, por enquanto, sem se mexer; como se na verdade quisesse dar alguns minutos para aquilo se assentar; no ar que ouvia, no espaço que observava, na consciente hospitalidade da natureza – na medida em que a natureza estava, totalmente londrinizada, totalmente vulgarizada, ali com eles; ou mesmo, por sinal, em seus próprios ouvidos abertos, e não na atenção do amigo passivo e prudente. A atenção dele fizera tudo que a atenção podia fazer; seu rosto bonito, ligeiramente ansioso, mas ainda mais indefinidamente "divertido", fez seu papel de modo adequado. Entretanto ele se agarrava àquilo em que podia melhor se agarrar – ao fato de que ela o deixou de fora, claramente deixou-o de fora. Deixou-o isento, parecia, até mesmo de responder; de modo que enquanto ele sorria de volta em troca da informação, sentia que seus lábios permaneciam fechados à imprecisão sucessiva da réplica, da objeção, que vinha de dentro dele. A própria Charlotte falou por fim:

– Tu podes querer saber o que ganho com isso. Mas é problema meu.

Na verdade ele não queria saber nem mesmo isso. Continuava, segundo o plano mais seguro, a se comportar como se não quisesse; o que prolongava a mera mudez em que havia procurado refúgio. Ficou satisfeito quando, finalmente – quando o que ela queria dizer parecia estabelecido de modo satisfatório –, chegaram ao que pareceria um final do momento em sua vida sobre o qual ele menos tinha a dizer. O movimento e a caminhada, depois disso, com mais conversa impessoal, foram naturalmente um alívio; de modo que durante a excursão ele não ficou de novo carente da palavra certa. Era como se o ar o houvesse clareado; eles tinham a própria tarefa para discutir, e as oportunidades de Londres, a sensação do lugar maravilhoso, dos prazeres de andar sem rumo, a questão das lojas, das possibilidades, de objetos específicos, percebidos por cada um deles em passeios anteriores.

Cada um professava surpresa diante da extensão do conhecimento do outro; o príncipe, em particular, ficava espantado com o conhecimento da amiga a respeito de Londres. Ele se orgulhava do próprio conhecimento, de frequentemente poder orientar um cocheiro; era um capricho seu, parte de sua anglomania, e congruente com essa característica, que, afinal de contas, tinha muito mais superfície do que profundidade. Quando sua companheira, com a lembrança de outras visitas e outras caminhadas, falava de lugares que ele não tinha visto e de coisas que não conhecia, ele chegou a sentir-se de novo um pouquinho humilhado. Poderia até mesmo ter se sentido um tanto incomodado, se não ficasse, nesse aspecto, ainda mais interessado. Era uma luz nova sobre Charlotte e sua curiosa qualidade mundana, da qual, em Roma, ele tivera a devida percepção, mas que claramente pareceria maior no grande palco de Londres. Em comparação, Roma era um povoado, uma festa familiar, uma pequena espineta antiga para os dedos de uma das mãos. Mas quando chegaram ao Marble Arch era quase como se ela estivesse mostrando um novo lado, e isso, de fato, deu uma base nova e mais firme à diversão. Seria fácil encontrar o tom correto para se colocar nas mãos dela. Caso discordassem um pouco – com franqueza e lealdade – com relação a direções e oportunidades, valores e autenticidades, a situação estaria gloriosamente salva. Por acaso eles estavam discordando muito menos com relação a se manterem longe de locais conhecidos por Maggie. Charlotte lembrou isso como uma questão de necessidade, colocada no momento como uma condição – de que se mantivessem longe de qualquer lugar onde ele já estivera com Maggie.

Isso, de fato, fez pouca diferença – ainda que no último mês ele tivesse feito poucas coisas além de auxiliar a futura mulher nas compras, os *antiquarii*, como ele os chamava com Charlotte, não tinham sido o objetivo principal. A não ser na Bond Street, de fato, Maggie não tinha necessidade deles: sua postura com relação àquele tipo de comércio era cheia de consequências produzidas pela de seu pai. O Sr. Verver, um dos grandes colecionadores do mundo, não deixava a filha bater pernas sozinha; ele tinha pouco contato com lojas, e como comprador era quase sempre abordado em particular e de longe. Figuras importantes, de toda a Europa, faziam-lhe apresentações; altas personagens, incrivelmente altas, em número maior do que jamais seriam conhecidas, com solenes juramentos de discrição, como todo mundo fazia nesses casos, altas personagens procuravam-no como o único homem na curta lista autêntica de pessoas capazes de pagar o preço. Portanto fora fácil garantir, enquanto caminhavam, que os rastros da filha de Verver, bem como os do pai, seriam evitados; a única importância foi que a conversa sobre isso trouxe por um momento as primeiras palavras que trocavam a respeito de Maggie. Charlotte, ainda no parque, chegara a elas – pois foi ela quem começou – com uma estranha serenidade de avaliação, como uma continuação de suas palavras de dez minutos antes. Esta foi outra nota – o que ele teria chamado de outra luz – para o companheiro, que, mesmo sem dar sinal, admirou, esta é a palavra, a simplicidade da transição, uma transição que não se incomodou em se esclarecer ou explicar. Ela parou de novo um instante, sobre a grama, para fazer isso; parou diante dele com um súbito:

– Para ela, claro, qualquer coisa *serve*, de tanto que ela é generosa. Quero dizer, mesmo se eu lhe desse uma almofada de alfinetes do bazar da Baker Street.

– É exatamente isso que *eu* quis dizer – gargalhou o príncipe diante dessa alusão à conversa dos dois em Portland Place. – Foi exatamente isso que sugeri.

Mas ela não prestou atenção à resposta; continuou em seu próprio caminho.

– Mas isso não é motivo. Nesse caso nós jamais faríamos nada por ela, quero dizer – explicou Charlotte –, se nós nos aproveitássemos do caráter dela.

– Do caráter?

– Nós não devemos nos aproveitar do caráter dela – prosseguiu de novo a jovem, sem prestar atenção. – Não devemos, se não por *ela*, pelo menos por nós mesmos. Ela nos poupa esse problema.

Charlotte havia falado pensativamente, com os olhos fixos nos do amigo; podia estar falando, preocupada e prática, de uma pessoa de quem ele estivesse comparativamente desligado.

– Ela certamente não nos *causa* problema – disse o príncipe. Então, como se isso talvez fosse ambíguo ou inadequado: – Ela não é egoísta o bastante, que Deus a perdoe.

– É isso que eu quero dizer – retrucou Charlotte instantaneamente. – Ela não é egoísta o bastante. Não há nada, absolutamente, que nós *precisemos* fazer por ela. Ela é muito modesta, não sente falta de coisas. Quero dizer, se tu a amas, ou melhor, eu deveria dizer, se ela te ama. Ela renuncia.

O príncipe franziu a testa um pouco – como um tributo, afinal de contas, à seriedade.

– Ela renuncia a quê...?

– A qualquer coisa, qualquer coisa que possas fazer e que não fazes. Ela renuncia a tudo menos à disposição de ser gentil contigo. É de si própria que ela pede esforços, se em algum momento *precisar* pedir. Ela não precisa, muito. Ela faz tudo sozinha. E isso é terrível.

O príncipe tinha ouvido; mas, sempre com propriedade, não se comprometeu.

– Terrível?

– Bem, a não ser que sejamos quase tão bons quanto ela. Assim seria fácil. É necessário substância, em termos de decência, para enfrentar isso. E ninguém – prosseguiu Charlotte no mesmo tom – é suficientemente decente, suficientemente bom, para enfrentar isso; não sem ajuda da religião ou de algo do tipo. Não sem oração e jejum – isto é, sem tomar grande cuidado. Certamente pessoas como tu e eu não somos.

O príncipe, obedientemente, pensou durante um instante.

– Não somos suficientemente bons para enfrentar isso?

– Bem, não somos suficientemente bons para sentir a tensão. Acho que nós somos do tipo que se estraga com muita facilidade.

De novo, o amigo, por educação, acompanhou o argumento.

– Ah, não sei. Será que o nosso afeto por ela não pode fazer algo mais pela nossa decência, como dizes, do que a generosidade dela – o afeto dela, a "decência" dela – tem a virtude infeliz de desfazer?

– Ah, claro que tudo deve se resumir a isso.

Mas ela tornara sua questão, mesmo assim, interessante para ele.

– O que interessa – dá para ver o que queres dizer – é o modo como ela acredita em nós. Isto é, se ela acredita.

– Sim, é isso que interessa.

– E por que – perguntou ele, de um modo quase tranquilizador – isso seria terrível? – Na pior das hipóteses ele não conseguia perceber.

– Porque sempre é: a ideia de ter de sentir pena das pessoas.

– Não quando também existe, junto, a ideia de ajudá-las.

– Sim, mas e se não pudermos ajudá-las?

– Nós *podemos*, nós sempre podemos. Isto é – acrescentou ele com competência –, se nos importarmos com elas. E é disso que estamos falando.

– Sim – ela concordava em termos gerais. – Então a coisa tem a ver de novo com nossa recusa absoluta em sermos estragados.

– Certamente. Mas tudo – riu o príncipe enquanto eles prosseguiam –, toda a sua "decência", quero dizer, tem a ver de novo com isso.

Ela caminhou ao lado dele por um momento.

– É exatamente o que *eu* queria dizer – disse em tom arrazoado.

6

O homem na lojinha onde, bem depois disso, eles se demoraram por mais tempo, o vendedor baixinho mas interessante em Bloomsbury, que era notável por uma insistência não importuna, ainda que principalmente muda, mas singular e intensamente coercitiva – esse personagem fixou nos visitantes um extraordinário par de olhos e espiou de um para o outro enquanto eles avaliaram o objeto com que ele parecia mais disposto a tentá-los. Eles haviam chegado ali por último, uma vez que seu tempo estava praticamente acabando; pelo menos uma hora já se havia passado desde o momento em que pegaram um cabriolé em Marble Arch, não tendo conseguido melhor resultado do que a diversão invocada pelo primeiro. A diversão, claro, deveria consistir em procurar, mas também implicava a ideia de encontrar; necessidade que só teria sido impertinente se eles houvessem encontrado cedo demais. A questão no momento era se eles *estavam* encontrando, e eles a colocaram um para o outro, na loja em Bloomsbury, enquanto desfrutavam da atenção total do vendedor. Ele era claramente um mestre e dedicado ao negócio – cuja essência, em sua concepção, poderia ter sido exatamente esse segredo particular que ele possuía para preocupar tão pouco o freguês a ponto de criar na relação entre eles uma espécie de solenidade. Ele não tinha muitas coisas, nada da redundância de disparates que os dois tinham visto em outros lugares, e, ao entrarem, nossos amigos tiveram até mesmo a sensação de tão pouca coisa que, como os valores altos obviamente não reinariam, o efeito poderia ter sido quase digno de pena. Em seguida a impressão havia mudado; uma vez que, apesar de as peças à mostra serem diminutas, várias tiradas da pequena vitrine e outras extraídas de um armário atrás do balcão – escuro, no espaço relativamente baixo, apesar das portas de vidro –, cada objeto que buscava sua atenção falava modestamente por si mesmo, e o valor das pretensões do vendedor era dado com bastante prontidão. Suas mercadorias eram heterogêneas e nem um pouco imponentes; mesmo assim, diferiam agradavelmente do que eles tinham visto até então.

Após o incidente, Charlotte estaria cheia de impressões, várias das quais, mais tarde, passou ao companheiro – sempre no interesse da diversão; e uma das impressões fora a de que o próprio homem era a maior curiosidade que tinham visto. A isso o príncipe responderia que não o havia olhado; exatamente como, nos tempos antigos, mais de uma vez Charlotte tivera consciência de como, abaixo de um determinado plano social, ele jamais *via*. Para ele um tipo de vendedor era como qualquer outro – o que era estranhamente inconsequente da parte de uma pessoa que, onde percebia, percebia demais. Ele sempre os considerava do tipo mau – a noite dos maus, ou qualquer que seja o nome que pudéssemos dar, tornava todos os gatos pardos. Sem dúvida ele não queria prejudicá-los, mas não criava para eles qualquer imagem, uma vez que seus olhos atuavam apenas na altura de sua própria cabeça. Já a visão dela agia em qualquer direção – isso ele tinha visto: ela observava mendigos, lembrava-se de serviçais, reconhecia cocheiros; frequentemente distinguia beleza, quando saía com ele, nas crianças sujas; tinha admirado um "tipo" em rostos nas barracas dos vendedores ambulantes. Portanto, nessa ocasião, ela achara aquele antiquário interessante; em parte porque ele se importava tanto com suas coisas, em parte porque se importava... bem, com *eles*.

– Ele gosta das coisas, ele as ama – diria Charlotte. – E não somente, talvez de modo algum, porque goste de vendê-las. Acho que ele adoraria ficar com elas se pudesse; e que de qualquer modo prefere vendê-las para as pessoas certas. Nós, claramente, éramos pessoas certas: ele as conhece quando vê; e é por isso, como eu digo, que pudeste deduzir, ou pelo menos *eu* pude deduzir, que ele se importava conosco. Tu não viste – perguntaria ela com insistência – o modo como ele nos olhou e como nos recebeu? Duvido que qualquer um de nós tenha sido tão bem olhado antes. Sim, ele irá se lembrar de nós – declararia ela, convencida *disso* quase ao ponto da inquietação. – Mas afinal de contas isso aconteceu – talvez isso tenha sido tranquilizador – porque, dado o gosto dele, uma vez que *possui* gosto, ele ficou satisfeito conosco, ficou impressionado, teve ideias a nosso respeito. Bom, acho que as pessoas podem ter; nós somos bonitos, não somos? E ele sabe. Além do mais, também, ele tem certo estilo; aquele modo de não dizer nada com os lábios ao mesmo tempo em que está pressionando-o com o rosto, que mostra como ele sabe que você está sentindo isso – aquele *é* um tremendo estilo.

De ouro decente e antigo, prata antiga, bronze antigo, de arte antiga entalhada e adornada com joias, eram os objetos que, apresentados sucessivamente, terminaram cobrindo em grande número o balcão, onde os dedos magros e leves do vendedor, com unhas bem aparadas, tocavam-nos em alguns momentos, brevemente, nervosamente, ternamente, como os de um jogador de xadrez repousam acima do tabuleiro, durante alguns segundos, numa peça que ele acha que deve mover e depois que não: pequenas antiguidades rebuscadas, pendentes, fechos, broches, fivelas, pretextos para brilhantes foscos, rubis sem sangue, pérolas grandes demais ou opacas demais para ter valor; miniaturas montadas com diamantes que haviam deixado de ofuscar; caixas de rapé presenteadas às – ou pelas – figuras importantes e questionáveis demais; xícaras, bandejas, castiçais, sugerindo recibos de penhor, arcaicos e marrons que, caso preservados, seriam curiosidades valiosas. Algumas medalhas comemorativas, de silhueta bem-acabada e parcas referências; um ou dois monumentos clássicos, coisas dos primeiros anos do século; coisas consulares, napoleônicas, templos, obeliscos, arcos, minusculamente reincorporadas, completavam o ajuntamento discreto; no qual, entretanto – mesmo após o reforço hesitante de vários anéis curiosos, camafeus, ametistas, carbúnculos, cada um dos quais havia encontrado um lar no antigo cetim descorado de alguma caixinha de fecho frágil –, não havia, a despeito da devida proporção de leve poesia, grande força de persuasão. Os visitantes olhavam, tocavam, fingiam vagamente considerar, mas com ceticismo – na medida em que a cortesia permitia –, na qualidade de sua atenção. Era impossível que eles não pudessem, depois de algum tempo, concordar tacitamente quanto ao absurdo de levar para Maggie um presente vindo daquele conjunto. Seria – esta era a dificuldade – pretensioso sem ser "bom"; usual demais, como tesouro, para ter sido uma inspiração do doador, e ao mesmo tempo primitivo demais para ser tomado como um tributo bem-vindo em qualquer condição. Eles haviam saído há mais de duas horas e, evidentemente, nada haviam encontrado. Isso forçou uma espécie de admissão da parte de Charlotte.

– Se fosse algo desse tipo, a coisa deveria realmente ter seu pequeno valor por ter pertencido a nós.

– *Ecco?* – disse o príncipe, apenas com o triunfo suficiente. – Aí estás.

Atrás do vendedor ficavam vários pequenos armários na parede. Dois ou três Charlotte tinha-o visto abrir, de modo que seu olhar pegou-se repousando sobre os que ele não havia visitado. Mas ela completou sua admissão:

– Não há nada aqui que ela poderia usar.

Foi somente após um instante que seu companheiro retrucou:

– Há alguma coisa que tu poderias usar, achas?

Isso a fez estremecer. De qualquer modo, ela não olhou para os objetos; apenas olhou por um instante muito diretamente para ele.

– Não.

– Ah! – exclamou o príncipe em voz baixa.

– Por acaso pensaste em me oferecer alguma coisa?

– Ora, por que não... como um pequeno *ricordo*?*

– Mas um *ricordo* de quê?

– Ora, "disto", como tu mesma dizes. Desta pequena caçada.

– Ah, eu digo, mas tudo que venho dizendo não é que eu não te peço nada? Portanto – perguntou ela, mas agora sorrindo –, onde está a lógica?

– Ah, a lógica...! – riu ele.

– Mas a lógica é tudo. Isso, pelo menos, é o que sinto. Um *ricordo* teu, de ti para mim, é um *ricordo* de nada. Não tem referência.

– Ah, minha cara! – protestou ele vagamente. Enquanto isso o vendedor ficou ali parado observando-os, e a jovem, ainda que nesse minuto mais interessada na conversa com o amigo do que em qualquer outra coisa, de novo encontrou o olhar dele. Para ela era um conforto o fato de a língua estrangeira que os dois usavam estar encobrindo o que diziam – e eles poderiam parecer, claro, uma vez que agora o príncipe segurava uma das caixas de rapé, estar discutindo uma compra.

– Tu não estabeleces referências – prosseguiu ela para o companheiro. – *Eu* estabeleço.

Ele havia erguido a tampa da caixa e olhou intensamente para dentro.

– Queres dizer com isso que te sentirias livre...?

– "Livre"...?

– Para me oferecer alguma coisa?

Isso a levou a fazer uma pausa mais longa, e quando falou de novo poderia parecer, estranhamente, estar se dirigindo ao vendedor.

– Tu me permitirias...?

– Não – disse o príncipe para a caixinha.

– Não aceitarias algo vindo de mim?

– Não – repetiu ele do mesmo modo.

---

*Suvenir.

Ela exalou uma respiração longa que parecia um suspiro contido.

– Mas tu tocaste numa ideia que *foi* minha. É isso que eu queria. – Em seguida ela acrescentou: – Era o que eu esperava.

Ele pousou a caixa – aquilo havia atraído seu olhar. Claramente não considerou a atenção do homenzinho.

– Foi para isso que me chamaste?

– Bom, isso, de qualquer modo, é problema meu. Mas não vai adiantar?

– Não vai, *cara mia*.

– É impossível?

– É impossível. – E ele pegou um dos broches.

Ela fez outra pausa, enquanto o vendedor apenas esperava.

– Se eu fosse aceitar um desses pequenos ornamentos encantadores como sugeres, o que deveria fazer com ele?

Finalmente talvez o príncipe estivesse um pouco irritado; até mesmo – como se *ele* pudesse entender – olhou vagamente para o vendedor.

– Usá-lo, *per Bacco*!*

– Mas onde, por favor? Embaixo das roupas?

– Onde quiseres. Mas – acrescentou ele – acho que não vale a pena falar a respeito.

– É a única coisa de que vale falar, *mio caro* – ela sorriu –, uma vez que tu começaste. Minha pergunta é simplesmente razoável; de modo que a tua ideia pode se sustentar ou tombar de acordo com tua resposta. Se eu devesse espetar uma dessas coisas, achas que eu poderia ir para casa e mostrar para Maggie como sendo um presente teu?

Entre os dois, eles haviam frequentemente usado o refrão, jocosamente, descritivamente, de "romano antigo". Tinha sido, como um gracejo, nos outros tempos, a explicação que ele dava para tudo; mas nada, em verdade, jamais parecera tão romano antigo quanto o dar de ombros ao qual ele recorreu agora.

– E por que não?

---

*"Pelo amor de Deus!"

– Porque, baseado no que dissemos, seria impossível dar a ela um relato do pretexto.

– Do pretexto? – perguntou ele.

– Da ocasião. Este passeio que nós teremos dado juntos e do qual não devemos falar.

– Ah, sim – disse ele após um momento. – Lembrei-me de que nós não devemos falar disso.

– Isto, claro, tu prometeste. E uma coisa, tu sabes, tem a ver com outra. De modo que não insistas.

De novo, aleatoriamente, ele havia recolocado a bugiganga sobre o balcão. Depois disso virou-se finalmente para ela, de modo um pouco cansado, até mesmo um pouco impaciente.

– Eu não insisto.

Por enquanto isso deixava de lado a questão, mas o que ficou aparente em seguida foi que isso não os levou adiante. O vendedor, que não havia se mexido, estava ali parado em sua paciência – que, na ajuda de muda intensidade, tinha quase o efeito de um comentário irônico. O príncipe foi até a porta de vidro e, de costas para os outros, como se não tivesse mais nada a contribuir, olhou – ainda que não menos paciente – para a rua. Então o vendedor rompeu momentaneamente o silêncio para Charlotte.

– A senhora viu demais, *disgraziatamente, signora principessa** – disse ele. – E isso fez o príncipe dar meia-volta. Uma vez que o efeito impressionante veio, se não do sentido, do som das palavras; que foram no italiano mais súbito, mais incisivo. Charlotte trocou com o amigo um olhar não menos impressionante, e apenas por um minuto os dois ficaram imóveis. Mas, naquele momento, o olhar dos dois dissera mais do que uma coisa; havia exclamado diante do entendimento, por parte daquele miserável, da conversa íntima entre os dois e ainda mais do título impossível dela, e observado, para tranquilidade mútua, que mesmo assim não importava. O príncipe continuou junto à porta, mas dirigindo-se imediatamente ao homem, de onde estava.

– Então o senhor é italiano?

*"Infelizmente, princesa."

Mas a resposta veio em inglês.

– Ah, minha nossa, não.

– É inglês?

Ao que, dessa vez, a resposta, com um sorriso, foi no italiano mais breve.

– *Che!** – O vendedor desconsiderou a pergunta, praticamente descartou-a virando-se imediatamente na direção de um receptáculo ao qual ainda não havia se referido e do qual, depois de destrancá-lo, extraiu uma caixa quadrada, com cerca de 50 centímetros de altura, forrada com um couro de aparência gasta. Colocou a caixa sobre o balcão, puxou um par de ganchos pequenos, levantou a tampa e tirou de dentro um vaso de bebida maior do que uma taça comum, mas não de tamanho exorbitante, e feito, aparentemente, de ouro antigo e fino ou de algum material que um dia fora ricamente dourado. Segurou-o com ternura, com cerimônia, abrindo lugar para ele num pequeno guardanapo de cetim.

– Minha taça de ouro – observou; e em seus lábios aquilo soou como se ele tivesse dito tudo. Deixou o objeto importante, uma vez que de algum modo aquilo se apresentava como "importante", produzir seu efeito. Simples, mas de uma elegância singular, apoiava-se num pé redondo, um pequeno pedestal com uma base que se abria ligeiramente, e, ainda que não muito profundo, justificava seu título pelo encanto da forma e também pelo tom da superfície. Poderia ter sido uma grande taça reduzida, para enfatizar sua curva feliz, à metade do tamanho original. Assim como algo feito de ouro sólido era impressionante; de fato parecia manter a distância o admirador prudente. Charlotte, com cuidado, imediatamente pegou-a, enquanto o príncipe, que depois de um minuto havia mudado de posição outra vez, olhava-a mantendo distância.

Era mais pesada do que Charlotte imaginara.

– É ouro, é realmente ouro? – perguntou ao vendedor.

Ele hesitou.

– Olhe um pouco, e talvez a senhora descubra.

---

*"De jeito nenhum!"

Ela olhou, segurando nas duas mãos finas, virando-a para a luz.

– Pode ser barato pelo que é, mas temo que seja caro para mim.

– Bom – disse o homem –, eu posso abrir mão dela por menos do que vale. Veja bem, eu a consegui por menos.

– Quanto, então?

Ele esperou de novo, sempre com seu olhar sereno.

– Então a senhora gosta?

Charlotte virou-se para o amigo.

– *Tu* gostas?

Ele não chegou mais perto; olhou para o vendedor.

– *Cos'è?**

– Bom, *signori miei*,** se querem saber, é apenas um cristal perfeito.

– É claro que nós queremos saber, *per Dio*!*** – disse o príncipe. Mas virou-se de novo; voltou para sua porta de vidro.

Charlotte pousou a taça; estava evidentemente capturada.

– O senhor quer dizer que ela foi lapidada de um único cristal?

– Se não for, acho que posso prometer que a senhora nunca encontrará qualquer junta ou emenda.

Ela pensou.

– Mesmo que eu raspasse o ouro?

Ele mostrou, ainda que com o devido respeito, que ela o divertia.

– A senhora não poderia raspá-lo, foi muito bem colocado; colocado não sei quando e não sei como. Mas por algum artesão muito bom e antigo, e por algum processo belo e antigo.

Charlotte, francamente encantada com a taça, sorriu de volta para ele.

– Uma arte perdida?

– Digamos que é uma arte perdida.

– Mas de que época é isso?

– Bem, digamos também que de um tempo perdido.

---

*"O que é?"

**Senhor e senhora.

*** "Por Deus!"

A jovem considerou.

– Então, se é tão preciosa, por que seria barata?

Mais uma vez o interlocutor demorou-se, mas dessa vez o príncipe tinha perdido a paciência.

– Vou esperar lá fora – disse para a companheira e, mesmo falando sem irritação, enfatizou isso passando imediatamente para a rua, onde, durante os minutos seguintes, os outros o viram, de costas para a vitrine da loja, esperar um tanto filosoficamente e acender um novo cigarro. Charlotte demorou-se um pouco; sabia do estranho gosto italiano que ele tinha pela vida nas ruas de Londres.

Enquanto isso o vendedor respondia à pergunta.

– Ah, eu a tenho há muito tempo sem vender. Acho que talvez a estivesse guardando para a senhora.

– O senhor a estava guardando para mim porque achou que eu poderia ver qual o problema que há com ela?

O homem continuou apenas a encará-la, parecia apenas continuar seguindo o seu jogo mental.

– Qual *é* o problema dela?

– Ah, não sou eu quem deve dizer; o senhor é que deve contar honestamente. Claro que sei que deve haver alguma coisa.

– Mas se for algo que a senhora não possa descobrir, não é o mesmo que não ser nada?

– Provavelmente *vou* descobrir assim que tiver pagado por ela.

– Não se a senhora não tiver pagado muito – insistiu com lucidez o vendedor.

– E o que o senhor chama de "pouco"?

– Bom, o que a senhora diria de 15 libras?

– Eu diria – respondeu Charlotte com presteza absoluta – que é absolutamente muito.

O vendedor balançou a cabeça lenta e tristemente, mas com firmeza.

– É o meu preço, senhora, e se a senhora admira o objeto, acho que ele realmente deve ser seu. Não é muito. É muito pouco. É quase nada. Não posso diminuir mais.

Charlotte, pensando, mas resistindo, curvou-se de novo sobre a taça.

– Então é impossível. É mais do que posso pagar.

– Ah – retrucou o homem –, às vezes nós podemos pagar mais por um presente do que por algo para nós mesmos.

Ele disse isso de modo tão persuasivo que ela se pegou continuando sem, como poderia ser dito, colocá-lo em seu devido lugar.

– Ah, é claro que seria apenas um presente...!

– Nesse caso seria um presente adorável.

– E será que devemos presentear um objeto que contém, pelo que saibamos, um defeito?

– Bom, se soubermos, basta mencioná-lo. A boa-fé está sempre presente.

– E deixar a pessoa a quem damos descobri-lo, é o que o senhor quer dizer?

– Ele não descobriria... se a senhora estiver falando de um cavalheiro.

– Não estou falando de ninguém em particular.

– Bom, quem quer que seja. Ele poderia saber e poderia tentar. Mas não iria descobrir.

Charlotte manteve os olhos fixos nele como se, apesar de satisfeita, perplexa, ainda gostasse da taça.

– Nem mesmo se ela se despedaçar? – E então, como ele permaneceu em silêncio: – Nem mesmo que ele tenha de me dizer: a taça de ouro se partiu?

Ele continuou em silêncio; e depois disso deu seu sorriso mais estranho.

– Ah, se alguém quisesse despedaçá-la...!

Ela riu; quase admirou a expressão do homenzinho.

– O senhor quer dizer que poderíamos quebrá-la com um martelo?

– Sim; se nada mais adiantasse. Ou talvez até mesmo jogando-a com violência... por exemplo, num piso de mármore.

– Ah, pisos de mármore...! – mas ela poderia estar pensando, uma vez que os pisos de mármore eram uma conexão, numa conexão com muitas coisas: com sua antiga Roma, e com a *dele*; com as possibilidades do futuro dele, com as suntuosidades do casamento dele, com a riqueza dos Verver. Mesmo assim, entretanto, havia outras coisas; e todas sustentaram durante um momento sua fantasia. – Então o cristal se parte... quando *é* cristal? Eu pensava que a beleza do cristal estava na dureza.

O amigo, ao seu modo, discriminou:

– Sua beleza está em *ser* cristal. Mas sem dúvida a dureza é uma segurança. Ele não se quebra como um vidro vagabundo. Ele se parte... se houver uma rachadura.

– Ah! – Charlotte respirou com interesse. – Se *houver* uma rachadura. – E olhou de novo para a taça. – Então *há* uma rachadura, não é? O cristal se racha, não é?

– Segundo linhas e leis próprias.

– O senhor quer dizer que há um ponto fraco?

Como resposta, após uma hesitação, ele pegou a taça de novo, segurando-a no alto e batendo com uma chave. Ela ressoou com o som mais fino, mais doce.

– Onde está o ponto fraco?

Charlotte fez justiça à pergunta.

– Bom, para *mim*, apenas no preço. Eu sou pobre, veja bem, muito pobre. Mas agradeço e vou pensar. – O príncipe, do outro lado da vitrine, finalmente havia dado meia-volta e, como se para ver se ela havia terminado, estava tentando alcançar, com os olhos, o interior relativamente escuro. – Eu gosto dela – disse Charlotte. – Eu a quero. Mas preciso decidir o que posso fazer.

O homem, não desprovido de graça, resignou-se.

– Bom, vou guardá-la para a senhora.

O pequeno quarto de hora tivera sua estranheza nítida – isto ela percebeu no momento em que o ar livre e os aspectos de Bloomsbury, num protesto contra a verdade da impressão que ela havia reunido, integraram-na relativamente. Mas a estranheza poderia ter sido registrada como algo pequeno, comparada ao outro efeito que, antes que eles houvessem se adiantado muito, ela precisou perceber em seu companheiro. Este último era simplesmente o efeito de os dois terem, segundo alguma lógica tácita, alguma inevitabilidade estranha, abandonado a ideia de continuar a busca. Eles não disseram isso, mas foi como se tivessem desistido do presente de Maggie que os dois continuaram – como se tivessem desistido sem fazer qualquer referência. Na verdade a primeira referência do príncipe surgiu de modo bastante independente.

– Espero que tenhas ficado satisfeita com qualquer que fosse o problema da taça.

– Na verdade, não, não fiquei satisfeita com coisa alguma. Com coisa alguma, a não ser que, quanto mais olhava, mais gostava dela, e se tu não estivesses tão inflexível, esta seria exatamente a ocasião para me dares o prazer de aceitá-la.

Ele encarou-a com mais seriedade diante disso do que havia encarado durante toda a manhã.

– Estás propondo isto a sério, não estás querendo me pregar uma peça?

Ela pensou.

– Que tipo de peça seria?

Ele a encarou com mais intensidade.

– Quer dizer que realmente não sabes?

– Não sei o quê?

– Ora, o problema que há com ela. Não viste, o tempo todo?

Mas Charlotte apenas continuou a olhá-lo.

– Como é que *tu* poderias ver, da rua?

– Eu vi antes de sair. E foi porque vi que eu saí. Não queria ter outra cena contigo diante daquele patife, e achei que descobririas sozinha.

– Ele é um patife? O preço que cobrou foi tão baixo! – Ela esperou apenas um momento. – Cinco libras. Na verdade é muito pouco.

Ele continuou a encará-la.

– Cinco libras?

– Cinco libras.

Ele poderia estar duvidando de sua palavra, mas aparentemente estava apenas juntando ênfase.

– Seria ótimo dar um presente de cinco libras. Mas mesmo que custasse apenas cinco *pence* eu não a aceitaria vinda de ti.

– Então qual é o problema?

– Ora, ela tem uma rachadura.

Nos lábios dele aquilo soou tão cortante, tinha tanta autoridade, que ela quase estremeceu, enquanto a cor, diante da palavra, subia-lhe ao rosto. Era como se ele estivesse certo, sua segurança era maravilhosa.

– Tu respondes por isso sem ter olhado?

– Eu olhei. Eu vi o objeto. Ele conta a sua própria história. Não é de espantar que seja barato.

– Mas é exótico. – Charlotte, como se agora com um interesse mais terno e mais estranho, viu-se levada a insistir.

– Claro que é exótico. Este é o perigo.

Então, visivelmente, veio-lhe uma luz – uma luz na qual seu amigo súbita e intensamente se revelou. O reflexo dessa luz, enquanto ela lhe sorria, estava em seu próprio rosto.

– O perigo, estou vendo, é que tu és supersticioso.

– *Per Dio*, sou supersticioso! Uma rachadura é uma rachadura, e um mau presságio é um mau presságio.

– Tu temeria...?

– *Per Bacco!*

– Pela tua felicidade?

– Pela minha felicidade.

– Pela tua segurança?

– Pela minha segurança.

Ela fez uma pausa.

– Pelo teu casamento?

– Pelo meu casamento. Por tudo.

Ela pensou de novo.

– Graças a Deus, então, que se *houver* uma rachadura, nós saberemos! Mas se nós podemos perecer por causa de rachaduras em coisas que não sabemos...! – E ela sorriu com a tristeza daquilo. – Então não podemos dar nada um ao outro.

Ele pensou, mas encarou o desafio.

– Ah, mas nós sabemos. Eu, pelo menos, sei, por instinto. Não falho. Isso sempre me protegerá.

Era estranho o modo como ele dizia essas coisas; no entanto Charlotte ainda gostava mais dele, realmente, por causa disso. Elas lhe davam uma visão geral, ou melhor, especial. Mas falou com um leve desespero:

– Então o que irá *me* proteger?

– Bom, no que me couber, *eu*. De mim, pelo menos, nada tens a temer – respondeu ele com bastante afabilidade. – Qualquer coisa que consintas em receber de mim... – mas ele parou.

– E então?

– Será perfeita.

– Isto é ótimo – respondeu ela. – Afinal de contas é inútil falares sobre eu aceitar coisas quando não aceitas nada vindo de mim.

Ah, *nisso*, ainda melhor, ele podia enfrentá-la.

– Tu colocas uma condição impossível. Quero dizer, a condição de eu manter teu presente escondido.

Ali, diante dele, ela examinou a condição – depois, abruptamente, desistiu dela. Balançou a cabeça num gesto de desencanto – uma vez que a ideia a atraíra. Tudo aquilo parecera difícil demais.

– Ah, a minha "condição"... não a mantenho. Tu podes gritar por toda a casa qualquer coisa que eu faça.

– Ah, bom, então...! – ele riu; e isso fazia toda a diferença.

Mas era tarde demais.

– Ah, agora não importa! Eu *deveria* ter gostado da taça. Mas se ela não serve, não existe nada.

Ele pensou nisso; absorveu, parecendo mais sério de novo; mas depois de um momento deixou claro:

– Mas algum dia eu deverei te dar uma coisa.

Ela pensou, encarando-o.

– Que dia?

– No dia em que te casares. Porque *vais* te casar. *Precisas*, certamente, te casar.

Charlotte absorveu aquilo, mas o que ele disse determinou as únicas palavras que ela teria pronunciado, durante toda a manhã, como se uma mola houvesse sido pressionada.

– Para fazer com que te sintas melhor?

– Bom – respondeu ele francamente, maravilhosamente –, fará. Mas aqui está o teu cabriolé – acrescentou.

Ele havia feito um sinal, e a carruagem de aluguel estava se aproximando. Ela não estendeu a mão ao se separarem, apenas se preparou para entrar. Mas antes de fazê-lo, disse o que vinha pensando enquanto esperava.

– Bom, acho que me casaria para ter algo de ti com toda a liberdade.

Parte II

1

Adam Verver, em Fawns, naquele domingo de outono, poderia ter sido observado abrindo a porta do salão de bilhar com certa liberdade – isto é, poderia ter sido observado se houvesse um espectador. Mas a justificativa da força que ele havia aplicado, e da força, igualmente brusca que, para fechar, ele aplicou de novo – a justificativa dessa energia era exatamente que ali ele poderia, ainda que por um breve tempo, ficar sozinho, sozinho com o punhado de cartas, jornais e outras correspondências não abertas, às quais, durante e desde o café da manhã, ele não tivera a oportunidade de lançar olhos. O apartamento vasto, arrumado e limpo estava vazio, e suas janelas grandes e claras davam para espaços de terraço e jardim, de parque, floresta e brilhante lago artificial, de horizonte ricamente condensado, morros azuis-escuros, povoados com torre de igreja e sombra de nuvens, que se juntavam para criar um sentimento de ter o mundo para si mesmo – uma vez que todas as outras pessoas estavam na igreja. Nós compartilhamos esse mundo, nada menos do que isso, nesse momento, com o Sr. Verver; o simples fato de ele estar partindo, como ele diria, para a solidão, sua fuga silenciosa, quase na ponta dos pés, por corredores tortuosos, investindo-o com um interesse que faz nossa atenção – terna quase ao ponto da compaixão – qualificar seu isolamento alcançado. Uma vez que podemos mencionar imediatamente que esse homem amável só buscava sua vantagem pessoal quando lhe parecia que outras vantagens, as das outras pessoas, tivessem com sucesso estabelecido sua precedência. Também podemos mencionar que ele sempre via as outras pessoas – esta era a lei de sua natureza – como uma hoste numerosa e que, apesar de consciente de apenas um único laço íntimo, um afeto, um dever profundamente enraizado em sua vida, nunca foi de seu feitio, por muitos minutos seguidos, não se sentir rodeado e comprometido, nunca tendo sido exatamente de seu agrado identificar onde os apelos humanos multicoloridos, representados por gradações de tom, zonas concêntricas de intensidade, de oportunidade, cada vez menores, realmente se desbotavam até a abençoada brancura impessoal pela qual sua visão algumas vezes ansiava. Esse apelo se atenuava – e isso ele teria admitido; mas ainda não percebera um ponto em que ele positivamente parava.

Assim crescera nele um pequeno hábito – seu segredo mais íntimo, não confidenciado sequer a Maggie, mesmo sentindo que ela entenderia, como entendia tudo nele –, assim havia se moldado o truque inocente de ocasionalmente fazer crer que ele não possuía consciência, ou que pelo menos aquele vazio, no campo do dever, reinava durante uma hora; um pequeno jogo ao qual as poucas pessoas suficientemente próximas para vê-lo jogar, e das quais a Sra. Assingham, por exemplo, era uma, ligavam com indulgência a ideia de elegância, quando na verdade se tratava daquele encanto do patético, envolvido na preservação, por parte de um adulto, dos brinquedos da infância. Quando ele tinha um raro momento consigo mesmo, fazia-o com os olhos comoventes, confessionais, de um homem de 47 anos apanhado enquanto manuseava uma relíquia da infância – colando a cabeça de um soldadinho quebrado ou experimentando a trava de um revólver de madeira. Era essencialmente nele a *imitação* da depravação – que, possivelmente para se divertir, ele exercitava "mantendo em forma". Apesar do exercício, ele ainda era imperfeito, uma vez que esses interlúdios tão inabilmente artísticos estavam condenados, pela natureza do caso, à brevidade. Ele fatalmente havia-se rotulado – era culpa sua – como um homem que poderia ser interrompido sem impunidade. Além disso, a maior das maravilhas estava exatamente nisso, no fato de que um homem tão interrompido pudesse ter chegado, pudesse acima de tudo ter chegado tão cedo onde estava. Isso exigia um gênio especial; este era claramente o seu caso. A fagulha da chama, o ponto de luz, estava em algum lugar dentro de sua imprecisão interior como uma lamparina diante de um relicário tremula na perspectiva escura de uma igreja; e enquanto a juventude e o início da meia-idade, enquanto a rígida brisa americana do exemplo e da oportunidade sopravam sobre ela com força, fizeram da câmara do seu cérebro uma estranha oficina da fortuna. Esse estabelecimento, misterioso e quase anônimo, cujas janelas, nas horas de maior pressão, jamais pareciam, para quem olhava e se perguntava, brilhar perceptivelmente, na verdade deve ter sido durante certos anos o local de um calor sem precedentes, miraculoso, cuja receita de produção o mestre da forja não poderia comunicar nem mesmo com as melhores intenções.

O pulso essencial da chama, a própria ação da temperatura cerebral, levado ao ponto mais alto, ainda que extraordinariamente contido – esses fatos em si *eram* a imensidão do resultado; eram integrados à perfeição das máquinas, tinham constituído o tipo de força consumista engendrada e aplicada, o triunfo necessário de todas as operações. De qualquer modo, uma pequena explicação dos fenômenos um dia vividos deve nos bastar por enquanto; pois obviamente nenhum relato da questão jogaria sobre a amabilidade de nosso amigo o peso da demonstração de sua história econômica. A amabilidade, de fato, é uma aliada para o sucesso; sabe-se até mesmo que ela já foi o princípio de grandes acúmulos; mas mesmo assim o elo para a mente está perdido entre a prova de continuidade em tal escala, se é que não de algo mais insolente, num campo, e de possibilidade de acesso à distração em qualquer outro. A variedade de imaginação – o que é a imaginação se não algo fatal no mundo dos negócios, a não ser que seja tão disciplinada a ponto de não se distinguir da monotonia? Assim o Sr. Verver, durante um período novo, inteiro, um período que não traía, extraordinariamente, qualquer ano perdido, fora inescrutavelmente monótono por trás de uma nuvem iridescente. A nuvem era seu envoltório natural – a macia frouxidão, por assim dizer, de seu temperamento e seu tom, que não era suficientemente expressivo de modo direto, para sugerir uma amplidão de camadas, mas que possuía uma qualidade indiscutível para as pessoas sensíveis. Resumindo, ele ainda era restringido a conseguir seus raros momentos consigo mesmo fingindo cinismo. Mas sua incapacidade de manter o fingimento talvez não houvesse se apresentado frequentemente de modo melhor do que através da aceitação do inevitável dia de hoje – a aceitação na chegada, e no final de um quarto de hora, daquele elemento de obrigação que o tempo todo ele sabia que deveria admitir. Um quarto de hora de egoísmo era praticamente o máximo que ele, comparando uma situação com outra, geralmente conseguia. A Sra. Rance abriu a porta – ainda mais hesitante do que ele próprio havia acabado de fazer; por outro lado, como se para compensar isso, ela se adiantou ainda mais rapidamente ao vê-lo do que ele havia se movido ao não ver ninguém. Então, com força, ele percebeu que *havia*, sem dúvida, há uma semana, estabelecido um precedente. Pelo menos fez à visitante essa justiça – era uma espécie de justiça que estava sempre fazendo a alguém. No domingo anterior ele quisera parar em casa, e assim havia sido exposto a ser apanhado no ato. Para tornar isso possível, isto é, a Sra. Rance só tivera de querer fazer o mesmo – o truque era facilmente realizado. Não lhe ocorrera pensar em qualquer plano para a ausência dela – que de qualquer modo teria destruído, em princípio, a conveniência da presença dele. Se as pessoas sob seu teto não tinham o direito de não ir à igreja, qual seria, para uma mente justa, o direito dele? Sua manobra mais sutil fora simplesmente mudar da biblioteca para o salão de bilhar, uma vez que fora na biblioteca que sua hóspede, ou a hóspede de sua filha, ou a hóspede das Srtas. Lutch – ele não sabia como considerá-la – havia então, e não de modo pouco natural, claro, juntado-se a ele. Sua memória perguntava a duração da visita que naquela ocasião ela lhe fizera e que a lei da recorrência já havia sido sancionada. Ela passara toda a manhã com ele, ainda estava lá, na biblioteca, quando os outros chegaram – graças à visitante ter tido uma reação morna à sugestão de darem, ela e o Sr. Verver, um passeio do lado de fora. Era como se ela tivesse visto isso como uma espécie de subterfúgio – quase como uma forma de deslealdade. Mas o que ela tinha em mente, o que ela desejava torná-lo além do que já havia tornado, um anfitrião paciente, meticuloso, preocupado com o fato de ela ter chegado quase como uma estranha, chegado sem ter sido deliberadamente ou ansiosamente convidada? –, de modo que, certamente, ele tinha todas as possíveis suscetibilidades dela em um grau mais alto na consciência. As Srtas. Lutch, as irmãs do Meio-Oeste, estavam ali como amigas de Maggie, amigas dos velhos tempos; mas a Sra. Rance estava ali – ou pelo menos parecera em primeiro lugar – apenas como amiga das Srtas. Lutch.

Essa dama não era do Meio-Oeste – até mesmo insistia nisso – e sim de Nova Jersey, Rhode Island ou Delaware, um dos estados menores e mais familiares: ele não conseguia lembrar qual, ainda que ela insistisse nisso também. Não estava no Sr. Verver – podemos dizer isso por ele – ir tão longe a ponto de pensar se o seu grupo em seguida seria recrutado por alguma amiga dela; e isso em parte porque ela o havia impressionado, verdadeiramente, como se quisesse afastar as próprias Srtas. Lutch, em vez de estender o círculo atual, e em parte, bem como mais essencialmente, porque tal conexão, na medida em que ele desfrutava da questão irônica em geral, residia substancialmente menos num uso pessoal da mesma do que no hábito de vê-la como fácil para os outros. Ele era tão moldado pela natureza a ponto de manter suas inconveniências separadas de seus ressentimentos; ainda que de fato a soma desses últimos, na melhor das hipóteses, fosse pequena, isso era sem dúvida, em algum grau, uma consequência da escassez das primeiras. Sua maior inconveniência, ele teria admitido, caso analisasse, era descobrir que os outros consideravam incontestável a ideia de que, se ele tinha dinheiro, tinha força. Essa atribuição de poder era uma pressão grande e constante sobre ele. Todo mundo tinha necessidade de poder, ao passo que sua própria necessidade, na melhor das hipóteses, teria parecido apenas algum truque para não comunicá-la. O efeito de uma reserva tão meramente, tão fracamente defensiva iria, na maioria dos casos, sem dúvida, desacreditar suficientemente a causa; por isso, apesar de achar complicado ser tratado o tempo todo como um agente infinito, o ultraje não era o maior dentre aqueles dos quais um homem corajoso poderia reclamar. Além disso, a reclamação era um luxo, e ele morria de medo de ser chamado de ganancioso. A outra, a acusação constante, a de ser capaz de "fazer", não teria base se ele não tivesse sido, para começar – este era o ponto –, provavelmente luxurioso. Seus lábios, de algum modo, estavam fechados – e por uma mola conectada principalmente à ação de seus próprios olhos. Estes últimos mostravam o que ele *tinha* feito, mostravam onde ele havia chegado; praticamente no topo desse morro de dificuldade, da espiral alta e íngreme que ele havia começado a subir aos 20 anos, e cujo ápice era uma plataforma de onde se podia olhar para baixo, se quisesse, para os reinos da terra e com espaço para apenas meia dúzia de outras pessoas ficarem de pé.

Seus olhos, de qualquer modo, viam agora a aproximação da Sra. Rance com um fracasso instantâneo em ligar ao fato qualquer exagero de avidez da parte da própria Sra. Rance – ou pelo menos em avistar qualquer uso triunfante até mesmo para a impressão mais sinistra da veemência dela. Virtualmente suprema seria a visão dela sobre sua tentativa de enganá-la ao abrir mão da biblioteca – o que, na verdade, mal escapou de ser o que ele havia programado. Para ele não era fácil, apesar de acumulações carinhosa e curiosamente vistas como prática sistemática, não ficar envergonhado agora; a única coisa comparativamente fácil seria dar uma desculpa para o que havia feito. A sala de bilhar *não* era, na crise específica, um lugar natural ou gracioso para o refúgio do principal ocupante de uma casa tão grande – e isso sem prejuízo, tampouco, do fato de que a visitante não lhe faria uma cena explícita, pelo que ele percebeu. Caso ela o denunciasse como um fujão, ele simplesmente desmoronaria; mas depois de um instante o Sr. Verver não teve medo. Será que em vez disso – enfatizando a comunhão entre os dois – ela não iria aceitar e de algum modo explorar essa anomalia, tratá-la talvez como algo romântico ou possivelmente até mesmo cômico? – mostrar que pelo menos eles não precisariam se importar, ainda que a vasta mesa, coberta com uma holanda marrom, se lançasse entre eles como uma vastidão de areia do deserto? Ela não podia atravessar o deserto, mas poderia – e o fez – lindamente rodeá-lo; de modo que, para convertê-lo num obstáculo, ele teria de se obrigar a, num jogo infantil ou num rompante inadequado, ser perseguido, ser jovialmente caçado. Esta última era uma reviravolta que, ele sabia muito bem, de modo nenhum a ocasião deveria ter; e pairou à sua frente – por um mero instante – a perspectiva de ela propor que os dois dessem umas tacadas. Esse perigo, percebeu o Sr. Verver, ele certamente devia encontrar algum meio de enfrentar. E por que, afinal de contas, ele precisava de defesas, materiais ou não? – Por que essa deveria ser considerada uma questão de perigos? O perigo profundo, o único que o fazia, como uma ideia, positivamente ficar gelado, seria a possibilidade de ela procurá-lo para casamento, de ela puxar aquele assunto terrível. Nesse ponto, felizmente, a visitante não tinha poder, sendo passível de prova contra ela o fato de que possuía um marido em existência não exígua.

Era verdade que ela o possuía apenas na América, apenas no Texas, em Nebraska, no Arizona ou algum outro lugar – em algum lugar que, na velha Fawns House, no condado de Kent, praticamente não contava como um lugar; parecia, de longe, algo muito perdido, indistinto e ilusório, no grande deserto alcalino do divórcio barato. Ela o possuía até mesmo em cativeiro, pobre homem, tinha-o desprezado, tinha-o numa lembrança tão imperfeita a ponto de mal se declarar, mas mesmo assim o possuía, em existência incontestável: as Srtas. Lutch tinham-no visto em carne e osso – como pareceram ansiosas em mencionar; ainda que, quando questionadas separadamente, suas descrições não combinassem. Ele seria na pior das hipóteses, caso a pior hipótese chegasse, a dificuldade da Sra. Rance, e portanto servia como um forte bastião para qualquer outra pessoa. Na verdade essa lógica era infalível, mas dava ao Sr. Verver menos conforto do que deveria. Ele temia não apenas o perigo – temia a ideia do perigo ou, em outras palavras, temia, assombradamente, a si mesmo. E foi acima de tudo um símbolo que a Sra. Rance ergueu diante dele nesse momento, um símbolo do esforço supremo que, pelo que sentia, ele deveria fazer cedo ou tarde. Esse esforço seria dizer "não" – o Sr. Verver vivia no terror de ter de fazer isso. Em algum momento receberia uma proposta – era apenas questão de tempo – e então deveria fazer uma coisa extremamente desagradável. Quase desejava, vez por outra, não ter tanta certeza de que *faria* isso. Mas se conhecia o suficiente para não duvidar: sabia friamente, implacavelmente, onde estabeleceria o limite no momento da crise. Era o casamento de Maggie e a felicidade maior de Maggie – tão feliz quanto ele a supunha antes – que fizera a diferença; agora lhe parecia que na outra ocasião ele não tivera de pensar nessas coisas. Elas não tinham lhe vindo, e era como se ela as tivesse mantido escondidas. Ela era apenas sua filha – coisa que continuava sendo; mas havia lados em que ela o protegera como se fosse mais do que uma filha. Fizera por ele mais do que ele sabia – tanto, e abençoadamente, quanto ele sempre *soubera*. Se no presente ela fazia mais do que nunca, tendo de estabelecer o que chamava de mudança necessária na vida do pai, a situação do Sr. Verver, do mesmo modo, ainda acompanhava o ritmo da atividade dela – uma vez que a situação dele era simplesmente a de que havia, mais do que nunca, o que ser feito.

Ainda não fora feita muita coisa, com relação à exposição, desde o retorno após os 20 meses que haviam passado na América, desde que haviam se estabelecido de novo na Inglaterra, por mais experimental que isso fosse, com o sentimento consequente, agora bastante estabelecido para ele, de um ar doméstico que se havia limpado e iluminado, produzindo o efeito, para a vida pessoal dos dois, de perspectivas mais amplas e grandes espaços à espera. Era como se a presença do genro, mesmo antes de ele se tornar seu genro, tivesse preenchido o cenário e bloqueado o futuro – de modo muito rico e belo, para não dizer mais, não de todo inconveniente ou de maneira a não ter sido desejado: ainda que o príncipe, com sua medida agora praticamente avaliada, continuasse sendo o mesmo "grande fato", o céu havia se erguido, o horizonte se afastado, e o próprio primeiro plano se expandia, quase a ponto de se igualar a ele, de manter tudo numa escala confortável. A princípio, certamente, a pequena união decente e antiquada entre os dois, Maggie e ele, tinha se parecido bastante com alguma agradável praça pública no coração de uma cidade antiga, onde uma grande igreja paladiana, digamos – algo com uma fachada grandiosa –, tivesse sido subitamente derrubada; de modo que o resto do lugar, o espaço em frente, em volta, do lado de fora, na extremidade leste, a margem de ruas e passagens, a quantidade de céu acima, tivessem sido temporariamente comprometidos. Nem mesmo então, em verdade, isso aconteceu de modo desconcertante – dado, isto é, para o olho crítico, ou pelo menos inteligente, o grandioso estilo da fachada e o alto lugar que ela ocupava em sua classe. O fenômeno que desde então ocorrera, quer tivesse sido originalmente considerado calculável ou não, não fora, naturalmente, o milagre de uma noite, mas acontecera de modo tão gradual, em silêncio, tranquilamente, que do ponto de vista de sua ampla residência de Fawns, com o bosque, os oitenta cômodos, com seu parque vasto, com os hectares de jardins e o majestoso lago artificial – ainda que este, para uma pessoa tão familiar com os "grandes", pudesse parecer até ridículo –, nenhuma visibilidade de transição aparecia, nenhuma violência de ajuste, em retrospecto, emergia. A igreja paladiana estava sempre lá, mas a *piazza** cuidava de si mesma. O sol olhava para baixo em sua imensidão, o ar circulava, e o público não menos; o limite ficava longe, o caminho em volta era fácil, a extremidade leste estava ótima, ao seu modo, e a oeste; e também havia portas laterais para entrar, entre as duas – grandes, monumentais, ornamentais, em *seu* estilo –, como em todas as grandes igrejas que se prezam. Resumindo: por meio de algum processo desses, o príncipe, para o seu sogro, ainda que permanecesse sendo uma característica sólida, deixara de ser, de modo nem um pouco agourento, um bloco.

O Sr. Verver, deve-se ainda mencionar, em nenhum momento havia se alarmado a ponto de manter em detalhes o registro de sua tranquilização; mas nem assim ele seria menos capaz, não estaria realmente indisposto, a dividir em confiança com a pessoa certa sua ideia a respeito da história em questão. A pessoa certa para essa iluminação – isto é igualmente claro – não era inexistente, mas fora encontrada na forma de Fanny Assingham, não pela primeira vez admitida aos conselhos dele, e que sem dúvida no momento presente, de qualquer modo, a partir da plenitude de interesse e com garantias iguais, repetiria o sigilo. Assim, toda a grande liberação vinha do único fato fundamental de que o príncipe, por sorte, não se mostrara inflexível. Ele se agarrava à descrição do marido de sua filha como fazia frequentemente aos termos e expressões, no contexto humano e social, que havia encontrado para si mesmo: era o seu jeito de ter momentos em que os usava constantemente, como se tivessem acabado de iluminar o mundo, ou seu caminho nele – mesmo quando para alguns de seus interlocutores eles cobrissem menos terreno. Era verdade que com a Sra. Assingham ele nunca se sentia totalmente seguro do terreno que qualquer coisa cobria; ela discutia tão pouco com ele, concordava tanto

---

*Praça.

com ele, rodeava-o de consideração tão sistemática, de gentileza tão predeterminada, que era quase – coisa que uma vez ele lhe dissera irritado – como se ela estivesse acalentando um bebê doente. Ele a acusara de não levá-lo a sério, e ela respondera – vindo dela isso não poderia amedrontá-lo – que o considerava de um modo religioso, adorador. Ela rira de novo, como rira antes, quando ele pronunciou aquela palavra boa e certa sobre a questão feliz de sua ligação com o príncipe – com um efeito mais estranho, talvez, por ela não ter contestado seu valor. Mas é claro que ela não poderia estar tão apaixonada pela descoberta dele quanto ele próprio. Ele o estava a tal ponto que praticamente exagerava – para seu próprio conforto; na verdade algumas vezes chegava quase publicamente a apontar a moral do que poderia ter acontecido caso algum atrito, por assim dizer, tivesse acontecido. Ele apontou isso francamente ao personagem em questão, mencionou ao príncipe a justiça particular que lhe fazia, foi até mesmo explícito com relação ao perigo do qual, na notável relação entre os dois, eles haviam assim escapado. Ah, se o genro *tivesse sido* inflexível! – quem poderia dizer o que poderia ter acontecido? Falou – e também foi assim que falara com a Sra. Assingham – como se captasse os fatos, sem exceção, que representavam a inflexibilidade.

Ela figurava para ele, claramente, como uma ideia final, uma concepção da vividez definitiva. Com isso poderia estar querendo falar dos cantos afiados e das bordas duras, da inflexibilidade de pedra, da grande geometria rígida de sua ampla igreja paladiana. Mesmo assim não era insensível a qualquer feição da felicidade de um contato que, de modo quase enganador, quase desconcertante, era um contato com linhas praticamente complacentes e superfícies curvas.

– Tu és redondo, meu rapaz – dissera ele. – Tu és *totalmente*, és de modo variado e inexaurivelmente redondo, quando poderia, segundo todas as chances, ter sido abominavelmente quadrado. Não tenho certeza, por sinal, de que *não* és quadrado na massa geral, abominavelmente ou não. A abominação não está em questão, uma vez que és inveteradamente redondo nos detalhes, é o que quero dizer. É o tipo de coisa, em ti, que podemos sentir com a mão, ou pelo menos eu posso. Digamos que tu fosses formado, totalmente, por uma quantidade de pequenos losangos piramidais como aquele lado maravilhoso do Palácio Ducal em Veneza, tão adorável num prédio, mas tão abominável, para ser esfregado, num homem, e especialmente em alguém numa relação próxima. Posso ver todos eles daqui, cada um se projetando separadamente, todos os diamantes arquitetônicos que teriam arranhado nossos lados mais suaves. Seríamos arranhados por diamantes – sem dúvida o melhor modo, se é para sermos arranhados –, mas seríamos mais ou menos reduzidos a picadinho. Como estás, para viver junto, és um cristal puro e perfeito. Eu te digo a minha ideia, acho que tu deverias conhecê-la, assim como ela me veio.

O príncipe havia recebido a ideia a seu modo, uma vez que estava bem acostumado, então, a receber; e talvez nada poderia ter confirmado mais o relato do Sr. Verver sobre sua superfície do que o modo como aquelas gotas de ouro fluíram tranquilamente sobre ela. Não captaram qualquer interstício, não se juntaram em qualquer concavidade; a suavidade uniforme traía o orvalho apenas mostrando no momento um tom mais rico. O rapaz, em outras palavras, sorriu sem confusão – ainda que na verdade, como se concordasse, por princípio e hábito, com mais do que havia entendido. Gostava de todos os sinais de que as coisas estavam bem, mas se preocupava muito menos com o *motivo* de estarem.

Com relação às pessoas com quem ele vinha morando desde o casamento, os motivos que elas davam com tanta frequência – muito mais frequência do que ele jamais tivera motivos para dar – permaneciam no todo o elemento pelo qual ele mais diferia delas; e seu sogro e sua mulher eram, afinal de contas, apenas as primeiras dentre as pessoas com as quais ele estivera morando. Mesmo agora ele ainda não tinha certeza de como, num ou noutro ponto, iria afetá-los; eles percebiam notavelmente, com frequência, coisas que ele não quisera dizer, e deixavam de perceber notavelmente, e com não menos frequência, coisas que ele quisera. O príncipe havia recorrido à sua explicação geral: "Nós não temos os mesmos *valores*"; pelo que entendia a mesma medida de importância. Suas "curvas" aparentemente eram importantes porque tinham sido inesperadas, ou, ainda mais, não concebidas; uma vez que sempre, como em *seu* relegado velho mundo, havia-se percebido as curvas, e também em quantidades muito maiores, como ponto pacífico, não se ficava mais surpreso com a resultante viabilidade do intercurso do que se ficava surpreso em estar no andar de cima de uma casa que possuía escada. De fato, na ocasião, ele se pusera bastante alerta à questão da aprovação do Sr. Verver. A prontidão de sua resposta, podemos muito bem deduzir, não brotara nem um pouco da percepção de uma semelhança específica; isso dera a maior facilidade à sua admissão:

– Ah, se eu sou um cristal, fico deliciado em saber que sou um cristal perfeito, porque acredito que algumas vezes eles têm rachaduras e falhas, e nesse caso devem ser muito baratos!

O príncipe havia parado bruscamente, antes da ênfase que teria dado à sua pilhéria acrescentar que certamente *ele* não fora barato; e sem dúvida era marca do bom gosto reinante entre os dois que o Sr. Verver não tivesse, de seu lado, aproveitado a oportunidade. Mas é a relação deste último com tais aspectos que mais nos interessa agora, e o significado de sua visão satisfeita dessa ausência de atrito com o caráter de Amerigo como um objeto precioso representativo. Os objetos preciosos representativos, grandes pinturas antigas e outras obras de arte, "peças" finas e importantes em ouro, prata, esmalte, majólica, marfim, bronze, tinham-se multiplicado tanto durante vários anos em volta dele e, como um desafio geral para aquisição e apreciação, envolvido de tal modo todas as faculdades de sua mente, que o instinto, o particular apetite aguçado do colecionador, praticamente servira como base para sua aceitação ao pedido de casamento feito pelo príncipe.

Acima do fato extraordinário da impressão causada na própria Maggie, o aspirante à mão de sua filha mostrou, de algum modo, as grandes marcas e sinais, levantou-se diante dele com as altas autenticidades que ele havia aprendido a procurar em peças de primeira ordem. Nessa época Adam Verver sabia, sabia totalmente: nenhum homem na Europa ou na América, ele acreditava em particular, era menos capaz, em tais estimativas, de erros vulgares. Ele jamais falara de si mesmo como infalível – não era de seu feitio; mas, afora os afetos naturais, ele não conhecera alegria maior, do tipo intimamente pessoal, do que a alegria de ter originalmente chegado a sentir, e de um modo tão inesperado, que tinha em si o espírito do *connoisseur*. Como muitas outras pessoas, no decurso de suas leituras, ele ficara impressionado com o soneto de Keats sobre Cortez diante do Pacífico; mas poucas pessoas, provavelmente, tinham tão devotamente ajustado a imagem grandiosa do poeta a um fato da experiência. Ela havia se casado de tal modo com a consciência de como o Sr. Verver, num dado momento, olhara para o *seu* Pacífico, que duas leituras cuidadosas das linhas imortais tinham bastado para fixá-las em sua memória. Seu "pico em Darien" foi a hora súbita que havia transformado sua vida, a hora em que percebeu com uma muda perplexidade interior, parecida com o grave gemido de paixão apreensiva, que lhe restava um mundo para conquistar e que ele poderia conquistá-lo, se tentasse. Tinha sido uma virada na página do livro da vida – como se uma folha há muito inerte houvesse se mexido a um toque e, ansiosamente folheada, tivesse feito tamanha agitação no ar a ponto de lançar em seu rosto o próprio sopro das Ilhas Douradas. Pilhar as Ilhas Douradas tinha se tornado, imediatamente, o objetivo de seu futuro, e com a doçura daquilo – o que era mais maravilhoso de tudo – ainda mais no pensamento do que no ato. O pensamento era o da afinidade do Gênio, ou pelo menos do Gosto, com alguma coisa dentro de si – a inteligência adormecida da qual ele então, quase com violência, tornou-se consciente e que provocou nele, como se mudasse por meio de uma simples volta do parafuso, todo o seu plano intelectual. De algum modo ele era igual aos grandes videntes, os invocadores e encorajadores da beleza – e afinal de contas talvez não estivesse muito abaixo dos grandes produtores e criadores. Jamais ele fora algo assim – decididamente, amedrontadoramente, não; mas agora via *por que* fora o que fora, por que havia falhado e não alcançado o objetivo mesmo no mais gigantesco sucesso; agora lia em sua carreira, numa única noite magnífica, o imenso significado que ela havia esperado.

Foi durante a primeira visita à Europa após a morte da esposa – quando sua filha tinha 10 anos – que a luz, em sua mente, havia se partido – e naquele momento ele até mesmo descobriu por que, numa ocasião anterior, na sua viagem de lua de mel, ela ainda estava totalmente coberta. Na época ele havia "comprado", na medida em que pudera, mas comprara quase que totalmente para a criatura frágil, palpitante, ao seu lado, que tivera suas fantasias, decididamente, mas totalmente pela arte, na época maravilhosa para ambos, da Rue de la Paix, as caras autenticidades dos costureiros e joalheiros. A palpitação dela – fantasma pálido e desconcertado que era, uma flor branca e partida, amarrada, quase grotescamente para a percepção atual dele, com um gigantesco "laço" de cetim do Boulevard –, sua palpitação fora principalmente pelos laços, babados e tecidos finos; tudo evidência engraçada, patética, para a memória, dos espantos que os dominavam como um casal recente diante da oportunidade. Ele podia se encolher, ainda, ao lembrar do sentido em que a pressão da pobre jovem havia, sob seu encorajamento amoroso, se exercido em favor da compra e da curiosidade. Essas eram imagens errantes, saídas da penumbra anterior, que a lançavam de volta, para lamento dele, num passado mais remoto do que ele gostaria que o passado dos dois, o afeto jovem, estivesse. Teria de ser admitido, para uma crítica insistente, que a mãe de Maggie, de modo muito estranho, não carecera tanto da fé como da aplicação da mesma; uma vez que ela a exercera ansiosa e incansavelmente, a transformara num pretexto para perversidades inocentes com respeito às quais o tempo filosófico finalmente reduziria todos os gemidos à gentileza. E os dois haviam se amado tanto que a inteligência dele, no âmbito mais elevado, pagara temporariamente por isso. As futilidades, as enormidades, as depravações de decoração e inventividade que, diante de seu sentimento, eram disparatadas, ela o fizera achar adoráveis! Homem pensativo, ponderador que era, e viciado em prazeres silenciosos – assim como era acessível a dores silenciosas –, algumas vezes ele até se perguntava em que se teria transformado sua inteligência, na esfera em que esta aprenderia a jogar cada vez mais exclusivamente, se a influência de sua esposa não tivesse sido, no estranho esquema das coisas, tão prontamente removida. Será que ela o teria guiado totalmente, ligado como era a ela, para a vastidão dos meros equívocos? Será que o teria impedido de um dia escalar seu Pico vertiginoso? – ou será que, por outro lado, teria podido acompanhá-lo àquela eminência, onde ele poderia ter-lhe apontado, como Cortez aos *seus* companheiros, a revelação outorgada? Presumivelmente nenhum companheiro de Cortez fora uma dama verdadeira: o Sr. Verver permitia que esse fato histórico determinasse sua dedução.

2

O que de qualquer modo não estava permanentemente escondido dele era uma verdade muito menos desagradável sobre seus anos de trevas. Era de novo o estranho esquema das coisas: os anos de trevas tinham sido necessários para tornar possíveis os anos de luz. Uma sabedoria mais exacerbada do que ele sabia a princípio o mantivera firme na aquisição de um dos tipos como uma preliminar perfeita para a aquisição do outro, e a preliminar teria sido fraca e precária se a boa-fé fosse menor. Sua comparativa cegueira propiciara a boa-fé, que por sua vez deixara o solo propício para a flor da ideia suprema. Ele tivera de *gostar* de forjar e suar, tivera de gostar de polir e abarrotar seus braços. Pelo menos eram coisas das quais ele tivera de acreditar que gostava, assim como acreditava gostar do cálculo transcendente e do jogo imaginativo por si próprios, da criação de "interesses" que eram a extinção de outros interesses, até mesmo da vulgaridade lívida de entrar ou sair primeiro. Esse, claro, estivera muito longe de ser realmente o caso – com a suprema ideia, o tempo todo, crescendo e alcançando profundidade, debaixo de tudo, na terra quente e fértil. Ele ficara sem saber, caminhara e trabalhara onde a ideia tinha sido enterrada, e o fato em si, o fato de sua fortuna, teria sido bastante estéril se o primeiro broto pontudo e macio jamais tivesse lutado até a luz do dia. Ali, de um lado, estava a feiura poupada à sua meia-idade; lá, do outro, por todos os prodígios, estava a beleza com a qual sua velhice ainda poderia ser coroada. Sem dúvida ele estava mais feliz do que merecia; mas *isso*, quando se era ao menos feliz, era fácil. Ele andara por desvios, mas tinha chegado ao lugar, e o que poderia ser mais correto, na vida de qualquer homem, do que o modo de ocupá-lo agora? Seu plano não tivera meramente todas as sanções da civilização; era certamente a civilização condensada, concreta, consumada, estabelecida por suas mãos como uma casa sobre uma rocha – uma casa de cujas portas e janelas abertas, abertas para milhões de agradecidos e sedentos, o conhecimento mais elevado brilharia para abençoar a terra. Nessa casa, designada como um presente, em primeiro lugar, para o povo de sua cidade adotiva e seu estado natal, de quem a urgência para se libertar da servidão da feiura ele estava em condições de avaliar – neste museu dos museus, um palácio de arte que se mostraria tão compacto quanto um templo grego era compacto, um receptáculo de tesouros peneirados até a positiva santidade, hoje seu espírito quase que vivia totalmente, compensando, como ele teria dito, o tempo perdido e assombrando o pórtico numa antecipação dos ritos finais.

Esses seriam os "exercícios de abertura", a augusta inauguração do lugar. Sua imaginação, ele tinha bastante consciência, voava acima do chão muito mais rápido do que seu julgamento; ainda havia bastante a fazer para a produção de seu primeiro efeito. Os alicerces estavam colocados e as paredes iam subindo, a estrutura exterior estava totalmente determinada; mas a pressa bruta lhe era proibida numa conexão tão íntima com os efeitos mais elevados da paciência e da piedade; ele caluniaria a si próprio se completasse, sem ao menos um toque da majestade do atraso, um monumento à religião que desejava propagar, a paixão exemplar, a paixão pela perfeição a qualquer preço. Por enquanto ainda se encontrava longe de saber onde terminaria, mas estava admiravelmente decidido com relação a onde não começaria. Não começaria com uma exposição pequena – começaria com uma grande, e mal poderia indicar, mesmo que desejasse, a linha divisória que havia traçado. Não havia se dado ao trabalho de indicá-la aos colegas cidadãos, fornecedores e consumidores – em sua comunidade e nas adjacentes – de matérias econômicas em letras grandes, diuturnamente criadas, impressas, publicadas, dobradas e entregues à custa de sua presunçosa imitação da lesma. Para ele a lesma havia se transformado, sob essa sugestão irônica, no animal mais adorável da natureza, e sua volta à Inglaterra, da qual somos testemunhas atuais, não estava desligada da apreciação determinada desse modo. Ela indicava o que ele gostava de indicar: que não precisava, na situação específica, de instruções de ninguém. De novo dois anos de Europa, de proximidade renovada com mudanças e acasos, da sensibilidade refrescada para as correntes do mercado, iriam se ajustar à consistência da sabedoria, ao tom particular de convicção esclarecida, que ele desejava observar. Não parecia grande coisa toda uma família ficar esperando – uma vez que agora, desde o nascimento de seu neto, eles eram toda uma família; e portanto ele sentia haver apenas um terreno em todo o mundo em que a questão da aparência lhe seria de novo importante. Ele achava importante que uma obra de arte cara deveria "se parecer" com o mestre a quem ela talvez fosse enganosamente atribuída; mas no todo deixara de avaliar qualquer questão do resto da vida segundo a aparência.

Ele captava a vida em geral num ponto mais alto da corrente; visto que, de fato, não a estava tomando como um coletor, estava tomando-a, decididamente, como avô. Em termos de peças pequenas e preciosas, ele jamais havia segurado algo tão precioso quanto o *principino*,* o primogênito de sua filha, cuja designação italiana divertia-o interminavelmente, e que ele podia manipular e embalar, já podia quase jogar para o alto e pegar de novo, coisa que não podia fazer com um pedaço igualmente raro de um *pâte tendre* anterior. Podia pegar a pequena criança nos braços da babá com uma repetição seriamente desconcertada, com respeito ao conteúdo, das portas de vidro de altos armários. Além disso, uma coisa claramente beatífica nessa nova relação confirmara nele, sem dúvida, o sentimento de que nenhuma das suas reações silenciosas à maledicência pública, à vulgaridade local, jamais fora tão legitimamente direta quanto o mero elemento de deliberação – reduza-o a isso, dizia ele – em suas semanas tranquilas em Fawns. O elemento de deliberação era tudo que ele queria dessas semanas, e estava desfrutando-o no local, ainda mais do que havia esperado: desfrutando a despeito da Sra. Rance e das Srtas. Lutch; a despeito da pequena preocupação em sua crença de que

*Principezinho.

Fanny Assingham tinha realmente para ele alguma coisa que estava guardando; a despeito de toda a consciência, transbordando da taça como um vinho servido generosamente, de que se ele havia consentido em casar a filha e com isso fazer a diferença, o que o rodeava agora *era*, exatamente, com o consentimento vivificado, o casamento demonstrado; resumindo: a diferença definitivamente feita. Poderia chamar de volta sua consciência anterior, sua própria consciência casada – ela ainda não estava fora do alcance da vaga reflexão. Ele se supusera, acima de tudo supusera a esposa, *tão* casado quanto qualquer pessoa poderia estar, e ao mesmo tempo se perguntava se o estado dos dois merecera esse nome, ou se a união dos dois tinha a beleza, no grau em que o casal agora à sua frente levava a questão. Em especial desde o nascimento do menino, em Nova York – o grande clímax do período recente na América, o clímax de uma questão tão certa –, o casal feliz parecia estar levando-a mais alto, mais fundo, mais longe; até onde deixava de interessar à sua imaginação, de qualquer modo, segui-los. Extraordinário, além de qualquer dúvida, era um ramo de seu característico assombro mudo – que caracterizava acima de tudo, tendo o objeto à sua frente, sua modéstia: a estranha dúvida indistinta, acordando cedo para ele no final dos anos, de saber se a mãe de Maggie, afinal de contas, fora capaz do máximo. O máximo de ternura era o que ele queria dizer – como os termos existiam para ele; o máximo de imersão no fato de estar casada. Maggie era capaz; nesta estação Maggie estava, exoticamente, divinamente, no máximo: tal era a impressão que, certamente um pouquinho afastado da consideração prática e tácita que lhe inspirava o respeito pela beleza e a santidade daquilo, chegando quase ao espanto – tal era a impressão que ele diariamente recebia dela. Ela era a mãe dela, ah, sim – mas era a mãe dela e algo mais; e isto se tornava, desse modo, uma nova luz para ele, e de um modo tão curioso que qualquer coisa a mais do que a mãe dela se mostraria impossível nesta hora do dia.

Em quase qualquer momento silencioso ele poderia reviver o processo de sua introdução aos seus interesses atuais – uma introdução que dependera totalmente dele próprio, como o rosto do rapaz que sem credenciais se aproxima de um chefe ou faz um conhecido, faz até mesmo um amigo verdadeiro, falando com um passante na rua. *Seu* amigo verdadeiro, em todo esse negócio, seria sua própria mente, à qual ninguém o apresentara. Ele havia batido na porta daquela casa essencialmente particular, e o chamado, em verdade, não fora respondido imediatamente; de modo que quando, depois de esperar e voltar, finalmente ele havia entrado, fez isso floreando o chapéu, como um estranho embaraçado ou experimentando as chaves, como um ladrão à noite. Só ganhara confiança com o tempo, mas quando tomara verdadeira posse do local foi para nunca mais partir. E todo esse sucesso representou, deve-se dizer, seu único princípio de orgulho. O orgulho da simples mola original, o orgulho de seu dinheiro, teria sido o orgulho de uma coisa que viera, em comparação, muito facilmente. A verdadeira base para a exaltação era a dificuldade dominada, e sua dificuldade – graças à modéstia – fora acreditar em sua facilidade. *Este* era o problema em que havia trabalhado até encontrar a solução – a solução que agora estava fazendo mais do que qualquer outra coisa para levar seus pés a se assentarem e seus dias a transbordarem; e quando queria sentir-se "bem", como diziam em American City, precisava apenas rever seu imenso desenvolvimento. Era isso que a coisa toda significava – o desenvolvimento não fora o de outra pessoa passando falsamente, aceitado de modo muito ignóbil, como se fosse o dele. Pensar no quanto poderia ter sido servil era respeitar absolutamente a si próprio; era na verdade, tanto quanto quisesse, admirar-se como livre. A própria mola finíssima que respondia ao seu toque estava sempre ali para ser apertada – a lembrança de sua liberdade nascendo sobre ele, como um alvorecer todo em rosa e prata, durante um inverno dividido entre Florença, Roma e Nápoles cerca de três anos após a morte da esposa. Em particular era o alvorecer silencioso da revelação romana que ele geralmente podia recuperar de melhor modo, o modo como lá, acima de tudo, onde os príncipes e papas tinham estado antes dele, a percepção de sua faculdade lhe subia mais à cabeça. Ele era um simples cidadão americano, hospedado num hotel onde, algumas vezes, durante dias seguidos, havia vinte outros como ele; mas nenhum papa, nenhum príncipe dentre todos os papas e príncipes tinha lido um significado mais rico, acreditava ele, no caráter do Patrono da Arte. Na verdade sentia vergonha deles, se é que não tinha medo, e jamais subira tanto até o ponto culminante como ao julgar, durante um exame de Hermann Grimm, onde Júlio II e Leão X foram "colocados" pelo tratamento que haviam dado a Michelangelo. Muito abaixo do simples cidadão americano – pelo menos no caso em que este personagem não era simples demais para ser Adam Verver. Além do mais, subindo à cabeça de nosso amigo, alguns dos resultados de tais comparações podem sem dúvida ser descritos como tendo ficado lá. O que poderia fazer sua liberdade de ver – da qual as comparações faziam parte – se não crescer e crescer cada vez mais?

Talvez ela chegasse até mesmo ao ponto de significar para Adam Verver *toda* a liberdade – uma vez que, por exemplo, ela estava ali, como sempre, no momento exato em que a Sra. Rance conspirava contra ele, em Fawns, com a sala de bilhar e a manhã de domingo, na ocasião em que provavelmente nós tenhamos ampliado demais nosso círculo. A Sra. Rance pelo menos controlava praticamente cada uma das outras licenças do presente e do futuro próximo: a licença de passar a hora como ele acharia conveniente; a licença de parar de se lembrar, por algum tempo, que, ainda que lhe fizessem uma proposta – e não somente por parte desta aspirante, mas de qualquer outra –, ele não iria se mostrar tolo, a prova de sabedoria estava, no entanto, cruelmente condicionada; a licença em especial de passar de suas cartas para seus jornais e se isolar, orientar-se de novo pelo som, sobre o intervalo ganho, do monstro de muitas bocas de quem ele simulava com tanta constância o exercício dos pulmões. A Sra. Rance permaneceu com ele até que os outros voltaram da igreja, e dessa vez ficou mais claro do que nunca que o seu sacrifício, quando chegasse, seria de fato muito desagradável. Sua impressão – este era o ponto – assumia de algum modo a forma não tanto de ela querer forçar sua vantagem quanto de ela construir melhor do que sabia; isto é, de ela simbolizar, com virtual inconsciência, a deficiência especial dele, a falta infeliz de uma esposa a quem as propostas poderiam ser apresentadas. As propostas, as contingências com as quais a Sra. Rance lhe parecia potencialmente eriçada, não eram realmente de um tipo que devessem ser aceitas pelas dele. E a possibilidade delas, quando a visitante disse, ou foi como se dissesse: "Eu estou contida, veja bem, por causa do Sr. Rance, e também porque sou orgulhosa e refinada; mas se não fosse pelo Sr. Rance, por meu refinamento e por meu orgulho!" – a possibilidade delas, eu digo, transformou-se numa grande agitação cheia de murmúrios, com um volume passível de preencher o futuro; uma agitação de saias, cartas perfumadas e com muitas páginas, vozes que, por mais que pudessem distinguir-se uma das outras, importava pouco em que parte do país ressoante elas haviam aprendido a se fazer prevalecer. O casal Assingham e as Srtas. Lutch haviam tomado o caminho através do parque até a igreja pequena e antiga, "na propriedade", que o nosso amigo frequentemente pegava-se desejando ser capaz de transportar como estava, por sua simples doçura, numa caixa de vidro, a um de seus salões de exposição; enquanto Maggie havia induzido o esposo, não inveterado em tais práticas, a fazer com ela, de carruagem, a peregrinação um pouco mais longa até o altar mais próximo, por mais modesta que pudesse parecer, da fé – dela como fora da mãe, e que o próprio Sr. Verver sempre estivera relativamente disposto a deixar que fosse vista como *sua* – sem cuja sólida tranquilidade, tornando o palco firme e liso, o drama de seu casamento não poderia ter sido representado.

Mas o que finalmente pareceu ter acontecido foi que os grupos separados, voltando no mesmo momento, haviam se encontrado do lado de fora e em seguida deslizado juntos de um cômodo vazio ao outro, ainda que não numa simples busca sem objetivo ao par de companheiros que haviam deixado em casa. A busca os levara à porta da sala de bilhar, e o aparecimento deles, quando a sala se abriu para admiti-los, determinou para Adam Verver, do modo mais estranho no mundo, uma percepção nova e aguçada. *Foi* realmente notável: de imediato essa percepção se expandiu como uma flor, uma das mais estranhas, poderia, diante de um sopro, ter-se aberto subitamente. O sopro, por sinal, foi mais do que qualquer coisa a expressão nos olhos de sua filha – a expressão com que ele a *viu* captar exatamente o que ocorrera em sua ausência: a perseguição feita pela Sra. Rance até esta localidade remota, o espírito e a própria forma, perfeitamente característica, de como ele aceitara o embaraço – resumindo: foi posto o selo, inconfundivelmente, numa das ansiedades de Maggie. De fato a ansiedade poderia ter sido, ainda que não compartilhada, partilhada separadamente; uma vez que o rosto de Fanny Assingham não estava, do mesmo modo, nem um pouco velado para ele, e uma luz estranha, de cor difícil de se identificar, praticamente brilhava nos quatro belos olhos das Srtas. Lutch. Cada uma dessas pessoas – isto é, não contando o príncipe e o coronel, que não se importavam e que nem mesmo viam o que os outros viam – sabia alguma coisa, ou pelo menos tinha uma ideia; a ideia, precisamente, de que era isso que a Sra. Rance, demorando-se habilmente, *faria*. O tom especial de apreensão por parte das Srtas. Lutch poderia ter sugerido a visão de uma energia supremamente declarada. Na verdade, se chegássemos a isso, era curiosa a posição das Srtas. Lutch: elas próprias haviam trazido, elas haviam apresentado sinceramente a Sra. Rance, firmes no fato de o Sr. Rance tê-las literalmente alertado; e para elas aquilo era novo, positivamente, como se o buquê de flores que haviam trazido tivesse sido apenas o veículo de uma cobra perigosa. O Sr. Verver praticamente sentia no ar a censura das Srtas. Lutch – em cuja intensidade, de fato, sua própria decência poderia ter se envolvido.

Mas mesmo assim isso foi apenas um rápido vislumbre; o que fez a verdadeira diferença, como dei a entender, foi a muda troca de olhares com Maggie. A ansiedade de sua filha tinha profundezas, e abria-se para ele ainda mais porque era totalmente nova. Quando no passado comum dos dois, quando, até este momento, havia ela mostrado um medo, ainda que mudamente, pela vida individual do pai? Eles tinham tido medo juntos, assim como tinham tido alegrias, mas todos os medos dela, pelo menos, tinham sido pelo que concernia igualmente aos dois. Aqui, subitamente, havia uma questão que concernia apenas a ele, e a silenciosa explosão daquilo marcou, de algum modo, uma data. Ele estava na mente dela, estava até mesmo nas mãos dela – algo distinto de estar onde sempre estivera, meramente no fundo do coração e na vida de Maggie; fundo demais para ser liberado, destacado ou oposto, resumindo: objetivamente apresentado. Mas o tempo finalmente realizara isso; a relação dos dois estava alterada: ele *via*, de novo, a diferença iluminada para ela. Isto marcou a diferença para o Sr. Verver – e não era simplesmente uma questão de uma Sra. Rance a mais ou a menos. Para Maggie também, como um golpe, quase de modo benéfico, a visitante havia se transformado de uma inconveniência num sinal. Os dois haviam desocupado, pelo casamento, o espaço principal dele, seu recinto pessoal – sendo os dois a princesa e o príncipe. Haviam aberto espaço para outros – de modo que os outros perceberam. Ele também percebeu, por sinal, durante o minuto em que Maggie ficou ali parada antes de falar; e além disso, com o sentimento do que ele a viu ver, o Sr. Verver teve o sentimento do que ela *o* viu. Esta última, deve-se acrescentar, teria sido a percepção mais intensa dele, não houvesse, no instante seguinte, algo mais em Fanny Assingham. O rosto dela não conseguia esconder; ela vira, acima de tudo, de seu modo rápido, o que os dois estavam vendo.

3

Sem dúvida, tanta comunicação sem palavras foi, durante todo esse tempo, maravilhosa, e podemos confessar que vimos na cena, talvez prematuramente, um caráter crítico que demorou mais tempo para se desenvolver. Mas a hora silenciosa de reunião desfrutada naquela tarde pelo pai e a filha realmente fizeram pouco mais do que enfrentar os elementos definitivamente apresentados para cada um deles na vibração produzida pela volta dos que tinham ido à igreja. Nada alusivo, nada insistente, passou-se entre eles antes ou imediatamente depois do almoço – a não ser que a impossibilidade de se encontrarem logo pudesse ter sido um acidente carregado de referências. A primeira ou as duas horas seguintes ao almoço – nos domingos com rigor especial, e um dos principais motivos domésticos disso era porque era dever de Maggie cuidar de todos os detalhes da refeição – eram habitualmente passadas pela princesa com o filhinho, em cujos aposentos ela frequentemente encontrava seu pai já estabelecido ou era cedo ou tarde acompanhada por ele. A visita do sr. Verver ao neto, em alguma hora, mantinha o seu lugar contra todas as intervenções, e isso sem contar as visitas do neto a *ele*, um pouco menos ordenadas e cronometradas, e os tempinhos casuais, como ele os chamava, que os dois tinham juntos quando podiam – ocasiões desfrutadas, na maior parte, no terraço, nos jardins ou no parque, enquanto o *principino*, com muita pompa e circunstância de carrinho de bebê, guarda-sol, mosquiteiro de renda e incorruptível atendimento feminino, tomava ar. Nos aposentos particulares que, ocupando na grande casa a maior parte de uma ala própria, não eram muito mais acessíveis do que se o lugar fosse um palácio real e a criança um herdeiro nobre – no opulento quarto de brinquedos a conversa, naqueles momentos instituídos, era sempre tão predominantemente com ou sobre o mestre da cena que os outros interesses e os outros tópicos tinham aprendido a evitar a percepção parca e inadequada a respeito deles. Eles surgiam, na melhor das hipóteses, envolvidos no futuro, no passado ou no amplo presente do menininho, jamais tendo sequer uma chance de invocar seus próprios méritos ou de reclamar que estavam sendo negligenciados. Talvez nada, realmente, tivesse feito mais do que essa participação unida para confirmar nos mais velhos aquele sentimento de uma vida não somente ininterrupta porém mais profundamente associada, mais amplamente combinada, da qual, em nome de Adam Verver, nós fizemos alguma menção. Claro que era uma história antiga, e uma ideia familiar, a de que um lindo bebê poderia ocupar seu lugar como um novo elo entre uma mulher e um marido, mas Maggie e seu pai tinham, com toda engenhosidade, convertido aquela criatura preciosa num elo entre a mamãe e o vovô. O *principino*, como um espectador casual desse processo, poderia ter se transformado, através de um golpe infeliz, num semi-órfão desamparado, com o lugar do pai vago e aberto para o parente do sexo masculino mais próximo.

Assim eles não tinham oportunidade, aqueles devotos unidos, de falar do que o príncipe poderia ser ou não para o filho – de tal modo que o tempo disponível do mesmo, na ausência dele, era tão completamente preenchido. Além do mais, não era que houvesse dúvidas com relação a ele, uma vez que o príncipe era visivelmente viciado em manipular a criança, ao franco modo italiano, nos momentos em que considerava correto, comparado com outras necessidades: isto é, visivelmente para Maggie, que tivera mais oportunidades de falar ao marido sobre a extravagância do pai do que de falar ao pai sobre a extravagância do marido. Nesse sentido Adam Verver tinha sua própria serenidade. Tinha certeza da admiração suplementar do genro; uma vez que, para começar, o que mais estivera em ação senão o instinto – ou poderia muito bem ser a tradição – deste último ao fazer a criança tão solidamente linda a ponto de *ter* de ser admirada? O que contribuía mais para a harmonia desse jogo de relações, entretanto, era o modo como o jovem parecia deixar que percebessem que, tradição por tradição, a tradição do vovô não era, em qualquer avaliação, a de aceitar qualquer coisa. Uma tradição, ou o que quer que fosse, que fluíra preliminarmente para a própria princesa – bom, a própria discrição de Amerigo era seu modo de levar isso em conta. Resumindo, suas discriminações com relação ao herdeiro não eram mais inflexíveis do que quaisquer outras observadas nele; e talvez o Sr. Verver não recebesse de qualquer outra fonte uma impressão tão distinta de ser para ele um fenômeno estranho e importante quanto recebia dessa impunidade de apropriação, daquelas horas não questionadas no quarto do menino. Era como se a demonstração especial do caráter do vovô fosse apenas outro lado para o observador estudar, outro item para anotar. Ela fazia lembrar, este último personagem sabia, sua percepção prévia – a da incapacidade do príncipe para tirar *conclusões* em qualquer questão que lhe concernisse. Para ele a idiossincrasia tinha de ser demonstrada em cada estágio – com isso, entretanto, ele a aceitava admiravelmente. Afinal de contas, este último era o ponto essencial; ele realmente trabalhava, pobre rapaz, pela aceitação, uma vez que trabalhava tão constantemente pela compreensão. E quando pensamos nisso, como *poderíamos* saber que um cavalo não refugaria diante de uma banda de música, numa estrada campestre, porque não refugou diante de um motor de tração? Ele poderia ter se acostumado com motores de tração sem ter se acostumado com bandas de música. Pouco a pouco, assim, de mês em mês, o príncipe estava descobrindo com o que o pai de sua mulher fora acostumado; e agora isso podia ser verificado: ele fora acostumado à visão romântica dos *principini*.

Quem pensaria nisso, e onde isso pararia? O único medo um tanto pronunciado do Sr. Verver era um certo temor de desapontá-lo pela estranheza. Ele sentia que a evidência que oferecia, vista assim, estava do lado positivo. Não sabia – estava aprendendo, e isso lhe era engraçado – com quantas coisas *fora* acostumado. Se o príncipe só pudesse acertar alguma coisa à qual ele não fora! Isso, pelo que lhe parecia, não enrugaria a superfície lisa, mas *poderia*, um pouco, aumentar o interesse.

O que agora estava claro para o pai e a filha, de qualquer modo, era simplesmente saberem que queriam, por enquanto, estar juntos – a qualquer custo; e sua necessidade atuava a ponto de tirá-los da casa, num local oculto daquele onde os amigos se reuniam, e os fazia andar, sem ser vistos, sem ser seguidos, ao longo de um caminho coberto no jardim "velho", como era chamado, velho com uma antiguidade das coisas formais, teixos aparados e altos e vastos muros de tijolos que tinham imediatamente ficado púrpura e rosa. Saíram por uma porta no muro, uma porta que tinha uma placa com uma data, 1713, mas na antiga letra reproduzida, e em seguida tinham diante de si um pequeno portão branco, intensamente branco e limpo em meio a todo o verdor, através do qual gradualmente passavam até onde algumas das árvores mais grandiosas agrupavam-se espaçosas e onde encontrariam um dos lugares mais silenciosos. Um banco fora colocado, há muito tempo, sob um grande carvalho que ajudava a coroar uma pequena elevação, e o chão ia baixando à medida que se afastava, até subir de novo numa distância suficiente para cercar a solidão e criar um horizonte frondoso. O verão, felizmente, ainda estava com eles, e o sol baixo fazia um borrão de luz onde rasgava a sombra mais frouxa; Maggie, ao descer para o passeio, trouxera um guarda-sol, que, enquanto ela o segurava sobre sua encantadora cabeça desnuda, dava, com o grande chapéu de palha que seu pai sempre usava bem inclinado para trás nesses dias, uma intenção definida à caminhada. Eles conheciam o banco; era "retirado" – eles o haviam elogiado juntos por isso, antes, e gostavam da palavra; e depois de começarem a se demorar por lá poderiam ter sorrido (se não estivessem sérios demais, e se a questão não tivesse logo deixado de importar), com o provável espanto dos outros ao pensar no que lhes havia acontecido.

Na medida em que apreciavam a indiferença com relação a qualquer julgamento de sua falta de cerimônia, de que isso falava se não do modo como, via de regra, eles quase igualmente tinham outros em suas mentes? Cada um sabia que ambos estavam cheios da superstição de não "magoar", mas podiam precisamente estar-se perguntando, perguntando de fato um ao outro, neste momento, se esta seria, afinal de contas, a última palavra de seu desenvolvimento de consciência. De qualquer modo era certo que, além dos Assingham, das Lutch e da Sra. Rance, os presentes ao chá, no lugar exato no terraço oeste, poderiam perfeitamente compor as quatro ou cinco pessoas – dentre eles a muito bela, a tipicamente irlandesa Srta. Maddock, alardeada, anunciada e agora trazida – das duas outras casas suficientemente próximas, uma delas a residência menor do proprietário das mesmas, estabelecida, frugalmente, enquanto ele alugava sua casa ancestral, à vista e ao sentimento de seu lucro. Tampouco não era menos correto que, de certo modo pela primeira vez, o grupo em questão deveria aceitar o caso como o havia encontrado. Podia-se confiar que Fanny Assingham, em qualquer momento, ajudaria o Sr. Verver e a filha, ajudaria sua reputação de amabilidade decente, a passar por qualquer perigo momentâneo; podia-se confiar inclusive que tornaria sua ausência aceitável para Amerigo, para a possível e engraçada ansiedade italiana de Amerigo; uma vez que Amerigo sempre era, como a princesa bem sabia, convenientemente sensível às explicações, aos logros, às tranquilizações de sua amiga, e talvez de fato mais do que menos dependente deles em sua nova vida. Para Maggie não era segredo – de fato para ela era positivamente uma piada pública – que o príncipe não era capaz de explicar as coisas tão bem quanto a Sra. Assingham, e que, como ele gostava de explicações, gostava quase como se as colecionasse, como se fossem ex-libris ou selos, por si mesmas, sua requisição desse luxo tinha de ser satisfeita. Ele não parecia querê-las por enquanto para usar – e sim como ornamento e diversão, diversão inocente do tipo que mais gostava e que era tão característico de sua carência abençoada, linda, geral, ligeiramente indolente, de gostos mais dissipados, ou até mesmo mais sofisticados.

Como quer que fosse, a cara senhora passara a ser franca e alegremente reconhecida – e não menos por si mesma – como alguém que preenchia no círculo pequeno e íntimo um posto que nem sempre era uma benesse. Era quase como se tivesse ocupado, com seu gentil e melancólico espírito militar, um cargo de responsabilidade; estar por perto para todos aqueles apelos que brotavam das conversas, que brotavam não raramente, também sem dúvida, nas horas de lazer. Sua posição naquele lar, como ela dizia, levava-a naturalmente a uma considerável frequência de visitas ao bom casal, livremente repetidas e prolongadas, e não tanto como sob forma de protesto. Ela estava ali para mantê-lo quieto – era como o próprio Amerigo descrevia sua influência; e só teria sido necessária nele uma disposição mais visível à inquietação para tornar a contabilidade perfeitamente adequada. A própria Fanny limitava, na verdade minimizava, seu posto; dizia que não é necessário um carcereiro para um cordeiro domesticado amarrado com uma fita cor-de-rosa. Este não era um animal a ser controlado – era um animal para ser, no máximo, educado. Do mesmo modo ela admitia que era educativa – coisa de que Maggie tinha tanta consciência, inevitavelmente, de não ser; assim era quase verdade que ela estava encarregada da mera inteligência dele. Isso deixava, Deus sabia, uma quantidade de compromissos diferentes para Maggie atender – num caso em que tanta fita cor-de-rosa, como a coisa poderia ser simbolicamente descrita, era posta sobre a criatura. O que tudo isso queria dizer, de qualquer modo, era que a Sra. Assingham estaria mantendo-o calmo naquele momento, enquanto sua mulher e seu sogro faziam o pequeno piquenique frugal; além do mais, sem dúvida, não muito menos necessariamente em respeito aos membros do círculo que estavam com eles do que em respeito ao par de quem estavam sentindo falta quase que pela primeira vez. Maggie sabia que o príncipe podia suportar, quando estava com a esposa, quase qualquer estranheza, tipos ingleses esquisitos que o entediavam além de qualquer conveniência, por serem tão pouco parecidos com ele; uma vez que este era um dos modos em que uma mulher sustentava a situação em termos práticos. Mas ela sabia igualmente que ainda não aprendera a vê-lo capaz de enfrentar tal exposição em sua ausência. Como ele se movia e falava, acima de tudo como ele olhava, ou *olharia* – ele que, com seu rosto tão nobremente belo, podia olhar coisas tão maravilhosas – no caso de ser deixado sozinho com os fascinantes objetos? Havia objetos espantosos até mesmo entre aqueles vizinhos; era somente que a própria Maggie tinha seu modo estranho – que além do mais não o irritava de jeito algum – de realmente gostar deles na mesma proporção em que podiam lhes parecer estranhos. Viera-lhe por hereditariedade, era o que ele se divertia em declarar, esse amor por *chinoiseries*;* mas nesta tarde Maggie não se importava – ele que se virasse como pudesse com a chinesice dela.

De fato Maggie sempre teria tido para esses momentos, caso ocorressem com mais frequência, a impressão que lhe fora causada por uma palavra da Sra. Assingham, uma palavra referindo-se precisamente àquele apetite pela explicação, sentido por Amerigo, que acabamos de encontrar em nosso caminho. Não era que a princesa pudesse dever a outra pessoa, mesmo tão inteligente quanto essa amiga, por *ver* em seu marido alguma coisa que não poderia ver sem ajuda; mas ela sempre tivera, até esse ponto, a natureza de aceitar com modesta gratidão qualquer descrição melhor de uma verdade sentida do que seus pequenos limites – terrivelmente marcados, ela sabia, na direção de dizer as coisas certas – lhe permitiam fazer. Era assim, de qualquer modo, que ela podia viver mais ou menos à luz do fato expresso tão lucidamente pela pessoa que dava conforto a ambos – o fato de que o príncipe estava economizando, com algum objetivo eventual muito misterioso mas muito bom, toda a sabedoria, todas as respostas às suas perguntas, todas as impressões e generalizações que reunia; guardando-as e empacotando-as porque queria que sua grande arma estivesse carregada até o limite no dia em que decidisse dispará-la. Primeiro ele queria certificar-se da *totalidade* do assunto que estava se desenrolando à sua frente; e então os inumeráveis fatos que havia colecionado encontrariam uso. Ele sabia o que desejava – devemos confiar nele finalmente para fazer, e com algum resultado, seu grande barulho. E a Sra. Assingham repetira que ele sabia o que

*Mobiliário que imita o estilo chinês na arte e na arquitetura.

desejava. Foi a forma feliz dessa afirmação que permaneceu com Maggie; sempre lhe podia vir à mente que Amerigo sabia o que desejava. Em alguns momentos ele podia parecer vago, ausente, até mesmo entediado: isso quando, longe de seu pai, com quem achava impossível parecer qualquer coisa que não respeitosamente ocupado, ele deixava a alegria nativa irromper em jorros de canção, ou até mesmo de som extravagante e sem sentido, que expressava um relaxamento interno ou então fantasticamente lamentoso. Algumas vezes podia refletir com a lucidez mais franca sobre a circunstância de que a situação era definitiva, ao mesmo tempo em que permanecia absolutamente sossegado com relação ao que era seu e que deixara em seu país; com relação ao local principal de seu afeto, a casa em Roma, o grande palácio negro, o Palazzo Nero, como ele gostava de falar, e também na questão da vila nos morros de Sabina, que ela vira e desejara na época em que os dois haviam ficado noivos, e o Castello propriamente dito, sempre descrito por ele como o local "empoleirado", que, como ela sabia, se erguia antigamente no pedestal de uma encosta, mostrando-se lindamente azul de longe, como a cabeça e a frente do principado. Em certos estados de ânimo ele podia se regozijar com a situação dessas propriedades há muito afastadas, nem todas irrecuperavelmente alienadas, mas embaraçadas com aluguéis e cobranças intermináveis, com ocupantes obstinados, com impossibilidades de uso – tudo isso sem contar a nuvem de hipotecas que, há muito tempo, as enterravam sob as cinzas da fúria e do remorso, uma mortalha tão densa quanto a camada que um dia repousou sob as cidades ao pé do Vesúvio, e tornando qualquer esforço restaurador atual um processo muito parecido com uma escavação lenta. Do mesmo modo podia, com outra reviravolta de seu humor, quase uivar por esses pontos luminosos de seu paraíso perdido, declarando que era um idiota em não ser capaz de enfrentar os sacrifícios necessários para recuperá-los – sacrifícios que repousavam, se em algum lugar, sobre o Sr. Verver.

Enquanto isso, uma das coisas mais confortáveis entre o marido e a esposa – uma daquelas certezas tranquilas sobre as quais eles podiam meramente rir – era que ela jamais o admirava tanto, ou o achava tão estupendamente lindo, inteligente, irresistível, no próprio grau em que ele original e fatalmente lhe parecera, como quando via outras mulheres reduzidas à mesma pasta passiva que então começara, de uma vez por todas, a constituir *sua* substância. Realmente não havia coisa alguma de que eles tivessem conversado com mais prazer íntimo e familiar do que a licença e o privilégio, a ilimitada margem feliz, assim estabelecida para cada um dos dois: ela chegava ao ponto de dizer que, mesmo que um dia ele ficasse bêbado e lhe batesse, o espetáculo de vê-lo com rivais sempre odiadas, depois de não importa que extremismos, sempre, pelo encanto soberano da coisa, o encanto da coisa em si e na medida que a exibição dele a tocava mais profundamente, bastaria para trazê-la de volta. Assim, o que estaria mais aberto para ele do que mantê-la apaixonada? Naqueles momentos leves o príncipe concordava, de todo o coração, que seu caminho não seria difícil, uma vez que, de constituição tão simples quanto era com relação a toda aquela questão preciosa – e por que deveria ter vergonha disso? –, ele conhecia apenas o caminho da justiça. Os dois tinham de ser justos – e ele era fastidioso e específico, seu padrão era alto; mas, uma vez que este era o caso, que relação entre eles era concebível, que relação era decente, rudimentar, adequadamente humana, senão a de um interesse simples pela justiça? O interesse dele, ela sempre respondia, por acaso não era "simples", e a simplicidade, no total, tinha pouco a ver com a questão, que era marcada, pelo contrário, pela mais rica variedade de cor; mas a base funcional, de qualquer modo, fora estabelecida – as Srtas. Maddock da vida haviam sido asseguradas da importância que tinham para ele. Com que segurança conveniente Maggie – para levá-lo também para dentro da brincadeira – mais de uma vez chegara ao ponto de mencionar ao seu pai; uma vez que a coisa se ajustava facilmente à ternura de sua disposição para lembrar que ocasionalmente podia fazê-lo feliz com uma confidência íntima. Esta era uma de suas regras – ela que era cheia de pequenas regras, considerações, provisões. Havia coisas que, claro, não poderia contar-lhe, em tantas palavras, sobre Amerigo e ela, e sobre a felicidade, a união e as profundezas mais profundas dos dois – e havia outras coisas que não precisava contar; mas também havia aquelas que eram verdadeiras e divertidas, comunicáveis e reais, e dessas, com seu esquema de conduta como filha tão consciente, tão delicadamente cultivado, ela podia lucrar à vontade.

Um silêncio agradável, por sinal, caíra sobre a maioria dos elementos, enquanto ela se afastava com o companheiro; essa serenidade envolvia suposições completas e inumeráveis: a partir de um descanso tão ordenado e esplêndido, todos os sinais de confiança solidamente sustentada, espalhando-se em volta deles, poderiam ter sugerido para pessoas de um discurso mais pobre a própria insolência da facilidade. Mesmo assim eles não eram insolentes – *eles* não eram, nosso par podia refletir; eram apenas abençoadamente, agradecidamente e pessoalmente modestos, sem vergonha de saber, com competência, quando as grandes coisas eram grandes, quando as boas coisas eram boas e quando as coisas seguras eram seguras, e não, portanto, colocados abaixo de sua fortuna pela timidez – o que teria sido tão ruim quanto serem colocados abaixo dela pela petulância. Dignos dela como eram, e como cada um dos dois parece, sob nossa última análise possível, ter desejado fazer com que o outro sentisse que era, o que eles mais definitivamente exalavam no ar da tarde enquanto seus olhos se encontravam pode ter sido uma espécie de desamparo na felicidade. Sua retidão, a justificativa de tudo – alguma coisa cujo pulso eles sentiam – estava ali com eles; mas poderiam estar-se perguntando um pouco confusamente que outro uso poderiam ter para algo tão perfeito. Eles a haviam criado, alimentado e estabelecido; haviam-na abrigado ali em dignidade e coroado com conforto; mas será que o momento não contaria para eles – ou pelo menos para nós enquanto os observamos com seu destino à sua frente – como o alvorecer da descoberta de que ser reto nem sempre atendia a *todas* as contingências? Caso contrário, por que Maggie teria sentido uma palavra de dúvida definida – a expressão da pontada determinada nela algumas horas antes – subindo aos lábios depois de um tempo? Além disso, ela dava tão como certa a percepção de seu companheiro sobre sua dúvida que a simples incerteza da pergunta poderia dizer tudo.

– Afinal de contas, o que é que elas querem fazer com o senhor?

"Elas", para a princesa, também eram as forças suspensas da qual a Sra. Rance era o símbolo, e seu pai, agora apenas sorrindo de volta, à vontade, não se incomodou em parecer que não sabia o que ela estava dizendo. O que ela estava dizendo – quando havia falado – podia ser muito bem entendido; ainda que de fato não fosse nada, depois de terem chegado ao ponto, que pudesse servir como base para uma grande campanha defensiva. As águas da conversa se espalharam um pouco, e Maggie contribuiu com uma ideia dizendo:

– O que realmente aconteceu é que as proporções, para nós, estão alteradas.

O Sr. Verver aceitou igualmente, por enquanto, essa observação um tanto cifrada; ainda não conseguiu enfrentá-la nem mesmo quando ela acrescentou que não importaria muito se ele não fosse tão terrivelmente jovem. Murmurou um som de protesto apenas quando ela declarou que deveria, como filha, por decência comum, ter esperado. Mas nesse momento ela própria já estava admitindo que deveria ter de esperar demais – isto é, se esperasse até ele ficar velho. Mas havia um modo.

– Como o senhor *é* um jovem irresistível, temos de enfrentar o fato. Isso, de algum modo, foi o que aquela mulher me fez sentir. Haverá outras.

4

Falar sobre isso, assim, pareceu finalmente um alívio positivo para ele.

– Sim, haverá outras. Mas tu me ajudarás.

Ela hesitou.

– Quer dizer, se o senhor ceder?

– Ah, não. Ajudarás a resistir.

Maggie esperou de novo, mas quando falou, o que disse teve um efeito abrupto.

– Por que o senhor *deveria* resistir para sempre?

Ele não se espantou nem um pouco – e isso era como um hábito de considerar qualquer coisa, tudo, da parte dela, como harmonioso. Mas também estava escrito nele, por sinal, que resistir não seria, de modo tão completo, sua reação natural, ou pelo menos sua reação adquirida. Isto é: sua aparência falava apenas um pouco, por enquanto, de curtos resíduos e sentidos simplificados – e tudo isso a despeito de ele ser uma pessoa pequena, parca, ligeiramente desinteressante, privada da prerrogativa geral de presença. Não era pela massa, pelo peso ou por uma vulgar quantidade imediata que no futuro ele insistiria ou resistiria em prevalecer, não mais do que fizera no passado. Havia mesmo alguma coisa nele que tornava sua posição em qualquer época, tornava sua relação com qualquer cena ou qualquer grupo, uma questão de estar no fundo do palco, de uma carência consciente, quase visível, de afinidade com as luzes da ribalta. Ele jamais representaria o diretor ou autor da peça, que devia ocupar o primeiro plano; poderia ser, na melhor das hipóteses, o "patrocinador", olhando seus interesses das coxias, mas numa ignorância confessa dos mistérios da mímica. Pouco mais alto do que a filha, não enfatizava de modo algum a presumida adequação de sua maior robustez. Perdera cedo boa parte dos cabelos crespos, bastante encaracolados, cuja fineza era repetida na barba pequena e bem-aparada, compacta demais para ser chamada de "cheia", ainda que usada igualmente, como se fosse uma marca onde careciam outras marcas, sobre o lábio, as bochechas e o queixo. Seu rosto regular e sem cor, provido das características meramente indispensáveis, sugeria imediatamente, como descrição, que era *claro*, e desse modo lembrava um pouco um pequeno cômodo decente, varrido e não atravancado com móveis, mas obtendo uma vantagem particular, como poderia ser notado pela visão de duas janelas amplas e sem cortinas. Havia nos olhos de Adam Verver algo que ambos admitiam de manhã e de noite em quantidades incomuns e davam à área modesta a extensão externa de uma visão que era "grande" mesmo quando restrita às estrelas. De um azul profundo e mutável, ainda que não romanticamente grandes, mesmo assim eram juvenis e quase estranhamente belos, com a ambiguidade de as pessoas mal saberem se eles carregavam principalmente a visão do dono ou se abriam para a delas. Independentemente do que os outros pudessem sentir, eles estampavam o lugar com sua importância, como dizem os corretores de imóveis; de modo que, de um lado ou do outro, as pessoas jamais estavam fora do seu alcance, sempre estavam se movendo, em busca de possível comunhão, oportunidade, da visão de algo que as pessoas não sabiam o que era, quer estivesse diante ou atrás deles. Se outras importâncias, para não estender a questão, se mantivessem baixas, eles não eram menos projetados em qualquer direção do que na do vestuário de nosso amigo, adotado de uma vez por todas com uma espécie de escrúpulo suntuário. Todos os dias do ano ele usava, independentemente da ocasião, o mesmo fraquezinho preto, na moda de sua juventude; usava as mesmas calças de aparência contida, de xadrez preto e branco – em harmonia adequada, considerava ele inevitavelmente, com uma gravata de cetim azul e bolinhas brancas; e, sobre a pequena barriga côncava, com uma indiferença singular para com climas e estações, um colete de *duck** branco.

– Realmente gostarias de que eu me casasse? – perguntou ele. Falava como se, vindo da própria filha, esta *pudesse* ser uma ideia; que por sinal ele estaria pronto a realizar caso ela dissesse definitivamente que sim.

Mas definitiva, por enquanto, ela não estava preparada para ser, ainda que lhe parecesse vir com força, enquanto pensava, a impressão de que havia uma verdade a expressar.

– O que sinto é que, de algum modo, há algo que costumava ser certo e que eu tornei errado. Era certo o senhor não ter se casado e não parecer desejar. Também parecia fácil não trazer a questão à tona. É isso que tornei diferente. Ela vem à tona. Ela *virá*.

– Não achas que devo mantê-la no fundo? – O tom do Sr. Verver era alegremente pensativo.

– Bom, eu lhe dei, com a *minha* mudança, todo o problema de precisar manter.

Ele gostou da delicadeza da ideia, e esta o fez, quando ela sentou-se ao lado, passar o braço sobre seus ombros.

– Acho que não sinto que tenhas te mudado para muito longe. Apenas foste para a vizinhança.

– Bom – prosseguiu ela –, não sinto que fosse justo de minha parte simplesmente dar-lhe um empurrão e deixá-lo assim. Se eu fiz a diferença para o senhor, devo pensar na diferença.

*Espécie de brim de linho ou algodão.

– Então o que tu pensas, minha querida? – perguntou ele com indulgência.

– É exatamente isso que ainda não sei. Mas devo descobrir. Precisamos pensar juntos, como sempre pensamos. O que quero dizer – prosseguiu ela após um momento – é que percebo que eu deveria pelo menos lhe oferecer alguma alternativa. Eu deveria ter pensado numa, para o senhor.

– Uma alternativa a quê?

– Bom, ao fato de o senhor simplesmente sentir falta do que perdeu; sem que nada tenha sido feito com relação a isso.

– Mas o que eu perdi?

Ela pensou um minuto, como se fosse difícil dizer, ainda que o visse cada vez mais.

– Bom, o que quer que tenha, *antes*, nos impedido de pensar, e que *o* manteve, como o senhor poderia dizer, no mercado. Era como se o senhor não pudesse estar no mercado enquanto estava casado *comigo*. Ou como se eu mantivesse as pessoas longe, inocentemente, por estar casada consigo. Agora que estou casada com outra pessoa, o senhor, em consequência, não está casado com ninguém, portanto poderia estar casado com qualquer uma, com todo mundo. As pessoas não entendem por que o senhor não deveria estar casado com *elas*.

– Não é razão suficiente – perguntou ele em tom afável – que eu não queira estar?

– É razão suficiente, sim. Mas para *ser* uma razão suficiente ela precisa ser um grande problema. Quero dizer, *para* o senhor. Tem de ser uma luta. O senhor me pergunta o que perdeu – continuou Maggie a explicar. – A condição de não ter de assumir o problema e lutar, é isso que perdeu. A vantagem, a felicidade de estar exatamente onde está, porque eu era exatamente o que *eu* era, é disso que o senhor sente falta.

– Portanto achas que seria melhor eu me casar só para ser como era antes?

O tom distanciado daquilo – distanciado como se inocentemente quisesse diverti-la mostrando o desejo de ceder – foi bem-sucedido a ponto de arrancar da seriedade de Maggie um riso curto, leve.

– Bom, o que eu não quero que sinta é que eu não entenderia se o senhor fizesse isso. Eu *entenderia*. É só – disse a princesa gentilmente.

Seu companheiro retrucou, em tom agradável:

– Não chegas ao ponto de desejar que eu aceite alguém de quem não gosto?

– Ah, papai – suspirou ela –, o senhor sabe até que ponto eu chego, até que ponto eu *poderia* chegar. Mas só desejo, se o senhor *algum dia* gostar de alguém, que jamais duvide de que eu sinto o modo como eu lhe trouxe isso. O senhor sempre saberá que eu sei que é minha culpa.

– Quer dizer – prosseguiu ele em seu modo contemplativo – que serás tu a assumir as consequências?

Maggie apenas considerou.

– Deixarei todas as boas para o senhor, mas ficarei com as más.

– Ora, isso é bonito. – Ele enfatizou esse sentimento puxando-a para perto e segurando-a com mais ternura. – É praticamente tudo que eu poderia esperar de ti. Na medida em que me tenhas feito algum mal, portanto, consideremos que a situação está empatada. No tempo certo deixarei claro se vejo uma perspectiva de precisares assumir essas consequências. Mas enquanto isso devo entender que, por mais pronta que estejas a me ajudar a aceitar meu desmoronamento, ainda não estás pronta, ou pelo menos não *tão* pronta, a me ajudar a superar minha resistência? Preciso ser um mártir antes que te inspires?

Ela objetou ao modo como ele apresentou a situação.

– Ora, se o senhor gostar, veja bem, não *será* um desmoronamento.

– Então por que a conversa a respeito de me ajudar a aceitar? Eu só desmoronarei se quiser. Mas acho que sinto é que não *quero* querer. Isto é – corrigiu ele –, a não ser que me sinta mais seguro do que quero, então parece muito provável. Não quero ter de *pensar* que quero, num caso em que realmente não devo. Já tive de fazer isso em alguns momentos – confessou ele –, quando se tratava de outras coisas. Não quero *ser levado* a cometer um erro.

– Ah, mas é pavoroso demais que o senhor tenha ao menos que *temer*, ou apenas sonhar nervosamente, que possa ser levado a isso. O que isso mostra, afinal de contas, a não ser que o senhor realmente, bem no fundo, sente uma carência? O que isso mostra senão que o senhor é realmente suscetível?

– Bom, pode mostrar – defendeu-se ele contra nada. – Mas também mostra que acho que as mulheres encantadoras são, no tipo de vida que levamos agora, numerosas e formidáveis.

Por um momento Maggie pensou na afirmação; sob cuja cobertura, entretanto, ela passou rapidamente do geral para o particular.

– O senhor acha a Sra. Rance encantadora?

– Bom, eu sinto que ela é formidável. Quando elas lançam um feitiço, as duas coisas são iguais. Acho que ela faria qualquer coisa.

– Ah, bom, eu o ajudaria – disse a princesa com decisão – contra *ela*, se é só isso que o senhor exige. É muito engraçado – prosseguiu antes que ele falasse de novo – que a Sra. Rance esteja aqui. Mas se o senhor fala da vida que levamos, boa parte desta, devo dizer, é engraçada demais. O negócio – desenvolveu Maggie sob essa impressão – é que eu não creio que levemos, pelo que toca às outras pessoas, nenhuma vida. Parece-me que não levamos metade da vida que poderíamos. E é o que parece, acho, a Amerigo. Também é o que parece, tenho certeza, a Fanny Assingham.

O Sr. Verver – como se pensando nessas pessoas – considerou um pouco.

– Que vida eles gostariam que nós levássemos?

– Ah, creio que não é uma questão do que eles sentem juntos. *Ela* acha, a querida Fanny, que nós deveríamos ser mais grandiosos.

– Grandiosos...? – ecoou ele vagamente. – E Amerigo também, é o que dizes?

– Ah, sim – a resposta dela foi imediata –, mas Amerigo não se importa. Quero dizer, ele não se incomoda com o que nós façamos. É da nossa conta, considera ele, ver as coisas exatamente como quisermos. A própria Fanny acha-o magnífico. Magnífico, quero dizer, por aceitar tudo como é, por aceitar as "limitações sociais" de nossa vida, por não sentir falta do que não lhe damos.

O Sr. Verver corroborou:

– Então, se ele não sente falta, sua magnificência é fácil.

– *É* fácil, é exatamente isso que eu penso. Se houvesse coisas das quais ele sentisse falta, e se apesar delas ele fosse sempre doce, então, sem dúvida, ele seria mais ou menos um herói não apreciado. Ele *poderia* ser um herói. Será, se algum dia isso for necessário. Mas será com relação a algo melhor do que nossa monotonia. *Eu* sei onde ele é magnífico. – E ela deixou que isso pairasse um minuto. Mas terminou onde havia começado: – Mesmo assim, nós não estamos *comprometidos* com qualquer coisa estúpida. Se tivermos de ser mais grandiosos, como pensa Fanny, nós *podemos* ser mais grandiosos. Nada existe para impedir.

– É uma obrigação moral estrita?

– Não, é para diversão.

– De quem? De Fanny?

– De todo mundo, mas ouso dizer que a de Fanny seria uma grande parte. – Ela hesitou; agora poderia ter parecido que tinha algo mais a dizer, coisa que fez por fim. – Para a sua, em particular, digamos... se o senhor entrar na questão. – Ela até mesmo prosseguiu bravamente: – Na verdade, afinal de contas, eu não precisei pensar muito para ver que pode ser feito muito mais pelo senhor do que tem sido feito.

O Sr. Verver emitiu um som estranho e vago.

– Tu achas que é feita muita coisa quando vens falar comigo assim?

– Ah – disse a filha, sorrindo –, nós exageramos o valor disso! – E então, para explicar: – Isso é bom, e é natural. Mas não é grandioso. Nós esquecemos que somos livres como o ar.

– Bom, *isso* é grandioso – admitiu o Sr. Verver.

– Se agirmos nesse sentido. Se não agirmos, não é.

Ela continuou a sorrir, e ele recebeu seu sorriso; mas dessa vez, de novo, perguntando-se um pouco; cada vez mais impressionado com uma intensidade que negava um tom leve naquele sorriso.

– O que queres fazer comigo? – E acrescentou, uma vez que ela não disse: – Tu tens algo em mente. – Naquele momento ele percebera que, desde o início da conversa, ela estivera guardando alguma coisa, e que mais de uma vez essa impressão, a despeito de seu teórico respeito geral pelo direito atual de ela manter reservas e mistérios pessoais, quase deixou de ser vaga. Desde o primeiro instante houvera algo nos olhos ansiosos de Maggie, no modo como ela ocasionalmente se perdia, que isso explicava perfeitamente. Portanto agora ele tinha bastante certeza. – Tu tens alguma carta escondida na manga.

Ela fez um silêncio que era a confirmação.

– Bom, quando eu disser o senhor entenderá. Só está guardada na minha manga no sentido de ser uma carta que recebi hoje cedo. O dia inteiro, sim... isso *esteve* na minha mente. Eu estava me perguntando se era o momento certo, ou se era justo, perguntar se o senhor podia suportar agora a presença de outra mulher.

Aquilo o aliviou um pouco, mas a bela consideração dos modos da filha tornou a situação um tanto incomum.

– "Suportar" uma...?

– Bom, importar-se com a vinda dela.

Ele ficou encarando-a – depois riu.

– Tudo depende de quem seja.

– Pronto... o senhor vê! De qualquer modo eu estive pensando se o senhor aceitaria essa pessoa em particular apenas como uma preocupação a mais. Isto é, se o senhor iria longe com ela em sua noção de ter de ser gentil.

Diante disso ele deu uma levíssima sacudidela no pé.

– Até onde essa pessoa iria na noção *dela* de ser gentil?

– Bom, de modo geral o senhor sabe até onde Charlotte Stant vai.

– Charlotte? *Ela* está vindo para cá?

– Ela me escreve praticamente dizendo que gostaria de vir, se nós tivéssemos a bondade de convidá-la.

O Sr. Verver continuou a olhar, mas como se estivesse esperando mais. Então, como tudo parecia já ter vindo, sua expressão teve uma queda. Se isso era tudo, era simples.

– Então por que não, meu Deus?

O rosto de Maggie se iluminou de novo, mas agora era outra luz.

– Não seria falta de tato?

– Convidá-la?

– *Eu* ter de convidá-la?

Ele considerou a pergunta como um efeito de seu resto de incerteza, mas isso também teve um efeito próprio. Maggie pensou durante um instante; depois do que, como se num jorro de reconhecimento, decidiu:

– Seria maravilhoso se o senhor fizesse isso!

Esta, claramente, não fora sua primeira ideia – o acaso das palavras dele a havia provocado.

– Quer dizer, eu mesmo escrever-lhe?

– Sim, seria gentil. Seria lindo da sua parte. Isto é, claro, se o senhor sinceramente *puder*.

Ele pareceu pensar durante um momento por que sinceramente não poderia, e também, por sinal, onde entrava a questão da sinceridade. Esta virtude, entre ele e a amiga de sua filha, certamente era ponto pacífico.

– Minha querida filha – retrucou ele –, não acho que eu tenha medo de Charlotte.

– Bom, é exatamente isso que é adorável da sua parte. Uma vez que não tem, nem um pouquinho, vou convidá-la imediatamente.

– Mas onde ela está? – O Sr. Verver falou como se não tivesse pensado em Charlotte, nem mesmo ouvisse seu nome, há muito tempo. Na verdade acordou para ela amigavelmente, quase divertidamente.

– Na Bretanha, num pequeno balneário, com umas pessoas que eu não conheço. Charlotte está sempre com pessoas, pobre coitada... precisa estar; mesmo quando, como costuma acontecer, são pessoas de quem ela não gosta imensamente.

– Bom, acho que ela gosta de *nós* – disse Adam Verver.

– Sim, felizmente ela gosta de nós. E se eu não tivesse medo de estragar as coisas, até mencionaria que o senhor não é a pessoa de quem ela gosta menos em nossa família.

– Por que isso estragaria as coisas?

– Ah, meu caro, o senhor sabe. De que mais estivemos falando? Custa-lhe muito ser estimado. É por isso que hesitei em falar da minha carta.

Ele ficou olhando um momento – como se o assunto tivesse subitamente crescido a ponto de não ser reconhecível.

– Mas Charlotte... em outras visitas... nunca me custou coisa alguma.

– Não, somente o "sustento" dela – sorriu Maggie.

– Então não creio que eu me incomode com o sustento dela, se é só isso.

Mas a princesa, estava claro, queria ser totalmente conscienciosa.

– Bom, talvez não seja tudo. Se eu acho agradável recebê-la é porque ela *fará* uma diferença.

– Bem, qual é o problema se é uma diferença para melhor?

– Ah, então... aí está! – E a princesa mostrou no sorriso sua pequena sabedoria triunfante. – Se o senhor reconhece uma possível diferença para melhor nós não estamos, afinal de contas, tão terrivelmente certos quanto estamos. Quero dizer, não estamos, como uma família, tão intensamente satisfeitos e divertidos. Realmente vemos que há maneiras de sermos mais grandiosos.

– Mas Charlotte Stant irá nos fazer mais grandiosos? – perguntou o pai, com surpresa.

Com isso, olhando-o bem, Maggie teve uma resposta notável.

– Sim, eu acho. Realmente mais grandiosos.

Ele pensou; se isso era uma abertura súbita, ele desejava ainda mais enfrentá-la.

– Porque ela é tão bonita?

– Não, papai. – E a princesa foi quase solene. – Porque ela é tão grandiosa.

– "Grandiosa"...?

– Grandiosa na natureza, no caráter, no espírito. Grandiosa na vida.

– Então? – ecoou o Sr. Verver. – O que ela fez... na vida?

– Bom, ela tem sido corajosa e inteligente. Isso pode não parecer muito, mas ela tem sido corajosa em face de coisas que poderiam ter tornado a situação muito difícil para outras moças. Ela praticamente não tem uma criatura que lhe pertença no mundo. Somente conhecidos que, de todos os modos, usam-na, e parentes distantes que têm tanto medo de que ela *os* use a ponto de raramente deixar que os veja.

O Sr. Verver estava impressionado – e, como sempre, com algum objetivo.

– Se nós a chamarmos para *nos* melhorar, não estaremos também usando-a?

Aquilo provocou a princesa, mas só por um instante.

– Nós duas somos velhas amigas; nós lhe fazemos bem também. Eu sempre irei admirá-la, ainda mais do que a usei.

– Sei. Isso é sempre bom.

Maggie hesitou.

– Certamente... ela sabe. Ela sabe, quero dizer, como acho grande sua coragem e sua inteligência. Ela não tem medo, não tem medo de nada; no entanto não toma liberdade com os outros nem mesmo se estiver temendo pela própria vida. E ela é *interessante*, coisa que muitas outras pessoas com muitos outros méritos não são nem um pouco. – E nesse minúsculo vislumbre a verdade se alargou para a princesa. – Eu mesma, claro, não tomo liberdades, mas sempre, por minha natureza, temo pela minha vida. É assim que eu vivo.

– Ah, não digas, meu amor! – murmurou o pai, vagamente.

– Sim, eu vivo no terror – insistiu ela. – Sou uma pequena coisa rastejante.

– Tu não vais me persuadir de que não és tão boa quanto Charlotte Stant – observou ele, ainda bastante placidamente.

– Posso ser igualmente boa, mas não sou tão grandiosa. E é disso que estávamos falando. Ela tem uma grande imaginação. Tem, em todos os sentidos, uma grande atitude. Acima de tudo, tem uma grande consciência. – Talvez mais do que nunca em sua vida Maggie dirigiu-se ao pai, nesse momento, com um tom ditatorial na voz. Jamais chegara tão próximo de lhe dizer em que ele deveria acreditar. – Charlotte só tem dois tostões no mundo. Mas isso não tem nada a ver. Ou melhor – corrigiu-se rapidamente –, tem tudo. Porque ela não se importa. Eu nunca a vi fazer qualquer coisa senão rir de sua pobreza. Sua vida tem sido mais difícil do que qualquer um sabe.

Era como se, desse modo ineditamente positivo, a filha provocasse um efeito que o Sr. Verver realmente sentia como algo novo.

– Então por que não me falaste dela antes?

– Bom, nós não soubemos sempre...?

– Eu achava que nós já a havíamos avaliado bastante bem.

– Certamente, há muito tempo nós a consideramos algo sabido. Mas as coisas mudam, com o tempo, e acho que sei que, depois desse intervalo, vou gostar dela mais do que nunca. Eu vivi mais, estou mais velha, e sei julgar melhor. Sim, eu vou ver Charlotte – disse a princesa, e agora falando com grande e livre expectativa – mais do que nunca.

– Então tentarei fazer isso também. Ela *era* a amiga que eu sempre achei melhor para ti – lembrou o Sr. Verver.

Mas a filha estava tão atirada em sua liberdade de apreciação permitida que praticamente não o ouviu. Estava perdida no caso que havia criado, na visão dos diferentes modos com que Charlotte se distinguia.

– Ela gostaria, por exemplo, tenho certeza de que ela gostaria imensamente, de se casar; e nada em geral é mais ridículo, mesmo quando patético, do que uma mulher que tentou e não conseguiu.

Isso teve toda a atenção do Sr. Verver.

– Ela "tentou"...?

– Ela viu casos em que teria gostado de se casar.

– Mas não conseguiu?

– Bom, na Europa há mais casos em que o casamento não chega para as moças pobres do que os casos em que chega. Especialmente – disse Maggie com sua competência continuada – quando são americanas.

Bom, agora seu pai a entendia, e entendia alegremente, de todos os lados.

– A não ser que queiras dizer – sugeriu ele – que quando as garotas são americanas há mais casos em que o casamento acontece com as ricas do que com as pobres.

Ela o encarou bem-humorada.

– Pode ser, mas não vou ser atrapalhada no *meu* caso. Ele deveria me fazer, se eu estivesse correndo o perigo de ser idiota, muito melhor para gente como Charlotte. Não é difícil para *mim* não ser ridícula – explicou ela, em termos práticos –, a não ser de um modo muito diferente. Eu creio que poderia ser facilmente ridícula comportando-me como se achasse ter feito uma grande coisa. Charlotte, de qualquer modo, não fez nada, e qualquer um pode ver, e também pode ver que isso é bastante estranho; no entanto ninguém, ninguém que não seja horrendamente presunçoso ou ofensivo, gostaria de tratá-la, ou ousaria, de qualquer modo que não *corretamente*. É isso que dá ter em si algo extremamente forte.

O silêncio do Sr. Verver, diante disso, só podia ser um sinal de que ela conseguira interessá-lo com sua história; ainda que o sinal, quando ele falou, tenha sido ainda mais incisivo.

– E é isso também que queres dizer quando falas que Charlotte é "grandiosa"?

– Bom, esta é uma das suas características. Mas ela tem muitas.

De novo o pai considerou durante um tempo.

– E com quem ela tentou se casar?

Maggie, também do seu lado, esperou como se quisesse provocar efeito; mas depois de um minuto renunciou ou encontrou um obstáculo.

– Acho que não tenho certeza.

– Então como sabes?

– Bom, eu não *sei*... – e, qualificando de novo, ela foi seriamente enfática. – Eu só deduzi.

– Mas tu deduziste a respeito de alguém em particular.

Ela fez outra pausa.

– Não creio que, nem por mim mesma, eu queira dar nomes e ocasiões, tirar qualquer véu. Tenho a ideia de que foi, mais de uma vez, alguém que eu não conheço, e que não precisava nem queria conhecer. De qualquer modo, isso passou, e, além de lhe dar crédito por tudo, não é da minha conta.

O Sr. Verver cedeu, mas discriminou:

– Não sei como podes dar crédito sem conhecer os fatos.

– Será que não posso dar, em termos gerais, pela dignidade? Quero dizer, pela dignidade no infortúnio?

– Precisarias primeiro definir o infortúnio.

– Bom, eu posso fazer isso. Não é sempre um infortúnio ser, quando se é tão boa, tão desperdiçada? E no entanto não reclamar, nem mesmo parecer que se tem consciência?

A princípio o Sr. Verver pareceu encarar isso como uma grande questão, e em seguida, depois de algum tempo, solicitado por outra visão, pareceu deixar o apelo de lado.

– Bom, ela não deve ser desperdiçada. Nós pelo menos não a desperdiçaremos.

Isso produziu outra gratidão no rosto de Maggie.

– Então, caro senhor, é só isso que desejo.

E aparentemente isso teria resolvido a questão e terminado a conversa se o pai não tivesse, depois de algum tempo, mostrado a disposição de reverter.

– Quantas vezes achas que ela tentou?

De novo, diante disso, e como se não tivesse sido, não pudesse ser, como se odiasse ser literal nessas questões delicadas, ela foi levada a atenuar.

– Ah, eu não digo que ela tenha exatamente *tentado*...!

Ele pareceu perplexo.

– Mas se ela fracassou, então o que ela fez?

– Ela sofreu... ela fez *isso*. – E a princesa acrescentou: – Ela amou... e perdeu.

Entretanto o Sr. Verver continuava pensando.

– Mas quantas vezes?

Maggie hesitou, mas a resposta veio.

– Uma é o bastante. O bastante para sermos gentis com ela.

O pai ouviu, mas sem questionar – apenas como se estivesse precisando de alguma base sobre a qual, nessas luzes novas, sua magnanimidade se firmar.

– Mas ela não te disse nada?

– Ah, graças a Deus, não!

Ele ficou encarando-a.

– Então as moças não contam?

– Quer dizer, só porque deveriam contar? – Ela o encarou, de novo ruborizada; e depois de outra hesitação: – Os rapazes contam?

Ele deu um riso curto.

– Como é que vou saber, minha cara, o que os rapazes fazem?

– Então como é que *eu* vou saber, papai, o que as moças vulgares fazem?

– Sei... sei – respondeu ele rapidamente.

Mas no momento seguinte ela falou como se, odiosamente, pudesse ter sido brusca.

– O que acontece pelo menos é que onde há muito orgulho há muito silêncio. Admito que não sei o que *eu* deveria fazer se estivesse solitária e magoada. Afinal, que tristeza tive na vida? Nem mesmo sei se sou orgulhosa; parece que a questão nunca me veio.

– Ah, eu acho que tu és orgulhosa, Mag – interpôs o pai, alegre. – Quero dizer, acho que és suficientemente orgulhosa.

– Bem, espero que seja suficientemente humilde também. De qualquer modo, pelo que sei, eu poderia ser abjeta ao sofrer um golpe. Como posso dizer? O senhor percebe, papai, que nunca levei o mínimo golpe?

Ele deu-lhe um olhar longo, silencioso.

– Quem *deveria* perceber, se eu não percebi?

– Bom, o senhor perceberá quando eu *receber* um! – exclamou ela com um riso curto que lembrava, com bons motivos, o dele, de um minuto atrás.

– De qualquer modo eu não teria deixado que ela me contasse algo que poderia me ser pavoroso. Uma vez que esses ferimentos e essas vergonhas *são* pavorosos: pelo menos – acrescentou ela, controlando-se – suponho que sejam; afinal de contas, como disse, o que sei deles? Não *quero* saber! – exclamou ela com bastante veemência. – Existem coisas que são sagradas, sejam alegrias ou dores. Mas sempre podemos, por segurança, ser gentis; sentimos que isso é o certo.

Ela havia se levantado com estas últimas palavras; ficou parada diante dele com aquela sugestão particular, em seu aspecto, à qual nem mesmo o longo hábito da vida em comum fechara o sentimento dele, mantido aguçado, ano após ano, pelo confronto de tipos e sinais, pela comparação de fino objeto com fino objeto, de um grau de acabamento, de uma forma do exótico com outra – a aparência de alguma "antiguidade" coberta em salões vaticanos ou capitolinos, tardia e refinada, rara como uma nota e imortal como um elo, posta em movimento pela infusão milagrosa de um impulso moderno e, no entanto, a despeito de toda a súbita liberdade de dobras e passos abandonados depois de séculos junto ao pedestal, mantendo ainda a qualidade, a perfeita felicidade, da estátua; os olhos turvos, ausentes, a cabeça lisa, elegante, sem nome, o meneio impessoal de uma criatura perdida numa idade estranha e passando repetidamente como uma imagem em relevo gasto ao redor de um vaso precioso. Ela sempre tivera momentos em que o impressionava, mesmo sendo sua própria filha, como uma figura assim simplificada, "generalizada", em sua graça, uma figura com a qual sua conexão humana era bastante interrompida por alguma vaga analogia de movimento e atitude, algo timidamente mitológico e parecido com uma ninfa. O truque, ele tinha uma consciência sem complacência, era principalmente de sua própria mente; vinha do fato de gostar de vasos especiais apenas em grau menor do que de filhas preciosas. E mais ainda, isso costumava atuar enquanto ele permanecia consciente de que Maggie fora descrita, mesmo em sua beleza, como "afetada" – a própria Sra. Rance usara entusiasticamente a palavra; enquanto ele lembrava que quando, uma vez, tinham dito a ela na sua frente, com familiaridade, que Maggie lembrava uma freira, ela respondera que adorava ouvir aquilo e que certamente tentaria fazer jus à comparação; enquanto também, finalmente, estava presente para ele que, discretamente desatenta, graças à sua antiga associação com a nobreza na arte, com os saltos e ricochetes da moda, ela trazia o cabelo liso e grudado nas têmporas, ao modo constante de sua mãe, que não fora nem um pouco mitológica. Certamente ninfas e freiras eram tipos separados, mas o Sr. Verver, quando realmente se divertia, deixava a coerência de lado. O jogo de visão era, de qualquer modo, tão enraizado que ele podia receber impressões de sentidos mesmo quando estava positivamente pensando. Ele estava pensando enquanto Maggie permanecia ali, e isso o levou a mais uma pergunta – que por sua vez levou a outras.

– Tu vês como dela a condição da qual falaste há um minuto?

– A condição...?

– Ora, a de ter amado tão intensamente que está, como dizes, acima de tudo?

Maggie mal teve de refletir – sua resposta foi imediata.

– Ah, não. Ela não está acima de nada. Uma vez que não teve nada.

– Sei. É preciso ter tido coisas para estar acima delas. É uma espécie de lei da perspectiva.

Maggie não conhecia a lei, mas continuou em tom decidido:

– Por exemplo, ela não está acima da ajuda.

– Ah, bem, então ela pode ter tudo que pudermos lhe dar. Escreverei a ela com prazer – disse ele.

– Anjo! – respondeu ela enquanto o encarava com alegria e ternura.

Porém, por mais que isso pudesse ser verdade, havia mais uma coisa – ele era um anjo com curiosidade humana.

– Ela te disse que gostava muito de mim?

– Certamente que me disse, mas não vou mimá-lo. Baste para o senhor que este sempre foi um dos motivos para eu gostar *dela*.

– Então realmente ela não está acima de tudo – observou o Sr. Verver, mais ou menos bem-humorado.

– Ah, não quero dizer, graças a Deus, que ela esteja apaixonada pelo senhor. Não é, como eu disse antes, o tipo de coisa para o senhor temer.

Ele havia falado com alegria, mas esta pareceu diminuir diante dessa afirmação, como se a mesma disparasse exageradamente o seu alarme e como se isso devesse ser corrigido.

– Ah, minha cara, sempre pensei nela como uma menininha.

– Ela não é uma menininha.

– Então escreverei para uma mulher brilhante.

– É exatamente o que ela é.

O Sr. Verver havia se levantado enquanto falava, e por algum tempo, antes de voltarem, os dois ficaram se entreolhando como se realmente tivessem combinado alguma coisa. Tinham saído juntos para o bem de si próprios, mas aquilo produzira algo mais. O que produzira, na verdade, foi expresso pelas palavras com que ele reagiu à ênfase final da filha.

– Bom, ela tem uma excelente amiga em ti, princesa.

Maggie aceitou aquilo – era claro demais para um protesto.

– O senhor sabe no que estou realmente pensando?

Ele imaginou, com os olhos fixos nos dela – olhos de contentamento diante da liberdade que Maggie sentia para falar; e ele não era tão tolo, foi o que mostrou ao chegar ao ponto.

– Ora, no fato de ter finalmente arranjado um marido para ela.

– Bom para *o senhor*! – Maggie sorriu. – Mas isso vai exigir algum exame.

– Então deixe-me examinar com você – disse o pai, enquanto os dois se punham a caminho.

5

A Sra. Assingham e o coronel, deixando Fawns antes do fim de setembro, tinham voltado mais tarde; e agora, duas semanas depois, estavam de novo interrompendo a estada, mas dessa vez com a questão da volta dependendo de assuntos que eram mais sugeridos do que importunamente citados. As Lutch e a Sra. Rance também, pela ação da chegada de Charlotte Stant, resolveram não se demorar, ainda que com esperanças e teorias quanto a alguma prontidão de renovação, da qual a expressão viva, despertando os ecos do grande salão em forma de galeria com piso de pedras e forrado de carvalho que não era a característica menos interessante do palácio, ainda parecia uma propriedade do ar. Foi nesse local admirável que, antes que a tarde de outubro tivesse acabado, Fanny Assingham passou com seu anfitrião alguns momentos que a levaram a anunciar a secessão final dela e do marido, ao mesmo tempo em que a tentavam a apontar a moral de todas as reverberações vãs. A porta dupla da casa ficou aberta para o nevoento sol de outono, uma hora maravilhosa, sem vento, dourada, sob cuja influência Adam Verver encontrou sua amiga cordial quando ela veio colocar na caixa de correio, com sua própria mão, um grosso maço de cartas. Depois disso os dois deixaram a casa juntos e passaram meia hora no terraço de um modo ao qual voltariam em pensamento, mais tarde, como sendo o de pessoas que de fato estavam se separando numa encruzilhada. Ele remontou sua impressão, considerando, voltando às quatro meras palavras que Fanny Assingham começara usando a respeito de Charlotte Stant.

– Ela simplesmente as apagou – estas haviam sido as quatro palavras, lançadas em referência à paz dourada que o outubro de Kent gradualmente trouxera, os dias tranquilos cuja beleza integral aparecera para brilhar após a chegada de Charlotte. Uma vez que foi durante aqueles dias que a Sra. Rance e as Srtas. Lutch foram observadas juntando-se para a partida, e foi com essa diferença feita que o sentimento de toda a situação se mostrou mais justa – o sentimento de como eles tinham estado certos em ocupar uma residência tão grande, e de todo o prazer que um outono tão frutífero podia guardar no colo. Era isso que ocorrera: sua lição fora aprendida; e o que a Sra. Assingham quisera dizer foi que, sem Charlotte, ela seria aprendida apenas pela metade. Certamente a lição não seria ensinada pela Sra. Rance e as Srtas. Lutch se essas damas tivessem permanecido com eles durante tanto tempo quanto um dia parecera provável. Assim, a leve intervenção de Charlotte se tornara uma causa, atuando encoberta mas mesmo assim ativamente, e a fala de Fanny Assingham, que prosseguira um pouco, ecoou dentro dele, praticamente espantando-o, como a indicação de algo irresistível. Agora ele podia ver como essa força superior havia atuado e gostava de recuperar a visão – por menos mal que ele sonhasse em fazer, por menos mal que ele sonhasse em desejar, às três damas, que afinal de contas ele entretivera durante uma série rígida de dias. A maravilhosa Charlotte fora tão vaga e quieta que ele não soubera o que estava acontecendo – acontecendo, isto é, como resultado da influência dela.

– O fogo delas, quando notaram Charlotte, se transformou em fumaça – observou a Sra. Assingham; coisa na qual ele refletiria mesmo enquanto caminhavam. Ele retivera, desde sua longa conversa com Maggie – a conversa que decidira a questão de seu convite à amiga –, um gostinho estranho, como tê-lo-ia descrito, por ouvir coisas ditas sobre aquela jovem, ouvir, por assim dizer, o que *podia* ser dito sobre ela: quase como se o retrato dela, feito por mão eminente, estivesse sendo pintado, de modo que ele o via crescer sob a multiplicação dos toques. A Sra. Assingham, percebeu ele, aplicou dois ou três dos mais finos na discussão sobre a jovem amiga – agora uma figura tão diferente daquela antiga colega de brincadeiras de Maggie, com relação a quem ele podia praticamente recordar, dos tempos antigos, as ocasiões definidas em que paternalmente ralhara com as duas crianças recomendando que não fizessem tanto barulho nem comessem geleia demais. Sua companheira professou que, à luz da pronta influência de Charlotte, não deixara de sentir uma pontada de pena das visitantes recentes.

– Na verdade senti, particularmente, tanta pena que mantive a impressão para mim mesma enquanto elas estavam aqui, desejando não dar a entender aos outros; nem a Maggie, nem ao príncipe, nem ao senhor, nem mesmo à própria Charlotte, se o senhor por acaso não percebeu. Como aparentemente o senhor não percebeu, talvez agora eu lhe pareça extravagante. Mas não sou: eu acompanhei tudo. *Vi* a consciência da qual falo surgir às pobres coitadas, assim como suponho que as pessoas na corte dos Bórgia podem ter visto as outras ficarem estranhas depois de terem a honra de tomar vinho com os chefes da família. Minha comparação é apenas um pouco desajeitada, uma vez que não quero dizer, de modo algum, que Charlotte estava conscientemente colocando veneno na taça delas. Simplesmente ela própria era o veneno das outras, no sentido de um desacordo mortal entre elas. Mas não sabia disso.

– Ah, ela não sabia? – perguntara o Sr. Verver com interesse.

– Bom, *acho* que não. – A Sra. Assingham teve de admitir que não a havia sondado. – Não finjo ter certeza, em qualquer sentido, do que Charlotte sabe. Ela certamente não gosta de fazer os outros sofrer; não, em geral, como acontece com tantos de nós, mesmo com outras mulheres: ela prefere colocá-las à vontade. Ela gosta de ser querida, isto é, como todas as pessoas agradáveis.

– Ah, ela gosta de ser querida?

– Ao mesmo tempo, sem dúvida, ela queria nos ajudar. A *nos* colocarmos à vontade. É como ela queria colocá-lo, e colocar Maggie com relação ao senhor. Nesse sentido, ela possuía um plano. Mas foi somente *depois*, não foi antes, realmente acredito, que ela viu com que eficácia poderia atuar.

De novo o Sr. Verver sentiu que devia intervir.

– Ah, ela queria nos ajudar? Queria *me* ajudar?

– Por que isso o surpreenderia? – perguntou a Sra. Assingham após um instante.

Ele apenas pensou.

– Ah, não surpreende!

– Ela viu, claro, assim que chegou, com sua rapidez, em que pé todos nós estávamos. Ela não precisava que cada um de nós fosse ao seu quarto à noite, marcando hora, ou que a levasse para os campos, para ouvir nossa história palpitante. Sem dúvida ela até ficou bastante impaciente.

Com as pobres-coitadas? – perguntara o Sr. Verver enquanto esperava.

– Bom, com o fato de vocês não ficarem, com o fato de *o senhor*, em particular, não ficar. Não tenho a menor dúvida, *par exemple*, de que ela o considera muito dócil.

– Ah, ela me acha muito dócil?

– E ela foi chamada para, diante disso, atuar. Tudo que ela precisava fazer, afinal de contas, era ser boa com o senhor.

– Com... *comigo*?

Agora ele podia lembrar que a amiga positivamente havia rido de seu tom de voz.

– Com o senhor e com todo mundo. Ela só precisava ser o que é, e sê-lo integralmente. Se ela é encantadora, como pode evitá-lo? Foi assim, e só assim, que ela "atuou", como o vinho dos Bórgia costumava atuar. Eu vi isso chegando sobre elas: a extensão em que, em seu modo particular, uma outra mulher, e *tão* outra, que não elas próprias, *podia* ser encantadora. Eu as vi entenderem e trocarem olhares, depois as vi perderem a coragem e decidirem ir embora. Uma vez que o que tiveram de considerar foi que ela é a coisa genuína.

– Ah, ela é que é a coisa genuína? – como se ele já não tivesse considerado isso tão completamente quanto as Srtas. Lutch e a Sra. Rance, de modo que, sem dúvida, agora, um pouco, Adam Verver parecia oferecer submissão em seu apelo. – Sei, sei. – Pelo menos ele podia simplesmente considerar agora; mas não sem desejar, ao mesmo tempo, ter certeza do que era a coisa genuína. – E o que... bem... o que, definitivamente, a senhora entende por isso?

Apenas por um instante ela não achara fácil dizer.

– Ora, exatamente o que aquelas mulheres querem ser, e o que o efeito de Charlotte sobre elas fará com que reconheçam que jamais serão.

– Ah... claro, jamais!

A ideia de que o lado luxurioso da existência pessoal do Sr. Verver estava de novo sendo guarnecido, socialmente falando, com a coisa classificada e rotulada como "genuína" não somente permaneceu neles como positivamente se desenvolveu e se aprofundou depois dessa conversa – assim como ele pudera pensar nisso como tendo-se enriquecido igualmente em consequência do casamento de sua filha. A nota de realidade, numa luz tão projetada, continuou a ter para ele o encanto e a importância cujo ponto máximo fora ocasionalmente alcançado em suas grandes "descobertas". Continuou, além de qualquer outra, a mantê-lo atento e gratificado. Talvez nada nos parecesse tão estranho, caso tivéssemos tempo de pensar a respeito, do que esta aplicação da mesma medida de valor para peças de propriedade tão diferentes quanto antigos tapetes persas, digamos, e novas aquisições humanas; ainda mais porque o amável homem não deixava de ter uma ideia, de seu lado, de que ele era, como um provador da vida, construído economicamente. Ele colocava em seu único copinho tudo que levava aos lábios, e era como se sempre o tivesse carregado no bolso, como uma ferramenta de seu ofício, este receptáculo, um pequeno copo lapidado com uma finura cuja arte há muito se perdera, e o mantivesse numa velha caixa marroquina estampada em ouro indelével com o brasão de uma dinastia deposta. Assim como o copo servira para ele se satisfazer, digamos assim, a respeito de Amerigo e sobre o Bernardino Luini que por acaso ele conhecera na época em que estava consentindo com o anúncio do noivado da filha, também servia no momento presente para satisfazer-se a respeito de Charlotte Stant e de um extraordinário conjunto de ladrilhos orientais de que ficara sabendo há pouco, aos quais se associava uma lenda e com relação aos quais ele decidira, contente, que mais notícias deveriam ser obtidas de um certo Sr. Gutermann-Seuss em Brighton. No fundo estava tudo dentro dele, o princípio estético, plantado onde poderia queimar com uma chama fria e imóvel; onde ela se alimentava quase totalmente do material diretamente envolvido, da ideia (seguida por uma apropriação) da beleza plástica, da coisa visivelmente perfeita em seu tipo; onde, resumindo, a despeito da tendência geral do "elemento devorador" se espalhar, o resto de sua mobília espiritual, modesta, espalhada e cuidada com uma atenção inconsciente, escapava da destruição que em tantos casos provém da falha na contenção dos fogos nos altares profanos. Em outras palavras, Adam Verver aprendera a lição dos sentidos, até o fim do manual, sem ter, durante um dia, levantado o menor escândalo em sua economia em termos gerais; não sendo neste particular diferente daqueles solteirões felizardos, ou outros cavalheiros dados ao prazer, que conseguem se divertir com companhias comprometedoras que mesmo a austera governanta, ocupada e competente no andar de baixo, jamais se sente obrigada a perceber.

Mas essa figura tem uma liberdade que a ocasião dificilmente exige, ainda que possamos retê-la por seu aproximado valor negativo. Aconteceria, por uma pressão aplicada totalmente de dentro à situação, que antes que os primeiros dez dias de novembro tivessem se passado ele se visse praticamente sozinho em Fawns com sua jovem amiga; Amerigo e Maggie haviam, um tanto abruptamente, pedido seu consentimento para passarem um mês fora do país, uma vez que a diversão dele estava agora pouco menos garantida do que sua segurança. Um impulso eminentemente natural se agitara dentro do príncipe; sua vida, estabelecida há algum tempo, estava deliciosamente monótona, e portanto, no todo, como ele mais queria; mas fora varrido por um pequeno sopro de desejo, e Maggie repetiu para o pai, com admiração infinita, os termos agradáveis em que, após ter durado tão pouco, ele lhe descrevera essa experiência. Ele a chamou de uma "serenata", uma música baixa que, do lado de fora de uma das janelas da casa onde dormia, perturbava seu sono à noite. Por mais tímida e lamentosa que fosse, mesmo assim ele não conseguia fechar os olhos, e quando finalmente, levantando-se na ponta dos pés, olhara para fora, reconheceu na figura lá embaixo com um bandolim, envoltos crespuscularmente em sua graça, os olhos erguidos e atraentes e a única voz irresistível de sua sempre amada Itália. Cedo ou tarde era preciso ouvir; era um fantasma pairando, assombroso, como de uma criatura a quem tivéssemos feito algum mal, uma sombra fraca e patética chorando e pedindo para ser consolada. Para isso havia apenas uma solução – como sem dúvida também haviam muitas palavras para o fato de um romano tão perfeito ter de novo a vontade de ver Roma. Assim, eles iriam – não era melhor que o fizessem? – viajar durante um tempo; enquanto isso Maggie levantava com o pai a questão absurdamente artística – de modo que o Sr. Verver a repetiu, divertido, para Charlotte Stant, a quem, nessa época, ele estava consciente de dirigir muitas observações – de que era a primeira coisa que Amerigo jamais pedira a ela.

– Ela não conta, claro, o fato de ele tê-la pedido em casamento – foi a crítica indulgente do Sr. Verver; mas este encontrou Charlotte, igualmente tocada pela engenhosa Maggie, concordando facilmente. Se o príncipe pedisse à esposa alguma coisa a cada dia do ano, ainda não seria motivo para o pobre homem não querer, num belo ataque de saudade, revisitar, sem reprovação, seu país natal.

O que seu sogro aconselhou francamente foi que o casal razoável, o casal razoável demais, deveria aproveitar e passar três ou quatro semanas também em Paris – uma vez que Paris sempre era, para o Sr. Verver, em qualquer ênfase de simpatia, uma sugestão que lhe vinha aos lábios. Se o casal fizesse isso no caminho de volta, ou como quer que preferissem, Charlotte e ele iriam se juntar aos dois para um passeio rápido – ainda que mesmo então, sem dúvida, como ele teve coragem de acrescentar, nem um pouco porque ficariam entediados por ser deixados juntos. O destino desta última proposta foi ser abalada, no momento, por um assalto de análise destrutiva por parte de Maggie, que – tendo, como admitia, de escolher entre ser uma filha desnaturada e uma mãe desnaturada, e "elegendo" a primeira opção – queria saber o que seria do *principino* se a casa ficasse apenas com os serviçais. A pergunta tivera ressonância, mas depois, como muitas de suas perguntas, desapareceu com mais eficácia do que havia surgido: uma vez que a maior relevância da questão era, antes que o casal partisse, que a Sra. Noble e o Dr. Brady deveriam montar uma guarda constante ao augusto bercinho. Se ela não acreditasse acima de tudo no valor majestoso da babá, cuja experiência era em si o mais amplo dos travesseiros, assim como sua atenção era uma ampla cúpula da qual precedentes e reminiscências caíam tão densamente como cortinas abertas – se não fosse capaz de repousar nessa confiança, ela teria mandado o marido viajar sozinho. Do mesmo modo, se o mais doce – era assim que ela o classificava – dos médicos do campo não lhe provasse sua sabedoria tornando-se irresistível, especialmente nos dias chuvosos e em proporção direta com a frequência das chamadas que recebia, adaptado a todos os climas, que ela conversasse com ele durante horas sobre causas e consequências, sobre as quais ele respondia falando dos seus cinco pequenos em casa, ela teria sentido pouco apoio na presença de um mero avô e uma mera amiga brilhante. Essas pessoas, portanto, uma vez que sua própria predominância seria afastada por um tempo, poderiam realizar com certa facilidade, e acima de tudo com ajuda mútua, sua consciência de um encargo. À medida que o trabalho pesasse, eles poderiam ajudar um ao outro – o que na verdade não se tornaria, como a própria Sra. Noble lhes deu a entender, um alívio ou uma diversão.

O Sr. Verver encontrava sua jovem amiga, em determinadas horas, no quarto de brinquedos, do mesmo modo como regularmente havia encontrado a mãe amorosa da criança – uma vez que Charlotte, como ela considerava claramente, assumira com Maggie compromissos iguais e desejasse jamais falhar em uma única palavra com a carta que prometera escrever diariamente. Ela escrevia com grande fidelidade, e dizia isso ao companheiro, e o efeito era, bastante notavelmente, que ele próprio não escrevia. O motivo disso era, parcialmente, porque Charlotte "contava tudo sobre ele" – coisa que também lhe dizia fazer – e em parte porque ele gostava de sentir, como consequência, que estava, em termos gerais, bastante sistematicamente, tranquilo e, como dizem, "exausto". Comprometido com esta jovem encantadora e inteligente que, tornando-se para ele um recurso doméstico, havia se tornado praticamente uma nova pessoa – e comprometido, especialmente, em sua própria casa, o que de algum modo tornava seu sentimento disso uma coisa mais profunda –, ele assumia um interesse em ver até onde essa conexão poderia levá-lo, até onde poderia talvez guiá-lo, e assim testar, para uma verificação agradável, o que Fanny Assingham dissera, no final, sobre a diferença que uma jovem daquelas podia fazer. Ela estava realmente fazendo uma diferença, na existência simplificada dos dois, e era uma diferença muito considerável, ainda que não houvesse ninguém com quem compará-la, como houvera, de modo tão útil, para Fanny – nenhuma Sra. Rance, nenhuma Kitty, nenhuma Dotty Lutch, para ajudá-la a ser percebida, segundo o diagnóstico de Fanny, como real. Ela era real, decididamente, por outras causas, e o Sr. Verver, com o tempo, sentia-se até mesmo um pouco divertido com a quantidade de mecanismos que a Sra. Assingham parecera considerar necessários para apontar isso. Charlotte era direta e imediatamente real, real numa escala agradavelmente reduzida e íntima, e em nenhum momento mais real do que naqueles – como acabamos de vislumbrar – em que a Sra. Noble fazia os dois sentirem que ela, apenas ela, na ausência da rainha-mãe, era regente do reino e governanta do herdeiro. Tratados em tais ocasiões, na melhor das hipóteses, como um par de funcionários desnecessários e meramente nominais da corte, frívolos hereditários e pitorescos com direito a *petites entrées** mas externos ao Estado, que começava e terminava nos aposentos do menino, eles podiam apenas se retirar, numa sociabilidade apressada, para o que lhes restava do palácio, e lá digerir sua insignificância dourada e cultivar, com relação ao verdadeiro executivo, ironias de tomadores de rapé, como as que poderiam pertencer a camareiros rococós, movendo-se em meio a cães pequineses.

Todas as noites, após o jantar, Charlotte Stant tocava para ele; sentada ao piano e sem precisar ler partituras, executava as "coisas prediletas" de Adam Verver – e ele tinha muitas predileções – com uma facilidade que jamais falhava, ou que falhava apenas o suficiente para se recuperar a um toque da voz intermitente dele. Charlotte era capaz

*Visita informal. Esta expressão surgiu na corte do monarca absolutista francês Luís XIV.

de tocar tudo – sempre de modo chocante, ela obviamente insistia, mas sempre, na vaga medida dele, como se pudesse, esguia, sinuosa e forte, e com paixão experimentada, estar jogando tênis ou dançando uma valsa interminável e rítmica. O amor de Adam Verver pela música, diferentemente de seus outros amores, cedia à imprecisão, mas enquanto, em seu sofá comparativamente sombreado, e fumando, fumando, sempre fumando, na grande sala de estar de Fawns como em todo lugar, os charutos de sua juventude, plenos de associações – enquanto, digo, ele ouvia assim o piano de Charlotte, onde as pautas jamais estavam ausentes mas, entre as velas acesas, a imagem nítida, a imprecisão se espalhava nele como um tapete sem fim, uma superfície deliciosamente macia à pressão de seu interesse. Era um modo de passar o tempo que substituía a conversa, mas o ar, no final, mesmo assim, antes que eles se separassem, tinha um modo de parecer cheio de ecos de conversas. Eles se separavam, na casa silenciosa, de modo não tão fácil, ainda que não tão desajeitado também, com velas compridas que tremulavam nos grandes espaços escuros, e na maior parte das vezes tão tarde que o último serviçal solene fora dispensado para a noite.

Tarde de uma noite particular no fim de outubro, houvera uma ou duas palavras inteiras largadas no ainda agitado mar de outras vozes – uma palavra ou duas que afetaram nosso amigo mesmo no momento, e de modo bastante estranho, como se fossem mais altas e redondas do que qualquer som anterior; e então ele havia se demorado, sob o pretexto de uma janela aberta que deveria ser trancada, depois de se separar da companheira no corredor e olhá-la desaparecer subindo a escada. O Sr. Verver tivera outro impulso que não o de ir para a cama. Pegando um chapéu no saguão, enfiando os braços numa capa sem mangas e acendendo outro charuto, ele se virou para o terraço passando por uma das portas compridas da sala de estar e andou de um lado para o outro durante uma hora, sob as nítidas estrelas de outono. Era ali que havia caminhado ao sol da tarde com Fanny Assingham, e o sentimento daquela outra hora, o sentimento da própria mulher sugestiva, estava de novo à sua frente – apesar de toda a degustação prévia que vislumbramos – como ainda não estivera. Ele pensou, numa ordem frouxa e quase agitada, em muitas coisas;

o poder que havia nelas para agitar fizera parte de sua convicção de que não deveria dormir logo. Sentiu realmente, durante um tempo, que jamais deveria dormir de novo até que algo lhe viesse; alguma luz, alguma ideia, meramente alguma palavra feliz que ele começara a desejar, mas que até agora, e especialmente no último dia ou dois, procurava em vão.

– Então podes realmente vir, se nós começarmos cedo? – Isso foi praticamente tudo que ele dissera à jovem enquanto ela levava a luz para o quarto.

– Por que não, ora, quando não tenho outra coisa a fazer e, além disso, gostaria imensamente? – Este fora definitivamente, do lado dela, o limite da pequena cena. Na verdade não houvera nada, para chamarmos aquilo de uma cena, nem mesmo a menor de todas, absolutamente – ainda que talvez ele não soubesse por que algo como a ameaça de uma cena não tivesse ocorrido com ela parando no meio da escada para se virar e dizer, enquanto o olhava, que prometia se contentar, para a jornada deles, com uma escova de dentes e uma esponja. De qualquer modo, enquanto caminhava, pairavam sobre ele aparências já familiares, além de duas ou três que eram novas, e nem a menos vívida das primeiras se conectava com aquele sentimento de ser tratado com consideração que se tornara para ele, como notamos, um dos menores, se houvesse algum, incidentes de ser um sogro. Impressionara-o, até agora, que esse bálsamo específico fosse uma mistura da qual Amerigo, como se através de algum privilégio hereditário, sozinho possuía o segredo; de modo que ele se via perguntando se aquilo chegara a Charlotte, que sem dúvida o adquirira, dado amigavelmente pelo rapaz. Para o anfitrião tão silenciosamente agradecido, como quer que isso pudesse ser, ela fazia uso dos mesmos tons de atenção e reconhecimento, era senhora num grau idêntico da arte regulada, da arte desenvolvida de colocá-lo alto na escala de importância. Até mesmo para o pensamento de Adam Verver este era um modo desajeitado de expressar o elemento de semelhança no afeto agradável que os dois produziam nele, e isso apenas o fazia hesitar um pouco porque essa coincidência na felicidade deles fazia conectá-los ou associá-los vagamente na questão da tradição, do treinamento, do tato ou do que quer que possamos chamar. Quase poderia ter sido – se pudesse ser imaginado um elo assim entre os dois – como se Amerigo houvesse "treinado" um pouco ou incitado a jovem, ou talvez como se ela simplesmente, como um dos sinais da perfeição geral que Fanny Assingham elogiara, tivesse lucrado em observar, durante a curta oportunidade antes da partida dos viajantes, a agradável aplicação do sistema pessoal do príncipe. Ele podia se perguntar em quê, exatamente, os dois se pareciam no modo de tratá-lo – através de que convenção nobre e propagada, em casos em que a exótica "importância" não seria grosseiramente atribuída nem grosseiramente negada, eles haviam tido sua lição específica; mas a dificuldade aqui era que, obviamente, ele nunca poderia saber – não poderia saber sem *ter* sido um personagem desses: um papa, um rei, um presidente, um nobre, um general, ou simplesmente um belo autor.

Diante dessa questão, como diante de várias outras quando recorriam, ele parava, encostando os braços no velho parapeito e se perdendo numa digressão. Com relação a tantas questões em mão ele tinha uma visão dividida, e era exatamente isso que o fazia procurar, em sua inquietação, alguma ideia, espreitando no vasto frescor da noite, sob cujo sopro tais disparidades submeter-se-iam à fusão, e assim, espalhando-se debaixo dele, fariam com que se sentisse flutuando. Ele se sentia retornando, de modo perturbador, à reflexão, mais profunda do que qualquer coisa, de que ao formar um laço novo e íntimo deveria de certa forma abandonar, ou na melhor das hipóteses relevar significativamente, sua filha. Deveria reduzir à forma definitiva a ideia de que a perdera – como de fato era inevitável – por meio do casamento com o príncipe; deveria reduzir à forma definitiva a ideia de ter provocado um dano, ou na melhor das hipóteses uma inconveniência, que exigia algum contrapeso e merecia algumas reparações. E deveria fazer isso ainda mais, o que era o grande ponto, do que deveria parecer adotar, ao fazer isso, o sentimento, na verdade a própria convicção, tida e expressa de modo bastante suficiente pela própria Maggie, em sua bela generosidade, quanto ao que ele sofrera – colocado com extravagância – nas mãos dela. Se Maggie dissera com extravagância, mesmo assim a extravagância era sincera, porque vinha – coisa em que ela também pusera extravagância – da persistência dela, sempre, em pensar, sentir, falar dele, como sendo um jovem. Ele tivera vislumbres de momentos em que ouvi-la assim, em sua compunção absolutamente não forçada, poderia ter suposto que a força especial do mal que ela lhe fizera consistia em ele ainda ter diante de si anos e anos para sofrê-lo. Ela havia sacrificado um pai, a pérola dos pais, não mais velho do que ela própria: não importaria muito se ele tivesse a idade comum para ser pai. O fato de não ter, o fato de ser extraordinariamente igual e contemporâneo dela, era o que acrescentava ao ato da filha o longo trem de efeitos. Finalmente a luz surgiu para ele, praticamente como consequência do medo de respirar um frio na exuberância do jardim espiritual de Maggie. Quando numa virada de seu labirinto ele viu a questão, que se abria tanto, minuto a minuto, ele prendeu o fôlego, espantado. Depois lembrar-se-ia de como, naquele momento, a noite de outono pareceu se clarear numa visão em que todo o local, tudo ao redor dele, o amplo terraço onde estava, os outros, em degraus, abaixo, os jardins, o parque, o lago, os bosques ao redor, estavam ali como se sob um estranho sol da meia-noite. Tudo lhe veio naqueles instantes como uma expansão de *descoberta*, um mundo que parecia, de tão iluminado, extraordinariamente novo, e onde objetos familiares haviam assumido uma estranheza que, como se fosse uma alardeada exibição de beleza, interesse, importância, de algo que ele mal sabia o que era, lhes dava uma quantidade descomedida de caráter e, verdadeiramente, um tamanho incomensurável. Esta alucinação, ou como quer que ele pudesse chamar aquilo, foi breve, mas durou o bastante para deixá-lo arfando. Mas nesse tempo o arfar de admiração havia se perdido numa intensidade que rapidamente se seguiu – o modo como o espanto daquilo, uma vez que o espanto estava em questão, realmente fora o estranho *atraso* de sua visão. Naqueles dias ele estivera procurando e procurando um objeto que estava aos seus pés e para o qual sua cegueira vinha de estar estupidamente olhando em volta. Estivera o tempo todo dentro de seu lar, e agora o encarava no rosto.

Uma vez que reconheceu isso, tudo ficou coerente. O ponto nítido para o qual toda a sua luz convergia era que todo o chamado de seu futuro, como pai, poderia estar em ele conseguir que Maggie cada vez menos parecesse tê-lo abandonado. E não somente não seria decentemente humano, decentemente possível, não tornar esse alívio fácil para ela – a ideia brilhou sobre ele, mais do que isso, como empolgante, inspiradora, animadora. Ajustava-se lindamente com o que poderia ser de outra forma possível; estava ali absolutamente confrontada com o modo material com que poderia ser alcançada do melhor modo. O modo como ela poderia ser alcançada era ele colocando sua filha em paz, e o modo de colocá-la em paz era garantir o seu próprio futuro – isto é, o dela – através do casamento, através de um casamento tão bom, falando proporcionalmente, quanto fora o dela. Enquanto praticamente inalava esse alívio ele sentia o gosto de agitações recentes. Tinha visto que Charlotte poderia contribuir – o que ele não tinha visto era para *o quê* ela poderia contribuir. Quando tudo se clareou de modo supremo e ele simplesmente colocara diante de si esse serviço para a filha como o direcionamento adequado do lazer da jovem amiga, a fria escuridão fechou-se de novo ao redor, mas sua lucidez moral estava constituída. Além disso, não era apenas como se o mundo, com um estalo, tivesse resolvido a charada, mas a charada, em tal perfeição, resolvia o mundo. Ele podia ter estado igualmente necessitado e não ter conseguido o remédio. Ah, se Charlotte não o aceitasse, claro que o remédio falharia; mas, como tudo se ajustara, pelo menos estava ali para ser tentado. E o sucesso seria grande – esta foi sua última pulsação – se o alívio para Maggie se mostrasse ter sido dado pelo sentimento de felicidade dele. Ele realmente não sabia quando, na vida, havia pensado em algo mais feliz. Pensar nisso meramente por si próprio teria sido – mesmo como sentira momentos antes, mesmo fazendo toda a justiça a essa condição –, sim, impossível. Mas havia uma grande diferença em pensar nisso por sua filha.

6

Foi em Brighton, acima de tudo, que essa diferença surgiu; foi durante os três dias maravilhosos que passou lá com Charlotte que ele percebera ainda mais – ainda que nem mesmo agora totalmente sem dúvida, por completo – os méritos de seu esquema majestoso. E enquanto, além disso, ele ainda conseguia manter sua visão no lugar, segurando-a razoavelmente com as mãos, como segurara, para inspecionar, um vaso antigo e precário ou mantivera uma pintura envernizada na relação correta com a luz, as outras, as suposições externas a seu favor, as que eram independentes do que ele poderia dar e que portanto, até que ele devesse "falar", permaneciam necessariamente vagas – *essa* quantidade, eu digo, parecia-lhe estar positivamente se multiplicando, como se colocasse, no ar fresco de Brighton e no litoral ensolarado de Brighton, uma espécie de palpabilidade tentadora. Ele gostava, nesse estágio preliminar, de sentir que podia "falar" e que falaria; uma vez que a própria palavra era romântica, apertando para ele a mola de associações com histórias e peças onde rapazes jovens e ardentes, de uniformes, calças justas, capas, botas de cano alto tinham isso, em solilóquios, sempre nos lábios; e o sentimento, no primeiro dia, de que ele provavelmente deveria dar o grande passo antes do segundo já se conduzira a ponto de fazê-lo dizer à companheira que deveriam passar mais do que uma ou duas noites ali. À vontade, baseado em que estava exatamente onde queria estar, e tinha a impressão de que estava prosseguindo passo a passo. Estava agindo – isso voltava-lhe sempre à mente – não no escuro, mas à luz dourada da manhã; não em precipitação, arroubo, febre, perigos do caminho da paixão propriamente dita, mas com a deliberação de um plano, um plano que poderia ser algo de menos alegria do que uma paixão, mas que provavelmente teria, em compensação por essa falta, a propriedade essencial, para usar até mesmo a dignidade decente, de chegar mais longe e proporcionar mais contingências. A temporada, no modo de falar do local, estava "de vento em popa", os elementos estavam reunidos; o grande hotel batido pelo vento e o hall social cheio de correntes de ar estavam apinhados de "tipos", segundo a expressão constante de Charlotte, e ressoava com um barulho em que a música de bandas com uniformes dourados, croatas, dálmatas, cárpatas, violentamente exóticas e nostálgicas, distinguiam-se lutando contra o estouro perpétuo das rolhas. Muito disso decididamente teria desconcertado nossos amigos se não parecesse, de modo mais preponderante, dar-lhes uma surpresa mais luminosa. A nobre privacidade de Fawns os deixara – deixara pelo menos o Sr. Verver – com uma soma acumulada de tolerância para suportar o tom agudo e as cores fortes da esfera pública. Fawns, como tinha sido para ele, e como Maggie e Fanny Assingham haviam atestado, estava fora do mundo, ao passo que a cena agora ao redor, com o próprio mar como um grande meio ribombante para excursões e aquários, afetava-o como algo tão denso no centro da consciência que nada poderia ter sido mais completo para representar a pulsação de vida cuja unanimidade, em casa, eles haviam alcançado com relação à questão de não esquecerem dali para a frente. A pulsação de vida era o que Charlotte, em casa, havia reproduzido ultimamente, e positivamente havia horas atuais em que poderia estar aberto para o Sr. Verver sentir-se de novo devendo a ela apresentações. Ele a "trouxera", colocando de modo grosseiro, mas era quase como se ela própria, em sua maior alegria, sua curiosidade e sua intensidade mais vivas, sua ironia mais pronta e mais feliz, estivesse guiando-o e mostrando o lugar. Na verdade ninguém, quando ele pensou bem, jamais o havia guiado antes – sempre fora ele, antigamente, quem levava os outros e que, em particular, levava Maggie. Isso rapidamente se estabeleceu como parte de uma experiência – marcando para ele, sem dúvida, o que as pessoas chamam, com consideração, de um tempo da vida; uma ordem nova e agradável, um estado passivo e encantador, que poderia se tornar – por que não? – um dos confortos do futuro.

O Sr. Gutermann-Seuss mostrou-se, no segundo dia – nosso amigo havia esperado até então –, um jovem notavelmente afável, positivamente lustroso, que ocupava uma casa pequena e bem-arrumada numa área distante da praia e vivendo, como testemunhavam sinais imediatos e notáveis, no seio de sua família. Nossos visitantes se viram apresentados, pela atuação de contiguidade próxima, a um numeroso grupo de senhoras e cavalheiros mais velhos e mais jovens, e de crianças maiores e menores, que principalmente os afetaram como não menos ungidos para a hospitalidade e que produziram a princípio a impressão de uma festa de aniversário, de alguma data comemorada gregária e religiosamente, ainda que em seguida tivessem se ajustado aos seus lugares como membros de um calmo círculo doméstico, preponderante e diretamente devendo ao fato de serem, de fato, convidados do Sr. Gutermann-Seuss. Para o olhar casual um mero jovem inteligente e polido com menos de 30 verões, impecavelmente dotado em cada particularidade, no entanto se erguia entre a prole – 11 filhos no total, como confessou sem um suspiro, 11 rostinhos castanho-claros, mas com olhos tremendamente impessoais cavalgando narizes tremendamente antigos e impessoais – enquanto ele entretinha o grande colecionador americano a quem esperava conhecer há tanto tempo, e cuja companheira encantadora, a dama jovem e bela, franca e familiar, presumivelmente a Sra. Verver, percebia a graduada progenitura, percebia as tias gordas e com brincos nas orelhas e os tios especiosos, dialetizados, familiares, inimitáveis no sotaque *cockney* na presunção, e de uma atitude de intenção mais grosseira do que a do chefe da casa; em suma, percebia o lugar, percebia o tesouro apresentado, percebia tudo, como se com o hábito de uma pessoa que encontrasse sua narrativa a qualquer momento, segundo uma sabedoria bem aprendida na vida, em quase qualquer impressão "divertida". Realmente o Sr. Verver notou no ato que esse livre alcance de observação nela, captando a diversão frequente com prontidão extraordinária, tornaria para ele dali em diante uma coisa muito diferente essas experiências, a caça costumeira ao prêmio possível, o jogo inquisitivo de sua monomania aceita; e essa coisa diferente provavelmente seria uma forma de esporte mais leve e talvez, portanto, um tanto mais turbulentamente refrescante. Tais presságios lhe pareceram vívidos, de qualquer modo, quando o Sr. Gutermann-Seuss, com uma agudeza de discriminação que a princípio ele não parecia prometer, convidou o eminente casal para outro cômodo, diante de cujo limiar o resto da tribo, hesitando unanimemente, saiu de cena. O tesouro em si, os objetos em nome dos quais o interesse do Sr. Verver fora atraído, estabeleceram com bastante rapidez a capacidade de captar a atenção deste último; mas em que ponto de seu passado a memória de nosso amigo, olhando cada vez mais para trás, pegou-o, num lugar assim, pensando tão menos em objetos desfilando artisticamente do que em alguma outra presença, bastante irrelevante? Tais lugares não lhe eram estranhos quando assumiam a forma de salas burguesas, um pouco agourentamente cinzas e tristes com a luz vinda do norte, em lares de impostores que ficavam principalmente em balneários, ou mesmo quando assumiam algum aspecto ainda menos, se é que não ainda mais, insidioso. O Sr. Verver estivera em toda parte, procurara e caçara em todos os lugares, chegando ocasionalmente, ele acreditava, a ponto de arriscar a vida, a saúde e a própria flor da honra; mas onde, enquanto coisas preciosas, extraídas uma a uma de gavetas bem trancadas mas frequentemente vulgares e embrulhos macios de antiga seda oriental, eram impressionantemente colocadas diante dele, o Sr. Verver, até agora, havia se deixado, conscientemente, pairar como um dos incertos?

Não traiu isso – ah, *disso* ele sabia; mas duas percepções ocorreram-lhe ao mesmo tempo, e uma delas sofreu um pouco em doçura diante da confusão. O Sr. Gutermann-Seuss tinha realmente, apesar da crise, modos raros de mostrar suas cartas; era um mestre perfeito do que não dizer a um personagem como o Sr. Verver, enquanto a importância particular que cede à conversa casual ficava difusa por seus próprios movimentos, seu repetido ato de passar entre um desinteressante *meuble** de mogno e uma mesa tão virtuosamente desinteressada a ponto de parecer razoavelmente presunçosa sob uma toalha de algodão desbotado, marrom e índigo, redolente de antigos chás patriarcais. Os ladrilhos damascenos, sucessivamente, e tão ternamente, descobertos e revelados, estavam ali finalmente em toda a sua harmonia e seu venerável esplendor, mas o tributo de apreciação e decisão foi, enquanto o espectador considerava, simplificado a um ponto que quase falhava em representar leveza da parte de um ho-

*Móvel.

mem que sempre reconhecera sem demonstrar vergonha, nessas situações, o encanto intrínseco pelo que se chamava discussão. O azul infinitamente antigo do esmalte, como uma ametista imemorial, parecia ser destinado apenas ao sopro de uma bochecha da realeza – esta propriedade do conjunto arrumado à sua frente tinha inevitavelmente toda a determinação para ele, mas sua submissão era, talvez pela primeira vez na vida, apenas da mente ágil, o processo em si, a seu modo, era tão fino quanto a perfeição percebida e admirada: cada centímetro do resto dele era dado à premonição de que uma hora ou duas depois ele deveria já ter "falado". O incêndio dos seus navios, portanto, esperava perto demais para deixar que ele manobrasse essa oportunidade com os dedos geralmente firmes e perceptivos – esperava de algum modo na predominância da própria pessoa de Charlotte, no fato de ela estar ali exatamente como estava, capaz, como o próprio Sr. Gutermann-Seuss, da correta felicidade do silêncio, mas com uma tranquilidade envolvente, em meio àquilo tudo, que tornava a crítica adiada tão fragrante quanto alguma alegria prometida pela amada ao amante, ou como um grande buquê de noiva segurado pacientemente atrás do corpo. Ele não poderia ter explicado de outro modo, sem dúvida, porque se pegava pensando, para seu próprio prazer, em tantas outras questões que não na felicidade de sua aquisição e na quantia de seu cheque, igualmente alta; não mais do que no motivo, mais tarde, com a volta à sala em que haviam sido recebidos e o renovado envolvimento da tribo, de ele sentir-se fundido no círculo alegre formado pela reação livre da jovem ao carinho coletivo de todos os olhos brilhantes, e por sua aceitação afável do bolo pesado e do vinho do Porto que, como ela observaria mais tarde, acrescentou à transação, como acabamento, o toque de algum rito místico de judeus antigos.

Essa caracterização veio dela enquanto os dois caminhavam – caminhavam juntos, na tarde que desvanecia, de volta à brisa do mar e à praia agitada, de volta ao rumor, ao tumulto e às lojas brilhantes que enfatizavam o riso de solicitação na máscara da noite. Estavam chegando assim, como Adam Verver sentia, cada vez mais perto de onde ele via seus navios queimando, e para ele, enquanto isso, era como se esse brilho vermelho, na hora harmoniosa, desse uma grandeza terrível à sua boa-fé. Enquanto isso também era um sinal do tipo de sensibilidade que costumava atuar nele que – por mais fabulosa que esta verdade possa parecer – ele encontrasse um elo sentimental, uma obrigação de delicadeza, ou talvez até mesmo uma obrigação das penalidades do oposto, no fato de tê-la exposto à luz do norte, à luz adequadamente dura dos negócios, da sala em que tinham estado sozinhos com o tesouro e seu dono. Ela ouvira o valor da quantia que ele era capaz de olhar no rosto. Dada a relação de intimidade que já possuía com ele, aceita, além de toda retratação, a agitação do ar produzida no outro local por aquela quantia elevada impressionou-o como uma coisa que, desde o momento em que ela exclamara ou protestara tão pouco quanto ele havia se desculpado, deixou-o apenas com mais uma coisa a fazer. Um homem de sentimentos decentes não empurra o seu dinheiro, um monte de dinheiro, daquele jeito, sob o nariz de uma jovem pobre – uma jovem cuja pobreza era, de certa forma, a própria base para ela desfrutar de sua hospitalidade – sem ver, logicamente, uma responsabilidade implícita. E isso não seria menos verdade pelo fato de que vinte minutos depois, após ter aplicado sua tocha, aplicado-a com um ou dois sinais de insistência, o que poderia definitivamente resultar não conseguiu ser imediatamente claro. Ele falara – falara enquanto os dois estavam sentados juntos no banco afastado, observado durante uma de suas caminhadas e mantido nos 15 minutos anteriores no olho de sua memória; o lugar particular aonde, entre pausas intensas e avanços ainda mais intensos, durante o tempo todo ele a havia guiado. Abaixo do grande penhasco, sobre o qual a cidade de estuque se empoleirava arquitetonicamente, com a praia rumorosa, a maré que subia e as estrelas renovadoras à frente e acima, o sentimento seguro de todo o lugar continuava prevalecendo nas lâmpadas, nos bancos e nos caminhos pavimentados, também pairando acima na vizinhança de uma grande comunidade repleta, em vias de assistir de novo à remoção da cobertura das bandejas.

– Parece-me que tivemos dias tão lindos juntos que espero não ser um choque para ti quando perguntar se poderias me ver, com alguma satisfação, como esposo. – Como se soubesse que ela não poderia, obviamente não poderia, nem um pouco graciosamente, e fosse ou não responder apressada, ele dissera um pouco mais; quase como se sentisse que deveria ir pensando antecipadamente. Colocara a questão da qual não havia como recuar e que portanto representava o sacrifício de suas embarcações, e o que mais disse significava o impulso redobrado da chama que tornaria certa a combustão. – Isto não é súbito de minha parte, e em alguns momentos eu me perguntei se tu não achavas que eu estava em vias de fazê-lo. Estou assim desde que saímos de Fawns, realmente comecei quando estávamos lá. – Ele falava devagar, dando-lhe, como desejava, tempo para pensar; ainda mais porque isso a estava fazendo olhá-lo atentamente, e fazendo-a também, num grau notável, parecer "bem" enquanto fazia isso; uma consequência grande e, até agora, feliz. De qualquer modo ela não estava chocada, coisa que ele vira apenas como uma humildade bonita, e Adam Verver lhe daria tantos minutos quantos ela quisesse. – Tu não deves pensar que estou esquecendo que não sou jovem.

– Ah, não é isso. Eu é que sou velha. O senhor é jovem. – Foi o que ela respondeu a princípio; e num tom que indicava ter aproveitado seus minutos. A resposta não fora exatamente ao ponto, mas foi gentil: o que ele mais desejava. E nas palavras seguintes ela manteve a gentileza, manteve a voz clara e baixa e o rosto sem se franzir. – Também acho que estes dias foram lindos. Eu não deveria ser grata a eles se não pudesse, mais ou menos, imaginar que iriam nos trazer a isto. – Pareceu a Adam Verver que ela havia avançado um passo para encontrá-lo, e que ao mesmo tempo continuava imóvel. Mas sem dúvida isso apenas significava que Charlotte estava, séria e razoavelmente, pensando – exatamente o que ele desejara que ela pensasse. Se ela pensasse apenas o bastante, provavelmente pensaria em concordar com ele. – Parece-me – prosseguiu ela – que é *o senhor* que precisa ter certeza.

– Ah, mas eu *tenho* certeza. Em questões importantes eu nunca falo quando não tenho. Então, se consegues *encarar* tal união, não precisas te preocupar nem um pouco.

Ela fez outra pausa, e poderia estar sentindo-se encarando aquilo enquanto, através da luz da lâmpada e do crepúsculo, através do sopro do sudoeste fraco e ligeiramente úmido, encontrou sem evasão os olhos dele. Mas no final de outro minuto a jovem havia debatido apenas a ponto de dizer:

– Não fingirei que não penso que seria bom me casar. Bom para mim, quero dizer, porque estou tão tremendamente desligada de tudo. Gostaria de estar um pouco menos à deriva. Gostaria de ter um lar. Gostaria de ter uma existência. Gostaria de ter um motivo para mais uma coisa do que outra, um motivo além de mim mesma. Na verdade – disse ela, tão sinceramente que isso quase mostrou dor, mas tão lucidamente que quase mostrou humor –, na verdade, veja bem, eu quero *ser* casada. É... bem, é a condição.

– A condição...? – Ele foi apenas vago.

– É o estado, quero dizer. Eu não gosto do meu estado. "Senhorita", entre todos nós, é uma palavra pavorosa demais, a não ser para uma vendedora de loja. Eu não quero ser uma horrível solteirona inglesa.

– Ah, tu queres ser cuidada. Muito bem, então, eu cuido.

– Ouso dizer que é principalmente isso. Só não vejo por que, pelo que falo – ela sorriu –, por uma simples fuga de meu estado, eu precise fazer *tanto*.

– Tanto quanto te casares comigo, em particular?

O sorriso dela significou a verdadeira sinceridade.

– Eu posso conseguir o que quero por menos.

– Acha que é demais para ti?

– Sim, acho que é muita coisa.

Foi então que, apesar de ela ser tão gentil, tão perfeita com ele, e ele sentir que tinha chegado longe – foi então que alguma coisa súbita pareceu falhar e ele não sabia onde estavam. Com isso veio-lhe o fato, com certeza, da disparidade entre ambos, por mais misericordiosa e perversamente que ela o negasse. Ele poderia ser seu pai.

– Claro, sim... esta é a minha desvantagem: eu não sou a combinação natural, estou longe de ser a combinação ideal para tua juventude e tua beleza. Tenho a desvantagem de sempre me teres visto, tão inevitavelmente, a uma outra luz.

Mas ela deu um leve balanço de cabeça que tornou a contradição suave – tornou-a quase dita, na verdade, como sendo completa demais; e antes que Charlotte falasse, ele já tivera a fraca visão de alguma objeção em sua mente, ao lado da qual a que ele havia citado era pequena, e que portanto devia ser estranhamente profunda.

– O senhor não me entende. É em tudo que *o senhor* precisa fazer... é nisso que estou pensando.

Ah, com isso, para ele, a coisa ficou mais clara!

– Então não precisas pensar. Eu sei bastante o que me cabe fazer.

Mas ela balançou a cabeça de novo.

– Duvido que saiba. Duvido que *possa*.

– E por que não, por favor, quando eu te tive assim diante de mim? O fato de eu ser velho tem pelo menos *essa* vantagem: eu ter-te conhecido bem e há tanto tempo.

– O senhor acha que me "conheceu"?

Ele hesitou – porque o tom do que ela disse e o olhar que veio junto podiam fazê-lo duvidar. Mas apenas essas coisas em si, com todo o resto, com seu objetivo fixo agora, seu ato comprometido, o belo brilho rosado dos seus navios definitivamente incendiando-se e estalando atrás dele – essas coisas iriam pressioná-lo com mais força do que qualquer palavra dela. Além disso, tudo que ela estava vendo estava sendo iluminado, para a visão dele, pelo brilho rosado. Ele não estava morrendo de paixão, mas também, como um homem de espírito adequado, não ficaria amedrontado.

– Então o que é isso, se eu aceitar, se não um motivo igualmente forte para simplesmente *aprender* a conhecer-te?

Ela o encarava sempre – mantendo o olhar como se para enfatizar a honestidade, mas ao mesmo tempo, a seu modo, como se por piedade.

– Como o senhor pode dizer que, se fizesse, conseguiria? – A frase soou ambígua por um instante, como ela demonstrou sentir-se. – Quero dizer, se for uma questão de aprender, algumas vezes nós aprendemos tarde demais.

– Eu acho que é uma questão de gostar ainda mais de ti por estares dizendo estas coisas – respondeu ele prontamente. – Tu deverias fazer alguma coisa de minha afeição por ti.

– Eu faço tudo. Mas o senhor tem certeza de que exauriu todos os outros meios?

Isso, em verdade, alargou o olhar dele.

– Mas que outros meios...?

– Bom, o senhor tem mais meios de ser gentil do que qualquer pessoa que eu já conheci.

– Então aceite que estou simplesmente colocando todos eles juntos para ti.

Diante disso ela o encarou longamente outra vez, ainda como se não devesse ser dito que ela não lhe dera tempo nem retirara de sua vista, por assim dizer, um único centímetro de sua superfície. Isso pelo menos ela teria exposto por completo. Representava-a como estranhamente consciente, e Adam Verver mal sabia em que sentido isso o afetava. Mas no todo, com admiração, ele disse:

– Tu és muito, muito honrada.

– É exatamente o que quero ser. Não vejo por que o senhor não está bem, não vejo por que não está feliz, como está. Eu não posso pedir a mim mesma, não posso pedir *ao senhor* se o senhor está tão livre quanto sua generosidade universal leva-o a presumir. Será que não deveríamos pensar um pouco nos outros? Será que eu não deveria pelo menos, por lealdade, de qualquer modo por delicadeza, pensar em Maggie? – Com isso, intensamente gentil, para não parecer que estava ensinando-lhe o seu dever, ela explicou: – Ela é tudo para o senhor, sempre foi. Tem certeza de que há espaço em sua vida...?

– Para outra filha? É isso que queres dizer? – Ela não havia se demorado muito, mas ele rapidamente a alcançou.

Mas não a havia desconcertado.

– Para outra mulher jovem, da idade dela, e cuja relação com ela sempre foi muito diferente do que nosso casamento iria torná-la. Para outra companheira – disse Charlotte Stant.

– Será então que um homem, durante toda a vida – perguntou ele quase ferozmente –, não pode ser outra coisa que não um pai? – Mas prosseguiu antes que ela pudesse responder: – Tu falas de diferenças, mas elas já foram criadas, como Maggie sabe melhor do que ninguém. Ela sente a diferença que criou com o casamento, criou para mim, quero dizer. Pensa constantemente nessa diferença, isso não lhe dá descanso. Colocá-la em paz, portanto, é o que estou tentando fazer contigo. Não posso fazê-lo sozinho, mas posso com tua ajuda. Tu podes torná-la completamente feliz com relação a mim.

– Com relação ao senhor? – ecoou ela, pensativa. – Mas o que posso torná-la com relação a ela própria?

– Ah, se ela estiver tranquila com relação a mim, o resto virá por si. O caso está em tuas mãos. Tu, efetivamente, tirarás da mente dela a ideia de que sinto que ela me abandonou.

Interessante agora, certamente, foi o que Adam Verver percebeu no rosto dela, mas foi ainda mais honrado da parte de Charlotte Stant, como o Sr. Verver tinha acabado de dizer, que ela quisesse ver cada um dos passos da convicção dele.

– Se o senhor se sentiu impelido para pessoas do meu "tipo", não significa que está sentindo-se realmente abandonado?

– Bom, estou disposto a sugerir isso, se ao mesmo tempo puder mostrar que me sinto consolado.

– Mas o senhor *realmente* sentiu-se assim?

Ele hesitou.

– Consolado?

– Abandonado.

– Não... não me senti. Mas se for essa a ideia dela...! – Se fosse a ideia dela, resumindo, bastava. Mas no momento seguinte esta enunciação de motivo pareceu-lhe talvez ligeiramente fraca, de modo que deu outro toque: – Isto é, se isso é minha ideia. Por acaso, vejas bem, eu gosto da minha ideia.

– Bom, isso é lindo e maravilhoso. Mas será que basta para se casar comigo?

– Por que, minha cara criança? Geralmente a ideia do homem não é o motivo para ele se casar?

Charlotte, considerando, parecia achar que esta era uma pergunta ampla, ou pelo menos algo de uma extensão com a qual os dois estivessem imediatamente preocupados.

– Muita coisa não depende do tipo de coisa que pode ser? – Ela sugeriu que, sobre o casamento, as ideias, como ele as chamava, podiam ser diferentes; com o que, entretanto, sem dar mais tempo a isso, fez outra pergunta: – Não está parecendo que o senhor dá a entender que eu posso aceitar a oferta pelo bem de Maggie? De algum modo – Charlotte inverteu a situação – não *vejo* tão claramente que ela esteja encontrando tranquilidade nisso, ou mesmo que esteja precisando.

– Então não deduzes nada do fato de ela ter nos deixado tão prontamente?

Ah, pelo contrário, Charlotte deduzia muita coisa!

– Ela estava pronta para nos deixar porque tinha de fazer isso. A partir do momento em que o príncipe queria, ela só podia ir com ele.

– Perfeito. De modo que, se a coisa for como você diz, ela poderá "ir com ele" no futuro tanto quanto quiser.

Charlotte pareceu examinar por um minuto, no interesse de Maggie, esse privilégio – cujo resultado era uma limitada concessão.

– O senhor certamente pensou nisso!

– Claro que pensei, é exatamente isso que *fiz*. Durante muito tempo ela não ficou tão feliz quanto por estares lá comigo.

– Eu deveria ficar com o senhor pela segurança dela.

– Bom, isso *é* a segurança dela. Se não pode ver, tu só precisas perguntar-lhe.

– "Perguntar"? – ecoou a jovem, pasma.

– Certamente, com todas as palavras. Dizer que não acreditas em mim.

Mesmo assim ela hesitou.

– Quer dizer, escrever-lhe?

– Exato. Imediatamente. Amanhã.

– Ah, não creio que eu possa escrever isso. Quando eu lhe escrevo é sobre o apetite do *principino* e as visitas do Dr. Brady.

– Muito bem, então, digas-lhe cara a cara. Vamos direto a Paris, encontrarmo-nos com eles.

Diante disso Charlotte se levantou com um movimento que parecia um pequeno grito; mas seu sentimento não verbalizado se perdeu enquanto ela ficava parada, encarando-o – ele ainda sentado como se pela ajuda que isso lhe dava, um pouco, para fazer seu apelo subir. Mas nesse instante um novo sentimento viera a Charlotte, e ela o cobriu, gentilmente, expressando-o.

– Eu realmente acho, veja bem, que o senhor deveria "gostar" de mim.

– Obrigado. Então *vais* falar com Maggie?

Ela teve outra hesitação.

– Nós vamos ao encontro deles?

– Assim que pudermos voltar a Fawns. E esperar lá por eles, se necessário, até que cheguem.

– Esperar... em... em Fawns?

– Esperar em Paris. Isso em si já seria encantador.

– O senhor me leva a lugares agradáveis. O senhor me propõe coisas belas.

– Fica apenas por tua conta transformá-las em belas e agradáveis. Tu tornastes Brighton...!

– Ah! – protestou ela quase com ternura. – Com o que estou fazendo agora?

– Agora estás me prometendo o que eu quero. Não estás me prometendo – insistiu ele, levantando-se –, não estás me prometendo concordar com o que Maggie disser?

Ah, ela queria ter certeza de que estava.

– Quer dizer, se ela me *pedir*?

Isso lhe deu, em termos de comunicação, um sentimento da necessidade de ele próprio ter certeza. Entretanto, o que ele tinha, se não certeza?

– Ela falará contigo. Falará contigo *por* mim.

Isso finalmente pareceu satisfazê-la.

– Muito bem. Podemos esperar para falar de novo a respeito quando ela tiver feito isso?

O Sr. Verver mostrou, com as mãos nos bolsos e os ombros expressivamente erguidos, um certo desapontamento. Mas num instante sua gentileza estava de volta e sua paciência mais uma vez era exemplar.

– Claro que te dou tempo. Especialmente – ele sorriu – porque será um tempo que estarei passando contigo. O fato de ficarmos juntos irá ajudar-te, talvez, a ver. Quero dizer, a ver como gosto de ti.

– Eu já vejo como o senhor se persuadiu de que gosta. – Mas ela teve de repetir. – Isso, infelizmente, é tudo.

– Bem, então, a ver como farás bem a Maggie.

– "Bem"? – ecoou ela, como se a palavra fosse longe. E murmurou criticamente: – Pois é! – enquanto os dois caminhavam juntos.

7

Ele falara com ela sobre esperarem em Paris, uma semana depois, mas lá esse período de paciência não sofreu grande tensão. O Sr. Verver escrevera para a filha, não de Brighton, mas diretamente após a volta a Fawns, onde passaram apenas 48 horas antes de retomar a jornada; e a resposta de Maggie às suas notícias foi um telegrama de Roma, entregue ao meio-dia do quarto dia na cidade, e que ele levou a Charlotte, que naquele momento estava sentada no pátio do hotel, onde os dois haviam combinado que ele iria encontrá-la para irem almoçar juntos. A carta escrita em Fawns – uma carta de várias páginas e destinada lucidamente, sem reservas, na verdade praticamente com triunfo, a informar – se mostrara, quando ele se sentou para escrevê-la, e um pouco para sua surpresa, um documento não tão simples de ser redigido quanto sua consciência do peso de significado do mesmo lhe permitira presumir: mas isso, sem dúvida, apenas por motivos naturalmente latentes na própria riqueza dessa consciência, o que dava à mensagem algo de sua qualidade de impaciência. O principal resultado da conversa, por enquanto, fora uma diferença na relação com a jovem amiga, bem como uma diferença, igualmente sensível, na relação dela com ele; e isso a despeito de ele não ter renovado seu impulso de "falar" com ela nem mesmo para dizer da comunicação despachada para Roma. A delicadeza, uma delicadeza ainda mais bela, toda a delicadeza que Charlotte poderia desejar, reinava entre eles – sendo rudimentar, na ordem atual entre os dois, que ela não deveria se preocupar mais enquanto Maggie não a pusesse à vontade.

Mas foi exatamente a delicadeza que em Paris – lugar que, sugestivamente, era Brighton num tom cem vezes mais alto – criou, entre ele e a companheira, a tensão, criou o *suspense*, criou o que ele teria consentido talvez em chamar de peculiaridade provisória das condições atuais. Esses elementos atuavam de um modo próprio, impondo e envolvendo, sob a cabeça dele, muitas abstenções e precauções, vinte ansiedades e lembranças – coisas, na verdade, que Adam Verver mal saberia como expressar; e no entanto criando para eles a cada passo uma aceitação de sua realidade. Ele estava se contendo, com Charlotte, até que outra pessoa interviesse em auxílio aos dois, e no entanto tinham, pelo que já ocorrera, sido carregados para alguma coisa que estava fora do poder de outras pessoas tornar menor ou maior. As convenções comuns – isso é que era estranho – tinham de ser mais pensadas nessa situação; aquelas convenções comuns de cujo sentimento de estarem sempre presentes, antes da passagem pela praia em Brighton, ele tanto desfrutara. A explicação seria, ele supunha – ou teria imaginado com menos inquietação –, que Paris tinha, a seu modo, vozes e alertas mais profundos, de modo que se você ia "longe" surgiam armadilhas espinhosas totalmente envoltas em flores, para que você fosse ainda mais longe. Havia estranhas aparências no ar, e antes que você soubesse poderia estar inconfundivelmente se parecendo com elas. Como não desejava ter qualquer aparência, a não ser a de um cavalheiro jogando com lealdade perfeita qualquer jogo ao qual fosse chamado na vida, ele se via, com relação à missiva de Maggie, rejubilando-se com certa incoerência. O anúncio que ele lhe fizera de casa custara algumas mordidas na pena para isolar partes de si mesmo – sua modéstia pessoal, sua imaginação com relação ao estado de preparação dela para um salto tão rápido, não importava muito o quê – e no entanto ele estava ansioso por uma gota de adiamento e pelas transições mais rápidas prometidas pela chegada do casal eminente. Afinal de contas havia uma sugestão de ofensa a um homem de sua idade ao ser requerida uma aprovação. Maggie, certamente, estaria tão longe quanto Charlotte de desejar positivamente isso, e Charlotte, por seu lado, tão longe quanto Maggie de considerar pequeno o valor dele. Assim ela o fazia dançar miudinho, pobre moça, mas por conta de um generoso rigor de consciência.

Essas concessões de seu espírito eram, assim mesmo, coerentes com uma grande alegria diante da visão do fim de sua provação; uma vez que era o fim da necessidade de parecer concordar com o fato de que as perguntas e dúvidas tinham um lugar certo. Quanto mais ele revirara a questão, mais lhe parecera que eles tinham apenas uma feiura. O que teria preferido, como acreditava agora, era que Charlotte simplesmente dissesse que não gostava suficientemente dele. Disso o Sr. Verver não teria gostado, mas teria entendido e poderia aceitar de má vontade. Ela *gostava* dele o bastante – nada para contradizer isso lhe fora apresentado; de modo que ele estava inquieto tanto por ela quanto por si mesmo. Charlotte o encarou séria um momento quando ele entregou o telegrama, e o olhar, no qual ele achou perceber um medo leve e tímido, deu-lhe talvez o melhor momento da convicção de que – como um homem, por assim dizer – a agradava adequadamente. Não disse nada – as palavras fizeram o suficiente por ele, fazendo-o ainda melhor quando Charlotte, que deixara sua cadeira ao vê-lo se aproximar, murmurou-as.

– "Nós partimos esta noite para levar-lhes todo o nosso amor, nossa alegria e nossa simpatia."

Ali estavam, as palavras, e o que ela queria mais? Mas não disse, enquanto lhe devolvia o pequeno papel dobrado, que bastavam – ainda que ele visse, no momento seguinte, que o silêncio provavelmente não estava desligado do fato de ela ter ficado visivelmente pálida. Seus olhos extraordinariamente belos, como Adam Verver achava atualmente tê-los sempre considerado, brilharam para ele de modo mais sombrio com essa mudança de cor; e de novo ela possuía, com isso, seu modo aparente de se sujeitar, por honestidade explícita e através de sua disposição de encará-lo, a qualquer ponto de vista que ele assumisse, como quisesse, e mesmo por capricho, sobre o estado que havia provocado. Ao perceber que a emoção a manteve quieta, ele se soube profundamente tocado, uma vez que isso provava, por pouco que ela professasse, que Charlotte viera tendo belas esperanças. Os dois ficaram ali parados um minuto enquanto ele captava por esse sinal, sim, nesse momento, que a jovem certamente gostava suficientemente dele – o bastante para fazê-lo, por mais velho que ele estivesse disposto a se considerar, ruborizar por simples prazer. O prazer disso o fez falar antes.

– Tu começas a ficar um pouco satisfeita?

Mas mesmo assim ela precisou pensar.

– Nós os apressamos, veja bem. Por que uma partida tão rápida?

– Porque eles querem nos parabenizar. Eles querem *ver* nossa felicidade.

Ela pensou de novo – e também dessa vez, para ele, do modo mais evidente possível.

– Tanto assim?

– Tu achas demais?

Ela continuou a pensar claramente.

– Eles só deveriam partir dentro de urna semana.

– Bom, e daí? Nossa situação não vale o pequeno sacrifício? Nós voltamos para Roma *com eles* assim que tu quiseres.

Isso pareceu segurá-la – como anteriormente ele a vira segura, só um pouco inescrutavelmente, por suas alusões ao que os dois fariam juntos em certas contingências.

– Vale para quem, o pequeno sacrifício? Para nós, naturalmente, sim – disse ela. – Nós queremos vê-los: por nossos motivos. Isto é – ela deu um leve sorriso –, o *senhor* quer.

– E tu queres, minha cara, também! – declarou ele corajosamente.

– Então, sim, eu quero também – reconheceu ela de bom grado após um instante. – Mas para nós alguma coisa depende disso.

– Claro! Mas nada depende disso para eles?

– O que *pode* depender, desde o momento em que, como parece, eles não querem nos cortar pela raiz? Posso imaginá-los correndo para nos impedir. Mas um entusiasmo por nós a ponto de não conseguirem esperar... uma ansiedade tão intensa, confesso que me deixa mais do que um pouco perplexa. O senhor pode me considerar pouco gentil ou cheia de suspeitas, mas o príncipe não *pode* querer voltar tão cedo. Ele queria tão intensamente ir para lá!

O Sr. Verver considerou.

– Bom, ele já não foi?

– Sim, apenas por tempo suficiente para ver como ele gosta do lugar. Além disso, talvez ele não veja nossa situação de modo tão róseo quanto o senhor acha que ela vê. O príncipe não pode ter achado uma coisa óbvia o senhor dar à esposa dele uma madrasta fanfarrona.

Diante disso Adam Verver ficou sério.

– Acho que ele terá simplesmente de aceitar de nós tudo que sua esposa aceitar; e aceitar, se ele não puder imaginar outro motivo, só porque ela aceita. Isso lhe bastará.

O tom de voz fez com que Charlotte o encarasse por um momento; e depois disso ela disse bruscamente:

– Deixe-me vê-lo de novo. – Tomando dele o papel dobrado que tinha acabado de devolver e que ele mantivera na mão. – Será que tudo isso – perguntou ela depois de ler – não é apenas um modo, como qualquer outro, de eles ganharem tempo?

De novo Adam Verver ficou parado, olhando; mas no minuto seguinte, com aquele movimento para cima dos ombros e aquela pressão para baixo nos bolsos que ela já vira, mais de uma vez, em momentos desconcertados, ele se virou rapidamente e se afastou dela em silêncio. Olhou em volta em seu pequeno desespero; atravessou o pátio do hotel, que, cheio de arcos e vidros, abafado contra sons altos e guardado contra visões grosseiras, aquecido, dourado, cortinado, quase atapetado, com árvores exóticas em vasos, damas exóticas em cadeiras, o exótico sotaque geral e a presença suspensa, como com asas dobradas ou adejando fragilmente, no superior, supremo, inexoravelmente envolvente meio parisiense, lembrava algum apartamento crítico de grande capacidade, alguma sala de espera "dental", médica, cirúrgica, uma cena de ansiedade e desejo misturados, preparatória, para bárbaros reunidos, da devida amputação ou extração de excrescências e redundâncias de barbarismo. Chegou até a *porte-cochère*,* aconselhou-se de novo com seu otimismo usual, até mesmo aguçado de algum modo, aqui mesmo, pelo próprio ar que sorvia, e então voltou sorrindo para Charlotte.

---

*Porta principal.

– É incrível para ti que, quando um homem continua tão apaixonado quanto Amerigo, seu impulso mais natural seja sentir o que a esposa sente, acreditar no que ela acredita, querer o que ela quer? Isto é, na ausência de impedimentos especiais para isso?

O modo como ele disse fez efeito – ela reconheceu sem grande demora essa possibilidade natural.

– Não... nada me é incrível com relação a pessoas imensamente apaixonadas.

– Bom, Amerigo não está imensamente apaixonado?

Ela hesitou apenas como se procurasse a expressão exata de seu sentimento da quantidade – mas no final adotou o grau usado pelo Sr. Verver.

– Imensamente.

– Então aí está!

Mas ela deu outro sorriso, ainda não estava totalmente lá.

– Não é só isso que eu quero.

– Mas o que mais?

– Bom, que a esposa dele o faça realmente acreditar que *ela* de fato acredita. – Com isso Charlotte ficou ainda mais lucidamente lógica. – A realidade da crença dele dependerá da realidade da dela. Por exemplo, o príncipe pode ter deduzido que Maggie pode desejar principalmente ceder aos desejos do senhor, independentemente do que o senhor deseje. Ele pode se lembrar de que nunca a viu fazer qualquer outra coisa.

– Bom, que tipo de alerta ele terá encontrado nisso? A que catástrofe ele terá observado que tal disposição nela poderia levar?

– Apenas a *esta*! – Com isso ela lhe pareceu estar sendo mais direta e mais clara diante dele do que jamais estivera.

– Nossa pequena questão? – De fato a aparência dela, no momento, teve tal efeito sobre Adam Verver que ele só pôde responder numa suavidade maravilhada. – Não seria melhor esperarmos um pouco antes de chamar isso de catástrofe?

A resposta de Charlotte foi esperar – ainda que de modo algum tanto quanto ele pretendia. Mas quando, no fim de seu minuto, ela falou, também foi com suavidade.

– O que o senhor gostaria, caro amigo, de esperar? – Essa questão pairou entre eles, e durante um tempo os dois trocaram um olhar que poderia ter feito cada um estar procurando no outro os sinais da ironia explícita da pergunta. Esses, de fato, ficaram imediatamente tão visíveis no rosto do Sr. Verver que, como se um pouco envergonhada por tê-los produzido de modo tão marcante – e como se também para revelar finalmente, sob pressão, algo que durante o tempo todo havia guardado –, Charlotte deu um salto para a razão pura e simples. – O senhor não percebeu, mas eu não pude deixar de notar que, a despeito do que o senhor presume, do que *nós* presumimos, se o senhor preferir, toda a alegria de Maggie está ligada ao senhor. Para mim ela não esconde qualquer sinal desse derramamento.

Era algo a pensar – e, olhando um momento, ele se deu conta disso. Mas, como antes, teve sua presença de espírito – para não dizer seu humor gentil.

– Ora, tu reclamas exatamente do que é mais encantadoramente conclusivo! Ela já nos trata como *um*.

Claramente agora, para a jovem, apesar da lucidez e da lógica, havia algo no modo como ele dizia as coisas...! Ela o encarou com todo o desejo de agradá-lo, e então suas palavras mostraram isso simples e definitivamente.

– Eu realmente gosto do senhor, o senhor sabe.

Ora, o que isso poderia fazer senão estimular o seu humor?

– Sei qual é o teu problema. Não vais te aquietar enquanto não ouvires da boca do próprio príncipe. Acho – acrescentou o feliz homem – que secretamente passarei um telegrama para ele, com resposta paga, dizendo que tu gostarias de algumas palavras pessoais.

Aparentemente isso apenas a encorajou a sorrir ainda mais.

– Resposta paga para ele... ou para mim?

– Ah, eu pago, com prazer, qualquer coisa para ti, quantas palavras quiseres. – E ele prosseguiu, para manter o ritmo da conversa: – Não preciso sequer ver tua mensagem.

Ela pôde entender, visivelmente, o que ele estava dizendo.

– O senhor exigiria ver o príncipe?

– Nem um pouco. Tu podes manter isso também para ti.

Diante dessa fala, entretanto, como se a transmissão da sugestão fosse uma pergunta verdadeira, ela pareceu considerar – e quase como se em nome do bom gosto – que a piada fora longe demais.

– Não importa. A não ser que o príncipe fale por impulso próprio...! E por que esta seria uma coisa que *ocorreria* a ele?

– Eu realmente acho que não ocorreria – concordou o Sr. Verver. – *Ele* não sabe que és mórbida.

Ela somente pensou – mas concordou.

– Não... ele ainda não descobriu. Talvez descubra, mas por enquanto não; e enquanto isso estou disposta a dar-lhe o benefício da dúvida. – Com isso a situação, para Charlotte, parecia ter-se clareado, se ela não tivesse rapidamente um de seus lapsos de inquietação. – Mas Maggie sabe que sou mórbida. *Ela* não tem o benefício.

– Bom – disse Adam Verver um tanto cansado finalmente –, acho que ouvirás da parte dela. – Ele começara a pensar, diante da sugestão repetida, que a omissão de sua filha *era* surpreendente. E jamais na vida Maggie estivera errada por mais de três minutos.

– Ah, não quero dizer que tenho *direito* a isso – qualificou Charlotte no instante seguinte, de modo bastante estranho; e a observação em si deu outro empurrão nele.

– Muito bem... eu mesmo vou querer.

Diante disso, então, como se provocada pelo seu jeito de constantemente – e mais ou menos contra sua própria contenção – se aproximar dela, Charlotte mostrou como também podia, e de modo não menos gentil, chegar no meio do caminho.

– Falo disso apenas como a *graça* perdida, a graça que há em tudo que Maggie faz. Não é o meu dever, mas, vendo consigo que ainda podemos esperar, a situação terá o toque da graça. Será linda.

– Então venha comer. – O Sr. Verver tinha olhado o seu relógio. – A situação estará aqui quando nós voltarmos.

– Se não estiver – e Charlotte sorriu enquanto procurava um boá de plumas que havia largado ao descer do quarto –, se não estiver terá sido apenas uma pequena falha.

O Sr. Verver viu o boá de Charlotte no braço da cadeira de onde ela havia se levantado para encontrá-lo, e, depois de apanhá-lo, levantando-o para passar sua maciez encantadora no rosto – uma vez que era um maravilhoso produto de Paris, comprado sob seus diretos auspícios na véspera –, segurou-o ali durante um minuto antes de entregá-lo.

– Então me prometes que ficarás em paz?

Enquanto pensava, ela olhou para o presente admirável.

– Prometo.

– Para sempre?

– Para sempre.

– Deves lembrar-te – prosseguiu ele, para justificar o pedido –, deves lembrar-te de que, ao passar-te o telegrama, ela naturalmente falará ainda mais pelo esposo do que quando passou o telegrama para mim.

Foi apenas a uma palavra que Charlotte teve uma objeção.

– "Naturalmente"...?

– Ora, o nosso casamento o coloca para ti, ou te coloca para ele, numa relação nova, ao passo que deixa inalterada a relação dele comigo. Portanto isso dá a ele mais o que dizer-te a respeito do mesmo.

– A respeito de me tornar sua sogra?, ou o que quer que eu *deva* me tornar? – Diante disso, por um tempo, ela ficou pensando, não sem achar divertido. – Sim, facilmente pode haver bastante coisa para um cavalheiro dizer a uma jovem a respeito disso.

– Bom, Amerigo pode ser, de acordo com a situação, engraçado ou sério como tu quiseres; e o que quer que ele seja para ti, ao mandar-te uma mensagem, ele será *totalmente*. – E então como a jovem, com um de seus olhares de maneira tão profunda e estranha, ainda que tão ternamente críticos para ele, não conseguiu responder à altura, ele se viu levado, como se por uma vaga ansiedade, a acrescentar uma pergunta: – Tu não o achas encantador?

– Ah, encantador – disse Charlotte Stant. – Se não fosse, eu não deveria me importar.

– Nem eu! – retrucou harmoniosamente o amigo.

– Ah, mas o senhor *não* se importa. Não precisa. O senhor não precisa, quero dizer, como eu. É a tolice definitiva se importar, de um modo ansioso, sequer uma partícula a mais do que o nível em que somos obrigados. Se eu fosse o senhor, se tivesse na vida, em termos de felicidade, poder e paz, até mesmo uma pequena fração do que o senhor tem, seria preciso muita coisa para me fazer desperdiçar minha preocupação. Não sei com que, no mundo com qualquer coisa que não tocasse na minha sorte, eu deveria preocupar minha cabeça.

– Entendo-te, entretanto será que isso não depende do que tu chamas de sorte? É exatamente da minha sorte que estou falando. Eu serei tão sublime quanto quiseres quando me deixares bem. Somente quando estamos bem temos realmente as coisas de que falas. Não são elas que nos fazem assim: é a outra coisa que eu quero que *as* torna boas. Se me deres o que peço, verás.

Charlotte havia apanhado o boá e colocado sobre os ombros, e seus olhos, enquanto ela ainda se demorava, tinham-se afastado dele, atraídos por outro interesse, apesar de o pátio estar nessa hora, a hora da dispersão para o almoço, tão abandonado que os dois poderiam tê-lo, numa conversa livre, caso tivessem sido levados a falar alto, somente para si. Ela estava preparada para sair, mas também tinha consciência de um jovem comum, de uniforme, um visível emissário do Postes et Télégraphes, vindo da rua, que havia se aproximado da pequena fortaleza *concierge* e que apresentou ali uma missiva tirada da pequena caixa pendurada no ombro. A encarregada da portaria, encontrando-o na entrada, encontrou igualmente, do outro lado do pátio, a atenção clara de Charlotte à visita do rapaz, de modo que, dentro de um minuto, ela havia avançado até nossos amigos com os enfeites do chapéu voando e o sorriso de anúncio tão amplo quanto o grande avental branco. Ela ergueu um telegrama e, enquanto o entregava, anunciou sociavelmente:

– *Cette fois-ci pour madame*! – e em seguida se retirou amavelmente, deixando Charlotte de posse do telegrama. Charlotte segurou-o a princípio sem abrir. Seus olhos tinham-se voltado para o companheiro, que imediatamente comemorou com triunfo:

– Ah, aí está!

Ela abriu o envelope em silêncio, e durante um minuto, como acontecera com a mensagem que ele mostrara, estudou o conteúdo sem dar qualquer sinal. Ele a observava sem questionamento, e finalmente Charlotte ergueu os olhos.

– Eu lhe darei o que o senhor pede – disse simplesmente.

A expressão em seu rosto era estranha – mas desde quando uma mulher, nos momentos de rendição suprema, não tinha o direito de sê-lo? Ele recebeu aquilo com seu olhar comprido e seu silêncio grato – de modo que nada mais, por alguns instantes, passou-se entre os dois. A compreensão foi selada – ele já sentia que ela lhe fizera bem. Mas, além disso, estava em presença do fato de que Maggie fizera bem *a ela*; e sempre, portanto, sem Maggie, onde estaria ele? Ela os uniu, juntou-os como se através do estalo de uma mola de prata, e, no ato, com essa visão, seus olhos se encheram, enquanto Charlotte o encarava com a expressão tornada ainda mais estranha pelo borrão de sua gratidão. Mas em meio a tudo isso ele sorriu.

– O que minha filha faz por mim...!

Também em meio a tudo aquilo, isto é, em meio ao borrão, ele viu Charlotte, mais do que a ouviu, responder:

– Não é de Maggie. É do príncipe.

– Não *digas*! – ressoou ele, alegre. – Então é o melhor de tudo!

– É o bastante.

– Obrigado por achar isso! – E ele acrescentou: – É o bastante para a nossa questão, mas não é o bastante para o nosso almoço, é? *Déjeunons.**

Mas ela ficou ali parada, apesar desse apelo, com o documento sempre diante dos dois.

– Não quer lê-lo?

Ele pensou.

– Não se ele te satisfaz. Não preciso.

Mas, como se em nome da consciência, ela lhe deu outra chance.

– O senhor pode, se quiser.

Ele hesitou, mas por amabilidade, não por curiosidade.

– É engraçado?

Com isso, finalmente, ela de novo baixou os olhos para o papel, apertando os lábios um pouco.

– Não... eu diria que é sério.

---

* "Vamos comer."

– Ah, então não quero.

– Muito sério – disse Charlotte Stant.

– Bom, o que foi que eu te disse sobre Amerigo? – perguntou Adam Verver, rejubilando-se enquanto começavam a andar: uma pergunta em cuja resposta, antes de pegar o braço dele, a jovem enfiou o papel, amarrotado, no bolso do casaco.

Parte III

1

Charlotte, na metade da escada "monumental", começara esperando sozinha – esperando a chegada do companheiro, que descera até embaixo, como num gesto de gentileza comum, e que, depois de realizar a tarefa, saberia onde encontrá-la. Enquanto isso ela talvez não estivesse, ainda que extremamente aparente, chamando totalmente a atenção; mas não teria se importado se estivesse – tão pequena era, nesse momento, sua primeira ocasião de enfrentar a sociedade com uma consciência materialmente, com uma confiança esplendidamente, enriquecida. Durante dois anos conhecera como nunca o que era parecer "bem" – isto é, parecer tão bem quanto sempre sentira, desde muito tempo, que, em certas condições, poderia sentir-se. Numa noite como essa, a de uma grande festa oficial em plena agitação da primavera em Londres, as condições a afetavam, afetavam seus nervos, seus sentidos, sua imaginação, como estando profusamente presentes; de modo que talvez em nenhum momento até então Charlotte se sentira tão justificada em sua fé quanto no instante particular em que de novo nos preocupamos com ela, o momento em que por acaso olhou para o alto e encontrou os olhos calmos do coronel Assingham, que estava com os cotovelos na larga balaustrada da grande galeria acima da escada, e que imediatamente trocou com ela um de seus mais inábeis sinais familiares. Essa simplicidade da atenção visual por parte dele impressionou-a, mesmo com as outras coisas em que tinha de pensar, como a nota mais silenciosa em todo o barulho – como se ela tivesse apertado um dedo numa corda ou numa tecla e criado, naqueles segundos, uma suspensão de vibração, um toque mais abafado. A visão dele sugeriu que Fanny estaria ali, mas por enquanto ela ainda não a vira. Isso era praticamente o limite do que aquilo poderia sugerir.

Mas o ar tinha outras sugestões – elas abundavam, muitas precisamente ajudando a constituir as condições com as quais, para a nossa jovem, a hora estava brilhantemente coroada. Ela própria, na verdade, estava coroada, e tudo aquilo pairava junto, fundia-se em luz, cor e som: os diamantes insuperáveis que sua cabeça carregava de modo tão feliz, as outras joias, as outras perfeições de aspecto e arranjo que tornavam seu esquema pessoal um sucesso, a teoria particular *comprovada* de que os materiais com os quais poderia trabalhar era tudo de que ela precisara, e que não havia qualquer um que fosse precioso demais para Charlotte Stant entender e usar – ao que poderia ser acrescentado finalmente, como a flor de cheiro forte da doçura total, um domínio tranquilo, um grande desfrute de sua crise. Ela estava pronta a aceitar aquilo como uma crise, e era essa tranquilidade, sem dúvida, que a ajudava, enquanto esperava, a ter a confiança correta, a indiferença correta, a expressão correta, e acima de tudo, como sentia, a visão correta de sua oportunidade de felicidade – a não ser que a própria oportunidade, em sua mera estranha amplitude, fosse a causa produtora, precipitadora. Os organizados participantes da festa, farfalhando e luzindo, com imponentes movimentos de trem, brilhos de estrela e tilintar de espada, e no entanto, apesar de tudo isso, tão imperfeitamente articulados, tão vagamente vocais – a corrente dupla dos que vinham e os que iam, fluindo juntas onde ela estava, passavam por ela, roçavam nela, tratavam-na demais com uma contemplação grosseira e de vez em quando um espasmo de fala, uma mão oferecida, e até em alguns casos uma pausa desencorajada; mas ela não perdia a pose e não pedia proteção: gostava de estar, enquanto pudesse, exatamente como estava – um tanto exposta ao público, sem dúvida, em sua condição desacompanhada, mas, mesmo que isso fosse um pouco ousado, despreocupada com os reflexos estranhos nos monótonos e polidos rostos de Londres, e exposta, uma vez que era uma questão de exposição, a reconhecimentos muito mais competentes sobre si própria. Esperava que ninguém parasse – estava certamente contendo-se; era sua ideia marcar de modo específico a importância de algo que tinha acabado de acontecer. Sabia como deveria marcá-la, e o que estava fazendo ali já era um início.

Portanto, quando, de seu ponto de vista, viu o príncipe voltar, teve uma impressão de todo o local como sendo mais elevado, mais amplo e mais indicado para grandes momentos; com sua cúpula de lustres erguidos, suas subidas e descidas mais majestosas, com seus balcões de mármore projetando-se de modo mais vívido, o grande número de figuras da realeza, estrangeiras e domésticas, mais inauditas, com o simbolismo de hospitalidade de "Estado" mais enfatizado e refinado. Sem dúvida isto era em grande parte consequência de uma causa bastante familiar, uma considerável agitação interna ter brotado com a mera visão, por mais marcante que pudesse ser, de Amerigo numa multidão; mas ela possuía seus motivos, segurava-os ali, na verdade os carregava, responsável e abertamente, como carregava a cabeça, a alta tiara, o leque fechado, a eminência indiferente, desacompanhada; e foi quando ele a alcançou e ela pôde, pegando o seu braço, mostrar-se colocada em sua relação, que Charlotte se sentiu supremamente justificada. Ela achava, claro, que dava um vislumbre de apenas alguns de seus motivos para essa discriminação – de fato apenas da mais evidente; no entanto estaria quase esperando que adivinhassem como retirava inspiração, apoio, em quantidade suficiente para quase tudo, do valor individual que, através de toda a imagem, o genro de seu marido mantinha para o olhar, obtendo-o de seu belo modo inconsciente na grande agitação social, de brilhar mais que todos, olhar acima de todos, pairar acima de todos. Era como se na separação, mesmo na mais curta, ela se esquecesse ou duvidasse de como ele afetava sua visão, de modo que o reaparecimento tinha, nele, a cada vez, uma virtude própria – uma espécie de intensidade desproporcionada sugerindo sua conexão com forças ocultas de renovação. O que o príncipe fazia quando estava longe dela que o fazia sempre voltar apenas parecendo, como ela diria, "ainda mais"? Superior a qualquer sombra de *cabotinage*,* mesmo assim ele quase parecia um ator que, entre seus momentos no palco, revisita o camarim e, diante do espelho, pressio-

*Tendência a atrair ou tentar atrair sobre si as atenções.

nado pela necessidade de causar efeito, retoca a maquiagem. No momento o príncipe era, por exemplo, apesar de tê-la deixado há apenas dez minutos, ainda mais do que naquele momento, a pessoa com quem lhe agradava estar – uma verdade que tinha toda a força para Charlotte enquanto ele cuidava dela para a volta conspícua, juntos, aos cômodos do andar de cima. Conspícuo além de qualquer desejo que eles pudessem ter era, pobre homem maravilhoso, que ele não podia deixar de fazer isso; e quando, na subida, ela ergueu os olhos outra vez para Bob Assingham, ainda no alto em sua galeria e ainda olhando-a, Charlotte teve consciência de que, apesar das vozes internas que pairavam e alertavam, até mesmo gostava do testemunho dado pela vigília solitária do coronel ao lustre que ela refletia.

Ele ficava sempre solitário nas grandes festas, o caro coronel – não era nesses lugares que ele colhia a semente que plantava em casa; mas ninguém pareceria importar-se menos, enfrentar isso com indiferença mais rija; de modo tão notável que ele se movia menos como um dos convidados do que como alguma pessoa bastante apresentável encarregada dos arranjos policiais ou da luz elétrica. Para a Sra. Verver, como será visto, ele representava, com a boa-fé de sua aparente inexpressividade, algo bastante definido; ainda que a coragem dela não fosse prejudicada por sentir-se chamando-o a testemunhar que a única feitiçaria que seu companheiro usara, naqueles poucos minutos, fora a de levar Maggie, que se retirara da cena, para a sua carruagem. Notificada, de qualquer modo, da provável presença de Fanny, Charlotte estava, durante um tempo, dividida entre o sentimento daquilo como um fato a ser reconhecido e enfrentado, o que era uma percepção que pedia, em seu grau, a prudência, a pusilanimidade do adiamento, da evitação –, e um sentimento bem diferente, uma impaciência que no momento terminou prevalecendo, uma ansiedade por *ser* suspeitada, sondada, verdadeiramente avaliada, nem que fosse para que tivesse o mau momento encerrado, nem que fosse para que pudesse provar a si mesma, se não também para a Sra. Assingham, que poderia converter isso para o bem; nem que fosse, resumindo, para estar "resolvida", como dizem, com sua questão. Para ela própria, particularmente, isso não era uma questão, mas algo em seu íntimo lhe disse que Fanny iria tratá-la como tal, e realmente não havia o que ela decentemente não pudesse receber dessa amiga. Poderia devolver as coisas com toda precaução gentil, com reconhecimentos e tranquilizações, mas devia a eles, de qualquer modo, e devia a tudo que a Sra. Assingham fizera por ela, não se livrar delas sem tê-las desembrulhado e revirado.

Esta noite, por acaso – e ela reconhecia cada vez mais, com os minutos que passavam, como uma influência de tudo que havia nela –, exatamente esta noite ela iria, sem dúvida, uma vez que sabia por que, ser de novo, a qualquer momento, tão firme quanto poderia esperar para passar por esse processo com o humor e o tom adequados. Depois de um tempo, disse ao príncipe:

– Fiques comigo; não deixes ninguém falar contigo; porque eu quero que ela, sim, eu realmente quero que ela nos veja juntos, e quanto antes melhor – disse isso para manter a mão sobre ele em meio a distrações constantes, e o fez, de fato, ao dizer isso, professar uma incerteza momentânea. Teve de explicar que era Fanny Assingham que ela desejava que os visse; que claramente estaria ali, uma vez que o coronel jamais sequer se mexia sem ela ou, uma vez que chegava, se preocupava com o destino dela; depois de Amerigo perguntar:

– Ver-nos juntos? Por quê? Ela não nos viu juntos frequentemente?

Para informar a ele que o que acontecera em outro lugar e outro tempo não importava agora e que ela, de qualquer modo, sabia bem o que estava fazendo.

– Tu és estranha, *cara mia* – soltou ele em tom aprovador; mas independentemente de qualquer estranheza ele a impediu, enquanto circulavam, de ser abordada, até mesmo observando de novo, como fizera frequentemente antes, a respeito da ajuda prestada, em tais situações, pela estranheza intrínseca da "turba" de Londres, um redemoinho vago, lento, sem sentido, revirando-se como se temesse alguma ameaça de conversação suspensa acima, cuja queda, com algum consequente alívio revigorante, jamais acontecia. Claro que ela era estranha; isto Charlotte sabia por si mesma: como poderia ser qualquer outra coisa quando a situação que a mantinha, e que *o* mantinha, por sinal, tinha o selo da estranheza? Ela já aceitara sua consciência, como já notamos, de que uma crise, para todos eles, estava no ar; e quando essas horas não eram deprimentes, forma na qual ela principalmente as conhecera, elas aparentemente ficavam num alto grau de animação.

Mais tarde, num canto aonde, ao ver um sofá vazio, a Sra. Assingham, depois de uma única parada atenciosa, a havia levado com certa seriedade, essa visão da situação crítica foi muito mais aguçada do que turvada. Fanny ficara sabendo com ela: sim, Charlotte estava ali com Amerigo sozinha, Maggie viera com eles e depois, em dez minutos, mudara de ideia, arrependera-se e partira.

– Então vocês estão juntos sem ela? – perguntara a mulher; e foi a resposta de Charlotte a isso que determinara, para as duas, e na verdade segundo a expectativa da última, a necessidade de alguma reclusão e a indicação do sofá por parte da amiga. Eles tinham ficado sozinhos, e – ah, claramente! – fora sozinha que Maggie tinha ido embora, uma vez que o pai, como acontecia usualmente, não pudera vir.

– "Como acontecia usualmente"? – A Sra. Assingham pareceu pensar; uma vez que, ela revelou, até então as relutâncias do Sr. Verver não haviam chamado sua atenção. Charlotte respondeu, de qualquer modo, que a indisposição dele para sair aumentara muito ultimamente – ainda que esta noite, como admitiu, seu marido dissera não estar se sentindo bem. Maggie desejara ficar com ele – uma vez que o príncipe e ela, tendo jantado fora, mais tarde tinham ido a Portland Place, de onde haviam trazido Charlotte. Maggie viera apenas para fazer a vontade do pai – tinha insistido que os outros dois fossem sem ela; depois havia cedido, por um tempo, à persuasão do Sr. Verver. Mas aqui, quando, depois da longa espera na carruagem, tinha praticamente acabado de chegar; aqui, uma vez que chegou à escada, com os salões diante deles, o remorso terminara por dominá-la: não quisera ouvir qualquer argumento, e portanto neste instante, como disse Charlotte, sem dúvida os dois deveriam estar fazendo uma festinha em casa. Mas tudo bem – foi o que Charlotte também disse: não havia nada no mundo que eles mais apreciassem do que essas felicidades roubadas, as festinhas, as longas conversas, dizendo "Eu te vejo amanhã" e "Não, eu vejo *o senhor* amanhã", como supostas renovações da vida antiga. Às vezes aqueles seres queridos pareciam crianças, pareciam crianças brincando de se visitar, brincando de "Sr. Thompson" e "Sra. Fane", cada qual esperando que o outro realmente ficasse para o chá. Charlotte tinha certeza de que encontraria Maggie em casa, quando chegasse – uma observação na qual culminara a resposta imediata da Sra. Verver à pergunta da amiga. Assim, no ato, ela sentiu que lhe dera bastante em que pensar, e sentiu que gostava ainda mais de ver isso do que esperava. A própria Charlotte tinha muito em que pensar, e já havia em Fanny algo que fazia isso ainda mais aparente.

– Tu disseste que teu marido está adoentado? Estava doente demais para vir?

– Não, minha cara, acho que não. Se ele estivesse doente demais, eu não o teria deixado.

– E mesmo assim Maggie ficou preocupada?

– Tu sabes, ela se preocupa facilmente. Ela está com medo da influenza, que ele já contraiu várias vezes, ainda que jamais com a menor gravidade.

– Mas não tens medo?

Charlotte fez uma pausa; continuara a perceber que "expor" sua situação, como diziam, com a pessoa no mundo a quem suas dificuldades mais íntimas frequentemente haviam sido reveladas, ajudaria, no todo, mais do que prejudicaria; e com esse sentimento *toda* a sua oportunidade, sem nada para segurá-la, talvez com uma ou duas coisas até mesmo empurrando para a frente, parecia abrir-se tentadoramente. Além disso, será que no fundo Fanny não esperava, absolutamente no fundo será que não *queria* coisas? – de modo que ficaria desapontada se, depois do que devia ter-lhe acabado de ocorrer, ela não conseguisse algo para pôr entre os dentes de sua ruminação tão inquieta, aquele cultivo do medo, do qual nossa jovem já tivera vislumbres, de que poderia ter ido "longe demais" em seu irreprimível interesse por outras vidas? O que acabara de acontecer – a coisa se encaixava para Charlotte – era que o casal Assingham, à deriva como todas as outras pessoas, tivera alguma coisa na galeria, nos cômodos, uma concussão acidental; tivera isso após o coronel, em sua balaustrada, ter observado, à favorável luz vinda do alto, o encontro público entre ela e o príncipe. A própria secura dele, nesse encontro, provocara, como sempre, uma fagulha na curiosidade de sua esposa, e, familiarizado, por seu lado, com tudo que ela via nas coisas, ele havia jogado para ela, como um ossinho fino, algum relatório sobre o modo como um de seus jovens amigos estava "saindo" com o outro. Ele sabia perfeitamente – pelo menos era essa a suposição liberal de Charlotte – que ela não estava saindo com ninguém, mas também sabia que, dadas as circunstâncias, seria inevitavelmente sacrificada, de uma forma ou de outra, ao bem-humorado intercurso do casal inimitável. Enquanto isso o príncipe também, sob coação, a havia sacrificado; o embaixador havia chegado junto a ele com uma mensagem da realeza, para quem ele foi levado; depois disso ela havia conversado durante cinco minutos com *Sir* John Brinder, que estivera na companhia do embaixador e que ingenuamente ficou com ela. Então Fanny havia surgido à vista deles no mesmo momento em que chegava outra pessoa que ela não conhecia, alguém que conhecia a Sra. Assingham e também conhecia *Sir* John. Charlotte deixara para a competência da amiga colocar os dois imediatamente juntos e encontrar um modo de levá-la a um local mais isolado. Esta foi a pequena história da visão, nela, que agora estava rapidamente ajudando-a a reconhecer uma chance preciosa, a chance que provavelmente mais tarde não seria tão boa para levantar vividamente um ponto de vista. Ela o havia alcançado praticamente sozinha; ninguém, nem mesmo Amerigo – menos que todos Amerigo, que nada teria a ver com isso – lhe dera ajuda. Enfatizá-lo agora para Fanny Assingham iria levá-la mais longe, na direção de onde a luz surgira, do que qualquer outra mola que ela poderia, pelo menos durante um tempo, pressionar. Assim sua oportunidade, depois de alguns minutos da expressão quase imprudentemente interessada do rosto da Sra. Assingham, positivamente adquirira tal preço para Charlotte que ela poderia, para nós, enquanto a intensidade durou, lembrar uma pessoa segurando um espelho com o braço esticado e consultando-o com um movimento especial da cabeça. Era, numa palavra, com esse valor de seu acaso que ela estava inteligentemente brincando quando disse em resposta à última pergunta de Fanny:

– Não te lembras do que me contaste no outro dia? Que acreditas que eu não tenho medo de nada? Então, minha cara, não perguntes.

– Não posso perguntar como está a situação com teu pobre marido? – retrucou a Sra. Assingham.

– Certamente, minha cara. Só que, quando perguntas como se eu talvez não soubesse o que pensar, parece-me melhor deixar claro que sei exatamente o que penso.

A Sra. Assingham hesitou; depois, piscando um pouco, assumiu seu risco:

– Tu não achaste que, se era questão de alguém voltar para ficar com ele, seria melhor que tu tivesses ido?

Ora, a resposta de Charlotte a essa pergunta visivelmente se moldava no interesse das mais altas considerações. As mais altas considerações eram o bom humor, a honestidade, a clareza e, obviamente, a verdade *real*.

– Seria muito melhor se não pudéssemos ser perfeitamente francas e estimadas uma com a outra, não seria? Não falaríamos de nada; o que, entretanto, seria pavoroso; e de qualquer modo nós certamente ainda não chegamos a isso. Podes me perguntar o que quiseres, por que, não vês?, tu não podes me perturbar.

– Tenho certeza, cara Charlotte – riu Fanny Assingham –, de que não quero perturbá-la.

– Na verdade, meu amor, tu simplesmente *não poderias*, mesmo que achasses necessário; é só isso que quero dizer. Ninguém poderia, porque faz parte da minha situação eu estar, não por mérito meu, simplesmente firme, tão firme quanto um alfinete enfiado até a cabeça numa almofada. Estou situada; não posso imaginar alguém *mais* situada. Aí estou eu!

Realmente Fanny jamais ouvira uma ênfase aplicada com mais firmeza, e isso trouxe aos seus olhos, ainda que ela tivesse motivos para tentar mantê-los longe de traições, uma espécie de ansiedade da inteligência.

– Imagino que sim. Mas a declaração de tua posição, independentemente de como a vejas, não é resposta à minha pergunta. Confesso que parece, ao mesmo tempo, dar apenas mais motivo para ela.

Tu falas em ser "franca". Como poderíamos ser outra coisa? Se Maggie acabou achando inquietante demais ficar, e se estava disposta a deixar-te aparecer aqui com o marido dela, as bases de sua preocupação não são mais ou menos discutíveis?

– Se não são – respondeu Charlotte – é apenas por serem, de certo modo, evidentes demais. Não eram motivos para mim; não eram quando aceitei a opinião de Adam de que deveria vir aqui esta noite sem ele: assim como aceito, absolutamente, como regra estabelecida, *todas* as opiniões dele. Mas isso não altera o fato, claro, de que a filha do meu marido, mais do que a esposa dele, devesse sentir que *ela* poderia, afinal de contas, ser quem ficaria com ele, ser quem faria o sacrifício desta hora – vendo, especialmente, que a filha tem um marido próprio em campo. – Com isso ela produziu sua suposta explicação. – Eu simplesmente tenho de ver a verdade, ver que Maggie pensa mais, no todo, em pais do que em maridos. E minha situação é tal que isso se torna imediatamente, não entendes?, uma coisa com a qual tenho de contar.

A Sra. Assingham, vagamente arfando, ofegando um pouquinho mas tentando não demonstrar, virou-se no assento, impulsionada por alguma mola interior.

– Se queres dizer que ela não adora o príncipe...!

– Não digo que não o adora. O que digo é que ela não pensa nele. Uma dessas condições nem sempre envolve a outra em todos os sentidos. É simplesmente *assim* que ela o adora. E afinal que motivo há para que ele e eu, como dizes, nos mostremos juntos? Nós já nos mostramos juntos, minha cara – ela sorriu –, antes.

A amiga, durante algum tempo, apenas a encarou – falando em seguida de modo abrupto:

– Tu deverias ser absolutamente feliz. Vives com pessoas tão *boas*!

O efeito disso, também, foi uma pausa da parte de Charlotte; cujo rosto, entretanto, com toda sua radiância bela e ligeiramente dura, iluminara-se no instante seguinte por causa disso.

– Será que sempre colocamos em palavras algo tão presunçosamente temerário? É uma coisa que deve ser dita, pela prudência, *para* nós, por alguém que seja bom a ponto de assumir a responsabilidade:

ainda mais porque sempre nos dá a chance de mostrar nossos melhores modos não se contradizendo. Certamente tu nunca terás a perturbação, ou qualquer coisa do tipo, de me ouvir reclamar.

– Verdade, minha cara, espero com toda consciência que isso não ocorra! – E o espírito da mulher mais velha encontrou alívio num riso mais ressoante do que seria aconselhável pela busca de privacidade.

Diante dessa demonstração sua amiga não cedeu.

– Com toda a nossa ausência após o casamento, e com a separação produzida em particular pelos muitos meses que passamos na América, Maggie ainda tem coisas em atraso, ainda tem perdas para compensar; ainda tem necessidade de mostrar como, durante tanto tempo, simplesmente sentiu falta dele. Sentiu falta de sua companhia, que em grande parte, apesar de tudo o mais, é a primeira necessidade dela. De modo que compensa sempre que pode: um pouco aqui, um pouco ali, e isso termina somando uma quantidade considerável. O fato de estarmos estabelecidos separadamente, que por sinal tem tudo a favor – apressou-se Charlotte a declarar –, faz com que na verdade ela o veja mais do que quando moravam na mesma casa. Para certificar-se de que isso não deixe de acontecer, ela está sempre tramando, coisa que não tinha de fazer enquanto viviam juntos. Mas ela gosta de tramar – prosseguiu Charlotte com firmeza. – Isso combina peculiarmente com ela; e o resultado de nossos lares separados é na verdade, para eles, mais contato e mais intimidade. Esta noite, por exemplo, foi praticamente um arranjo. Ela prefere ficar sozinha com ele. E é desse modo que ele *a* prefere. Portanto é isso que eu quis dizer com "situada". E a grande importância, como eles dizem, é "conhecer" o nosso lugar. Tudo isso não lhe parece um modo de situar o príncipe também?

Nesse momento Fanny Assingham teve a sensação de um grande prato cheio apresentado à sua inteligência e convidando-a a um festim – tão densas eram as notas de intenção nesse discurso notável. Mas também sentiu que pegar ao acaso, servir-se com liberdade demais, tenderia – além de nesse momento não haver tempo para isso – a afastar a mão que oferecia, confundir a arrumação do prato e, falando mais vulgarmente, fazer uma bagunça. Ela pegou, depois de pensar bem, uma ameixa solitária.

– Tão situada a ponto de *tu* precisares tramar?

– Certamente tenho de tramar.

– E o príncipe também... o efeito nele é o mesmo?

– Acho que sim, nada menos do que isso.

– E ele trama – perguntou a Sra. Assingham – para compensar as coisas que tem em atraso? – A pergunta viera aos seus lábios, era como se outro petisco, no prato, a houvesse tentado. O som tocou seus próprios ouvidos, imediatamente, como revelando mais de seus pensamentos do que ela pretendera; mas viu rapidamente que deveria prosseguir, à custa de qualquer risco, com simplicidade, e que o mais simples era a tranquilidade da ousadia. – Quero dizer, compensá-las procurando-*te*?

Mas Charlotte respondeu sem mover um fio de cabelo, como teria dito sua amiga. Balançou a cabeça, mas foi um gesto lindamente suave.

– Ele nunca me procura.

– Ah! – disse Fanny Assingham: com o que sentiu-se meio estúpida.

– Aí está. Ele poderia muito bem, tu sabes, fazer de outro modo.

– "De outro modo"? – e Fanny ainda foi vaga.

Dessa vez isso passou para a companheira, cujos olhos, vagando até uma distância, viram-se atraídos. O príncipe estava de novo à mão; o embaixador ainda se encontrava ao seu lado; eles foram parados um momento por um personagem de uniforme, um homenzinho idoso, aparentemente da maior patente militar, reluzindo de medalhas e ordens. Isso deu a Charlotte o tempo para prosseguir:

– "De outro modo"... sim. Ele trama de outro modo. E na minha posição eu poderia fazer o mesmo. É absurdo demais que não devamos nos encontrar.

– Vocês se encontraram, pelo que vejo, esta noite.

– Sim, na medida do possível. Mas o que quero dizer é que eu posso, por mais situados que nós dois estejamos, ir procurá-*lo*.

– E tu vais? – perguntou Fanny com uma solenidade quase equivocada.

A percepção desse excesso fez Charlotte, fosse por gravidade ou ironia, suspender o fogo por um minuto.

– Eu *fui*. Mas isso não é nada em si, e só te conto para mostrar como funciona nossa situação. A coisa se tornou essencialmente uma situação, para nós dois. Mas a situação do príncipe é dele, eu só pretendo falar da minha.

– A tua situação é perfeita – declarou a Sra. Assingham.

– Não digo que não seja. Vista em termos gerais, acho que é. E, como digo, eu não reclamo dela. A única coisa é que preciso agir como me é exigido.

– "Agir"? – perguntou a Sra. Assingham com um tremor irreprimível.

– Não é uma ação, minha cara, aceitar? Eu aceito. O que queres que eu faça a menos?

– Quero que acredites que és uma pessoa muito afortunada.

– Tu chamas isso de *menos*? – perguntou Charlotte com um sorriso. – Do ponto de vista da minha liberdade, eu chamo de mais. Deixe que minha posição assuma qualquer nome que tu queiras.

– Não a deixes, de qualquer modo – e a impaciência da Sra. Assingham prevaleceu finalmente sobre sua presença de espírito –, não a deixes fazer-te considerar demais a tua liberdade.

– Não sei o que chamas de demais, pois como posso não vê-la como ela é? Tu verias a tua rapidamente se o coronel te desse a mesma liberdade; e não preciso dizer, com teu conhecimento muito maior de tudo, o que é que mais dá essa liberdade. Uma vez que tu, pessoalmente, claro, tu só conheces o estado de não precisar nem mesmo sentir falta dela. Teu marido não te trata como tendo menos importância do que alguma outra mulher.

– Ah, não me fale de outras mulheres! – agora Fanny ofegava visivelmente. – Tu dizes que o interesse perfeitamente natural do Sr. Verver pela filha...?

– É o maior afeto do qual ele é capaz? – Charlotte tomou as rédeas com toda prontidão. – Digo claramente, e apesar de ter feito tudo em que pude pensar para torná-lo capaz de algo maior. Fiz, seriamente, tudo que pude. Depois de um mês transformei isso em meu estudo. Mas não tive sucesso; percebi nitidamente esta noite. Entretanto esperei acima de tudo, uma vez que reconheço que, como te disse na época, fui devidamente alertada. – E então ela encontrou no rosto da amiga a ausência de tal lembrança: – Ele me disse que me queria *porque* eu poderia ser útil para Maggie. – Com o que Charlotte abriu um sorriso maravilhoso. – Então tu vês o que eu *sou*!

Os lábios de Fanny Assingham estavam para responder por um momento que isso era, pelo contrário, exatamente o que ela não via; na verdade chegou praticamente a dizer: "Tu me pareces ter fracassado em ajudar a ideia dele a dar certo; uma vez que, segundo teu relato, Maggie não o tem menos, e sim muito mais, em sua mente. Como, com tamanha quantidade de tal remédio, pode permanecer tanto do que deveria ser curado?" Mas se conteve a tempo, consciente acima de tudo de que estava na presença de coisas ainda mais profundas do que ousara sentir, de que havia "mais naquilo" do que representava qualquer aquiescência que ela fizera – e ela era familiarizada com aquiescências: de modo que, para não parecer que entendia o que não podia aceitar, e para não parecer que aceitava o que não podia aprovar, e que podia ainda menos, com precipitação, aconselhar, invocou a mera aparência de não acrescentar qualquer peso à balança da coerência de sua jovem amiga. A única coisa era que, como sentiria depressa, invocou isso excessivamente. A invocação levou-a abruptamente demais a ficar de pé. Deixou tudo de lado.

– Não posso conceber, minha cara, do que estás falando!

Charlotte levantou-se de imediato, aparentemente, para enfrentar isso, e sua cor, pela primeira vez, intensificou-se de modo perceptível. Por um momento ficou como a amiga – como se vinte protestos, cada um bloqueando o caminho do outro, tivessem surgido dentro de si. Mas quando Charlotte precisava fazer uma escolha, sua escolha era sempre a mais eficaz possível. Foi uma escolha feliz agora, acima de tudo, por ter sido feita não com raiva, mas com tristeza.

– Então tu desistes de mim?

– Desisto de ti...?

– Tu me abandonas na hora da vida em que me parece que mais preciso da lealdade de uma amiga? Se fizeres isto não és justa, Fanny; acho que chegas a ser até cruel; e não parece digno de ti parecer que desejas uma desavença comigo para encobrir tua deserção.

Ela falava, ao mesmo tempo, com a mais nobre moderação de tom, e a imagem de desapontamento elevado, pálido, iluminado que apresentava enquanto isso, como de uma criatura paciente e solitária em seu esplendor, era uma impressão tão firmemente imposta que ela era capaz de encher sua taça até a borda e ainda assim desfrutar da última palavra, como se diz nesses casos, com perfeição desprovida de qualquer vulgaridade ou triunfo. Meramente completou, em nome da verdade, sua demonstração:

– O que é uma desavença comigo senão uma desavença com meu direito de reconhecer as condições de minha barganha? Mas posso prosseguir com elas sozinha – disse enquanto se virava. Ela se virou para encontrar o embaixador e o príncipe, que, tendo terminado o colóquio com o marechal de campo, estavam perto agora e, ela notou, já haviam-lhe dirigido uma observação que não conseguiu penetrar o brilho dourado em que sua inteligência foi temporariamente banhada. Ela dissera o que queria, o que previra que deveria dizer; dissera totalmente e de uma vez por todas, de modo que nada mais era necessário; e seu sucesso estava refletido no rosto dos dois distintos homens à sua frente, inconfundivelmente levados à admiração por seu bicho excepcional. A princípio ela apenas olhou esse reflexo, não se incomodando com qualquer forma menos adequada do mesmo possivelmente representada pela pobre Fanny – a pobre Fanny deixada para olhar sua "pontuação" marcada em tão poucos riscos de giz na parede; em seguida percebeu o que o embaixador estava dizendo em francês, o que ele estava aparentemente repetindo.

– Um desejo de sua presença, madame, foi expresso *en très-haut lieu*, e eu me apresentei à responsabilidade, para não dizer à honra, de ver, como o mais respeitoso de seus amigos, que uma impaciência tão augusta não seja mantida à espera.

Resumindo: o maior personagem possível, segundo a estranha fórmula das sociedades sujeitas aos maiores personagens possíveis, "mandara chamá-la", e ela perguntou, surpresa:

– Mas o que ele quer comigo? – só para saber, sem olhar, que o pasmo de Fanny fora chamado a uma aplicação ainda maior, e para ouvir o príncipe dizer com autoridade, de fato com certa secura brusca:

– Tu deves ir imediatamente: é uma convocação.

O embaixador, também usando de autoridade, já tomara posse de sua mão, que ele enfiou no braço, e enquanto seguiam ela ficou mais consciente de que, ainda falando em seu favor, Amerigo havia se virado para Fanny Assingham. Ele explicaria mais tarde – depois do que ela entenderia por si mesma. Mas para Fanny ele havia rido – como uma marca, aparentemente, de que para essa amiga infalível nenhuma explicação era necessária.

2

Deve ser registrado, mesmo assim, que o príncipe veria no momento seguinte quão pouco qualquer dessas suposições tinha fundamento. Agora sozinha com ele a Sra. Assingham foi incorruptível.

– Eles *te* mandaram buscar Charlotte?

– Não, minha cara; como vês, mandaram o embaixador.

– Ah, mas no último quarto de hora tu e o embaixador significaram para eles apenas uma pessoa. Ele é o *teu* embaixador. – Deve-se mencionar ainda que, quanto mais Fanny observava, mais via. – Eles a ligaram a ti, ela é tratada como um apêndice teu.

– Ah, meu "apêndice" – exclamou o príncipe em tom divertido. – *Cara mia*, que palavra! Ela é tratada, digamos, como meu ornamento e minha glória. E é um caso tão notável para uma sogra que tu certamente não podes encontrar qualquer defeito no mesmo.

– Parece-me que tens ornamentos suficientes, como certamente tens glórias suficientes, sem ela. E ela não é sequer um pouquinho sua sogra. Numa questão dessas um grau de diferença é uma coisa enorme. Charlotte não tem qualquer parentesco contigo, e se nas altas-rodas ela for conhecida como alguém que anda contigo, então... então...! – mas a Sra. Assingham não conseguiu continuar, como se por uma positiva intensidade de visão.

– Então, então o quê? – perguntou ele com perfeito bom humor.

– Num caso desses seria melhor que ela não fosse conhecida em absoluto.

– Mas eu garanto que nunca sequer a mencionei. Tu supões que eu perguntei – indagou o rapaz, ainda divertido – se eles não queriam vê-la? Certamente não precisas que te mostrem que Charlotte fala por si, que acima de tudo faz isso em ocasiões como estas, e com a aparência que ela tem esta noite. Como, desse jeito, ela poderia passar despercebida? Como pode não fazer "sucesso"? Além do mais – acrescentou o príncipe, como se a amiga quisesse ver como ele diria isso –, além do mais, *há* sempre o fato de que nós temos a mesma conexão, o... como é a palavra que você usa?, o mesmo "envolvimento". Certamente não somos, com relação a nossos respectivos *sposi*, simples conhecidos formais. Estamos no mesmo barco – e o príncipe sorriu com uma sinceridade que acentuou sua ênfase.

Fanny Assingham estava farta do significado especial nos modos dele: isso a fez se virar, procurando um momento de refúgio, para um canto de sua consciência em que podia dizer a si mesma que *ela* era feliz por não estar apaixonada por um homem daqueles. Como acontecera diante de Charlotte pouco antes, estava embaraçada pela diferença entre o que percebia e o que podia dizer, entre o que sentia e o que podia demonstrar.

– Apenas me parece de grande importância, agora que todos vocês estão mais estabelecidos aqui, que Charlotte seja conhecida, para qualquer apresentação ou qualquer outra circulação, como esposa do marido dela; e conhecida no menor grau possível como qualquer outra coisa. Não sei o que queres dizer com o "mesmo" barco. Charlotte, naturalmente, está no barco do Sr. Verver.

– E, por favor, *eu* também não estou no barco do Sr. Verver? Por que, se não pelo barco do Sr. Verver, eu estaria neste momento indo – e seu rápido gesto italiano, um movimento expressivo do indicador, apontou para profundidades maiores – tão fundo, fundo, fundo? – Obviamente ela sabia o que ele queria dizer, como fora necessária a grande fortuna de seu sogro, e não apenas um pedaço pequeno dela, para rodeá-lo com um elemento no qual, tão fatalmente pesado quanto era originalmente, ele pudesse flutuar em termos pecuniários; e com esta lembrança outras coisas lhe vieram – como era estranho que, admitindo seu mérito, algumas pessoas pudessem ser tão extraordinariamente valorizadas, cotadas, como dizem, no mercado de valores, e como ainda era estranho, talvez, que houvesse casos em que, por algum motivo, não nos importássemos com a ausência tão frequentemente nítida, neles, do objetivo de realmente representar seu preço. Ela estava pensando, de qualquer modo sentindo, por si mesma; estava pensando que o prazer que *ela* podia obter com esse espécime da classe não sofria com o consentimento, da parte dele, em simplesmente ficar alegre: em parte porque era um daqueles prazeres (ele os inspirava) que, por sua natureza, *não podiam* sofrer, diante de qualquer prova à qual fossem postos; e em parte porque, além disso, ele afinal de contas tinha visivelmente na consciência o mesmo tipo de retorno pelos serviços prestados. O príncipe seguramente significava um gasto gigantesco – mas até agora ela tivera a convicção de que a ideia dele era se comportar de modo suficientemente belo para tornar a beleza quase um equivalente. E que Amerigo levara adiante sua ideia, levara-a adiante continuando a viver a vida, a respirar o ar, praticamente a pensar os pensamentos que melhor serviam à sua esposa e ao sogro – isto, até ultimamente, ela tivera o conforto de perceber de maneira distinta a ponto de ser levada mais de uma vez a expressar a felicidade que lhe dava. Ele tinha isso a seu favor, contra outras questões; mas também a desencorajava, e de modo bastante estranho, o fato de ele continuar se movendo assim, e de poder lhe mostrar que se movia, sobre o terreno firme da verdade. O reconhecimento da obrigação por parte do príncipe estava longe de ser desimportante, mas ela podia sentir no modo como ele se apegava ao real uma espécie de sugestão agourenta. A sugestão pareceu espiá-la inclusive na palavra seguinte do príncipe, por mais levemente que ele a tenha pronunciado.

– Não é como se Charlotte e eu tivéssemos, por nos unir, um benfeitor comum? – E o efeito, para a interlocutora, seria aprofundado ainda mais. – De algum modo sinto, na metade do tempo, como se ele fosse o sogro *dela* também. É como se ele tivesse nos salvado; coisa que é um fato em nossas vidas, ou pelo menos em nossos corações, a ponto de significar um elo. Não te lembras de como, no dia em que ela te procurou, logo antes do meu casamento, nós falamos com tanta franqueza e diversão, na presença dela, sobre como lhe era aconselhável um bom casamento? – E então como o rosto da amiga, em seu extremo, praticamente como acontecera na conversa com Charlotte, apenas continuasse a acenar a bandeira negra do repúdio geral: – Bom, então nós realmente começamos, parece-me, a trabalhar para colocá-la onde ela está. Estávamos totalmente certos; e ela também. O sucesso da coisa mostra que *era* exatamente isso. Nós recomendamos um bom casamento a quase qualquer preço, por assim dizer, e, aceitando nossa palavra, ela teve o melhor de todos. Era exatamente isso que queríamos dizer, não era? Apenas algo absolutamente bom, coisa que ela conseguiu. Parece-me que seria difícil conseguir algo melhor, admitindo que o caminho possa ser trilhado. Claro que se não admitires *isso*, o caso é outro. A compensação dela é uma certa liberdade decente. Com a qual, pelo que julgo, ela estará bem satisfeita. Podes dizer que será muito bom da parte dela, mas ela me parece perfeitamente humilde a respeito disso. Ela não se propõe a alardear nem a usá-la com qualquer tipo de *retentissement*.* Ela desfrutaria dessa liberdade, penso eu, tão silenciosamente quanto possível. O "barco", veja bem – explicou o príncipe de modo não menos considerado e lúcido –, está bem amarrado no cais, ou ancorado, se quiseres, no meio do rio. Eu preciso pular para fora de tempos em tempos para esticar as pernas, e tu provavelmente perceberás, se deres atenção, que ocasionalmente Charlotte não consegue deixar de fazer o mesmo. Algumas vezes nem mesmo é uma questão de irmos ao cais, só precisamos dar um mergulho e espadanar na água. Chame a nossa permanência aqui esta noite, chame o acidente de eu tê-los colocado, ter colocado nossos ilustres amigos ali, na trilha de minha companheira – uma vez que eu te garanto que isso é resultado prático de nossa combinação –, chame a coisa toda de um dos pequenos mergulhos inofensivos para fora do convés que nos são inevitáveis. Por que não tomá-los, quando ocorrem, *como* inevitáveis? E, acima de tudo, como

*Repercussão.

algo que não põe em perigo a vida ou um membro do corpo? Nós não vamos nos afogar, não vamos afundar; pelo menos posso responder por mim. Além disso, é visível que a Sra. Verver também, façamos-lhe justiça, sabe nadar.

Ele pôde prosseguir facilmente, porque ela não o interrompeu; agora Fanny sentia que não o teria interrompido por nada. Achava sua eloquência preciosa; não havia nela sequer uma gota que a Sra. Assingham não pegasse, de certo modo, para engarrafar imediatamente pensando na preservação futura. O frasco de cristal de sua atenção mais íntima recebia-a no ato, e ela possuía até mesmo a visão de como, no aconchegante laboratório de suas ilações, poderia analisá-la quimicamente. Havia momentos, certamente, ainda além deste, quando, com o encontro de seus olhos, algo ainda inominável surgia para ela no olhar dele, quando algo estranho, sutil e discrepante nas palavras de Amerigo, algo que *abria mão delas*, brilhava bem no fundo, como um apelo quase incrível à compreensão mais fina da Sra. Assingham. Como, inconcebivelmente, era isso? Não seria, como uma piscadela quintessencial, uma sugestão da possibilidade de eles *realmente* abordarem seu assunto – claro que numa ocasião melhor – e portanto, também, achá-lo muito mais interessante? Se essa distante fagulha vermelha, que poderia ter sido imaginada por sua mente como o farol de um trem se aproximando através da extensão de um túnel, não era, de seu lado, um *ignis fatuus*, um mero fenômeno subjetivo, mesmo assim tremulava ali à custa diretamente do que o príncipe estava convidando-a a entender. Enquanto isso, também, e inconfundivelmente, o verdadeiro tratamento do assunto ressoou num determinado instante. Isso aconteceu quando ele prosseguiu, com a mesma posse perfeita de seu pensamento – cujo modo ele não poderia ter melhorado –, a completar seu sorriso bem-sucedido com outro toque, na verdade exatamente o toque supremo, o toque pelo qual esse pensamento ainda agora estivera esperando.

– Para a Sra. Verver ser conhecida pelas pessoas tão intensa e exclusivamente como mulher de seu marido, falta algo que, tu sabes, eles não têm. Ele deveria ser conhecido, ou pelo menos ser visto, um pouco mais como marido de sua mulher. Sem dúvida tu mesma já deves ter visto que ele tem seus próprios hábitos e seus próprios modos de agir, e que, cada vez mais, ele faz suas próprias discriminações, como, claro, tem todo o direito de fazer. Ele é um pai tão perfeito, tão ideal e, sem dúvida, principalmente por esse mesmo fato, um sogro tão generoso, confortador, admirável, que *eu* realmente acharia desprezível me permitir criticá-lo sob qualquer ponto de vista. Para *ti*, mesmo assim, posso fazer apenas uma observação; uma vez que não és estúpida: sempre entendes abençoadamente o que queremos dizer.

Ele parou um instante, como se até mesmo essa única observação pudesse lhe ser difícil caso ela não desse qualquer sinal de encorajá-lo. Mas nada iria induzi-la a encorajá-lo; agora Fanny Assingham estava consciente de jamais na vida ter ficado tão imóvel e voltada para dentro, tão fechada; sentia-se como o cavalo do adágio, trazida – e trazida por sua própria culpa – até a água, mas firme, por enquanto, no único fato de que não poderia ser forçada a beber. Convidada, em outras palavras, a entender, prendia o fôlego por medo de mostrar que entendia, e isso pelo excelente motivo de que pelo menos estava razoavelmente com medo de entender. Ao mesmo tempo era-lhe claro que tinha certeza, antecipadamente, da observação dele; que a ouvira antes de ser dita, resumindo: que já sentia o gosto amargo que teria para a sua sensibilidade especial. Mas o companheiro, com uma necessidade própria, íntima e diferente, não foi detido por seu silêncio.

– O que eu realmente não entendo é por que, segundo o ponto de vista dele, dadas, isto é, suas condições, tão afortunadas que eram, por que ele desejou se casar.

Ali estava: exatamente o que ela sabia que viria, e exatamente, por motivos que agora pareciam martelar em seu coração, igualmente perturbador. Mas por enquanto estava decidida a não sofrer, como costumavam dizer sobre os mártires, odiosamente, desamparadamente, em público – o que só poderia ser impedido com sua saída, independentemente das consequências; tratando a discussão como encerrada e indo embora. De repente quis ir para casa – por mais que tivesse desejado, há uma ou duas horas, vir. Queria deixar para trás sua dúvida e o casal em quem esta, abruptamente, assumira forma tão nítida – mas era pavoroso ter a aparência de uma fuga desconcertada.

Sentia que a discussão tinha, em si, se tornado um perigo – tamanha era a luz, como se de fendas abertas, que ela deixara entrar; e o reconhecimento explícito do perigo era pior do que qualquer coisa. O pior na verdade veio enquanto estava pensando em como poderia se retirar e não reconhecer explicitamente. Seu rosto traíra a perturbação, e com isso ela ficou perdida.

– Mas temo – disse o príncipe – que eu, por algum motivo, a esteja perturbando, e por isso peço perdão. Nós sempre conversamos muito bem; desde o início esta foi a maior atração para mim. – Nada, como este tom, poderia ter apressado tanto o desmoronamento da Sra. Assingham. Sentia-se à mercê dele, e o príncipe mostrou saber disso, enquanto prosseguia. – Mesmo assim devemos conversar de novo, melhor do que nunca; eu dependo demais disso. Não te lembras do que te disse, tão definitivamente, na véspera do meu casamento? Que, movendo-me como estava entre coisas novas, mistérios, condições, expectativas, suposições diferentes de qualquer outra que eu havia conhecido, vi em ti, como minha patrocinadora original, minha fada-madrinha, para me ajudar a compreender. Peço que acredites que ainda te vejo assim.

A própria insistência, felizmente, a afetara no momento seguinte como sendo uma ajuda; com o que, pelo menos, ela pôde levantar a cabeça para falar.

– Ah, tu já *compreendeste*; compreendeste há muito tempo. Ou se não o fez, deveria ter feito.

– Bom, então, se eu deveria fazê-lo, este é mais um motivo para continuares a me ajudar. Porque, claramente, garanto que não compreendi. As coisas novas, ou mesmo tantas delas, ainda me são novas; os mistérios, as expectativas e as suposições ainda contêm um elemento imenso que não consegui decifrar. Como casualmente, por sorte, nós nos vimos de novo assumindo o controle juntos, deves deixar que eu te visite o mais breve possível; deves me dar uma hora boa, gentil. Se recusares – e ele se dirigiu à contínua reserva da Sra. Assingham –, sentirei que negas, com um olhar pétreo, tua responsabilidade.

Diante disso, como se numa sacudida brusca, a reserva dela se mostrou um vaso inadequado. Ela podia manter uma referência própria, particular, do peso na mente, mas o toque de outra mão o fez pesar horrivelmente.

– Ah, eu nego a responsabilidade para *contigo*. Se é que um dia a tive, terminei com ela.

Durante todo o tempo o príncipe estivera sorrindo lindamente; mas agora ela percebeu seu olhar penetrando-a mais.

– A quem então tu a confessas?

– Ah, *mio caro*, se isso é problema de alguém, é apenas meu.

Ele continuou a encará-la com firmeza.

– Então desistes de mim?

Foi isso que Charlotte lhe perguntara dez minutos antes, e isso, vindo dele praticamente do mesmo modo, fez com que ela caísse em si. Estava a ponto de responder "Você e ela combinam o que vão falar comigo?" – mas depois ficou satisfeita consigo mesma por ter se contido, ainda que sua resposta verdadeira tivesse sido pouco melhor:

– Acho que não sei o que fazer de ti.

– Deves ao menos me receber – disse ele.

– Ah, por favor, não antes que eu esteja preparada! – e, mesmo encontrando um riso ao fazê-lo, precisou dar-lhe as costas. Jamais lhe dera as costas antes, e para ela era como se estivesse com medo absoluto dele.

3

Mais tarde, quando o coche alugado havia, com a longa vociferação que atormentou sua impaciência, sido desembaraçado da fila interminável, ela entrou na noite de Londres, ao lado do marido, como se penetrasse numa escuridão protetora onde poderia se esconder e respirar. Durante a meia hora anterior ficara numa claridade implacável, golpeada, olhada embaraçosamente, parecia-lhe, pela percepção de seu equívoco. Uma vez que seu sentimento mais imediato era que, no passado, *agira* para aquelas pessoas com objetivos que agora estavam dando frutos e que ainda poderiam gerar uma colheita maior. A princípio simplesmente ficou pensando, em seu canto da carruagem: era como enterrar o rosto exposto, um rosto exposto de modo desamparado demais, no colo frio da indiferença comum, das ruas despovoadas, das lojas fechadas e das casas escuras vistas através da janela do coche, um mundo impiedosamente inconsciente e não reprovador. Este mundo não saberia cedo ou tarde, como o mundo que acabara de abandonar, o que ela fizera, ou, pelo menos, saberia apenas se a consequência final tivesse alguma publicidade avassaladora. Mas Fanny Assingham fixou essa possibilidade com tanta ênfase durante alguns instantes que o sofrimento de seu medo produziu no minuto seguinte uma reação; e quando por acaso a carruagem, ao fazer uma volta, captou o facho reto da lanterna de um policial no ato de fazer um exame inquisitivo de uma fachada do outro lado, ela se deixou encolher por ter sido assim incriminada de modo que só pôde protestar, não menos depressa, contra o mero terror cego. Este acabou se mostrando, absurdamente, um terror do qual deveria se libertar antes que pudesse avaliar de forma adequada o terreno onde estava. De fato a percepção dessa necessidade logo a ajudou; uma vez que descobriu, ao tentar, que, por mais que sua perspectiva pudesse pairar ali de modo sinistro, mesmo assim ela não era capaz de lhe dar um nome. O sentimento de ver era forte, mas a Sra. Assingham se agarrava ao conforto de não ter certeza do que via. Não saber o que aquilo representaria numa visão mais longa era uma ajuda, por sua vez, para não perceber que suas mãos estavam manchadas; uma vez que, se ela estivera na posição de causa produtora, deveria sem dúvida ser menos vaga com relação ao que produzira. Isso, além do mais, era um passo na direção de refletir que, quando nossa conexão com qualquer assunto é indireta demais para ser traçada, também pode ser descrita como pequena demais para ser deplorada. Quando estavam se aproximando de Cadogan Place ela havia reconhecido que não poderia ser tão curiosa quanto desejava sem chegar a alguma convicção de ser igualmente inocente. Mas houvera um momento, no escuro deserto de Eaton Square, em que começou a falar.

– É apenas o fato de eles estarem se defendendo muito mais do que precisam; é só *isso* que me faz pensar. É por eles terem tanto a dizer por si mesmos.

Como sempre, seu marido acendera o charuto, permanecendo aparentemente tão ocupado com ele quanto ela com a agitação interior.

– Queres dizer que isso te faz sentir que *tu* não tens nada? – Ao que, como ela não respondeu, o coronel acrescentou: – O que, afinal, supunhas que iria acontecer? O sujeito está numa posição em que não tem nada a fazer na vida.

O silêncio dela pareceu caracterizar essa declaração como superficial, e seus pensamentos, como sempre quando estava na companhia do marido, seguiam um curso independente. Ele a fazia falar, quando estavam juntos, mas como se para outra pessoa; que na maior parte das vezes era ela própria. No entanto ela se dirigia a si própria como jamais poderia fazer sem o coronel.

– Ele se comportou maravilhosamente, desde o princípio. Eu achei, o tempo todo, uma coisa extraordinária de sua parte; e mais de uma vez, quando tive chance, disse-lhe isso. Portanto, portanto...! – mas a frase morreu enquanto ela pensava.

– Portanto ele tem o direito, para variar, de saltar de alegria?

– Não é uma questão, claro – prosseguiu ela sem se distrair –, de os dois se comportarem maravilhosamente quando estão separados. É uma questão de agirem como deveriam quando estão juntos; o que é diferente.

– E então como tu achas que eles *deveriam* agir quando estão juntos? – perguntou o coronel com interesse. – Quanto menos agirem, eu diria, é melhor, se tu vês tanto nisso.

Diante disso a esposa pareceu ouvi-lo.

– Não vejo nisso o que *tu* vês. E, meu caro, não creias que é necessário ser horrendo ou baixo a respeito deles. Eles são as últimas pessoas, realmente, a fazer qualquer coisa desse tipo parecer correta.

– Certamente eu jamais sou horrendo ou baixo com relação a qualquer pessoa além de minha extravagante esposa. Consigo me relacionar com todos os nossos amigos, como os vejo: não consigo é com as figuras em que tu os transformas. E quando começas a somar teus números...! – Mas de novo ele exalou o final em fumaça.

– Minhas somas não importam quando não és tu quem vais pagar a conta. – Com o que sua meditação levou-a de novo pelo ar. – A grande coisa foi que, quando a opção surgiu tão subitamente para ela, ele não teve medo. E se estivesse com medo poderia perfeitamente ter impedido. E se eu tivesse visto que ele estava, se não tivesse visto que ele não estava, eu também poderia impedir. E – declarou – *impediria*. É totalmente verdadeiro, era uma coisa boa demais para ela, uma tremenda chance na vida, para não ser aceita. E eu *gostei* de ele não tê-la mantido fora disso apenas por medo de sua própria natureza. Era tão maravilhoso que deveria acontecer para ela. A única coisa seria se a própria Charlotte não pudesse enfrentar. Então, se *ela* não possuísse confiança, todos nós poderíamos ter falado. Mas ela possuía em grande quantidade.

– Tu lhe perguntaste quanto? – indagou pacientemente Bob Assingham.

Ele fizera a pergunta com nada mais do que sua modesta esperança usual de uma recompensa, mas dessa vez havia pressionado a mais afiada mola da resposta.

– Nunca, nunca, não havia ocasião de "perguntar". Perguntar é sugerir. É preciso decidir, o mais silenciosamente possível, a partir do que podemos julgar. E eu julgo, como digo, que Charlotte achava que podia enfrentar a situação. Pelo que na época ela me impressionou, para uma figura tão orgulhosa, como quase comovedoramente agradecida. A coisa pela qual jamais poderia perdoá-la é esquecer a quem seus agradecimentos permanecem mais devidos.

– À Sra. Assingham?

Durante um tempo ela nada disse – afinal de contas, havia alternativas.

– À própria Maggie, claro, à espantosa pequena Maggie.

– Então Maggie também é espantosa? – e ele olhou para fora, pela janela.

Sua mulher, do outro lado, projetou o mesmo olhar enquanto a carruagem prosseguia.

– Não tenho certeza de que não começo a ver mais nela do que, pessoazinha querida que sempre a considerei, jamais supus que houvesse. Não tenho certeza de que, juntando uma boa quantidade de coisas, não esteja começando a compreendê-la de modo bastante extraordinário.

– Tu certamente farás isso, se puderes – observou o coronel resignadamente.

De novo a companheira nada disse; em seguida, de novo, observou:

– Na verdade, realmente começo a sentir, Maggie é o grande conforto. Estou percebendo. Será *ela* quem nos compreenderá. Na verdade ela terá de fazer isso. E poderá.

Toque por toque, sua meditação havia completado o pensamento, mas com um efeito cumulativo na percepção geral de seu método, por parte do marido, que o fez extravasar, de modo bastante caprichoso, numa exclamação agora frequente em seus lábios pelo alívio que, especialmente em comunhões como a atual, aquilo lhe dava, e que Fanny associava ao exemplo exótico, à rudeza aborígine, mesmo assim tão deliciosa, do Sr. Verver.

– Ah, Deus, Deus!

– Mas se ela fizer isso – prosseguiu a Sra. Assingham – será bastante extraordinária, e é nisso que estou pensando. Mas não tenho muita certeza da pessoa a quem Charlotte honestamente deveria ser mais grata. Quero dizer, não tenho certeza se essa pessoa é até mesmo o pequeno idealista que a tornou sua esposa.

– Não creio que tu terias essa certeza, meu amor – respondeu o coronel com alguma presteza. – Charlotte como esposa de um incrível pequeno idealista...! – Resumindo: mais uma vez seu charuto era o único que poderia expressar o pensamento.

– Mas o que é isso, quando se pensa bem, senão o que Charlotte nos pareceu mais ou menos persuadida de que iria ser? – esta lembrança, pela visão inteira, Fanny também se viu invocando.

Isso deixou seu companheiro, de fato, ligeiramente boquiaberto.

– Uma incrível pequena idealista... a própria Charlotte?

– E ela era sincera – prosseguiu sua mulher –, ela era inconfundivelmente sincera. A questão é apenas quanto resta disso.

– E esta, pelo que vejo, é outra das perguntas que tu não podes lhe fazer. Precisas fazer tudo como se estivesses participando de um jogo com regras estabelecidas, ainda que eu não saiba quem irá punir-te se as quebrar. Ou será que terás de adivinhar em três tentativas, como num jogo de prendas numa noite de Natal? – Ao que, como a irreverência apenas ricocheteou na esposa, ele acrescentou: – Quanto de qualquer coisa restará para que possas continuar com isso?

– Eu continuarei – declarou Fanny Assingham um pouquinho carrancuda – enquanto houver uma fenda do tamanho da sua unha. Mas felizmente nós ainda não estamos reduzidos a apenas isso. – Ele fez outra pausa, segurando o fio da percepção maior em que sua visão da obrigação da Sra. Verver para com Maggie subitamente se expandira. – Mesmo se a dívida dela não fosse para com os outros, mesmo assim esta deveria bastar para que o próprio príncipe a mantivesse na linha. Uma vez que, o que, na verdade, o príncipe fez – perguntou a Sra. Assingham a si mesma – senão confiar generosamente nela? O que ele fez senão entender que se ela se sentia disposta era porque sentia-se forte? Isso cria para ela, segundo minha opinião, um dever de considerá-lo, de pagar honradamente sua confiança, que... bem, que ela realmente seria uma bandida se não a transformasse na lei de sua conduta. Quero dizer, claro, a confiança do príncipe em que ela não interferiria com ele; expressa pelo silêncio dele no momento crítico.

O coche estava se aproximando de casa, e talvez fosse esse sentimento de oportunidade findando que fez com que a próxima observação do coronel fluísse de um modo quase surpreendente para a esposa. Os dois estavam unidos, na maior parte, apenas pela paciência exausta dele; de modo que o desespero indulgente era, em termos gerais, na melhor das hipóteses, o seu tom. Mas no momento ele cedeu ao desespero a ponto de praticamente admitir que tinha seguido os passos dela. Resumindo, ele literalmente fez uma pergunta inteligente, praticamente simpatizante:

– Uma gratidão ao príncipe por não ter estragado os planos dela; *isso*, tu queres dizer, deveria, tomando-se o caminho certo, ser exatamente o lastro do barco de Charlotte.

– Tomando-se o caminho certo. – Fanny, captando o vislumbre dele, enfatizou a cláusula.

– Mas isso não depende do que ela possa sentir que *seja* o caminho certo?

– Não, não depende de nada. Porque só há um caminho: para o dever ou a delicadeza.

– Ah, a delicadeza! – murmurou Bob Assingham um tanto grosseiramente.

– Falo do tipo mais elevado: moral. Charlotte é perfeitamente capaz de apreciar isso. Segundo qualquer ditado da moral ela deve deixá-lo em paz.

– Então tu decidiste que é tudo responsabilidade da pobre Charlotte? – perguntou ele com um efeito brusco.

O efeito, pretendido ou não, alcançou-a – fez seu rosto se virar rapidamente. Foi um toque que a fez de novo perder o equilíbrio, diante do que, de algum modo, o fundo de seu conforto recuperado despencou.

– Então tu decidiste algo diferente? Tu realmente te espantas com que *haja* alguma coisa?

O movimento em si, aparentemente, o fez mais uma vez afastar-se. Ele sentira durante a aproximação a alta temperatura da pergunta.

– Talvez seja exatamente isso que ela está fazendo: mostrando o quanto o está deixando em paz; apontando isso para ele todos os dias.

– Ela apontou isso esperando-o esta noite na escada, do modo como tu descreveste?

– Eu realmente descrevi um modo, minha cara? – Por falta de hábito, o coronel claramente mal se reconheceu na acusação.

– Sim, de certa forma, pela primeira vez; naquelas poucas palavras que trocamos depois que tu os viste subir tu disseste alguma coisa do que tinhas visto. Não disseste muito; *isto* não poderias fazer, nem pela própria vida; mas eu percebi sozinha que, estranho dizer, tu tinhas recebido uma impressão, e portanto senti que de fato deveria ter sido algo fora do normal, para te traíres assim. – Agora ela estava totalmente em cima dele, e confrontou-o com sua comprovada sensibilidade para a ocasião; confrontou-o por causa de sua própria necessidade inquieta de lucrar com isso. Ainda mais do que na outra hora, veio-lhe a percepção de que o coronel ficara impressionado com algo, até mesmo *ele*, pobre querido; e que para isso ter acontecido devia ter havido muito com que se impressionar. De fato ela tentou acuá-lo, pressioná-lo com insistência, contra a verdade de sua visão simples, contra a própria simplicidade que era o valor da mesma; uma vez que assim registrada, ela sentia, nada na visão escaparia: ela deveria tê-la à mão para referência. – Ande, meu caro, tu pensaste o que pensaste: na presença do que viste não poderias resistir a pensar. Não peço mais do que isto. E tua ideia vale, desta vez, quase tanto quanto qualquer das minhas. De modo que não podes fingir, como sempre, que a minha fugiu comigo. Eu não o acompanhei. Fico onde estou. Mas vejo onde *tu* estás e sinto-me muito agradecida por me deixares. Tu me dás um *point de repère** fora de mim mesma, que é onde eu gosto de que ele esteja. Agora posso atuar em volta de ti.

Enquanto ela falava o veículo parou junto à porta de casa, e foi outro fato valioso para ela que o marido, apesar de sentado no lado por onde os dois deveriam sair, não fez qualquer movimento. Eles eram tremendamente partidários de sair de casa levando a chave, de modo que os empregados tinham ido para a cama; e como não estavam acompanhados de um lacaio, o cocheiro aguardou em paz. Assim, foi durante um minuto que Bob Assingham esperou – consciente de um motivo para responder àquela observação de outro modo que não através do método tão óbvio de dar as costas. Não virou o rosto, mas ficou olhando direto para a frente, e sua esposa já percebera no fato de ele não se mover a prova que poderia desejar – prova, isto é, de sua própria alegação. A Sra. Assingham sabia que o marido jamais se importava com o que ela dizia, e o fato de não ter aproveitado a chance de mostrar isso era, portanto, mais eloquente.

– Deixe isso por conta *deles* – observou ele por fim.

– "Deixar"...?

– Deixe-os em paz. Eles vão conseguir.

– Eles vão conseguir, tu queres dizer, fazer tudo que querem? Ah, aí estás!

*Ponto de referência.

– Eles vão resolver ao modo deles – repetiu o coronel quase cifradamente.

Isso provocou um efeito na mulher: afora a luz que lançou sobre o fenômeno familiar da consciência calejada do marido, isso lhe deu, cara a cara, a evocação particular da qual ela o havia culpado. Assim, a evocação foi realmente maravilhosa.

– De um modo tão inteligente, é *esta* a tua ideia, que ninguém saberá? É sua ideia que nós teremos feito tudo que nos é requerido se simplesmente os protegermos?

Mas o coronel, ainda em seu lugar, declinou ser levado a uma declaração de sua ideia. As declarações se pareciam muito com teorias, onde perdemos o caminho; ele somente sabia o que dizia, e o que dizia representava a vibração limitada da qual sua velha e confirmada dureza fora capaz. Mesmo assim tinha o que dizer, e para isso demorou mais um instante. Mas disse, pela terceira vez, do mesmo jeito.

– Eles vão resolver ao modo deles. – E com isso saiu.

Ah, sim, isso, para a companheira, teve um efeito, e enquanto ele subia os degraus ela apenas ficou olhando, sem segui-lo, enquanto ele abria a porta. O saguão estava iluminado, e enquanto o coronel ficava parado na porta olhando-a, com sua alta figura delineada em sombra e com a cartola, segundo seu costume, usada cavalheirescamente, até mesmo diabolicamente, inclinada, ele parecia prolongar a ênfase sinistra do que dissera. Em geral, nesses retornos, o Sr. Assingham voltava para ela quando havia preparado a entrada de ambos; de modo que agora era como se estivesse com vergonha de encará-la de perto. Olhou-a e, ainda em seu assento, pesando a acusação do marido, ela sentiu que a visão que tinha de tudo se incendiava. Não seria simplesmente isso que estava escrito no rosto do príncipe, *por baixo* do que ele estava dizendo? – não correspondia com a presença zombeteira da qual ela tivera o vislumbre atormentado? Não era, resumindo, a afirmação de que eles "resolveriam a seu modo" a coisa que ele estivera esperando a chance de convidá-la a perceber? De algum modo o tom de voz do seu marido combinava com o olhar de Amerigo – o olhar que, para ela, espiava tão estranhamente de trás, por cima do ombro dele. No momento não havia entendido – mas não estaria entendendo agora quando viu isso na suposição dele, de que talvez ela seria passada para trás? Não seria passada para trás, e enquanto ouvia o marido chamar: "E então, qual é o problema?", também aproveitou para lembrar-se de que decidira que não seria amedrontada. O "problema"? – bom, era problema suficiente que, com tudo isso, ela se sentisse um pouco enjoada. Uma vez que não era o príncipe que ela estava preparada para ver primariamente como a figura vacilante. Na melhor das hipóteses, talvez ela postulasse a vacilação em Charlotte – com isso, ela sentia de algum modo, seria mais fácil de lidar. Portanto, se *ele* chegara tão longe, a coisa era outra. Nada havia para escolher entre os dois. Isso a deixou tão impotente que, enquanto o tempo passava sem que ela saísse, o coronel voltou e praticamente a arrancou de lá; depois do que, na calçada, sob a luz do poste, o próprio silêncio dos dois poderia ter sido a marca de algo grave – o silêncio se ampliou para ela quando ele lhe deu o braço e em seguida subiram lentamente os degraus, bastante conciliados e unidos, como um casal idoso que tivesse sofrido um desapontamento. Quase parecia a volta de um enterro – a não ser que lembrava mais a chegada silenciosa a um velório. Para que, na verdade, ela voltara à casa senão para enterrar, do modo mais decente possível, seu erro?

4

Assim parecia que os dois amigos podiam desfrutar de uma extraordinária liberdade juntos, desde o momento em que entendessem corretamente sua posição. Com o próprio príncipe, desde um estágio inicial, Charlotte fizera muita questão de que entendessem; encontrara frequentes ocasiões para lhe descrever essa necessidade, e, com a resignação mitigada, ou a inteligência pelo menos acelerada, por irrepreensível ironia, ela aplicava em diferentes momentos diferentes nomes para a adequação da conjuntura dos dois. O maravilhoso era que, desde o início, seu sentimento de adequação fora especialmente vivo. Havia horas em que ela falava em tomarem refúgio no que chamava de tato mais comum – como se apenas esse princípio bastasse para iluminar o caminho; havia outros em que poderia parecer, ao ouvi-la, que o rumo dos dois demandaria o estudo mais ansioso e a interpretação mais independente, para não dizer original, de sinais. Agora ela falava como se isso fosse indicado, a cada volta, por postes sinalizadores com tamanho quase ridículo; falava em meio a arbustos e urzes; e até mesmo, em algumas ocasiões, revelava-se no sentido de que, assim como a situação deles não tinha precedentes, seu céu também não tinha estrelas.

– "Fazer"? – ecoara Charlotte uma vez, como desfecho de situações que ocorreram acobertadas, ainda que brevemente, entre os dois depois de sua volta da visita à América logo após o casamento, determinada para ela prontamente como uma excursão da mesma ordem estranha que fora prescrita no caso dele. – A beleza imensa, na verdade sem igual, de nossa posição não é o fato de não precisarmos "fazer" nada na vida? Nada exceto a coisa usual, necessária, cotidiana que consiste em não sermos mais tolos do que pudermos. É só isso, mas isto é tão verdadeiro para um tempo quanto para o outro. Houve muito que "fazer", e sem dúvida ainda haverá bastante; mas é tudo deles, cada centímetro; é tudo uma questão do que eles fizeram *conosco*. – E Charlotte mostrou como, portanto, a questão fora apenas de eles receberem tudo como lhes vinha, e tão silenciosamente quanto possível. Nada mais estranho certamente acontecera para um par consciencioso, bem-intencionado, perfeitamente passivo: nenhum decreto mais extraordinário jamais fora lançado contra tamanhas vítimas do que este, de forçá-los contra a vontade a uma relação de mútuo contato íntimo que os dois tinham feito tudo para evitar.

Enquanto isso ela se lembraria, e não pouco, do específico olhar silencioso e prolongado com que o príncipe recebera sua alusão àqueles esforços primários para escapar. A jovem pensaria no elemento do não dito que seu tom de voz fizera brotar nos irresistíveis olhos dele; e isso porque ela considerava com orgulho e alegria que, no ato, havia aberto mão da dúvida, da questão, do desafio, ou do que quer que tal olhar revelaria. O príncipe estivera suficientemente desprevenido para mostrar um pequeno espanto pelo fato de terem tramado com tanta intensidade contra o destino, e ela sabia muito bem, claro, o que estava no fundo do pensamento dele, e como teriam sido as palavras, mais ou menos, se ele não as tivesse evitado. Todos os homens eram suficientemente grosseiros para aproveitar, quando podiam, essas chances de dissensão – por todo o bem que isso realmente lhes causava; mas a distinção do príncipe estava em ser um dos poucos que podiam se conter antes de agir por impulso. Isso, obviamente, era o que contava como delicadeza num homem. Se sua amiga tivesse falado impensadamente ou metido os pés pelas mãos, ele teria dito, com toda simplicidade: – Será que nós fizemos "tudo para evitar" quando enfrentamos seu notável casamento? –, elegantemente usando o plural, assumindo sua parte no caso através de um tributo de lembrança do telegrama que ela recebera em Paris, após o Sr. Verver ter despachado para Roma a notícia do noivado. Aquele telegrama, aquela aceitação da perspectiva que lhes fora proposta – uma aceitação nem um pouco perfunctória – ela jamais destruíra. Ainda que reservado para nenhum olhar além do seu, mesmo assim estava cuidadosamente reservado. Ela o guardava num lugar seguro – de onde, muito particularmente, algumas vezes o apanhava para ler. "*Então, a la guerre comme à la guerre*", dizia na língua francesa. "*Devemos levar nossa vida como a vemos; mas estou encantado com tua coragem e quase surpreso com a minha.*" A mensagem era ambígua; Charlotte a lera sob mais de uma luz; podia significar que mesmo sem ela a carreira do príncipe era um trabalho árduo, uma luta diária em nome de uma boa aparência, e com isso, se eles fossem se tornar vizinhos de novo, o acontecimento iria impeli-lo a viver ainda mais pronto para a luta. Por outro lado, poderia significar que ele se achava bastante feliz, e que por isso, se ela se considerasse um perigo, ela deveria pensar nele como preparado antecipadamente, como realmente amadurecido e seguro. Mesmo assim, quando o príncipe chegou a Paris com a esposa, ela não pedira explicação, assim como ele não perguntara se o documento ainda estava em sua posse. Tal indagação, com tudo que implicava, ele deixara para trás – assim como ela deixara para trás a ideia de mencionar, sem ser pedida, que se oferecera instantaneamente, e em perfeita honestidade, para mostrar o telegrama ao Sr. Verver, e que, se este companheiro tivesse dito a palavra, ela imediatamente iria colocá-lo diante dele. Com isso se abstivera de chamar a atenção para a sua consciência de que tal mostra, com toda a probabilidade, teria impedido seu casamento; que todo o seu futuro, naquele instante, estava preso pelo único fio da delicadeza (como ela supunha que deveriam chamar isso) do Sr. Verver; e que portanto sua posição, na questão da responsabilidade, estava inatacavelmente correta.

Enquanto isso, para o príncipe, o tempo, em sua tolerância medida, originalmente o ajudara muito – ajudara-o no sentido de não ser o bastante para fazê-lo tropeçar; a despeito de ser apenas esse elemento acessório o que parecia, no presente, com maravilhas de paciência, estar à espera. A princípio o tempo produzira, mais do que qualquer coisa, separações, adiamentos e intervalos; mas, de modo perturbador, passou a ser de menos ajuda a partir do momento em que começou a abundar a questão do que fazer com ele. Era necessária uma quantidade menor de tempo para a condição de casado do que ele, no todo, havia esperado; menos, estranhamente, para a condição de casado inclusive enquanto ele estava casado. E havia uma lógica nisso, ele sabia; uma lógica que apenas dava a essa verdade uma espécie de solidez de evidência. O Sr. Verver, decididamente, o ajudava em sua condição matrimonial; ajudava-o tanto que isso fazia toda a diferença. No grau em que ele prestava serviços ao Sr. Verver isso era notável – e de fato que serviço, desde que haviam se conhecido, não o fora? Amerigo estava vivendo, vivera esses quatro ou cinco anos, aos serviços do Sr. Verver: uma verdade não menos evidente se ele os enfrentasse, um a um, para avaliação, do que se colocasse todos juntos no pote geral da gratidão e deixasse a coisa ferver transformando-se num cozido nutritivo. Sem dúvida estava mais disposto a esta última opção; mesmo assim, ocasionalmente, pegava um pedaço para provar seus próprios méritos. Em tais horas poderia parecer maravilhoso o sabor do "acepipe" específico que ele mais e mais se via desfrutando à custa do sogro. Precisara de meses e meses para chegar à apreciação plena – originalmente não poderia ter dado, de improviso, um nome à sua obrigação mais profunda; mas quando o nome floriu em sua mente ele estava praticamente vivendo com a tranquilidade que lhe era garantida. Então o Sr. Verver, numa palavra, cuidou de sua relação com Maggie, assim como cuidava, e aparentemente sempre cuidaria, de tudo. Aliviava-o de toda a ansiedade quanto à vida de casado do mesmo modo como o aliviava em sua conta bancária. E enquanto realizava esta última função comunicando-se com banqueiros, a primeira brotava diretamente de seu bom entendimento com a filha. Esse entendimento, maravilhosamente – *isto* estava em total evidência –, tinha a mesma intimidade profunda da associação comercial, financeira, alicerçada, muito fundo, numa comunhão de interesses. E a correspondência, para o príncipe, acontecia em identidades de caráter cuja visão, felizmente, tendia mais a diverti-lo do que – como poderia ter acontecido – irritá-lo. Aquelas pessoas – e a síntese livre do príncipe amontoava capitalistas e banqueiros, homens aposentados dos negócios, colecionadores ilustres, sogros americanos, pais americanos, pequenas filhas americanas, pequenas esposas americanas –, aquelas pessoas faziam parte do mesmo grupo felizardo, como poderíamos dizer; eram todas, no mínimo, da mesma espécie geral e tinham os mesmos instintos gerais; ficavam juntas, passavam a palavra uma à outra, falavam a língua uma da outra, ajudavam uma à outra. Neste último sentido, ficou claro para o nosso jovem, num determinado momento, que a relação de Maggie com *ele* também era – na base percebida – cuidada. O que, na verdade, era o verdadeiro desfecho da questão. Era uma situação "curiosa" – isto é, era curiosa como estava. A vida de casado dos dois estava em questão, mas a solução se encontrava, de modo não menos espantoso, diante deles. Estava tudo certo para o príncipe, porque o Sr. Verver fazia tudo para o conforto de Maggie; e estava certo para Maggie, porque ele fazia o mesmo para o marido dela.

Mas o fato de o tempo, como dissemos, não estar totalmente do lado do príncipe poderia ser mostrado como particularmente verdadeiro num dia escuro em que, por um acaso estranho mas não sem precedentes, as reflexões observadas acima se ofereceram como sua principal recreação. Parecia que elas sozinhas haviam se apresentado para preencher suas horas, até mesmo para preencher a grande casa em Portland Place, onde a escala de um dos menores salões as acomodava apenas frouxamente. Ele olhara para dentro deste cômodo para ver se encontraria a princesa tomando chá; mas ainda que o serviço do repasto junto à lareira estivesse brilhantemente presente, a senhora da mesa não se encontrava, e ele havia esperado por ela, se é que isso poderia ser chamado de esperar, enquanto media repetidamente o trecho de chão encerado. Não poderia ter-se dado qualquer motivo premente para vê-la nesse momento, e o fato de ela não ter entrado, à medida que a meia hora se passava, tornou-se de fato positivamente, ainda que perversamente, a circunstância que o manteve no local. Ali mesmo ele podia estar sentindo, ali mesmo ele podia melhor fazer suas anotações. Esta observação era uma magra diversão para uma pequena crise pavorosa; mas seu caminhar de um lado para o outro, e em particular sua pausa repetida numa das altas janelas da frente, davam aos minutos que escorriam, depois de um tempo, nada menos do que a qualidade de uma pulsação acelerada do espírito. Mas essas pulsações mal expressavam a impaciência do desejo, não mais do que significavam um desapontamento agudo: a sequência, junta, lembrava talvez mais do que qualquer coisa aquelas finas ondas de claridade através das quais, para um observador do leste, a madrugada finalmente tremula entrando num dia róseo. Na verdade a iluminação era toda da mente, a perspectiva revelada por ela era uma mera imensidão do mundo do pensamento; a aparência material era o tempo todo uma questão diversa. A tarde de março, observada pela janela, havia-se emaranhado de novo no outono; estivera chovendo durante horas, e a cor da chuva, a cor do ar, da lama, das casas opostas, de toda a vida, numa piada tristíssima, numa mascarada tremendamente idiota, era de um marrom sujo e impronunciável. A princípio nem mesmo houve, para o jovem, qualquer leve agitação no fato da direção tomada, quando ele por acaso olhou para fora, por uma lenta carruagem de aluguel que, desajeitadamente se afastando do curso principal, obedecendo à postura aparente de uma pessoa dentro, começou a ir para a calçada da esquerda e finalmente, sob outras instruções, acabou parando diante das janelas do príncipe. A pessoa dentro, animada por um movimento mais desembaraçado, mostrou-se ser uma dama que deixou o veículo, esperou, e, sem abrir um guarda-chuva, atravessou rapidamente o intervalo molhado que a separava da casa. Ela simplesmente correu e desapareceu; mas o príncipe, de seu ponto de vista, tivera tempo de reconhecê-la, e o reconhecimento o manteve imóvel por alguns minutos.

Charlotte Stant, a tal hora, numa carruagem desenxabida e usando capa impermeável, Charlotte Stant aparecendo para ele no clímax de sua visão interna especial, foi uma aparição carregada de congruência para a qual ele olhava quase como se tivesse sido algo violento. O efeito de ela ter vindo vê-lo, ver apenas a ele, teve, enquanto Amerigo esperava, uma intensidade singular – ainda que depois de alguns minutos a certeza disso começasse a diminuir. Talvez ela *não* tivesse vindo, ou tivesse vindo apenas por Maggie; talvez, ao saber lá embaixo que a princesa não havia retornado, ela estivesse apenas deixando uma mensagem, escrevendo uma palavra num cartão. Ele veria, de qualquer modo; e enquanto isso, controlando-se, nada faria. Esse pensamento em não interferir assumiu uma força súbita; sem dúvida Charlotte ficaria sabendo que o príncipe estava em casa, mas ele deixaria que a visita fosse escolha dela. E sua visão de um motivo para deixá-la livre era ainda mais notável porque, mesmo não exigindo qualquer ação, ele sentia uma esperança intensa. A harmonia de Charlotte surgir enquanto as condições superficiais estavam tão contra ela era uma harmonia com condições que estavam longe de ser superficiais e que davam, para a sua imaginação, um valor extraordinário para a presença da amiga. Além disso, esse valor se aprofundava estranhamente por causa do rigor de sua própria atitude – também ao fato de que, ouvindo atentamente, ele não escutou a porta fechar de novo nem a viu retornar à carruagem; e isso chegara a um clímax no momento em que ele percebeu, com o sentido acelerado, que ela havia seguido o mordomo até o patamar para o qual o cômodo se abria. Se algo mais pudesse ser acrescentado, a pausa renovada do lado de fora, como se ela tivesse dito ao homem "Espere um momento!", teria constituído esse toque. Mas quando o homem a fez entrar, avançou até a mesa do chá para acender o fogo e em seguida se ocupou deliberadamente com a lareira, ela tornou fácil para o anfitrião descer direto de qualquer altura de tensão e abordar, provisoriamente, a questão de

Maggie. Enquanto o mordomo permanecia, era Maggie que ela viera ver e Maggie que – apesar da grande inexpressividade desse serviçal com relação a todas as possibilidades da parte daquela dama – ela esperaria alegremente, junto à lareira. Mas assim que ficaram sozinhos Charlotte saltou, com o zumbido e a luz vermelha de um foguete, da forma ao fato, dizendo imediatamente, enquanto se levantava e o encarava:

– O que mais, meu caro, o que mais no mundo podemos fazer?

Foi como se ele soubesse no ato por que estivera sentindo, durante horas, como se sentira – como se de fato soubesse, imediatamente, coisas que não soubera mesmo enquanto ela ofegava, como se pelo efeito da escada, junto à porta do salão. Mesmo assim ele sabia que *ela* ainda sabia mais do que ele – isto é, no sentido de todos os sinais e presságios que poderiam contar para os dois; e a visão que o príncipe tinha das alternativas – ele mal sabia como chamá-las: soluções, satisfações – se abriu totalmente com essa verdade tangível da atitude dela junto à lareira, o modo como ela o encarava, como se através da vantagem obtida com isso; sua mão direita apoiada no mármore e a esquerda afastando a saia do fogo enquanto estendia um pé para secar. Ele não poderia ter dito que ligações e fendas específicas haviam-se renovado e sido transpostas no fim dos poucos minutos; uma vez que não recordava qualquer ocasião, em Roma, de onde a imagem poderia ter sido tão exatamente copiada. Não recordava, isto é, qualquer situação em que ela viera vê-lo debaixo de chuva enquanto uma carruagem enlameada esperava, e enquanto, apesar de ter deixado a capa impermeável embaixo, ela ainda estava investida da estranha eloquência – a positiva característica pitoresca, sim, dada a todo o resto da questão – de um vestido sem graça e um chapéu preto que pareciam fazer questão de insistir na idade que tinham e na intenção moral, do chapéu e do vestido, bem como na ironia da indiferença que praticamente mostravam junto ao rosto tão bonito e refrescado pela chuva. Mesmo assim o sentimento do passado reviveu nele, como ainda não acontecera: fez com que aquele outro tempo de algum modo encontrasse o futuro fechando-se, entremeando-se com ele diante de seus olhos, como num longo envolvimento de braços e lábios, e o presente era tão maleável e dinâmico que essa pequena quantidade mal retinha substância suficiente, mal se mantinha suficientemente *ali*, para ser ferida ou chocada.

O que aconteceu, resumindo, foi que Charlotte e ele tinham, por uma única virada no punho do destino – "levados", sem dúvida, por passos e estágios que o cálculo consciente não percebera –, tinham sido postos face a face numa liberdade que partilhava, extraordinariamente, da perfeição ideal, uma vez que a teia mágica havia se tecido sem o trabalho deles, quase sem o seu toque. Acima de tudo, nessa ocasião, mais uma vez, soava através de sua segurança, como um tom subjacente, a própria voz que ele ouvira na véspera de seu casamento com outro tipo de inquietação parecida. Baixinho, repetidamente, a partir desse período, ele parecera ouvir essa voz contar-lhe por que estava sempre reaparecendo; mas agora ela entoava a grande música de um modo que preenchia todo o salão. O motivo – no qual ele vivera, intimamente, no final de um quarto de hora – era que exatamente essa verdade da segurança de ambos oferecia agora uma espécie de receptáculo ímpar, deixando-a se espalhar e espalhar, mas ao mesmo tempo elasticamente envolvendo-a, contendo-a, em suavidade, como dobras de um edredom. Naquela manhã no parque houvera, ainda que dissimulados, dúvida e perigo, ao passo que a narrativa nesta tarde foi tomada com uma confiança altamente enfatizada. A ênfase, para o conforto geral de ambos, era o que Charlotte viera aplicar; uma vez que, ainda que não fosse claramente com isso que ela houvesse começado, essa ênfase em pouco havia se moldado de modo irrepreensível. Foi o significado da pergunta que ela fizera assim que ficaram sozinhos – ainda que de fato, como se não entendesse direito, ele não tivesse respondido diretamente; foi o significado de todo o resto, até a singularidade consciente de sua "carroça" e a humildade consciente de seu vestido. A questão dessas excentricidades ajudara-o um pouco a deixar que o apelo imediato de Charlotte passasse sem resposta. Em vez disso ele só podia perguntar o que acontecera com sua carruagem e por que ela não a estava usando num tempo daqueles.

– É exatamente por causa do tempo. É a minha pequena ideia. Faz com que eu me sinta como antigamente; quando eu podia fazer o que queria.

5

Aquilo veio tão direto que ele viu imediatamente quanta verdade era expressa; no entanto era verdade que isso ainda o deixava um pouco perplexo.

– Mas tu gostaste de vir sacolejando num desconforto tão grande?

– Parece-me agora que gostei de tudo. De qualquer modo é o encanto – disse ela de seu lugar junto à lareira – de experimentar de novo os velhos sentimentos. Eles voltam, eles voltam. Tudo volta. Além disso, tu mesmo sabes.

Ele ficou parado perto, com as mãos nos bolsos; mas sem olhá-la, olhando intensamente para a mesa do chá.

– Ah, eu não tenho tua coragem. Além disso – riu ele –, parece-me que, com relação a isso, eu realmente vivo em cabriolés. Mas deves estar doida pelo chá – acrescentou rapidamente. – Então deixe-me servir uma xícara bem forte.

Amerigo se ocupou com a tarefa, e ela sentou-se quando ele empurrou uma cadeira baixa até onde ela estava; de modo que, enquanto a jovem falava, ele podia trazer o que ela desejasse. Ele se movia de um lado para o outro, servia-se; e a visita de Charlotte, enquanto os instantes passavam, tinha cada vez mais o efeito de uma comunicação que ela viera fazer responsável e deliberadamente, como se diante da visão clara da situação de ambos. Mesmo assim, toda a demonstração se apresentava como se ocorresse num nível de debate muito elevado – no ar frio e superior da discriminação mais fina, da sinceridade mais profunda, da filosofia mais ampla. Não importando quais fossem os fatos invocados e apresentados, por enquanto era apenas uma questão de os dois virem seu caminho juntos: para o qual a ocasião presente parecia ter tanto a contribuir.

– Não é que não tenhas a minha coragem – disse Charlotte – e sim que não tens, eu acho, a minha imaginação. A não ser que fique claro, afinal de contas, que não tens minha inteligência. Mas não devo temer isso enquanto não me deres mais prova. – E de novo ela voltou, porém com mais clareza, ao que dissera pouco antes. – Tu sabias, além disso, tu sabias hoje, que eu viria. E se sabias disso, sabes de tudo. – Assim ela prosseguiu, e se enquanto isso, se mesmo diante disso ele não a interrompeu, talvez tenha sido porque ela estava tão positivamente vendo o belo rosto da gentileza contemporizadora que ele lhe dera na outra ocasião importante, para manter os olhos fixos, e cujo sentimento ela podia estar carregando como uma medalha preciosa – não exatamente abençoada pelo papa – suspensa no pescoço. Ela voltara, como quer que isso fosse, para fazer um relato imediato de si mesma, e nenhuma menção do grande acontecimento anterior entre os dois viria aos lábios de qualquer um deles. – Acima de tudo – disse ela –, havia a aventura pessoal disso.

– Do chá comigo junto à lareira? Ah, com relação a isso não creio que sequer minha inteligência me falhe.

– Ah, é mais do que isso; e se eu tive um dia melhor do que o teu talvez seja, quando penso bem, porque *sou* mais corajosa. Tu te entedias, tu sabes. Mas eu não, eu não, eu não – repetiu ela.

– O que exige coragem é exatamente entediarmo-nos sem alívio – protestou ele.

– Coragem passiva, então; não ativa. Minha aventura é que, se queres saber, estive o dia inteiro na cidade. Literalmente batendo pernas; não é como dizem? Eu sei como é. – Depois disso, como se desistisse: – E tu, não saíste?

Ele continuou parado, com as mãos nos bolsos.

– Por que deveria sair?

– Ah, em nome de que pessoas como nós deveriam fazer qualquer coisa? Mas tu és maravilhoso, *tu* inteiro; tu sabes viver. Nós somos brutos desajeitados, nós outros, afora tu, precisamos estar sempre "fazendo" alguma coisa. Entretanto – prosseguiu Charlotte –, se tivesses saído, poderias ter perdido a chance de me ver; o que, tenho certeza, ainda que não o confessasses, era o que não querias; e poderias ter perdido, acima de tudo, a satisfação de que, por mais que queiras parecer inexpressivo, eu vim parabenizar-te. É realmente isso que posso finalmente fazer. Tu *não* podes saber sequer, num dia como este, não podes saber onde estás. – Ela esperou como se quisesse que ele admitisse que sabia ou que fingisse que não sabia; mas ele deu um suspiro longo que saiu como um gemido de impaciência. O suspiro empurrou para o lado a questão de onde estava ou do que sabia; pareceu manter o terreno livre para a questão da própria visitante, a de Charlotte Verver exatamente enquanto estava ali. Assim, por alguns momentos, com o olhar comprido, eles trataram da questão em silêncio; com o efeito, no final do tempo, de a ter consideravelmente trazido à tona. Isso foi suficientemente marcado no que Charlotte disse em seguida. – Aí está: extraordinariamente além das palavras. Isso cria para nós uma relação que, acredito de verdade, nunca no mundo foi lançada sobre duas criaturas bem-intencionadas. Será que portanto não temos de aceitar as coisas como as encontramos? – Ela colocou a pergunta de modo ainda mais direto do que no momento anterior, mas para esta, também, ele não deu resposta imediata. Percebendo apenas que ela havia terminado o chá, Amerigo pegou sua xícara, levou-a de volta à mesa, perguntou o que mais ela queria; e então, diante do seu "Nada, obrigada", voltou à lareira e recolocou um tronco deslocado na posição com um chute fraco, mas bastante eficaz. Enquanto isso ela havia se levantado de novo, e foi de pé que repetiu as palavras que falara primeiro, francamente: – O que mais podemos fazer, o que mais, no mundo?

Ele, porém, como antes, não respondeu.

– Então, onde tu estiveste? – perguntou, como se por um mero interesse na aventura.

– Em todo lugar em que pude pensar, exceto para ver pessoas. Não queria pessoas, queria muito pensar. Mas voltei para casa a intervalos; três vezes. E depois saí de novo. O cocheiro deve achar que sou louca, é muito divertido; eu lhe estarei devendo, quando terminarmos, mais dinheiro do que ele jamais viu. Estive, meu caro, no Museu Britânico, que, sabes, eu sempre adoro. E estive na National Gallery, e numa dúzia de livrarias, encontrando tesouros, e almocei, por uma estranha malignidade, numa casa de pasto em Holborn. Queria ir à Torre, mas estava muito longe, o velho insistiu nisso; e teria ido ao zoológico se não estivesse chovendo demais; coisa que ele também me implorou para observar. Mas não acreditarias: estive na catedral de

St. Paul. Dias assim são caros; uma vez que, além da carruagem, comprei uma quantidade de livros. – E ela passou imediatamente a outro assunto. – Não consigo deixar de pensar em quando tu deves ter posto os olhos neles pela última vez. – E então, como isso teve aparentemente um efeito de brusquidão sobre o amigo: – Em Maggie, quero dizer, e no menino. Suponho que esteja com ela.

– Ah, sim, sei que ele está com ela. Eu os vi hoje de manhã.

– E eles anunciaram o que iam fazer?

– Ela disse que ia levá-lo, como sempre, *da nonno*.*

– Para passar o dia inteiro?

Ele hesitou, mas foi como se sua atitude tivesse mudado lentamente.

– Ela não disse. E eu não perguntei.

– Bom, não pode ter sido depois de dez e meia; quero dizer, quando tu os viste. Eles tinham ido a Eaton Square antes das onze. Tu sabes que nós não tomamos o desjejum formalmente, Adam e eu; tomamos chá em nossos aposentos, pelo menos eu tomo; mas o almoço é cedo, e eu vi meu marido hoje por volta das doze; estava mostrando um livro de figuras para o menino. Maggie estivera lá com eles, tinha-os deixado juntos. Depois saíra, levando a carruagem para alguma coisa de que ele precisava mas que ela se ofereceu para fazer.

Diante disso o príncipe pareceu confessar seu interesse.

– Queres dizer, levando a *tua* carruagem?

– Não sei qual, e isso não importa. Não é uma questão de uma carruagem a mais ou a menos – sorriu ela. – Nem mesmo é uma questão de um carro de aluguel. É tão belo que não seja uma questão de qualquer coisa vulgar ou horrenda. – Coisa com a qual ela lhe deu tempo para concordar; e apesar de ficar quieto foi, notavelmente, como se ele tivesse concordado. – Eu saí, queria sair. Tinha uma ideia. Parecia importante. *Era... é* importante. Sei, como não sabia antes, como eles se sentem. Não podia ter tanta certeza de qualquer outro modo.

– Eles sentem uma confiança – observou o príncipe.

Ele realmente o dissera para ela.

---

*"À casa de seu avô."

– Eles sentem uma confiança. – E ela prosseguiu, com lucidez, com a ilustração total disso; falando de novo dos três momentos diferentes que, no curso da perambulação louca, haviam testemunhado sua volta (por curiosidade, e até mesmo um pouco por ansiedade) a Eaton Square. Ela possuía uma chave, raramente usada: Adam sempre se irritava, uma das poucas coisas que o irritavam, ao encontrar os serviçais de pé, tão desumanamente eretos, quando eles voltavam para casa de madrugada, depois de festas. – Por isso eu tinha apenas de me esgueirar, a cada vez, deixando a carruagem de aluguel na porta, e descobrir, sem que eles soubessem, que Maggie ainda estava lá. Eu chegava, saía, sem que sequer sonhassem. O que será que eles realmente supõem que nos acontece?, não tanto sentimental ou moralmente, por assim dizer, e uma vez que isso não importa; mas até mesmo fisicamente, materialmente, como uma simples mulher que perambula: como uma esposa decente e inofensiva, afinal de contas; como a melhor madrasta que já houve; ou pelo menos simplesmente como uma *mâitresse de maison** não exatamente desprovida de consciência. Eles devem, a seu modo estranho, ter *alguma* ideia.

– Ah, eles têm uma quantidade de ideias – disse o príncipe. E nada era mais fácil do que mencionar a quantidade. – Eles pensam muito a nosso respeito. Em particular pensam muito em ti.

– Ah, não ponhas tudo sobre "mim"! – sorriu ela.

Mas agora ele estava colocando a coisa no local que ela havia cuidadosamente preparado.

– É uma questão do teu caráter conhecido.

– Ah, obrigada pelo "conhecido"! – Charlotte ainda sorria.

– É uma questão de tua maravilhosa inteligência e de teu encanto maravilhoso. É uma questão do que essas coisas fizeram por ti no mundo, quero dizer, *neste* mundo e neste lugar. Para eles tu és um Personagem, e os Personagens vêm e vão.

– Ah, não, meu caro; nisto tu estás bastante errado. – E agora ela riu à luz mais feliz que os dois haviam difundido. – É exatamente isso que os Personagens não fazem: eles vivem num estado e sob constante

*Dona de casa.

consideração; eles não têm chaves de casa, e sim tambores e trombetas para anunciá-las; e quando saem em "carroças", estas fazem ainda mais barulho. És tu, *caro mio*, que, nesse sentido, é o Personagem.

– Ah – protestou ele por sua vez –, não ponhas tudo sobre mim! De qualquer modo, quando chegares em casa, o que dirás que estiveste fazendo?

– Direi, lindamente, que estive aqui.

– O dia inteiro?

– Sim, o dia inteiro. Fazendo-te companhia na solidão. Como podemos entender alguma coisa sem realmente ver que é isso que eles acham que faço por ti?, bem como, de modo igualmente confortável, tu fazes por mim? O importante é aprendermos a aceitá-los como eles são.

O príncipe considerou isso por um momento, em seu modo inquieto, mas sem afastar os olhos dela; depois do que, de forma bastante desconectada, ainda que com bastante veemência, perguntou:

– Como posso não sentir, acima de qualquer coisa, o quanto os dois adoram o meu menino? – E então, prosseguindo como se, ligeiramente desconcertada, ela não tivesse o que responder a isso e ele rapidamente percebesse o efeito: – Eles teriam feito o mesmo por um dos teus.

– Ah, se eu pudesse ter tido um...! Eu esperava e acreditava que isso acontecesse. Teria sido melhor. Talvez fizesse alguma diferença. Ele também achava que poderia ter acontecido, pobre coitado. Tenho certeza de que esperava e pretendia isso. De qualquer modo, não foi culpa minha. Aí está. – Ela havia pronunciado essas declarações, uma a uma, seriamente, triste e responsavelmente, devendo a clareza ao amigo. Parou um instante, mas, como se de uma vez por todas, tornou sua clareza completa: – E agora tenho certeza demais. Isso nunca acontecerá.

– Nunca?

– Nunca. – Eles tratavam o assunto não exatamente com solenidade, mas com certa decência, até mesmo talvez com uma urgência, de distinção. – Provavelmente teria sido melhor. Mas as coisas acabam...! E nos deixam... – ela foi ao ponto – ... mais sozinhos.

Ele pareceu pensar.

– Deixa a *ti* mais sozinha.

– Ah – repetiu ela –, não ponhas tudo sobre mim! Maggie não se teria dado ao filho dele, tenho certeza, menos do que ele se dá ao de vocês. Teria sido necessário mais do que qualquer filho meu, teria sido necessário mais do que dez filhos meus, caso eu pudesse tê-los, para manter nossos *sposi* separados. – Ela sorriu como se da amplidão da imagem, mas como, apesar disso, ele pareceu considerar o assunto importante, ela falou com bastante seriedade: – É tão estranho quanto quiseres, mas nós estamos imensamente sós. – Ele continuava se movimentando vagamente, mas havia momentos em que, de novo, com uma tranquilidade desajeitada e as mãos nos bolsos, ficava mais diretamente diante dela. Ficou ali parado durante aquelas últimas palavras, que tiveram o efeito de levá-lo a jogar um pouco a cabeça para trás e, como se pensasse alguma coisa, olhar para o teto. – O que dirás – perguntou ela enquanto isso – que estiveste fazendo? – Isso trouxe a consciência e os olhos do príncipe de volta para ela, e Charlotte enfatizou a pergunta: – Quero dizer, quando ela chegar, uma vez que suponho que em algum momento ela *chegará*. Parece-me que devemos falar a mesma coisa.

Bom, ele pensou de novo.

– Eu não consigo fingir que fiz o que não fiz.

– Ah, e *o que* tu não fizeste? O que não estás fazendo?

A pergunta soou enquanto eles se demoravam cara a cara, e ele ainda tomou a resposta, antes de responder, dos olhos dela.

– Então pelo menos precisamos não ser absurdos juntos, fazer a mesma coisa. Precisamos agir de acordo, é o que parece.

– Realmente parece! – As sobrancelhas e os ombros dela se ergueram, de um modo divertido, como se pelo alívio que isso trazia. – É somente isso que pretendo. Nós precisamos agir de acordo. Deus sabe que *eles* agem!

Então foi assim que ele evidentemente viu e que, por sua admissão, a coisa seria feita. Mas o que o príncipe evidentemente viu pareceu-lhe, ao mesmo tempo, demais, de modo que ele caiu subitamente no lugar onde ela não estava esperando.

– A dificuldade é, e sempre será, que eu não os entendo. A princípio não entendia, mas achava que iria aprender. Foi o que eu esperava e achei que Fanny me ajudaria a conseguir.

– Ah, Fanny Assingham!

Ele a encarou momentaneamente, por causa do tom usado.

– Ela faria qualquer coisa por nós.

Ao que, a princípio, Charlotte nada disse – como se por um sentimento de estar farta. Então, com bastante indulgência, balançou a cabeça.

– Nós estamos fora do alcance dela.

Amerigo pensou um momento, como se tentasse descobrir onde isso os colocava.

– Ela faria qualquer coisa por *eles*.

– Bom, nós também faríamos, de modo que isso não nos ajuda. Ela desmoronou. Ela não nos entende. E na verdade, meu caro, Fanny Assingham não importa.

Ele pensou de novo.

– A não ser como alguém que cuida *deles*.

– Ah – disse Charlotte instantaneamente –, não somos nós, apenas, que devemos fazer isso? – Falou como se com um clarão do orgulho pelo privilégio e o dever. – Acho que não queremos ajuda de ninguém.

Falou de fato com uma nobreza não menos eficaz por ter surgido de modo tão estranho; com uma sinceridade visível mesmo através da torção complicada pela qual qualquer esforço de proteger o pai e a filha parecia necessariamente condicionado a eles. Isso o impulsionou, de qualquer modo, como se uma mola interna, uma mola mais fraca, houvesse subitamente se rompido. Essas coisas, o privilégio, o dever, a oportunidade, tinham sido a substância de sua visão; formavam a nota que ele vinha guardando para mostrar a ela que não deixava de ter, na situação tão especial dos dois, uma visão responsável. Uma concepção que ele podia nomear, e a partir da qual podia agir, era algo que agora, por fim, para não ser um tolo muito eminente, todas as graças lhe requeriam produzir, e a ideia luminosa que ela pronunciara teria sido a expressão dele. Charlotte se antecipara, mas como, pela beleza segura, sua expressão nada deixava a desejar, ele se sentiu mais confirmado do que negado. Uma grande reação, enquanto a olhava, veio ao seu rosto, uma luz de percepção empolgada, em cuja glória (como isso praticamente poderia ser chamado) o que ele devolveu teve o valor do que ela lhe dera.

– Eles são extraordinariamente felizes.

Ah, as medidas de Charlotte, com relação a isso, estavam cheias demais.

– Beatificamente.

– Essa é a grande coisa – prosseguiu ele –, de modo que na verdade não importa que não entendamos. Além disso, tu entendes... o suficiente.

– Entendo o meu marido, talvez – admitiu ela depois de um instante. – Não entendo a tua mulher.

– Tu, de qualquer modo, és da mesma raça; mais ou menos; da mesma tradição e educação geral, da mesma massa moral. Existem coisas que tens em comum com eles. Mas eu, por meu lado, enquanto tentei ver se não tinha alguma dessas coisas também... eu, por meu lado, fracassei cada vez mais. Finalmente não parece existir o que valha mencionar. Não consigo deixar de ver isso: decididamente sou diferente demais.

– Mas – Charlotte levantou o ponto importante – não és diferente demais de *mim*.

– Não sei, uma vez que não somos casados. Isso faz as coisas aparecerem. Talvez, se fôssemos, tu *encontrarias* algum abismo de divergência.

– Então, uma vez que isto depende deles – ela sorriu –, estou em segurança; como você. Além disso, como frequentemente tivemos ocasião de sentir, e até mesmo de observar, eles são muito, muito simples. O que cria uma dificuldade para acreditar; mas quando aceitamos isso fica muito menos difícil agir. Eu, pelo menos, acho que entendi. Não estou com medo.

Ele pensou um momento.

– Não estás com medo de quê?

– Bom, em termos gerais, de algum erro. Especialmente de algum erro baseado na ideia que fazemos da diferença deles. Uma vez que essa ideia certamente nos deixa muito gentis.

– Ah, sem dúvida!

– Bom, aí está. Não posso me colocar na pele de Maggie. Não posso. Não caibo; não conseguiria respirar nela. Mas posso sentir que faria qualquer coisa para protegê-la de um sofrimento. Gentil como sou para com ela também, acho que sou ainda mais para o meu marido. De fato *ele* é de uma doce simplicidade...!

O príncipe pensou um pouco na doce simplicidade do Sr. Verver.

– Bom, não sei se posso escolher. À noite todos os gatos são pardos. Só vejo como, por tantos motivos, devemos apoiá-los. E como, para fazermos justiça a nós mesmos, nós o fazemos. Isso representa para nós um cuidado consciente...

– Literalmente de todas as horas – disse Charlotte. Ela podia erguer-se à mais elevada medida dos fatos. – E por isso precisamos confiar um no outro...!

– Ah, como confiamos nos santos em glória. Felizmente podemos fazer isso – apressou-se a acrescentar o príncipe. Então, como se pela afirmação total e pelo compromisso que aquilo envolvia, suas mãos encontraram instintivamente as dela. – É maravilhoso demais.

Firme e seriamente ela reteve as mãos dele.

– É maravilhoso demais.

E assim os dois ficaram juntos por um minuto, seguros com mais força e confrontados mais de perto do que qualquer hora de seu passado mais fácil os vira. A princípio ficaram em silêncio, apenas olhando e sendo olhados, apenas segurando e sendo segurados, apenas encontrando e sendo encontrados.

– É sagrado – disse ele por fim.

– É sagrado – suspirou ela de volta. Os dois juraram, deram e tomaram, atraídos mais para perto pela intensidade daquilo. Então, subitamente, através desse círculo apertado, como a desembocadura de um estreito no mar além, tudo se rompeu, rompeu-se, cedeu, fundiu-se e se misturou. Seus lábios buscaram seus lábios, a pressão dos mesmos era a resposta e a resposta era a pressão; com uma violência que no momento seguinte havia, num suspiro, caído na mais longa e mais profunda imobilidade, eles selaram apaixonadamente sua promessa.

6

Como vimos, o príncipe também entendera com ela que Fanny Assingham não importava agora – o "agora" ele mesmo suprira, como sendo não mais do que justo para seu sentimento de vários estágios anteriores; e, ainda que seu consentimento permanecesse mais escasso do que tácito, esse comportamento se ajustou de tal modo que, durante muitos dias, Amerigo ficou adiando a visita que prometera à velha amiga na ocasião da conversa no Foreign Office. Lamentando, nada menos do que isso, ele teria visto se extinguir aquela teoria da relação entre ambos como aluno atento e instrutora gentil, em que desde o princípio os dois quase igualmente encontraram uma conveniência. Fora ele, sem dúvida, quem mais incentivara, uma vez que sua necessidade de conhecimento excedia bastante as leves pretensões dela; mas o príncipe repetira e repetira que, sem ela, nunca teria sido quem era, e ela não tivera sucesso em ocultar o prazer que lhe dava acreditar nisso, mesmo depois de a questão de saber onde ele se encontrava ter começado a se mostrar muito mais fechada do que aberta à interpretação. De fato, antes daquela noite, isso nunca surgira do mesmo modo que durante a conversa na festa oficial, e pela primeira vez ele teve naqueles momentos, um tanto desapontado, a impressão de certo fracasso, por parte da amiga, em algo que ele tinha consciência de ter sempre considerado ponto pacífico. Em que exatamente consistia o fracasso, ele talvez ainda achasse um pouco difícil tentar dizer; e se de fato ela tivesse, segundo a observação de Charlotte, "se desmoronado", os detalhes do desmoronamento seriam comparativamente desimportantes. Todos esses colapsos resultavam na mesma coisa – o fracasso da coragem, o fracasso da amizade, o fracasso simplesmente do tato; pois será que qualquer um deles não resultava realmente no fracasso da vontade? –, que era a última coisa que ele esperara dela, e que seria apenas outro nome para o triunfo da estupidez. Fora a observação de Charlotte, de que eles estavam finalmente "fora do alcance" de Fanny; ao passo que ele sempre gostara de acreditar que certa imaginação fácil nela iria acompanhá-lo até o final. Não queria colocar um rótulo na falta de fé da Sra. Assingham; mas quando pensava, à vontade, no modo como as pessoas que eram capazes *realmente* possuíam – ou pelo menos com algum refinamento – a paixão da lealdade pessoal, ele imaginava para elas um pensamento que não era temeroso nem escrupuloso. Assim sua lealdade pessoal, se necessário, teria aceitado a aventura para aquela boa senhora; no grau definitivo em que ele certamente quase sentira falta da luxúria de um chamado desses por parte dela. Era isso que acontecia de novo com sua mulher e seu sogro: ele descobriu que usava a imaginação principalmente para pensar em como eles conseguiam apelar tão pouco à mesma. Em alguns momentos sentia que nada havia a fazer por eles que fosse digno – para chamar isso de digno – da relação pessoal; jamais qualquer desafio encantador a qualquer confiança profundamente depositada. Poderia ter dito vulgarmente que nunca era necessário tramar ou mentir para eles; poderia, bem-humoradamente, ter dito que nunca era preciso, como se por uma conformidade mais elevada, ficar esperando com a adaga ou preparar, insidiosamente, a taça de veneno. Esses eram os serviços que, segundo toda a tradição romântica, eram consagrados tanto ao afeto quanto ao ódio. Mas o príncipe podia se divertir dizendo – se é que isso era diversão – que estes eram algo para o qual ele virara as costas de uma vez por todas.

Enquanto isso, aparentemente, Fanny frequentava Eaton Square; isso ele ficava sabendo pela visitante que não era pouco frequente, acima de tudo na hora do chá, durante o mesmo período, em Portland Place; apesar de terem pouco a falar sobre a mulher depois de praticamente concordar que haviam sobrevivido a ela. Ao local dessas conversas e supressões a Sra. Assingham não fazia qualquer aproximação; sua última visão de utilidade parecia ser a que encontrara um campo mais urgente em Eaton Square. Na verdade esta visão estava encontrando lá tudo e todos, menos o príncipe, que principalmente, agora mesmo, ficava longe, ou que, de qualquer modo, nas ocasiões espaçadas em que aparecia, por acaso não encontrava a única pessoa com quem estava um tanto rompido. Teria sido prodigioso se ele já não tivesse consideravelmente vivido isso, com a ajuda de Charlotte – seria indescritivelmente notável esse fato de que, com causas maravilhosas operando para isso na superfície, ninguém mais, por enquanto, parecesse rompido com ninguém. Se a Sra. Assingham se deleitava com Maggie, sabia como poderia encontrá-la mais facilmente, e se estava infeliz com relação a Charlotte, sabia, com o mesmo raciocínio, como evitar com mais probabilidade a visão que alimentaria a aflição. Claro que esta poderia se alimentar ao vê-la tão ausente de casa – assim como esse fenômeno particular de seu afastamento doméstico poderia ser, para a mente ansiosa, mais bem estudado ali. Mas, por motivos próprios, Fanny sentia-se "esquiva" com relação a Portland Place – isso era visível; de modo que ela podia muito bem, afinal de contas, não ter grande conhecimento sobre os aparecimentos de Charlotte serem frequentes ou não, não mais do que sobre a contabilidade que eles podiam estar fazendo da solidão usual (uma vez que se tratasse disso) do chefe daquela casa. Sempre havia, para cobrir todas as ambiguidades, para constituir um fundo de explicação para as divisões do dia da Sra. Verver, a circunstância de que, no ponto em que todos eles haviam se juntado, a Sra. Verver estava claramente, e por aclamação geral, encarregada das "relações sociais" da família, literalmente das relações das duas casas; uma vez que as evidências de seu gênio para representá-las no grande mundo e em grande estilo tinham se acumulado cada vez mais. Fora estabelecido nas duas casas, desde o início, e com o maior bom humor, que Charlotte era um... era *o* "sucesso social", ao passo que a princesa, apesar de gentil, apesar de meticulosa, apesar de encantadora, apesar de ser na verdade a criaturinha mais querida do mundo e ser, de quebra, *a* princesa, distintamente não o era, distintamente nunca o seria, e podia muito bem praticamente abrir mão disso: fosse estando acima ou abaixo, muito de fora ou muito perdida dentro, muito pouco equipada ou muito indisposta, não importava de modo especial. O que bastava era que a coisa toda, chame-a de apetite ou de paciência, o ato de representação em termos gerais e o negócio cotidiano do relacionamento, ficava por conta da comprovada facilidade de Charlotte e, não muito menos visivelmente, por conta de sua visão obsequiosa, generosa, de sua utilidade doméstica. Ela chegara, francamente, com relação a isso, a fazer e a ser o que podia, "sem perguntas feitas", e assumira, do mesmo modo, e no melhor espírito prático, o fardo de uma lista de visitas que Maggie, originalmente, deixada consigo mesmo, ou deixada ainda mais com o *principino*, dificilmente poderia cumprir.

Numa palavra, ela não apenas montara, alegremente, a rotina londrina – tinha-se professado agradavelmente, para o maior conforto dos outros três, mantida nesse esforço por um "lado frívolo", se este não fosse um nome muito grosseiro para uma agradável curiosidade natural. Havia possibilidades de monotonia, labutas de prática, áridas areias sociais, os maus quartos de hora que surgiam como notas falsas numa economia desvalorizada, dos quais ela fazia, por princípio, quase tão pouco como se não fosse inteligente o bastante para distinguir. Nesse sentido o príncipe lhe dera os cumprimentos logo após a volta da viagem de casamento à América, onde, segundo todos os relatos, ela aguentara o rojão; enfrentando brilhantemente, ao lado do marido, tudo que vinha – e o que viera, frequentemente, estava além das palavras: assim como, exatamente, com apenas seu interesse em risco, ela dispensara esse tipo de jogo durante a viagem anterior ao casamento. A discussão do mundo americano, a comparação de anotações, impressões e aventuras, tinham estado à mão, como uma base de encontro entre a Sra. Verver e o genro de seu marido, desde a hora da reunião dos dois casais. Resumindo, foi assim que Charlotte pôde, para apreciação de seu amigo, expor tão prontamente seu ponto de vista; até mesmo usando expressões com as quais ele deixava claro que estava se divertindo.

– O que poderia ser mais simples do que passarmos por tudo – perguntara ela – quando isso claramente faz parte do contrato? Eu recebi tanto, pelo meu casamento – uma vez que ela nem por um momento escondera dele o "tanto" que sentira e que estava achando do mesmo – que não deveria merecer qualquer caridade se eu restringisse minha devolução. Não fazer isso, pelo contrário, devolver tudo que podemos, é simplesmente nossa decência, nossa honra e nossa virtude. Essas coisas, portanto, se estás interessado em saber, são minhas regras de vida, os pequenos deuses absolutos de meu culto, as imagens sagradas postas na parede. Ah, sim, uma vez que não sou grosseira – completara ela –, tu me verás como *sou*! – E portanto foi assim que ele a vira: sempre lidando, mês a mês, dia a dia e de uma ocasião para outra, com os deveres de um cargo remunerado. Sua eficiência perfeita, brilhante, contribuíra imensamente, sem dúvida, para a tranquilidade agradável em que estavam abrigados seu marido e a filha de seu marido. Na verdade fizera algo mais do que isso: dera-lhes uma visão melhor e mais doce do possível alcance dessa tranquilidade. Os dois a haviam trazido – usando a expressão mais crua – para fazer para eles o que era "mundano", e ela o fizera com tal gênio que, em consequência, haviam renunciado a isso ainda mais do que pretendiam originalmente. Além do mais, na proporção em que fizesse isso, ela seria aliviada de outras tarefas mais humildes; cujas questões menores, segundo a lógica mais adequada, cabiam a Maggie, em cujas funções e em cuja província elas se ajustavam mais naturalmente. Não menos naturalmente, segundo o mesmo princípio, elas incluíam o reparo, pelas mãos desta última, de cada coisinha largada por Charlotte em Eaton Square. Era um trabalho humilde, mas era exatamente isso que o tornava de Maggie. Tendo em mente o caro Amerigo, que era em grande parte seu grande pai mundano, e para quem a humildade em questão, sem dúvida, igualmente não existia – isso de certo modo seria, para equilibrar, a função mais encantadora de Charlotte, a partir do momento em que Charlotte pudesse ser levada adequadamente a reconhecê-la.

Bom, o fato de Charlotte poder ser avaliada pelo menos como reconhecendo isso de modo eficaz, era uma reflexão que, durante os dias com os quais estamos engajados no momento, completava no peito do príncipe aquelas outras, aquelas imagens e ruminações de seu lazer, aquelas buscas às cegas e adaptações de sua consciência e sua experiência, que tentamos colocar em ordem ali. Elas lhe faziam companhia, não de modo insuficiente – considerando, em especial, seus grandes recursos nessa área –, enquanto ele buscava, até a última lucidez, o princípio segundo o qual evitava procurar Fanny em Cadogan Place ou perpetrar o erro de uma assiduidade evidente demais em Eaton Square. Esse erro seria o de não se fazer disponível à conveniência máxima de qualquer teoria inábil de sua constituição, ou da de Charlotte, que pudesse prevalecer. As teorias inábeis poderem prevalecer e prevalecerem era um fato que ele terminara por aceitar, sob copiosas evidências, como definido e definitivo; e isso se combinava com a prudência comum, com a mais simples economia da vida, em não desperdiçar qualquer estranha respiga. Resumindo: assombrar Eaton Square seria mostrar que ele não tinha, como sua brilhante sócia, uma suficiência de trabalho no mundo. Era apenas o fato de ele ter essa suficiência, era somente o fato de eles a terem juntos, que, tão estranha e abençoadamente, tornava, como diziam um ao outro, tudo possível. Além disso, o que mais sustentava a situação era que o "mundo", por mais uma perversidade da sorte deles, incluíra Portland Place sem incluir do mesmo modo Eaton Square. Ao mesmo tempo esta última residência, deve-se acrescentar prontamente, erguia-se ocasionalmente à oportunidade e, como se dando uma sacudida travessa, emitia uma quantidade de convites – e precisamente um desses voos espasmódicos tivera, antes da Páscoa, o efeito de perturbar um pouco a medida de nosso jovem a respeito de seus limites. Maggie, com um espírito adequado, afirmava que seu pai deveria de vez em quando dar um jantar realmente considerado, e o Sr. Verver, que tinha tão pouca ideia quanto nunca de não atender às expectativas, foi da opinião harmoniosa de que sua esposa deveria fazer isso. O julgamento de Charlotte era, sempre, que eles eram idealmente livres – a prova disso seria, segundo ela, que todas as pessoas que eles mais temiam ter alienado pela negligência chegariam, envoltas em sorrisos, à menor sugestão de um sinal. Em verdade aqueles banquetes apologéticos pareciam a Amerigo totalmente envoltos em sorrisos; eram, francamente, ocasiões tocantes, marcadas, na grande *bousculade** de Londres, com uma graça pequena, imóvel, uma amenidade e uma humanidade envolventes. Todo mundo vinha, todo mundo se apressava; mas todos sucumbiam à suave influência, e a brutalidade da mera aglomeração de curiosidade sem gentileza era posta de lado, ao pé da bela escada, com os sobretudos e os xales. A diversão oferecida algumas noites antes da Páscoa, e à qual Maggie e ele estavam inevitavelmente presentes como convidados, era uma dispensa de obrigações

*Agitação, tumulto.

não contraídas insistentemente, e que portanto tinham muito mais a nota desse otimismo quase arcádico: um jantar grande, luminoso, monótono, murmuroso, conciliatório, envolvendo na maior parte casais muito dignos, imensamente anunciáveis e hierarquicamente situáveis, e seguido, sem a opressão de um contingente posterior, por um breve concerto instrumental, para cuja preparação, o príncipe sabia, a ansiedade de Maggie conferenciara com a engenhosidade de Charlotte e as duas haviam soberbamente se deliciado na solvência do Sr. Verver.

Os Assingham estavam lá, segundo prescrição, ainda que no pé da escada social, e com a esposa do coronel, apesar de sua humildade de posição, o príncipe estava mais ocupado interiormente do que com qualquer outra pessoa, exceto Charlotte. Estava ocupado com Charlotte porque, em primeiro lugar, ela parecia tão incrivelmente bonita e segurava tão alto, ao passo que boa parte do resto era maduro e sedado, a tocha da juventude compreensível e o estandarte da graça passiva; e porque, naquele segundo, a ocasião, à medida que se referisse com qualquer confiança de ênfase a uma anfitriã, parecia referir-se preferencialmente, bem-intencionada e perversamente, a Maggie. Não era indistinguível para ele, assim que estavam todos acomodados, que sua mulher também tinha em perfeição seu pequeno caráter; mas ele se perguntava como este conseguira se encaixar de modo tão visível – e isto, ele sabia, a despeito de qualquer desejo que ela tivesse – ao ar essencial de ter demais na mente a felicidade, e de fato a própria conduta e o crédito, da festa. Ele também conhecia as outras coisas das quais a aparência dela a qualquer momento – e especialmente em Eaton Square – era feita: a semelhança com o pai, às vezes tão nítida, e surgindo, no calor delicado das ocasiões, como a fragrância estimulada de uma flor; a semelhança, como ele lhe dissera uma vez em Roma, nos primeiros dias agitados, depois do noivado, com uma pequena bailarina em repouso, sempre tão leve de movimentos mas frequentemente ofegando com suavidade, até mesmo um pouquinho compungidamente, num banco; a aproximação, finalmente – uma vez que era mais analogia do que identidade –, com as imagens transmitidas de propriedade neutra e negativa que compunha, na longa linhagem de Amerigo, a média das esposas e mães. Se a matrona romana fora, em primeiro e último lugar, a honra daquela linhagem, Maggie sem dúvida, aos cinquenta anos, ter-se-ia expandido, ter-se-ia solidificado a uma dignidade daquelas, ainda que sugerisse apenas uma Cornélia em miniatura. Mas uma luz surgiu para ele, e uma vez que surgiu tornou-o mais consciente do que nunca da participação vagamente, ainda que de modo bastante exótico, contingente do Sr. Verver – uma discrição apenas sugerida ou apresentada com cautela; resumindo: da relação indescritível, imensurável do Sr. Verver com a cena. A condição situada de Maggie, seu assento e sua vizinhança natural, sua presença mais intensa, seu sorriso mais calmo, seu número menor de joias, eram inevitavelmente nada comparados com a preocupação que queimava nela como uma pequena chama e que na verdade colocara uma corzinha reveladora, mas de modo nenhum desagradável, em cada uma de suas bochechas. A festa era a festa de seu pai, e o sucesso maior ou menor era uma questão de ter para ela toda a importância da importância *dele*; de modo que essa simpatia criava para ela uma espécie de *suspense* visível, sob cuja pressão ela borbulhava de referência filial, com poucas revelações filiais de expressão, movimento, tom de voz. Era tudo inconfundível, e tão belo quanto possível, se quisermos, e até mesmo engraçado; mas isso colocava os dois tão juntos, tão individidos pelo casamento de cada um deles que a princesa – *il n'y avait pas à dire* – poderia sentar-se onde quisesse: e mesmo assim sempre seria irremediavelmente, naquela casa, Maggie Verver. Nessa ocasião o príncipe se percebeu tão envolvido por essa percepção que o complemento natural, para ele, teria sido pensar se o Sr. Verver produzira nas pessoas uma impressão parecida nos outros casos registrados em que jantou com a filha.

Mas, caso tivesse começado a atuar, essa especulação retroativa seria facilmente contida; uma vez que no presente Amerigo perceberia como nunca que seu notável sogro era o homem menos equipado no mundo com diferentes aparências para diferentes horas. Ele era simples, era uma revelação de simplicidade, e isto era o seu fim no sentido em que consistia alguma aparência – uma questão que poderia realmente, por uma fraqueza interna, ter sido discutida. Divertia ao nosso jovem, que estava aproveitando o seu prazer esta noite, como será visto, de diversos modos ocultos, divertia-o sentir como tudo o mais de que consistia o senhor da casa, recursos, posses, facilidades e amabilidades ampliadas pela lenda social, não dependia, para dar o efeito de quantidade, de qualquer "equação" pessoal, de nenhum meio mensurável. Para aquelas boas pessoas a quantidade estava no ar, e a qualidade estimável do Sr. Verver estava quase totalmente nessa permeabilidade. Ele era escasso, modesto e de testa limpa, e seus olhos, se vagueavam sem medo, mesmo assim permaneciam parados sem desafio; seus ombros não eram largos, seu peito não era alto, sua pele não tinha aparência fresca, e o topo de sua cabeça não era coberto; apesar de tudo isso, na cabeceira de sua mesa, ele parecia tanto um menininho tímido entretendo os convidados em virtude de alguma ordem imposta, que só *podia* ser um dos poderes, o representante de uma força – como um rei infante é representativo de uma dinastia. Nessa visão generalizada de seu sogro, intensificada esta noite mas sempre atuante, Amerigo buscara refúgio por algum tempo. O refúgio, após a reunião dos dois lares na Inglaterra, cada vez mais se oferecera como o substituto para comunidades, de homem para homem, que, por seu cálculo original, poderia ter se tornado possível, mas que na verdade não amadurecera e florescera. Ele encontrou os decentes olhos familiares do outro lado da mesa, encontrou-os depois na sala de música, mas somente para ler neles ainda o que aprendera a ler durante os primeiros meses, na época da iniciação superansiosa, uma espécie de apreensão em que os termos e as condições estavam finalmente fixos e absolutos. Esse olhar direto repousava à vontade, mas não se demorava nem penetrava, e era, para a imaginação do príncipe, mais ou menos da mesma ordem de qualquer olhar dirigido, por dever de atenção, do mesmo lugar, para a figura de um cheque recebido durante a realização de um negócio e em vias de ser mandado a um banqueiro. O Sr. Verver se certificava da quantia – e exatamente assim, de vez em quando, a quantia do príncipe era verificada. Desse modo ele estava sendo, em prestações renovadas, perpetuamente pago; já estava depositado num banco como um valor, mas sujeito, desse modo confortável, a um endosso repetido, infinito. O resultado líquido de tudo isso, além do mais, era que o rapaz não tinha desejo de ver seu valor diminuir. Ele próprio, afinal de contas, não o havia fixado – a "quantia" era uma concepção totalmente do Sr. Verver. Mas certamente tudo deveria ser mantido ao nível da mesma; o príncipe nunca sentira isso tanto quanto nessa noite. Ele teria ficado desconfortável, enquanto aquelas silenciosas expressões passavam, caso isso não lhe estivesse garantido pela intensidade de seu acordo com Charlotte. Era impossível que ele não encontrasse de vez em quando os olhos de Charlotte, como também era visível que também ela encontrava de vez em quando os do marido. Para ela também, em todas as suas pulsações, ele sentia a impressão revelada. Isso os mantinha, isso os colocava juntos, apesar da demonstração vã da separação, tornava os outros dois rostos, tornava todo o lapso da noite, as pessoas, as luzes, as flores, a conversa fingida, a música exótica, uma mística ponte dourada entre eles, balançando fortemente e algumas vezes quase vertiginosa, uma vez que essa intimidade da qual a lei soberana seria a vigilância do "cuidado" jamais esqueceria de modo temerário e jamais feriria conscientemente.

7

Mas para nós o principal interesse dessas horas terá sido no modo como o príncipe continuava a sentir, durante uma sucessão particular de outras, separada da noite em Eaton Square por um curto intervalo, um certo gosto persistente. Era o sabor de uma taça que lhe fora apresentada pela mão de Fanny Assingham após o jantar, enquanto o quarteto mantinha seus companheiros reunidos na sala de música, comovidos se pudessem, mas convenientemente imóveis. A Sra. Assingham conseguiu, depois de duas peças, dar a entender ao amigo que, de sua parte, estava comovida – pelo gênio de Brahms – além do que poderia suportar; de modo que, sem aparente deliberação, tinha se afastado, ao lado do jovem, para uma distância que permitia conversar sem o efeito do desdém. Foram os vinte minutos desfrutados com ela, durante o resto do concerto, na claridade elétrica menos associada de uma das salas vazias – foi a conversa conseguida e, como ele diria, bem-sucedida, agradavelmente bem-sucedida, num dos sofás afastados, foi essa conversa que sublinharia substancialmente sua consciência da ocasião posterior. A ocasião posterior, então uma mera questão de discussão, formara a base para ela desejar – num tom leve em que o ouvido ágil do príncipe leu um certo nervosismo – aquelas palavras independentes com ele: discreta, mas claramente, a Sra. Assingham fizera, quando os dois se sentaram juntos, a grande pergunta sobre o que aquilo poderia envolver. Isso viera para ele antes de qualquer outra coisa, e de modo tão abrupto que quase precisava de uma explicação. Em seguida o próprio modo abrupto parecera explicar – o que introduziu, por sua vez, um ligeiro desconforto.

– Tu sabes que, afinal de contas, eles não vão a Matcham; de modo que, se não forem, se pelo menos Maggie não for, suponho que tu não irás sozinho, não é?

Foi, como digo, em Matcham, onde o evento o colocara, foi em Matcham durante aqueles dias de Páscoa que mais lhe aconteceu, de modo estranho, reviver internamente, pela riqueza de significado especial, essa passagem pela qual o acontecimento fora de fato bastante determinado. Ele fizera muitas visitas ao campo na Inglaterra; aprendera, há muito tempo, a fazer as coisas inglesas, e a fazer todas, suficientemente, ao modo inglês. Ainda que nem sempre gostasse loucamente delas, ele as desfrutava, segundo todas as aparências, como as boas pessoas que, na noite do tempo, as haviam inventado unanimemente, e que ainda, na prolongada tarde de sua boa-fé, unanimemente, ainda que um pouco automaticamente, as praticavam; no entanto, com tudo isso, ele jamais exercera tanto quanto nessas estadas o truque de certa vida distanciada, a diversão de certa vida crítica interna; a necessidade determinada, ainda que aparentemente participante, de voltar-se para si mesmo, de recuar sem barulho, muito para dentro, e reencontrar lá aquela parte de sua mente que não estava engajada no *front*. Seu corpo, com muita constância, estava engajado no *front* – atirando, cavalgando, jogando golfe, caminhando sobre as belas diagonais dos caminhos nas campinas ou em volta dos cantos das mesas de bilhar; ele chegava a aguentar suficientemente o fardo dos jogos de bridge, do desjejum, do almoço, do chá, do jantar e do clímax noturno na *bottigliera*, como ele chamava, da bandeja atulhada; atendia, finalmente, na medida da limitada taxa cobrada dos lábios, dos gestos, da espirituosidade, à maioria das exigências atuais de conversação e expressão. Portanto algo, como ele costumava sentir nessas ocasiões, era deixado de fora. Era muito mais quando estava sozinho, ou quando estava com sua família – ou quando estava, digamos, com o Sr. Verver e ninguém mais –, que ele se movia, falava, ouvia, sentia, como um todo congruente.

A "sociedade inglesa", como ele teria dito, partia-o em dois, e ele lembrava a si próprio com frequência, nas relações com essa sociedade, um homem que possuísse uma estrela brilhante, uma condecoração, algum tipo de comenda, algo tão ornamental a ponto de fazer com que sua identidade não fosse completa, em termos ideais, sem ela, e no entanto que, não encontrando outro objeto desse tipo sendo usado com frequência, deveria ficar perpetuamente, e com o mínimo de má vontade, tirando-a do peito para transferi-la ao bolso. A estrela brilhante do príncipe podia, sem dúvida, não ser nada mais preciosa do que sua sutileza particular; mas qualquer que fosse o objeto, ele o manuseava muito ultimamente, fora das vistas – o que significava para ele principalmente um inquieto jogo de memória e um fino bordado de pensamento. Algo bastante significativo ocorrera em Eaton Square durante os minutos que desfrutou com a velha amiga: sua perspectiva atual tornava definitivamente claro que ela deixara escapar sua primeira mentirazinha. Isso assumiu – e ele mal poderia dizer por que – uma importância aguda; Fanny jamais lhe mentira antes – pelo menos porque nunca sentira, adequadamente, inteligivelmente, que deveria. Assim que fez a pergunta sobre o que ele faria – com o que queria dizer o que Charlotte também faria – no caso de Maggie e o Sr. Verver não abraçarem a proposta que durante um ou dois dias eles tinham parecido resignados a aceitar. Assim que traiu sua curiosidade quanto ao rumo que o outro par, deixado a sós, poderia tomar, tornou-se nítido nela um desejo de evitar a aparência de estar xeretando diretamente. Traída pela solicitude da qual, há três semanas, ela já lhe dera uma visão, Fanny se sentiu obrigada, num segundo pensamento, a citar, inteligivelmente, um motivo para o apelo; enquanto o príncipe, por seu lado, teve, não sem piedade, a visão da Sra. Assingham procurando esse motivo e continuando sem encontrar. Não sem piedade porque no ato, em sua amizade, ele inventou um motivo para ela usar, apresentando-o com um olhar não mais significativo do que se tivesse pegado, para entregar-lhe, uma flor caída.

– Estás perguntando se eu também desistiria, porque isso pode fazer alguma diferença no que tu e o coronel decidirão? – O príncipe chegara a esse ponto por ela, praticamente convidando-a a concordar, mesmo não tendo tido a impressão, a partir de qualquer indicação dada por Charlotte, de que os Assingham eram convidados para a grande festa em Matcham. A coisa maravilhosa, depois disso, foi que o ativo casal, no intervalo, conseguiu se inscrever na lista dourada; um esforço de tal monta que, para lhe fazer justiça, ele jamais observara Fanny realizando. Esta última passagem do capítulo apenas provou, afinal de contas, com que sucesso ela era capaz de agir quando queria.

De qualquer modo, uma vez que tinha se lançado, como fora dirigido por todos os termos do intercurso entre Portland Place e Eaton Square, uma vez banhado, em Matcham, no desfrute de uma esplêndida hospitalidade, ele achou que tudo, para sua interpretação, para sua conveniência, se encaixava facilmente; e muito mais porque a Sra. Verver estava à mão para trocar ideias e impressões. A grande casa estava cheia de gente, de novas combinações possíveis, do jogo apressado das afinidades possíveis, e nenhuma aparência, claro, seria menos cultivada do que a de ele ter procurado uma oportunidade de se juntar à sua amiga a uma distância segura dos respectivos *sposi*. Havia uma feliz ousadia, na melhor das hipóteses, em se misturarem assim, cada um desacompanhado, na mesma sociabilidade sustentada – exatamente um toque daquela excentricidade de liberdade associada que repousava tão levemente na imaginação dos cônjuges deixados para trás. Eles estavam o mais expostos possível à possibilidade de ser considerado curioso os dois saírem juntos daquele modo – ainda que, por outro lado, essa consideração obtivesse alívio no fato de que, em suas elevadas condições e com a tradição tranquila, com as permissões quase inspiradoras da casa em questão, nenhum limite individual, por mais que livremente demarcado, poderia ser considerado algo mais do que curioso. Nossos dois amigos sentiam de novo, como haviam sentido antes, a conveniência de uma sociedade assim posicionada a ponto de ter apenas sua própria sensibilidade a considerar – olhando, como o fazia bem, por cima de todas as camadas inferiores; e que, além do mais, tratava sua própria sensibilidade como a parte mais tranquila, mais amigável, mais informal e domesticada da aliança geral. O que qualquer um "pensava" de qualquer outro – acima de tudo de qualquer outro *com* qualquer outro – era uma questão que gerava naqueles salões tão pouca formulação inconveniente que o julgamento que pairava, o espírito que segurava a balança, poderia ter sido perfeitamente representado ali como um parente pobre, esnobado e subjugado, mas bem treinado e cheio de tato, de igual linhagem, da linhagem mais apropriada, apenas de aspecto um pouco desenxabido, sem dúvida por causa de um número muito limitado de trocas de roupas, para cuja presença tácita e abstêmia, jamais traída pelo barulho de sua máquina enferrujada, um quarto no sótão e um prato na mesinha de canto eram decentemente usuais. Num ar tão leve era divertido que o príncipe de novo se apresentasse apenas para falar em nome da princesa, infelizmente impossibilitada, de novo, de sair de casa; e que a Sra. Verver, de modo igualmente regular, figurasse como uma desculpa corporificada, uma desculpa lindamente suplicante em nome do marido, que era todo afabilidade e humildade entre seus tesouros, mas de quem crescera a lenda de que não podia suportar, com a altura de seus padrões e o tom da companhia, na figura de sofás e armários, habitualmente cuidados por ele, a irritação e a depressão às quais as visitas promíscuas, mesmo em casas pomposas, o expunham. Isso estava bem, a notada harmonia atuante entre o inteligente genro e a encantadora sogra, uma vez que a relação era, para o efeito em questão, mantida no ponto adequado entre a suficiência e o excesso.

Enquanto isso, com a beleza nobre do lugar, o humor generoso do ensolarado, ventoso e luxuriante abril inglês, ofegando e arfando de impaciência, ou chutando e gritando, até mesmo, em alguns momentos, como algum Hércules bebê que não quisesse ser vestido; com essas coisas e a coragem da juventude e da beleza, a insolência da fortuna e do apetite tão difundidos entre os outros convidados, os pobres Assingham, em sua maturidade comparativamente nítida e seu esplendor comparativamente pequeno, eram a única nota falsa no concerto. A agitação do ar era tamanha, subindo à cabeça, que, como uma mera questão de exposição, quase grotesca em sua enormidade, a situação dele parecia alguma pilhéria elaborada realizada à sua custa. Cada voz na casa grande e iluminada era um chamado às engenhosidades e impunidades do prazer; cada eco era um desafio à dificuldade, à dúvida e ao perigo; cada aspecto da imagem, um desejo luzidio do imediato, e com muito ainda por vir, era outra fase do feitiço. Pois um mundo assim constituído era governado por um feitiço, o do sorriso dos deuses e do favor dos poderes; do qual a única aceitação bela, a única aceitação galante, na verdade a única aceitação inteligente era uma fé em suas garantias e uma boa aceitação dos seus acasos. A exigência – a isto a coisa voltava – era acima de tudo de coragem e bom humor; e o valor disso como uma garantia geral – isto é, de compreender-se na pior das hipóteses – nem mesmo nas horas mais tranquilas de sua antiga vida em Roma impressionara o príncipe de modo tão convincente. Sua antiga vida em Roma tinha mais poesia, sem dúvida, mas, enquanto a olhava agora, ela parecia pairar no ar de meros horizontes iridescentes, parecia ter sido frouxa, vaga e fina, com grandes vazios langorosos e incontáveis. A ordem atual, enquanto se espalhava sobre ele, tinha de algum modo o chão sob os pés, e uma trombeta nos ouvidos, e um saco sem fundo de sólidas e brilhantes moedas inglesas – o que era mais relevante – nas mãos. Coragem e bom humor, portanto, eram a ordem do dia; ainda que pelo menos para nós também tivesse sido relevante que, com Amerigo, o efeito mais íntimo de toda essa tranquilidade perceptiva fosse talvez uma estranha irritação final. Ele comparou o lúcido resultado com o extraordinário substituto para a percepção que presidia, no seio de sua esposa, a uma visão tão contente de sua conduta – um estado mental que parecia um substituto para a boa consciência, cultivada engenhosamente em favor dele, uma perversidade de pressão na qual ela persistia de maneira inocente; e ocasionalmente esse espanto de ironia se tornava intenso demais para ser guardado por completo com ele. Não era que em Matcham alguma coisa particular, alguma coisa monstruosa, alguma coisa que tivesse de ser percebida se permitisse, como diziam, "acontecer"; havia apenas alguns momentos em que o hálito do dia, como já foi chamado, golpeava-o com tanta força no rosto que ele rompia com toda a hilaridade do "O que *eles* achariam disso?". "Eles", claro, eram Maggie e seu pai, entediando-se – na medida em que consentiam em se entediar – na monótona Eaton Square, mas também plácidos na crença de que sabiam lindamente o que estavam fazendo seus hábeis companheiros. Eles não sabiam, talvez parecesse naquela situação, absolutamente nada do que valesse a pena falar – belamente ou cinicamente. E talvez eles tentassem um pouco menos se apenas uma vez, de forma pacífica, admitissem que o conhecimento não era uma de suas necessidades e que na verdade estavam naturalmente inacessíveis a ele. Eram boas crianças, que Deus os abençoasse, e filhos de boas crianças; de modo que, na verdade, o próprio *principino*, por pertencer menos consistentemente àquela linhagem, poderia ser imaginado como o mais maduro gênio do trio.

A dificuldade, para os nervos do intercurso diário com a própria Maggie, era que claramente a imaginação dela jamais se abalava com o sentimento de alguma anomalia. A grande anomalia teria sido que seu esposo, ou mesmo que a esposa de seu pai, se mostrasse ter sido feito, para o longo prazo, segundo o padrão estabelecido há tanto tempo para os Verver. Se fosse assim feito não teria o que realizar, em qualquer termo, em Matcham; ao passo que se não fosse não teria o que fazer lá nos termos específicos – termos de conformidade com os princípios de Eaton Square –, aos quais era tão absurdamente dedicado. No âmago daquela inquietação recorrente em nosso jovem, que nos contentamos em chamar de sua irritação – no fundo do seio dessa falsidade de posição, brilhava a fagulha vermelha de seu sentimento inextinguível de uma propriedade mais elevada e mais corajosa. Havia situações ridículas, mas que ele não podia evitar, por exemplo quando sua mulher escolhia, do modo mais usual, torná-lo ridículo. Mas precisamente aqui estava a diferença; fora a pobre Maggie quem inventara um jeito extremamente incomum – mas para o qual, do mesmo modo, seria absurdo demais que ele meramente se prestasse. Sendo empurrado, sistematicamente, para perto de outra mulher, e uma mulher de quem por acaso, em prova do que digo, ele gostava enormemente, e sendo tão empurrado que a teoria daquilo parecia colocá-lo como um idiota ou incapaz – este era um apuro de cuja dignidade dependia toda a sua capacidade de manobra. O que era supremamente grotesco, de fato, era a oposição essencial das teorias – como se um *galantuomo* – como *ele* pelo menos concebia que fossem os *galantuomi* – poderia fazer alguma coisa *que não* ruborizar por ter de "sair" tanto com uma pessoa como a Sra. Verver num estado de inocência infantil, o estado de nossos pais primitivos antes da Queda. A teoria grotesca, como o príncipe a teria chamado, talvez fosse estranha para que ele se ressentisse com violência, e ele fazia justiça misericordiosa a isso – também como homem do mundo; mas, sem dúvida, mesmo assim havia apenas um modo de *realmente* marcar, e tanto para sua companheira quanto para ele próprio, a comiseração em que eles mantinham essa teoria. Um comentário a isso poderia ser apenas em particular, mas também poderia ser ao menos ativo, e de comentários ricos e eficazes Charlotte e ele eram felizmente capazes. Esse consenso não era literalmente o único modo de não serem desgraciosos? Era como se a medida de sua fuga daquele perigo fosse dada pelo crescimento entre eles, durante a visita auspiciosa, de um exótico sentimento de cumplicidade.

8

Portanto ele se viu dizendo, de um jeito divertido até mesmo a Fanny Assingham, pelo olhar preocupado dos dois com relação a Eaton Square, o olhar que nunca poderia ter sido tão evidentemente para Portland Place:

– O *que* nossos *cari sposi** achariam disso? O que achariam realmente? – esse extravasar-se poderia ter sido imprudente se, e talvez de

*Queridos parceiros.

modo surpreendente até para ele próprio, o príncipe já não tivesse se acostumado a pensar nessa amiga como uma pessoa em quem ultimamente o elemento de protesto fora inconfundivelmente mitigado. Obviamente ele se expôs à resposta dela:

– Ah, se seria tão ruim para eles, como pode ser tão bom para vocês? – mas afora o pequeno sentido que a pergunta teria na melhor das hipóteses, ela já parecia se unir com ele em confiança e alegria. Ele possuía uma visão, também – ou pelo menos uma visão parcial –, da mola interna dessa humildade comparativa no momento atual, que era bastante coerente com a retração que ele praticamente a vira assumir após o último jantar da Sra. Verver. Sem ser diplomático ao fazer isso, sem qualquer esforço para desculpá-la, nem para suborná-la a uma atitude para a qual ele não teria uso se não fosse sincera, mesmo assim ele sentia como a segurava e a comovia pela felicidade com que assumia a piedade, instintivamente, por sua depressão perceptível. Pelo pouco que ele a sentisse fora daquilo, fora da corrente de cristal e do quadro caro, só um pouquinho sua amizade compensava para a Sra. Assingham, de hora para hora, as penalidades, como poderiam ser grosseiramente chamadas, do erro dela. Afinal de contas seu erro fora apenas a vontade de lhe parecer correta; ela se revelara por ter sido – como havia se apressado, por sinal, durante a primeira meia hora, durante o chá, a se proclamar – a única mulher antiquada da festa. A escala de tudo era tão diferente que todos os seus menores valores, suas graças mais singulares, sua pequena autoridade local, seu humor e seu guarda-roupa, para os quais bastava em outros lugares, entre seus *bons amis*,* que fossem dela, da cara Fanny Assingham – essas e outras matérias seriam o mesmo que nada agora: cinco minutos tinham bastado para lhe dar o tom fatal. Em Cadogan Place ela sempre podia, na pior das hipóteses, ser pitoresca – uma vez que habitualmente falava de si mesma como "moradora local" da Sloane Street: ao passo que em Matcham nunca seria algo além de horrível. E todo o desastre viria do verdadeiro refinamento, nela, do espírito da amizade. Para provar a ele que não estava realmente vigiando-o – o

*Bons amigos.

que teria sido terrivelmente grave –, ela o seguira na busca de prazer: *de modo que* pudesse, precisamente, marcar seu distanciamento. Este era um belo problema para ela assumir – o príncipe podia ver tudo aquilo: não era uma sombra de interferência que um homem de boa natureza criticasse nela. Assim ele nem mesmo disse, quando ela lhe falou que sabia ser desmazelada, como era desmazelada sua própria criada, odiosamente procurando-a o tempo todo, esfregando-se nela, noite e dia, com olhos e lábios deslacrados, disso *ela* sabia – ele não disse: "Ah, veja o que fizeste: não é culpa tua?" Ele se comportou de modo totalmente diverso: eminentemente se distinguiu – e ela falou que jamais o vira tão universalmente distinto –, ele até mesmo *a* distinguiu em sua obscuridade, ou, no que era pior, em seu objetivo disparate, e francamente a investiu de seu valor absoluto, rodeou-a com toda a importância da espirituosidade dela. Que a espirituosidade, discriminada da estatura e da compleição, um sentido para o "*bridge*" e um crédito para pérolas, *pudessem* ter importância era algo apenas fracamente percebido em Matcham; de modo que a "bondade" dele para com ela – ela chamou aquilo apenas de bondade, mas isso lhe trouxe lágrimas aos olhos – teve a grandeza de uma demonstração geral e também especial.

– Ela entende – disse o príncipe, como num comentário a tudo isso –, ela entende tudo o que precisa entender. Ela demorou, mas finalmente compreendeu: ela vê como tudo que podemos desejar é lhes dar a vida que eles preferem, rodeá-los com o sentimento de segurança, mais favorável a essa vida. Claro que ela não pode dizer isso claramente, de modo que precisamos, para o seu bem, aproveitar ao máximo nossas circunstâncias; ela não pode dizer com todas as palavras: "Não pensem por mim, uma vez que eu também preciso aproveitar ao máximo minha vida: virem-se como puderem, apenas, e vivam como devem." Eu não recebo exatamente *isso* dela, assim como não peço. Mas seu tom e todos os seus modos nada significam, a não ser que queiram dizer que ela confia em que tenhamos um cuidado tão atento, tão hábil, tão terno, ao nosso modo, quanto ela tem o seu. De modo que ela está... bem – completou o príncipe –, de um jeito que podemos praticamente chamar de muito bem.

Mas Charlotte, na verdade, para ajudar a confiança dele, não chamava aquilo de nada; por mais que ele pudesse retornar à lucidez, à importância, ou ao que quer que fosse, desta lição, ela não lhe dava ajuda na direção de lê-la em voz alta. Ela o deixou, duas ou três vezes, falar por si mesmo; somente na véspera do fim da visita ela foi, pela primeira vez, clara ou direta na resposta. Os dois tinham conseguido um minuto juntos no grande salão da casa durante a meia hora antes do jantar; este que era o mais fácil dos acasos eles já haviam, duas vezes, conseguido ao esperar persistentemente até que todos os outros retardatários tivessem ido se vestir, e estando preparados para se vestir com tanta rapidez que pudessem, um pouquinho mais tarde, ser os primeiros a aparecer em atavios festivos. Então o salão estava vazio, antes que o exército de empregadas que arrumavam tudo e batiam as almofadas entrasse em marcha, e havia um lugar perto da lareira abandonada, numa das extremidades, onde eles podiam imitar, com arte, o não premeditado. Acima de tudo, aqui, pelos instantes mais ínfimos, eles podiam respirar tão próximos um do outro que o intervalo era quase engolfado, e a intensidade da união e da cautela se tornava um passável substituto do contato. Tinham prolongamentos de instantes que contavam como visões de bênção; tinham lentas aproximações que contavam como longas carícias. A qualidade dessas ocasiões, de fato, fazia a palavra falada, e especialmente a palavra falada sobre outras pessoas, ficar abaixo deles; de modo que o tom de nossa jovem tinha agora mesmo uma certa secura.

– É muito bom da parte dela, meu caro, confiar em nós. Mas o que mais ela pode fazer?

– Ora, o que as pessoas fazem quando não confiam. Deixar que vejam que não confiam.

– Mas deixar quem ver?

– Bom, deixar a *mim*, digamos, para começar.

– E deverias te importar com isso?

Ele deu uma leve demonstração de surpresa.

– Tu não deverias?

– Com ela te deixar ver...? Não – disse Charlotte. – A única coisa com a qual consigo me imaginar me importando é que tu, caso não tomes cuidado, *a* deixes ver. – Ao que acrescentou: – Tu podes deixá-la ver, veja bem, que estás com medo.

– Eu só tenho medo de *ti*, um pouco, em alguns momentos. Mas não deixarei que Fanny veja isso.

Mas ficou claro que nem os limites nem a extensão da visão da Sra. Assingham eram uma verdadeira preocupação para Charlotte, e ela deu expressão a isso de um modo como ainda não fizera.

– O que ela pode fazer contra nós? Não há uma palavra que ela possa sussurrar. Ela está impotente; não pode falar; seria a primeira a ficar em apuros. – E então, como ele parecia demorar a responder: – Tudo remonta a ela. Tudo começou com ela. Tudo, desde o início. Ela te apresentou a Maggie. Ela acertou o teu casamento.

O príncipe podia ter tido seu momento de demora, mas diante disso, depois de um instante, com um sorriso fraco mais profundo, falou:

– Também não pode ser dito que, em grande parte, ela fez o teu? Acho que ele foi pensado como uma espécie de retificação, não foi?

Charlotte, por seu lado, hesitou um momento; depois foi ainda mais rápida na reação:

– Não quero dizer que houvesse alguma coisa a ser retificada; tudo estava como tinha de estar, e não estou falando de como ela pode ter se preocupado contigo e comigo. Estou falando de como ela tomou, de cada uma das vezes, a vida *deles* nas mãos, e como, portanto, isso a deixa amarrada hoje. Ela não pode procurá-los e dizer: "Estou muito sem graça, meus pobres coitados, mas eu estava frivolamente errada."

Ele pensou naquilo, com seu longo olhar para ela.

– Ainda mais porque não estava. Ela estava certa. Tudo está certo, e tudo ficará assim.

Mas ele esclareceu isso, para sua satisfação mais profunda, até chegar à lucidez supérflua.

– Nós estamos felizes e eles estão felizes. O que mais a situação admite? O que mais Fanny Assingham precisa querer?

– Ah, meu caro, não sou eu quem diz que ela precisa querer alguma coisa. Só digo que ela está *presa*. Que ela precisa ficar exatamente onde tudo, por sua própria ação, a colocou. É tu que pareces assombrado com a possibilidade, para ela, de alguma alternativa injuriosa, alguma coisa para a qual devemos estar preparados. – E com seu raciocínio elevado ela mostrou um sorriso estranho e frio. – Nós *estamos* preparados: para qualquer coisa, para tudo, e do modo *como* estamos, em termos práticos, ela deve nos aceitar. Ela está condenada à coerência; está destinada, coitada, a um otimismo afável. Mas isso, felizmente para ela, é a lei da sua natureza. Ela nasceu para tranquilizar e aliviar. Agora, portanto – riu gentilmente a Sra. Verver –, ela tem a chance de sua vida!

– De modo que a manifestação atual dela, mesmo na melhor das hipóteses, talvez não seja sincera? Poderia ser apenas uma máscara para dúvidas e medos, e para ganhar tempo?

Com a pergunta o príncipe dera a entender que aquilo, de novo, podia perturbá-lo, e isso determinou em sua companheira uma leve impaciência.

– Tu ficas falando dessas coisas como se elas fossem da nossa conta. Eu, pelo menos, sinto que nada tenho a ver com as dúvidas e os medos dela, ou com qualquer coisa que ela possa sentir. Ela deve resolver isso tudo sozinha. Basta para mim que ela sempre esteja, por necessidade, *realmente* com mais medo de ver ou de falar, do que nós deveríamos ter de que ela o fizesse, mesmo que fôssemos os idiotas e covardes que não somos. – E com essas palavras o rosto de Charlotte, para mitigar o tom ligeiramente duro que caso contrário poderia haver nelas, iluminou-se, suavizou-se, brilhou. Isso refletiu, como ainda não acontecera, o raro acerto da sorte dos dois. Fez com que, por um momento, ela parecesse ter pronunciado a palavra de presunção não permitida, tão apto é o rosto, com uma consciência mais fina do que a língua, para trair um sentimento desse lapso específico. Ela pode até mesmo, no instante seguinte, ter visto o amigo se encolher, antecipadamente, diante do uso da palavra que *estava* realmente em seus lábios; uma vez que para Amerigo ainda era inconfundível que havia coisas que ele podia valorizar, formas de fortuna que ele podia acalentar, sem gostar de seus nomes na mesma proporção. Mas se tudo isso estivesse completamente presente em sua companheira, que outra palavra ela poderia ter aplicado à mais simples e mais forte de suas ideias a não ser a que exatamente se ajustava à mesma? Então ela a aplicou, ainda que seu próprio instinto a levasse, ao mesmo tempo, a pagar um tributo ao bom gosto do qual até então eles não haviam se desviado sequer um fio de cabelo. – Se não parecesse tão vulgar, eu diria que nós estamos, fatalmente, *a salvo*. Perdoe a expressão baixa, uma vez que é assim que por acaso estamos. Estamos assim porque eles também estão. E eles estão assim porque não podem estar de outro modo, desde o momento em que, tendo originalmente intervindo por eles, ela agora não poderia suportar a hipótese de não mantê-los assim. Desse modo ela está inevitavelmente *conosco* – disse Charlotte com seu sorriso. – Nós estamos essencialmente juntos.

Ela encolheu os ombros – um movimento que teve certa graça.

– *Cosa volete*?* – o efeito, lindamente, nobremente, foi mais do que romano. – Ah, sem dúvida, é uma situação.

Ele ficou olhando-a.

– É uma situação – disse ele. – Não pode ter havido muitas.

– Talvez jamais, jamais, jamais qualquer outra. Isso eu confesso que gostaria de pensar – sorriu ela. – Somente nossa.

– Somente nossa, provavelmente. *Speriamo*.** – Ao que, após associações apressadas, ele acrescentou: – Pobre Fanny! – mas Charlotte, com um susto e levantando a mão em alerta, tinha se virado depois de olhar para o relógio. Em seguida enfunou as velas para se vestir, enquanto ele a observava chegando à escada. Seus olhos a seguiram até que, com um olhar simples e rápido para ele, a jovem desapareceu. Mas algo na visão parecia ter renovado a mola de sua última exclamação, que ele suspirou de novo no ar: – Pobre, pobre Fanny!

Mas de manhã iria se mostrar bastante coerente com o espírito dessas palavras o fato de que, enquanto o grupo se despedia e se dispersava tumultuosamente em Matcham, ele pudesse enfrentar a questão do lado social do processo de repatriação com a devida presença de espírito. Era impossível, por vários motivos, que ele viajasse para a

---

*Que queres?

**Esperamos.

cidade com os Assingham; era impossível, pelo mesmo motivo, que ele viajasse para a cidade a não ser nas condições em que nas últimas 24 horas vinha, particularmente, e poder-se-ia dizer profundamente, pensando. O resultado desse pensamento já lhe era precioso, e isso punha a seu serviço, ele achava suficientemente, o tom certo para abrir mão da sugestão da amiga mais velha, na verdade uma suposição igualmente plena e branda, de que ele e Charlotte deveriam convenientemente pegar o mesmo trem e ocupar o mesmo compartimento que o coronel e ela. A extensão da ideia para a Sra. Verver teria sido, precisamente, uma parte da brandura da Sra. Assingham, e nada poderia ter caracterizado melhor seu sentimento de tonalidades sociais do que a percepção fácil de que o cavalheiro de Portland Place e a dama de Eaton Square pudessem agora confessar, praticamente sem indiscrição, uma simultaneidade de movimentos. Nos últimos quatro dias ela não fizera qualquer apelo direto a este último personagem, mas o príncipe foi testemunha acidental do recomeço por parte dela no momento em que o grupo estava para se dispersar para a última noite de estada. Houvera, nesse clímax, a habitual conversa preparatória sobre horas e combinações, no meio da qual a pobre Fanny gentilmente se aproximou da Sra. Verver e, aparentemente sem piscar, disse:

– Tu e o príncipe, meu amor. – Ela dava como certo que os dois partiriam publicamente juntos; observou que ela e Bob também estavam prontos, no interesse da sociabilidade, a pegar qualquer trem que tornasse a todos um único grupo. – Eu realmente sinto como se, durante todo esse tempo, não te tiveste visto – isso acrescentou uma graça à sinceridade da abordagem daquela criatura querida. Mas foi então que, por outro lado, o jovem sentiu-se conseguindo com mais eficácia o segredo do tom correto para fazer o que preferia. Sua preferência, durante o início da noite, não deixara de pressioná-lo com mudas insistências; praticamente sem palavras, sem qualquer tipo de telegrafia direta, essa preferência chegara a uma identidade sentida com a de Charlotte. Ela falava para a amiga enquanto respondia à pergunta desta, mas ao mesmo tempo sinalizava para ele tão claramente quanto se tivesse balançado um lenço branco numa janela. – Tu estás sendo tremendamente doce, querida; vocês irem conosco seria encantador. Mas não devem se preocupar conosco, devem se preocupar com vocês: nós estamos resolvidos, Amerigo e eu, a ficar até depois do almoço.

Amerigo, com o tilintar desse ouro no ouvido, virou-se imediatamente para outro lado, de modo a não receber um apelo instantâneo; e pela simples emoção do espanto, além do mais, com relação ao que a adivinhação pode alcançar quando tem as asas de uma paixão comum. Charlotte dissera exatamente o que ele vinha mantendo preparado para a mesma necessidade prevista, e dissera isso simplesmente como uma consequência da necessidade não expressa, cada vez mais profunda, que um sentia do outro e sem que uma palavra fosse trocada entre os dois. Ele não precisava, Deus sabia, perguntar isso a ela – era consciente demais do que queria; mas para ele a lição estava no tom claro e direto que Charlotte pôde destilar, a perfeição no fato de ela não ter acrescentado qualquer explicação, qualquer toque de plausibilidade que ela não se sentiu estritamente obrigada a acrescentar, e no verdadeiro modo superior com que as mulheres, assim situadas, expressam e com o qual se distinguem. Ela respondera à Sra. Assingham de modo bastante adequado; não tinha estragado tudo com um motivo infimamente maior do que o mínimo necessário, e, acima de tudo, lançara, para a atenção esticada mas disfarçada dele, uma imagem que brilhou como um espelho virado para a face do sol. A medida de *tudo*, para todos os seus sentidos, nesses momentos, estava naquilo – especialmente a medida do pensamento que estivera criando nele uma obsessão positiva e que começava a latejar como nunca sob essa percepção de que ela, por uma perfeita paridade de imaginação, tinha uma obsessão igual. Toda a sua consciência começara praticamente a doer com uma verdade exótica, sob cujo brilho ela também vinha inconfundivelmente se aquecendo – a verdade de que a ocasião constituída nos últimos dias não poderia, a não ser por alguma pobreza deles, recusar-lhes uma outra beleza ainda maior. Isso já lhes dissera, com uma voz frequente, que possuía um significado – um significado que o sentido associado dos dois beberia assim como os lábios secos, depois da caminhada pelas areias e da visão distante do ajuntamento de palmeiras, poderiam beber finalmente no poço prometido em meio ao deserto. Houvera beleza, dia após dia, e houvera, para os lábios espirituais, algo do gosto penetrante daquilo; mas mesmo assim era como se a reação deles tivesse permanecido abaixo de sua sorte. Como trazê-lo, por algum movimento corajoso, livre, para a mesma altura, era a ideia com que, por trás e por baixo de tudo, ele se ocupava de modo inquieto, e cuja exploração, como na floresta atravessada pelo sol do romance, o espírito dele, diante da abertura de uma paisagem, encontrava o dela. Os dois já estavam, a partir daquele momento, tão juntos naquele lugar, que ele se pegou usando, cinco minutos depois, exatamente o mesmo tom de Charlotte para dizer à Sra. Assingham que lamentava muito, na questão da volta a Londres, o que não podia ser.

Isso não havia se tornado, subitamente, a coisa mais simples do mundo – esse sentimento, além do mais, parecia chegar ao portento de que ele deveria sentir-se, para sempre, na cabeça dos outros, convenientemente à vontade com ela. Na verdade o príncipe deu um passo adiante de Charlotte – colocou-a como tendo criado sua necessidade. Disse que ela ficaria para o almoço para atender à vontade da anfitriã – e em consequência disso ele também deveria ficar para levá-la decentemente para casa. Sentia que precisava entregá-la em segurança em Eaton Square. Por mais que também pudesse lamentar a diferença imposta por essa obrigação, ele francamente não se importava, uma vez que, acima do prazer em si, seu escrúpulo certamente agradaria ao Sr. Verver e a Maggie. Os dois ainda não haviam aprendido absoluta e totalmente, como ele até mesmo encontrou deliberação para sugerir, o pouco que ele realmente negligenciava o primeiro de seus deveres domésticos – como atualmente parecia ter se tornado. Portanto ainda sentia constantemente quão pouco devia protelar o esforço de fazê-los observar isso. Ao que acrescentou com igual lucidez que voltariam a tempo para o jantar, e se, como última palavra, não deu a entender que seria "adorável" que Fanny encontrasse, ao voltar, um momento para ir a Eaton Square e informar que os dois estavam lutando bravamente, isso não foi porque o impulso, até o próprio nome do ato amigável, tivesse deixado de surgir. Sua confiança interna, seu plano geral, tinha em alguns momentos, para ela, quedas de continuidade, e nada tê-lo-ia agradado mais do que ela tivesse suspeitado nele, por mais que se sentisse tentada, qualquer elemento de "descaramento". Mas ele estava sempre – este era realmente o ponto alto – cultivando, ingratamente, a consideração e a delicadeza: era uma longa lição, esse desaprendizado, com as pessoas da raça inglesa, de *todas* as pequenas superstições que acompanham a amizade. A própria Sra. Assingham foi a primeira a dizer que não deixaria de "informar"; na verdade, pensou ele, ela sugeriu isso de modo maravilhoso – tendo alcançado o cume da maravilha durante o breve intervalo que separou o apelo a Charlotte desta passagem com ele. Ela aproveitara os cinco minutos, obviamente, para se retirar à sua tenda de meditação – o que mostrou, entre várias coisas, a impressão que Charlotte provocara. Foi da tenda que ela emergiu como se com armas renovadas; mas quem poderia dizer se o modo com que ela o encontrou agora falava mais do brilho da batalha ou do acenar branco da bandeira de trégua? De qualquer modo, a parlamentação foi curta; a galanteria da oferta de Fanny Assingham foi suficiente.

– Então visitarei nossos amigos, pedirei para almoçar lá. Dir-lhes-ei quando esperá-los.

– Isso será encantador. Digas que estamos bem.

– Que estão bem: precisamente. Não posso dizer mais do que isso – sorriu a Sra. Assingham.

– Sem dúvida. – Mas ele pensou, como se buscasse a possível importância daquilo. – Tampouco podes dizer menos, pelo que sinto.

– Ah, eu *não* direi menos! – Fanny riu; e com isso, no momento seguinte, virou-se. Mas eles enfrentaram a situação de novo, de modo não menos corajoso, na manhã seguinte, após o desjejum, em meio às carruagens que se afastavam e à troca de despedidas. – Acho que mandarei minha empregada de Euston para casa – e se preparou para completar: – e vou direto a Eaton Square. De modo que vocês podem ficar à vontade.

– Ah, eu acho que estamos à vontade – retrucou o príncipe. – Mas certifique-se de *dizer* que estamos resistindo.

– Vocês estão resistindo... bom. E Charlotte volta para o jantar?

– Para o jantar. Acho que não passaremos mais uma noite longe de casa.

– Bem, então, desejo-lhes pelo menos um dia agradável.

– Ah – riu ele enquanto se separavam. – Faremos o máximo para isso! – depois do que, no tempo devido, com o anúncio da chegada de seu transporte, os Assingham partiram.

9

Depois disso, para o príncipe, foi como se sua visão tivesse ficado mais clara; de modo que a meia hora em que ficou andando pelo terraço e pensando – já que o dia estava lindo – transbordava da plenitude da qualidade particular do mesmo. O brilho geral do dia era composto, sem dúvida, de muitos elementos, mas o que se destacava como se todo o lugar e o momento fossem uma grande pintura saída das mãos de um gênio, apresentada para ele como um ornamento sem par para a sua coleção, e toda envernizada e emoldurada para ser exposta – o que o marcava especialmente para a mais elevada apreciação era o fato de o príncipe possuí-lo de modo extraordinariamente não questionado, absolutamente designado e acentuado. O desafio da pobre Fanny Assingham não significara nada: uma das coisas em que ele pensava enquanto estava encostado na velha balaustrada de mármore – tão parecida com outras que conhecia na Itália de terraços ainda mais nobres – era que ela estava conciliada, de modo conveniente até para si mesma, e que, viajando para Londres com esse contentamento, tinha se tornado uma imagem irrelevante para a cena. Veio-lhe ainda, uma vez que, por vários motivos, sua imaginação estava durante aquele tempo numa atividade sem precedentes, que ele, afinal de contas, ganhara mais das mulheres do que jamais perdera com elas; surgia assim, cada vez mais, naqueles místicos livros contábeis que são mantidos, em relação a tal comércio, até mesmo por homens dos mais frouxos hábitos comerciais, um equilíbrio a seu favor que ele podia muito bem, como regra, tomar como ponto pacífico. O que elas estavam fazendo neste exato momento, criaturas maravilhosas, senão combinar e conspirar a seu favor? – desde a própria Maggie, a seu modo a mais maravilhosa de todas, até a anfitriã da hora presente, por cuja cabeça passara inevitavelmente a ideia de reter Charlotte por motivos pessoais, e que perguntara, nesse espírito benevolente, por que, se não estivesse obrigado, sem plausibilidade, a se apressar, o genro de seu marido não deveria esperar em sua companhia? Ele pelo menos veria, dissera lady Castledean, que nada pavoroso aconteceria a ela, quer enquanto ainda estivesse aqui ou durante a ida para a cidade; e, por sinal, se os dois excedessem um pouco a licença, seria útil que tivessem feito isso juntos. Assim, cada um deles, em casa, teria o conforto de poder culpar o outro. Mas tudo isso, tanto em lady Castledean como em Maggie, tanto em Fanny Assingham quanto na própria Charlotte, estava atuando para ele sem provocação, pelo mero jogo de algum sentimento vago da parte delas – definido e consciente no máximo apenas em Charlotte – de que ele não estava, por natureza, por caráter, resumindo: como um cavalheiro, abaixo de sua notável fortuna.

Mas havia mais coisas diante dele do que até mesmo estas; coisas que se fundiam, quase de modo indistinguível, para alimentar esse sentimento de beleza. Se a visão era espaçosa em todos os sentidos – e as torres de três catedrais, em diferentes condados, como lhe fora apontado, brilhavam visivelmente, como prata fosca, na rica semelhança de tom –, será que ele não sentia isso ainda mais porque, exatamente, lady Castledean mantivera um homem seu, e que isso oferecia uma certa inteligibilidade doce como a nota do dia? Isso fazia tudo se ajustar; acima de tudo, divertia-o a ponto de manter, enquanto esperava, seu sorriso meditativo. Ela detivera Charlotte porque queria deter o Sr. Blint, e não podia deter o Sr. Blint, por mais que ele estivesse disposto a ceder à sua vontade, sem espalhar sobre o ato um grande cortinado. Castledean fora para Londres; o lugar era todo dela; ela tivera a fantasia de uma manhã calma com o Sr. Blint, um rapaz esguio, civilizado, realizado – distintamente mais jovem do que a dama –, que tocava e cantava deliciosamente (até jogava *bridge* e cantava comicidades inglesas tanto quanto tragédias francesas), e a presença – que realmente significava a ausência – de dois outros amigos, se fossem escolhidos com felicidade, tornaria tudo certo. O príncipe teve o sentimento, bem-humorado, de ter sido felizmente escolhido, e isso não lhe foi estragado nem mesmo por outro sentimento que veio em seguida e com o qual, durante sua vida na Inglaterra, ele mais de uma vez tivera de lidar em reflexão: a situação de fazerem-no lembrar que, afinal de contas, era uma pessoa de fora, um estrangeiro, e que mesmo como mero marido e genro representante, ele era tão irrelevante para o funcionamento das coisas que ocasionalmente podia ser curvado a usos comparativamente triviais. Nenhum outro dos convidados poderia ser tão conveniente para a anfitriã; outros tipos de deveres tinham reclamado, em trens matinais, todos os homens ativos, tranquilos, trabalhadores, cada um deles a seu modo um item lubrificado da grande engrenagem social, política, administrativa – e o mais reclamado de todos era o próprio Castledean que, de modo muito estranho, dada sua personagem e seu tipo, era um item bastante grande. Se, por outro lado, ele tinha um dever, não era daquela ordem; o dever era verdadeiramente da ordem em que fora reduzido a um substituto não muito glorioso.

Mas para o príncipe marcou o sentimento da hora o fato de esta visão de ser "reduzido" não interferir nem um pouco com sua tranquilidade atual. Isso mantinha diante dele, em alguns momentos, o fato muito familiar de seus sacrifícios – chegando à ideia de abrir mão, para a conveniência da esposa, de sua verdadeira situação no mundo; com a consequência de que ele estava, em última análise, no meio daquelas pessoas frequentemente inferiores, praticamente consideradas baratas e pouco valorizadas. Mas ainda que tudo isso fosse bastante sensato, havia nele um espírito que podia ascender acima dessas coisas, um espírito que positivamente jogava com os fatos, com todos eles; desde o fato da engraçada ambiguidade das relações inglesas até o de ele ter em mente algo bastante belo, independente e harmonioso, algo totalmente seu. Não podia levar o Sr. Blint a sério – este era muito mais uma pessoa de fora, numa escala maior até mesmo do que um príncipe romano que consentia em ficar num estado latente. Entretanto não dava para descobrir como uma mulher como lady Castledean podia tomá-lo – uma vez que a questão para ele simplesmente afundava de novo nas profundezas incomensuráveis do equívoco inglês. Ele os conhecia, como se dizia, "bem"; tinha convivido com eles, se hospedado com eles, jantado, caçado, atirado e feito várias outras coisas com eles; mas a quantidade de questões a respeito deles que Amerigo não poderia responder crescera em vez de encolher, de modo que a experiência lhe parecia na maior parte ter deixado apenas uma impressão residual. Eles não gostavam de *les situations nettes** – disso o príncipe tinha bastante certeza. Não as teriam por preço algum; seu gênio nacional e seu sucesso nacional estava em evitá-las em todos os pontos. Eles chamavam isso, com complacência, de seu maravilhoso espírito de conciliação – a própria influência que pairava sobre ele aqui, de um momento para o outro, de que a terra e o ar, a luz e a cor, os campos, os morros e o céu, os condados azuis-esverdeados e as frias catedrais deviam a isso cada acento de seu tom. Na verdade, como era preciso sentir diante de tal imagem, esta tivera sucesso; compensara, até agora, aquela solidez acomodada, na rica névoa do mar, em que as pessoas vulgares, supostamente invejosas, sempre esfriaram seus olhos. Mas era ao mesmo tempo exatamente pelo qual até mesmo muita iniciação o deixava, em dados momentos, tão perplexo quanto ao elemento de ranço no frescor e de frescor no elemento de ranço, de inocência na culpa e de culpa na inocência. Havia outros terraços de mármore, espalhando mais perspectivas púrpuras, nos quais ele saberia o que pensar e onde teria desfrutado portanto pelo menos o pequeno piparote de uma relação discernida entre uma dada aparência e um significado percebido. É verdade que nessas condições a mente inquiridora poderia ser desafiada de modo mais agudo; mas o resultado de sua atenção e sua engenhosidade, ele aprendera infelizmente a saber, costumava ser confrontado com uma mera parede morta, um lapso de lógica, uma perplexidade confirmada. E além disso, acima de tudo, nada importava, na relação entre a cena em volta e sua própria consciência, a não ser as orientações mais diretas da mesma.

Sem dúvida o sonho de lady Castledean com o Sr. Blint para a manhã já havia, com todas as harmonias espaçosas restabelecidas,

*Situação bem definida.

assumido a forma de "examinar" alguma coisa com ele, junto ao piano, numa das numerosas saletas que eram consagradas a usos menos gregários; o que ela desejara havia acontecido – sua conveniência fora garantida. Mas isso o fez pensar ainda mais em onde Charlotte estava – uma vez que não supunha que ela tivesse a falta de tato de ir segurar vela, que aceitasse o mero papel de espectadora no dueto dos companheiros. O desfecho de tudo para ele, bem como o de menos e o de mais, era que o belo dia brotava ali como uma grande flor perfumada que ele só precisava colher. Mas era a Charlotte que ele queria fazer a oferta, e enquanto andava pelo terraço, que deixava visíveis partes de dois lados da casa, ele olhava todas as janelas abertas para a manhã de abril, e imaginava qual delas representaria o quarto da amiga. Assim aconteceu que sua pergunta, em pouco tempo, foi respondida; Amerigo viu Charlotte aparecer como se tivesse sido chamada pela pausa de seus pés nas pedras do calçamento. Ela viera ao parapeito, no qual se encostou para olhar para baixo, e ficou ali durante um minuto sorrindo para ele. O príncipe ficou imediatamente espantado ao ver que ela usava um chapéu e um casaco – o que conduzia à sua aparência de estar pronta não tanto para se juntar a ele, com uma bela cabeça descoberta e um guarda-sol, quanto para dar com ele um passo muito maior. O passo estivera, desde a noite anterior, intensamente no pensamento do príncipe, ainda que ele não houvesse pensado integralmente, até então, no detalhe ligeiramente difícil daquilo; mas não tivera chance, tanto quanto necessitava, de lhe falar a palavra definitiva, e o rosto que ela agora mostrava lhe parecia uma notícia de que ela adivinhara, maravilhosamente, sozinha. Os dois tinham essas identidades de impulso – tinham-nas sentido repetidamente antes; e se esses encontros não combinados mas infalíveis davam a medida em que pessoas eram, segundo a expressão comum, feitas uma para a outra, nenhuma união no mundo jamais fora tão adoçada com a sensação de estar certa. O que na verdade costumava acontecer era que a sensação de coisa certa por parte dela ia ainda mais longe do que a dele; os dois tinham consciência da mesma necessidade no mesmo momento, mas era ela que, em termos gerais, via mais claramente o caminho para realizá-la. Alguma coisa em seu longo olhar para ele, da velha janela cinzenta, alguma coisa na própria colocação do chapéu, na cor do lenço no pescoço, na prolongada imobilidade de seu sorriso, transformou em súbita luz para ele toda a riqueza do fato de que podia contar com ela. Ele estava com a mão junto à flor aberta do dia, para colhê-la; mas o que aquele minuto significava senão que a mão dela, respondendo, já se encontrava claramente estendida? Então, portanto, enquanto o minuto durou, os dois viram que estavam com a taça cheia; taça que os olhos de ambos, segurando com força, carregavam e começavam, enquanto provavam o conteúdo, a avaliar. Entretanto, depois de um momento, ele rompeu o silêncio.

– Só falta uma lua, um bandolim e um pouco de perigo para fazer uma serenata.

– Ah, então – gritou ela para baixo, em tom leve –, que pelo menos haja *isto*! – e destacou uma rosa branca que estava em companhia de outra na frente do vestido e a jogou para ele.

O príncipe pegou a flor no ar, olhando de novo para Charlotte depois de ela observá-lo pondo-a na lapela.

– Desça logo! – disse ele de novo em italiano, não alto, mas com intensidade.

– *Vengo, vengo!** – respondeu ela com igual clareza, porém mais baixo; e no minuto seguinte tinha-o deixado à espera.

Ele veio de novo pelo terraço, com pausas em que seus olhos pousavam, como já haviam feito frequentemente, no tom corajoso e mais escuro da aquarela que representava a mais distante das catedrais. Esse lugar, com sua grande igreja e sua alta acessibilidade, as torres que nitidamente sinalizavam a história inglesa, a figura atraente, o interesse reconhecido, esse lugar dissera o próprio nome para ele durante metade da noite, e o nome se tornara outro nome, pronunciável e conveniente, para aquele sentimento supremo das coisas que agora latejavam dentro dele. O príncipe ficara dizendo a si mesmo: "Gloucester, Gloucester, Gloucester", como se o significado mais agudo de todos os anos recém-passados estivessem intensamente expressos nele. O significado disso era realmente que sua situação permanecia subli-

*Estou indo.

memente coerente consigo mesma, e que ele e Charlotte, absolutamente, estavam ali no próprio lustre dessa verdade. Cada circunstância presente ajudava a proclamá-la; era soprada no rosto deles como pelos lábios da manhã. Ele sabia por que, desde o início de seu casamento, procurara com tanta paciência tal conformidade; sabia por que ele, pelo menos, entrara, baseado em todas as formas, baseado em ter se vendido a uma *situation nette*. Tudo acontecera para que sua... bem, de que outro modo ele poderia chamar aquilo senão de sua liberdade? – fosse no presente tão perfeita, redonda e lustrosa quanto uma gigantesca pérola preciosa. Ele não lutara nem roubara; estava tomando apenas o que lhe fora dado; a pérola caiu, com sua qualidade e sua raridade exóticas, direto em sua mão. Aqui, precisamente, ela estava encarnada; o tamanho e o valor cresciam à medida que a Sra. Verver aparecia, distante, numa das portas menores. Veio em sua direção, silenciosa, enquanto ele se movia para encontrá-la; a grande escala desse *front* particular, em Matcham, multiplicava assim, na manhã dourada, os estágios do encontro entre ambos e as sucessões de suas consciências. Somente quando chegara bem perto ele produziu para ela o seu "Gloucester, Gloucester, Gloucester" e seu "Olhe lá!".

Ela sabia para onde olhar.

– Sim, não é uma das melhores? Há claustros, torres, ou coisas do tipo. – E seus olhos, que, ainda que os lábios sorrissem, estavam quase sérios com as profundezas da aceitação, voltaram para ele. – Ou a tumba de algum rei antigo.

– Precisamos ver o rei antigo; precisamos visitar a catedral – disse ele. – Precisamos saber tudo sobre ela. Se ao menos aproveitarmos toda a oportunidade! – exalou ele. E então, por tudo que pareciam lhe dar, o príncipe sondou de novo os olhos dela: – Sinto o dia como uma grande taça que precisamos beber juntos.

– Eu sinto, como sempre me fazes sentir tudo, como tu o sentes; de modo que sei, a dez quilômetros de distância, como tu te sentes! Mas tu te lembras, *à propos* de grandes taças antigas, daquela linda, da verdadeira, que te ofereci há tanto tempo e que não quiseste? Logo antes do teu casamento – lembrou ela. – A taça de cristal dourado na pequena loja em Bloomsbury.

– Ah, sim! – mas foi necessário, com uma pequena surpresa da parte do príncipe, um pouco de esforço para lembrar. – Aquele negócio traiçoeiro e rachado que você queria empurrar para cima de mim, e o judeuzinho vigarista que entendia italiano e que te apoiou! Mas sinto que esta é uma ocasião importante – acrescentou ele imediatamente – e espero que não queiras dizer – sorriu ele – que *como* uma ocasião importante, ela também está rachada.

Os dois falavam, naturalmente, mais baixo do que alto, uma vez que eram observados, ainda que de uma distância respeitosa, por fileiras de janelas; mas isso fazia cada um encontrar na voz do outro um gosto de algo absorvido lenta e profundamente.

– Tu pensas demais em "rachaduras", e será que não tens medo demais delas? Eu me arrisco às rachaduras – disse Charlotte – e frequentemente me lembrei da taça e do judeuzinho vigarista, imaginando se os dois se separaram. Ele me causou grande impressão.

– Bom, sem dúvida tu também causaste grande impressão nele, e ouso dizer que se voltasses lá descobririas que ele vem guardando o tesouro para ti. Mas quanto a rachaduras, como foi que me disseste no outro dia que vocês as chamam em inglês? "Fendas no alaúde?" Arrisques-te a elas o quanto quiseres, mas não te arrisques a elas por mim. – Ele falou isso com toda a diversão de sua serenidade praticamente trêmula. – Eu sigo, como sabes, minhas superstições. E é por isso que sei onde estamos. Todas elas, hoje, estão do nosso lado.

Apoiando-se no parapeito, virada para a grande paisagem, ela ficou quieta um tempo, e no momento seguinte o príncipe viu que Charlotte estava de olhos fechados.

– Eu sigo apenas uma coisa. – A mão dela estava na pedra aquecida pelo sol; de modo que, como estavam virados de costas para a casa, ele a cobriu com a sua. – Sigo a *ti*. Sigo a ti.

Assim ficaram um momento, até ele falar de novo com um gesto que combinava com as palavras.

– A nossa grande necessidade, tu sabes, é seguir o meu relógio. Já são onze horas – ele olhara a hora. – De modo que se ficarmos aqui para almoçar, o que será de nossa tarde?

Diante disso Charlotte abriu os olhos imediatamente.

– Não há a menor necessidade de ficarmos aqui para o almoço. Não vês como estou pronta?

Ele vira, mas sempre havia cada vez mais nela.

– Quer dizer que arranjaste...

– É fácil arranjar. Minha empregada vai com minhas coisas. Só precisas falar com o seu sobre as suas, e os dois podem ir juntos.

– Queres dizer que podemos sair imediatamente?

– Uma das carruagens das quais falei já terá voltado para nos pegar. Se tuas superstições estão do nosso lado – ela sorriu –, meus arranjos também estão, e eu junto meu apoio ao teu.

– Então havias pensado em Gloucester?

Ela hesitou – mas era apenas o seu jeito.

– Pensei que *tu* irias pensar. Graças a Deus nós temos essas harmonias. Elas são alimento para as superstições, se quiseres. É lindo que seja Gloucester; "Glo'ster, Glo'ster", como dizes, fazendo parecer uma canção antiga. Entretanto tenho certeza de que Glo'ster, Glo'ster será encantadora; poderemos facilmente almoçar lá, e, com a bagagem e os serviçais fora de nossas mãos, teremos ao menos três horas. Podemos telegrafar de lá.

Com imensa discrição ela dissera aquilo, como havia pensado tudo, e tinha de ser de modo igualmente disfarçado que ele deixaria sua apreciação se expandir.

– Então *lady* Castledean...

– Nem sonha que fiquemos.

Ele entendeu, mas ainda pensando.

– Então com que ela sonha...?

– Com o Sr. Blint, pobre coitado; apenas com o Sr. Blint. – O sorriso para ele, para o próprio príncipe, foi livre. – Preciso dizer com todas as letras que ela não nos deseja? Ela só nos queria pelos outros, para mostrar que não foi deixada sozinha com ele. Agora que isso está feito, e que todos se foram, claro que ela sabe por si mesma...!

– "Sabe"? – ecoou vagamente o príncipe.

– Ora, que gostamos de catedrais; que inevitavelmente paramos para vê-las, ou que vamos visitá-las sempre que temos chance; é isso que nossas respectivas famílias esperam de nós e com o que ficarão desapontadas se não fizermos. Isto, como *forestieri** – prosseguiu a Sra. Verver –, será nosso impulso, se nosso impulso não fosse tão grande o tempo todo.

Ele só conseguia manter os olhos fixos nela.

– E descobriste qual é o trem...?

– O próprio. Paddington, o das às dez para as sete "em ponto". Isso nos dá oceanos; podemos jantar em casa, na hora de sempre; e como obviamente Maggie estará em Eaton Square, eu o convido.

Durante um tempo ele apenas ficou olhando-a; passou-se um minuto antes que falasse.

– Muito obrigado, aceito com prazer. – Ao que acrescentou em seguida: – Mas e o trem para Gloucester?

– Um trem local: às onze e vinte e dois minutos; com várias paradas, mas fazendo uma boa distância por hora, não lembro qual. De modo que temos tempo. Só que precisamos empregar nosso tempo.

Ele se levantou como se pelo mero feitiço momentâneo provocado por ela; olhou de novo o relógio enquanto os dois voltavam para a porta pela qual Charlotte saíra. Mas de novo teve perguntas e paradas – todas pelo mistério e o encanto.

– Resolveste tudo isso sem que eu pedisse?

– Ah, meu caro – riu ela –, eu te vi em Bradshaw! É preciso sangue anglo-saxão.

– "Sangue"? – ecoou ele. – Tu o tens de todas as raças! – Isso a manteve diante dele. – És terrível.

Ele disse do modo como queria.

– Eu sei o nome da estalagem.

– Então qual é?

– Existem duas, tu verás. Mas escolhi a certa. E acho que lembro da tumba – ela sorriu.

– Ah, da tumba...! – Qualquer tumba serviria para ele. – Mas quero dizer que eu estava guardando minha ideia espertamente para ti, enquanto já estavas com ela.

---

*Estrangeiro.

– Tu a estavas guardando "para" mim tanto quanto querias. Mas como imaginaste que a estavas guardando *de* mim?

– Não estou... agora. Como poderei guardar qualquer coisa... num dia em que desejar fazer isso?

– Ah, para coisas que eu não queira saber, prometo que descobrirás que sou estúpida. – Os dois tinham chegado à porta, onde ela parou para explicar: – Nestes dias, ontem, ontem à noite, hoje de manhã, eu quis tudo.

Bom, estava tudo certo.

– Tu *terás* tudo.

10

Ao chegar à cidade, Fanny seguiu sua segunda ideia, despachando o coronel para almoçar no clube e colocando a empregada num carro de aluguel para Cadogan Place com suas várias bagagens. O resultado para cada um dos membros do casal foi um estado de ocupação tão contínuo que o dia praticamente se passou sem outro contato entre eles. Jantaram fora, juntos, mas foi ao sair e voltar que os dois, de cada lado, pareceram ter menos a comunicar. Fanny estava envolta em seus pensamentos ainda mais do que no manto cor de limão que protegia os ombros nus, e o marido, tendo de lidar com o silêncio dela, mostrou-se não menos disposto do que usualmente, quando desafiado desse modo, a segurar as pontas, como ele teria dito. Em geral, nesses dias eles tinham pausas mais longas e transições mais abruptas; numa dessas últimas viram-se, num clímax, lançados na meia-noite. A Sra. Assingham, bastante cansada e sentindo-se de novo em casa, subiu para o primeiro andar onde afundou, sob o enorme peso de seu fardo, em uma grande cadeira veneziana no patamar do lado de fora da sala de estar – da qual a princípio fez apenas, com seu rosto pensativo, uma espécie de trono de meditação. Assim ela teria lembrado um pouco, com seu tipo de orientalismo livre, a esfinge imemorialmente muda em vias de finalmente se tornar articulada. O coronel, de seu lado, não muito diferente de um velho peregrino do deserto acampando ao pé daquele monumento, foi, como se fizesse um reconhecimento, para a sala de estar. Visitou, segundo sua vontade, as janelas e suas trancas; rodeou o local simultaneamente com os olhos do senhor e do administrador, do comandante e do pagador de salários; depois voltou à esposa, diante de quem ficou parado por um momento, esperando. Mas ela, durante um tempo, continuou também a esperar, apenas olhando-o inescrutavelmente. Havia nessas pequenas manobras e paciências conscientes algo de uma suspensão do antigo costume de discussões divergentes, aquele intercurso por meio do desentendimento que agora ficara tão desajeitado. Essa jovialidade familiar parecia querer mostrar que era capaz de ceder, ocasionalmente, a qualquer problema claro; ainda que, de modo sensível e igualmente incoerente, não houvesse no ar qualquer problema que devesse ser vulgarmente reconhecido como claro.

Poderia haver no rosto da Sra. Assingham, por sinal, uma leve percepção de algum sentimento mais delicado – um sentimento da situação em que se encontrava, e da própria situação que estava, estranhamente, em vias de repudiar – que ela fizera crescer nele. Mas era uma flor sobre a qual era preciso respirar gentilmente, e foi mais ou menos isso que ela fez por fim. A Sra. Assingham sabia que o marido não precisava que lhe dissessem que ela se entregara, durante toda a tarde, aos amigos em Eaton Square, e que esse fato teria sido apenas o resultado pronto de impressões reunidas, em quantidades, em cestos cheios até a borda, como os frutos púrpuras da vindima, em Matcham; um processo rodeado por ele, enquanto inconfundivelmente acontecia, com abstenções e discrições que quase poderiam ter contado como solenidades. As solenidades, ao mesmo tempo, não o haviam comprometido com nada – nada além dessa confissão de uma consciência de águas profundas. Para ele, visivelmente, ela estivera sobre essas águas; e o tributo do coronel ao fato fora tê-la mantido, mesmo sem uma palavra, bem à vista. Ele não abandonara sequer por uma hora, durante a aventura da mulher, a margem do lago místico; pelo contrário, havia-se estacionado onde ela poderia sinalizar-lhe de acordo com a necessidade. A necessidade dela teria surgido caso as pranchas de sua barca tivessem se partido – *então* algum tipo de mergulho ter-se-ia tornado o dever imediato dele. Sua situação atual, claramente, era a de vê-la no centro do lençol de água escura e de imaginar se o olhar mudo para ele não significava talvez que as pranchas *estavam*-se partindo agora. Ele se manteve tão a postos que era quase como se o homem interno houvesse tirado o paletó e o colete. Mas antes que mergulhasse – isto é, antes que pronunciasse uma pergunta – ele percebeu, não sem alívio, que ela estava chegando a terra. Observou-a remar com firmeza, sempre um pouco mais perto, e finalmente sentiu o barco bater na margem. O barulho foi claro, e na verdade ela desceu em terra.

– Nós todos estávamos errados. Não há nada.

– Nada...? – Era como dar-lhe a mão para subir o barranco da margem.

– Entre Charlotte Verver e o príncipe. Eu estava inquieta... mas agora estou satisfeita. Foi um grande equívoco. Não há nada.

– Mas eu pensei que era exatamente isso que tu asseveravas com persistência – disse Bob Assingham. – Tu garantiste a honestidade deles desde o princípio.

– Não. Até agora eu não garantia nada a não ser minha disposição para ficar preocupada. Nunca, até agora – prosseguiu Fanny seriamente, em sua cadeira –, eu tinha tido a chance de ver e julgar. Tive isso naquele local; se não tive, em minha presunção e minha tolice, nada além – acrescentou expressiva. – Portanto eu vi. Eu *vi*. E agora sei. – A ênfase, quando ela repetiu a palavra, fez sua cabeça se levantar mais alto, infalivelmente. – Eu sei.

O coronel recebeu isso, mas a princípio em silêncio.

– Queres dizer que eles te *contaram*...?

– Não, não quero dizer nada tão absurdo. Uma vez que, para começar, eu não perguntei, e em segundo porque a palavra deles, num assunto assim, não teria importância.

– Ah – disse o coronel com toda a sua estranheza –, eles contariam a *mim*.

Isso a fez encará-lo um instante, como se com a antiga impaciência pelas interrupções, sempre atravessando seus belos canteiros de flores; mas mesmo assim sentia que mantinha a ironia contida.

– Então, quando eles contassem a ti, talvez tivesses a bondade de me informar.

Ele ergueu o queixo, testando o crescimento da barba com as costas da mão enquanto a fixava com um único olho.

– Ah, não digo que eles necessariamente me contariam que *estão* ultrapassando os limites.

– Eles necessariamente, independentemente do que acontecesse, ficariam de boca fechada, espero, e estou falando deles agora segundo o que percebi sozinha. *Isso* me basta, é só o que tenho de levar em conta. – E após um instante: – Eles são maravilhosos.

– De fato – concordou o marido –, realmente acho que são.

– Tu acharias ainda mais se soubesses. Mas não sabes; porque não vês. A situação deles – era isso que ele não via – é extraordinária demais.

– "Demais"? – o coronel estava disposto a tentar.

– Extraordinária demais para ser acreditada se não vemos. Mas é exatamente isso, de certa forma, que os salva. Eles levam a sério.

O coronel seguiu em seu próprio passo.

– A situação deles.

– O lado incrível dela. Eles o tornam crível.

– Crível para *ti*, então, é o que dizes?

Ela o encarou de novo durante um intervalo.

– Eles acreditam nela. Eles a aceitam como é. E isso os salva.

– Mas o que ela "é" é apenas o interesse deles...?

– É o interesse deles pelo que te contei quando Charlotte apareceu pela primeira vez. É o interesse deles pela ideia que na época eu tinha certeza de que ela teve.

O coronel mostrou seu esforço para lembrar.

– Ah, a tua ideia, em diferentes momentos, sobre qualquer uma das ideias *deles*! – Essa procissão sombria, visivelmente, reuniu-se diante dele, e, com a melhor vontade no mundo, o coronel podia apenas olhar a imensidão da mesma. – Agora estás falando de algo que podes confortavelmente aceitar?

De novo, durante um tempo, ela apenas o encarou feroz.

– Eu voltei à minha crença, e o fato de ter feito isso...

– Bem? – perguntou ele quando ela parou.

– Bem, mostra que estou certa; pois garanto que cheguei longe. Agora estou de novo em casa, e pretendo ficar aqui. Eles são lindos – declarou ela.

– O príncipe e Charlotte?

– O príncipe e Charlotte. Eles são *extremamente* notáveis. E a beleza é que os dois têm medo por eles. Quero dizer, têm medo pelos outros.

– Pelo Sr. Verver e por Maggie? – Isso exigiu mais alguma coisa. – Têm medo de quê?

– Deles mesmos.

O coronel ficou pensando.

– *Deles* mesmos? Do Sr. Verver e de Maggie?

A Sra. Assingham permaneceu tão paciente quanto lúcida.

– Sim; *dessa* cegueira também. Mas acima de tudo do próprio perigo deles.

Ele revirou aquilo.

– E esse perigo *é* a cegueira...?

– O perigo é a posição deles. O que a posição deles contém, todos os elementos, eu não precisaria nesta hora do dia tentar te dizer. Contém, felizmente, uma vez que esta é a misericórdia, tudo *menos* cegueira: quero dizer, da parte deles. A cegueira é primariamente do marido dela.

Ele ficou parado um momento; *iria* entender aquilo.

– Marido de quem?

– Da Sra. Verver – prosseguiu ela. – A cegueira é principalmente dele. Isso eles veem, isso eles sentem. Mas também é da mulher dele.

– Da mulher de quem? – perguntou ele enquanto ela continuava a olhá-lo carrancuda, contrastando com a comparativa animação de seu rosto. E em seguida, quando ela ficou apenas carrancuda: – Do príncipe?

– De Maggie, da própria Maggie – prosseguiu ela como se para si mesma.

Ele fez uma pausa.

– Achas que Maggie é tão cega assim?

– A questão não é o que eu acho. A questão é a convicção que guia o príncipe e Charlotte; que têm melhores oportunidades para julgar do que eu.

O coronel pensou de novo.

– Tens tanta certeza de que as oportunidades deles são melhores?

– Bom, o que é toda a situação extraordinária deles, toda a relação extraordinária deles, senão uma oportunidade?

– Ah, minha cara, tu tens tanto quanto eles essa oportunidade, a da situação e da relação extraordinária dos dois.

– Com a diferença, querido – retrucou ela com algum espírito –, que nenhuma dessas questões é minha. Eu *vejo* o barco em que eles estão, mas graças a Deus não estou nele. Mas hoje, hoje em Eaton Square, eu vi.

– Bem, viu o quê?

Mas ela continuou pensando.

– Ah, muitas coisas. Mais do que nunca, de alguma forma, foi como se, Deus me perdoe, eu estivesse vendo *para* eles, quero dizer, para os outros. Era como se tivesse acontecido alguma coisa, não sei o quê, a não ser algum efeito desses dias com eles naquele lugar, que fizesse as coisas surgirem ou que tivesse clareado meus olhos. – Enquanto isso os olhos da pobre senhora repousaram nos do companheiro, não tanto com o lustro de uma descoberta mais intensa quanto de um presságio específico que, em várias outras situações, ele tivera ocasião de reconhecer. Obviamente ela desejava tranquilizá-lo, mas aparentemente foram necessárias duas lágrimas grandes, cândidas, brilhantes, para enfatizar isso. Estas tiveram de imediato, para ele, a ação direta de sempre: ele foi levado a sentir que a Sra. Assingham precisava tranquilizá-lo ao modo dela. O coronel adotaria isso e se conformaria a isso assim que pudesse entender. A única coisa era que isso exigia reviravoltas incalculáveis. A reviravolta pareceu notável, por exemplo, enquanto ela desenvolvia sua indicação do que surgira na tarde. – Era como se eu soubesse melhor do que nunca o que os faz...

– O que os faz...? – insistiu ele enquanto ela soltava as informações intermitentemente.

– Bom, faz o príncipe e Charlotte aceitarem tudo como aceitam. Pode ter sido difícil saber *como* aceitar; e eles podem até mesmo dizer que estavam tentando ver há muito tempo. Como eu disse, hoje foi como se eu estivesse subitamente, com uma espécie de impulso horrível, vendo através dos olhos deles. – Com o que, como se para afastar a própria perversidade, Fanny Assingham se levantou de um salto. Mas ficou ali, sob a luz fraca, e enquanto o coronel, com seu "tipo" elevado, seco, escasso, para o qual certa conformidade com a brancura de neves inacessíveis na gravata, no peitilho da camisa e no colete dava um rigor de entonação, esperava, observando-a, eles poderiam, àquela hora tardia e na casa silenciosa, ter sido dois aventureiros mundanos e enganadores, impulsionados para alívio, sob súbita tensão, até um triste encontro à meia-noite numa esquina qualquer. A atenção dela movia-se mecanicamente sobre os objetos de ornamento dispostos muito livremente nas paredes da escada e do patamar, cujo reconhecimento, naquela hora, perdera o apreço e o arrependimento. – Eu posso imaginar como isso funciona – disse ela. – É muito fácil entender. Mas não quero estar errada. Não quero, não quero estar errada!

– Não queres cometer um erro, é o que estás dizendo?

Ah, não, ela não queria dizer nada disso; sabia bem demais o que queria dizer.

– Eu não cometo erros. Mas perpetro crimes em pensamento. – E falou com toda intensidade: – Sou uma pessoa pavorosa. E há ocasiões em que pareço não me importar nem um pouco com o que fiz, ou com o que penso, imagino, temo ou aceito; quando sinto que faria isso de novo... sinto que faria eu mesma.

– Ah, minha cara! – observou o coronel na frieza da discussão.

– Sim, se tu tivesses me lançado de volta à minha "natureza". Felizmente, para ti, nunca o fizeste. Fizeste todo o resto, mas jamais fizeste isso. Mas o que realmente não quero nem um pouco é me acumpliciar com eles ou protegê-los.

Seu companheiro pensou nisso.

– Protegê-los de quê, se, segundo tua fé agora tão estabelecida, eles nada fizeram que justifique tua proteção?

E isso provocou uma reação nela.

– Ora, de um susto súbito. Do alarme, quero dizer, quanto ao que Maggie *possa* pensar.

– No entanto toda a tua ideia não é de que Maggie não pensa nada...?

Ela esperou de novo.

– Não é "toda" a minha ideia. Nada é "toda" a minha ideia. Hoje eu senti, como te disse, que há coisas no ar.

– Ah, no ar...! – sussurrou o coronel secamente.

– Ora, o que está no ar *tem* sempre de voltar à terra, não é? E Maggie é uma pessoazinha muito curiosa. Uma vez que hoje à tarde eu estava em condições de ver mais do que jamais vi... bom, eu também senti *isso*, por algum motivo, como ainda não havia sentido.

– Por "algum" motivo? Por que motivo? – E então, como a mulher a princípio nada disse: – Ela deu algum sinal? Ela estava diferente, de algum modo?

– Ela é sempre tão diferente de todas as pessoas no mundo que é difícil dizer quando é diferente de si mesma. Mas Maggie me fez pensar nela de um modo diferente – disse Fanny após um instante. – Ela me levou para casa.

– Para casa aqui?

– Primeiro a Portland Place, quando deixou o pai: uma vez que, de vez em quando, ela o deixa. Isso foi para me manter junto um pouco mais. Mas ficou com a carruagem e, depois de tomarmos o chá em sua casa, veio comigo até aqui. Isso teve o mesmo objetivo. Depois foi para casa, ainda que eu tivesse lhe trazido um recado do príncipe, um recado que combinava os movimentos deles de outra forma. Ele e Charlotte devem ter chegado – se chegaram –, esperando irem juntos a Eaton Square e manter Maggie lá para o jantar. Ela tem tudo lá, tu sabes, ela tem roupas.

Na verdade o coronel não sabia, mas demonstrou ter entendido.

– Queres dizer, uma muda de roupas?

– Vinte mudas, se quiseres, todo tipo de coisas. Ela se veste, realmente, Maggie se veste tanto para o pai, e sempre fez isso, quanto para o marido ou para si mesma. Ela tem um quarto na casa dele, exatamente como antes de se casar; assim como o menino tem outros aposentos lá, onde a Sra. Noble, quando vem com ele, fica bastante à vontade, garanto-te. *Si bien** que se Charlotte quisesse que um ou dois amigos se hospedassem em sua casa, teria dificuldade para acomodá-los.

Era um quadro em que, como um ator parcimonioso, Bob Assingham podia mais ou menos entrar.

– Maggie e o menino se desdobram tanto assim?

– Maggie e o menino se desdobram tanto assim.

Ora, ele considerou:

– Isso *é* bem esdrúxulo.

– É o que estou dizendo – ela parecia grata pela palavra. – Não digo que seja outra coisa, mas *é*, claramente, esdrúxulo.

E depois de um instante o coronel retomou:

– "Outra"? Que outra coisa poderia ser?

– Poderia ser que ela está infeliz e que tem um jeito curioso de se consolar. Por que se *estivesse* infeliz – a Sra. Assingham tinha deduzido – é exatamente esse caminho, estou convencida, que ela *tomaria*. Mas como ela pode estar infeliz, uma vez que, como também estou convencida, ela, no meio de tudo, adora o marido tanto quanto sempre?

Diante disso o coronel pensou por um tempo um pouco maior.

– Então, se ela é tão feliz, qual é o problema?

Isso fez a mulher quase saltar para cima dele.

– Então achas que ela é desventurada em segredo?

Mas ele ergueu os braços em protesto.

– Ah, minha cara, eu desisto deles por *ti*. Nada mais tenho a sugerir.

– Então isso não é gentil de tua parte. – Ela falou como se ele fosse frequentemente gentil. – Tu admites que a situação é "esdrúxula".

E isso fixou de novo, por um momento, a intenção dele.

– Charlotte reclamou da falta de cômodos para os amigos dela?

---

*Se bem.

– Nunca, que eu saiba, sequer uma palavra. Não é o tipo de coisa que ela faça. E afinal de contas, quem ela tem para reclamar?

– Ela não teve sempre a ti?

– Ah, "eu"! Atualmente eu e Charlotte...! – A Sra. Assingham falou como se de um capítulo encerrado. – Entretanto veja a justiça que lhe faço. Ela me parece cada vez mais extraordinária.

Uma sombra mais profunda, diante da renovação da palavra, surgira no rosto do coronel.

– Então, se todos são tão extraordinários, não é motivo para nós nos resignarmos a lavar as mãos quanto à possibilidade de eles... se perderem? – Mas o rosto dela recebeu a pergunta como se fosse apenas um tremor do tom antigo para o qual o problema deles tinha se tornado tão real; seus olhos traíam o estado dos nervos a tal ponto que ele recuou, bastante alerta, para um terreno mais firme. Já havia falado sob essa luz da visão de um homem simples, mas agora ele deveria ser algo mais do que um homem simples. – Então Charlotte não tem o marido...?

– A quem reclamar? Ela preferiria morrer.

– Ah! – e o rosto de Bob Assingham, diante de visão de tais extremos, procurou a própria docilidade. – Então ela não tem o príncipe?

– Para essas questões? Ah, ele não conta.

– Eu achava que era exatamente, como motivo de nossa perturbação, exatamente para isso que ele contava!

Mas a Sra. Assingham já tinha sua explicação pronta.

– Nem um pouco como uma pessoa a quem entediar com reclamações. O motivo da *minha* perturbação é exatamente que ela nunca, sob qualquer pretexto, o entedia. Não Charlotte! – E na imaginação da superioridade da Sra. Verver com relação a um equívoco desses ela deu, caracteristicamente, algo que era como um movimento brusco de cabeça; um tributo claro à graça geral daquela dama, em todas as situações, como essa personagem sem dúvida jamais recebera.

– Ah, apenas Maggie! – com isso o coronel deu um gorgolejo curto e grave. Mas isso encontrou a esposa novamente preparada.

– Não, não *apenas* Maggie! Muitas pessoas em Londres, o que não é de espantar!, o entediam.

– Maggie é apenas a pior delas? – Mas esta foi uma pergunta que ele rapidamente abandonou diante do retorno de outra, da qual pouco antes lançara a semente. – Tu disseste agora mesmo que ele já deve estar de volta com Charlotte, "se chegaram". Então achas possível que não tenham voltado?

Diante dessa ideia a mulher exibiu um sentimento de responsabilidade; mas isso foi insuficiente, sem dúvida, para impedi-la de pensar a respeito.

– Acho que não há nada de que eles não sejam capazes; em sua boa-fé tão intensa.

– Boa-fé? – ele ecoou criticamente as palavras, que na verdade tinham um som estranho.

– A posição falsa deles. É a mesma coisa. – E ela abateu, com sua decisão, a falta superficial de sequência. – Eles talvez possam, para uma demonstração, como eu vejo, não ter voltado.

Ele pensou nisso, visivelmente, em como ela os via.

– Podem ter ido a algum lugar juntos?

– Podem ter ficado em Matcham até amanhã. Podem ter telegrafado para casa, cada um deles, depois de Maggie ter me deixado. Podem ter feito Deus sabe o quê. – Subitamente ela prosseguiu com mais emoção, que, sob a pressão de alguma mola de sua visão interna, irrompeu num gemido perturbado, imperfeitamente contido. – O que quer que eles tenham feito, jamais saberei. Nunca, nunca; porque não quero e porque nada me induzirá. De modo que podem fazer o que quiserem. Mas eu trabalhei para *todos*!

Ela pronunciou esta última palavra com mais um tremor irreprimível, e no momento seguinte as lágrimas tinham chegado, apesar de, com a explosão, ela ter deixado o marido, como se quisesse se esconder dele. Passou para a penumbra da sala de estar, onde, durante a caminhada de pouco antes, ele erguera uma persiana, de modo que a luz dos postes da rua entrava um pouco pela janela. Foi em direção a essa janela, na qual encostou a cabeça, enquanto o coronel, com seu rosto comprido, procurava-a por um minuto e hesitava. Ele poderia estar pensando no que ela realmente fizera, em que medida ela *poderia* ter se comprometido, além do conhecimento ou da concepção dele, nas questões dessas pessoas. Mas, rapidamente, ouvi-la chorar e tentar não ouvir foi demais para ele; de outras vezes o coronel a vira não tentar suprimir o choro, e isso não fora tão ruim. Aproximou-se e a abraçou; puxou-a para junto do peito onde, enquanto soluçava, ela se deixou ficar um pouco – tudo isso com uma paciência que a acalmou. Mas o efeito dessa pequena crise, estranhamente, não foi encerrar o colóquio, com o resultado natural de mandá-los para a cama: o que existia entre eles havia se aberto ainda mais, havia de algum modo, através da demonstração aguda do sentimento da Sra. Assingham, dado um passo positivo, entrara, sem mais palavras, na região do entendido, fechando a porta depois de passar e colocando-os ainda mais cara a cara. Eles permaneceram durante alguns minutos olhando aquilo através da janela escura que se abria para o mundo das perturbações humanas em geral, e que deixava a luz vaga brincar aqui e ali sobre ouro, cristal e cores, as características elaboradas, espreitando fracamente, da sala de estar de Fanny. E a beleza do que se passou entre eles, que se passou com o grito de dor, com o jorro de lágrimas dela, com o espanto, a gentileza e o conforto dele, com os momentos de silêncio dos dois, acima de tudo, poderia ter representado que os dois afundavam juntos, de mãos dadas, durante um tempo, no lago místico onde ele começara, como demos a entender, vendo-a remar sozinha – a beleza disso era que agora os dois realmente podiam falar melhor do que antes, porque finalmente, de uma vez por todas, a base havia se definido. O que era a base, que Fanny exigia absolutamente, senão que Charlotte e o príncipe deveriam ser salvos – na medida em que falar deles como ainda salvos poderia salvá-los? Salvava-os, de algum modo, para a mente perturbada de Fanny – uma vez que esta era a natureza da mente das mulheres. Agora ele lhe dava a entender, não lhe recusando qualquer gentileza, que entendera suficientemente o recado, e que o recado era tudo que ele queria. Isso ficou bastante claro mesmo enquanto revertia ao que ela lhe dissera sobre a recente conversa com Maggie.

– Não sei totalmente, veja bem, o que tu deduzes disso, ou por que deduz qualquer coisa.

Quando ele se exprimiu, assim, foi como se tivesse de posse do que os dois haviam trazido das profundezas.

11

— Só posso dizer – isso fez sua companheira responder – que alguma coisa no rosto dela, na voz e em todos os seus modos agiu em mim como nada havia agido antes; e acima de tudo exatamente pelo motivo de que eu a sentia se esforçando ao máximo para ficar calma e natural, e o máximo dela, coitada, é muito bom. É quando vemos pessoas que sempre *são* naturais fazendo pequenos esforços pálidos, patéticos em busca da naturalidade, é então que sabemos que há um problema. Não posso descrever minha impressão; tu terias de ver. E a única coisa que *pode* ser problema para Maggie é isso. Quando digo "isso", quero dizer que ela começa a duvidar. A duvidar, pela primeira vez – concluiu a Sra. Assingham – de seu pequeno julgamento maravilhoso sobre seu pequeno mundo maravilhoso.

A visão de Fanny era impressionante, e o coronel, como se também estivesse agitado pela mesma, voltou a caminhar pela sala.

– Duvidar da fidelidade, duvidar da amizade! Pobre coitada! Vai ser difícil para ela. Mas ela vai colocar tudo isso em cima de Charlotte.

A Sra. Assingham, ainda numa contemplação sombria, negou balançando a cabeça.

– Ela não vai "colocar" isso em lugar nenhum. Não fará disso o que qualquer outra pessoa faria. Ela ficará com tudo.

– Quer dizer que ela considerará que é a culpada?

– Sim... ela encontrará meios de chegar a isso.

– Ah, então – declarou devidamente o coronel –, ela é realmente uma boa pessoa!

– Ah, tu verás, de um modo ou de outro, até que ponto! – E Fanny disse isso, subitamente, quase com exaltação; de modo que, como se sentisse de imediato a surpresa do marido, virou-se para ele: – De algum modo ela vai me desmascarar!

– *Te* desmascarar...?

– Sim. Eu sou a pior. Porque fiz tudo – disse Fanny Assingham com uma exaltação mais intensa. – Reconheço isso; aceito. Ela não vai jogar isso em cima de mim, não vai jogar nada. Então eu me jogo em cima dela; ela vai me segurar. – A Sra. Assingham falava quase com volubilidade; segurou-o com sua intensidade súbita. – Ela carregará todo o peso de nós duas.

Mesmo assim ainda havia espanto naquilo.

– Quer dizer que ela não vai se importar? Ora, amor...! – E ele a encarou, não sem gentileza. – Então onde está a dificuldade?

– Não há dificuldade! – declarou Fanny com a mesma ênfase rica. Isso o manteve encarando-a durante mais tempo, como se tivesse perdido o fio da meada.

– Ah, queres dizer que não há dificuldade para *nós*!

Ela encontrou seu olhar durante um minuto, como se isso talvez imputasse demais um egoísmo, uma preocupação, a qualquer custo, com a superfície dos dois. Depois pode ter decidido que a superfície deles era, afinal de contas, o que mais tinham a considerar.

– Não se nós mantivermos a cabeça no lugar – disse com dignidade. Fanny parecia estar dando a entender que eles começariam a mantê-la agora. Era isso que significava ter finalmente constituído uma base. – Lembras o que me disseste naquela noite da minha primeira ansiedade *real*, depois da festa no Foreign Office?

– Na carruagem, quando chegamos em casa? – Sim, ele podia lembrar. – Deixar que eles resolvessem?

– Exato. "Confie na inteligência deles para salvar as aparências", foi o que praticamente disseste. Bom, eu confiei. *Deixei* que eles resolvessem.

Ele hesitou.

– E o que queres dizer é que eles não fizeram isso?

– Eu os deixei, mas agora vejo como e onde. Venho deixando-os o tempo todo, sem saber, por conta *dela*.

– Da princesa?

– E é isso que eu quero dizer – prosseguiu a Sra. Assingham pensativamente. – Foi isso que me aconteceu com ela hoje – continuou a explicar. – Percebi que é exatamente isso que venho fazendo.

– Ah, vejo.

– Eu não precisava me atormentar. Ela os assumiu.

O coronel declarou que "via"; entretanto era como se, diante disso, encarasse um tanto cegamente.

– Mas então o que aconteceu, de um dia para o outro, com *ela*? O que abriu os olhos dela?

– Eles nunca estiveram realmente fechados. Ela sente falta dele.

– Então por que não sentia falta antes?

Encarando-o ali, entre as sombras e os brilhos domésticos, Fanny explicou:

– Ela sentia, mas não se permitia saber. Ela possuía seus motivos, usava seus antolhos. Agora, finalmente, sua situação chegou a um ponto crítico. Hoje ela sabe disso. E isso é esclarecedor. Foi esclarecedor para *mim* – concluiu a Sra. Assingham.

O marido prestou atenção, mas o efeito momentâneo foi novamente a indecisão, e o refúgio de sua indecisão foi um som arfante.

– Pobre menininha!

– Ah, não, não sinta pena dela!

Mas isso provocou uma reação.

– Por que não podemos nem mesmo ter pena dela?

– Não agora, ou pelo menos não por enquanto. É cedo demais, isto é, se não for tarde demais. Isso dependerá, de qualquer modo, do que veremos. Nós podíamos ter tido pena dela antes: pelo bem que isso lhe teria feito; nós poderíamos ter começado há algum tempo. Mas agora, pelo modo como eu vejo... – De novo ela projetou seu olhar.

– Pelo modo como tu vês, ela dificilmente poderia gostar disso!

– Pelo modo com vejo, ela *viverá*. Pelo modo como vejo, ela triunfará.

A Sra. Assingham falou com tal clarão profético que isso chegou a alegrar seu marido.

– Ah, então nós devemos apoiá-la!

– Não, não devemos tocar nela. Não devemos tocar em nenhum deles. Devemos manter as mãos afastadas; devemos seguir nas pontas dos pés. Devemos simplesmente observar e esperar. E enquanto isso devemos suportar como pudermos. É nesse ponto que estamos, e isso nos serve muito bem. Estamos presenciando.

E assim, movendo-se pela sala em comunhão com sombrios presságios, ela ficou quieta até que ele perguntou de novo:

– Presenciando o quê?

– Ora, alguma coisa possivelmente bela. Bela como *pode* acabar sendo.

Ela parou diante do marido, enquanto ele pensava.

– Quer dizer que ela terá o príncipe de volta?

Fanny Assingham ergueu a mão numa impaciência rápida: a sugestão quase poderia ter sido abjeta.

– Não é uma questão de recuperação. Não será uma questão de qualquer luta vulgar. Para "tê-lo de volta" ela precisa ter perdido, e para ter perdido precisaria ter tido. – Com isso Fanny balançou a cabeça. – O que vejo é que ela está acordando para a verdade de que, o tempo todo, ela realmente *não* o teve. Nunca.

– Ah, minha cara...! – ofegou o pobre coronel.

– Nunca! – repetiu a esposa. E prosseguiu sem piedade: – Lembras-te do que eu disse há muito tempo, naquela noite, logo antes do casamento deles, quando Charlotte apareceu tão de súbito?

O sorriso com que ele recebeu esse apelo não foi robusto, o que era para ser temido.

– O que disseste, amor, naquela ocasião?

– Tantas coisas, sem dúvida, que existe a chance de eu ter falado a verdade uma ou duas vezes. Mas nunca a falei mais do que quando te disse, naquela noite, que Maggie era a pessoa no mundo para quem uma coisa errada menos poderia ser comunicada. Era como se a imaginação dela estivesse fechada para isso, como se seus sentidos estivessem totalmente lacrados. Portanto, é isso que agora *terá* de acontecer. Os sentidos dela terão de se abrir.

– Sei – assentiu ele. – Para o que é errado. – Ele assentiu de novo, quase alegre, como se estivesse se apaziguando com um bebê ou um lunático. – Para o que é muito, *muito* errado.

Mas o espírito de sua mulher, depois do esforço para voar, podia se manter no alto.

– Para o que chamamos de Mal, mal com M maiúsculo: pela primeira vez em sua vida. Para a descoberta do mal, para o conhecimento dele, para a crua experiência dele. – E ela deu a maior medida dessa possibilidade: – Para o contato áspero, diariamente arrepiante, com o mal. A não ser – e aqui a Sra. Assingham observou um limite –, a não ser, por enquanto (na medida em que ela chegou, e se não chegar mais longe), simplesmente com a suspeita e o pavor. O que veremos é se aquela mera dose de alarme se mostrará suficiente.

Ele considerou.

– Mas suficiente para quê, minha cara, se não para partir o coração dela?

– Suficiente para sacudi-la! – respondeu estranhamente a Sra. Assingham. – Quero dizer, para sacudi-la do modo certo. O modo certo não partirá o seu coração. Fará com que ela... bem, fará com que ela, por meio de uma mudança, entenda uma ou duas coisas do mundo.

– Mas não é uma pena que sejam as coisas mais desagradáveis para ela?

– Ah, "desagradáveis"... Elas *terão* de ser desagradáveis: para lhe mostrar um pouco onde ela está. Terão de ser desagradáveis para chamar sua atenção. Terão de ser desagradáveis para fazer com que ela decida viver.

Agora Bob Assingham estava junto à janela, enquanto sua companheira girava lentamente. E havia acendido um cigarro, em busca da paciência final, e parecia vagamente medir o tempo enquanto ela andava de um lado para o outro. Ao mesmo tempo precisou fazer justiça à lucidez que ela finalmente alcançara, e sem dúvida foi por meio da expressão dessa educabilidade que ele deixou seus olhos, por um minuto, se revirarem, como pela força do sentimento, para a escuridão do alto da sala. Tinha pensado na resposta que as palavras de sua mulher implicavam idealmente.

– Decida viver... ah, sim! Pelo filho.

– Ah, nem pense no filho! – e ele jamais se sentira tão esnobado, para uma visão exemplar, como quando Fanny parou de súbito. – Viver, meu pobre coitado, pelo pai dela, o que é uma coisa totalmente diferente! – E toda a pessoa ampla, ornamentada, da Sra. Assingham irradiou, com isso, a verdade que começara, sob tanto manuseio, a brilhar. – Uma idiota pode fazer coisas pelo filho. Ela terá um motivo mais original, e veremos como isso atuará. Ela terá de salvá-*lo*.

– "Salvá-lo"?

– Manter o pai longe do que ela sabe. *Esse* será um trabalho – e ela pareceu ver isso, diante de si, nos próprios olhos do marido. Com o que, no mais elevado clímax concebível, encerrou o colóquio. – Boa noite!

Mas havia algo em seus modos – ou no efeito, pelo menos, dessa demonstração suprema – que por um simples toque ergueu-o para o seu lado; de modo que, depois de a Sra. Assingham ter virado as costas para voltar ao patamar e à escada, ele a alcançou, antes que ela começasse a subir, com o tom de uma percepção excitada.

– Ah, mas tu sabes, isso é bastante divertido!

– "Divertido"...? – Diante disso ela se virou de novo no pé da escada.

– Quero dizer que é bastante encantador.

– "Encantador"...? – Ainda era a lei dos dois, um pouco, que ela fosse trágica enquanto ele era cômico.

– Quero dizer que é bastante belo. Tu mesma disseste que seria. Só que – prosseguiu ele prontamente, com o ímpeto da ideia, e como se esta subitamente o houvesse tocado com luz suas conexões até então escuras –, só que eu não vejo bem por que o próprio cuidado com ele, que a levou tão longe, exatamente, e que nos parece tão "esdrúxulo", também não a fez perceber um pouco mais aquilo por que estava passando.

– Ah, aí estás! É a pergunta que venho me fazendo o tempo todo. – Ela pousara os olhos no tapete, mas ergueu-os enquanto prosseguia; fez com que ele percebesse isso claramente: – E é a pergunta de uma idiota.

– Uma idiota...?

– Bem, a idiota que *eu* fui, de todos os modos, tamanha a frequência com que a fiz. Tu és desculpável, uma vez que só a fazes agora. A resposta, digo hoje, estava o tempo todo na minha cara.

– Então qual é, pelo amor de Deus?

– Ora, a própria intensidade da consciência que ela tem dele, a própria paixão de sua piedadezinha corajosa. Foi assim que aconteceu, e admito que foi tão "esdrúxulo" quanto possível. Mas vem acontecendo a partir de um começo esdrúxulo. Desde o momento em que o bom homem se casou para tranquilizar a filha, por uma perversidade extraordinária foi produzido exatamente o efeito oposto...!

Mas com a renovada visão dessa fatalidade ela pôde apenas encolher os ombros num gesto desesperado.

– Sei – pensou o coronel com simpatia. – Isso *foi* um começo esdrúxulo.

Mas sua própria resposta, enquanto ela erguia os braços de novo, pareceu fazê-la sentir-se, por um momento, intolerável.

– Sim... aí estou! Eu estava realmente no fundo – declarou. – Não sei o que me possuiu, mas planejei para ele, eu o induzi. – Mas, com isso, no momento seguinte ela retomou o controle. – Ou melhor, *sei* o que me possuiu: uma vez que ele estava sendo perturbado por mulheres vorazes de todos os lados e pedia proteção pateticamente, não é? Não mostrava, de modo bastante encantador, como precisava disso e como desejava isso? Maggie – prosseguiu ela lucidamente – não podia, com uma vida nova, entregar-se à tarefa de fazer para ele tudo que fizera no passado: cercá-lo, mantê-lo em segurança e mantê-las *de fora*. Pude perceber isso pela abundância de minha afeição e simpatia. – E tudo aquilo abençoadamente lhe voltou, mesmo não sendo tudo, pela quinquagésima vez, obscurecido, diante dos fatos atuais, pela ansiedade e pelo remorso. – Sem dúvida fui uma tola intrometida; sempre *sou*, em pensar que vejo a vida das pessoas melhor do que elas próprias. Mas minha desculpa – insistiu ela – era que aquelas pessoas não *viam* com clareza sozinhas, não viam de modo algum. Senti uma verdadeira pena de eles estarem estragando um material tão bom; estarem simplesmente desperdiçando e deixando a vida ir embora. Eles não sabiam *como* viver, e de algum modo eu não podia simplesmente ficar olhando, se é que tinha interesse por eles. É por isso que pago – e a pobre mulher, numa comunhão mais direta com a inteligência do companheiro nesse momento, pareceu sentir, mais do que nunca, que o estava deixando receber todo o fardo de sua consciência. – Sempre pago por isso, cedo ou tarde, pelo meu interesse sociável, desgraçado, desnecessário. Nada, claro, me serviria mais do que se a coisa também se resolvesse para Charlotte; Charlotte que estava pairando ali na borda de nossa vida, quando não lindamente, e um pouco misteriosamente, passando por ela, e que era um tremendo desperdício e uma tremenda ameaça de fracasso, assim como, para qualquer bem possível ao *mundo*, eram o Sr. Verver e Maggie. Comecei a sentir, nas vigílias noturnas, que Charlotte era uma pessoa que *podia* manter longe as mulheres vorazes; sem ser voraz ela própria, ao modo vulgar das outras; e que esse serviço ao Sr. Verver seria um bom emprego para o futuro dela. Havia algo, claro, que poderia ter me impedido: tu sabes, tu sabes o que quero dizer, está claro em seu rosto! – gemeu ela. – Mas só posso dizer que não me impediu; e em grande parte o motivo foi, uma vez que me apaixonei pela bela simetria do meu plano, porque senti certeza de que Maggie aceitaria Charlotte, ao passo que não conseguia imaginar qualquer outra mulher, qualquer outro *tipo* de mulher, que ela aceitaria.

– Sei... sei. – Fanny havia feito uma pausa, enquanto sustentava o olhar atento do marido, e a febre de seu retrospecto subira tanto com o que ela havia falado que surgiu nele o desejo visivelmente forte de encontrá-la, de seu lado, mas com uma respiração capaz de resfriá-la. – Entendo, minha querida.

Mas isso apenas a manteve ali, sombria.

– Eu naturalmente vejo, amor, que tu entendes; o que de novo está claro em teus olhos. Tu vês que eu vejo que Maggie a aceitaria numa ignorância impotente. Sim, querido – e a tristeza de sua melancolia possuiu-a mais uma vez: – Só precisas me dizer que esse conhecimento foi o motivo para o que fiz. Como poderei encarar-te, quando fizeres isso? Tu vês – disse ela com um movimento inefável de cabeça – que encaro! Estou arrasada, arrasada; entretanto – acrescentou rapidamente – só há uma coisa que ajuda a salvar minha vida. – E o manteve esperando apenas um instante. – Eles poderiam, eles talvez com certeza iriam, fazer algo pior.

Ele pensou.

– Pior do que Charlotte...?

– Ah, não me diga que *não* poderia haver nada pior – implorou ela. – Poderia haver, e houve, muitas coisas. Charlotte, ao seu modo, é extraordinária.

Ele foi quase simultâneo.

– Extraordinária!

– Ela observa as aparências.

Ele hesitou.

– Com o príncipe...?

– *Para* o príncipe. E com os outros. Com o Sr. Verver, maravilhosamente. Mas acima de tudo com Maggie. E as aparências (ela precisa fazer justiça até mesmo a *elas*) são dois terços da conduta. Digamos que ele tivesse se casado com uma mulher que as desconsiderasse.

Mas o coronel recuou rapidamente.

– Ah, minha cara, eu não diria isso por nada no mundo!

– Digamos – prosseguiu ela mesmo assim – que ele tivesse se casado com uma mulher de quem o príncipe *realmente* gostasse.

– Quer dizer que ele não gosta de Charlotte...?

Esta era uma nova visão à qual saltar, e o coronel, perceptivelmente, queria ter certeza da necessidade desse esforço. Para isso, enquanto ele a encarava, sua mulher lhe deu tempo; no fim do qual ela simplesmente disse:

– Não!

– Então o que eles estão querendo? – Mas mesmo assim ela apenas o encarou; de modo que, parado com as mãos nos bolsos, ele teve mais tempo para arriscar, de modo conciliador, outra pergunta: – São as "aparências" das quais você fala, as que são dois terços da conduta, que irão impedir Charlotte, segundo sua hipótese, de voltar com ele antes de amanhã cedo?

– Sim, absolutamente. As aparências *deles*.

– "Deles"...?

– De Maggie e do Sr. Verver; as que eles *impõem* sobre Charlotte e o príncipe. Aquelas que, tão perversamente, como digo, tiveram sucesso em se estabelecer como as corretas.

Ele considerou – mas apenas agora, finalmente, a ponto de cair no espanto.

– Sua "perversidade", minha cara, é exatamente o que não entendo. O estado das coisas que existem não cresceu, como um campo de cogumelos, durante uma noite. O que quer que eles possam estar querendo agora é no mínimo consequência do que *fizeram*. Será que eles são apenas vítimas impotentes do destino?

Bom, finalmente Fanny teve a coragem para isso.

– Sim, são. Ser tão abjetamente inocentes... *isso* é ser vítima do destino.

– E Charlotte e o príncipe são abjetamente inocentes...?

Ela demorou outro minuto, mas se ergueu à altura total.

– Sim. É isso que eles *são*: tanto ao seu modo quanto ao modo dos outros. Todas as intenções eram belas. As do príncipe e de Charlotte eram belas; *disso* tenho fé. *Eram*, juro por Deus. Caso contrário eu seria uma desgraçada. E não sou uma desgraçada. Só fui uma burra de marca maior.

– Ah, então o que nossa trapalhada fez com que *eles* se tornassem?

– Bom, interessados demais em pensar uns nos outros. Tu podes chamar esse erro pelo nome que quiseres; de qualquer modo, vai significar o caso deles. Ilustra o infortúnio – disse gravemente a Sra. Assingham – de ser muito, muito encantador.

Esta foi outra questão que exigiu pensamento, mas o coronel de novo se esforçou ao máximo.

– Sim, mas para quem? A coisa não depende disso? Para quem o príncipe e Charlotte foram encantadores demais?

– Um para o outro, em primeiro lugar, obviamente. E depois ambos para Maggie.

– Para Maggie? – ecoou ele, pensativo.

– Para Maggie. – Agora ela foi cristalina. – Por ter aceitado, desde o princípio, tão ingenuamente, sim, tão ingenuamente, a ideia ingênua de ela ainda ter o pai, de mantê-lo junto, em sua vida.

– Então nós não devemos, numa humanidade comum, e se não temos problemas com ele, e se temos os meios, e ele, por seu lado, não bebe nem faz confusão, será que não devemos manter nosso idoso pai em nossa vida?

– Certamente, quando não há motivos particulares contra isso. O fato de poder haver outros além de ele se embebedar é exatamente a moral do que está diante de nós. Em primeiro lugar o Sr. Verver não é idoso.

O coronel simplesmente suspendeu o fogo, mas apenas por um tempo.

– Então por que diabos ele, ah, pobre coitado!, se comporta como se fosse?

Ela demorou um momento para responder.

– Como sabes como ele se comporta?

– Ora, meu amor, nós vemos como Charlotte sabe!

De novo, diante disso, ela hesitou; mas ergueu-se de novo.

– E o que estou querendo dizer o tempo todo não é que ela o considera encantador?

– Isso não depende um pouco do que ela vê como encantador?

Ela encarou a pergunta como se fosse inconveniente, depois, balançando a cabeça com dignidade, descartou-a.

– É o Sr. Verver que é realmente jovem; Charlotte é que é realmente velha. E o que eu estava dizendo não se afeta...!

– Tu estavas dizendo – ele lhe fez justiça – que todos são ingênuos.

– Que eram. Ingênuos, todos, a princípio. Extraordinariamente. É o que quero dizer com o fracasso deles em ver que quanto mais aceitam como ponto pacífico o fato de poderem atuar juntos, mais estão realmente atuando separados. Pois eu repito que realmente acredito que Charlotte e o príncipe honestamente decidiram, originalmente, que a própria estima pelo Sr. Verver, que era o mais sério que poderia ser!, iria salvá-los.

– Sei. – O coronel se inclinou. – E poderia salvá-*lo*.

– É a mesma coisa!

– Então salvar Maggie.

– Isso já é um pouco diferente. Porque Maggie foi quem fez mais.

Ele pensou.

– O que você chama de mais?

– Bom, ela fez a coisa originalmente: ela *começou* o círculo vicioso. Uma vez que isso, ainda que você fique arregalado por eu associá-la com "vício", foi exatamente o que aconteceu. É a consideração mútua entre eles, em todos os sentidos, que transformou a coisa num poço sem fundo; e eles estão tão embrulhados simplesmente porque, a seu modo, foram tão improvavelmente *bons*.

– A seu modo, sim! – riu o coronel.

– Que era, acima de tudo, o modo de Maggie. – Nenhum brilho da irreverência do marido significava qualquer coisa para ela agora. – Em primeiro lugar, Maggie teve de compensar para o pai o fato de ela própria ter sofrido para se tornar – pobre coitada, como ela acreditava – tão intensamente casada. Em seguida teve de compensar o marido por usar tanto tempo que eles poderiam ter passado juntos de outra forma para tornar perfeita essa reparação ao Sr. Verver. E seu modo de fazer isso, exatamente, era permitindo ao príncipe o uso, o desfrute, o que quer que o chames, de Charlotte para alegrar seu caminho (como se fosse a prestações) enquanto ela própria, certificando-se de que seu pai estivesse bem, podia fazer falta a ele. Mas ao mesmo tempo em que ela afastava sua jovem madrasta, com esse objetivo, para longe do Sr. Verver, isso também lhe parecia algo que precisava ser compensado. Isso a sobrecarregou, tu verás facilmente, com uma obrigação positivamente nova para com o pai, uma obrigação criada e agravada por seu infeliz, ainda que bastante heroico, sentimentozinho de justiça. Maggie começou querendo mostrar que o casamento dele jamais poderia, sob qualquer tentação da bênção dela com o príncipe, tornar-se para ela um pretexto para abandoná-lo ou negligenciá-lo. Então isso, por sua vez, levou-a a querer mostrar ao príncipe que reconhecia como o outro desejo, esse desejo de permanecer, intensamente, a mesma filhinha apaixonada que sempre fora, implicava em algum grau, e apenas para o presente, por assim dizer, que ela negligenciasse e abandonasse a *ele*. Eu afirmo – Fanny, com característica amplitude, abriu um parêntese – que uma pessoa pode sentir principalmente apenas uma paixão, isto é, uma paixão *terna*, de cada vez. Mas isso não é verdadeiro para nossas ligações primárias e instintivas, para a "voz do sangue", como o sentimento pelos pais ou por um irmão. Esses podem ser intensos e ao mesmo tempo não impedir outras intensidades; como reconhecerás, meu caro, quando te lembrares de como continuei, *tout bêtement*,* a adorar minha mãe, a quem tu não adoravas, durante anos após começar a adorar-te. Bom, Maggie está na mesma

*Tão tolamente.

situação em que eu estava, *além* de complicações que eu, graças a Deus, não sofri; *além* da complicação, acima de tudo, de não ter sequer um pouquinho do sentido para complicações que eu devia ter tido. De qualquer modo, antes que ela soubesse, seus pequenos escrúpulos e suas pequenas lucidezes, que na verdade eram tão divinamente cegos, seu febril sentimentozinho de justiça, como eu digo, juntaram os outros dois de um modo que seus erros mais grosseiros de conduta não poderiam fazer. E agora ela sabe que alguma coisa aconteceu, mas ainda não sabe o quê. Ela apenas empilhou seu remédio, pobre criança, algo que viu com seriedade, mas confusamente, como sua política necessária; e pôs em cima da política, em cima do remédio, a ideia que a princípio ela pensou sozinha, de que realmente seria necessária, desde então, alguma modificação. Sua única modificação foi o crescimento da necessidade de impedir que o pai pensasse se tudo, na vida deles, *poderia* ser realmente para o bem. Agora ela precisa como nunca mantê-lo inconsciente de que, por mais peculiar que ele perceba a situação, haja qualquer coisa desconfortável ou desagradável, qualquer coisa que, moralmente, saia o mínimo do caminho. Ela precisa ficar tocando a situação para fazer, a cada dia, a cada mês, com que esta pareça natural e normal para ele; de modo que, Deus me perdoe a comparação!, Maggie parece uma velha que começou a "pintar o sete" e que tem de fazer isso em grande estilo, com maior audácia, até mesmo com maior impudência, à medida que fica mais velha. – E Fanny ficou um momento cativada com a imagem que havia produzido. – Gosto da ideia de Maggie audaciosa e impudente, aprendendo a ser assim para desculpar as coisas. Ela poderia, acredito que ela irá, aprender isso consumadamente, diabolicamente, com esse objetivo sagrado. Pois no momento em que o coitado visse tudo *rouge*...! – Ela parou, encarando a visão.

Esta foi partilhada até mesmo por Bob.

– *Então* a diversão começaria? – Mas como isso apenas a fez olhá-lo com mais dureza, ele mudou a forma da pergunta: – Queres dizer que nesse caso ela *irá*, criatura encantadora, se perder?

Fanny ficou quieta mais um instante.

– Como eu disse antes, ela não irá se perder se o pai se salvar. Maggie verá isso como salvação suficiente.

O coronel pensou.

– Então ela é uma pequena heroína.

– De fato, ela é uma pequena heroína. Mas é, acima de tudo, a inocência dele que irá fazê-los passar por isso.

Diante disso seu companheiro focalizou de novo a inocência do Sr. Verver.

– Isso é tremendamente antiquado.

– Claro que é tremendamente antiquado! Isso é tremendamente antiquado, que os dois são tremendamente antiquados, antiquados com *nossa* velha graça antiquada; e não quero dizer tua e minha, e sim a de meus doces conterrâneos do campo, de quem degenerei tão deploravelmente. Esse – declarou a Sra. Assingham – foi originalmente o motor do apelo e do interesse que senti por eles. E é claro que sentirei que eles são ainda mais antiquados – acrescentou com tristeza – antes que eles tenham terminado comigo!

Isso poderia ser, mas não foi, o que mais interessaria ao coronel.

– Tu acreditas tanto na inocência do Sr. Verver depois de dois anos de Charlotte?

Ela o encarou.

– Mas o ponto essencial é que dois anos de Charlotte foi o que de fato ele não teve realmente, ou o que poderias chamar de integralmente.

– Assim como Maggie, segundo sua teoria, é... não teve "realmente ou integralmente" o príncipe? É necessário tudo que ela não teve – admitiu o coronel – para explicar a inocência que nela, também, nos deixa admirados.

Na medida em que isso também poderia ser ironia, ela deixou passar.

– São necessárias muitas coisas para explicar Maggie. O que é definitivo, de qualquer modo, é que, por mais estranho que seja, o esforço dela em favor do pai tem tido bastante sucesso até agora. Ela o fez, ela o *faz*, aceitar como parte do jogo a estranheza toleravelmente óbvia da relação deles. Atrás dela, protegido, divertido e talvez exoticamente iludido, com a ajuda do *principino*, com quem se deleita, ele suportou segura e serenamente as condições de sua vida como se fossem as que havia projetado de modo sublime. Ela não as havia trabalhado em detalhe, não mais do que eu, que Deus tenha piedade de mim!, e as estranhezas estavam exatamente nos detalhes. Isso, para ele, foi o que significou ter-se casado com Charlotte. E ambos ajudam.

– "Ambos"?

– Quero dizer que se Maggie, sempre suportando o ataque inimigo, faz com que tudo pareça ajustar-se de modo florido, Charlotte também faz sua parte. E a parte dela é muito grande. Charlotte trabalha como um cavalo.

Então ali estava tudo, e seu marido encarou-a durante um minuto, pensando.

– E como é que o príncipe trabalha?

Ela o encarou de volta.

– Como um príncipe! – E então, interrompendo-se para subir ao seu quarto, ela apresentou as costas altamente ornadas, onde, em lugares estranhos, controlando as complicações de seu aspecto, o rubi ou a granada, a turquesa e o topázio brilhavam como fracos símbolos da vontade que juntava os retalhos de cetim de seu argumento.

O coronel ficou olhando enquanto ela o deixava positivamente sob a impressão de seu domínio do tema; sim, como se o resultado final do drama diante deles fosse apenas que o Sr. Assingham possuía, quando se tratava de situações difíceis na vida – uma vida que se encolhia para ele agora –, a mais luminosa das mulheres. Ele apagou, sob a visão da magnífica retirada da esposa, a lâmpada elétrica comparativamente pequena e fraca que presidira a conversa; depois subiu imediatamente atrás dela na medida em que permitiam os vagalhões da cauda de seu vestido âmbar, percebendo como toda a clareza que haviam conquistado era um alívio até mesmo para ela – como finalmente o sentimento da amplitude da exposição feita por Fanny a sustentava e fazia flutuar. Mas juntando-se a ela no patamar de cima, onde a mulher já havia tocado num ponto metálico para fazer a luz, ele descobriu que ela talvez fizera ainda mais para criar do que para extinguir nele o germe de uma curiosidade. O coronel a reteve um minuto a mais – havia outra ameixa na torta.

– O que disseste há alguns minutos sobre ele não gostar de Charlotte?

– O príncipe? Quando disse que ele "realmente" não gosta dela? – A Sra. Assingham lembrou-se depois de um tempo, com bastante benevolência. – Quero dizer que os homens não gostam quando a coisa é fácil demais. É assim, em nove de cada dez casos, que *é* tratada uma mulher que arriscou a vida. Tu perguntaste agora como ele trabalha; mas talvez devesses ter perguntado como ele joga.

Bom, ele deduziu:

– Como um príncipe?

– Como um príncipe. Ele *é*, profundamente, um príncipe. Nesse sentido – disse ela com expressão – ele é, maravilhosamente, um exemplo. Os príncipes são mais preciosos do que fingem, mesmo nos "círculos mais elevados"; e é isso que compõe boa parte do seu valor. Talvez ele seja um dos últimos, o último dos verdadeiros. De modo que nós é que devemos entendê-lo. Devemos entendê-lo totalmente.

O coronel considerou.

– E como Charlotte deve entendê-lo, se alguma coisa acontecer?

A pergunta a reteve durante um minuto, e enquanto esperava, com os olhos fixos nele, ela agarrou seu braço, em cuja carne o coronel sentiu a resposta claramente registrada. Assim ela lhe fez, mantendo-se um pouco distante, a imposição mais firme, mais longa, mais profunda que Bob Assingham jamais recebera da mulher.

– Nada *acontecerá*, a despeito de tudo. Nada *aconteceu*. Nada *está* acontecendo.

Ele pareceu um pouquinho desapontado.

– Sei. *Conosco*.

– Conosco? Com quem mais? – E o Sr. Assingham sentiria de fato como ela desejava que ele entendesse. – Nós não sabemos absolutamente nada...! – Era uma declaração que ele deveria assinar.

Assim, foi como se ele escrevesse seu nome.

– Não sabemos absolutamente nada.

Foi como a senha dos soldados à noite.

– Somos tão inocentes quanto bebês – prosseguiu ela do mesmo modo.

– Por que não dizer tão inocentes quanto eles próprios?

– Ah, pelo melhor dos motivos! Porque somos muito mais.

Ele pensou.

– Mas como podemos ser mais...?

– Para eles? Ah, facilmente! Podemos ser qualquer coisa.

– Absolutos idiotas, então?

– Absolutos idiotas. E ah! – suspirou Fanny. – Como isso irá nos descansar!

Bom, ele pareceu ver alguma coisa naquilo.

– Mas eles não saberão que nós não somos?

Ela mal hesitou.

– Charlotte e o príncipe acham que somos, isso está garantido. O Sr. Verver acredita em nossa inteligência... mas ele não conta.

– E Maggie? Será que *ela* não sabe...?

– Que enxergamos debaixo dos nossos narizes? – Sim, isso realmente demorou mais tempo. – Ah, se ela perceber, não dará sinal. De modo que dá no mesmo.

Ele ergueu as sobrancelhas.

– Dá no mesmo não podermos ajudá-la?

– É assim que *iremos* ajudá-la.

– Parecendo idiotas?

Ela ergueu as mãos.

– Ela só quer parecer uma idiota maior! De modo que aí estamos! – Com isso Fanny descartou o assunto; a conformidade dele estava prometida. Mas alguma coisa ainda a retinha; surgiu, em sua própria visão, como uma última onda de clareza. – Além do mais, *agora* eu vejo! Quero dizer, o que estavas me perguntando: como soube hoje, em Eaton Square, que Maggie está acordada. – E ela visivelmente percebia. – Foi por ver os dois juntos.

– Vê-la com o pai? – De novo ele ficou para trás. – Mas tu os vistes frequentemente juntos, antes.

– Nunca com meus olhos atuais. Uma vez que nada como um teste assim, de tamanha duração da ausência dos dois juntos, tinha acontecido.

– Pode ser! Mas, se ela e o Sr. Verver insistiram nisso...

– Por que é um teste tão grande? Porque se tornou um teste sem que eles pretendessem. A coisa se estragou, por assim dizer, nas mãos deles.

– Azedou, foi?

– A palavra é terrível, diga em vez disso que a coisa "mudou". Talvez – prosseguiu Fanny – ela desejasse ver o quanto era capaz de suportar. Nesse caso ela *viu*. Só que foi ela sozinha quem insistiu com relação à visita. O pai não insiste em nada. E ela o observa.

O coronel parecia impressionado.

– "Observa"?

– Em busca do primeiro leve sinal. Quero dizer, de que ele percebe. Mas, como digo, o sinal não vem. Mas ela está ali para isso, para ver. E eu senti *como* Maggie está ali; eu a peguei no ato. Ela não pôde esconder de mim, ainda que tenha deixado seu posto de propósito: veio comigo para casa para jogar areia em meus olhos. Eu entendi tudo: a areia; mas foi isso que me mostrou. – E com essa suprema lucidez Fanny havia chegado à porta de seu quarto. – Felizmente isso também me mostrou como ela teve sucesso. Nada *veio* dele.

– Tens tanta certeza assim?

– Claro. Nada *virá*. Boa noite. Ela preferirá morrer.

Livro 2
A princesa

Parte IV

1

Somente depois de muitos dias se passarem a princesa começou a aceitar a ideia de ter feito, um pouco, algo que nem sempre estava fazendo, ou mesmo de ter ouvido alguma voz interior que falava num novo tom. Mas esses adiamentos instintivos da reflexão eram, acima de tudo, fruto de reconhecimentos e percepções já existentes; da sensação, acima de tudo, de ela ter feito – numa hora particular –, pelo mero toque de sua mão, uma diferença na situação que há tanto tempo lhe era presente como praticamente inatacável. A situação viera ocupando, durante meses e meses, o próprio centro do jardim de sua vida, mas havia se afastado como uma estranha e alta torre de marfim, ou talvez algum maravilhoso pagode chinês, lindo, mas estranho, uma estrutura coberta de porcelana dura e brilhante, colorida, cheia de figuras e adornada, nas bordas que se projetavam, com sinos de prata que tilintavam encantadoramente quando agitados por ares fortuitos. Ela a havia rodeado muitas vezes – era como se sentia; levara sua existência no espaço que lhe fora deixado para circulação, um espaço que algumas vezes parecia amplo e algumas vezes estreito; o tempo todo olhando para cima, para a bela estrutura que se espalhava de modo tão amplo e que se elevava tão alta, mas por enquanto jamais descobrindo por onde poderia ter entrado caso desejasse. Não desejara até agora – esta era a situação estranha; e, além disso, o que era igualmente estranho, ainda que seus olhos erguidos parecessem distinguir lugares que poderiam servir, de dentro, e especialmente bem no alto, como aberturas e janelas, nenhuma porta parecia dar acesso de seu conveniente nível no jardim. A grande superfície decorada permanecera constantemente impenetrável e inescrutável. Mas agora, para sua mente que pensava, era como se ela tivesse apenas cessado de circular e de examinar a elevação, como se tivesse deixado de olhar e de se perguntar de modo tão vago, tão desamparado: tinha-se apanhado nitidamente no ato de parar, depois no de se demorar, e por fim no de chegar perto como nunca antes. A coisa poderia ter sido, pela distância em que a mantinha, uma mesquita maometana, com a qual nenhum herege infame poderia tomar liberdades; pairava a visão de tirar os sapatos para entrar, e mesmo de pagar com a vida se fosse descoberta ali como uma intrusa. Certamente ela não chegara à concepção de pagar com a vida por qualquer coisa que pudesse fazer; mas mesmo assim era como se tivesse feito soar, batendo, uma ou duas das raras placas de porcelana. Resumindo: ela batera – ainda que mal pudesse dizer se em busca da admissão ou de qualquer outra coisa; tinha aplicado a mão num ponto frio e liso, e esperara para ver o que acontecia. Algo *havia* acontecido; era como se depois de um tempo, ao seu toque, um som voltasse de dentro; um som suficientemente sugestivo de que sua aproximação fora notada.

Mas se essa imagem pode representar a consciência de nossa jovem sobre uma mudança recente em sua vida – uma mudança que agora tinha apenas alguns dias de idade –, ao mesmo tempo deve-se observar que ela procurava e encontrava na circulação renovada, como chamei, um certo alívio com a ideia de talvez ter de responder pelo que fizera. O pagode em seu jardim florido representava o arranjo – de que outro modo poderia ser chamado? – pelo qual, de modo tão impressionante, ela pudera se casar sem romper, como gostava de afirmar, com o seu passado. Ela se rendera ao marido sem a sombra de uma reserva ou condição, e no entanto, o tempo todo, não abrira mão do pai sequer por um centímetro. Tinha abarcado a grande felicidade de ver os dois homens dando-se maravilhosamente bem, e nada em seu casamento marcara isso como algo mais feliz do que o fato de ter dado ao mais velho, ao mais solitário, um novo amigo. Além disso, o que o tempo todo envolvia o aspecto do sucesso era que o casamento deste último não fora pago de modo mais mensurável do que o dela. O fato de ele ter dado o grande passo com a mesma liberdade não envolvera de modo algum o abandono da filha. O fato de ser notável eles poderem ao mesmo tempo se separar e se manter juntos jamais lhe fora equívoco sequer por um momento, desde quando ela podia se lembrar; o fato de ser notável na verdade contara, a princípio e sempre, e igualmente para cada um deles, como parte de sua inspiração e seu apoio. Havia uma quantidade de coisas singulares pelas quais eles *não* estavam enamorados – voos de inteligência, de audácia, de originalidade, que, falando pelo menos para o pai e para ela, não estavam nem um pouco no estilo dos dois; mas eles gostavam de pensar que tinham dado à sua vida essa extensão incomum e essa forma liberal que muitas famílias, muitos casais, e ainda mais muitos pares de casais, não teriam considerado funcional. Esta última verdade lhes fora claramente trazida pelo brilhante testemunho, pela inveja bastante explícita, da maioria de seus amigos, que tinham observado repetidamente que eles deveriam, para se manter em tais termos, ser pessoas da maior amabilidade – incluindo igualmente no elogio, claro, Amerigo e Charlotte. Dera-lhes prazer – e como não daria? – descobrir-se envoltos em tal *glamour*; isto é, certamente dera prazer ao seu pai e a ela, ambos claramente de uma natureza lenta a ponto de presumir que mal teriam certeza de seu triunfo sem esse belo reflexo do mesmo. De modo que a felicidade frutificara; de modo que a torre de marfim, que sem dúvida era visível e admirável de qualquer ponto do campo social, crescera passo a passo. A atual relutância de Maggie em se perguntar com agudeza proporcional por que havia deixado de sentir conforto na visão da mesma representava um lapso daquela coerência ideal da qual seu conforto moral dependia a qualquer momento. Para permanecer coerente ela sempre fora capaz de cortar mais ou menos seu período anterior.

Movendo-se pela primeira vez na vida como se na sombra escura de uma posição falsa, ela refletia que não teria deixado de ser correta – isto é, de ser confiante – ou de ter reconhecido que estava errada; ainda que tentasse lidar consigo mesma, em busca de espaço, apenas como um *spaniel* coberto de pelo sedoso que saiu de um lago e sacode a água das orelhas. O sacudir de sua cabeça, repetidamente, era mais ou menos dessa ordem, e ela possuía o recurso para o qual, a não ser pelo rude equivalente de seu latido generalizante, o *spaniel* seria um estranho, o de cantarolar para si mesma com força, como um sinal de que nada lhe acontecera. Ela, por assim dizer, não havia caído; não tivera qualquer acidente e não havia se molhado; isso, de qualquer modo, era a sua pretensão até que começou a se perguntar um pouco se não poderia, com ou sem exposição ao frio, ter contraído um resfriado. De qualquer modo, não conseguia lembrar qualquer época em que estivesse tão agitada, e certamente nenhuma época – o que era outro ponto especial – que trouxesse consigo a necessidade de esconder a agitação. Esse nascimento de uma nova ansiedade tornou-se um grande passatempo, em sua visão, exatamente por causa da engenhosidade necessária para manter fora das vistas a coisa nascida. Assim, a engenhosidade era um exercício particular e absorvente, em cuja luz, se é que posso multiplicar minhas metáforas, eu deveria compará-la à jovem mãe, amedrontada mas apegada, de uma criança ilegítima. A ideia que tomara posse dela, segundo nossa nova analogia, seria a prova de sua desventura, mas ao mesmo tempo, sempre, apenas outro sinal de uma relação que significava mais para ela do que qualquer coisa no mundo. Maggie vivera o suficiente para descobrir sozinha que qualquer paixão muito assentada tinha suas dores, assim como suas alegrias, e que pelas dores e ansiedades da paixão ficamos mais conscientes da mesma. Ela jamais duvidara da força do sentimento que a ligava ao marido; mas ter consciência, quase subitamente, de que este sentimento começara a vibrar com uma violência que tinha alguns efeitos de uma tensão, quando olhado do modo certo, apenas mostraria que ela estava, como milhares de mulheres, diariamente, agindo segundo o privilégio integral da paixão. Por que não deveria ser assim, com todo o direito – se, pensando bem, não via motivo contra isso? O melhor motivo contra seria a possibilidade de alguma consequência desagradável ou inconveniente para os outros – sobretudo para outros que nunca a haviam incomodado pelo egoísmo das *suas* paixões; mas se esse perigo estivesse devidamente guardado contra a totalidade de sua decisão isso significava nada mais do que o uso igual de suas faculdades ao representar de maneira adequada seu papel. A princesa percebera, a princípio de modo obscuro, mas pouco a pouco mais concebivelmente, que suas faculdades não tinham sido usadas concomitantemente durante um bom tempo; de certa forma o caso lembrava seu antigo amor pela dança, uma questão de passos lembrados que tinham ficado vagos por ela ter deixado de ir a bailes. Iria a bailes de novo – esse parecia o remédio declarado livremente, até mesmo cruamente; tiraria dos profundos receptáculos em que os guardara os vários ornamentos congruentes com as ocasiões mais grandiosas, e dos quais seu depósito, ela gostava de pensar, não era dos menores. Ela poderia ser facilmente visualizada por nós nessa ocupação; mergulhando, em momentos despercebidos e em horas silenciosas, em visitas furtivas e à luz de vela, em suas ricas coleções e vendo de novo as joias brilhar um tanto timidamente, mas inconfundivelmente. Isso na verdade poderia passar como a própria imagem de sua agitação meio contida, da diversão que ela até certo ponto encontrava em relacionar sua crise, na medida do possível, à mera atuação de suas próprias necessidades.

Deve-se acrescentar, entretanto, que ela não conseguiria determinar – e certamente a princípio – a que ordem, se a do autocontrole ou a da expressão ampla, pertencia o passo que dera na tarde em que o marido voltara de Matcham com sua companheira. Uma vez que, da parte de Maggie, fora claramente um passo a decisão de fazer alguma coisa, ali e naquele momento, que pareceria incomum a Amerigo, e isso ainda que seu afastamento do costume tivesse consistido apenas em arranjar para que o marido não a encontrasse, como ele definitivamente esperaria, em Eaton Square. Ele precisaria, estranhamente, como poderia lhe parecer, voltar para casa e ali receber a impressão de que ela intencionalmente, ou pelo menos impaciente e independentemente, o esperava. Estas eram pequenas variações e leves manobras, mas eram acompanhadas da parte de Maggie, como mencionamos, por um infinito sentimento de intenção. Sua espera pela volta do marido, junto à lareira, poderia ter-se apresentado superficialmente como o ato mais natural do mundo, e o único, em troca, que ele poderia ter admitido. Sob essa circunstância o ato se ajustava na ordem das questões simples, mas o próprio aspecto pelo qual este era entregue à sua meditação era o fato de que Maggie fizera com ele tudo que havia programado. Ela pusera seu pensamento à prova, e a prova mostrara-se difícil; era isso que estava diante dela, não estava mais brincando com ferramentas rombudas e precárias, com armas que não cortavam. Passava por sua visão dez vezes por dia o brilho de uma lâmina despida, e era para isso que principalmente fechava os olhos, que mais gerava o impulso para se enganar com movimentos e sons. Ela simplesmente fora levada, numa certa quarta-feira, a Portland Place, em vez de permanecer em Eaton Square, e – repetia para si mesma, vezes sem conta – a princípio não surgira motivo para não ter visto o manto da história ser jogado, com um único movimento brusco – sobre um feito tão corriqueiro. Era isso que havia acontecido; escavara sua mente, em apenas uma hora, a ideia de que nada que ela já fizera *teria importância* para si mesma, de um modo ainda a ser determinado – talvez nem mesmo o que ela fizera ao aceitar, na antiga Roma dourada, a proposta de casamento feita por Amerigo. E no entanto, segundo sua pequena postura encolhida, a postura de uma tigresa tímida, ela não pretendera qualquer coisa imprudentemente definitiva, nada desajeitadamente fundamental; de modo que xingava a atitude invejosa, grotesca, revelando-a ao seu próprio ridículo, reduzindo o quanto podia a *portée* do que a acompanhava. Apenas quisera chegar mais perto – mais perto de algo que não podia, não iria descrever, nem para si mesma; e o grau dessa proximidade alcançada era o que fora antecipadamente incalculável. Sua atual multiplicação de distrações e supressões, independentemente do que isso faria por ela, não conseguia impedi-la de reviver vezes a fio qualquer minuto escolhido – uma vez que podia escolhê-los, podia fixá-los – da novidade de relação produzida por ter administrado ao marido a primeira surpresa que jamais lhe dera. Tinha sido uma coisa pobre, mas fora totalmente sua, e toda a situação estava ali, uma grande pintura pendurada na parede de sua vida cotidiana, para Maggie fazer dela o que quisesse.

Tratava-se, em retrospecto, de uma sucessão de momentos ainda *observáveis*; quase ao modo das coisas diferentes feitas durante uma cena no palco, alguma cena tão interpretada a ponto de provocar grande impressão no ocupante de um dos camarotes. Vários daqueles momentos se destacavam atrás dos outros, e os que ela mais conseguia sentir de novo, contar de novo como as firmes pérolas de um colar, tinham pertencido mais particularmente ao lapso de tempo anterior ao jantar – jantar que acontecera tão tarde, quase às nove horas, naquela noite, graças à chegada tardia de Amerigo. Essas eram partes da experiência – ainda que de fato houvessem muitas – entre as quais sua impressão podia escolher claramente. Antes das situações subsequentes, muito mais tarde, seria dito, a chama da memória assumiu um brilho uniformizante, o de uma lâmpada em alguma capela lateral em que o incenso estivesse denso. Mas sem dúvida o grande momento para a retomada de consciência foi o primeiro: o estranho silêncio pequeno e nítido que ela avaliou por inteiro, no ato, como totalmente fora de sua própria intenção, mas que – durante quanto tempo? Será que ela saberia quanto tempo? – não pôde fazer qualquer coisa para romper. Maggie se encontrava na menor das salas de estar, onde sempre ficava, e, por cálculo, havia se vestido para o jantar. Era incrível quantas coisas havia calculado com respeito a esse pequeno incidente – uma questão para cuja importância ela possuía uma medida tão indefinida. Ele chegaria tarde – chegaria muito tarde; esta era a única certeza que parecia encará-la. Ainda havia a possibilidade de que, se fosse com Charlotte direto para Eaton Square, ele poderia achar melhor ficar lá, mesmo sabendo que ela havia ido embora. Maggie não deixara qualquer recado para ele; esta era uma de suas pequenas sombras de decisão, ainda que o efeito da mesma pudesse ser mantê-lo ausente por mais tempo ainda. Amerigo poderia supor que ela já teria jantado; poderia permanecer, com tudo que teria a contar, somente para ser gentil com seu pai. Ele já se estendera antes, com esse belo objetivo, por um tempo muito maior; mais do que uma vez o estendera até o sacrifício da oportunidade de se vestir.

Se ela própria agora evitara tal sacrifício, e se havia se posto, durante o tempo à sua disposição, notavelmente fresca e positivamente elegante, isso provavelmente ia-se somando, enquanto esperava e esperava, àquela tensão de espírito na qual depois encontraria a imagem de ter se encolhido. Fazia o máximo, intensamente, sozinha, para banir tal aparência; não podia evitar se não conseguia ler seu fraco romance – ah, isso, *par exemple*,* estava além de suas forças! – mas pelo

*Realmente.

menos podia sentar-se junto à lâmpada com o livro, sentar-se ali com seu vestido mais novo, usado pela primeira vez, estendendo-se ao redor bastante rígido e grandioso; talvez até mesmo um pouco rígido demais e grandioso demais para um vestido familiar e doméstico, mas mesmo assim marcado, dessa vez, ela se aventurava a esperar, por incontestável mérito intrínseco. Olhara repetidamente o relógio, mas havia se recusado à fraca indulgência de andar de um lado para o outro, ainda que esse ato, ela sabia, fosse levá-la a se sentir – sobre o piso encerado, com o farfalhar e o "peso" – ainda mais lindamente arrumada. A dificuldade era que isso também iria fazer com que ela se sentisse mais agudamente num estado diferente; e era exatamente isso que Maggie se propunha não fazer. As únicas quedas em sua ansiedade aconteceram quando seu pensamento vagueou complacente, juntamente com os olhos, para a frente do vestido, o que era de certa forma um refúgio, um passatempo, especialmente quando podia fixá-lo por tempo suficiente para perguntar se ele ao menos satisfaria a Charlotte. Com relação às roupas, ela sempre fora temerosa e insegura; durante o último ano, acima de tudo, vivera à luz do julgamento possível e bastante inescrutável de Charlotte. Os vestidos de Charlotte eram os mais encantadores e interessantes que qualquer mulher já pusera; havia uma espécie de justiça poética em Charlotte finalmente poder, nesse particular, graças aos meios, graças à onipotência, exercer livremente seu gênio. Mas nesse sentido Maggie poderia se descrever como constante e intimamente "dividida"; consciente por um lado da impossibilidade de copiar a amiga e consciente, por outro, da impossibilidade de sondá-la, independentemente, até o fundo. Sim, era uma das coisas que ela poderia ir para a sepultura sem saber – como Charlotte, depois de tudo ser dito, *realmente* considerava a aparência de sua enteada sob qualquer experimento pessoal engenhoso. Ela sempre fora adorável com relação às bravuras materiais da enteada – fizera, para ela, as melhores coisas com as mesmas; mas sempre dançara atrás da cabeça de Maggie a suspeita de que aquelas expressões eram misericórdias, e não julgamentos, sem corporificar qualquer franqueza absoluta, mas apenas relativa. Não era fato que Charlotte, com sua perfeita visão crítica, se a verdade fosse conhecida, desistira dela como algo sem esperança – sem esperança segundo um padrão sério, e portanto inventara para ela um padrão diferente e inferior, no qual, como a única coisa a ser feita, a estabelecera de modo paciente e tranquilizante? Em outras palavras, não consentira em desespero secreto, talvez até mesmo em secreta irritação, com que ela fosse ridícula? – de modo que a melhor coisa possível agora era pensar, muito de vez em quando, se não deveria lhe dar a surpresa de algo um pouco menos fora da nota verdadeira do que o usual. Algo desse tipo era a pergunta que, enquanto os ausentes ainda se demoravam, Maggie fazia à aparência que estava desejando apresentar; mas outra vez com o resultado de que esta apenas se perdia no ar denso que cada vez mais começara a pairar, para a nossa jovem, sobre seus acúmulos de não respondidas. Estavam *ali*, esses acúmulos; eram como um cômodo cheio de objetos confusos, ainda não "separados", pelo qual ela vinha passando e repassando durante algum tempo, ao longo do corredor de sua vida. Quando podia, passava por ele sem abrir a porta; então, ocasionalmente, virava a chave para jogar mais alguma coisa dentro. E assim vinha tirando coisas do caminho. Estas se juntavam ao resto da confusão; era como se encontrassem seu lugar no amontoado, por algum instinto de afinidade. Resumindo, elas sabiam aonde ir; e quando Maggie, no presente, por um ato mental, mais uma vez abriu a porta, praticamente teve o sentimento de um método e uma experiência. O que ela nunca deveria saber sobre o pensamento de Charlotte – jogou *isso* lá dentro. Isso encontraria companhia, e ela finalmente poderia ficar parada por tempo suficiente para vê-lo cair em seu canto. Além do mais, a visão sem dúvida iria fazê-la olhar, caso sua atenção estivesse mais livre – a visão da massa de coisas vãs, congruentes, incongruentes, que esperavam cada acréscimo. Na verdade fez com que ela, com um arfar inútil, se virasse, e o que determinou isso foi a brusca extinção final da cena interna pela externa. A porta bastante diferente havia se aberto, e seu marido estava ali.

Fora tão estranho quanto, depois, ela podia consentir em pensar; fora, essencialmente, o que provocara a curva súbita em sua vida: ele voltara, tinha-a seguido da outra casa, *visivelmente* inseguro – isso estava escrito no rosto que lhe mostrou pelo primeiro minuto. Estivera escrito ali apenas por aqueles segundos, e pareceu ir embora, rapidamente, depois que os dois começaram a conversar; mas enquanto durou tinha sido escrito em letras grandes, e, ainda que ela não soubesse direito o que esperara dele, sentiu que não havia esperado a menor sombra de embaraço. O que provocara o embaraço – ela o chamou de embaraço para poder se certificar de que o colocava na pior situação possível –, o que fizera a expressão particular foi o fato de ele desejar, claramente, ver como iria encontrá-la. Por que *primeiro*? – isso, mais tarde, ficava retornando a ela; a questão pendia ali como se fosse a chave para tudo. Com a percepção disso, Maggie sentira, de modo avassalador, que ela era significativa, que devia impressioná-lo assim instantaneamente, e que isso tinha uma espécie de violência além do que havia pretendido. Na verdade, mesmo no momento, não estava ausente de sua visão que ele poderia tê-la transformado numa tola abjeta – pelo menos por um tempo. Durante apenas dez segundos ela tivera medo de algo assim: a insegurança no rosto dele havia se tornado, em seguida, uma incerteza no próprio ar. Três palavras de impaciência baixíssimas, algum jorro de: "Que diabo tu estás 'aprontando', e o que pretendes?", qualquer nota desse tipo tê-la-ia derrubado instantaneamente – e ainda mais porque Deus sabia que ela não era feita, de modo algum, para se manter no alto. Era tão ínfimo seu pequeno rompimento com o costume, ou pelo menos com a presunção natural dele, que toda magnitude de espanto já tivera, antes que pudéssemos depreciar a sombra do mesmo, o efeito de uma complicação. Para ele fizera alguma diferença que ela não podia avaliar, encontrá-lo assim em casa e sozinho em vez de em outro lugar com outras pessoas, e repetidamente voltava a Maggie a impressão de que o ar vazio que ele lhe apresentara antes de poder *ver* poderia, caso ela optasse por insistir nisso, ter um significado – ter, como alguém poderia dizer, um valor histórico –, além da importância de expressões momentâneas em geral. Naturalmente a princesa não tivera qualquer noção do que Amerigo poderia querer ver; bastava para uma noção imediata, para não falar de um coração batendo, que ele *visse*, que visse a esposa em sua sala de estar na hora em que ela mais adequadamente deveria estar ali.

Ele não a questionara de modo algum, era verdade, e, depois daqueles instantes em que ela agora acreditava que o marido estivesse abrigando a impressão de algo incomumente preparado e objetivo na atitude e na vestimenta da mulher, Amerigo avançara para ela sorrindo e sorrindo, e assim, sem a menor hesitação no final, a tomara nos braços. A hesitação fora no início, e no momento ela viu que ele a suplantara sem sua ajuda. Ela não lhe dera qualquer ajuda; uma vez que se, por um lado, não podia falar por hesitação, por outro – e especialmente porque ele não lhe perguntou – não podia explicar por que estava agitada. Maggie conhecera a agitação o tempo todo, até os dedos dos pés, conhecera na presença dele com nova intensidade, e se ele fizesse apenas uma pergunta a agitação teria pressionado a mola de sua imprudência. Fora estranho que a coisa mais natural a dizer teria tido aquela aparência; porém, mais do que nunca, ela estava consciente de que *qualquer* aparência que possuía teria a ver, de modo mais ou menos direto, com seu pai, cuja vida era agora tão calma que qualquer alteração na consciência dele, mesmo no possível sentido da estimulação, faria com que o precioso equilíbrio deles se alterasse. *Isso* estava no fundo de sua mente, a ideia de que o equilíbrio deles era tudo, e que era bastante precário, um fio de cabelo faria pender a balança. Era o equilíbrio, ou pelo menos o medo consciente dela a respeito do mesmo, que trouxera seu coração à boca; e o mesmo medo estava, por outro lado, no olhar silencioso que Maggie e Amerigo haviam trocado. O feliz equilíbrio que exigia essa quantidade de consideração era verdadeiramente, como se por uma confissão própria, uma questão delicada; mas o fato de o marido também ter *seu* hábito de ansiedade e sua cautela natural somente os colocava, afinal de contas, mais juntos. Portanto seria tremendamente belo, em nome do equilíbrio, e no da alegria de Maggie por eles sentirem tão exatamente a mesma coisa a esse respeito, que ela poderia ter falado se permitisse que a verdade sobre esse assunto fosse expressa – sobre o assunto do pobre comportamentozinho que, por enquanto, era um caso tão limitado de excentricidade.

– "Por que, por que" eu fiz tamanha questão de não jantar junto esta noite? Bom, porque estive o dia inteiro esperando tanto por ti sozinha que finalmente não pude suportar, e não parecia haver muito motivo para não tentar. *Isso* me veio à mente, por mais engraçado que possa parecer a princípio, com todas as coisas que tão maravilhosamente sabemos suportar um pelo outro. Nesses últimos dias tu me pareceste... não sei o quê: mais ausente do que nunca, ausente demais para apenas continuarmos assim. Está tudo muito bem, e vejo perfeitamente como isso é belo; mas chega um dia em que algo se parte, quando a taça cheia, cheia até a borda, começa a transbordar. Foi isso que aconteceu com minha necessidade de ti: a taça, o dia inteiro, estava cheia demais para ser segurada. De modo que aqui estou com ela, derramando-a sobre ti, e simplesmente pelo motivo que é o motivo da minha vida. Afinal de contas, não preciso explicar que agora estou tão apaixonada por ti quanto na primeira hora; a não ser que há algumas horas (que eu sei quando vêm, porque me amedrontam) que me mostram que estou ainda mais. Elas vêm por si mesmas. E, ah, elas têm vindo! Afinal de contas, afinal de contas...! – Algumas palavras assim foram as que *não* soaram, mas era como se até mesmo o som não pronunciado fosse reprimido por seu próprio tremor. Era onde a pronúncia ter-se-ia partido sob seu próprio peso se ele a tivesse deixado chegar tão longe. Sem essa extremidade, no fim de um momento, ele percebera o que precisava perceber: que sua mulher estava *testemunhando*, que ela o adorava, sentia falta dele e o desejava.

– Afinal de contas, afinal de contas – uma vez que ela colocava assim, estava certa. Era a isso que ele tinha de responder; foi isso que, desde o momento, como já foi dito, em que "viu", ele teve de tratar como a coisa mais pertinente possível. Abraçou-a apertado e longamente, numa expressão do encontro mútuo; isso, obviamente, era um modo de fazê-lo. Esfregou o rosto, suavemente, e com um profundo murmúrio vago, contra o rosto dela, aquele lado do rosto que não estava apertado contra seu peito. Esse era, não menos obviamente, outro modo, e havia modos suficientes, resumindo, para sua tranquilidade extemporizada, para o bom humor no qual mais tarde ela iria se encontrar pensando como sendo o infinito tato dele. Este último, sem dúvida, era em parte porque a questão do tato poderia ser sentida como tendo surgido no fim de um quarto de hora em que

Amerigo falara com liberalidade e Maggie fizera perguntas afáveis. Ele lhe contara sobre o seu dia, o pensamento feliz de sua jornada tortuosa com Charlotte, toda a aventura dos dois na visita à catedral, e como isto se tornara mais complicado do que eles esperavam. A moral da história, de qualquer modo, era que ele estava cansado, verdadeiramente, e precisava tomar um banho e trocar de roupa – objetivo pelo qual ela deveria desculpá-lo gentilmente pelo menor tempo possível. Mais tarde a princesa iria se lembrar de algo que se passara entre eles nesse momento – como ele a olhara por um momento, junto da porta, antes de sair, como a encontrara perguntando-lhe, primeiro hesitando, depois numa decisão rápida, se não podia ajudá-lo subindo com ele. Talvez ele também tivesse hesitado por um momento, mas recusou a oferta, e ela preservaria, como eu disse, a lembrança do sorriso com que o marido opinara que, de qualquer modo, os dois não jantariam antes das dez horas, e que ele seria mais direto e mais rápido sozinho. Essas coisas, como falei, iriam lhe voltar – atuavam, através de seu sentimento posterior, como luzes sobre toda a impressão; as partes subsequentes da experiência não deveriam ser turvadas pela distinção das mesmas. Uma dessas partes subsequentes, a primeira, fora a duração não desprezível, para sua consciência posterior e mais analítica, dessa segunda espera pelo reaparecimento do marido. Certamente, com a maior boa vontade do mundo, caso tivesse subido com ele, ela poderia tê-lo atrapalhado mais do que ajudado, uma vez que as pessoas realmente, quase sempre, são mais capazes de andar depressa sem ajuda. Mesmo assim Maggie dificilmente poderia fazê-lo se demorar mais do que demorou, ainda que se deva acrescentar que agora não havia no estado mental dessa pessoazinha muito pensativa nenhuma simples crueza de impaciência. Algo acontecera, rapidamente, com a bela visão dele e com a queda de seu medo de tê-lo perturbado fazendo-o andar de um lado para o outro. O abaixamento do temível, para o espírito de Maggie, era sempre, a princípio, a emergência positiva do que era doce, como a qualidade particular dada subitamente por sua emoção atual com relação ao sentimento de posse.

2

Amerigo estava longe de novo, enquanto ela ficava lá, enquanto andava sozinha – uma vez que Maggie, com a diferença da presença dele em casa, não mais se impedia de ficar andando; mas mesmo assim a hora se enchia do efeito da proximidade de Amerigo, e acima de tudo com o efeito, estranho numa intimidade tão estabelecida, de uma visão quase renovada do aspecto de seu marido. Ela o vira pela última vez há apenas cinco dias, no entanto ele ficara ali parado, à sua frente, como se recém-chegado de um país distante, de uma longa viagem, de alguma combinação de perigos e fadigas. O que significava essa variedade voraz no apelo do príncipe ao interesse dela senão que – reduzida à objetividade de uma mera declaração – ela estava casada, por sorte, com uma pessoa totalmente ofuscante? Era uma história velha, velha, mas cuja verdade brilhava para Maggie como a beleza de alguma pintura de família, algum retrato antigo de um ancestral, para o qual ela poderia estar olhando, quase com surpresa, após um longo intervalo. A pessoa ofuscante estava no andar de cima e ela estava embaixo, e além disso havia outros fatos da seleção e da decisão que essa demonstração de si própria havia exigido, e do cuidado constante que o equilíbrio implicava; mas ao mesmo tempo jamais se sentira casada de modo tão absorvente, tão abjetamente cônscia de um senhor de seu destino. Ele podia fazer o que quisesse com ela; na verdade o que acontecia era que estava fazendo isso. "O que ele quisesse", o que ele *realmente* quisesse – só que essa quantidade talvez escapasse, no brilho da elevada harmonia, a nomes e discussões familiares. Bastava para o seu reconhecimento que, independentemente do que ele pudesse desejar, sempre iria produzi-lo de modo absoluto. Nesse momento ela sabia, sem qualquer dúvida, com rendição total, como ele produzira, nela, com pouco mais do que uma única alusão, um perfeito jorro de ternura. Se Amerigo tivesse voltado cansado, cansado de seu longo dia, a exaustão teria acontecido, literalmente, a serviço dela e de seu pai. Os dois tinham ficado em casa em paz, com o *principino*, com as complicações da vida afastadas, os tédios peneirados, a grande tranquilidade do lar preservada, *por causa* do modo como os outros montavam guarda ao campo e enfrentavam o mau tempo. Amerigo jamais reclamava – e, por sinal, o mesmo acontecia com Charlotte; mas ela parecia ver nesta noite, como nunca vira, que os serviços de representação social deles, concebidos como eles os concebiam, além de qualquer concepção dela própria, e conscientemente realizados, eram uma questão de viver sempre trabalhando. Lembrou-se do velho julgamento de Fanny Assingham, a descrição da amiga dizendo que seu pai e ela não viviam, não sabiam o que fazer ou o que podia ser feito para eles; e voltou-lhe com isso um eco da longa conversa que tinham tido, num dia de setembro em Fawns, sob as árvores, quando ela pôs diante dele essa afirmação de Fanny.

A ocasião poderia ter contado para os dois – ela frequentemente fizera essa reflexão – como o primeiro passo numa existência arranjada de modo mais inteligente. Tinha sido uma hora cuja corrente de causas e consequências era claramente identificada – tantas coisas, e no topo da lista o casamento de seu pai, tendo-lhe parecido fluir da visita de Charlotte a Fawns, e esse acontecimento em si tendo fluído da conversa memorável. Mas o que talvez tenha surgido, principalmente à luz dessas concatenações, foi que Charlotte parecera ter sido "absorvida", como os serviçais sempre dizem sobre empregados extras, porque os dois tinham sofrido a situação de lhes apontarem que se o coche da família empacava era porque lhe faltava uma roda. Tendo apenas três, como poderiam dizer, o coche desejava outra, e o que Charlotte fizera desde o início senão começar a agir, no ato, e sempre de modo suave e belo, como uma quarta? Nada se manifestara mais imediatamente do que a graça maior do movimento do veículo – e com relação a isso, para a completude da imagem, Maggie sentiria agora de modo supremo como cada tensão lhe fora aliviada. Na medida em que *ela* era uma das rodas, tivera apenas de manter seu lugar; como o trabalho era feito para ela, não sentia qualquer peso, e não era muita coisa reconhecer que mal precisava girar. Fez uma longa pausa diante da lareira, durante a qual poderia estar fixando com intensidade sua visão projetada, poderia até mesmo ter consciência de que esta assumia uma forma absurda, fantástica. Poderia estar olhando o coche da família passar e notando que, de algum modo, Amerigo e Charlotte estavam puxando-o enquanto ela e o pai ficavam no máximo empurrando. Estavam sentados juntos, mimando o *principino* e segurando-o junto às janelas, para ver e ser visto, como um infante positivamente real; de modo que o esforço ficava *totalmente* com os outros. Maggie encontrou nessa imagem um desafio repetido; e parou de novo e de novo diante do fogo: depois do que, a cada vez, como alguém em que uma luz forte de repente surgiu, ela se entregava a um movimento mais animado. Ela se vira, finalmente, na imagem que estava estudando, saltar de forma súbita do coche; e a partir disso, francamente, com o espanto da visão, seus olhos se abriram mais e seu coração ficou parado por um momento. Olhou para a pessoa que agia como se fosse outra, esperando intensamente ver o que aconteceria em seguida. A pessoa tomara uma decisão – o que acontecera evidentemente porque um impulso que vinha se criando há muito finalmente sentira uma pressão mais intensa. Mas como a decisão seria aplicada? – o que, em particular, faria a figura da imagem? Olhou em volta, do meio da sala, sob a força dessa pergunta, como se *ali*, exatamente, estivesse o campo de uma ação envolvida. Então, enquanto a porta se abria de novo, reconheceu, independentemente de qual fosse a ação, pelo menos a forma de uma primeira oportunidade. Seu marido reaparecera – parou diante dela renovado, quase radiante, bastante confiante. Vestido, ungido, perfumado, pronto, acima de tudo, para seu jantar, sorriu para ela com o fim da demora. Era como se a oportunidade dependesse de sua aparência – e agora Maggie via que essa aparência era boa. Ainda havia, por um instante, algo em suspenso, mas passou mais rapidamente do que na entrada anterior. Ele já estava estendendo os braços.

Mais tarde, durante horas e horas, foi como se ela tivesse sido levantada, flutuando e sendo levada em alguma onda alta e quente sob a qual os obstáculos tivessem afundado para fora das vistas. Isso veio de ela estar de novo, por enquanto, na alegria da confiança, de saber, como acreditava, o que fazer. Durante todo o dia seguinte, e durante todo o outro, achou que sabia. Tinha um plano, e se regozijava com o plano: consistia na luz que, subitamente atravessando seu devaneio inquieto, marcara o clímax daquela vigília. Viera como uma pergunta: "E se *eu* os abandonei, sabes? E se aceitei passivamente demais a forma divertida de nossa vida?" Haveria um processo seu pelo qual ela poderia agir de modo diferente com relação a Amerigo e Charlotte – um processo independente de qualquer processo deles. Tal solução só precisara surgir para afetá-la, para encantá-la, com sua simplicidade, uma simplicidade vantajosa que ela fora estúpida, durante tanto tempo, em não perceber; e enquanto isso a simplicidade parecia provada pelo sucesso que já começara a chegar. Ela só precisara fazer alguma coisa para ver como este lhe respondia imediatamente. Essa consciência de o sucesso ter-lhe respondido com seu esposo era a onda que a levantava, que a sustentava. Ele a "encontrara" – foi como disse a si mesma; a encontrara com um ar de generosidade e alegria, em especial, voltando pronto para o jantar, que ela usava no peito como penhor de uma fuga, para ambos, de algo não totalmente definido, mas sem dúvida muito menos bom. Já naquele momento, de fato, seu plano começara a funcionar; quando Amerigo reapareceu alegre ela estivera no ato de retirá-lo do coração de sua seriedade – de colhê-lo, no jardim do pensamento, como se fosse uma flor totalmente aberta que ela podia dar ao marido naquele momento. Bom, era a flor da participação, e como tal a estendeu para ele, partindo diretamente para a execução da ideia, tão desnecessária, tão absurdamente obscurecida, de *compartilhar* com ele, qualquer que fosse a alegria, o interesse, a experiência – e compartilhar também, por sinal, com Charlotte.

Durante o jantar ela havia se lançado em todos os detalhes da aventura recente dos companheiros, deixando-o ver, sem reservas, que queria ouvir tudo, e tornando Charlotte em particular, o julgamento de Charlotte a respeito de Matcham, o aspecto de Charlotte, seu sucesso lá, seu efeito claramente produzido, suas roupas usadas de modo inimitável, sua inteligência revelada com graça, sua utilidade social, resumindo, brilhantemente exemplificado, o assunto de um interrogatório interminável. Além do mais, o interrogatório de Maggie foi extremamente simpático com relação a toda a ideia do passeio à catedral, que ela estava tão feliz por os dois terem feito, e sobre cujos resultados agradáveis, até a carne fria e o pão com queijo, o cheiro estranho e antigo e a toalha suja da estalagem, Amerigo respondia com bom humor. Ele a olhara por sobre a mesa, mais de uma vez, como se tocado pela humildade dessas boas-vindas dadas a impressões de segunda mão, às diversões, às grandes liberdades que eram apenas dos outros – como se reconhecesse nela algo bastante exótico; e no fim, enquanto estavam sozinhos, antes de Maggie ter chamado um serviçal, ele renovara de novo seu perdão à pequena irregularidade à qual ela se aventurara. Os dois tinham se levantado juntos para subir; o príncipe estivera falando sobre algumas pessoas, e no fim de tudo sobre lady Castledean e o Sr. Blint; depois do que, mais uma vez, voltara à questão do "tipo" de Gloucester. Isso trouxe a Maggie, enquanto ele rodeava a mesa para encontrá-la, outro dos olhares conscientes de Amerigo, um dos olhares visivelmente divertidos, mas ao mesmo tempo não invisivelmente perplexos, com os quais ele já havia mostrado como sentia essa graça encantadora da curiosidade da esposa. Era como se por um momento fosse dizer: "Tu não precisas *fingir*, querida, com tanta intensidade, não precisas achar necessário se importar tanto!" – era como se estivesse diante dela com uma inteligência tão fácil, com uma confiança tão íntima, nos lábios. A resposta dela estaria pronta – que não fingia nem um pouco; e olhou para Amerigo, enquanto ele pegava sua mão, com a firmeza, a verdadeira persistência, do planozinho lúcido nos olhos. Queria que o marido entendesse desde aquele momento que ela estaria *com* ele de novo, na verdade com *eles*, junto, como sem dúvida não estava desde as mudanças "engraçadas" – que era como realmente poderíamos chamá-las – para as quais cada um deles, como se pelo bem dos outros, havia escorregado tão fácil e docilmente. Eles haviam considerado óbvio que sua vida juntos exigia, como diziam as pessoas em Londres, uma "forma" especial – o que estava muito bem desde que a forma só fosse mantida para o mundo externo e que entre eles não fosse mais considerada do que o belo molde de um pudim gelado, ou algo do tipo, que, para servir-se, as pessoas não hesitavam em partir com a colher. Até *isso*, com uma abertura, ela se permitiria observar; queria que ele entendesse como seu esquema também abarcava Charlotte; de modo que se Amerigo tivesse ao menos penetrado no reconhecimento que ela o julgava a ponto de fazer – o reconhecimento de que captava sua corajosa ideia para a situação em que estavam –, Maggie se perceberia, claramente, volúvel quase ao ponto da eloquência.

Mas o que aconteceu foi que mesmo enquanto esperava sentia-se presente num processo que acontecia nele de modo mais profundo do que a ocasião, no todo, parecia exigir – um processo de colocar algo na balança, de considerar, decidir, descartar. Ele adivinhara que ela estava ali com uma ideia, que na verdade estava ali pelo motivo da ideia; mas isso, estranhamente, era o que menos permanecia nas palavras do príncipe. Maggie foi levada a essas percepções pelo fato de ele encará-la agora com mais intensidade ainda – o que a fez se perturbar pensando que não havia se certificado de que a noção dele sobre sua ideia fosse a correta. Foi uma perturbação, porque ele tomara posse de suas mãos e estava se curvando para ela, sempre gentil, como se para ver, para entender, mais, ou possivelmente dar mais – a princesa não sabia qual das opções; e isso teve o efeito de simplesmente colocá-la, como ela teria dito, sob o poder dele. Ela desistiu, abandonou a ideia, abandonou tudo; sua única consciência era que ele a estava tomando de novo nos braços. Somente depois identificou; sentiu como o ato operou *em vez* das palavras que ele não havia pronunciado – operou, na visão dele, como provavelmente melhor do que qualquer palavra, como sempre melhor, a qualquer momento, do que qualquer coisa. A aceitação dela, sua reação a isso, inevitável, predestinada, voltou-lhe mais tarde como um virtual consentimento da suposição que ele fizera, de que nada havia que uma demonstração dessas não antecipasse e não descartasse, e que a mola que agia dentro dela poderia ter sido, mais do que qualquer outra, o impulso de provocar isso legitimamente. De qualquer modo, o fato foi que, pela terceira vez desde que retornara, ele a atraíra para o seu peito; e no presente, segurando-a do lado do corpo enquanto saíam da sala, ele a manteve perto enquanto iam para o corredor e o atravessavam, manteve-a durante a lenta subida aos aposentos. Ele estivera certo, avassaladoramente certo, quanto à justeza de sua ternura e ao grau da sensibilidade dela, mas mesmo enquanto sentia essas coisas varrerem todas as outras para longe Maggie sentia o gosto de uma espécie de terror com relação à fraqueza que produziam nela. Achava que ainda tinha algo a fazer, e que não deveria ser fraca para isso, pelo contrário, precisava ser forte. Mesmo assim permaneceu fraca durante muitas horas – se fraqueza aquilo era; uma vez que, afinal de contas, tinha se mantido inconfundivelmente agarrada à teoria de seu sucesso, desde o início agitado.

Em pouco tempo recuperou, no todo, o sentimento de que restava lidar com Charlotte – Charlotte que, de qualquer modo, por mais que pudesse encontrar aberturas, deveria encontrá-las, na pior das hipóteses, mais ou menos de modo diferente. Dessa inevitabilidade, de tais âmbitos de reações que estavam abertas para Charlotte, Maggie percebeu a medida ao se aproximar dela, na manhã após a volta de Matcham, com a mesma demonstração de desejo de ouvir toda a sua história. Queria receber todo o quadro da madrasta, como quisera de seu companheiro, e prontamente, em Eaton Square, para onde ela acorreu sem o príncipe quase de modo ostentatório, com o objetivo, esse único objetivo, ela a trouxe repetidamente de volta ao assunto, tanto na presença do marido quanto durante vários farrapos de colóquios independentes. Diante do pai, instintivamente, Maggie partia do princípio de que o desejo dele por ecos interessantes não seria menor que o dela – isto é, supondo tudo que sua mulher já devia ter-lhe contado, como devia ter ocorrido desde a noite anterior. Juntando-se a eles após o almoço, alcançando-os no desejo de prosseguir com a aplicação de sua ideia antes que eles tivessem saído da sala de jantar, da cena de sua refeição do meio-dia, Maggie se referiu, na presença do pai, ao que podia ter perdido pelo atraso, e expressou a esperança de que haveria uma ou duas anedotas para ela ficar conhecendo. Charlotte estava vestida para sair, e seu marido parecia positivamente preparado para não fazer o mesmo; ele deixara a mesa, mas estava sentado perto da lareira com dois ou três jornais matutinos e os resíduos da segunda e da terceira entrega do correio num suporte ao lado – mais até do que a extravagância usual, como percebeu o olhar de Maggie, de circulares, catálogos, propagandas, anúncios de vendas, envelopes estrangeiros e letras estrangeiras que eram tão inconfundíveis quanto roupas estrangeiras. Charlotte, junto à janela, olhando para a rua secundária que dava na praça, poderia estar vigiando a chegada do visitante antes de sair; e na luz, estranha e colorida, como a de uma pintura, que fixou a impressão para ela, os objetos assumiam valores não totalmente revelados até então. Era o efeito de sua sensibilidade aguçada; ela sabia estar de novo na presença de um problema, precisando de uma solução para a qual deveria trabalhar intensamente: essa consciência, nascida recentemente, aprendera na noite anterior a aceitar um lapso temporário, mas rapidamente de novo, quando Maggie saiu de casa e caminhou por metade da cidade – uma vez que viera de Portland Place a pé –, ainda encontrava ar em seus pulmões.

Eles exalaram essa respiração num suspiro fraco e inaudível; seu tributo – enquanto ela estava ali parada antes de falar –, realidades que espreitavam através da névoa dourada que já começara a se expandir. Por enquanto as condições diante dela haviam cedido à névoa dourada – haviam consideravelmente se dissolvido; mas ali estavam de novo, definidas, e pelo quarto de hora seguinte foi como se ela pudesse tê-las contado uma a uma, com os dedos. Nítida acima de tudo era a confirmação renovada das aceitações amplas de seu pai, que ela há tanto tempo via como tendo as mesmas qualidades das suas, mas que, tão distintamente agora, ela deveria ter a complicação de ser obrigada a enfrentar separadamente. Elas ainda não a haviam parecido absolutamente extraordinárias – o que a fez juntá-las às suas, uma vez que a visão das suas começara a mudar apenas ultimamente; ainda que instantaneamente ficasse claro que realmente não havia qualquer julgamento novo que ela pudesse mostrar sem atrair em algum nível a atenção dele, sem talvez provocar sua surpresa e com isso fazer, para a situação que compartilhava com ele, alguma diferença. Maggie era lembrada e alertada pela imagem concreta; e por um minuto o rosto de Charlotte, imediatamente apresentado, pareceu estar examinando o dela para ver a advertência se revelar. Ela beijara sua madrasta com não menos prontidão, e em seguida se curvara sobre o pai, por trás, e encostara o rosto nele; pequenas amenidades destinadas até agora a uma tranquila mudança de guarda – o frequente termo de comparação de Charlotte, ainda que sempre alegre, para esse processo de transferência. Assim Maggie figurava como a sentinela substituta, e o costume funcionava de modo tão fácil para elas que sua colega poderia até mesmo, nessa ocasião, após aceitar a senha, ter partido sem fofocas irrelevantes e, em termos estritos, pouco dignas de soldados. Mas não foi isso que aconteceu; por mais que nossa jovem tivesse superado o primeiro impulso de romper o encanto existente com um golpe, ainda assim custou-lhe apenas um instante para fazer soar, sob qualquer risco, a nota que vinha ensaiando particularmente. Se a ensaiara na véspera, durante o jantar, com Amerigo, sabia ainda melhor como começá-la para a Sra. Verver, e ajudou-a muito, por sinal, poder falar imediatamente que o príncipe fizera mais para atiçar do que para satisfazer sua curiosidade. Com franqueza e alegria viera perguntar – perguntar o que, na campanha incomumente prolongada dos dois, eles haviam feito. Admitiu que obtivera o possível do marido, mas os maridos nunca são pessoas que respondiam a essas perguntas do modo ideal. Ele apenas a deixara mais curiosa, e ela havia chegado cedo, desse modo, para perder o mínimo possível da história de Charlotte.

– As mulheres, papai – disse ela –, são sempre repórteres muito melhores. Ainda que eu admita – acrescentou para Charlotte – que os pais não são muito melhores do que os maridos. Ele nunca me conta mais do que um décimo do que tu lhe contas; por isso espero que ainda não tenhas lhe contado tudo, porque nesse caso provavelmente terei perdido a melhor parte.

Maggie foi, foi – sentia-se indo; pensava em si mesma como uma atriz que estivera estudando e ensaiando um papel, mas que de súbito, no palco, diante das luzes da ribalta, começara a improvisar, a falar frases que não estavam no texto. Era exatamente esse sentimento do palco e da ribalta que a mantinha de pé, que a fazia subir mais alto; assim como era o sentimento de ação que logicamente envolvia algum palanque – ação que acontecia positivamente pela primeira vez na sua vida, ou, contando com a noite anterior, pela segunda. O palanque, assim, continuou durante três ou quatro dias sensatamente sob seus pés, e o tempo todo ela sentia a inspiração para improvisar de modo notável, até mesmo heroico. Mas a preparação e o ensaio eram apenas uma pequena parte; seu papel se abria, e ela inventava de momento a momento o que dizer e fazer. Tinha apenas uma regra de arte: manter-se dentro dos limites e não perder a cabeça; certamente poderia ver durante uma semana até onde isso iria levá-la. Dizia a si mesma, em sua agitação, que era perfeitamente simples: provocar uma diferença, toque a toque, sem deixar qualquer um dos três, e menos que todos o seu pai, ao menos suspeitar de sua mão. Se suspeitassem quereriam um motivo, e a verdade humilhante era que ela não estava com um motivo pronto – isto é, não com o que ela chamaria de motivo razoável. Pensava em si mesma, instintivamente, belamente, como tendo agido, a vida inteira, ao lado do pai e seguindo seu exemplo, apenas com motivos razoáveis; e o que realmente a envergonharia mais seria produzir para *ele* algum substituto inferior. A não ser que estivesse em posição de dizer, definitivamente, que estava com ciúme, não deveria estar em qualquer posição de dizer, decentemente, que se sentia insatisfeita. Esta última condição seria uma implicação necessária da primeira; sem a primeira por trás ela *teria* de cair no chão. Assim o caso lhe fora arranjado, maravilhosamente; havia uma carta que ela podia jogar, mas apenas uma, e jogá-la seria terminar a partida. Sentia-se – como diante da pequena mesa quadrada e verde, entre os velhos e altos castiçais de prata e as fichas muito bem-arrumadas – como a companheira de jogos do pai; e o que isso a lembrava constantemente era que, para ela, fazer uma pergunta, levantar uma dúvida, refletir em qualquer grau o jogo dos outros, seria quebrar o encanto. De encanto ela passara a chamar essa coisa, uma vez que mantinha seu companheiro tão constantemente envolvido, tão perpetuamente sentado e tão contentemente ocupado. Dizer qualquer coisa seria, resumindo, ter de dizer *por que* estava sentindo ciúme; e, em suas horas reservadas, ela só podia olhar durante longo tempo, com olhos inundados, para essa impossibilidade.

No fim de uma semana, da semana que havia começado especialmente, com sua hora matinal, em Eaton Square, entre o pai e a esposa dele, a consciência de ser maravilhosamente tratada se tornara de novo muito maior do que a consciência de qualquer outra coisa; e devo acrescentar, além disso, que pelo menos ela se viu estranhamente pensando o que mais, em termos de consciência, poderia ser tão avassalador. A reação de Charlotte à experiência de estar mais com ela *deveria*, como Maggie sabia muito bem, ter selado a experiência com a sensação de sucesso; de modo que se o sucesso em si parecia um bônus menos substancial do que a imagem original do mesmo, ele desfrutava de uma certa analogia com o ranço sentido por nossa jovem diante das demonstrações decididas de Amerigo. Maggie, por sinal, manteria mais do que um ranço, e se falei das impressões fixas nela assim que, insidiosamente, ocupou o campo, deve ser feita uma anotação definitiva sobre sua percepção, naqueles momentos, da pronta incerteza de Charlotte. Maggie mostrara, sem dúvida – não poderia não ter mostrado –, que chegara com uma ideia; exatamente como mostrara ao marido, na véspera, que o estava esperando com um sentimento. Essa analogia entre as duas situações manteria para ela a lembrança de um parentesco de expressão nos dois rostos – com respeito ao qual tudo que professou a si mesma foi que os havia afetado, ou pelo menos à sensibilidade que cada um deles encobria tão admiravelmente, do mesmo modo. Fazer a comparação era, para Maggie, voltar a isso frequentemente, extrair os últimos fiapos de interesse – resumindo, brincar com isso, nervosamente, vagamente, incessantemente, como poderia ter brincado com um medalhão contendo de cada lado um pequeno retrato querido e suspenso ao seu pescoço por uma corrente dourada, fina e tão firme que nenhum puxão poderia arrebentar. As miniaturas ficavam de costas uma para a outra, mas ela as via para sempre face a face, e quando olhava de uma para a outra encontrava nos olhos de Charlotte o brilho momentâneo do "O que é que ela realmente quer?" que surgira e desaparecera nos do príncipe. Assim de novo ela via a outra luz, a luz tocada até virar um brilho em Portland Place e em Eaton Square, assim que deu a entender que não queria fazer mal – não queria fazer mal maior a Charlotte, isto é, do que entender que pretendia sair com ela. Estivera presente naquele processo tão pessoalmente quanto poderia estar presente em algum outro incidente doméstico – a colocação de um novo quadro na parede, por exemplo, ou vestir o *principino* com suas primeiras calças compridas.

Assim ela permaneceu presente, durante toda a semana, ao ver como a Sra. Verver recebia sua companhia de modo tão encantador e sistemático. Charlotte queria apenas a sugestão, e o que era aquilo senão a sugestão, de que, durante a passagem tão discreta mas tão indelével na sala de jantar, ela vira sua percepção? Esta acontecera, além do mais, não com resignação, não com qualificações ou reservas, por mais que fossem brandas; acontecera com avidez, com gratidão, com uma graça de gentileza que suplantava explicações. A própria liberalidade dessa acomodação poderia ter parecido dar seu próprio relato do caso – como se tivesse definido a princesa como uma pessoa de variações e se conformado a apenas uma regra de tato para aceitar esses caprichos como lei. Por acaso o capricho prevalecente foi que a chegada de uma das damas deveria, até que a situação mudasse, se tornar o sinal, infalivelmente, da chegada da outra; e ficou gravado em cores ricas, na face brilhante desse período, que a Sra. Verver só queria saber, em qualquer ocasião, o que lhe era esperado, apenas ficava ali parada aguardando instruções, até mesmo para melhorá-las, se possível. Enquanto durou a situação as duas jovens se tornaram de novo as companheiras dos velhos tempos, os tempos das prolongadas visitas de Charlotte à Maggie admiradora e pródiga, os dias em que a igualdade de condições para as duas era o resultado da incerteza desta última com relação às suas próprias vantagens. Os elementos antigos entraram de novo na vida, a frequência, a intimidade, o tom agudo de expressões que acompanhavam tudo isso – apreciação, carinho, confiança; o encanto mais raro produzido em cada uma por sua contribuição ativa para a felicidade da outra: tudo ainda mais estimulado – estimulado ou qualificado, quem poderia dizer? – por uma nova nota de diplomacia, quase de ansiedade, simplesmente sensata da parte de Charlotte em particular; de intensidade de observação, na questão de apelo e resposta, na questão de certificar-se de que a princesa pudesse estar disposta ou gratificada, que parecia uma tentativa de jogar de novo, com mais refinamento, com a disparidade da relação. Resumindo, a atitude de Charlotte tinha seus momentos de florescer em belos excessos de civilidade, de recato na presença dos outros, que poderia ter representado seu sentimento do dever de não "perder de vista" uma distinção social. Essa impressão era mais forte para Maggie quando, nos intervalos mais tranquilos, as duas tinham de observar apenas a si mesmas, e quando a fixação da companheira em jamais passar primeiro, jamais sentar-se enquanto ela não estivesse sentada, não interromper enquanto ela não parecesse ter encerrado, não esquecer, de modo muito familiar, que além de ser importante ela era também sensível, tinha o efeito de lançar sobre a relação das duas uma espécie de tecido prateado de decoro. Este pairava acima delas como um dossel régio, uma lembrança de que – ainda que a dama à espera fosse uma favorita estabelecida, segura em sua posição – uma pequena rainha, por melhor que fosse sua natureza, era sempre uma pequena rainha e poderia, sem avisar, lembrar-se disso.

E mais uma acompanhante desse sucesso febril, o tempo todo, era a percepção de que em outro lugar as coisas também estavam ficando fáceis. A grande alegria de Charlotte ao encontrá-la havia, num certo sentido, atuado um pouco demais como uma intervenção; começara a reabsorvê-la na mesma hora em que seu marido havia mostrado que, para estar totalmente ali, como dizia, ele apenas exigia – era outra expressão sua – a dica certa. Ela o ouvira falar sobre a dica certa, nos momentos em que se divertia com as gírias inglesas, em suas notáveis demonstrações de capacidade de assimilação, capacidade digna de melhores causas e inspirações mais elevadas; e ele percebera isso com Maggie, segundo a necessidade, de um modo que, certamente no primeiro brilho de alívio, fizera o breve intervalo dela parecer grande. Mas então, imediatamente, e ainda que superficialmente, havia-se declarado um reajuste de relações para o qual ela, mais uma vez, foi praticamente um pouco sacrificada.

– Devo fazer tudo – dissera ela – sem deixar que papai veja o que faço. Pelo menos até estar feito! – Mas não sabia como conseguir, mesmo pelos próximos poucos dias, cegar ou enganar esse participante de sua vida. O que de fato aconteceu prontamente, reconheceu Maggie, foi que se sua madrasta havia lindamente tomado posse dela, e se ela fora virtualmente arrancada de novo de junto do marido, por outro lado, isso, com atraso igualmente pequeno, implicara uma assistência muito encantadora para ela em Eaton Square. Quando voltava para casa com Charlotte, vindo de qualquer demonstração feliz para o mundo em que supunham viver, de que não havia o menor motivo para que a associação íntima das duas não fosse pública e aclamada – nessas ocasiões ela descobria regularmente que Amerigo tinha vindo conversar com o sogro na ausência das mulheres, ou dar, por seu lado, exatamente a mesma demonstração do funcionamento tranquilo da vida familiar que representava o equivalente de suas excursões com Charlotte. Sob essa impressão particular foi que tudo em Maggie se derreteu e se despedaçou – isto é, tudo que pertencia à sua decisão de desafiar a perfeição do estado comum a todos. Isso os dividiu de novo, era verdade, essa virada particular da maré – cortou-os de novo em pares e grupos; quase como se um sentimento do equilíbrio fosse o que, entre todos eles, tinha mais poder de insistência; quase como se o próprio Amerigo, no fundo, estivesse o tempo todo igualmente pensando e observando aquilo. Mas, contrariamente a isso, ele estava fazendo seu pai não sentir falta dela, e não poderia ter prestado a nenhum deles um serviço mais excelente. Resumindo, seu marido estava atuando segundo uma deixa, uma deixa que lhe fora dada pela observação; bastara para ele ver a sombra de mudança no comportamento *dela*; seu instinto para as relações, o mais refinado que se possa conceber, levou-o imediatamente a enfrentar e igualar a diferença, a jogar de algum modo nas mãos dessa diferença. Isso é que significava, sentiu ela de modo renovado, ter-se casado com um homem que, de modo sublime, era um cavalheiro; de modo que, apesar de não querer traduzir *todas* as delicadezas deles na grosseria da discussão, Maggie encontrava repetidamente, em Portland Place, momentos para dizer:

– Se eu não te amasse, tu sabes, pelo que és, ainda deveria amar-te por *ele*. – O príncipe olhava para ela, depois desses discursos, como Charlotte olhava, em Eaton Square, quando Maggie chamava sua atenção para a benevolência dele: através da pequenez do sorriso quase pensativo que recebia a extravagância, por mais que fosse inofensiva, como uma tendência que deveria ser reconhecida.

– Mas, minha pobre criança – Charlotte poderia ter estado a ponto de responder diante dessa pressão –, se é assim que as pessoas boas *são*, o tempo todo, então por que deveríamos nos surpreender? Nós todos somos bons juntos, e por que não deveríamos ser? Se não fôssemos, não teríamos ido longe, e eu considero que fomos bastante longe. Por que te portas como se também não fosses uma criatura perfeitamente querida, capaz das coisas mais doces?, como se não tivesses crescido numa atmosfera de todas as coisas boas que eu reconheci, mesmo as antigas, assim que me aproximei de ti, e que vocês me permitiram agora tornar tão abençoadamente minhas?

Na verdade a Sra. Verver poderia ter deixado de dizer outra coisa, uma coisa encantadoramente natural para ela como esposa agradecida e inatacável:

– Não é um tanto maravilhoso, também posso lembrar-te, que teu marido encontra, quando a oportunidade permite, coisas piores a fazer do que ficar com o meu? Eu tive a sorte, meu amor, de apreciar o meu marido, de entender perfeitamente que a relação com ele deva ser cultivada e sua companhia desfrutada.

Algumas observações provocadas com felicidade como estas, vindas de Charlotte, na outra casa, tinham estado no ar, mas vimos como também havia no ar, para as nossas jovens, como uma emanação da mesma fonte, uma diferença destilada, cujo princípio era impedir objeções e respostas desagradáveis. Essa impressão voltava – tinha suas horas de fazer isso; e pode nos interessar no sentido de que provocou em Maggie uma reflexão final, uma reflexão do coração cuja luz brilhou para ela como uma grande flor crescida durante a noite. Assim que se espalhou um pouco, essa luz produziu em alguns lugares uma distinção surpreendente, fez com que ela se perguntasse de súbito por que teria havido, mesmo por três dias, a menor obscuridade. A perfeição de seu sucesso, decididamente, era como alguma margem estranha onde desembarcara sem ruído e onde, com um susto, viu-se tremendo com a ideia de que o barco poderia ter partido novamente sem ela. A palavra para isso, a palavra que acendeu a luz, foi que eles a estavam *tratando*, que estavam agindo com ela – e, por sinal, com o seu pai – segundo um plano que era a contrapartida exata do seu. Não tinha sido dela que eles haviam recebido a dica, mas – e isto, em particular, foi o que chamou sua atenção – um do outro; e com uma profundeza de unanimidade, uma exata coincidência de inspiração que, assim que sua atenção começara a fixar essa unanimidade, impressionou-a como se a estivesse olhando em recuperadas identidades de comportamento, expressão e tom. Eles viam sua situação e as formas possíveis que sua consciência da mesma podia assumir – uma visão determinada pela mudança de atitude que eles, muito sutilmente, tiveram de reconhecer nela após a volta de Matcham. Eles tiveram de ler nessa variação pequena e praticamente suprimida um comentário mudo – não sabiam exatamente sobre o quê; e agora pairava sobre a cabeça da princesa, como uma vasta cúpula, a ideia de que essa comunicação importante entre eles não podia ter deixado de ser imediata. Essa nova percepção a enchera, como vimos, de estranhos pensamentos, mas as perguntas sem resposta também vinham e iam – a questão, por exemplo, de por que tal prontidão de harmonia *devia* ser importante. Ah, quando ela começou a se recuperar, peça por peça, o processo tornou-se vivo; era como se estivesse pegando pequenos diamantes luzidios entre as coisas varridas em sua casa organizada. Curvava-se, nessa busca, sobre a lata de lixo; questionava até o último grão os restos de sua inocente economia. E foi então que a visão descartada de Amerigo, naquela noite, parado à porta de seu *salottino* enquanto os olhos dela, sentada na cadeira, captaram-no – foi então que essa imensa lembrançazinha entregou todo o seu poder. Uma vez que a questão era de portas, depois ela havia fechado essa lembrança do lado de fora, via isso agora; havia trancado responsavelmente ali dentro, como entendemos, havia trancado ali com seu ser pensante, apenas o fato de ele ter reaparecido e a plenitude de sua presença. Essas coisas tinham sido testemunho, afinal de contas, para suplantar qualquer outra, de como naquele momento, mesmo enquanto ela olhava, a onda que varria quente havia subido pela praia. Em seguida Maggie tinha vivido, por horas que não podia contar, sob um tumulto atordoante e sufocante – positivamente nas profundezas submarinas onde tudo lhe vinha através de paredes de esmeralda e madrepérola; ainda que tivesse posto a cabeça acima disso, para respirar, quando ficou de novo cara a cara com Charlotte, de manhã, em Eaton Square. Enquanto isso, mesmo assim, como estava tão aparente, a impressão anterior permanecera, como um serviçal espião, do outro lado da porta fechada; uma testemunha disposta, com o tempo, ao menor pretexto para entrar de novo. Era como se ele tivesse encontrado esse pretexto na observada necessidade dela de comparar – comparar os óbvios elementos comuns no modo de seu marido e sua madrasta a "perceberem".

Mas com ou sem seu testemunho ela foi levada por comparação a um sentimento da quantidade de intenção séria que estava atuando, e atuando de modo tão harmonioso, entre seus companheiros; foi na mitigada meia-noite dessas aproximações que ela descobrira a promessa de seu amanhecer.

Era um esquema trabalhado para eles não a ferirem, para se comportarem com ela de maneira bastante nobre; para a qual cada um havia, de um modo vitorioso, induzido o outro a colaborar, e que portanto, na medida em que acontecia, provava que Maggie se tornara para eles um objeto de estudo íntimo. Rapidamente, rapidamente, diante de um certo alarme captado, ansiosamente, antes que *pudessem* feri-la sem saber, eles haviam sinalizado de casa a casa sua ideia inteligente, a ideia pela qual, durante todos aqueles dias, a ideia dela vinha lucrando. Eles a haviam estimulado com seu objetivo – e era por isso que, acima dela, uma cúpula parecia se arquear mais pesada; e assim ela ficava ali, na sólida câmara de seu desamparo, como se num banho de benevolência habilmente preparado, sobre cuja borda ela só podia ver esticando o pescoço. Os banhos de benevolência eram bons, mas, pelo menos, a não ser que sejamos algum tipo de paciente, um nervoso excêntrico ou uma criança perdida, geralmente não imergimos tanto a não ser por intenção própria. Não era isso que *ela* havia pedido. Ela batera suas asinhas como um símbolo de voo desejado, não meramente como um pedido de uma gaiola mais dourada e uma ração maior de torrões de açúcar. Acima de tudo, não tinha reclamado, sequer pelo tremor de uma sílaba – então que ferimento em particular Maggie demonstrou medo de sofrer? Que ferimento ela *havia* sofrido – com relação ao qual trocara qualquer palavra com eles? Se algum dia tivesse gemido ou choramingado, eles poderiam ter tido algum motivo; mas não seria enforcada – conversou consigo mesmo em linguagem forte – se tinha sido, do início ao fim, algo que não flexível e afável. Tudo voltava, em consequência, a algum processo deles próprios, um processo que atuava, certamente, como precaução e política. Eles tinham-na colocado no banho e, por coerência consigo mesmos – o que significava coerência um com o outro –, precisavam mantê-la ali. Nessa condição ela não interferiria com a política que estava estabelecida, que estava arranjada. Seu pensamento, com relação a isso, chegou a uma grande intensidade – de fato teve suas pausas e hesitações, mas sempre para dar em seguida um salto maior e mais leve. O terreno estava bastante coberto quando ela identificara o marido e a colega como diretamente interessados em impedir sua liberdade de movimento. Com ou sem política, eram eles que estavam arranjados. Ela deveria ser mantida em posição de não *des*arranjá-los. Toda a coisa se encaixava imensamente, assim que ela pôde lhes dar um motivo; uma vez que, por mais estranho que isso começara a lhe parecer, até então não os imaginava sustentados por um ideal distintamente diverso do seu. Claro que eles estavam arranjados – todos os quatro estavam arranjados; mas qual tinha sido a base de sua vida, exatamente, senão a de estarem arranjados juntos? Ah! Amerigo e Charlotte estavam arranjados juntos, mas ela – para confinar a questão apenas a si mesma – estava arranjada à parte. A sensação de tudo isso caía sobre ela com outro jorro daquele sentimento da onda quebrando dez dias antes; e como seu pai não parecia encontrar a mão vagamente tateante com a qual, durante o primeiro choque de percepção completa, ela tentou se firmar, Maggie sentiu-se muito só.

3

Houvera desde há muito – isto é, a partir da época do Natal – um plano de que o pai e a filha deveriam "fazer alguma coisa adorável" juntos, e eles haviam recorrido a esse plano ocasionalmente, alimentado e desenvolvido teoricamente, ainda que sem exatamente permitir que pusesse os pés no chão. O máximo que o plano fizera foi tentar alguns passos no tapete da sala de estar, com muita ajuda, de cada lado, muito apoio e vigilância, resumindo: com muita antecipação de uma inépcia ou um acidente. Seus companheiros haviam constantemente assistido ao desempenho, seguindo a experiência com simpatia e diversão, e jamais tão cheios de aplausos, agora Maggie deduziu sozinha, como quando o projeto bebê sacudira as pernas com mais força –

sacudira, para todo o mundo, atravessando o canal e metade do continente, sacudira sobre os Pireneus e inocentemente crocitara algum rico nome espanhol. Ela se perguntou no presente se fora uma crença "verdadeira" a de que eles estavam apenas esperando uma aventura assim para aproveitar o momento; se cada um vira em algum instante aquilo como factível, a não ser na forma de um brinquedo para balançar na frente do outro, a ideia de que eles deveriam levantar voo, sem esposa ou marido, para dar mais uma olhada "antes que morressem" nas pinturas em Madri, bem como para pequena demora com relação a três ou quatro possíveis prêmios, oferecidos particularmente, raridades de primeira linha, informadas com responsabilidade e profusamente fotografadas, ainda pacientemente esperando sua chegada silenciosa a retiros aos quais a dica ainda não fora divulgada. A visão com a qual haviam se divertido durante os dias mais escuros em Eaton Square havia se estendido até as três ou quatro semanas de primavera para a aventura total, três ou quatro semanas no próprio espírito, afinal de contas, de sua vida regular, como sua vida regular vinha persistindo; cheia de manhãs, tardes e noites compartilhadas, passeios, "espiadas" em lugares estranhos, a partir de possibilidades vagas; também cheias daquela tranquilidade social comprada, o sentimento do conforto e do crédito de sua casa, que tinha essencialmente a perfeição de algo que fora pago, mas que "vinha", no total, tão barato que poderia ser visto como se nada custasse – como nada custava ao pai e à filha. Era para Maggie pensar, no presente, se fora sincera quanto a irem, perguntar-se se teria seguido o plano deles mesmo que nada houvesse acontecido.

Sua visão da impossibilidade de segui-lo agora pode nos dar a medida de seu sentimento de tudo que acontecera. Houvera uma diferença em sua relação com cada um de seus companheiros, e o que isso a compelia a dizer a si mesma era que se comportar como teria se comportado antes seria agir, para Amerigo e Charlotte, com a mais alta hipocrisia. Viu nesses dias que uma viagem ao exterior com o pai, mais do que qualquer coisa, teria significado, da parte dele e dela, uma última expressão de um êxtase de confiança, e que o encanto da ideia, de fato, estivera numa sublimidade desse tipo. Dia após dia adiava o momento de "falar", como chamava isso interiormente e de forma ampla – isto é, falar com seu pai; e ainda mais porque estava presa por uma grande *incerteza* quanto à hipótese de ele próprio romper o silêncio. Ela deu-lhe tempo, deu-lhe, durante vários dias, naquela manhã, naquela tarde, naquela noite, e no outro e no outro e no outro; até mesmo decidiu que, se ele se mantivesse afastado por mais tempo, isso seria prova conclusiva de que também não estava em paz. Então os dois teriam estado jogando areia um nos olhos do outro; e seria finalmente como se devessem virar o rosto, uma vez que a névoa prateada que os protegia começara a ficar sensivelmente mais fina. Finalmente, nos últimos dias de abril, decidiu que se ele não dissesse nada durante mais um período de 24 horas ela receberia isso como uma revelação de que estavam, em sua fraseologia interna, perdidos; tão pouca sinceridade poderia haver em fingir se importar com uma viagem à Espanha diante da aproximação do verão que já se prometia quente. Tal proposta, nos lábios do pai, tal extravagância de otimismo, seria o modo de *ele* ser coerente – porque o fato de ele não querer se mexer, ou se mexer mais, na pior das hipóteses, do que de volta a Fawns, só podia significar que, no fundo do coração, não estava contente. O que ele queria, de qualquer modo, e o que não queria era colocar Maggie à prova, justo a tempo de lhe dar um novo medo. Ela estivera jantando com o marido em Eaton Square, na ocasião da hospitalidade oferecida pelo Sr. e pela Sra. Verver a lord e lady Castledean. A propriedade de alguma demonstração desse tipo estivera durante muitos dias diante do grupo, a questão mais reduzida à mera dúvida de qual casa deveria primeiro assumir o comando. A questão fora facilmente resolvida – ao modo de qualquer questão relacionada em qualquer grau com Amerigo e Charlotte: a iniciativa obviamente pertencia à Sra. Verver, que fora a Matcham enquanto Maggie ficara, e a noite em Eaton Square poderia ter significado uma demonstração muito mais pessoal uma vez que o jantar fora planejado em linhas "íntimas". Compunham o grupo apenas seis outros convidados, além do anfitrião e da anfitriã de Matcham, e cada uma dessas pessoas tinha por Maggie o interesse de uma conexão atestada com os festejos de Páscoa em sua casa visionária. A lembrança comum de uma ocasião que claramente deixara um encanto inextinguível – esse ar de referência beatífica, menos contida nos outros do que em Amerigo e Charlotte, dava-lhes, juntos, uma camaradagem inescrutável contra a qual a imaginação da jovem se quebrava numa pequena onda vã.

Não que ela quisesse ter estado na festa lembrada e possuir os segredos dela; porque não se importava com esses segredos – podia não se preocupar no momento, absolutamente, com qualquer segredo que não o seu. O que ocorria era simplesmente que ela teve consciência, de um golpe, da quantidade de mais alimento exigido pelo seu, e essa quantidade ela tinha de extrair, de algum modo, dessas pessoas; diante disso se elevou, de súbito, ao desejo de possuí-las e usá-las, até mesmo ao ponto de enfrentar, de praticamente desafiar, de explorar diretamente, o elemento de curiosidade com que a viam. Assim que teve consciência do adejar dessa última impressão – a percepção, irresistível, de que ela era algo para a estranha experiência *deles*, assim como eles eram algo para a dela –, não havia limite para seu desígnio concebido de não deixá-los escapar. Ela seguia e seguia, esta noite, depois de ter partido; seguia, positivamente, como se sentira indo, três semanas antes, na manhã em que a visão de seu pai e a esposa dele esperando-a juntos na sala de jantar fora tão dominante. Nesta outra cena, lady Castledean é que era determinante, quem instigava a luz, ou pelo menos o calor, e que atuava sobre os nervos; lady Castledean, de quem ela sabia que, estranhamente, não gostava, apesar de motivos e motivos, dos maiores diamantes em seu cabelo louríssimo, dos cílios mais longos nos olhos mais belos e mais falsos, da renda mais antiga sobre o veludo mais violeta, dos modos mais corretos sobre a presunção mais errada. A presunção da dama era de que mantinha, a cada momento da vida, todas as vantagens – isso a tornara lindamente suave, praticamente generosa; de modo que não distinguia os olhos protuberantes dos insetos sociais menores, frequentemente dotados de enorme alcance, por causa das outras marcas decorativas em seus corpos e suas asas. Maggie gostara, em Londres, e no mundo em geral, de tantas pessoas a mais do que achava direito temer, a ponto de sequer julgar, o que certamente aumentava sua febre reconhecer, neste caso, tamanho lapso de todas as sequências. O caso era apenas que uma mulher encantadora e inteligente pensava nela – isto é, pensava nela como mulher de Amerigo, e pensava, além disso, com a intenção da gentileza e a gentileza, praticamente, da surpresa.

O ponto de vista – aquele – foi o que ela leu na contemplação livre deles, na de todos os oito; havia algo a ser explicado em Amerigo, e Maggie foi passada de um para o outro, com ternura e habilidade, como uma boneca vestida e segura, do modo correto, pelo meio do corpo firmemente estofado, para o relato que podia dar. Poderia ter sido levada a isso por uma pressão na barriga; poderiam esperar que ela articulasse, com uma rara imitação da natureza: "Ah, sim, estou *aqui* o tempo todo; também sou, de certo modo, um fato pequeno e sólido e custei originalmente uma enorme quantidade de dinheiro: custei, isto é, ao meu pai, pelas minhas roupas, e deixei meu marido entrar em troca de uma quantidade de dores – para o meu treinamento –, que o dinheiro não conseguiria representar." Bom, ela *iria* encontrá-los de algum modo assim, e traduziu a ideia em ação, após o jantar, antes que eles se dispersassem, convidando a todos, de modo não convencional, quase violentamente, a jantar com ela em Portland Place, se eles não se incomodassem com que fosse o mesmo grupo, que era o grupo que ela desejava. Ah, ela estava indo, ela estava indo – podia senti-lo de novo: era como se tivesse roncado dez vezes ou subitamente irrompido numa cantiga cômica. Houve interrupções na comunicação, como haveria falhas no processo; Maggie ainda não via totalmente o que eles fariam por ela, nem como deveria lidar com eles; mas estava dançando de um lado para o outro, sob suas boas maneiras, com o pensamento de que finalmente começara alguma coisa – gostava de sentir que estava num ponto de convergência de espanto. Afinal de contas também não era que o espanto *deles* significasse tanto – o dos seis postos contra a parede, que fizeram-na pensar que ainda poderia viver para comandar como se fossem um rebanho de ovelhas: a intensidade de sua consciência, o sabor mais aguçado dela, estava na teoria de ter distraído, ter capturado a atenção de Amerigo e Charlotte, nenhum dos quais ela se dignara a olhar uma vez sequer. Juntara-os no meio dos seis, por sinal; eles haviam ficado, durante a sucessão de minutos, fora de contato com a própria função – resumindo: tinham, espantados e impressionados, abandonado seu posto. "Eles estão paralisados, eles estão paralisados!", comentou ela, no fundo de si mesma; isso ajudou muito a se manter íntegra a sua impressão de que eles subitamente iriam se desnortear.

Assim, sua percepção das aparências estava fora de proporção com sua visão das causas; mas naquele momento percebeu que, se ao menos pudesse acertar os fatos da aparência, se ao menos pudesse enfiá-los em seu devido lugar, os motivos que espreitavam por trás deles, mantidos incertos, para os olhos, por suas oscilações e movimentos, talvez não pudessem deixar de se revelar. Claro, não era que o príncipe e a Sra. Verver se maravilhassem ao vê-la se mostrar educada com os amigos deles; pelo contrário, era exatamente porque ela não se mostrou educada: ela se afastara a tal ponto de qualquer costume de abordagem delicada – abordagem segundo o tom permitido, o sugerido "se", a incerteza aceita – a ponto de permitir que as pessoas em questão a rejeitassem, se quisessem. E o lucro de seu plano, o efeito da violência pelo qual sentia-se disposta a realizá-lo, estava exatamente em eles *serem* as pessoas em questão, pessoas com as quais ela parecera tímida antes, e para quem subitamente escancarava a boca de tal modo. Mais tarde, podemos acrescentar, com o terreno logo coberto por seu passo agitado mas decidido, deixaria de importar que pessoas elas eram ou não eram; mas enquanto isso o sentimento particular, a respeito deles, que Maggie havia levado para casa esta noite fizera para ela o serviço de aparentemente quebrar o gelo onde esta formação era mais espessa. De modo ainda mais inesperado, o serviço poderia ter sido o mesmo para o seu pai; uma vez que, imediatamente, quando todos tinham ido embora, ele fez exatamente o que ela vinha esperando e por que se desesperava – e fez, como fazia tudo, com uma simplicidade que deixava sem sentido qualquer objetivo de sondá-lo mais profundamente, de levá-lo mais longe, de ir, conforme sua expressão frequente, "atrás" do que ele dizia. Ele o disse diretamente, fez isso de modo corajoso e lindamente irrelevante, a não ser pela indagação do que eles perderiam quebrando o encanto:

– Acho que nós não vamos para lá, afinal de contas, vamos, Mag?, logo quando está ficando tão agradável aqui.

Isso foi tudo, sem nada para provocá-la; mas foi destinado a ela de um só golpe e destinado, ainda mais, para Amerigo e Charlotte, em quem o efeito imediato, como ela mediu secretamente, como mediu quase sem fôlego, foi prodigioso. Agora, para Maggie, tudo se ajustava com tudo, a tal ponto que podia sentir que o efeito era prodigioso mesmo enquanto se mantinha presa à política de não olhar para os dois. Assim houve uns cinco minutos maravilhosos durante os quais eles pairaram de cada lado, para seus olhos que não viam, maiores do que já haviam sido antes, maiores do que a vida, maiores do que o pensamento, maiores do que qualquer perigo ou qualquer segurança. Assim, resumindo, houve um espaço de tempo praticamente vertiginoso durante o qual não se deu conta da presença deles, como se não estivessem na sala.

Ela jamais, jamais os tratara assim – nem mesmo agora, quando havia aplicado sua arte sobre o grupo de Matcham; seus modos atuais eram uma exclusão mais intensa, e o ar estava carregado do silêncio deles enquanto ela falava com seu outro companheiro como se tivesse apenas ele a considerar. O pai lhe dera o tom de modo espantoso, por meio da alusão ao deleite – de uma ocasião como o jantar bem-sucedido – que podia significar seu suborno para renunciar; de modo que foi como se falassem de modo egoísta, contando com uma repetição dessas extensões de experiência. Consequentemente Maggie realizou um ato de energia sem precedentes, lançou-se na presença do pai como se pela absoluta coerência com que sustentava o olhar dele; dizendo a si própria, ao mesmo tempo em que sorria, falava e inaugurava seu sistema: "O que ele quer dizer com isso? Esta é a questão – o que ele *quer dizer*?", mas examinando de novo todos os sinais nele que a ansiedade recente tinha tornado familiar e contando os minutos chocados da parte dos outros. Era no silêncio deles que os outros pairavam, como ela sentia; ela não tivera qualquer medida, pelo que soube depois, dessa duração, mas esta estendeu-se cada vez mais – até o que teria sido chamado, em condições mais simples, de incômodo –, como se a própria Maggie estivesse esticando a corda. Mas, dez minutos depois, na carruagem indo para casa, à qual seu marido, não querendo prolongar a demora, seguira ao primeiro anúncio, dez minutos depois ela iria esticá-la quase ao ponto de arrebentar. O príncipe lhe permitira se demorar muito menos, antes de se dirigir à porta, do que usualmente se demoravam nas conversas de encerramento desse tipo de noite; o que ela, sempre atenta, tomou como sinal de sua impaciência em modificar o efeito estranho de ele não ter, e de Charlotte não ter, aclamado instantaneamente a questão debatida, ou mais exatamente, resolvida, diante dos dois. Amerigo tivera tempo para se conscientizar dessa possível impressão sobre ela, e o fato de praticamente tê-la empurrado para a carruagem estava ligado ao seu sentimento de que deveria levar a ação a um novo terreno. Uma certa ambiguidade nela tê-lo-ia atormentado absolutamente; mas ele já encontrara algo para aliviar e corrigir – e do qual ela, por seu lado, tinha uma noção sagaz do que seria. A própria Maggie, por sinal, estava preparada, e na verdade, enquanto ocupava seu assento no coche, sentia-se espantada com a própria preparação. Isso lhe permitiu não dar qualquer intervalo; puxou o assunto imediatamente:

– Eu tinha certeza de que era isso que papai diria se eu o deixasse em paz. Eu o *tenho* deixado em paz, e tu vês o efeito. Agora ele odeia se deslocar, gosta demais de estar conosco. Mas se vês o efeito – ela sentiu-se magnificamente mantendo o ímpeto –, talvez não vejas a causa. A causa, meu caro, é adorável demais.

Seu marido, ao ocupar o lugar ao lado, durante um ou dois minutos, nada dissera ou fizera para seus sentidos atentos; para esses sentidos ele estivera como se pensando, esperando, decidindo; mas foi ainda antes de falar que ele, como Maggie sentiu, agiu claramente. Passou o braço ao redor dela e puxou-a para perto – cedendo à demonstração, no abraço longo e firme com apenas um braço, na pressão infinita da pessoa dela sobre ele, que tais oportunidades tão frequentemente sugeriam e prescreviam. Segura, consequentemente, e, como podia sentir com demasiada intimidade, solicitada com requinte, dissera a coisa que estava pretendendo e desejando dizer, e com a qual sentia, ainda mais do que sentia qualquer outra coisa, que não devia deixar de reagir ao que quer que ele fizesse. Sim, ela estava no aperto dele, e sabia o que era isso; mas ao mesmo tempo estava no aperto de sua responsabilidade concebida, e o extraordinário era que, das duas intensidades, a segunda ia se tornando mais aguda. Ele se demorou um tempo, mas respondeu de certa forma.

– A causa de teu pai ter decidido não ir?

– Sim, e de meu desejo de deixar que isso agisse nele em silêncio... quero dizer, sem minha insistência. – Em seu estado comprimido ela fez outra pausa, e isso a fez sentir como se estivesse resistindo imensamente. Esse sentimento era bastante estranho para ela, e totalmente novo, o de possuir, por uma ajuda milagrosa, alguma vantagem que, naquele momento e naquele lugar, na carruagem, enquanto se deslocavam, ela podia largar ou manter. Estranho, inexprimivelmente estranho – o quão distintamente via que se abrisse mão deveria, de algum modo, abrir mão de tudo para sempre. E o que o aperto de seu marido realmente significava, como seus próprios ossos registravam, que ela *deveria* abrir mão: era exatamente por isso que ele usara a magia infalível. Ele *sabia como* usá-la – podia, ocasionalmente, ser um amante bastante pródigo: e tudo isso, exatamente, fazia parte do caráter que Maggie jamais deixara de ver nele como principesco, parte de sua grande e linda facilidade, seu gênio para o encanto, para o intercurso, para a expressão, para a vida. Ela teria apenas de encostar a cabeça em seu ombro com determinado movimento para deixar claro que não resistia. Para isso, enquanto seguiam, cada latejar de sua consciência a impelia – isto é, cada latejar menos um, o latejar da necessidade mais profunda de saber onde "realmente" estava. Portanto, quando havia pronunciado o resto de sua ideia, ela ainda estava mantendo a cabeça no lugar e pretendendo mantê-la; apesar de estar também espiando pela janela da carruagem com olhos em que lágrimas de dor sofrida haviam subido, indistinguíveis, talvez, felizmente, na escuridão. Estava fazendo um esforço que lhe doía horrivelmente, e, como não podia chorar, seus olhos nadavam no silêncio. Com eles, mesmo assim, através do quadrado que se abria à sua frente, através do panorama cinzento da noite de Londres, ela alcançou o feito de não perder de vista o que queria; e seus lábios a ajudavam e protegiam podendo dizer:

– É não deixar a *ti*, meu querido: por isso ele abriria mão de tudo; assim como iria a qualquer lugar, eu acho, tu sabes, se fosses com ele. Quero dizer, tu e ele sozinhos – prosseguiu Maggie olhando pela janela.

Para o que a resposta de Amerigo de novo demorou um momento a chegar.

– Ah, o velho amigo! Tu gostarias de que eu lhe propusesse alguma coisa...?

– Bom, se achares que podes suportar isso.

– E deixar tu e Charlotte sozinhas?

– Por que não?

Maggie também tivera de esperar um minuto, mas quando falou foi com clareza:

– Por que não seria Charlotte simplesmente um dos *meus* motivos? O fato de eu não gostar de deixá-la? Ela sempre foi tão boa, tão perfeita comigo... mas não tão maravilhosamente quanto agora. De algum modo estamos mais juntas; pensando praticamente apenas uma na outra; tem sido como nos velhos tempos. – E prosseguiu consumadamente, uma vez que sentia aquilo como algo consumado: – É como se estivéssemos sentindo falta uma da outra, como se tivéssemos nos afastado um pouco, mesmo seguindo lado a lado. Mas os bons momentos, se ao menos esperarmos por eles – apressou-se a acrescentar –, chegam por si. Além disso, tu mesmo viste, uma vez que fizeste a mesma coisa com papai; sentindo, a teu lindo modo, cada diferença, cada ar que sopra; não precisando que te digam ou empurrem, apenas sendo de uma convivência perfeita; por meio de teu hábito de gentileza e de teus instintos exóticos. Mas claro que viste, o tempo todo, que ele e eu sentimos profundamente como conseguiste; conseguiste que ele não ficasse sozinho demais, e que eu, por meu lado, não pareci, como poderias dizer, negligenciá-lo. Isto é sempre algo pelo qual jamais poderei abençoar-te o bastante; de todas as boas coisas que fizeste por mim, jamais fizeste algo melhor. – Ela prosseguiu explicando, como se pelo prazer de explicar, mesmo sabendo que ele devia reconhecer, também como parte de seus modos fáceis, sua descrição da ampla liberalidade dele. – Tu próprio levando o menino, naqueles dias, e vindo, a cada vez, para pegá-lo; nada no mundo, nada que pudesses ter inventado, teria mantido papai mais sob o encanto. Além disso, sabes como sempre o agradaste, e como sempre deixaste claro que ele te agrada. Só que, nestas últimas semanas, foi como se tu desejasses, só para agradá-lo, lembrar-lhe de novo. Então aí está – concluiu ela –, foste tu quem fizeste. Tu produziste teu efeito; o de ele não querer ficar, mesmo por um ou dois meses, onde não estiveres. Ele não quer incomodar-te ou te entediar. *Isso*, acho que sabes, ele jamais fez; e se me deres tempo me certificarei de novo, como sempre, de que ele não o faça. Mas ele não suporta ter-te longe das vistas.

Ela mantivera a coisa, preenchendo-a, atulhando-a; e tudo, realmente, sem dificuldade, uma vez que cada palavra era, graças a uma longa evolução de sentimento, o que estava transbordando nela. Maggie criou o quadro, forçou-o sobre ele, pendurou-o diante dele; lembrou, feliz, como um dia, apoiado pelo *principino*, ele chegara ao ponto de propor em Eaton Square uma ida ao zoológico, levar lá, no ato, sob essa agradável inspiração, o companheiro mais velho e o mais novo, dizendo a este último que iam apresentar o vovô, o vovô nervoso e com medo, aos leões e aos tigres em geral. Toque após toque Maggie pingou no silêncio do marido a verdade sobre a boa natureza e os bons modos dele; e foi essa demonstração de sua virtude, exatamente, que fez aumentar a estranheza, mesmo para ela, de ainda não estar cedendo ao príncipe. Seria apenas uma questão do mais trivial ato de rendição, a vibração de um nervo, o mero movimento de um músculo; mas o ato ficou importante entre os dois exatamente porque ela não fez perceptivelmente coisa alguma, nada além de falar no mesmo tom que naturalmente tê-la-ia varrido para a ternura. Cada vez mais ela sabia como – cada minuto que passava lhe dizia –, com uma única coisa certa ele a faria deixar de vigiá-lo; essa coisa certa, distante um milhão de quilômetros do estranho momento atual, consistiria em ele dizer-lhe divinamente, indulgentemente, com a última inconsequência feliz: "Vem comigo para algum lugar, *tu*; e então não precisaremos pensar, nem precisaremos falar de qualquer coisa, de qualquer outra coisa": cinco palavras assim iriam responder-lhe, sem derrubá-la absolutamente. Mas eram as únicas que serviriam. Ela esperou, e houve um instante supremo em que, pelo testemunho de todo o resto dele, pareceu senti-las no coração e nos lábios do marido; só que não soaram, e como isso a fez esperar de novo, fez com que ela vigiasse mais intensamente. Isso, por sua vez, mostrou-lhe que ele também esperava e vigiava, e o quanto ele esperava algo que agora sentia que não viria. Sim, não viria se ele não lhe respondesse, se dissesse as coisas erradas em vez da certa. Se ele pudesse dizer a coisa certa, tudo viria – estava pendurado por um fio de cabelo que tudo poderia se cristalizar para a felicidade recuperada ao toque dele. Mas essa possibilidade a encarou feroz durante cinquenta segundos para então ficar fria, e enquanto se afastava dela Maggie sentiu o frio da realidade e conheceu de novo, praticamente apertada contra o coração de Amerigo e sentindo o hálito dele no rosto, o leve rigor da atitude dela, um rigor que ia além de seu ser natural. Eles tiveram silêncios, finalmente, que eram quase como grosserias de resistência mútua – silêncios que persistiam pelo esforço, da parte do príncipe, para tratar a recorrência dela ao papel que ele vinha fazendo ultimamente, para interpretar toda a doçura dela ao falar-lhe, como um modo de amá-lo. Ah, Deus sabia, este não era o modo de Maggie; ela podia amar melhor do que isso! Ainda por cima ela calhou de dizer, no mesmo tom com que já havia falado:

– A não ser, claro, que, se fosse para viajar para algum lugar contigo, ele iria prontamente, com enorme prazer. Acredito realmente que ele gostaria de ter-te um pouco só para si.

– Queres dizer que ele está pensando em propor isso? – perguntou o príncipe após um momento.

– Ah, não. Ele não pede, como deves ter visto frequentemente. Mas acredito que ele concordaria "como um raio", como dizes, se o sugerisses.

Aquilo, ela sabia, tinha o ar de uma espécie de condição proposta, e Maggie se perguntara, enquanto falava, se isso não faria o braço dele soltá-la. O fato de isso não lhe ter sugerido que ela o fizera, de súbito, pensar ainda mais intensamente, pensar com tal concentração que poderia fazer apenas uma coisa de imediato. E foi precisamente como se a concentração tivesse sido provada nele no instante seguinte. Amerigo tomou uma atitude incoerente com a impressão superficial – um salto que desconsiderava a abordagem dos dois à gravidade e representou para ela a necessidade de ele ganhar tempo. Isso, deduziu Maggie, era o recuo dele – o fato de o alerta dela ter chegado ao marido, e a Charlotte, subitamente demais. De que diante disso eles estavam se reorganizando, de que *tinham* de se reorganizar, estava de novo diante dela; mas para fazer o que queriam eles precisavam desfrutar um momento, maior ou menor, de independência recuperada. Amerigo, por um instante, estava apenas fazendo o que *não* queria, e era como se ela estivesse observando seu esforço sem disfarçar.

– Qual é a ideia de teu pai, este ano, então, sobre Fawns? Ele vai para Whitsuntide e depois para lá?

– Imagino que ele fará como tem feito frequentemente, de tantos modos; fazer o que parecer mais agradável a ti. E, claro, há sempre Charlotte a ser considerada. É só que a ida deles mais cedo para Fawns, se forem, não precisa implicar a tua ida e a minha.

– Ah – ecoou Amerigo –, não precisa implicar a tua ida e a minha?

– Podemos fazer o que quisermos. O que eles podem fazer não deve nos perturbar, uma vez que eles, por sorte, são perfeitamente felizes juntos.

– Ah – retrucou o príncipe –, teu pai jamais está tão feliz como quando estás perto para desfrutar a felicidade dele.

– Bom, eu posso desfrutá-la, mas não sou a causa.

– Tu és a causa de grande parte de tudo que é bom entre nós. – Mas ela recebeu esse tributo em silêncio, e no momento seguinte ele prosseguiu: – Se a Sra. Verver tem coisas a colocar em dia contigo, como dizes, ela não poderá fazê-lo, nem *tu* poderás fazê-lo, se nós, tu e eu, ficarmos muito longe.

– Entendo o que dizes.

Ele deixou-a dar atenção a isso durante um tempo; depois falou:

– Será que devo, subitamente, propor a ele uma viagem?

Maggie hesitou, mas levou adiante o fruto da reflexão.

– Isso teria o mérito de que Charlotte *ficaria* comigo, quero dizer, ficaria muito mais comigo. E também de que eu não deveria, escolhendo uma ocasião dessas para me afastar, parecer inconsciente ou ingrata, parecer que não sou sensível, parecer de fato que desejo afastá-la. Eu deveria responder, pelo contrário, de modo muito claro: ficando aqui sozinha com ela durante um mês.

– E gostarias de ficar aqui com ela sozinha durante um mês?

– Eu poderia aceitar isso maravilhosamente. Ou nós poderíamos até mesmo – disse ela de modo divertido – irmos juntas a Fawns.

– Vocês ficariam contentes sem mim?

– Sim, meu querido, se puderes ficar contente durante um tempo com papai. Isso me faria feliz. Eu poderia, por um tempo, ficar lá com Charlotte; ou, melhor ainda, ela poderia vir para Portland Place.

– Oh! – disse o príncipe, com uma alegre imprecisão.

– Sentirei, veja bem, que estaremos mostrando o mesmo tipo de gentileza.

Amerigo pensou.

– Nós? Tu e Charlotte?

Maggie hesitou de novo.

– Tu e eu, querido.

– Sei, sei – entendeu ele de imediato. – E que motivo devo dar, quero dizer, devo dar ao teu pai?

– Para convidá-lo à viagem? Ora, o mais simples, se puderes fazê-lo com cuidado. O desejo de ser-lhe agradável. Só isso.

Algo nessa resposta fez o marido refletir de novo.

– "Com cuidado"? Por que eu não faria com cuidado? Isso, pelo que tu mesma disseste, não representaria qualquer surpresa para ele. Na pior das hipóteses, devo lhe parecer a última pessoa no mundo que desejaria algum mal a ele.

Ah, ali estava de novo, para Maggie – a nota já soada, a nota da necessidade de não fazer mal! Por que essa visão precavida, perguntou-se ela de novo, quando seu pai havia reclamado, no mínimo, tão pouco quanto ela? Com a tão perfeita imobilidade dos dois, o que sugerira assim, ao redor deles, a atitude de poupá-los? Sua visão interna fixou mais uma vez essa atitude, viu-a, nos outros, como algo nítido e concreto, expandiu-a direto de seu companheiro para Charlotte. Antes que percebesse, ela havia ecoado nessa intensidade de pensamento as últimas palavras de Amerigo.

– Tu és a última pessoa no mundo que desejaria fazer algo para magoá-lo.

Maggie se ouviu, ouviu seu tom de voz, depois de ter falado, ouviu ainda mais porque, durante um minuto depois, sentiu o olhar do marido em seu rosto, muito perto, perto demais para vê-lo. Ele a estava olhando porque estava impressionado, e olhando intensamente – ainda que sua resposta, quando veio, tenha sido bastante direta.

– Bom, não é exatamente disso que estávamos falando, de que tu achas que eu busco o conforto e o prazer dele? Ele poderia mostrar que sente isso propondo a *mim* uma viagem.

– E tu irias com ele? – perguntou Maggie imediatamente.

Ele suspendeu o fogo apenas por um instante.

– *Per Dio!*

Ela também fez sua pausa, mas interrompeu-a – uma vez que a alegria estava no ar – com um sorriso intenso.

– Tu podes dizer isso seguramente, porque essa é uma proposta que, por impulso próprio, ele não fará.

Depois ela não poderia ter narrado – e na verdade achava difícil dizer a si mesma – por qual transição, que nítida brusquidão de mudança na relação pessoal, o impulso deles chegou ao fim com uma espécie de intervalo estabelecido, quase confessado, entre os dois.

– "Seguramente..."?

– Seguramente, talvez afinal de contas, num caso assim, com relação a estar junto dele durante tempo demais. Ele é uma pessoa capaz de pensar que tu poderias sentir-te facilmente incomodado por isso. De modo que a proposta não virá de papai. Ele é modesto demais.

Os olhos dos dois continuaram a se encontrar pensando nisso, de um canto a outro do coche.

– Ah, a modéstia de vocês...! – Mas ele sorriu diante disso. – De modo que, se eu não insistir...?

– Simplesmente continuaremos como estamos.

– Bom, nós estamos muitíssimo bem – respondeu ele, ainda que nem um pouco com o efeito que teria tido se a transação muda entre os dois, entre a tentativa de captura e a fuga alcançada, não tivesse ocorrido. Como Maggie ficou quieta para avaliar a observação de Amerigo, ficou aberto para ele encontrar-se no instante seguinte consciente de outra ideia ainda. – Eu me pergunto se *adiantaria*. Quero dizer, eu intervir.

– "Intervir"...?

– Entre teu pai e a mulher dele. Mas haveria um modo. Podemos fazer com que Charlotte peça a ele. – E então, enquanto a própria Maggie estava pensando, ecoou de novo: – Podemos sugerir a ela para sugerir a ele que ele deve me deixar levá-lo para uma viagem.

– Ah! – disse Maggie.

– Então, se ele perguntar a Charlotte por que eu me manifestei tão de súbito, ela poderá dizer o motivo.

Estavam parando, e o lacaio, que se apressara, havia batido na porta da casa.

– O fato de achares que isso seria tão encantador?

– O fato de eu achar que isso seria tão encantador. O fato de que nós *a* persuadimos será convincente.

– Sei – prosseguiu Maggie enquanto o lacaio voltava para abrir a porta da carruagem. – Sei – disse de novo, mesmo sentindo-se um pouco desconcertada. O que ela realmente via, subitamente, era que sua madrasta poderia se mostrar acima de tudo preocupada com a proposta, e isso lhe trouxe de volta a necessidade de que seu pai não a considerasse preocupada em qualquer grau com qualquer coisa. Saiu no instante seguinte com um ligeiro sentimento de derrota; seu marido, para deixá-la sair, havia passado à sua frente, e, um pouco adiantadamente, esperou-a na beira do patamar baixo, com apenas um degrau de altura, que precedia a porta aberta, de cada lado da qual havia um de seus empregados. O sentimento de uma vida tremendamente organizada e fixa ergueu-se diante dela, e havia algo no próprio rosto de Amerigo, enquanto os olhos dele outra vez encontravam os seus através da luz fraca da lâmpada, que era como uma lembrança consciente disso. Ele lhe respondera claramente, pouco antes, e isso pareceu não deixar nada a dizer. Era quase como se, tendo planejado dar a última palavra, ela o visse desfrutando da mesma. Era quase como se – do modo mais estranho do mundo – ele estivesse se vingando dela pela produção de uma pequena pontada, a pontada de uma nova inquietação, pelo modo como ela escorregara para longe dele durante o trajeto na carruagem.

4

A nova inquietação de Maggie pode ter tido tempo de baixar, ainda mais porque durante os vários dias que se seguiram ela não apenas não ficou consciente de qualquer nova indicação que a alimentasse, como até mesmo se espantou, de um modo bem diferente, com um aumento dos sintomas daquela diferença que ela decidira trabalhar na cabeça. No fim de uma semana reconhecia que, se de certa forma fora apanhada, seu pai não o fora menos – com o efeito de seu marido e a mulher dele se fecharem, juntos, em volta dos dois, e de subitamente todos terem começado, como um grupo de quatro, a levar uma vida gregária, e por esse motivo quase tão alegre, pelo tom tranquilo, como nunca antes. Poderia ter sido um acidente e mera coincidência – pelo menos era o que a princípio dizia a si mesma; mas uma dúzia de acasos que incentivaram toda essa aparência haviam subido à superfície, pretextos agradáveis, ah, certamente agradáveis, tão agradáveis quanto Amerigo em particular poderia torná-los, para realizações em conjunto, para aventuras compartilhadas, para sempre ser visto, de modo divertido, que eles queriam fazer praticamente a mesma coisa ao mesmo tempo e do mesmo modo. Era até engraçado, até certo ponto, à luz do fato de que pai e filha, durante tanto tempo, haviam expressado tão poucos desejos verdadeiros; entretanto seria suficientemente natural que, se Amerigo e Charlotte *tivessem* pelo menos se cansado um pouco da companhia um do outro, eles encontrariam alívio não tanto em afundar ao nível relativamente baixo dos companheiros quanto em desejar puxar estes últimos para o trem em que os dois se moviam com tamanha constância.

– Nós estamos no trem – murmurou Maggie, refletindo depois do jantar em Eaton Square com lady Castledean –, subitamente acordamos nele e nos vimos disparando, como se tivéssemos sido postos durante o sono, empurrados como duas caixas etiquetadas para dentro do vagão. E como eu queria "ir", certamente estou indo – poderia ter acrescentado. – Estou me movimentando sem problemas, eles estão fazendo tudo por nós: é maravilhoso como entendem e como a coisa funciona perfeitamente. – Por que foi isso que ela teve de reconhecer mais imediatamente: para eles parecia tão fácil formar um quarteto quanto antes, durante tanto tempo, parecera fácil formar um par de casais, e esta última era uma descoberta que havia demorado absurdamente. O único ponto em que, dia após dia, o sucesso parecia verdadeiro era representado, como poderia ser dito, por seu impulso irresistível de agarrar o pai quando o trem cedia a uma de suas paradas ocasionais. Então – não havia como negar – os olhos dele e dela se encontravam; de modo que eles estavam fazendo uma violência ativa, como se contra os outros, com relação a esse espírito de união, ou pelo menos com relação àquela realização de mudança, que ela decidira invocar.

Sem dúvida, a mudança máxima foi alcançada no dia em que o grupo de Matcham jantou em Portland Place; o dia, talvez, da máxima glória social de Maggie, no sentido de se mostrar numa ocasião sua, apenas sua, com todas as outras pessoas extravagantemente competindo e se esforçando, absolutamente conspirando para torná-la heroína do dia. Era como se até seu pai, sempre com mais iniciativa como convidado do que como anfitrião, também tivesse entrado na conspiração; e essa impressão não foi diminuída pela presença dos Assingham, também muito apanhados, após uma espécie de calmaria, pelo vento lateral de todo o resto do movimento, e dando à nossa jovem, pelo menos da parte de Fanny, o sentimento de alguma intenção especial de encorajamento e aplauso. Fanny, que não estivera presente no outro jantar, graças a uma preferência tida e expressa por Charlotte, apareceu esplêndida nesse, num novo veludo laranja com múltiplas turquesas, e além do mais com uma confiança o mais diferente possível, deduziu a anfitriã, de sua traição muito nítida de um estado inferiorizado em Matcham. Maggie não ficou indiferente à oportunidade de alterar esse equilíbrio – que parecia, por enquanto, parte de uma retificação geral; ela gostava de pensar que no alto nível de Portland Place, um lugar isento, em todos os sentidos, de jurisdições ciumentas, sua amiga poderia sentir-se tão "boa" quanto qualquer um, e na verdade em alguns momentos seria capaz de assumir a liderança no reconhecimento e na celebração, na medida em que a noite poderia levar a intensificar o brilho da pequena princesa. A Sra. Assingham produziu nela a impressão de lhe dar constantemente a deixa para isso; e na verdade foi em parte por sua ajuda aceita com inteligência e gratidão que a pequena princesa, em Maggie, foi destacada e enfatizada. Ela não poderia dizer claramente como isso aconteceu, mas sentia-se, pela primeira vez em sua carreira, vivendo segundo a noção pública e popular de uma personagem, uma vez que esta lhe era imposta de todos os lados; também perguntando-se, ao mesmo tempo, qual era essa estranha mistura das coisas pelas quais a ideia popular podia ser evidenciada para ela através de figuras supostamente grandes da terra como os Castledean e outros do tipo. Fanny Assingham poderia realmente estar ali como um dos assistentes no picadeiro do circo, para manter o passo do animal esguio que dava voltas, em cuja garupa a dama de saiote listado dava saltos e fazia poses com brilho. Isso era tudo, sem dúvida: Maggie havia esquecido, havia negligenciado, havia declinado ser a pequena princesa ou qualquer coisa da escala que lhe estava aberta; mas agora que a mão coletiva lhe fora estendida com tal alacridade, para que ela pudesse saltar à luz, como parecia à sua mente recatada, com tal revelação de meias cor-de-rosa e tamanha abreviação de corpete branco, ela podia se ver percebendo, sob sobrancelhas arqueadas, onde estivera seu erro. Tinha convidado para mais tarde, após o jantar, um novo contingente, toda a lista de seus supostos conhecidos em Londres – o que era de novo uma coisa notável ao modo das pequenas princesas para quem a arte principesca era uma coisa óbvia. Era isso que ela estava aprendendo a fazer, a expor como coisa óbvia seu caráter designado, esperado, imposto; e apesar de haver considerações latentes que interferiam um tanto com a lição, esta noite ela estava tendo uma quantidade extraordinária de treino, nenhum tão bem-sucedido como quando, de modo bastante espirituoso, dirigiu esse treino a lady Castledean, que foi reduzida a um estado de passividade sem precedentes. A percepção desse alto resultado fez a Sra. Assingham ruborizar de alegria; ela dirigia os olhos cintilantes para a jovem amiga, de momento a momento, quase febrilmente; era como se a jovem amiga tivesse, de algum modo maravilhoso, súbito, supersutil, se tornado uma fonte de socorro para ela, se tornado lindamente, divinamente vingadora. A intensidade do gosto desses fenômenos registrados estava em que de algum modo, por meio de um processo e uma conexão que não seriam identificados de novo, ela treinava, ao mesmo tempo, com Amerigo e Charlotte – apenas com a desvantagem, com a constante observação e as dúvidas, de que talvez treinasse ainda mais com o pai.

Este último era um perigo que, durante boa parte do tempo em seguida, teve suas horas de estranha diversão – aquelas em que seu sentimento de precaução sofria tamanhos lapsos que ela sentia a comunhão com ele mais íntima do que qualquer outra. Não *podia* deixar de passar entre eles a impressão de que algo singular estava acontecendo – isso era o que ela se dizia repetidamente; e o conforto disso estava ali, afinal de contas, para ser notado, tanto quanto o possível perigo, e ela podia pensar na dupla que os dois formavam como se buscassem, com lábios lacrados, mas com olhares mútuos que jamais tinham sido tão ternos, alguma liberdade, alguma ficção, alguma coragem figurada, sob a qual poderiam falar disso com segurança. O momento viria – e finalmente veio com um efeito tão penetrante quanto o som que segue a pressão de um botão elétrico – quando ela percebeu o menos salutar dos significados da agitação que criara. A descrição meramente especiosa do caso dos dois seria que, depois de estarem durante longo tempo, como família, deliciosamente, ininterruptamente felizes, eles ainda tiveram uma nova felicidade a descobrir; uma felicidade para a qual, abençoadamente, o apetite de seu pai e o dela, em particular, tinham sido mantidos frescos e agradecidos. Essa marcha mais animada de seu intercurso como um todo era a coisa que ocasionalmente determinava nele o instinto de agarrar, que observamos: como se ele tivesse dito, uma vez que ela não rompera o silêncio antes: "Tudo está notavelmente agradável, não é?... Mas *onde*, afinal de contas, nós estamos? Num balão girando pelo espaço ou nas profundezas da terra, nas passagens brilhantes de uma mina de ouro?" O equilíbrio, a condição preciosa, durou apesar da rearrumação; houvera uma nova distribuição dos diferentes pesos, mas o equilíbrio persistiu e triunfou: tudo isso foi exatamente o motivo pelo qual ela teve proibida, face a face com o companheiro de sua aventura, a experiência de um teste. Se eles se equilibravam, eles se equilibravam – isso ela precisava admitir; isso a privava do pretexto para chegar, segundo qualquer processo encoberto, ao que ele pensava.

Mas Maggie teve suas horas de sentir-se supremamente ligada ao pai pelo rigor da lei de ambos, e quando percebeu que, o tempo todo, o desejo de poupá-la poderia ser o que mais atuava nele, exatamente esse fato de parecerem não ter nada realmente "interno" do qual falar embrulhava-o, para ela, numa espécie de doçura que faltava, como consagração, até mesmo em seu desejo pelo marido. Mas ela estava sem poder, estava apenas mais absolutamente silenciada, quando veio o clarão de interrupção, quando estaria totalmente pronta para lhe dizer: "Sim, segundo qualquer aparência este é o melhor tempo que já tivemos; mas o senhor não vê, ao mesmo tempo, como eles devem estar trabalhando juntos para isso, e como meu próprio sucesso, meu sucesso em colocar nossa bela harmonia numa nova base, acaba sendo afinal de contas o sucesso *deles*; a inteligência, a amabilidade, o poder deles para mostrar a completa posse que têm de nossa vida?" Pois como ela poderia dizer isso sem dizer muito mais? Sem dizer: "Eles farão tudo no mundo para nos agradar, menos uma coisa: prescrever para nós uma linha de atuação que os faça se separar." Como podia se imaginar ao menos murmurando isso sem colocar na boca dele as palavras que a levariam a fraquejar? "Separar, minha querida? Tu queres que eles se separem? Então queres que *nós*... tu e eu? Pois como uma separação pode ocorrer sem a outra?" Esta era uma pergunta que, em espírito, ela o ouvira fazer – além disso, com a consequência pavorosa de inquirições envolvidas e conectadas. A separação dos dois era perfeitamente pensável, mas apenas baseada no mais forte dos motivos. Bom, o mais forte, o mais forte de todos, seria eles não poderem mais permitir que ela deixasse a esposa dele, que ela deixasse o seu marido, "guiá-los" numa formação tão compacta. E digamos que eles aceitassem esse relato de sua situação como algo definitivo, agindo a partir disso e seguindo para uma divisão, será que nenhum fantasma sombrio do passado oculto, de cada um dos lados, mostraria, por cima do braço de mar que se alargava, rostos pálidos e desagradáveis, ou ergueria, na própria passagem, mãos condenatórias, denunciantes?

Enquanto isso, como quer que essas coisas acontecessem, ela teria ocasião de dizer a si mesma que poderia haver apenas uma traição mais profunda nas recuperações e nas reafirmações. Ela iria sentir-se sozinha de novo, como se sentira durante a tensão com o marido na volta da reunião com os Castledean em Eaton Square. A noite em questão a deixara com um grande alarme, mas em seguida viera uma calmaria – afinal de contas o alarme ainda precisava ser confirmado. Veio uma hora, inevitavelmente, em que ela soube, com um arrepio, o que temera e por quê; essa hora levara um mês para chegar, mas encontrá-la à sua frente foi reconhecê-la por inteiro, uma vez que lhe mostrou claramente o que Amerigo quisera dizer quando aludiu a um uso particular que eles poderiam fazer de Charlotte, para a harmonia e a prosperidade confirmada. Quanto mais ela pensava, atualmente, no tom que ele havia empregado para explicar como desfrutariam esse recurso, mais isso lhe voltava como o produto de uma arte consciente de lidar com ela. No momento ele estivera cônscio de muitas coisas – cônscio até mesmo, e não pouco, de desejar, e portanto necessitar, ver o que ela faria numa tal situação. A tal situação seria a de ela estar até certo ponto, como podia muito bem deduzir, *ameaçada* – por mais horrível que fosse imputar a ele qualquer intenção representada por essa palavra. Por que falar de fazer sua madrasta intervir numa questão que parecia, naquela hora e naquele lugar, peculiarmente um negócio deles – por que uma opção tão familiar e fácil deveria, na pior das hipóteses, parecer-lhe tão carregada com o espírito de uma ameaça? Isso, para Maggie, era uma estranheza desligada temporariamente de qualquer base, a aventura de uma imaginação que possivelmente perdera o rumo dentro dela. Era exatamente por isso, sem dúvida, que aprendera a esperar, enquanto as semanas passavam, com uma boa, ou pelo menos com uma excessiva, imitação de serenidade recuperada. Não houvera qualquer sequência imediata para o tom equívoco do príncipe, e isso exigia paciência; mas mesmo assim precisava admitir, depois de um tempo, que o pão que ele havia jogado na água havia chegado ao destino, e que portanto ela deveria ser justificada em suas antigas apreensões. A consequência disso, por sua vez, era a renovação da dor na presença da lembrada engenhosidade dele. Ser engenhoso com *ela* – o que isso *não* podia significar quando ela absolutamente jamais, em qualquer ponto de contato com ele, o colocara, nem mesmo pelo valor de um *penny*, à custa de poupá-la, duvidar dela, temê-la, de ter de prestar contas de qualquer coisa a ela? A engenhosidade estivera em simplesmente falar do uso que fariam de Charlotte como se este fosse comum aos dois num mesmo grau, e o triunfo dele, na ocasião, estivera exatamente na simplicidade. Ela não podia – e Amerigo sabia disso – dizer o que era verdade: "Ah, tu a 'usas', e eu a uso, se quiseres, sim; mas nós a usamos de modo muito diferente e separado – nem um pouco do mesmo modo ou no mesmo grau. Não há ninguém que nós usemos juntos além de nós mesmos, não vês? Com isso quero dizer que se nossos interesses são os mesmos eu posso lindamente, impecavelmente, servir-te para tudo, e tu podes lindamente, impecavelmente, servir-me. A única pessoa de quem cada um de nós precisa, é o outro; então por que, num caso assim, arrastar Charlotte?"

Ela não podia questioná-lo desse modo, porque esta teria sido – e aí ela ficava paralisada – o *sinal*. Ter-se-ia traduzido no ato, para o ouvido dele, em ciúme; e, da reverberação à repercussão, teria chegado ao ouvido de seu pai exatamente na forma de um grito rasgando a imobilidade de um sono pacífico. Durante muitos dias fora quase tão difícil para ela conseguir vinte minutos tranquilos com o pai quanto anteriormente fora fácil; na verdade houvera, há muito – o tempo, de modo tão estranho, já parecia distante – uma inevitabilidade em suas longas conversas com ele, uma espécie de beleza domesticada na confiabilidade de tudo ao redor dos dois. Mas atualmente Charlotte estava quase sempre lá quando Amerigo a levava a Eaton Square, aonde Amerigo a estava levando constantemente; e quase sempre Amerigo estava em Portland Place quando Charlotte levava o marido para lá, aonde Charlotte estava constantemente trazendo-*o*. As frações de ocasiões, os minutos casuais que os punham cara a cara tinham passado a contar muito pouco ultimamente, quer para o sentimento de oportunidade ou para o da revelação; ainda mais que o antigo ritmo do intercurso entre os dois ia contra qualquer manuseio superficial das coisas profundas. Eles jamais haviam se permitido, em qualquer quarto de hora, a fofocar sobre coisas fundamentais; moviam-se lentamente através de espaços grandes e imóveis; podiam ficar quietos juntos, a qualquer momento, muito bem, com muito mais conforto do que apressadamente expressivos. Parecia ter-se tornado verdade que o apelo comum a ambos media-se exatamente segundo essa economia de sons; eles podiam estar falando um "para" o outro quando falavam com seus companheiros, mas estes últimos, certamente, não conseguiam captar diretamente qual era a fase atual da relação entre eles. Tais eram alguns dos motivos pelos quais Maggie suspeitava de que as coisas fundamentais, como eu as chamei, estavam subindo, por um novo movimento, à superfície – suspeitou disso numa manhã do final de maio, quando seu pai se apresentou sozinho em Portland Place. Ele tinha seu pretexto – disso ela estava totalmente cônscia: dois dias antes o *principino* mostrara sinais, por sorte não persistentes, de um resfriado febril e notoriamente fora obrigado a passar esse tempo em casa. Isso era terreno, terreno amplo, para um inquérito detalhado; mas não era terreno, ela viu-se rapidamente refletindo, para ele ter conseguido, no interesse da visita, dispensar tão inusitadamente – pelo modo como a vida deles tinha se organizado nos últimos tempos – a presença da esposa. Por acaso ela própria estava sem a presença do marido, e logo será visto que a hora teve uma qualidade especial quando eu observar que, lembrando-se da aparência do príncipe ao dizer que ia sair, a princesa se perguntou com extravagância se os respectivos *sposi* não podiam estar-se encontrando, com extravagância esperava que eles estivessem temporariamente afastados desse modo. Estranha era a sua necessidade, em alguns momentos, de pensar que os dois não davam uma importância excessiva ao repúdio deles à prática geral que durara apenas algumas semanas antes de tal integridade consagrada. Certamente os repúdios não estavam no ar – nenhum deles chegara a isso; pois não estava ela nesse minuto testemunhando diretamente contra eles por meio de seu próprio comportamento? Quando deveria confessar o medo de estar sozinha com o pai, o medo do que ele pudesse – ah, com o movimento tão lento, doloroso, do qual ela sentia horror! – dizer-lhe, *então* haveria tempo suficiente para Amerigo e Charlotte confessarem que não gostavam de parecer que estavam se encontrando por acaso.

Nessa manhã ela teve uma consciência maravilhosa de temer uma pergunta particular da parte dele, e ao mesmo tempo de poder verificar, até mesmo de desconcertar, magnificamente, por sua aparente maneira de recebê-la, qualquer imaginação inquieta que ele pudesse ter com relação à importância da mesma. O dia, luminoso e suave, tinha o hálito do verão; fez com que falassem, para começar, de Fawns, do modo como Fawns convidava – o tempo todo Maggie consciente de que, com a doçura do convite tanto a um casal quanto ao outro, seu sorriso falso tornou-se praticamente convulsivo. Era isso, e havia de fato uma espécie de alívio em absorver aquilo: ela já estava sendo falsa com ele, por absoluta necessidade, como jamais, jamais fora na vida – sendo falsa na totalidade do que permitira. A necessidade, no grande salão mal iluminado onde, recusando sentar-se, por seus motivos, ele andava de um lado para o outro nos próprios passos de Amerigo, a necessidade a afetava como se lhe pressionasse a própria força do encanto; das velhas coisas agradáveis atuando de novo tão candidamente; da positiva planura do carinho entre eles, uma superfície totalmente destinada ao uso familiar, como se generalizada a partir da longa sucessão de sofás forrados de tapeçarias, docemente desbotados, em que a teoria de contentamento dele havia se sentado, entre inumeráveis pausas, ao lado da dela. Ela *soube*, a partir desse instante, soube antecipadamente e melhor do que qualquer coisa que jamais a ensinaria, que nunca deveria interromper, nem por um solitário segundo, a tarefa de provar que nada havia de errado com ela. Via, de súbito, tudo que deveria dizer ou fazer à luz dessa tarefa, estabelecia conexões da mesma com qualquer número de situações remotas, percebia-se, por exemplo, atuando no interesse da tarefa quando propôs que os dois saíssem, no exercício de sua liberdade e em homenagem à estação, para um passeio no Regent's Park. Este local ficava perto, no topo de Portland Place, e o *principino*, bem melhor, já fora para lá com grande acompanhamento: todas essas considerações eram defensivas para Maggie, todas elas se tornavam, para a sua mente, parte do trabalho de cultivar a continuidade.

No andar de cima, enquanto o deixava para vestir algo de sair, o pensamento em que ele a estava esperando lá embaixo, de posse da casa vazia, trouxe consigo, forte mas brevemente, uma de suas abruptas falhas de coerência, o choque de uma imaginação vã que quase a paralisava, frequentemente, durante um minuto, diante do espelho – a aparência nítida, em outras palavras, da diferença particular que seu casamento fizera. Nesses instantes a diferença particular parecia a perda, mais do que qualquer outra coisa, da antiga liberdade dos dois, de nunca terem de pensar em ninguém, em nada além do outro. Não tinha sido o *seu* casamento que fez isso; este jamais, nem por três segundos, sugerira a qualquer dos dois que devessem agir diplomaticamente, que devessem reconhecer outra presença – não, nem mesmo a do seu marido. Ela gemeu baixinho, enquanto durava a imaginação vã. "*Por que* ele se casou? Ah, por quê?", e então veio-lhe que nada poderia ter sido mais belo do que o modo como, até Charlotte se aproximar muito mais da vida deles, Amerigo não interferira. O que ela passara a dever-lhe por isso ter crescido de novo, aos seus olhos, como uma coluna de números – ou mesmo podemos chamar, se quisermos, de um castelo de cartas –, foi o ato de seu pai, que havia derrubado o castelo e feito um erro na soma. E tudo isso, imediatamente após sua pergunta, "Por que ele se casou?", fez voltar, inevitavelmente, a avassaladora onda de conhecimento do motivo. "Ele fez isso por *mim*, fez isso por mim", gemeu Maggie, "ele fez isso exatamente para que nossa liberdade – ou melhor, homem amado, a minha liberdade – fosse maior em vez de menor; fez isso, divinamente, para me liberar ao máximo possível de cuidar daquilo em que ele se tornou." No andar de cima ela arranjou tempo, mesmo na pressa, como repetidamente arranjara tempo antes, para deixar os espantos envolvidos nesses reconhecimentos relampejarem com o efeito costumeiro de fazê-la piscar: em especial a pergunta de se deveria encontrar sua solução agindo também no espírito do que ele fizera, forçando seu "cuidado" a ficar muito menor do que ele tentara torná-lo. Assim sentia todo o peso da situação cair de novo sobre seus ombros, era confrontada, de modo inequívoco, com a principal fonte de seu estado assombrado. Tudo resultava de não ter podido não se importar – não se importar com o que fora feito dele; não ter podido, sem ansiedade, deixá-lo seguir seu caminho, assumir seu risco e levar sua vida. Ela tornara a ansiedade seu pequeno ídolo estúpido; e absolutamente agora, enquanto, de modo um tanto falacioso, enfiava um alfinete comprido no chapéu – com quase irritação ela dissera à empregada, uma nova, de quem ultimamente se pegara pensando como abismal, que não queria sua ajuda –, tentou focalizar a possibilidade de algum entendimento entre eles, em consequência do qual ela poderia se afastar.

Alguma possibilidade dessas parecia de fato muito próxima! – essa consciência também acontecera quando ela ficou pronta; toda a vibração, toda a emoção da situação atual estava, exatamente, na própria doçura de os dois terem voltado às condições da época mais simples, a uma estranha semelhança entre o aspecto e a sensação do momento com os de numerosos outros momentos que estavam suficientemente distantes. Ela fora rápida em sua preparação, apesar do fluxo da maré que algumas vezes fazia-a perder o fôlego; mas uma pausa, mais uma vez, restava para ser feita, uma pausa no alto da escada, antes de descer até ele, e durante a qual perguntou-se se não era imaginável, a partir do ponto de vista perfeitamente prático, que devesse simplesmente sacrificá-lo. Não entrou em detalhes do que significaria sacrificá-lo – não precisava; tão claro era, a uma de suas luzes inquietas, que ele estava ali esperando-a, que deveria encontrá-lo andando de um lado para o outro na sala de estar, no ar quente, fragrante, para o qual as janelas abertas e as flores abundantes colaboravam. Movendo-se lenta e vagamente e parecendo muito esguia e jovem e, na superfície, controlável quase tanto quanto seu filho, colocando a coisa um tanto livremente, como com seu pai; acima de tudo com a aparência dele, de ter chegado simplesmente com o objetivo de lhe *dizer*, ele próprio, em tantas palavras: "Sacrifica-me, meu amor; sacrifica-me, sacrifica-me!" Caso ela quisesse, caso ela insistisse, poderia muito bem ouvi-lo gritar, consciente e cedendo, como algum cordeiro precioso, imaculado, excepcionalmente inteligente. Mas o efeito positivo da intensidade dessa figura foi fazer com que ela a afastasse em sua descida retomada; e depois de ter se juntado a ele, depois de tê-lo apanhado, iria conhecer toda a dor do pensamento de que sua impossibilidade era *feita*, absolutamente, pela consciência dele, pela lucidez de sua intenção: isso ela sentiu enquanto sorria para ele, de novo, hipocritamente; enquanto calçava luvas claras, frescas; enquanto interrompia o processo, primeiro para dar uma torção ligeiramente mais elegante à gravata dele, e em seguida mostrar sua loucura escondida esfregando o nariz em seu rosto segundo a tradição da frivolidade mais franca entre os dois. A partir do instante em que se sentiu capaz de culpá-lo de estar planejando, cada questão seria encerrada e sua hipocrisia precisaria se redobrar. O único modo de sacrificá-lo seria fazer isso sem que ele sonhasse com o motivo do sacrifício. Beijou-o, arrumou sua gravata, fez observações, guiou-o para fora, segurou seu braço, não para ser levada, mas para levar, e pegando-o com a mesma pressão íntima que sempre usara, quando menina, para definir a inseparabilidade de sua boneca – fazia todas essas coisas de modo que ele não sonhasse suficientemente com o significado delas.

5

Nada houve para mostrar que seu esforço, em qualquer grau, não tivesse valido a pena até estarem bem dentro do parque e ele espantá-la, inesperadamente, recusando qualquer procura séria ao *principino*. O modo como se sentaram um tempo ao sol era sinal disso; ele deixar-se cair com ela no primeiro par de cadeiras afastadas que encontraram e esperar um pouco, depois de estarem acomodados, como se agora, finalmente, ela pudesse revelar algo mais específico. Isso fez apenas com que ela sentisse mais agudamente como o específico, em quase qualquer direção, lhe estava absolutamente proibido – como o uso do mesmo seria, para todo o mundo, equivalente a soltar a coleira de um cão ansioso para seguir um cheiro. O específico sairia onde o cão sairia; correria para a terra, de algum modo, para a verdade – para o que ela estava se acreditando com relação à verdade! –, para a qual ela não poderia apontar nem mesmo indiretamente. Assim foi que sua prudência passional avaliou as possibilidades de perigo, lendo sintomas e traições em tudo que olhava, e ao mesmo tempo tendo de tornar evidente, enquanto os reconhecia, que não estava abalada. Houve momentos entre os dois, em suas cadeiras, em que ele poderia estar observando-a se guardar e tentando pensar em alguma coisa nova que iria fazê-la tropeçar. Houve pausas em que, com seu afeto tão doce e imóvel quanto a luz do sol, ela ainda assim poderia, como em algum jogo difícil, sobre uma mesa, valendo dinheiro, estar desafiando-o a entregar-lhe a mínima complicação de consciência. Depois ficou orgulhosa do grande estilo em que sustentou isso; mais tarde, no fim da hora, quando tinham voltado para encontrar Amerigo e Charlotte esperando-os na casa, pôde dizer a si mesma que, verdadeiramente, havia posto seu plano em prática; ainda que mais uma vez dando-se a difícil tarefa de fazer a relação entre eles, a cada minuto, não cair abaixo do padrão daquela outra hora, no passado valioso, que pairava ali atrás deles como uma pintura emoldurada num museu, um alto marco para a história da antiga fortuna deles; a tarde de verão, no parque em Fawns, quando, lado a lado sob as árvores como agora, tinham deixado a confiança feliz acalentá-los com seu tom mais dourado. Houvera a possibilidade de uma armadilha para ela, no presente, na própria questão de ocuparem de novo aquela residência; e por isso não foi a primeira a sugerir, apesar da impressão de que ele estava ficando de lado para ver o que ela faria. Maggie estava dizendo a si mesma, em segredo: "Será que *podemos* de novo, desta forma, migrar para lá? Será que eu, por sinal, posso fazer isso? Encarar a manutenção e o alongamento mais intensos, indefinidamente, impossivelmente, que significará nossa situação no campo, como a estabelecemos e aceitamos?" Ela se perdera nessa dúvida íntima – disso iria se lembrar mais tarde; mas então também se lembraria de que seu companheiro, ainda que talvez perceptivelmente como se para não parecer ansioso, quebrara o gelo como quebrara em Eaton Square após o banquete para os Castledean.

A mente dela fizera uma longa excursão, vagueara para longe na visão do que um verão em Fawns iria trazer, com Amerigo e Charlotte ainda mais eminentemente presentes contra aquele céu mais alto. Será que o seu pai não estaria apenas fingindo que queria falar disso? – assim como ela, de certa forma, estava fingindo ouvir? Ele se expôs, finalmente, pela transição que isso não conseguia deixar de lançar sobre ele; isso significara exatamente uma pausa na excursão particular de Maggie pelo sentimento de que ele começara a *imitar* – ah, como nunca até então! – o antigo tom de ouro. Finalmente o Sr. Verver perguntara se ela acharia *muito* bom – mas realmente muito bom – que ele deixasse a Inglaterra durante uma série de semanas, sob algum pretexto, com o príncipe. Foi então que ela soube que a "ameaça" de seu marido não havia realmente sido abandonada, uma vez que ela estava cara a cara com o efeito da mesma. Ah, o efeito da ameaça ocupara todo o resto da caminhada, ficara com eles e fora para casa com eles, além de tornar impossível que não fingissem lembrar que encontrar o menino tinha sido o objetivo original. A sensação constante de Maggie foi que isto os levara, no fim de mais cinco minutos, a essa tarefa como se a um refúgio, e em seguida fez com que se regozijassem, também, porque a companhia irrepreensivelmente importuna do menino, no devido tempo garantida e desfrutada, com a extensão compartilhada por sua babá, uma pessoa que esperava consideração, constituiu um disfarce para qualquer falta de jeito. Porque foi a isso que tudo chegara, o fato de o caro homem ter-lhe falado para *experimentá-la* – como se Charlotte tivesse falado com ele com a mesma ótima ideia. A princesa percebeu isso no ato, captando com firmeza; ouviu-os juntos, seu pai e a mulher dele, lidando com o caso estranho.

"O príncipe me disse que Maggie tem um plano para tu fazeres uma viagem com ele, e como ele gosta de fazer tudo que ela deseja, sugeriu que eu falasse contigo uma vez que isso daria mais probabilidade de consentires. Por isso estou falando, estás vendo?, uma vez que também vivo ansiosa, como sabes, por realizar os desejos de Maggie. Falo, mas desta vez sem entender direito o que ela tem na cabeça. Por que ela *deveria*, subitamente, neste momento em particular, desejar embarcar vocês dois juntos e ficar aqui sozinha comigo? O elogio é todo para mim, admito, e tu deves decidir como preferires. O príncipe, evidentemente, está pronto a fazer sua parte; mas tu terás de resolver com ele. Isto é, terás de resolver com *ela*."

Era algo desse tipo que Maggie escutava nos ouvidos do pensamento – e isso, depois de ele ter esperado que ela apelasse diretamente, foi o convite de seu pai para que ela se abrisse. Bom, como ela pôde dizer a si mesma durante o resto do dia, foi isso que fizeram enquanto continuaram ali sentados nas cadeiras, era isso que *tinham feito* tanto quanto, a partir de agora, algum dia, algum dia, abririam o coração com relação a alguma coisa. A medida disso, pelo menos, fora dada: cada um lutaria até as últimas forças pela proteção, pela perversão, de qualquer ansiedade real. Ela confessara, instantaneamente, com seu riso falso, sem se abalar sequer por um fio de cabelo, fixando os olhos dele tão calmamente quanto ele fixava os seus, confessara achar bom que os dois, ele e seu genro, fizessem bom proveito de tal escapada, uma vez que há tanto tempo ambos vinham se mostrando tão furiosamente domésticos. Maggie quase inclinara o chapéu sob a inspiração dessa oportunidade de sugerir como dois rapazes vibrantes, reagindo ao confinamento e investindo lado a lado, poderiam encontrar o agradável em todas as formas que, pelo menos por um tempo, lhes parecessem novas. Durante cinquenta segundos, com os olhos nos do companheiro, de modo totalmente doce e falso, ela se sentira horrivelmente vulgar; mas sem se importar com isso – teria enorme sorte se não parecesse nada pior do que vulgar.

– E eu achei que Amerigo preferiria isso a viajar sozinho – dissera ela.

– Queres dizer que ele não vai se eu não for junto?

Aqui ela havia considerado, e nunca na vida considerara de modo tão imediato e atento. Se realmente colocasse a coisa assim, seu marido, desafiado, poderia negar a declaração; e o que *isso* faria senão levar seu pai a pensar, talvez a perguntar diretamente por que ela estava pressionando. Claro que Maggie não podia se dar ao luxo de que o Sr. Verver suspeitasse de que ela estava exercendo pressão; por isso foi obrigada apenas a dar uma resposta qualquer:

– Não seria exatamente isso que o senhor teria de conversar com *ele*?

– Decididamente; sé ele me fizer a proposta. Mas ainda não fez.

Ah, de novo, como ela sentiria que tinha dado um risinho falso!

– Talvez ele seja tímido demais!

– Por que tens tanta certeza de que ele realmente quer minha companhia?

– Acho que ele pensou que o senhor gostaria disso.

– Bom, eu gostaria...! – Mas com isso o Sr. Verver desviou o olhar, e ela prendeu o fôlego para ouvi-lo perguntar se ela desejava que ele fizesse a pergunta diretamente a Amerigo ou indagar se ela ficaria muito desapontada caso ele não fizesse. O que a "definiu", como diria a si mesma, foi que ele não fizera nenhuma dessas coisas, e com isso ficara nitidamente afastado do risco envolvido em tentar descobrir seu motivo. Por outro lado, para atenuar essa aparência, e como se para preencher o receptáculo grande demais criado, tão pensativamente, pela abstenção, ele próprio lhe dera um motivo – positivamente lhe poupara o esforço de perguntar se ele julgava que Charlotte não aprovaria. Ele havia tomado tudo para si – foi *isso* que a sossegou. Maggie tivera de esperar muito pouco para sentir, com isso, o quanto ele estava tomando. O ponto que o Sr. Verver enfatizou foi sua falta de qualquer ansiedade para colocar tempo e espaço, em qualquer escala assim, entre si próprio e sua mulher. Ele não estava tão infeliz com ela – longe disso, e Maggie perceberia que o companheiro tinha rido de volta, paternalmente, através dos óculos que atuavam como escudos, numa ênfase tranquila disso – a ponto de poder sugerir que ele precisava do alívio da ausência. Portanto, a não ser que fosse pelo próprio príncipe...!

– Ah, não creio que fosse pelo próprio Amerigo. Amerigo e eu nos damos perfeitamente bem juntos – dissera Maggie.

– Bom, então aí estamos.

– Sei – e de novo ela havia assentido com sublime tranquilidade. – Aí estamos.

– Charlotte e eu também nos damos perfeitamente – prosseguira alegre seu pai. E em seguida ele pareceu estar ganhando tempo. – Para não dizer mais – acrescentara ele, afável e feliz –, para não dizer mais! – Ele falava como se pudesse facilmente dizer muito mais, e ao mesmo tempo como se o humor da declaração contida bastasse para a ocasião. Então colocara tudo, consciente ou inconscientemente, nas mãos de Charlotte; e o efeito disso foi tornar totalmente opressiva a convicção de Maggie a respeito do plano de sua madrasta. Ela fizera o que queria... e era o mesmo que Amerigo a levara a fazer. Ela impedira que seu teste, o teste de Maggie, se tornasse possível, e em vez disso aplicara um teste próprio. Era exatamente como se soubesse que sua enteada teria medo de ser convocada a dizer, sob a menor abordagem de um questionamento, por que qualquer mudança era desejável; e para a nossa jovem, de modo ainda mais prodigioso, era como se seu pai tivesse sido capaz de previsões equivalentes, de julgar importante que não devesse ser levado a perguntar-lhe qual era o seu problema. Caso contrário por que, com tal oportunidade, ele não perguntara? Sempre por previsão – era por isso, era por isso. Ele estava apavorado com a resposta que poderia provocar: "Afinal de contas, minha querida, qual é o *teu* problema?" Quando um minuto depois ele acompanhara sua última observação com um ou dois toques destinados a afastar ainda mais o fantasma da anomalia, naquele clímax ela realmente teria de ficar surda à pergunta.

– Parece haver uma espécie de encanto em nossa vida, não é? Quase como se ultimamente ela houvesse se renovado, como se tivesse acordado mais fresca. Talvez uma espécie de prosperidade maligna e egoísta, como se tivéssemos agarrado tudo, fixado tudo, até o último belo objeto na última caixa de vidro no último canto que sobrou da minha velha exposição. O único senão é que isso talvez nos tenha tornado preguiçosos, um pouquinho lânguidos; como os deuses que ficam juntos sem se importar com a humanidade.

– O senhor acha que somos lânguidos? – Ela saltara a essa forma de resposta como se aproveitasse sua bela leveza. – Considera que não nos importamos com a humanidade? Vivendo como vivemos em meio à maior multidão do mundo e correndo de um lado para o outro, sempre perseguidos e perseguindo?

Isso o fizera pensar um pouco mais do que ela pretendera; mas o Sr. Verver retornou, como ela poderia ter dito, sorrindo.

– Bom, não sei. Nós temos apenas a diversão, não é?

– É – apressou-se Maggie a declarar. – Nós temos apenas a diversão.

– Fazemos tudo de modo maravilhoso.

– Fazemos tudo de modo maravilhoso. – Ela não negara isso sequer por um momento. – Sei o que o senhor quer dizer.

– Bom, também quero dizer que sem dúvida não temos suficientemente o sentimento de dificuldade.

– Suficientemente? Suficientemente para quê?

– Para não sermos egoístas.

– Eu não acho *o senhor* egoísta – retrucara ela, e conseguira não gemer.

– Não estou falando de mim particularmente; ou de ti, Charlotte ou Amerigo. Mas somos egoístas juntos; movemo-nos como uma massa egoísta. Veja bem, nós sempre queremos a mesma coisa, e isso nos prende, nos ata, juntos. Queremos uns aos outros, mas querendo isso, a cada vez, um *para* o outro. É o que eu chamo de feitiço feliz; mas talvez também seja, um pouquinho, a imoralidade.

– "A imoralidade"? – ecoou ela em tom agradável.

– Bom, nós somos tremendamente morais para nós mesmos. Isto é, uns para com os outros; e não vou fingir que sei exatamente a que custo pessoal tu e eu, por exemplo, somos felizes. O que acontece, ouso dizer, é que há alguma coisa assombrosa, como se um tanto absurda, nessa consciência de nosso conforto e nosso privilégio em termos gerais. A não ser que seja apenas a mim que, fantasticamente, isso diz tanto. Só quero dizer, de qualquer modo, que isso é "um tanto" tranquilizador; como se estivéssemos sentados em divãs, fumando ópio e tendo visões. "Então vamos nos levantar e agir" – o que é que Longfellow diz? Algumas vezes isso parece ressoar; como a polícia invadindo nosso antro de ópio para nos dar uma sacudida. Mas a beleza disso, ao mesmo tempo, é que *estamos* agindo; isto é, afinal de contas estamos fazendo aquilo a que nos propusemos. Estamos trabalhando nossa vida, nossa sorte, como quer que chames, como a vimos, como sentimos, desde o princípio. Nós a *trabalhamos*, e o que mais podemos fazer do que isso? Para mim é muita coisa ter feito Charlotte tão feliz, tê-la contentado de modo tão perfeito. *Tu*, há muito tempo, já eras uma coisa certa; quero dizer o fato de estares bem; de modo que não preciso me importar com que saibas que meu grande interesse, desde então, tem sido inevitavelmente certificar-me do mesmo sucesso, em boa parte também para o teu bem, com Charlotte. Se nós trabalhamos a nossa vida, na verdade a nossa ideia, como digo (se é que posso ficar aqui dizendo que fiz a minha parte nela), isso não foi o que podes chamar de mínimo por termos colocado Charlotte tão à vontade. *Isso* foi tranquilizador, sem dúvida; isso se retorceu como a maior das fumaças azuis, ou o que quer que seja, do ópio. Não vês que fracasso nós teríamos sido se ela *não tivesse* se acomodado como se acomodou? – E ele concluíra virando-se para Maggie como se diante de algo em que ela realmente não poderia ter pensado. – Acredito realmente que, nesse caso, querida, tu serias quem mais iria odiar isso.

– Odiar...? – perguntara Maggie.

– Odiar o fato de *não* termos, com nossas tremendas intenções, produzido esse fato. E ouso dizer que eu teria odiado por ti, mais do que por mim mesmo.

– Isso talvez não seja improvável uma vez que foi por mim, afinal de contas, que o senhor o fez.

Ele havia hesitado, mas apenas por um momento.

– Eu nunca te disse isso.

– Bom, a própria Charlotte me contou.

– Mas eu nunca disse a *ela*.

– Tem certeza?

– Bom, eu gosto de pensar em como fui totalmente tomado por ela, e como estava certo, e como tive sorte, em ter isso como base. Eu disse a Charlotte tudo de bom que pensava sobre ela.

– Então isso exatamente foi parte do bom. Quero dizer que foi exatamente parte do bom o fato de ela entender de modo tão maravilhoso.

– Sim, entender tudo.

– Tudo... e em particular os seus motivos. Ela ter me contado mostrou como ela havia entendido.

Agora os dois estavam de novo cara a cara, e ela viu que o fizera ruborizar; era como se ele ainda estivesse encontrando em seus olhos a imagem concreta, a cena representada, da conversa com Charlotte, da qual ele estava ouvindo agora pela primeira vez, e sobre a qual seria natural que perguntasse mais. A abstenção disso apenas marcaria exatamente a complicação dos medos dele.

– O que ela gosta – disse ele finalmente – é do modo como a coisa deu certo.

– O casamento de vocês?

– Sim, toda a minha ideia. O modo como eu estava certo. Esta é a alegria que eu lhe dou. Se para *ela* isso tivesse falhado...! – Mas não valia a pena falar a respeito; ele havia se interrompido. – Então, tu achas que agora podes te arriscar a ir a Fawns?

– "Arriscar"?

– Bom, moralmente, segundo o ponto de vista do qual eu estava falando; o de afundarmos ainda mais na preguiça. Nosso egoísmo, de alguma forma, parece ainda maior lá.

Maggie lhe permitira o espanto ao não responder a isso. Perguntou simplesmente:

– Charlotte está realmente preparada?

– Ah, se tu, eu e Amerigo estivermos. Sempre que coloco Charlotte contra a parede – continuara ele, mais à vontade – descubro que ela só quer saber o que *nós* queremos. E é para isso que nós a temos!

– Para isso nós a temos... exatamente! – E assim, durante um tempo, mesmo que com um certo efeito de estranheza na tranquilidade mais ou menos bem-sucedida, os dois deixaram o assunto de lado; deixaram até Maggie observar que era igualmente maravilhoso que sua madrasta estivesse disposta, antes do fim da temporada, a trocar, por comparação, tanta companhia por tanta solidão.

– Ah – respondera ele –, isso é porque a ideia dela, creio, desta vez, é de que devemos ter mais gente, mais do que tínhamos antes, no campo. Não te lembras de que foi para *isso*, originalmente, que nós a queríamos?

– Ah, sim, para nos dar uma vida. – Maggie refizera essa lembrança, e a luz da antiga sinceridade deles, brilhando de tão longe, parecera revelar algumas coisas de modo tão estranho que, com a nitidez da visão, ela havia se levantado. – Bom, como uma "vida" Fawns certamente servirá.

Ele continuara no lugar enquanto ela olhava por sobre sua cabeça; a imagem, na visão dela, havia subitamente fervilhado. A vibração era a de uma das sacudidas do trem místico em que estava viajando com seu companheiro; mas estava precisando se firmar, dessa vez, antes de encará-lo. Tinha até mesmo medido toda a diferença entre a mudança para Fawns, porque agora cada um deles sabia que os outros queriam-na, e o emparelhamento, para uma viagem, de seu marido e seu pai, que ninguém sabia se os outros queriam. "Mais companhia" em Fawns seria na verdade a chave em que seu marido e sua madrasta estavam trabalhando; realmente não havia dúvida de que ela e o pai deveriam aceitar qualquer número de visitantes. Agora ninguém podia tentar se casar com ele. O que ele acabara de dizer era um pedido direto para isso, e o que era o pedido senão um ato de submissão a Charlotte? De sua cadeira ele estivera observando o olhar de Maggie, mas no minuto seguinte também havia se levantado, e foi então que os dois lembraram um ao outro que tinham vindo pelo menino. Quando o encontro com este e sua acompanhante aconteceu, os quatro haviam seguido para casa mais devagar, e ainda mais vagamente; mas com um jeito vago que permitiu a Maggie voltar um instante à questão maior.

– Então, se tivermos pessoas no campo, como o senhor estava dizendo, sabe em quem eu pensaria primeiro? O senhor pode se espantar, mas seria nos Castledean.

– Sei, mas por que eu deveria me espantar?

– Bom, quero dizer que eu mesma estou espantada. Não creio que eu goste dela, no entanto gosto de vê-la: o que, como diz Amerigo, é "esdrúxulo".

– Mas não achas que ela é muito bonita?

– Sim, mas não é por isso.

– Então por que é?

– Simplesmente porque ela pode estar *lá*, ali diante de nós. É como se lady Castledean pudesse ter um valor, como se algo pudesse vir dela. Não sei nem um pouco o que, e nesse meio-tempo ela me irrita bastante. Admito que nem sei por quê, mas se nós a virmos com frequência talvez eu descubra.

– Isso importa tanto assim? – perguntara o pai enquanto caminhavam juntos.

Ela havia hesitado.

– Quer dizer, porque o senhor gosta dela?

Ele, de seu lado, também havia esperado um pouco, mas depois respondera:

– Sim, acho que gosto dela.

O que ela aceitou como o primeiro caso que podia lembrar em que não tinham sido afetados do mesmo modo por uma pessoa. Portanto isso significava que ele estava fingindo; mas ela fora longe o bastante, e para aumentar a aparência de frivolidade observou que, mesmo estando longe de ser uma novidade, ela também desejaria imediatamente a presença dos Assingham em Fawns. Isso colocava tudo numa base independente de explicações; no entanto era extraordinário, ao mesmo tempo, o quanto, uma vez que estivesse de novo no campo com os outros, ela precisaria da presença da boa Fanny. Era a coisa mais estranha do mundo, mas era como se a Sra. Assingham pudesse, de certo modo, mitigar a intensidade de sua consciência a respeito de Charlotte. Era como se as duas fossem se equilibrar, uma contra a outra; como se a coisa voltasse assim à sua ideia do equilíbrio. Seria como colocar essa amiga em sua balança para fazer peso – na balança com seu pai e ela. Amerigo e Charlotte estariam no outro prato; portanto seriam necessários os três para manter tudo no lugar. E enquanto agia crepuscularmente em seu pensamento, isso recebeu de seu pai, com um som súbito, uma colaboração luminosa:

– Ah, sim! *Vamos* ter os Assingham.

– Seria tê-los como costumávamos. Para uma longa estada, ao velho estilo e nos velhos termos: "como hóspedes regulares", era como Fanny costumava dizer. Isto é, se eles vierem.

– Como hóspedes regulares, nos velhos termos; é disso que eu também gostaria. Mas acho que eles virão – acrescentara o companheiro num tom em que ela percebeu significados. O significado principal era que o Sr. Verver achava que iria exigi-los tanto quanto ela. Seu reconhecimento dos novos termos como sendo diferentes dos antigos; o que era isso, praticamente, senão uma confissão de que algo acontecera e uma percepção de que, interessada na situação que ela ajudara a criar, a Sra. Assingham estaria até mesmo um pouco interessada no desenvolvimento da mesma? Isso implicava uma intimação, apanhado desprevenido, de que ele deveria agradecer a presença de alguém para quem podia se voltar. Se Maggie desejara sondá-lo disfarçadamente, agora ele havia se entregado, e se ela, mesmo no início, precisara de algo mais para fazê-la se decidir, aqui sem dúvida havia o bastante. Adam Verver havia segurado o neto enquanto voltavam a andar, balançando a mão do menino e não se incomodando, como jamais se incomodava, por ele estar sempre eriçado, como um pequeno e gordo porco-espinho, de esganiçados pontos de interrogação – de modo que, secretamente, enquanto seguiam, Maggie se perguntara de novo se o equilíbrio não poderia ter sido mais real, se não poderia acima de tudo ter demandado um estudo menos estranho, se ao menos estivesse nos livros que Charlotte pudesse lhe dar um *principino* seu. Agora Maggie havia retomado o outro braço dele, só que dessa vez estava puxando-o para trás, gentilmente, desamparadamente para trás, para aquilo do qual haviam tentado se afastar durante aquela hora – assim como ele estava puxando a criança, e como a alta Srta. Bogle à sua esquerda, representando os deveres do lar, estava puxando-*a*. Os deveres do lar, quando a casa de Portland Place reapareceu, mostraram-se, mesmo a distância, vividamente diante deles. Amerigo e Charlotte tinham chegado – isto é, Amerigo tinha chegado, Charlotte, pelo contrário, tinha saído de sua casa –, e o par estava empoleirado junto no balcão, ele de cabeça desnuda, ela sem o casaco, a blusa, ou o que quer que fosse, apenas coroada por um brilhante chapéu galhardo, combinando com o dia ameno, que Maggie percebeu de imediato como novo, como insuperavelmente original, como usado, em característica harmonia generosa, pela primeira vez; tudo isso, evidentemente, para olhar a chegada dos ausentes, para estar ali para assumir o controle deles com a maior pontualidade possível. Estavam felizes, estavam se divertindo, na manhã agradável; inclinaram-se sobre o parapeito e gritaram seu cumprimento, iluminando a fachada da grande casa escura com uma expressão capaz de romper a monotonia, que quase poderia ter chocado a decência de Portland Place. O grupo na calçada olhava como se para as ameias de um castelo; até mesmo a Srta. Bogle, que mantinha a cabeça muito erguida, ficou um pouco boquiaberta, através daquele intervalo de espaço, como se estivesse diante de seres realmente superiores. Dificilmente poderia ter havido tantas bocas abertas desde que os coros miseráveis, na noite de Natal, tinham cantado tão lamentavelmente em troca de moedas – ocasião em que Amerigo, insaciável pelos costumes ingleses, saíra com um perplexo "*Santissima Vergine!*" para se maravilhar com os depositários dessa tradição e comprar uma suspensão daquele suplício. A boca aberta de Maggie era, inevitavelmente de novo, resultado de pensar em como o par trabalhava.

6

Durante semanas ela não tivera de novo a Sra. Assingham tão efetivamente em sua presença quanto na tarde em que aquela senhora tinha voltado da festa de Páscoa em Matcham; mas o intervalo foi compensado assim que a data da migração para Fawns – a data da chegada mais ou menos simultânea das duas famílias – começou a ser discutida. Maggie percebera prontamente que essa renovação, com uma velha amiga, dos antigos termos dos quais havia falado ao pai, era a única abertura, para seu espírito, que não a denunciaria demais nem iria traí-la. Nem mesmo o pai que, como teria dito, sempre "acreditava" em sua antiga aliada, necessariamente suspeitaria de que ela invocasse a ajuda de Fanny para qualquer inquérito especial – e menos ainda de que Fanny apenas agiria do modo como era facilmente capaz. A avaliação de Maggie para a facilidade de Fanny teria sido perturbadora para a Sra. Assingham se lhe fosse revelada de uma só vez – como, por sinal, logo estaria destinado a acontecer mesmo numa demonstração comparativamente gradual. A ideia de nossa jovem, em particular, era que sua segurança, sua fuga de ser suspeitada de suspeita, viria da capacidade da amiga de encobrir, proteger e, talvez, até mesmo representá-la explicitamente – isto é, representar sua relação com a forma de vida que todos estavam levando atualmente. Isto, como as pessoas dizem, sem dúvida seria uma coisa maior; mas o fato de a Sra. Assingham existir, substancialmente, ou de algum modo poder ser levada a existir, para o seu benefício particular, era a flor mais bela que Maggie havia colhido dentre as sugestões plantadas, como sementes abundantes, na ocasião do entretenimento oferecido em Portland Place para o grupo de Matcham. Naquela noite, recuperando-se do desalento, a Sra. Assingham havia se mostrado cheia de coragem e simpatia; naquele momento havia absolutamente, havia talvez imprudentemente, por si mesma, traído a consciência mais profunda e mais escura – uma impressão que agora seria tarde para ela tentar desfazer de modo incoerente. Foi com um maravilhoso ar de revelar todas aquelas verdades que a princesa se aproximou dela outra vez; a princípio sem dúvida com um escrúpulo suficiente de dizer o que, em especial, pedia a ela, e ao mesmo tempo nem um pouco envergonhada, como na verdade declarou expressamente, da previsão esclarecida de Fanny com relação aos usos estranhos que Maggie talvez tivesse para ela. Desde o princípio Maggie lhe disse coisas extraordinárias como "Tu podes me ajudar, minha cara, quando ninguém mais pode", como "Eu quase desejo, dou minha palavra, que tu tivesses algum problema, que tivesses perdido a saúde, ou o dinheiro, ou a reputação (perdoe-me, meu amor!), para que eu pudesse ficar contigo o quanto quisesse, ou que pudesse mantê-la *comigo*, sem provocar comentários, sem provocar qualquer outra observação além de que esse tipo de gentileza é 'do meu feitio'." Cada um de nós tem seu modo de compensar nosso altruísmo, e Maggie, que com relação ao marido ou ao pai não tinha qualquer "eu", e que possuía apenas um eu muito fraco e inseguro com relação à madrasta, nessa crise realmente sacrificaria a vida pessoal ou a liberdade da Sra. Assingham sem qualquer angústia.

A atitude que o apetite em questão mantinha nela era a de obter ainda mais apoio particular dos aspectos e agitações de sua vítima. Esta personagem lhe parecia, em verdade, preparada para quase tudo; talvez não protestando efusivamente, mas querendo com uma inquietação própria saber o que *ela* queria. E a longo prazo – que também não era tão longo assim – não haveria dificuldade a respeito disso. Era como se, para todo mundo, Maggie deixasse claro que a considerava, que a tornava, responsável por algo; não para começar colocando todos os pingos nos is nem juntando todos os elos, mas tratando-a, sem insistência, até mesmo com uma confiança carinhosa, como se quisesse ver e saber, aconselhar e assistir. Visivelmente havia-se montado para ela a teoria de que a amiga de algum modo, desde os primeiros tempos, tivera uma influência no destino de *todos* eles, de modo que não existia qualquer alteração nas relações e nas questões comuns que não pudessem remontar em algum grau ao interesse afetuoso dela. A partir desse interesse afetuoso a jovem amiga construía agora, diante dos olhos da boa senhora – assim como uma criança inteligente ou até mesmo maligna, brincando no chão, podia empilhar blocos, hábil e vertiginosamente, com um dos olhos fixo no rosto de um adulto que vigiava disfarçado. Quando caíam, os blocos agiam simplesmente segundo a natureza dos blocos; mas chegaria a hora em que subiriam tão alto que a estrutura seria percebida e admirada. A aparência, por parte da Sra. Assingham, de se entregar sem reservas não implicava enquanto isso, de seu lado, qualquer reconhecimento separado: seu rosto de atenção quase ansiosa era totalmente dirigido à felicidade tão vívida da jovem amiga; sugeria que ela dava como certo, no máximo, certas vagas intensificações recentes desse estado. Se agora a princesa, mais do que antes, estava indo e indo, Fanny estava preparada para divulgar que a via ir, que sempre soubera que ela *iria*, cedo ou tarde, e que qualquer apelo à participação deveria mais ou menos conter e convidar o tom de triunfo. Havia um vazio em sua brandura, sem dúvida, e praticamente uma extravagância em sua alegria generalizante; uma precipitação de ânimo particularmente nítida sempre que se encontravam de novo após curtas separações: e, nos primeiros desses encontros, algumas vezes Maggie sentia-se lembrando de outros olhares em outros rostos; acima de tudo de duas expressões não obliteradas, a luz fisiognômica que surgira em seu marido diante do choque – finalmente ela passara a falar consigo mesma a respeito do "choque" – ao vê-la pela primeira vez após a volta de Matcham e Gloucester, e o espanto do belo olhar corajoso e inquieto de Charlotte quando, na manhã seguinte em Eaton Square, essa velha amiga havia se virado da janela para começar a falar com ela.

Se tivesse ousado pensar nisso tão cruamente, Maggie teria dito que Fanny estava com medo dela, com medo de alguma coisa que ela pudesse dizer ou fazer, até mesmo como, durante aqueles breves segundos, Amerigo e Charlotte tinham estado – o que criava, exatamente, um expressivo elemento comum entre os três. Mas a diferença era que esse olhar tinha na boa amiga a estranheza de uma renovação constante, ao passo que jamais, pelo menor instante, brotou de novo nos outros. Outros olhares, outras luzes, radiantes e firmes, nos outros, tinham ocupado o lugar, chegando a um clímax há pouco tempo, naquela manhã em que o par surgiu no balcão de sua casa para observar o que ela estivera fazendo com o pai; quando a alegria e a beleza generalizada dos dois, afinadas com a chegada do verão, pareceram derramar calor, boas-vindas e a promessa de proteção. Eles estavam em conluio para não fazer qualquer coisa que a espantasse – e agora finalmente de modo tão completo que, com experiência e prática, quase tinham deixado de temer o risco. A Sra. Assingham, por outro lado, reprovando não menos esse tipo de acidente, tinha menos autoconfiança, como se tivesse menos controle. O tom agudo de sua fala animada, as expressões hesitantes, aventurosas, de uma ordem supostamente sorridente, que precediam sua chegada como um esquadrão de escaramuçadores, ou como quer que sejam chamados, seguindo à frente do trem de bagagens – no fim de uma quinzena essas coisas tinham trazido uma dúzia de vezes aos lábios de nossa jovem um desafio que teve a esperteza de esperar a ocasião certa, mas de cujo alívio, como demonstração, ela sentia enorme necessidade nesse meio-tempo.

– Tu estás com tanto medo de eu poder reclamar que ficas tocando sinos para abafar minha voz; mas não grites, minha cara, enquanto não estiveres ferida. E acima de tudo perguntes a ti mesma como eu poderia ser tão má a ponto de reclamar. *De que*, em nome de tudo que é fantástico, podes sonhar que eu teria a reclamar?

Esse tipo de pergunta a princesa conseguiu reprimir temporariamente, e fez isso, de certo modo, com a ajuda de pensar se essa ambiguidade vista na amiga não seria, no presente, como a ambiguidade que ela frequentemente apresentava ao pai. Maggie se perguntava como poderia desfrutar, da parte *dele*, a mesma aceitação que conseguia sentir, dia a dia, ao poupar a Sra. Assingham, e que a ajudavam a tentar ser tão tranquila com essa amiga quanto o Sr. Verver, homem abençoado, sempre indulgente mas sempre inescrutável, era com relação à filha. Mesmo assim Maggie extraíra dela nada menos do que uma promessa com relação ao tempo em que, dependendo do coronel, eles passariam em Fawns; e nada lhe vinha mais ao pensamento, com relação a isso, ou a inspirava com interesse mais íntimo, do que o sentimento de ver absolutamente a interlocutora abster-se de observar que a visão de Charlotte a respeito de uma visita longa, mesmo de tais aliados, teria de ser enfrentada.

Fanny se manteve afastada dessa proposta tão visivelmente para a princesa, e conscientemente para si mesma, como poderia ter recuado da beira de um abismo no qual temesse escorregar; uma verdade que contribuía de novo para manter diante de nossa jovem o perigo constante de revelar seus processos sutis. O fato de Charlotte ter começado a se mostrar restritiva com relação aos Assingham – coisa que ela jamais, e por uma centena de razões óbvias, fizera antes –, isso em si era um fato do maior valor para Maggie, e de um valor enfatizado pelo silêncio com que a própria Fanny o vestia de modo tão inconfundível. O que dava esse preço tão empolgante era exatamente a circunstância de que isso a opunha de modo tão ativo com relação à madrasta – se ela fosse apoiar a resistência dos amigos – do que jamais se sentira oposta; ainda que, claro, com o resultado possível da bela chance dada à Sra. Verver para pedir explicações ao marido. Ah, desde o momento em que ela fosse claramente *apanhada* em oposição, naturalmente não seria possível dizer como as oportunidades de Charlotte iriam se multiplicar! O que seria de seu pai, perguntava-se, perturbada, se a mulher dele, por um lado, começasse a pressioná-lo para chamar a filha à ordem, e se a força de um velho hábito – para dizer apenas dessa forma – o levasse a acreditar a qualquer preço, de modo não menos eficaz, nessa jovem pessoa? Ali estava ela, prisioneira no círculo de motivos que não podia dar – certamente não podia dar a *ele*. A casa no campo era a casa dele, e portanto de Charlotte; só seria dela e de Amerigo quando o dono e a dona a pusessem à sua disposição. Maggie sentia, claro, que não via limite na prodigalidade do pai, mas nem de longe acontecia o mesmo com a de Charlotte, com quem jamais seria decente, para dizer tudo, reduzir-se a lutar pelas suas preferências. Havia horas, de fato, em que a princesa via-se como se não estivesse desarmada para a batalha, se a batalha ao menos acontecesse sem espectadores.

Mas para ela esta última vantagem estava infelizmente fora de questão; sua única força estava em poder ver que se Charlotte não "quisesse" os Assingham seria porque esse sentimento também teria motivos e bases. Enquanto isso, comandava um modo de enfrentar qualquer objeção, qualquer reclamação, da parte da mulher do pai, relatada por este; estar-lhe-ia aberto retrucar à possível pergunta da parte dele: "Quais são os seus motivos, minha cara?", respondendo lucidamente com outra pergunta: "Quais são os dela, meu amor, por favor? Não é isso que devemos saber? Será que os motivos dela não resultam de um desgostar, muito bem fundamentado, da presença, e portanto da observação, de pessoas que talvez saibam sobre ela coisas que é inconveniente saber?" Essa carta medonha Maggie poderia jogar a partir da simples lógica – estando então, em seu ritmo particular ainda mais rápido, intimamente familiarizada com o curinga manuseado nas costas. Mas só deveria jogá-lo diante da proibida questão de sacrificar o pai; a questão era tão proibida que implicava até mesmo um horror de descobrir que ele teria consentido em ser sacrificado. O que ela tinha que fazer deveria ser feito mantendo as mãos longe dele; e enquanto isso, como vemos, nada tinha menos em comum com *esse* escrúpulo do que tal manipulação implacável dos beneficiários dos mesmos, nos quais seu espírito se deleitava de modo tão ousado. Ela via a si mesma, com relação a isso, sem distanciamento – via os outros com intensidade; caso contrário poderia ter-se espantado, poderia ter-se divertido, com sua absorção da qualidade paquidérmica. Se *ela* podia encarar o incômodo da permanência de seus amigos em Fawns a despeito de Charlotte, de algum modo os procurava querendo inspiração de coragem que fizesse aumentar a sua. Resumindo, eles não deveriam apenas encontrar uma plausibilidade e uma audácia, mas de algum modo deveriam pegar essas coisas para Maggie também. E ela sentia que estava lhes dando pouco tempo quando, numa tarde em Portland Place, falou com uma irrelevância que era meramente superficial.

– Que coisa medonha, em nome dos céus, existe entre eles? O que tu achas? O que tu *sabes*?

Ah, se Maggie viajasse em rostos, a súbita brancura da visitante diante disso poderia tê-la levado longe! Fanny Assingham ficou pálida, mas havia algo numa tal aparência, no olhar que ela deu, que renovou a convicção de Maggie do que essa companheira vinha esperando. Ela estivera observando a coisa chegar, chegar de longe, e agora que estava ali, afinal de contas, e após a primeira convulsão terminar, as duas sem dúvida ver-se-iam logo numa relação mais real. A coisa estava ali por causa do almoço de domingo que as duas haviam compartilhado sozinhas; estava ali, tão estranhamente quanto possível, por causa do mau tempo, da chuva fria e perversa de junho, que estragava o dia; estava ali porque representava toda a soma de perplexidades e duplicidades em que nossa jovem sentia-se ultimamente caminhando; estava ali porque de novo Amerigo e Charlotte faziam uma visita de "fim de semana" que o plano de Maggie promovera infernalmente – só para ver se, dessa vez, eles realmente iriam; estava ali porque Maggie impedira Fanny, por seu lado, de fazer uma visita que ela declaradamente gostaria de fazer, e em vez disso a fizera vir, estupidamente, vaziamente, tediosamente, para o almoço: tudo no espírito de celebrar o fato de que o príncipe e a Sra. Verver tinham assim colocado em seu poder descrevê-los exatamente onde eles estavam. Na verdade ocorrera de modo abrupto que Maggie requeria a ajuda preliminar de determinar *como* eles estavam; ainda que, por outro lado, antes que a convidada tivesse respondido a pergunta, tudo na hora e no lugar, tudo em todas as condições, parecia-lhe estar declarando o fato aos gritos. O olhar de ignorância da convidada, acima de tudo, declarava isso.

– "Entre eles"? O que queres dizer?

– Qualquer coisa que não devesse haver, que não devesse *ter havido*... todo esse tempo. Acreditas que haja... ou qual é a tua ideia?

Para começar, a ideia de Fanny era que sua jovem amiga lhe havia retirado o fôlego; mas olhou para ela direta e intensamente.

– Estás falando porque tens alguma suspeita?

– Falo, por fim, por causa de um tormento. Perdoe-me se tenho de dizer. Estive pensando durante meses e meses, não tenho a quem procurar, ninguém para me ajudar a entender as coisas; nenhuma impressão além da minha, não vês?, para prosseguir.

– Estiveste pensando durante meses e meses? Mas o *que*, querida Maggie, estiveste pensando?

– Bom, coisas terríveis, como uma pequena fera que eu talvez seja. Que pode haver alguma coisa... alguma coisa errada e pavorosa, alguma coisa que eles escondem.

A cor da velha amiga começara a retornar; ela pôde, ainda que com visível esforço, enfrentar a questão com menos espanto.

– Tu imaginas, pobre criança, que os pobres coitados se apaixonaram? É isso?

Mas por um minuto Maggie apenas a encarou.

– Ajuda-me a descobrir *o que* eu imagino. Eu não sei... tenho apenas minha ansiedade perpétua. *Tu* tens alguma?, vês o que quero dizer? Se me disseres realmente, pelo menos isso, uma coisa ou outra, servirá para mim.

O olhar de Fanny assumira uma gravidade peculiar – uma plenitude com a qual pareceu estar brilhando.

– Isso significa que estás com ciúme de Charlotte?

– Queres saber se eu a odeio? – e Maggie pensou. – Não; por causa de papai.

– Ah – retrucou a Sra. Assingham. – Não é isso que seria de supor. O que pergunto é se tens ciúme por causa do teu marido.

– Bom, talvez seja apenas isso. Se estou infeliz, estou com ciúme; deve ser a mesma coisa; e contigo, pelo menos, não tenho medo da palavra. Se sinto ciúme, não vês?, sinto-me atormentada e ainda mais se estou desamparada. E se estou desamparada *e* atormentada aperto o lenço contra a boca, mantenho-o ali, na maior parte, dia e noite, para que não me ouçam gemer de modo indecente. Só agora, contigo, enfim, não posso mais me conter; eu o tirei, e aqui estou gritando. Eles estão longe, de modo que não podem ouvir; e eu, por um milagre de arranjo, não estou almoçando com papai em casa. Vivo no meio de milagres de arranjo, metade dos quais, admito, são meus; ando na ponta dos pés, atenta a qualquer som, sinto cada respiração, e ao mesmo tempo tento parecer tão suave quanto cetim velho tingido de rosa. Alguma vez pensaste que eu me sinto desse modo?

Sua companheira visivelmente queria ser clara.

– Com ciúme, infeliz, atormentada...? Não – disse a Sra. Assingham. – Mas ao mesmo tempo, e mesmo que possas rir de mim por causa disso, devo confessar que nunca tive tanta certeza de que a conheço. Aqui estás, de fato, como dizes: uma pessoazinha tão profunda! Jamais imaginei tua existência envenenada e, como desejas saber se eu considero que isso precisa ser assim, não tenho a menor dificuldade em falar no ato. Nada, decididamente, me parece mais desnecessário.

Durante um minuto após isso as duas permaneceram face a face; Maggie havia se levantado enquanto a amiga se mantinha entronizada, e, depois de andar de um lado para o outro em sua agitação, agora parou para receber a luz que invocara. Esta havia se acumulado consideravelmente ao redor da ampla presença da Sra. Assingham, e criou, mesmo para os sentidos de nossa jovem, um meio em que ela podia finalmente respirar fundo.

– Eu te pareci, nesses meses, e especialmente nestas últimas semanas, calma, natural e tranquila?

Mas esta era uma pergunta que requeria, não imperceptivelmente, uma resposta ampla.

– Tu nunca me pareceste, desde a primeira hora em que te vi, algo que não (de um modo todo seu) absolutamente boa, doce e linda. De um certo modo, como digo – repetiu a Sra. Assingham quase como se fizesse um carinho –, absolutamente teu, de mais ninguém. Sempre pensei em ti como se estivesse *fora* de coisas feias, tão ignorante de qualquer falsidade, crueldade ou vulgaridade a ponto de jamais precisar ser tocada por elas ou tocá-las. Jamais te misturei com essas coisas; teria havido tempo suficiente para isso se elas parecessem estar perto de ti. Mas não estavam... se é isso que queres saber.

– Então só acreditavas que eu estava contente porque acreditavas que eu era estúpida?

A Sra. Assingham deu um sorriso livre, pela duração dessa caminhada, ainda que pudesse estar dissimulado num trejeitozinho gracioso.

– Se eu te achasse estúpida, não teria te achado interessante, e se não te achasse interessante, não deveria ter notado se eu te "conhecia", como disse, ou não. O que sempre tive consciência é de teres escondida por dentro uma quantidade não pequena de caráter; na verdade – sorriu Fanny – tanto caráter quanto poderia supor que uma pessoa de seu tamanho fosse capaz de carregar. A única coisa era que graças a nunca chamares a atenção para isso, não falei muito a respeito, e devo ter sido vaga, acima de tudo, com relação a *onde* tu o carregavas ou guardavas. Em algum lugar *por baixo*, eu deveria simplesmente ter dito, como aquela pequena cruz de prata que me mostraste uma vez, abençoada pelo Santo Padre, que sempre usas perto da pele, fora das vistas. Dessa relíquia eu tive um vislumbre – e com isso ela continuou a reivindicar o privilégio do humor. – Mas a coisa preciosa e mais íntima, digamos desta vez a pequena natureza dourada e pessoal que é tua, creio que abençoada por um poder mais elevado até mesmo do que o papa, isso tu jamais consentiste em me mostrar. Tenho certeza de que jamais mostraste a ninguém. Em geral tens sido recatada demais.

Maggie, tentando acompanhar, quase adquiriu uma pequena ruga na testa.

– Eu te pareço recatada hoje, quando estou aqui parada e gritando?

– Ah, o seu grito, eu garanto, é uma coisa nova. Devo encaixá-lo em algum lugar. Mas a questão é *onde* poderei encaixá-lo. Estás falando do fato de nossos amigos estarem, de ontem até amanhã, num lugar onde podem se encontrar de modo mais ou menos irresponsável? – Ela falou com o ar de colocar a coisa do pior modo possível para os dois. – Pensas no fato de eles estarem lá sozinhos, em terem consentido nisso? – E então, enquanto esperava sem resultado que a companheira falasse: – Mas não é verdade que, depois de teres dito de novo dessa vez, na última hora, que não irias... eles teriam preferido não ir?

– Sim, eles prefeririam não ter ido. Mas eu quis que fossem.

– Então, minha criança, qual é o problema?

– Eu queria ver se eles *iriam*. E eles tiveram de ir – acrescentou Maggie. – Era só isso.

A amiga pareceu pensar.

– Uma vez que tu e teu pai desistiram?

– Ah, não estou falando de ir para eles; falo de ir para nós. Para papai e eu. Porque agora eles sabem.

– Eles "sabem"? – Fanny Assingham estremeceu.

– Que eu venho percebendo há algum tempo. Percebendo as coisas estranhas em nossa vida.

Maggie viu a companheira, durante um instante, ficar a ponto de perguntar o que seriam essas coisas estranhas; mas no minuto seguinte a Sra. Assingham afastou essa abordagem ambígua e assumiu, pelo que sentia, uma melhor.

– E foi por esse motivo que fizeste isso? Quero dizer, desistir da visita?

– Foi por isso que desisti. Para deixá-los a sós; como eles querem cada vez menos ficar, ou de qualquer modo parecem querer ficar. Como eles arranjaram as coisas durante tanto tempo – prosseguiu a princesa –, tu vês que algumas vezes eles precisam estar a sós. – E então, como se pasma com a lucidez disso, durante um tempo a Sra. Assingham nada disse. – E agora tu achas que sou recatada?

Mas com o tempo Fanny pôde pensar brilhantemente em alguma coisa que servisse.

– Acho que estás errada. Esta, querida, é minha resposta à tua pergunta. Ela exige certamente a mais direta que posso dar. Não vejo qualquer "coisa medonha", não suspeito de ninguém. Estou profundamente perturbada por tu fazeres qualquer outra coisa.

Isso de novo atraiu um longo olhar de Maggie.

– Então nunca sequer imaginaste nada?

– Ah, que Deus não permita!, uma vez que é exatamente como uma mulher de imaginação que falo. Não há momento na vida em que eu não imagine alguma coisa; e é graças a isso, querida, que vejo a sinceridade com que seu marido, que *tu* consideras malignamente ocupado com tua madrasta, é interessado, é ternamente interessado, em sua admirável, em sua adorável esposa. – Ela parou um minuto como se para dar à amiga toda a compreensão disso; mas nenhum sinal veio de Maggie; e então, pobre mulher, desamparada, ela coroou seu esforço. – Ele não prejudicaria um fio do teu cabelo.

Isso produzira em Maggie, de imediato, e aparentemente na forma pretendida de um sorriso, a mais extraordinária expressão.

– Ah, aí está!

Mas sua convidada já havia continuado.

– E tenho certeza absoluta de que Charlotte também não.

Isso manteve a princesa ali parada, com sua careta estranha.

– Não... Charlotte também não. Foi por isso que eles tiveram de sair de novo juntos. Ficaram com medo de não ir... para que isso não me perturbasse, não me agravasse, de algum modo não atuasse sobre mim. Como insisti em que eles deveriam ir, em que nós não poderíamos todos recusar... ainda que papai e Charlotte não tivessem realmente aceitado; como fiz isso, eles tiveram de ceder ao medo de que mostrar medo de andarem juntos representaria para eles o maior perigo: que seria o perigo, vejas bem, de eu me sentir prejudicada. O menor perigo, eles sabem, está em continuar com as coisas que eu pareci aceitar e que não dei indicação, em qualquer momento, de não aceitar. Tudo que aconteceu para eles aconteceu, de um modo extraordinário, sem que eu tivesse me revelado sequer por um som ou um sinal, de forma que tudo é tão maravilhoso quanto possas conceber. De qualquer modo, eles se movem entre os perigos dos quais falo: entre o de fazerem demais e de não terem mais a confiança, ou a coragem, ou como queiras chamar, de fazer o bastante. – Seu tom de voz, nesse momento, poderia ter mostrado uma estranheza combinando com o sorriso; o que ficou ainda mais claro quando ela terminou: – E é assim que eu faço com que eles façam o que eu quero!

Isso provocou um efeito na Sra. Assingham, que se levantou com deliberação que, de ponto a ponto, marcava o aumento de sua percepção.

– Minha querida criança, tu és espantosa.

– Espantosa...?

– És terrível.

Maggie balançou a cabeça, pensativa.

– Não; não sou terrível, e tu não achas que sou. Eu lhe pareço surpreendente, sem dúvida, mas surpreendentemente conciliatória. Porque... não vês? Eu *sou* conciliatória. Posso suportar qualquer coisa.

– Ah, "suportar"! – flauteou a Sra. Assingham.

– Pelo amor.

Fanny hesitou.

– Pelo teu pai?

– Pelo amor – repetiu Maggie.

Isso manteve a amiga observando.

– Pelo teu marido?

– Pelo amor – disse Maggie outra vez.

Foi, por um momento, como se a especificidade disso determinasse na companheira uma escolha entre duas ou três alternativas muito diferentes. A resposta da Sra. Assingham, de qualquer modo – por mais ou menos que isso fosse uma escolha – acabou sendo um triunfo.

– Falando com este teu amor, então, tentaste me dizer que acreditas que teu marido e a mulher do teu pai são amantes de fato e atos? – E então, como a princesa não respondeu a princípio: – Chamas esta alegação de "conciliatória"?

– Ah, não estou fingindo ser conciliatória *contigo*. Mas eu te disse, e além do mais deves ter visto por ti mesma, o quanto sou com eles.

A Sra. Assingham, de modo mais brilhante, outra vez empertigou-se.

– É disso que tu te chamas quando os fazes, por terror, como dizes, fazer o que queres?

– Ah, não haveria terror para eles se não tivessem o que esconder.

A Sra. Assingham a encarou – bastante firme agora.

– Tens realmente consciência, querida, do que estás dizendo?

– Estou dizendo que me sinto perplexa e atormentada, e que tenho apenas a ti com quem falar. Eu pensei, na verdade tive certeza, de que tinhas visto sozinha até que ponto este é o caso. Por isso acreditei que irias me encontrar no meio do caminho.

– No meio do caminho de quê? De denunciar duas pessoas, amigas de anos, a quem sempre admirei e de quem gostei intensamente, e contra quem não tenho sequer a sombra de uma acusação para fazer?

Maggie a encarou com os olhos arregalados.

– Eu preferiria que me denunciasses, em vez de denunciá-los. Denuncies-me, denuncies-me se puderes arranjar um meio. – Era exatamente isso que ela parecia ter discutido consigo mesma. – Se, conscientemente, puderes me denunciar; se, conscientemente, puderes me ultrajar; se, conscientemente, puderes me colocar no lugar que é meu, como uma porca de mente suja...!

– Bem...? – disse a Sra. Assingham, pensativa, enquanto parava para dar ênfase.

– Acho que serei salva.

Mas a amiga pensou nisso durante um minuto, passando o olhar pensativo, um olhar verdadeiramente significativo, sobre sua cabeça.

– Tu dizes que não tens com quem falar e fazes questão de ter disfarçado tanto os sentimentos, como disseste, sem se revelar. Então jamais viste não apenas como teu direito, mas como dever jurado, elevado a um nível tão alto, falar com teu marido?

– Eu falei com ele.

A Sra. Assingham a encarou.

– Ah, então não é verdade que não deste qualquer sinal.

Maggie teve um silêncio.

– Não causei problema. Não fiz qualquer cena. Não assumi uma postura. Não o reprovei nem acusei. Tu dirás que nisso tudo há um modo de ser bastante má.

– Ah! – foi o que saiu de Fanny como se ela não pudesse evitar.

– Mas não creio, estranhamente, que ele me considere má. Acho que no fundo, uma vez que esta *é* a estranheza, ele tem pena de mim. Sim, acho que bem no fundo ele se apieda de mim.

Sua companheira pensou.

– Pelo estado em que te permitiste ser levada?

– Por não ser feliz quando tenho tanta coisa a meu favor.

– Tens tudo – disse a Sra. Assingham com alacridade. No entanto ficou durante um tempo embaraçada quanto a um avanço maior. – Mas não entendo como, se não fizeste nada...

Uma impaciência da parte de Maggie a fizera se interromper.

– Não é que eu não tenha feito absolutamente "nada".

– Mas então o que...?

– Bom – prosseguiu ela após um minuto –, ele sabe o que fiz.

Isso produziu da parte da Sra. Assingham, com a ajuda de todo o seu tom de voz e seus modos, um silêncio não menos prolongado, e cuja própria duração inevitavelmente dava a ele parte do caráter de um reconhecimento igual.

– E então o que *ele* fez?

Maggie demorou de novo um minuto.

– Ele foi esplêndido.

– "Esplêndido"? Então o que mais tu queres?

– Ah, o que tu vês! Não sentir medo.

Isso fez sua visitante de novo suspender o fogo.

– Não sentir medo de falar?

– Não sentir medo de *não* falar.

A Sra. Assingham considerou um pouco mais.

– Não podes sequer falar com Charlotte? – Mas como, diante disso, após olhá-la, Maggie se virou com um movimento de desespero suprimido, ela se controlou e poderia ter estado observando-a, apesar de toda a dificuldade e a pena, movendo-se em direção à janela e à visão da rua monótona. Era quase como se ela tivesse precisado desistir, por causa do fracasso de uma vontade de resposta por parte da amiga; o último fracasso que ela temera, a esperança do alívio particular pelo qual estava trabalhando. Mas a Sra. Assingham retomou no instante seguinte, no mesmo tom que mais parecia lhe prometer que ela não deveria ter de desistir de nada. – Sei, sei; nesse caso tu terias coisas demais a considerar. – Isso fez a princesa girar de novo, dando a nota de compreensão à qual mais queria se agarrar. – *Não* sinta medo.

Maggie recebeu aquilo onde estava – e logo pôde verbalizar.

– Obrigada.

Isso encorajou sua conselheira.

– O que sua ideia dá a entender é uma intriga criminosa realizada, diariamente, em meio a perfeita confiança e simpatia, não somente sob os teus olhos, mas também sob os do teu pai. Esta é uma ideia que, para mim, é impossível até mesmo por um momento.

– Ah, então aí estás! É exatamente o que eu queria de ti.

– E faça o melhor proveito! – suspirou a Sra. Assingham.

– Tu nunca pensaste nisso? – insistiu Maggie.

– Nem por um instante – disse Fanny com a cabeça muito alta.

Maggie voltou ao ataque, como se quisesse ainda mais:

– Peço perdão por ser tão horrenda. Mas por tudo que consideras sagrado?

A Sra. Assingham a encarou.

– Ah, minha cara, dou minha palavra de mulher honesta.

– Então, obrigada – disse a princesa.

E assim as duas permaneceram um tempo; e depois disso:

– Mas tu acreditas, meu amor? – indagou Fanny.

– Acredito em *ti*.

– Bom, como tenho fé *neles*, dá no mesmo.

Diante disso, Maggie pareceu pensar de novo durante um momento; mas aceitou a proposta.

– Dá no mesmo.

– Então não estás mais infeliz? – insistiu a visitante, indo mais alegre na direção dela.

– Sem dúvida não devo ficar durante um bom tempo.

Mas agora era a vez de a Sra. Assingham querer mais.

– Eu te convenci de que é impossível?

Ela havia estendido os braços, e Maggie, após um momento, encontrando-a, lançou-se neles com um som que tinha em sua estranheza um sinal de alívio.

– Impossível, impossível – respondeu enfaticamente, mais do que enfaticamente; mas no minuto seguinte havia irrompido em lágrimas pela impossibilidade, e alguns segundos depois, apertando-se, agarrando-se, soluçando, fez com que elas fluíssem audível, simpática e perversamente da amiga.

7

Parecia estar decidido que o coronel e sua esposa estariam presentes no meio de julho na "boa e longa visita" a Fawns, para a qual Maggie conseguira que o pai insistisse afavelmente; bem como que o casal de Eaton Square deveria chegar lá no início do mês, e menos de uma semana após sua chegada ocorreria o advento do casal de Portland Place.

– Ah, nós precisamos dar tempo para vocês respirarem! – observou Fanny, em referência à perspectiva geral, com uma alegria que se anunciava isenta de crítica, para cada membro do grupo por sua vez;

mantendo-se e se sustentando por sua ênfase – levada até mesmo a um cinismo amigável – da visão confiante dessas pontualidades dos Assingham. O terreno que ela podia ocupar de melhor modo, para seu sentimento, era o de ser levada, como sempre fora levada nesse sentido, pela admitida grosseria de sua avidez, pelo modo como a hospitalidade dos Verver servia à sua conveniência e se adequava à sua tranquilidade, uma vez que o coronel a mantivera destituída, desde o início, de qualquer refúgio rústico, qualquer abrigo de veraneio que fosse seu, qualquer base fixa para a estação quente que se aproximava. Ela explicara em casa, explicara repetidamente, os termos de seu dilema, a verdadeira dificuldade da sua posição ou – como ela disse agora – da deles. Quando não podia fazer outra coisa em Cadogan Place, o casal ainda podia falar da maravilhosa Maggie, e do encanto, do encanto sinistro, de se terem obrigado a vigiá-la; um tópico da importante discussão noturna à qual estivemos presentes estava longe de ter sido esgotado. Voltava, de modo irreprimível, em horas particulares; eles o tinham plantado entre si, e este crescia, diariamente, de um modo que fazia seu sentimento de responsabilidade quase ceder ao sentimento de fascínio. Nesses momentos a Sra. Assingham declarava que, no interesse daquela jovem admirável – a quem, declarou também, ela havia praticamente "logrado" –, estava preparada para se fazer passar diante de todo o resto do mundo, mesmo do próprio príncipe – objeto, inconsequentemente também, de sua apreciação contínua, explicitamente sem vergonha –, por uma mulher vulgar, indelicada, pestilenta, mostrando seu verdadeiro caráter numa velhice abandonada. A atenção confessa do coronel fora atraída como nunca antes, nós vimos, sob pressão da esposa, por qualquer imbróglio garantido; mas isso, Fanny podia lhe assegurar que sabia perfeitamente, não acontecia nem um pouco porque ele sentia pena dela, ou sentia-se tocado por aquilo em que ela se permitira entrar, mas porque, assim que os dois haviam-se aberto, ele não conseguia impedir os olhos de repousar de modo complacente, quase inteligente, sobre a princesa. Mas se ele agora estava apaixonado por *ela*, tanto melhor; isso ajudaria os dois a não recuar diante do que teriam de fazer por ela. A Sra. Assingham voltava a isso, sempre que gemia ou reclamava; em nenhum momento de distração – uma vez que a pequena marcha de Maggie *era* positivamente algo que distraía – ela o deixou perder de vista a triste necessidade que os esperava.

– Como eu te disse repetidamente, nós teremos de mentir para ela, mentir até ficarmos com a cara preta.

– Mentir "para" ela? – nessas horas, frequentemente, como se por uma vaga visão de cavalheirismo numa nova forma, o coronel caía em aparentes privações de lucidez.

– Mentir *a* ela, com ela, por ela; dá tudo no mesmo. Consistirá igualmente em mentir também aos outros: ao príncipe sobre nossa crença *nele*; a Charlotte sobre nossa crença *nela*; ao Sr. Verver, aquele homem tão bom, sobre nossa crença em todo mundo. De modo que teremos trabalho; e a maior mentira, acima de todas, será a de que *gostamos* de estar lá com esse objetivo. Nós odiamos isso de modo indizível; estou mais pronta para ser uma covarde diante disso, a deixar a coisa toda, a deixar todo mundo, de modo egoísta e pusilânime, de lado, do que diante de qualquer dever social, de qualquer chamado humano, que jamais me forçou a ser decente. Falo pelo menos por mim mesma. Quanto a ti – acrescentou ela –, como te dei uma oportunidade tão perfeita de se apaixonar por Maggie, sem dúvida encontrarás proveito em estar muito mais perto dela.

Diante disso o coronel pôde, sempre imperturbavelmente, perguntar:

– E o que achas do proveito que terás em estar muito mais perto do príncipe; de sua paixonite confirmada, se é que não exasperada, da qual (para não dizer de minha fraca boa índole com relação à mesma) fazes uma imagem tão bela?

À imagem em questão ela sempre pudera, de fato, voltar de modo contemplativo.

– A dificuldade para eu desfrutar isso, não vês?, é que, com minha lealdade para com Maggie, estou arruinando o afeto dele por mim.

– Então consegues chamar isso, esse encobrimento do teu crime, de ser "leal" para com Maggie?

– Ah, com relação a esse crime específico há sempre muito a dizer. Ele é sempre mais interessante para nós do que qualquer outro crime; pelo menos *isso* ele tem. Mas claro que chamo de lealdade a Maggie tudo que tenho em mente. Ser leal a ela é, mais do que qualquer coisa, ajudá-la com o pai; o que ela mais deseja e do que mais precisa.

O coronel já ouvira isso antes, mas aparentemente jamais poderia se fartar.

– Ajudá-la "com" ele...?

– Ajudá-la contra ele, então. Contra aquilo de que já falamos tanto: os dois terem de reconhecer que ele duvida. É nisso que meu papel é tão claro; de ajudá-la, de ajudá-la a chegar ao fim. – A exaltação sempre iluminava a referência da Sra. Assingham a essa clareza; mas ao mesmo tempo ela não deixou de qualificar sua visão sobre a mesma. – Quando falo que minha obrigação é clara, quero dizer que é absoluta; mas exatamente *como*, diariamente e passando por todas as dificuldades, é possível mantê-la de pé, garanto-te, é outra coisa. Felizmente, mesmo assim, há um modo em que sou forte. Posso perfeitamente contar com ela.

Nesse ponto o coronel raramente deixava de encorajá-la, como se por conta do insidioso crescimento de uma empolgação.

– Contar com que ela não veja que estás mentindo?

– Com que se grude comigo, independentemente do que ela vir. Se eu ficar grudada com ela, isto é, no meu pobre modo de lutar, sob a providência, de observar todos eles, ela ficará ao meu lado até a morte. Não me afastará. Coisa que, tu sabes, Maggie pode fazer facilmente.

Essa, com regularidade, era a curva mais sinistra na estrada dos dois; mas Bob Assingham, a cada jornada, chegava a ela como se fosse a primeira vez.

– Facilmente?

– Ela pode me desacreditar totalmente com o pai. Pode lhe dizer que eu sabia, na época do casamento dele, como sabia na época do dela, das relações que preexistiam entre a mulher dele e o marido dela.

– E como Maggie pode fazer isso se, até este minuto, segundo tua própria declaração, ela ignora esse teu conhecimento?

Era uma pergunta que a Sra. Assingham sempre tinha um modo de enfrentar, ao qual o treino repetido dera quase um efeito grandioso; quase como se ela fosse convidada a dizer que a respeito disso, exatamente, propunha-se a contar sua melhor mentira. Mas disse, e com total lucidez, algo bem diferente; isso podia dar-se um ar de triunfo sobre a aspereza de seu marido.

– Agindo imediatamente com o cego ressentimento com o qual, no lugar dela, 99 por cento das mulheres agiriam; e assim fazendo o Sr. Verver, por sua vez, agir com a mesma paixão natural, a paixão de 99 por cento dos homens. Eles só precisam concordar a meu respeito. Só precisam sentir a mesma coisa, sentir-se amargamente usados, enganados e feridos; só precisam me denunciar, um ao outro, como falsa e infame, para que eu seja irrecuperavelmente descartada. Claro que eu é que fui, e que continuo a ser, enganada. Enganada pelo príncipe e por Charlotte; mas eles não estão obrigados a me dar o benefício disso, ou a dar a qualquer um de nós o benefício de qualquer coisa. Eles estarão no seu direito aos nos acusarem de falsos, cruéis, conspiradores, e, se puderem encontrar os fatos corretos para apoiá-los, livrar-se de nós de uma vez por todas.

Isso, em cada ocasião, colocava a questão de um modo tão ruim que a repetição mal podia controlar o assomo de emoção com que ela era compelida a ver partes de toda a história, toda a sua feia coerência e seu brilho temporário, se encaixarem. A Sra. Assingham tinha, invariavelmente, o sentimento de tornar presente o seu perigo, de torná-lo real, para o marido, e de que ele quase empalidecia, quando os olhos dos dois se encontravam, diante dessa possibilidade de estarem comprometidos e de seu descrédito compartilhado. A beleza era que, como sob o toque de uma das notas de marfim na esquerda do teclado, ele soou com a curta aspereza do homem querido, estúpido e inquieto.

– Conspiradores, pelo que tu achas, com que objetivo?

– Ora, com o objetivo óbvio de arranjar uma esposa para o príncipe. À custa de Maggie. E o de arranjar um marido para Charlotte à custa do Sr. Verver.

– De prestar serviços amigáveis, sim, que por acaso produziram complicações. Mas desde que não os prestastes *para* criar as complicações, por que não os deverias ter prestado?

Para Fanny Assingham era sempre extraordinário como, tendo tempo, ele conseguia falar para ela melhor do que ela própria, na presença da imagem clara do "pior". Por mais que estivesse perturbada, jamais deixava de se espantar.

– Ah, será que o objetivo de eu ter me intrometido (se puder ser provado que me intrometi) não está aberto a interpretações?, quero dizer, da parte do Sr. Verver e de Maggie? Será que eles não podem ver o motivo, à luz dessa apreciação, como o desejo de ser decididamente mais amigável para com os outros do que para o pai e a filha vitimizados? – Ela positivamente gostava de enfatizar isso. – Será que eles não podem ver minha motivação como a determinação de servir primeiro ao príncipe, de qualquer modo, e a qualquer preço; de "situá-lo" confortavelmente; em outras palavras, de lhe arranjar dinheiro? Será que para eles isso não terá o ar de uma barganha realmente equívoca, sinistra, entre nós; algo bastante maligno e vergonhoso?

Isso produziu no coronel, infalivelmente, o eco.

– "Vergonhoso", o amor...?

– Ora, tu mesmo já não disseste? Não colocaste o dedo nessa possibilidade medonha?

– Falando de teres tido sempre uma grande afeição...?

– Exatamente, uma grande afeição pelo homem que eu ajudaria a colocar tão esplendidamente à vontade. Uma afeição materna para a qual uma visão imparcial mostraria que deveria muito bem ter existido; mas claro que não estamos falando de visões imparciais. Estamos falando de gente boa e inocente profundamente abalada por uma descoberta horrenda, e indo muito mais além, em sua visão do que é sinistro, como esse tipo de pessoas sempre vai, do que os que estiveram totalmente despertos desde o início. O que eu obteria do meu amigo, numa visão dessas, em troca do que pude lhe dar... bem, seria o equivalente de uma espécie mais conhecida para eu considerar de modo sensato. – E a cada vez ela se perdia facilmente na ansiosa satisfação de preencher o quadro. – Teria sido visto, teria sido ouvido, antes, o caso da mulher que um homem não quer, ou de quem ele está cansado, ou para quem não tem usos senão *aqueles*, e que é capaz, em sua fixação, em sua paixão, de promover os interesses dele por outras mulheres para não perdê-lo de vista, para não perder o contato, não deixar de ter tudo a ver com ele. *Cela s'est vu*,* meu caro; e coisas ainda mais estranhas, como não preciso *te* contar! Então muito bem – concluiu ela. – Há uma conexão perfeitamente possível do comportamento da tua doce mulher; já que, como digo, não há imaginação mais viva, uma vez iniciada, do que a dos cordeiros realmente agitados. Os leões nada são para eles, uma vez que os leões são sofisticados, são *blasés*,** são levados, desde o início, a espreitar e machucar. Isso nos dá, tu deves admitir, algo em que pensar. Mas felizmente meu alívio está no que eu finalmente penso.

Nesse momento ele tinha bastante consciência do que ela finalmente pensava; mas de novo não deixava de ter um sentimento de como ele próprio se divertia. Isso o faria, como espectador dessas situações entre o casal, parecer não pouco a criança inábil que ouve sua história predileta contada pela vigésima vez e gosta dela exatamente porque sabe o que vai acontecer em seguida.

– O que obviamente irá incomodá-los, se eles por acaso tiverem menos imaginação do que presumes, é o lucro que podes ter obtido ao estimular o casamento do Sr. Verver. Tu não estavas nem um pouco apaixonada por Charlotte.

– Ah – nesse ponto a Sra. Assingham sempre respondia –, minha participação nisso é facilmente explicada pelo meu desejo de ser agradável a *ele*.

– Ao Sr. Verver?

– Ao príncipe; impedindo-a, desse modo, de aceitar, como ele estava correndo o perigo de vê-la fazer, algum marido com quem ele não poderia abrir, ou manter aberto, um contato tão grande com o sogro. Eu a trouxe para perto dele, mantive-a ao seu alcance, como ela jamais poderia ter ficado quer como solteira ou como mulher de outro homem.

– Mantiveste-a, segundo esse doce pensamento, para ser amante dele?

---

*Isso acontece.

**Indiferentes.

– Mantive-a, segundo esse doce pensamento, para ser amante dele. – A Sra. Assingham disse isso de modo grandioso, a coisa sempre tivera esse efeito tanto para o seu ouvido quanto, visivelmente, para o do esposo. – As facilidades desse caso, graças às condições particulares, eram ideais.

– Até a facilidade de te importares tão pouco com tudo, segundo tua posição, a ponto de proporcionar a ele o desfrute de *duas* lindas mulheres.

– Até esse ponto, até a monstruosidade de minha loucura. Mas não "duas" coisas, quaisquer que fossem. Uma mulher linda e uma fortuna linda. É a isso que uma criatura de pura virtude se expõe quando sua pura virtude, sua simpatia, seu desinteresse, seu primoroso sentimento da vida dos outros a levam longe demais. *Voilà.**

– Sei. É o modo como os Verver te têm.

– É o modo como os Verver "têm" a mim. Em outras palavras, o modo como eles poderiam mostrar um ao outro que têm a mim; se Maggie não fosse tão divina.

– Ela te libera? – Ele jamais deixava de insistir em tudo isso no final; e por esse motivo ficara tão versado no que ela pensava.

– Ela me libera. De modo que agora, horrorizada e contrita com o que fiz, posso trabalhar para ajudá-la. E o Sr. Verver – ela gostava de acrescentar – também me libera.

– Então achas que ele sabe?

Isso sempre determinava na Sra. Assingham, ali, com uma pausa significativa, uma profunda imersão em seu pensamento.

– Acho que ele me liberaria se soubesse; para que eu pudesse trabalhar para ajudá-*lo*. Ou então, de fato, para que eu pudesse trabalhar para ajudar Maggie. Este seria o motivo dele, seria sua condição, para me perdoar; assim como o motivo e a condição dela, para mim, são eu agir para poupar seu pai. Mas é somente com Maggie que estou diretamente preocupada; nada, jamais, nem um suspiro, nem um olhar deverei receber, independentemente do que aconteça, da parte do

*É isso.

Sr. Verver. De modo que provavelmente escaparei por um triz da punição pelos meus crimes.

– Tu podes ser considerada responsável.

– Eu posso ser considerada responsável. Minha vantagem será o fato de Maggie ser um trunfo tão grande.

– Um trunfo tão grande, como dizes, ela grudar-se a ti.

– Grudar-se a mim, segundo nosso entendimento. Grudar-se a mim. Uma vez que nosso entendimento está assinado e selado. – E pensar nisso outra vez era sempre, para a Sra. Assingham, irromper de novo com exaltação. – É uma coisa grandiosa, altamente compacta. Ela prometeu solenemente.

– Mas em palavras...?

– Ah, sim, em palavras suficientes, uma vez que é uma questão de palavras. Manter a mentira *dela* enquanto eu mantiver a minha.

– E o que chamas de mentira "dela"?

– Ora, o fingimento de que acredita em mim. De que acredita que eles são inocentes.

– Então ela acredita positivamente que eles são culpados? Ela chegou a isso, está realmente contente com isso, na ausência de provas?

Era aqui, a cada vez, que Fanny Assingham mais hesitava; mas sempre finalmente para colocar a questão, para seu próprio sentimento, e com um longo suspiro, de modo suficientemente direto.

– Não é uma questão de crença ou prova, ausente ou presente; é inevitavelmente, com ela, uma questão de percepção natural, de um sentimento insuperável. Ela *sabe* irresistivelmente que há algo entre eles. Mas não "chegou" a isso, como dizes; é exatamente o que ela não fez, o que ela se recusa firme e intensamente a fazer. Ela se mantém afastada, como se para não chegar; mantém-se no oceano e longe das pedras, e o que mais quer de mim é que me mantenha a uma distância segura com ela; e eu, pensando na minha pele, só peço para não chegar mais perto. – Depois disso, invariavelmente, Fanny dizia tudo. – Então, longe de querer prova (que ela precisa conseguir, de certo modo, comigo ao seu lado), ela quer *refutação* contra si própria, e me apelou, tão extraordinariamente, para ficar ao seu lado. É de fato magnífico, quando pensamos a respeito, o espírito de seu apelo. Se eu ao menos encobrir os outros com ousadia *suficiente* a ponto de parecer, em volta deles, feliz como um pássaro, ela, de seu lado, fará o que puder. Se eu puder mantê-los quietos, numa palavra, isso irá permitir que ela ganhe tempo, tempo contra qualquer ideia de seu pai, e assim, de algum modo, revelar-se. Se eu cuidar de Charlotte, em particular, ela cuidará do príncipe; e é lindo e maravilhoso, realmente patético e requintado, ver o que Maggie acha que o tempo pode fazer por ela.

– Mas o que é que ela, pobre coitadinha, chama de "tempo"?

– Ora, este verão em Fawns, para começar. Por enquanto ela só consegue viver o presente; mas deduziu sozinha, eu acho, que o próprio perigo de Fawns, visto superficialmente, pode resultar numa proteção maior. *Lá* os amantes (se eles são amantes!) terão de tomar cuidado. Terão de sentir isso sozinhos, a não ser que as coisas tenham ido longe demais.

– E as coisas *não* foram longe demais?

A pobre mulher teve inevitavelmente uma hesitação, mas entregou a resposta como entregaria seu último centavo para a compra de algum item absolutamente indispensável.

– Não.

A resposta o fez rir.

– *Isso* é uma mentira?

– Achas que vale mentir para ti? Se não fosse verdade, para mim, eu não teria aceitado ir a Fawns. Acho que *posso* manter aqueles miseráveis quietos.

– Mas como? Na pior das hipóteses?

– Ah, "a pior das hipóteses". Não fale do pior! Eu posso mantê-los quietos na melhor das hipóteses, acho, simplesmente por estarmos lá. Vai dar certo, de semana em semana. Tu verás.

Ele estava bastante disposto a ver, mas desejava insistir.

– Mas e se não der certo?

– Ah, isso é falar sobre o pior!

Bom, podia ser; mas o que eles estavam fazendo da manhã à noite, naquela crise, além de falar?

– Quem manterá os outros?

– Os outros?

– Quem irá mantê-*los* quietos? Se o seu casal tem uma vida juntos, eles não podem tê-la completamente sem testemunhas, sem a ajuda de pessoas, ainda que poucas, que devem ter algum conhecimento, alguma ideia a respeito. Eles precisam ter se encontrado secretamente, protegidos, precisam ter tramado; porque se não se encontraram, e se não tramaram, e se por meio disso não se revelaram em algum lugar, por que estamos pensando tanto nisso? Portanto, se há evidências por Londres afora...

– Deve haver gente que sabe? Ah, a coisa não está por Londres afora – lembrava ela sempre. – Quero dizer, *naturalmente* haveria, em outros lugares; com quem sabe que estranhas aventuras, oportunidades, dissimulações? Mas o que quer que possa ter havido, também terá sido enterrado no ato. Ah, eles souberam *como*; perfeitamente demais! Mas, mesmo assim, nada deve chegar até Maggie.

– Porque todo mundo que possa ter algo a dizer, segundo achas, terá sido subornado? – E então, inveteradamente, antes que ela pudesse falar (ele gostava muito de chegar a isso): – O que terá subornado lady Castledean?

– A consciência – Fanny jamais perdera sua prontidão – de não ter pedras para jogar no telhado dos outros. Ela não tem pedras suficientes para guardar seu próprio telhado de vidro. Era isso que lady Castledean estava fazendo naquela última manhã em Matcham quando todos fomos embora e ela manteve Charlotte e o príncipe. Ela os ajudou simplesmente para ser ajudada; se é que não foi com seu ridículo Sr. Blint, que bem pode ter sido. Portanto, eles arranjaram tudo, naquele dia; arranjaram claramente, debaixo dos olhos dela; ainda mais porque não foram vistos de novo, como sabemos, até tarde da noite. – Com relação a essa circunstância histórica a Sra. Assingham tinha sempre pensamentos novos; mas não estava menos pronta, depois de pensar, a acrescentar devotamente: – Mas o fato é que não sabemos de nada, e por isso devemos agradecer a todas as nossas estrelas!

A gratidão do coronel podia ser menos nítida.

– O que eles fizeram sozinhos, desde o momento em que tiveram essa liberdade até o momento (muito depois da hora do jantar, pelo que me disseste) em que apareceram em suas respectivas casas?

– Ora, isso não é da nossa conta!

– Não digo que seja da minha, mas só é da conta deles até certo ponto. Na Inglaterra as pessoas sempre podem ser rastreadas, quando isso é necessário. Alguma coisa, cedo ou tarde, acontece; alguém, cedo ou tarde, interrompe a calma sagrada. O assassinato se revelará.

– O assassinato se revelará; mas este caso não é de assassinato. Talvez muito pelo contrário! Acredito realmente – a Sra. Assingham tinha seus momentos de acrescentar – que, para diversão geral, tu preferirias uma explosão.

Mas esta era uma observação que ele raramente percebia; encerrava, na maior parte, depois de uma longa baforada contemplativa, com uma transição da qual nenhuma futilidade exposta tivera sucesso em curar seu hábito.

– O que eu não consigo de jeito nenhum é entender a ideia que fazes do nosso velho amigo.

– O marido inconcebivelmente engraçado de Charlotte? Eu *não faço* ideia.

– Peço perdão; tu acabaste de mostrá-la. Nunca falas dele senão *como* inconcebivelmente engraçado.

– Bom, ele *é* – confessava sempre ela. – Isto é, pelo que sei, ele pode ser inconcebivelmente grandioso. Mas esta não é uma ideia. Apenas representa minha fraca necessidade de sentir que Adam Verver está além de mim; o que também não é uma ideia. Tu vês, ele também *pode* ser estúpido.

– Exatamente. Aí estás.

– Mas por outro lado – ela sempre prosseguia – ele *pode* ser sublime: ainda mais sublime do que a própria Maggie. Na verdade pode já ter sido. Mas jamais saberemos. – Com isso seu tom traiu talvez uma sombra de dor pela única isenção que ela não recebia com gosto. – *Isso* eu posso ver.

– Ah, minha nossa...! – Aquilo afetou o próprio coronel com um sentimento de privação.

– Não tenho nem mesmo certeza de que Charlotte algum dia saberá.

– Ah, minha cara, o que Charlote não sabe...!

Mas ela meditou e meditou.

– Não tenho certeza nem mesmo de que o príncipe saberá. – Resumindo, aquilo parecia uma privação para todos. – Eles serão mistificados, confundidos, atormentados. Mas não *saberão*; e o fato de juntarem todas as cabeças não fará com que saibam. Esta será a punição deles. – E ela sempre terminava, quando chegava a esse ponto, no mesmo tom. – Provavelmente, se eu puder me sair com tão pouco, também será a minha.

– E qual será a minha? – gostava de perguntar o marido.

– Nenhuma. Tu não vales nenhuma. Nossa punição está no que sentimos, e o que torna a nossa eficaz é que *sentiremos*. – Fanny era esplêndida com o seu "nossa"; chamejava com essa profecia. – Será a própria Maggie quem irá impô-la.

– Maggie...?

– *Ela* saberá: sobre o pai; tudo. Tudo – repetiu. E com essa visão, a cada vez, a Sra. Assingham, como se com o pressentimento de um antigo desespero, afastava-se daquilo. – Mas nunca nos contará.

8

Se Maggie não tivesse decidido tão firmemente jamais dizer, quer para sua boa amiga ou para qualquer outra pessoa, mais do que pretendia a respeito do pai, poderia ter-se visto traída a cair num derramamento desse tipo durante a semana passada em Londres com o marido depois de os outros terem ido para o verão em Fawns. Isso aconteceu por causa do estranho elemento de anormalidade dado ao simples fato da breve separação dos dois pelas suposições residentes no curso da vida de ambos até então. Ela certamente já estava acostumada a lidar com elementos estranhos; mas caiu instantaneamente da enorme paz que havia remendado quando sentiu que seu indecifrável pai poderia estar sozinho com estes. Pensava que seu pai estava sozinho com os elementos estranhos quando pensava nele sozinho com Charlotte – e isso, estranhamente, ao mesmo tempo em que fixava totalmente seus sentidos no poder de preservação da esposa dele, no poder de estimular toda a aparência de felicidade. Charlotte fizera isso – com um número de dificuldades incontavelmente menor – durante os numerosos meses de ausência da Inglaterra para a lua de mel, o período anterior àquele maravilhoso reencontro dos casais, no interesse do jogo mais amplo de todas as virtudes de cada um, que agora estava rendendo, pelo menos para a enteada da Sra. Verver, um fruto tão notável. O presente intervalo era muito mais breve numa situação, possivelmente numa relação, tão mudada – eram os novos termos de seu problema que dificultariam a arte de Charlotte. A princesa podia se erguer, repetidamente, lembrando-se de que a verdadeira "relação" entre seu pai e a esposa dele era uma coisa da qual ela nada sabia e que, em termos estritos, não era da sua conta; mas mesmo assim não conseguia ficar quieta, como teria chamado, diante da imagem projetada do isolamento ostensivamente feliz dos dois. Nada poderia ter menos a qualidade de quietude do que um certo desejo estranho que tremulava dentro dela, um desejo que usurpava, perversamente, o lugar de outro muito mais natural. Se Charlotte ao menos pudesse ser *pior*! – Maggie costumava invocar essa ideia em vez da ideia de que ela poderia ser melhor. Uma vez que, por mais que fosse estranho sentir isso, acreditava que não iria se preocupar tanto se de algum modo não considerasse a madrasta, sob as belas árvores e entre os queridos jardins antigos, a pródiga dona de cinquenta tipos de confiança e pelo menos vinte tipos de gentileza. Gentileza e confiança certamente eram a coisa certa para uma esposa encantadora ter com relação ao marido, mas o fino tecido de tranquilidade urdido pelas mãos dessa dama e lançado sobre o companheiro como um véu leve, que tudo abafava, formava precisamente uma transparência através da qual Maggie sentia os olhos do pai continuamente pousarem sobre ela. O alcance do olhar vinha-lhe de uma distância; mostrava-o, sozinho na lonjura, ainda mais consciente da elaboração suspeitada, sentida, do processo de não o alarmarem nem o magoarem. Agora ela havia traçado, durante semanas e semanas, e sem hesitar, a extensão desse esforço piedoso; mas seu perfeito sucesso em não revelar qualquer sinal – *esse* crédito ela dava a si mesma – teria sido uma realização desperdiçada se a Sra. Verver cometesse com ele erros de proporção, um conjunto de erros programados abruptamente demais, incoerentemente demais para corrigir outro conjunto, que Charlotte cometera com a filha dele. Mas, se ela *fosse* pior, coitada, quem diria que seu marido deveria ter sido melhor?

Maggie tateava silenciosamente entre essas questões, e na verdade nem era claro para a princesa que seu próprio Amerigo, deixado sozinho com ela na cidade, chegara à mediocridade da galanteria não precavida que tenderia, segundo o cálculo dele, a retirar de seu último poleiro a crítica privada. A verdade, nesse sentido, era que ela possuía outros temores, e havia horas em que lhe vinha a ideia de que esses dias eram uma repetição prolongada daquela viagem noturna, semanas antes, da outra casa para a deles, quando ele tentara seduzi-la, com seu soberano poder pessoal, a sofrer algum colapso que iria levá-la a um repúdio da coerência. Maggie jamais ficava sozinha com ele, dever-se-ia dizer, sem que cedo ou tarde se perguntasse o que já era feito de sua coerência; mas, ao mesmo tempo, ainda que não percebesse qualquer acusação, mantinha um resto de aparência que poderia salvá-la de um ataque. Um ataque, um verdadeiro ataque da parte do marido, como ele o conduziria, era o que ela temia acima de tudo; estava muito longe da certeza de que, sob essa experiência, não cairia numa fraqueza profunda, não mostraria algum caminho mais curto que ele saberia usar de novo. Portanto, como Maggie ainda não dera ao príncipe qualquer pretexto de fingir que ela perdera a fé ou sofrera uma diminuição ínfima de felicidade, deixava-o, era fácil pensar, com uma imensa vantagem diante de toda a espera e toda a tensão. Ela queria, no presente, que ele não a "compensasse" por nada. Quem poderia dizer aonde a compensação levaria, em que consentimento, fingimento ou cegueira destrutiva isso poderia fazê-la mergulhar? Ela ainda o amava desamparadamente demais para ousar abrir a porta, sequer um centímetro, para a possibilidade de ele tratá-la como se qualquer um dos dois tivesse feito mal ao outro. Alguma coisa ou alguém – e quem, qual deles todos? – inevitavelmente, no afã do egoísmo momentâneo, seria sacrificado a isso; ao passo que o que ela necessitava inteligentemente era saber aonde estava indo. O conhecimento, o conhecimento, era um fascínio, além de um medo; e exatamente uma parte da estranheza dessa situação era o modo como sua apreensão de que ele lhe faria alguma declaração meramente geral se misturava ao seu imenso desejo de perdoá-lo, de tranquilizá-lo, de não reagir a ele em qualquer terreno que ela não medisse totalmente. Para fazer essas coisas ela precisaria ter clareza de *para que* elas serviam; mas agir sob essa luz era, do mesmo modo, descobrir, horrivelmente, quais tinham sido as outras coisas. Amerigo poderia lhe dizer apenas o que queria, apenas o que atuaria sobre ela segundo a beleza de seu apelo; e o resultado do apelo direto de *qualquer* beleza sobre ele seria a absoluta submissão dela aos seus termos. Assim, toda a segurança temporária de Maggie, seu sucesso prático, estava em ele não perceber nem adivinhar isso, graças aos meios que ela podia usar para impedi-lo; usados, literalmente hora a hora, durante aqueles dias de exposição mais ininterrupta. De hora em hora ela esperava algum sinal de que ele decidira dar um salto.

– Ah, sim, *foi* como tu pensas; eu me desviei, imaginei-me livre, dei-me em outras quantidades, com maiores generosidades, porque achei que eras diferente; diferente do que vejo agora. Mas foi apenas, apenas, porque eu não sabia; e deves admitir que me deste poucos motivos. Quero dizer, poucos motivos para evitar o erro; que confesso, pelo qual cumprirei qualquer penitência, que agora, sinto de modo maravilhoso, tu podes me ajudar a superar totalmente.

Era isso, enquanto se vigiava, que ela o ouvia potencialmente dizer; e enquanto levava outro dia até o final sem que Amerigo o fizesse, sentia-se ocupada com ele além até mesmo da intensidade da rendição. Estava mantendo a cabeça no lugar por um motivo, por uma causa; e o trabalho desse distanciamento, com o trabalho de mantê-lo discreto, os segurava juntos no aperto de aço de uma intimidade comparada à qual uma paixão inábil teria sido simplesmente uma pulsação do ar. Seu maior perigo, ou pelo menos seu maior motivo para cuidados, era a obsessão do pensamento de que, se ele suspeitasse, o fruto da atenção para com ela não poderia deixar de ser um sentimento do crescimento da importância da esposa. Medindo com ele, como fizera com seu pai, o alcance prescrito de sua própria hipocrisia,

Maggie via que esta teria de se estender até o ponto de tentar provar que, ao mesmo tempo, ela *não* era importante. Um simples toque da parte dele – ah, ela saberia se esse toque estivesse vindo! –, qualquer roçar de sua mão, de seus lábios, de sua voz, inspirado pelo reconhecimento do provável interesse dela como algo distinto da piedade por sua tristeza virtual, iria entregá-la de mãos e pés atados. Portanto para ser livre, ser livre para agir de modo não abjeto por seu pai, ela deveria esconder dele a validade de que, como um inseto microscópio empurrando um grão de areia, estava se esforçando até mesmo por si própria. Ela podia sustentar isso com uma mudança de visão, mas não conseguiria sustentar para sempre; de modo que, realmente, um efeito extraordinário da semana de confronto imutável entre os dois, que estava cheio de novas marcas, estava em fazê-la procurar, em pensamento, os companheiros de costume e calcular o tipo de alívio trazido pela reunião com eles. Estava aprendendo, quase que de minuto a minuto, a ser uma senhora das sombras – uma vez que, sempre, quando havia suficientes possibilidades de intimidade, também havia, por meio disso, no intercurso, possibilidades de iridescência; mas estava trabalhando contra um adversário que também era um mestre das sombras, e sobre quem, se não prestasse atenção, deveria já ter imposto uma consciência da natureza da luta entre ambos. Na verdade senti-lo, pensar nele sentindo a si próprio, seu adversário em coisas dessa delicadeza – resumindo, vê-lo como um nome corajoso que o representaria em oposição –, já era estar praticamente reduzida a um visível abafamento de seu grito de alarme. Caso ele adivinhasse que os dois estavam tendo, de modo tão oculto, uma luta *elevada*, e que era ela, o tempo todo, em sua suposta estupidez, que a tornara elevada e a mantinha no alto – se Amerigo fizesse isso antes que pudessem sair da cidade, ela estaria perdida.

A possível trégua para Maggie em Fawns viria do fato de que a observação, nele, seria inevitavelmente desviada. Este seria o caso no mínimo porque a notável tensão da placidez de seu pai provavelmente reivindicaria uma parte maior da atenção dele. Além de que sempre haveria Charlotte para afastá-lo. Charlotte iria ajudá-lo de novo, sem dúvida, a examinar qualquer coisa, à direita ou à esquerda, que pudesse ser sintomática; mas Maggie podia ver que esse fato em si talvez pudesse contribuir, até certo ponto, para proteger o segredo de sua própria fermentação. Nem mesmo é incrível que ela possa ter descoberto o brilho de um conforto que iria se ampliar no efeito concebível sobre o espírito do príncipe, sobre seus nervos, sobre sua irritabilidade mais refinada, de alguns dos próprios ares e aspectos, das próprias graças leves, da competência perfeita demais da Sra. Verver. O que isso mais significaria, afinal de contas, dizia Maggie a si mesma, era uma renovação para ele do privilégio de observar aquela dama observá-*la*. Então muito bem: com os elementos afinal de contas tão bem misturados nele, quanto tempo Amerigo continuaria desfrutando o mero posto de espectador desse ato? Uma vez que, nesse tempo, ela já decidira que na companhia de Charlotte ele cedia à arte mais tranquila de Charlotte montar guarda. Será que ele não ficaria cansado – para dizer só isso – de vê-la sempre empinada, ereta e elegante, com seu guarda-sol enfeitado de renda contra um leste ou oeste dourado? Maggie fora longe em busca de uma visão dessa reação específica, e agora não era incapaz de se controlar dizendo que estava contando com os ovos dentro da galinha. Que certeza podia ter de tantas coisas antes que pudesse encontrar uma fraqueza na expressão e uma lógica na cautela de Amerigo!

Enquanto isso, um de seus atos dissimulados para enfrentar a tensão entre ambos era entrelaçar a Sra. Assingham com a maior plausibilidade possível nas ondulações da superfície do casal, dizer que ela deveria se juntar a eles, numa tarde, quando saíssem juntos de carruagem ou se fossem olhar coisas – uma vez que olhar coisas era uma característica da vida deles quase tanto quanto se fossem membros da realeza inaugurando bazares. E havia combinações, no fim do dia, quando ela ia visitá-los, e o coronel também, para questões pequenas como visitas à ópera independentemente de quem estivesse cantando, e súbitos jorros de curiosidade com relação ao drama inglês. O bom casal de Cadogan Place sempre podia jantar com eles, sem protestos, e "continuar" depois nas aparições públicas que agora a princesa cultivava a coragem de preferir perversamente. Pode-se dizer que, durante essas ocasiões, ela repuxava suas sensações de modo distanciado, nervoso, as pequenas flores de sua floresta escura, de modo que pudesse sorrir delas pelo menos com a aparência espaçosa, para seus companheiros, acima de tudo para o marido, de estar se divertindo bravamente, com total frivolidade. Maggie possuía suas empolgações intensas, sufocadas, algumas das quais eram quase inspirações; em particular tinha o sentimento positivamente extravagante, em alguns momentos, o sentimento divertido, de *usar* a amiga ao ponto máximo, acompanhado do enorme luxo de não ter de explicar. Nunca, jamais, ela deveria ter de explicar de novo a Fanny Assingham – que, coitada, a seu lado, seria encarregada, talvez para sempre, desse privilégio da engenhosidade mais alta. Ela colocava tudo em cima de Fanny, e com isso a amiga querida podia avaliar a quantidade. Agora cada vez mais magnífica em seu egoísmo sem culpa, Maggie não lhe fazia perguntas, e assim apenas sugeria a grandeza da oportunidade que lhe dava. Não se importava com que devoções, que jantares que os Assingham poderiam ter "marcado"; isso era um detalhe, e ela podia pensar, sem hesitação, nas rupturas e nos arranjos aos quais seu serviço os condenava. Além disso, tudo se encaixava maravilhosamente; de modo que, tão dura, apesar de sua febre, quanto um pequeno diamante pontudo, a princesa mostrava o brilho de possuir a mão construtora, a mão criativa. Só precisaria da vontade de se apresentar, de apresentar seu marido, de um certo modo elevado e conveniente, para tornar natural que eles devessem sair com seu cavalheiro e sua dama. A que outra coisa senão isso, exatamente, Charlotte, durante tantas semanas na estação anterior, a levara? – ela própria assumindo e descartando, na medida do possível, o caráter e a função de uma daquelas presenças subordinadas que giram flutuando na esteira da grandeza.

Assim se estabelecera o precedente e o grupo estava normalmente constituído. Enquanto isso a Sra. Assingham, à mesa, na escada, na carruagem ou no camarote da ópera – com seu constante transbordamento de expressão, por sinal, e com o caráter singularmente residente do mesmo, na opinião dos homens –, poderia olhar para Amerigo como quisesse: não era isso que Maggie se propunha a temer. Ela poderia alertá-lo, poderia censurá-lo, poderia tranquilizá-lo, poderia – fosse impossível ou não – absolutamente cortejá-lo; até mesmo isso lhe estava aberto, como uma questão que existia simplesmente entre *eles*, se a ajudasse a responder pela impecabilidade que havia garantido. E de fato Maggie desejava apenas parecer que reconhecia a eficácia de sua ajuda quando lhe mencionou numa noite um pequeno projeto particular para o dia seguinte – a ideia, irresistível, intensa, de fazer uma visita ao Sr. Crichton no museu. O Sr. Crichton, como a Sra. Assingham poderia recordar facilmente, era o mais rematado e solícito dos funcionários públicos, que todo mundo conhecia e que conhecia todo mundo – que desde o princípio, em particular, se deixara livremente, e pelo amor à arte e à história, tornar-se uma das luzes mais firmes no caminho aventuroso do Sr. Verver. Guardião de um dos departamentos mais ricos da grande coleção nacional de coisas preciosas, podia gostar do sincero colecionador particular e estimulá-lo em seu caminho mesmo quando condenado a estar presente em sua captura de troféus sacrificados pelo país à frugalidade parlamentar. Levava sua amabilidade ao ponto de dizer que, já que Londres, sob visões mesquinhas, *tinha* de perder de vez em quando suas oportunidades mais raras, ele quase se sentia consolado em ver essas causas perdidas invariavelmente seguirem, uma a uma, com o tilintar atormentador de seus sinos de prata, para o abrigo espantoso, o abrigo já famoso do outro lado do Mississippi. Havia um encanto em seus "quase", ao qual era impossível resistir, especialmente após o Sr. Verver e Maggie terem certeza – ou quase, de novo – de desfrutar o monopólio dos mesmos; e nessa base da inveja transformada em simpatia pela visão mais familiar do pai e da filha, o Sr. Crichton tinha nas duas casas, especialmente em Eaton Square, aprendido a preencher o caráter compreensivo e sugestivo. Foi a seu convite, Fanny lembrava-se bem, que Maggie, um dia, há muito, e exatamente com a companhia dela, fizera uma visita, pela glória do nome que usava, aos amplos relicários do supremo templo de exposições, uma alcova de prateleiras carregadas com o dourado e marrom, o dourado e marfim de antigos livros italianos e consagrada aos registros dos conterrâneos do príncipe. Fora uma impressão que havia penetrado, que permanecia; no entanto Maggie tinha suspirado, sempre de modo belo, diante do fato de a visita ter sido tão superficial. Ela voltaria algum dia para escavar mais fundo, para se demorar e sentir o gosto; mas apesar disso a Sra. Assingham não podia se lembrar de ter percebido que a visita fora repetida. Esta segunda ocasião dera lugar, durante longo tempo, em sua vida feliz, a outras ocasiões – todas testemunhando, em graus variados, a qualidade do sangue do marido, sua rica mistura e suas muitas referências notáveis; depois do que, sem dúvida, a encantadora piedade envolvida ficara, em outros sentidos ainda mais distantes, perplexa e fraca.

Agora parecia que alguma conversa renovada com o Sr. Crichton soprara de modo revigorante, e Maggie mencionou o objetivo como uma concepção sua, para cujo sucesso decidira dedicar a manhã. As visitas de damas graciosas, sob a proteção desse membro possivelmente amante das flores e sorvedor do mel da grande colmeia de Bloomsbury, lançavam uma luz rósea em seus corredores e celas atulhadas; e ainda que não estivesse encarregado da província para a qual sua amiga se sentira, segundo o que lhe disse, atraída de novo, nada era mais fácil para ele do que colocá-la em contato com as urbanidades dominantes. De modo que isso fora combinado, disse Maggie à Sra. Assingham, e ela dispensaria a companhia de Amerigo. Mais tarde Fanny iria se lembrar de que a princípio tomara este último fato como uma das melhores notas do distanciamento de sua jovem amiga, imaginou que ela iria sozinha por causa do tom de ironia que, naqueles dias ambíguos, a presença pessoal do marido poderia estar conferindo, praticamente, a qualquer tributo do significado que ele transmitia. Então quando, no momento seguinte, achou claro que uma liberdade tão tramada era virtualmente um refinamento da reflexão, um impulso para comemorar de novo algo que ainda podia sobreviver do orgulho e da esperança, seu sentimento de ambiguidade baixou alegremente e ela parabenizou a companheira por ter algo tão refinado a fazer e por estar tão refinadamente no humor para fazê-lo. Depois da ocasião ter chegado e partido, ela sentiu seu otimismo confirmado; deduziu, à noite, que a hora passada entre as luzes projetadas, os anais e as ilustrações, os pergaminhos e retratos, os volumes com brasões e os comentários murmurados, tinham sido esclarecedores e inspiradores para a princesa. Maggie lhe dissera alguns dias antes, com muita suavidade mas também com firmeza: "Convidem-nos para jantar, por favor, para a sexta-feira, e convidem quem quiserem ou puderem; não importa quem seja"; e o casal de Cadogan Place cedera a esta ordem com uma docilidade nem um pouco abalada por tudo que ela implicava como ponto pacífico.

Acabou sendo uma boa noite – esta foi a visão de Maggie; e ela se manteve à altura de sua visão, aos olhos da amiga, tratando a ocasião, de modo mais ou menos explícito, como nova e estranha. Na verdade os bons Assingham tinham-se regalado nas duas outras casas numa escala tão desproporcional às raras solicitações feitas por eles próprios que era fácil fazer piada ao ver como serviam comida em sua casa, como enfrentavam a questão de alimentar os convidados. Resumindo, Maggie jantou com eles e chegou a fazer seu marido parecer jantar, como se fossem um par de jovens soberanos que, no alegre humor dos anos dourados dos reinos, se propunham a comer com um par de súditos fiéis. Demonstrou interesse pelos arranjos deles, quase que uma ternura inquisitiva por suas economias; de modo que a anfitriã naturalmente, como eles poderiam ter dito, atribuiu tudo isso – o tom e a liberdade da qual ela estabelecia o exemplo – ao efeito que lhe fora provocado por uma das lições aprendidas, de manhã, no altar do passado. Será que ela não havia percebido, a partir de uma ou duas anedotas que lhe foram oferecidas de novo à atenção, que havia, para princesas de tal linhagem, mais de um modo de ser heroína? O modo de Maggie esta noite era surpreender a todos eles, realmente, pela extravagância de sua afabilidade. Sem dúvida não estava sendo positivamente turbulenta; mas, ainda que a Sra. Assingham, uma crítica branda, jamais tivesse duvidado de que ela era graciosa, jamais a vira colocar tanto esforço em ser o que se podia chamar de afirmativa. Tudo isso era uma música com a qual o coração de Fanny podia palpitar em segredo; sua convidada estava feliz, feliz como consequência de alguma coisa que ocorrera, mas estava fazendo o príncipe não perder qualquer ondulação de seu riso, ainda que talvez nem sempre permitindo que ele não o considerasse absolutamente tolo. A tolice, em público, a partir de um certo ponto, não era algo que ele fosse homem de observar a mulher praticando; de modo que pairava diante da amiga a possibilidade de alguma cena subsequente entre os dois, na carruagem ou em casa, de inquirição ligeiramente sarcástica, de explicação prontamente reivindicada; uma cena que, dependendo de como Maggie representasse o seu papel, poderia ou não precipitar consequências. Enquanto isso, o que tornava essas aparências praticamente empolgantes era esse mistério – claramente um mistério também para Amerigo – do incidente ou da influência que tão peculiarmente as determinara.

Mas a senhora de Cadogan Place leria mais profundamente dentro de três dias, e a página lhe foi virada na véspera da partida de sua jovem confidente. A esperada migração para Fawns aconteceria na manhã seguinte, e nesse meio-tempo a Sra. Assingham sabia que os quatro jantariam naquela noite, na embaixada americana, com um grupo maior; de modo que Fanny ficou surpresa ao receber da amiga mais jovem, com o carimbo datando seis horas, um telegrama requisitando seu comparecimento imediato.

"Por favor venha me ver imediatamente; vista-te cedo, se necessário, de modo que tenhamos tempo: a carruagem, pedida para nós, irá levar-te de volta primeiro."

Com uma rápida deliberação a Sra. Assingham se vestiu, ainda que talvez não com toda a lucidez, e às sete horas estava em Portland Place, onde sua amiga, "no andar de cima" e descrita a ela na chegada como ocupada em vestir-se, recebeu-a instantaneamente. Ela soube no ato, pobre Fanny, como declararia mais tarde ao coronel, que a temida crise saltara como se ao toque de uma mola, que a hora impossível estava à sua frente. A hora impossível era a hora da qual ela soubera há muito, mais do que jamais dissera; e frequentemente havia dito a si mesma, apreensiva, tentara até mesmo pensar, preparando-se, que reconheceria a chegada de sua perdição por uma consciência parecida com a abertura brusca de uma janela numa noite, por força do maior vento e da menor temperatura. Seria em vão ter ficado agachada durante tanto tempo junto à lareira; o vidro seria despedaçado, o ar gélido encheria a sala. Então, se o ar no quarto de Maggie, quando ela subiu, ainda não era exatamente a lufada polar que ela havia esperado, era claramente um tipo de atmosfera que as duas ainda não haviam respirado juntas. A princesa, percebeu Fanny, estava completamente vestida – essa tarefa estava terminada: isso na verdade fazia aumentar o efeito de que ela esperava com importância a assistência que havia convocado, de que mostrava, por assim dizer, um terreno limpo para a ação. Sua criada já saíra, e pela primeira vez na vida Maggie se apresentava, no quarto grande e claro onde tudo era admirável, mas nada ficava fora de lugar, bastante "ataviada". Seria porque havia posto muita coisa, sobrecarregando-se de joias, que usava em número maior do que o usual, e as maiores, no cabelo? – uma pergunta que a visitante respondeu atribuindo essa aparência principalmente à mancha muito vermelha, vermelha como um rubi monstruoso, que queimava em cada uma de suas bochechas. Esses dois itens de seu aspecto mostraram de pronto uma luz própria para a Sra. Assingham, que deduziu por eles que nada mais patético podia ser imaginado do que o refúgio e o disfarce que a agitação da jovem procurara nas artes da vestimenta, multiplicadas até a extravagância, quase até a incoerência. Ela visivelmente tivera essa ideia – a de não se trair por falta de atenção para com aquilo em que jamais caíra, e ficou ali parada, rodeada e mobiliada, como sempre, de um modo que testemunhava seus pequenos processos pessoais. Ela sempre fora *encontrada* pronta, em todas as ocasiões, sem pontas soltas, sem acessórios expostos ou superfluidades não removidas; uma sugestão de algo limpo e aprimorado, em toda a sua arrumação esplêndida, no entanto mais ou menos sobrecarregada e elaborada, que refletia sua pequena paixão tranquila pela ordem e a simetria, por objetos encostados nas paredes, e falava até mesmo de alguma provável referência, em seu sangue americano, a avós da Nova Inglaterra que estavam sempre varrendo e encerando. Se seus aposentos eram "principescos", na claridade do dia que se demorava, parecia que ela fora carregada para ali preparada, toda arrumada e decorada, como alguma imagem santa numa procissão, e deixada, exatamente, para mostrar que maravilhas era capaz de operar sob pressão. Sua amiga se sentiu – como poderia não se sentir? – como o sacerdote realmente piedoso poderia se sentir quando confrontado, atrás do altar, diante da congregação, com a madona milagrosa. Em geral uma ocasião assim seria grave, com toda a gravidade do que ele poderia procurar. Mas esta noite a gravidade seria das mais raras; o que ele procuraria dependeria do que ele poderia dar.

9

— Aconteceu uma coisa muito estranha, e eu acho que deverias saber.

Maggie falou isso sem extravagância, mas com o efeito de fazer a visitante medir de novo a força de seu apelo. Era o entendimento definitivo entre elas: o que quer que Fanny soubesse, a fé de Fanny garantiria. E assim ela soube, no final de cinco minutos, em que consistira o extraordinário, na última ocorrência, e como tudo resultara da hora passada por Maggie no museu, sob a proteção do Sr. Crichton. Com gentileza característica, depois da demonstração maravilhosa, depois de ter oferecido almoço na residência anexa ao trabalho, o Sr. Crichton desejara levá-la em casa; especialmente quando notou, ao encontrá-la na grande escadaria, que ela havia dispensado a carruagem; coisa que Maggie fizera, na verdade, apenas pela diversão inofensiva de seguir seu caminho sozinha. Ela soubera que deveria se encontrar, como consequência de tal hora, numa espécie de exaltação, sob cuja influência uma caminhada pelas ruas de Londres seria exatamente o que melhor lhe serviria; um passeio independente, marcante, empolgado, contente, sem nada em que pensar e ninguém com quem falar, e uma quantidade de vitrines para olhar, se quisesse: um saborear discreto da essência, seria de se supor, de sua natureza, que ultimamente, por tantos motivos, ela não pudera satisfazer. Maggie saíra, agradecendo – sabia muito bem o caminho; bastava ter uma tímida esperança de não seguir em frente demais. Vaguear um pouco iria realmente diverti-la; de modo que, mantendo-se longe da Oxford Street e cultivando uma impressão de partes que não conhecia, terminara tendo o que mais ou menos vinha desejando, o encontro de três ou quatro estabelecimentos – uma antiga livraria, uma antiga loja de gravuras, dois lugares com obscuras antiguidades na vitrine – que não eram como tantas outras lojas, as da Sloane Street, por exemplo; um desfile oco que há muito deixara de atrair. Além disso, permanecera nela uma alusão de Charlotte, feita alguns meses antes – a semente caíra em sua imaginação na forma de uma conversa casual sobre haver em Bloomsbury lugares "pequenos, curiosos e fascinantes" e até mesmo algumas descobertas inesperadas. Talvez não pudesse haver marca mais forte do que esse sentimento de oportunidade romântica – nenhum sinal mais vivo da impressão causada nela, e sempre mantida durante tanto tempo, tão atentamente acalentada, por qualquer observação de Charlotte, por mais que fosse lançada casualmente. E então ela se sentira, de algum modo, mais à vontade do que vinha se sentindo há meses; não sabia por que, mas o tempo que passara no museu, estranhamente, havia provocado isso; era como se ela não tivesse feito tantas associações nobres e belas, como se também não as tivesse garantido para o seu menino, garantido até mesmo para o pai, só para vê-las se transformar em vaidade e dúvida, possivelmente em algo ainda pior.

– Eu acreditei nele de novo, tanto quanto nunca, e *senti* como acreditei nele – disse com olhos fixos. – Senti isso nas ruas enquanto caminhava, e era como se isso me ajudasse e me animasse, uma vez que eu era eu mesma ali, sem ter de pensar e vigiar; pelo contrário, sem ter quase nada na mente.

O fato de ter começado a pensar no aniversário do pai fez parecer que tudo ia dar certo, o fato de ter-se dado esse motivo para tentar encontrar alguma coisa para a ocasião. A comemoração seria em Fawns, onde já havia acontecido antes – uma vez que cairia no dia 25 daquele mês; e talvez ela não tivesse outra chance de conseguir algo para lhe oferecer. Havia sempre a impossibilidade, claro, de encontrar alguma coisa pelo menos um pouquinho "boa" que ele já não tivesse visto há muito tempo, em suas buscas – para não falar de alguma coisa que fosse pelo menos um quarto de boa; mas isso era uma história antiga, e não seria possível ter qualquer diversão com ele senão a partir de sua doce teoria de que o presente individual, a oferta de amizade, por uma rigorosa lei da natureza, era uma aberração condenada ao fracasso, e que quanto mais era *assim*, mais demonstrava, e mais gostávamos dela por demonstrar, como tinha sido amigável. A enfermidade da arte era a sinceridade do afeto, a grosseria do *pedigree* era o refinamento da simpatia; na verdade os objetos mais feios, em termos gerais, eram as lembranças mais corajosas, mais ternas, e como tal figuravam em vitrines à parte, sem dúvida dignas da casa, mas indignas do templo – dedicadas aos deuses que fazem esgares, não aos de rosto translúcido. Ela própria, naturalmente, nos anos passados, passara a ser muito representada naqueles receptáculos; atrás dos painéis grossos e trancados contra os quais ela gostava de achatar o nariz, descobrindo em seu devido lugar, a cada vez, tudo com o que em sucessivos aniversários tentara acreditar que ele poderia fingir, diante de sua sugestão, estar desconcertado, ou pelo menos achar curioso. Agora estava pronta a tentar de novo: os dois sempre haviam, com o prazer dele no fingimento dela e com o prazer dela no dele, com a divertida traição do sacrifício às boas maneiras domésticas de cada lado, feito esse jogo alegremente. Com esse objetivo, no caminho para casa, ela se demorara em todo canto; de modo bastante iludido entre livros antigos e gravuras antigas, que nada haviam produzido para o seu objetivo, mas com uma estranha inconsequência numa das outras lojas, a de um pequeno antiquário, um homenzinho estranho, estrangeiro, que lhe mostrara uma quantidade de coisas e finalmente uma coisa que, impressionada com a mesma como sendo uma razoável raridade e pensando que, comparada com algumas de suas tentativas, serviria de modo superlativo, ela havia comprado – na verdade comprado por um preço alto.

– Agora parece que não vai servir – disse Maggie. – Aconteceu uma coisa depois, que a coloca praticamente fora de questão. Eu tive apenas o meu dia de satisfação com ela, mas ao mesmo tempo sinto, enquanto a mantenho à minha frente, que não a teria deixado escapar por nada do mundo.

Ela havia falado com bastante coerência, desde o momento da entrada da amiga, até mesmo com um pequeno tremor que declarava exageradamente a sua calma; mas prendia o fôlego a intervalos de alguns segundos, como se para deliberar e provar que não estava ofegando – e tudo isso tornava claro para Fanny a profundidade de sua comoção: sua referência ao pensamento no pai, à chance de encontrar algo que pudesse diverti-lo, sua menção à fortaleza do mesmo diante dos presentes, havendo enquanto isso, naturalmente, deve ser dito, muito menos uma amplitude de insistência nos lábios que falavam do que um poder de produzir na ouvinte a reação e a compreensão total da memória e da simpatia de antigas observações divertidas. O quadro era preenchido pela imaginação desta última. Mas de qualquer modo Maggie estava armada: sabia o que estava fazendo e tinha já o seu plano – um plano para por enquanto não fazer, não permitir, qualquer "diferença"; e segundo esse plano ela ainda jantaria fora de casa, e sem olhos vermelhos, sem feições convulsionadas, sem itens de aparência negligenciados, nem qualquer coisa que provocasse uma pergunta. Mas havia algum conhecimento do qual, exatamente para esse apoio não desmoronar, ela desejava, ela requeria, a posse; e, com o sinistro surgimento e desaparecimento de um raio acompanhado pelo trovão, ficou claro para a Sra. Assingham que deveria, sob qualquer risco ou qualquer custo, dar-lhe a coisa de que ela precisava. Todo o instinto de nossa amiga era ficar longe disso até ver se o chão suportaria; não daria qualquer passo mais para perto a não ser para *inteligivelmente* encontrá-la, e, por mais que pudesse parecer estranho pairar ali, pálida e distorcida, com meras imbecilidades de imprecisão, havia uma qualidade de auxílio precário no fato de ainda não adivinhar aonde um começo tão agourento poderia levar. Mas, depois de pensar um segundo, ela percebeu, diante da alusão da princesa à sua segurança perdida.

– Queres dizer que estavas à vontade na segunda-feira, na noite em que jantaste conosco?

– Eu estava muito feliz naquele dia – disse Maggie.

– Sim, nós te achamos muito alegre e brilhante. – Fanny considerou isso frágil, mas prosseguiu: – Ficamos tão *satisfeitos* por estares feliz!

Maggie ficou parada um momento, a princípio apenas olhando-a.

– Tu achaste que eu estava certa, não é?

– Claro, querida; nós achamos que estavas certa.

– Bom, ouso dizer que isso foi natural; mas na verdade jamais estive mais errada na vida. Durante o tempo todo, veja bem, isto vinha fermentando.

A Sra. Assingham deu-se o máximo que podia ao luxo de ser vaga.

– "Isto"?

– *Aquilo!* – respondeu a princesa, cujos olhos, sua companheira via agora, tinham-se voltado para um objeto na cornija da lareira do quarto, que, entre tantos objetos preciosos (os Verver, onde quer que estivessem, sempre se deleitavam particularmente com inimitáveis ornamentos antigos para as lareiras), a visitante ainda não percebera.

– Está falando da taça de ouro?

– Estou falando da taça de ouro.

A peça que agora Fanny reconhecia como nova para a sua visão era uma ampla taça, de um ouro com aparência antiga, notavelmente amarelo, montada, com uma haste curta, sobre um pé amplo, que ocupava um lugar central acima da lareira, onde, para permitir que se destacasse, os outros objetos tinham sido afastados, notavelmente o relógio Luís XVI que acompanhava os candelabros. Este último troféu tiquetaqueava agora sobre o tampo de mármore de uma cômoda que combinava perfeitamente com ele em esplendor e estilo. A Sra. Assingham considerou a taça uma coisa fina; mas a questão, obviamente, não estava em seu valor intrínseco, e ela se manteve distante, admirando-a de longe.

– Mas o que isso tem a ver...?

– Tem tudo. Veja bem. – Mas durante um momento Maggie fixou nela olhos estranhos e arregalados. – Ele a conhecia antes; antes mesmo que eu o visse.

– "Ele" conhecia...? – Mas enquanto a examinava procurando os elos que faltavam, Fanny apenas conseguiu ecoar.

– Amerigo conhecia Charlotte; mais do que eu jamais sonhei.

Então Fanny sentiu que era olhar por olhar.

– Mas sem dúvida tu sempre soubeste que eles se conheciam.

– Eu não entendia. Sabia muito pouco. Não vês o que quero dizer?

A Sra. Assingham pensou, durante aqueles instantes, no quanto ela sabia mesmo agora; fora necessário um minuto para perceber com que gentileza Maggie estava falando. Com a percepção de que não havia desafio nem ira, nenhum calor da alma enganada, mas apenas uma livre exposição da totalidade da ignorância anterior, convidando até mesmo o escárnio se fosse preciso, a amiga mais velha sentiu, primeiro, um alívio estranho, mal acreditável: inspirou, como se fosse o quente perfume de verão numa flor, a doce certeza de não enfrentar, para qualquer lado que se voltasse, qualquer consequência de julgamento. Ela não podia ser julgada – a não ser por si mesma; o que desgraçadamente era problema seu. Mas no momento seguinte, de qualquer modo, ruborizou por dentro por conta da própria covardia imediata: tinha pensado em si mesma, pensado em "ir embora", antes sequer de pensar – isto é, de ver deploravelmente – que estava na presença de um apelo que era *totalmente* um apelo, que aceitava absolutamente a própria necessidade.

– De modo geral, minha criança, sim. Mas não... bem... em conexão com o que estavas me contando.

– Eles eram íntimos, veja bem. Íntimos – disse a princesa.

Fanny continuou a encará-la, captando em seus olhos agitados essa história do passado distante, tão fraca e desbotada apesar da ênfase ansiosa de Maggie.

– Há sempre a questão do que nós consideramos...

– Do que nós consideramos íntimo? Bom, eu sei o que considero íntimo agora. Íntimo demais para deixar que eu saiba qualquer coisa a respeito.

Isso foi dito em voz baixa – sim; mas não baixa demais para Fanny Assingham ter um sobressalto.

– Mas compatível com permitir que *eu* saiba, é o que queres dizer? – Ela perguntou isso após uma pausa, mas virando-se de novo para o novo ornamento sobre a lareira e pensando, enquanto recebia um alívio vindo dele, neste hiato em sua experiência. – Mas há coisas, minha cara, das quais minha ignorância é perfeita.

– Eles andavam juntos, sabe-se que faziam isso. E não estou falando apenas de antes, estou falando de depois.

– Depois? – perguntou Fanny Assingham.

– Antes de nos casarmos, sim; mas depois de estarmos noivos.

– Ah, eu não sabia nada disso! – E ela o disse com uma corajosa confiança; agarrando-se, com conforto, a algo que aparentemente lhe era novo.

– Aquela taça – prosseguiu Maggie – é, estranhamente, quase estranhamente demais para acreditar nesta hora do dia, a prova. Eles estavam juntos o tempo todo, até a véspera do nosso casamento. Não te lembras de como ela voltou inesperadamente da América logo antes?

Para a Sra. Assingham a pergunta teve – conscientemente ou não – o mais antigo *páchos* da simplicidade.

– Ah, sim, querida, claro que lembro de como ela voltou da América e de como ela se hospedou *conosco*, e o que achamos disso.

O tempo todo os olhos de Maggie continuavam pressionando e penetrando; de modo que, durante um momento, ali, ela poderia ter produzido o pequeno clarão, dado o pequeno golpe, de perguntar o que "achamos" disso. Diante do pequeno facho dessa erupção Fanny permaneceu parada, durante o seu minuto, conscientemente exposta; mas viu aquilo rapidamente deixar de ser uma ameaça – praticamente viu a princesa, mesmo com toda a sua dor, recusar, no interesse da estranha e exaltada barganha entre ambas, a se aproveitar da oportunidade de plantar a facada da censura, cuja oportunidade aparecia por si mesma. Viu-a – ou acreditou ver – olhar a chance de denúncia direta, olhar para ela e depois deixar de lado; e sentiu-se, com esse fato, levada ao espanto diante da lúcida intenção mais elevada que nenhuma perturbação poderia confundir e que nenhuma descoberta – uma vez que, ainda que obscuramente, esse era um caso de "descoberta" – poderia tornar menos necessária. Esses segundos foram breves – passaram rapidamente; mas duraram o bastante para renovar em nossa amiga o sentimento de sua percepção extraordinária, a função que de novo lhe fora imposta, a responsabilidade que de novo era cravada nela por essa intensidade de intimidade. Lembrou-se dos termos pelos quais foi liberada – uma vez que a quantidade de liberação aparecera de modo suficiente naquela lembrança de sua relação com o antigo reaparecimento de Charlotte; e no fundo de toda a impressão brilhava – ah, de modo tão inspirador, por sinal! – sua visão firme, clara desde o início, da beleza do motivo de sua companheira. Era como um novo sacrifício para uma conquista maior. "Apenas me ajude *agora*, faça-o diante disso e apesar disso, e eu lhe deixo uma liberdade da qual não se deve dizer!" A provocação do medo – ou podemos chamá-lo, aparentemente, de conhecimento – saltara direto para o lugar devido como uma provocação acima de tudo ao seu pai; e o efeito disso era apenas acelerar até a paixão seus motivos para tornar a proteção dele, ou em outras palavras a forma de sua ignorância, a lei da atitude de Maggie e a chave para a sua solução. Ela segurava esses motivos e essas formas com tanta força, em seu horror confirmado, quanto um cavaleiro num animal chucro agarra a sela com os joelhos; e poderia estar absolutamente declarando à visitante que acreditava ser capaz de permanecer em cima dele se ao menos elas não "encontrassem" mais nada. Apesar de ainda ignorante do que Maggie *descobrira* definitivamente, Fanny se compadecia, por dentro, de seu espírito; e assim, sem qualquer palavra dita a respeito, passou-se, através de meros olhos piedosos, uma promessa de andar em frente e, nas encruzilhadas, com uma lanterna para o escuro e se desviando do tráfego inesperado, procurar alarmes. Do mesmo modo, não houve espera na resposta de Maggie.

– Eles passaram horas juntos, passaram pelo menos uma manhã, cuja certeza me voltou agora, mas que na época nem sonhei. Aquela taça ali se tornou testemunha, pelo mais espantoso dos acasos. É por isso que, desde que está aqui, eu a deixei para meu marido ver; coloquei onde ela pudesse encontrá-lo, quase imediatamente, se ele entrasse no quarto. Queria que ela o encontrasse, e quis que ele *a* encontrasse, e queria estar presente ao encontro. Mas isso ainda não aconteceu; por mais que ultimamente tenha vindo me ver aqui (sim, em particular ultimamente), hoje ele não apareceu. – Era com a calma conseguida, cada vez mais, que ela falava: uma coerência alcançada que a ajudava, evidentemente, a se ouvir e se vigiar; havia apoio, e portanto uma harmonia medonha, mas que significava uma orientação maior, nos fatos que ela conseguia juntar. – É como se ele tivesse um instinto, uma coisa que o alertasse ou o deixasse inquieto. Ele naturalmente não sabe o que aconteceu, mas adivinha, com uma esperteza maravilhosa, que algo aconteceu, e não tem pressa de confrontar isso. De modo que, em seu medo vago, ele se mantém distante.

– Mas continua em casa...?

– Não faço ideia, não o vi hoje desde antes do almoço – explicou a princesa. – Ele falou comigo de uma rifa importante num clube, para alguém, algum amigo pessoal, acho, que está para chegar e aparentemente está em dificuldades. Para fazer um esforço por ele, Amerigo achou melhor almoçar lá. Tu vês os esforços que ele *pode* fazer – diante disso Maggie encontrou um sorriso que foi direto ao coração da amiga. – De muitas maneiras ele é o homem mais gentil que existe. Mas isso foi há horas.

A Sra. Assingham pensou.

– Então há mais perigo ainda de ele chegar e me encontrar aqui. Veja bem, não sei o que consideras ter descoberto; nem qualquer coisa que tenha a ver com este objeto que declaras ser tão danoso. – Seu olhar pousou naquela estranha aquisição e em seguida se afastou, voltou para a taça e de novo se desviou: a taça era inescrutável em sua elegância bastante estúpida, e no entanto nítida e definida em seu domínio da cena, desde o momento em que era assim avaliada. Agora Fanny não conseguia mais desconsiderá-la, assim como não poderia desconsiderar uma árvore de Natal iluminada; mas nervosamente e em vão mergulhou no próprio pensamento em busca de alguma leve reminiscência da mesma. Ao mesmo tempo em que essa tentativa a deixava num vazio, entendia um bocado, até mesmo compartilhava não pouco, a apreensão mística do príncipe. A taça de ouro expunha, sob consideração, uma perversidade robusta, consciente; como um "documento", de alguma forma, era feia, ainda que pudesse ter uma graça decorativa. – Ele me encontrar aqui, na presença dela, poderia ser mais flagrantemente desagradável, para todos nós, do que pretendes ou do que necessariamente nos ajudaria. E eu preciso de um tempo para entender o que ela significa.

– Tu estás segura com relação a isso; posso asseverar que ele não virá, e que vou encontrá-lo lá embaixo, esperando-me, quando eu descer para a carruagem.

Fanny Assingham percebeu, percebeu cada vez mais.

– Nós vamos nos sentar juntos na sala do embaixador, ou pelo menos vocês dois vão, com esta nova complicação à frente, totalmente inexplicada; e olhar um para o outro com rostos que fingem, durante o tempo medonho, não estar vendo isso?

Maggie olhou para *ela* com um rosto que poderia ser aquele que Fanny estava preparando.

– "Inexplicada", minha querida? Pelo contrário, explicada: totalmente, intensamente, admiravelmente explicada, sem nada a acrescentar. Meu amor, não quero *mais* nada. Tenho o suficiente para prosseguir e para fazer, como está.

Fanny Assingham ficou ali parada em sua escuridão comparativa, com seus elos ainda faltando; mas o efeito mais aceitável disso ainda era, singularmente, um medo frio de chegar mais perto do fato.

– Mas quando tu chegares em casa...? Quero dizer, ele chegará contigo de novo. Então ele não verá?

Diante disso Maggie lhe deu, após um instante visivelmente pensativo, o balançar de cabeça mais estranho e lento.

– Não sei. Talvez ele jamais a veja, se apenas ficar aqui esperando-o. Talvez ele nunca mais entre neste quarto.

Fanny pensou mais profundamente.

– Nunca mais? Ah...!

– É, pode ser. Como saberei? Com *isto*! – ela prosseguiu em voz baixa.

Ela não havia olhado de novo para a peça incriminadora, mas havia para sua amiga uma maravilha no modo como a pequena palavra que representava o objeto parecia expressar e incluir para Maggie a totalidade de sua situação.

– Então pretendes não falar com ele...?

Maggie esperou.

– "Falar"...?

– Bom, que tu a tens e sobre o que consideras que ela representa.

– Ah, não sei se devo falar... se ele não falar. Mas o fato de ele ficar longe de mim por causa disso... o que faz isso senão falar? Ele não pode dizer ou fazer mais. Não serei eu a falar – acrescentou Maggie num tom diferente, dentre os tons que já haviam penetrado tanto na visitante. – Eu ouvirei.

A Sra. Assingham devolveu:

– Então tudo depende desse objeto que tu vês, por motivos teus, como uma prova?

– Acho que posso dizer que *eu* dependo do objeto. Não posso tratá-lo como se fosse nada agora.

Diante disso a Sra. Assingham chegou mais perto da taça sobre a lareira – gostando de sentir que o fazia, além do mais, sem se aproximar da visão da companheira. Olhava para a coisa preciosa – se preciosa fosse –, de fato via-se olhando-a como se, por sua própria solicitação, para retirar dela o seu segredo em vez de sofrer a imposição do conhecimento de Maggie. Era uma coisa admirável, rica e firme, com seu oco ousado e profundo; e, sem esse estranho tormento a respeito, iria, graças a seu amor pelo amarelo em grande quantidade, parecer-lhe um ornamento invejável, uma posse realmente desejável. Não a tocou, mas se depois de um minuto deu as costas para a taça o motivo estava, estranha e subitamente, em seu medo de fazer isso.

– Então tudo depende da taça? Quero dizer, o teu futuro depende? Uma vez que é disso que se trata, imagino.

– Trata-se de que esta coisa me colocou, quase milagrosamente, no caminho do conhecimento: até onde eles tinham ido juntos. Se havia tanto entre eles antes, não poderia haver (com todas as outras aparências) muito mais agora. – E ela continuou e continuou; seguiu levantando seus pontos de vista. – Se tais coisas já existiam entre os dois, elas fazem toda a diferença para a dúvida possível do que pode ter havido entre eles desde então. Se não houvesse nada antes, poderia haver explicações. Mas isso torna o hoje muito difícil de explicar. Isto é, de justificar.

Fanny Assingham estava ali para justificar – disso tinha a devida consciência; uma vez que pelo menos isso fora verdade até agora. Mas, à luz da demonstração de Maggie, a quantidade, mesmo sem que ela tivesse por enquanto uma medida mais exata, poderia ser maior do que nunca. Além do que, com ou sem exatidão, o efeito de cada minuto sucessivo no lugar iria colocá-la mais na presença daquilo que a própria Maggie via. A própria Maggie via a verdade, e isso realmente era, enquanto as duas permaneciam ali juntas, o bastante para a relação da Sra. Assingham com a mesma. Havia uma força nos simples modos da princesa com relação a isso que tornava o detalhe do que ela conhecia uma questão de somenos importância. Na verdade Fanny sentia uma espécie de vergonha momentânea por sua necessidade de perguntar por esse detalhe.

– Não pretendo repudiar minhas próprias impressões das diferentes ocasiões das quais suponho que falas – disse após algum tempo –, assim como não posso esquecer que dificuldades e, como constantemente me pareceu, que perigos cada curso de ação (independentemente de qual eu escolha) traziam para mim. Eu tentei, tentei muito, agir para o melhor. E, tu sabes – prosseguiu ela enquanto, ao som de sua própria declaração, uma lenta coragem e até mesmo um leve calor de convicção lhe voltavam –, e, tu sabes, creio, que era isso que eu deveria ter feito.

Isso produziu um minuto em que a troca entre ambas, ainda que acelerada e aprofundada, foi apenas de silêncio e do olhar longo, carregado; e tudo isso encontrou uma virtual consagração quando Maggie finalmente falou.

– Tenho certeza de que tentaste agir pelo melhor.

Esta fala manteve Fanny Assingham de novo em silêncio durante um minuto.

– Nunca pensei, querida, que não fosses um anjo.

Mas não que somente isso fosse ajudar!

– A coisa seguiu até a véspera, veja bem – prosseguiu a princesa –, até dois ou três dias antes do nosso casamento. Disso, *disso* tu sabes...! – E ela parou num sorriso estranho.

– Sim, como digo, foi enquanto ela estava comigo. Mas eu não sabia. Isto é, eu não sabia de nada específico. – Isso soou fraco, deu para sentir; mas ela já tinha o que falar. – O que quero dizer é que não *sei*, agora, nada que não sabia então. É como eu sou. – Mas mesmo assim ela se atrapalhou. – Quero dizer, como eu *era*.

– Mas, como tu eras e como és, as duas coisas não são praticamente a mesma? – As palavras da amiga mais velha haviam alcançado seu ouvido como se no tom, agora mal avaliado, do entendimento recente, mas artificial demais entre as duas, mas alcançado em horas em que, como não havia nada suscetível de prova, nada havia definitivamente a ser refutado. A situação mudara por – bom, por qualquer coisa que houvesse, pelo surgimento do definido; e isso podia manter Maggie firme pelo menos. Ela se sentia bastante firme quando prosseguiu: – Estava *na* coisa toda o fato de Amerigo se casar comigo. – Com isso seus olhos tinham se voltado de novo para a peça condenatória. – E estava naquilo, *naquilo*! – Mas retornaram para a visitante. – E estava no fato de papai se casar com *ela*.

A visitante recebeu isso como poderia ser.

– Eles se casaram com as mais elevadas intenções, ah, nisso deves acreditar!

– Papai, sem dúvida, sim! – E então, diante da renovação dessa consciência, tudo lhe veio por cima. – Ah, jogar essas coisas sobre *nós*, fazê-las aqui entre nós e conosco, dia após dia, e em troca, em troca...! Fazer isso com *ele*... com ele, com ele!

Fanny hesitou.

– Queres dizer que é por ele que mais sofres? – E então, como a princesa, após um olhar, apenas se virou para o outro lado, andando pelo quarto, o que fez a pergunta parecer uma asneira: – Estou perguntando – prosseguiu ela – porque acho que tudo, tudo de que falamos agora, pode ser para ele, pode realmente ter sido *feito* para ele, como se não tivesse sido feito.

Mas no momento seguinte Maggie tinha dado meia-volta, como se não a tivesse ouvido.

– Papai fez isso por *mim*, fez total e somente por mim.

A Sra. Assingham levantou a cabeça com uma certa prontidão; mas hesitou de novo antes de falar.

– Bem...!

Foi apenas uma pretensa palavra, mas depois de um instante Maggie mostrou que esta a havia alcançado.

– Queres dizer que este é o motivo, que este é *um* motivo...

Mas a princípio, sentindo a resposta naquilo, Fanny não disse tudo que pretendia; em vez disso falou outra coisa:

– Ele fez por ti, pelo menos em grande parte por ti. E foi por ti que eu fiz (no meu modo menor, interessado) bem... o que pude fazer. Porque pude fazer alguma coisa. Pensei ter visto o teu interesse como ele próprio viu. E pensei ter visto o de Charlotte. Acreditei nela.

– E *eu* acreditei nela – disse Maggie.

A Sra. Assingham esperou de novo; mas depois prosseguiu:

– Na época ela acreditou nela própria.

– Hein? – murmurou Maggie.

Uma coisa exótica, levemente ansiosa, na simplicidade imediata daquilo, ajudou a amiga a ir adiante.

– E o príncipe acreditou. Sua crença era real. Assim como ele acreditou em si mesmo.

Maggie passou um minuto pensando nisso.

– Ele acreditou em si mesmo?

– Assim como eu também acreditei nele. Porque acreditei absolutamente, Maggie. – E Fanny acrescentou em seguida: – E ainda acredito nele. Quero dizer, bem, quero dizer que *acredito de fato*.

Outra vez Maggie pensou; e depois ficou de novo flutuando. E quando isso terminou:

– E ainda acreditas em Charlotte?

A Sra. Assingham teve uma hesitação à qual agora achava que podia se dar ao luxo.

– Falaremos de Charlotte outro dia. Eles dois, de qualquer modo, se achavam em segurança na época.

– Então por que esconderam de mim tudo que eu poderia ter sabido?

Sua amiga lançou-lhe o olhar mais afável.

– Por que eu mesma escondi de ti?

– Ah, tu não estavas obrigada por dever de honra.

– Querida Maggie – irrompeu a pobre mulher depois disso –, tu *és* divina!

– Eles fingiram me amar. E fingiram amá-*lo*.

– E, pelo amor de Deus, o que eu não fingi?

– Pelo menos não fingiste gostar de mim como gostavas de Amerigo e Charlotte. Eles eram muito mais interessantes; isso era perfeitamente natural. Como não poderias gostar de Amerigo?

A Sra. Assingham desistiu.

– Como eu não poderia? Como eu não poderia? – Então, com uma incrível liberdade, foi até o final: – Como é que eu não *posso*? Como não posso?

Isso fez os olhos de Maggie se fixarem de novo nela.

– Sei... sei. Bom, é belo tu poderes. E claro, tu querias ajudar Charlotte.

– Sim – Fanny considerou isso. – Eu queria ajudar Charlotte. Mas também queria, veja bem, ajudar-te; não escavando um passado que eu acreditava, com tanta coisa por cima, solidamente enterrado. Queria, como ainda quero, ajudar todo mundo.

Isso colocou Maggie de novo em movimento – movimento que, entretanto, gastou-se outra vez com uma ênfase rápida.

– Então, em grande parte, a culpa é minha... se tudo começou tão bem?

Fanny Assingham recebeu isso como pôde.

– Tu foste apenas perfeita demais. Tu apenas pensaste demais...

Mas a princesa já captara as palavras.

– Sim, eu pensei demais! – Mas pareceu continuar, por enquanto, cheia dessa falha. Na verdade, com esse pensamento imediato, tinha tudo à sua frente. – Nele, homem querido, *nele*...!

A amiga, capaz de perceber assim diretamente sua visão sobre o pai, observou-a com novo *suspense*. *Esse* caminho poderia existir com segurança – era como um raio mais amplo de luz.

– Ele acreditou, com enorme beleza, em Charlotte.

– Sim, e fui eu quem o fez acreditar. Na época eu não pretendia tanto; porque não tinha ideia do que viria. Mas fiz isso, fiz isso!

– Com uma beleza, ah, com uma beleza, tu também! – insistiu a Sra. Assingham.

Mas Maggie estava vendo por si mesma – era outra questão.

– A coisa foi que ele a fez pensar que seria tão possível.

De novo Fanny hesitou.

– O príncipe a fez pensar...?

Maggie ficou olhando – tinha querido falar do pai. Mas sua visão pareceu se alargar.

– Os dois a fizeram pensar. Ela não teria pensado sem eles.

– Mas a boa-fé de Amerigo era perfeita – insistiu a Sra. Assingham. – E acima de tudo não havia nada contra o seu pai.

Mas essa observação manteve Maggie imóvel por um momento.

– Nada, talvez, além de ele saber que ela sabia.

– "Sabia"?

– Que ele estava fazendo aquilo, em grande parte, por mim. Até que ponto – perguntou subitamente à amiga – achas que ele tinha consciência de que ela sabia?

– Ah, quem pode dizer o que se passa entre pessoas numa relação assim? A única coisa de que podemos ter certeza é que ele foi generoso. – E a Sra. Assingham sorriu de modo conclusivo. – Ele sem dúvida sabia o que era certo para si mesmo.

– Tanto quanto o que era certo para ela.

– Sim, tanto quanto o que era certo para ela. O fato é que, independentemente do conhecimento dele, este compensou, o tempo todo, sua boa-fé.

Maggie continuou a olhar, e agora a amiga praticamente esperava seus movimentos sucessivos.

– O importante, consideravelmente, não é que a boa-fé dele deve ter sido a fé na ideia de que ela sentia quase tanto interesse por mim quanto ele próprio?

Fanny Assingham pensou.

– Ele reconheceu, ele adotou tua longa amizade. Mas não fundamentou qualquer egoísmo sobre ela.

– Não – disse Maggie, ainda em consideração profunda. – Ele descartou o egoísmo dela quase como se desconsiderasse o dele próprio.

– Podes dizer que sim.

– Muito bem – prosseguiu Maggie. – Se papai não tinha nenhum egoísmo, pode ter esperado que ela, de seu lado, tivesse tão pouco quanto ele. E ela pode ter descoberto isso somente a partir de então.

A Sra. Assingham pareceu não entender.

– A partir de...?

– E ele pode ter tido consciência de que ela descobriu isso. Que ela percebeu a medida, desde o casamento, do quanto ele lhe pedira.

Mais, digamos, do que ela entendeu na época. Ele pode ter finalmente revelado como essa exigência, a longo prazo, iria afetá-la.

– Ele pode ter feito muitas coisas – respondeu a Sra. Assingham. – Mas há uma coisa que certamente não terá feito. Jamais terá mostrado que esperava de Charlotte sequer um quarto do que ela deve ter entendido que teria de dar.

– Eu me perguntei com frequência – meditou Maggie – o que Charlotte entendia. Mas é uma das coisas que ela nunca me contou.

– Então, como esta também é uma das coisas que ela nunca me contou, provavelmente nunca saberemos; e podemos considerar que não é da nossa conta. Há muitas coisas que nunca deveremos saber.

Maggie recebeu isso com uma longa reflexão.

– Nunca.

– Mas há outras – prosseguiu a amiga – que estão na nossa cara e que, sob qualquer dificuldade que possas achar que tenhas, podem nos bastar agora. Teu pai tem sido extraordinário.

Era como se Maggie estivesse tateando o caminho; mas agora partiu numa pressa total.

– Extraordinário.

– Magnífico – disse Fanny Assingham.

Sua companheira se agarrou a isso com firmeza.

– Magnífico.

– Então ele fará por si mesmo o que possa ser feito. O que ele realizou por ti ele fará até o fim. Ele não realizou isso para que se desmoronasse; em que, sendo um homem tão quieto, paciente, meticuloso, ele *algum dia* desmoronou? Ele nunca se propôs ter fracassado na vida, e não terá feito isso nesta ocasião.

– Ah, esta ocasião! – e o gemido de Maggie mostrou que, subitamente, ela voltara à mesma. – Será que tenho alguma certeza de que, com tudo, ele ao menos sabe o que significa esta ocasião? E será que tenho a mínima certeza de que ele não sabe?

– Se ele não sabe, tanto melhor. Deixe-o em paz.

– Queres dizer que devo desistir dele?

– Deixe-*a* – prosseguiu Fanny Assingham. – Deixe-a *para* ele.

Maggie a encarou sombria.

– Queres dizer que devo deixá-lo para *ela*? Depois disso?

– Depois de tudo. Afinal de contas, eles não estão intimamente juntos agora?

– "Intimamente"...? Como vou saber?

Mas Fanny insistiu.

– Tu e o teu marido não estão... apesar de tudo?

Os olhos de Maggie se dilataram ainda mais, se é que isso era possível.

– Ainda não sei.

– Se não estão, onde está a tua fé?

– No meu marido...?

A Sra. Assingham hesitou apenas um instante.

– Em teu pai. Tudo volta a isto. Pense nisto.

– Na ignorância dele?

Fanny enfrentou isso de novo.

– Em qualquer coisa que ele possa te oferecer. *Aceite* isso.

– Aceitar...? – Maggie a encarou.

A Sra Assingham levantou a mão.

– E agradeça. – Diante disso, por um minuto, ela deixou a princesa encará-la. – Tu vês?

– Vejo – disse Maggie finalmente.

– Então aí estás. – Mas Maggie tinha-se virado, indo até a janela, como se ainda quisesse manter no rosto algo que não devesse ser visto. Ficou ali com o olhar na rua enquanto o da Sra. Assingham voltava para o objeto complicador sobre a lareira, para o qual seu estado, estranhamente até para ela própria, era ao mesmo tempo o do espanto recorrente e do protesto recorrente. Foi até lá, olhou-o de novo e agora cedeu ao impulso de senti-lo com as mãos. Pousou-as sobre ele, levantando-o, e ficou surpresa com o peso – raramente segurara tanto ouro maciço. Esse efeito em si levou-a a mais liberdade, e a dizer: – Eu não acredito nisso, veja bem.

Essa observação trouxe Maggie para perto.

– Não acreditas? Acreditarás quando eu contar.

– Ah, não me contes nada! Eu não quero – disse a Sra. Assingham. Ela manteve a taça na mão, segurou-a de um modo que deu à atenção de Maggie, ela viu no momento seguinte, uma qualidade de *suspense* agitado. Isso lhe sugeriu, estranhamente, que Fanny tivera, com a liberdade que estava tomando, um ar de intenção, e a impressão traída pelos olhos da companheira ficou mais distinta numa palavra de alerta.

– É valiosa, mas fiquei sabendo que o valor está prejudicado por uma rachadura.

– Uma rachadura?... no ouro?

– Não é ouro. – Com isso, um tanto estranhamente, Maggie sorriu. – Esse é o ponto.

– Então o que é?

– É vidro; e com uma rachadura sob o ouro, como eu disse.

– Vidro?... com esse peso?

– Bom – disse Maggie –, é cristal. E suponho que já tenha sido precioso. Mas o que pretendes fazer com ele?

Ela se afastara de sua janela, uma das três pelas quais o quarto amplo, desfrutando de um belo "fundo", encarava o céu do oeste e captava um vislumbre do rubor da tarde; enquanto a Sra. Assingham, de posse da taça, e também de posse dessa indicação de uma falha, aproximava-se de outra para aproveitar melhor a luz que se esvaía lentamente. Ali, passando os dedos sobre a peça singular, virando-a, e ficando subitamente mais consciente, acima de tudo, de um impulso irresistível, falou de novo:

– Uma rachadura? Então toda a tua ideia tem uma rachadura.

Maggie, nesse momento a uma certa distância, esperou um instante.

– Se, quando falas de minha ideia, queres dizer o conhecimento que eu tive de *que*...

Mas Fanny, decidida, já a interrompera.

– Há apenas um conhecimento que nos interessa, um fato com o qual podemos ter tudo a ver.

– Qual é ele, então?

– O fato de que teu marido nunca, nunca, nunca...! – Mas a gravidade dessa declaração, enquanto ela erguia os olhos para a amiga do outro lado do quarto, levou Fanny a suspender o fogo por um instante.

– Bom, nunca o quê?

– Nunca esteve tão interessado em ti quanto agora. Mas tu não o sentes realmente, minha cara?

Maggie pensou.

– Ah, acho que o que eu te disse me ajuda a senti-lo. O fato de hoje ele ter aberto mão até mesmo de seus costumes; de ter ficado longe de mim; de não ter vindo. – E ela balançou a cabeça de novo como se para afastar todos os brilhos fáceis. – E *é* por causa disso, tu sabes.

– Bem, então, se é por causa disto...! – e Fanny Assingham, que vinha procurando dentro de si mesma e cuja inspiração decididamente viera, levantou a taça nas duas mãos, levantou-a positivamente acima da cabeça, e de baixo dela, solenemente, sorriu para a princesa como um sinal de intenção. De modo que por um instante, cheia do pensamento e do ato, segurou o recipiente precioso, e então, com a devida observação da margem do piso encerado, despido, fino e duro junto ao batente da janela, lançou-o violentamente no chão, onde teve a emoção de vê-lo se despedaçar com a violência do choque. Ela havia ruborizado com a força despendida, como Maggie havia ruborizado de espanto diante da visão, e este elevado reflexo no rosto das duas foi tudo que se passou entre elas durante mais um minuto. Depois disso: – O que quer que tenhas querido dizer com isto, e eu não quero saber *agora*, deixou de existir – disse a Sra. Assingham.

– E o que afinal, minha cara, tu *quiseste* dizer com isso? – aquele som, como o toque de uma mola, soou como o primeiro efeito do discurso de Fanny. Irrompeu sobre a absorção das duas mulheres com uma intensidade quase equivalente à da quebra do cristal, uma vez que a porta do quarto tinha sido aberta pelo príncipe sem que elas notassem. Aparentemente ele tivera tempo, além disso, para captar a conclusão do ato de Fanny; seus olhos fixaram, através do amplo espaço, uma visão livre dos brilhantes fragmentos aos pés daquela senhora. Sua pergunta fora dirigida à esposa, mas logo em seguida Amerigo virou o olhar para o da visitante, que ele sustentou de um modo que nenhum dos dois tinha sido capaz de manter, sem dúvida, em termos de penetração muda, desde a hora passada por ele em Cadogan Place na véspera de seu casamento e na tarde do reaparecimento de Charlotte. Agora alguma coisa se tornou de novo possível para aqueles comunicantes, sob a intensidade da pressão que exerciam, algo que abarcou aquela história e que poderia ter sido uma redenção de promessas trocadas na época. Esse rápido jogo de apelo suprimido e resposta disfarçada durou o suficiente para vários resultados – o suficiente para a Sra. Assingham medir o feito da recuperação rápida, possivelmente, portanto, do reconhecimento ainda mais imediato, acompanhando a visão de Amerigo e a avaliação da evidência com a qual ela fora inspirada a lidar – de modo admirável, sentiu ela enquanto o olhava. Olhou para ele e olhou para ele – havia tantas coisas que ela queria dizer naquele momento! Mas Maggie também estava olhando – e além do mais estava olhando para os dois; de modo que essas coisas, para a visitante, rapidamente se reduziram a uma. Enfrentou a pergunta dele – não tarde demais, uma vez que, no silêncio, ela permanecera no ar. Preparando-se para ir embora, abandonando a taça de ouro partida em três pedaços no chão, ela simplesmente deixou-o com a esposa. Iria vê-los mais tarde, eles iriam se encontrar logo; e enquanto isso, com relação ao que Maggie quisera dizer – disse ela, por sua vez, da porta –, bom, sem dúvida a própria Maggie já estava pronta para falar a ele.

10

Mas, deixada com o marido, Maggie nada disse por um tempo; apenas sentiu, no ato, um desejo forte, agudo, de não ver seu rosto de novo até que ele tivesse um minuto para arrumá-lo. Já vira o bastante para ter uma clareza temporária e fazer seu movimento seguinte – vira-o durante o olhar de surpresa que seguiu sua entrada. Foi então que ela soube como se tornara uma grande especialista, ao julgar esse rosto rapidamente, segundo aquela visão do mesmo, indelevelmente registrada para referência, que lançara uma luz em sua alma perturbada na noite em que ele voltou tarde de Matcham. A expressão usada pelo rosto naquela circunstância, ainda que por poucos instantes, lhe dera um sentimento das possibilidades do mesmo, dentre as quais uma das mais relevantes poderia ter sido atuar para ela, antes da consumação da retirada de Fanny Assingham, por tempo suficiente para ser reconhecida. O que ela reconhecera naquele rosto foi o reconhecimento *dele*, o resultado de ele ter sido forçado, pela atitude exaltada da visitante e pelo relatório não extinguido das palavras dela, a se dar conta dos sinais flagrantes do acidente, do incidente, no qual ele virtualmente tropeçara. Amerigo naturalmente deixara de ver essa ocorrência representada pelos três fragmentos de um objeto aparentemente valioso que estavam no chão e que, mesmo do outro lado do quarto, mesmo da distância que ele mantinha, fazia-o se lembrar de modo inconfundível, ainda que confuso, de algo conhecido, de alguma outra imagem não esquecida. Aquilo foi um mero choque, foi uma dor – como se a violência de Fanny tivesse sido uma violência redobrada atuando além da própria intenção, uma violência que provocava o sangue quente, como um soco na boca. Maggie soube, quando se virou de costas, que não queria a dor dele; o que ela queria era apenas sua própria certeza simples – não a marca vermelha da convicção flamejando na beleza dele. Se pudesse ter continuado com os olhos cobertos de bandagens, teria preferido; se fosse uma questão de dizer o que ela agora, aparentemente, deveria ter feito, e de tirar dele o que ele diria, qualquer cegueira que pudesse envolver isso seria a coisa mais próxima de uma bonança.

Foi em silêncio até onde sua amiga – jamais tanto sua amiga, em intenção, visivelmente, quanto naquele momento – juntara uma energia tão espantosa, e ali, sob os olhos de Amerigo, pegou os pedaços brilhantes. Engalanada e cheia de joias, em suas roupas farfalhantes, pagou, com humildade de atitude, esse tributo à ordem – mas somente para descobrir que só poderia segurar dois fragmentos ao mesmo tempo. Levou-os até a lareira, ao lugar conspícuo ocupado pela taça antes de ser apropriada por Fanny, e, depois de pousá-los cuidadosamente, voltou para o que restava, o pé sólido, separado. Depois retornou à lareira e o colocou com deliberação no centro do console, e por um minuto se ocupou com a tentativa de juntar os outros pedaços. A divisão, determinada pela rachadura latente, era tão afiada e tão lisa que se houvesse algo para segurar as partes, a alguns passos de distância a taça poderia parecer incólume. Mas como não havia nada para segurá-las além das mãos de Maggie, durante os poucos momentos em que elas estavam sendo usadas assim, ela pôde apenas colocar as partes quase iguais do recipiente cuidadosamente ao lado do pedestal, e deixá-las assim diante dos olhos do marido. Fizera isso sem palavras, mas como se buscasse um efeito – apesar do qual tudo isso lhe parecera tomar um tempo muito maior do que qualquer coisa que ela jamais tivesse realizado tão rapidamente. Amerigo também não disse nada – apesar de ser verdade que seu silêncio tinha o brilho do alerta que ela sem dúvida parecia admoestá-lo a manter: era como se os modos de Maggie o levassem à observação do que ela estava fazendo. Amerigo não deveria ter qualquer dúvida: ela *sabia*, e sua taça partida era prova de que sabia – no entanto a menor parte de seu desejo era fazê-lo desperdiçar palavras. Ele teria de pensar – isto ela sabia ainda mais; e no momento só estava preocupada com que ele tivesse consciência. Imaginara-o consciente o dia inteiro, ou pelo menos obscura e instintivamente ansioso – era o que tinha dito há pouco a Fanny Assingham; mas estava errada com relação ao efeito da ansiedade dele. Seu medo de ficar longe, como um sintoma claro, pelo menos havia se mostrado maior do que o medo de vir; ele viera mesmo com o risco de trazê-lo consigo – e, ah, o que mais ela exigia agora do que seu sentimento, estabelecido no primeiro ou no segundo minuto, de que ele o *trouxera,* por mais que pudesse estar se firmando contra os perigos de ser traído por alguma palavra errada, e que o medo estava ali trancado entre os dois, com os minutos sucessivos latejando por baixo, como a pulsação da febre embaixo dos dedos do médico?

Resumindo, o sentimento de Maggie, na presença dele, era que, apesar de a taça estar quebrada, seu motivo não estava; o motivo pelo qual ela havia decidido, o motivo pelo qual ela havia convocado a amiga, o motivo pelo qual preparara o lugar para os olhos do marido; era tudo um só motivo, e, como seu aperto intenso e pequeno segurava a questão, o que acontecera com o ato de Fanny e com a apreensão que ele tivera do mesmo não acontecera nem um pouco com *ela*, mas absoluta e diretamente com ele, como ele deveria continuar percebendo.

Era aí que seu desejo de tempo se interpunha – tempo para o uso de Amerigo, não para o dela, uma vez que ela, já há tanto tempo agora, parecia que por horas e horas, vinha vivendo com a eternidade; com a qual continuaria a viver. Queria dizer-lhe: "Toma, toma, toma todo o tempo que precisares; arranja-te de modo a sofrer menos, ou a ficar, de qualquer modo, menos distorcido e desfigurado. Apenas *veja*, veja que *eu* vejo, e te decidas, a partir dessa nova base, segundo tua conveniência. Espere, isso não demorará, até que possas conversar de novo com Charlotte, porque farás isso muito melhor então, de modo mais fácil para nós dois. Acima de tudo, não me mostres, até estares controlado, o borrão pavoroso, a devastação do *suspense* e do embaraço, produzido, e produzido por ação minha, em sua serenidade pessoal, em sua incomparável superioridade." Depois de ter arrumado de novo seus pequenos objetos sobre a lareira, ela estava na verdade a um triz de se virar para ele com esse apelo; além de estar claro para ela, o tempo todo, que a ocasião estava passando, que eles iam jantar fora, que ele não estava vestido, e que, apesar de ela estar, ainda estava, com toda probabilidade, com o rosto tão horrivelmente vermelho e tão imprópria, de tantas maneiras, com a agitação, que em vista dos convidados do embaixador, de possíveis comentários e deduções, precisaria de alguma restauração das aparências diante do espelho.

Enquanto isso Amerigo, afinal de contas, pôde deduzir claramente boa parte do que ela queria ao fazê-lo esperar – ela sugeriu isso com a pompa com que cuidou da taça quebrada; esperar, isto é, até que Maggie se pronunciasse como a Sra. Assingham prometeu por ela. Essa demora, de novo, certamente testou a presença de espírito da jovem – ainda que esta tensão não tenha sido o que a fez falar. Por mais que mantivesse o olhar longe do marido, Maggie logo se viu muito mais consciente da tensão na postura dele. Houve até mesmo um minuto, quando suas costas estavam viradas para Amerigo, em que ela conheceu mais uma vez a estranheza de seu desejo de poupá-lo, uma estranheza que já a tocara cinquenta vezes nas profundezas de seu tormento, como se com a asa agitada de algum pássaro que poderia ter voado cegamente por um instante para dentro de um poço, escurecendo por seu adejar momentâneo o redondo distante do céu. Era extraordinária essa qualidade no gosto do que lhe era errado, que fazia seu completo sentimento do mesmo se suavizar, em vez de endurecer, e era mais extraordinário quanto mais ela tinha de reconhecer isso; uma vez que o que isso significava era que ver-se finalmente segura, sabendo tudo, tendo o fato, em toda a sua abominação, tão absolutamente diante de si a ponto de nada haver para acrescentar – o que isso significava era que, meramente estando com *ele* em silêncio, ela sentia, por dentro, a súbita rachadura entre convicção e ação. Surpreendentemente as duas coisas tinham começado, no ato, a deixar de estar ligadas; isto é, a convicção não arredava um centímetro, apenas plantava os pés mais firmemente no solo – mas a ação começava a pairar como uma forma mais leve e maior, porém mais fácil, excitada por seu próprio poder de ficar acima do chão. Ela estaria livre, estaria independente, seguiria – não é? – para alguma aventura própria, prodigiosa e superior. O que condenaria a ação, por assim dizer, à responsabilidade da liberdade – isso brilhava sobre Maggie agora mesmo – era a possibilidade, mais rica a cada momento que passava, de que seu marido teria, em toda a questão, uma nova necessidade dela, uma necessidade que de fato estava nascendo entre eles naqueles segundos. Pareceu-lhe algo extremamente novo que ele, nessa circunstância, estaria absolutamente, estaria *realmente* precisando dela pela primeira vez em toda a conexão entre ambos. Não, ele a havia usado, ele havia até mesmo desfrutado bastante dela, antes disso; mas não houvera precedente para esse caráter de uma necessidade provada, da qual ela estava rapidamente tomando consciência. Além disso, a imensa vantagem dessa pista em particular era que ela agora não teria de arranjar, de alterar, de falsificar nada; teria de ser apenas coerentemente simples e direta. Perguntou a si mesma, com concentração, enquanto ainda de costas, qual seria o ideal daquele método; depois disso, no instante seguinte, tudo lhe viera e Maggie girou em direção a ele para a aplicação.

– Fanny Assingham a quebrou, sabendo que tinha uma rachadura e que cederia se ela usasse força suficiente. Ela pensou, quando eu lhe disse, que esta seria a melhor coisa a fazer, ainda que segundo seu ponto de vista. Esta não era a minha ideia, mas ela agiu antes que eu entendesse. Eu, pelo contrário, tinha-a posto aqui, à vista, exatamente para que tu a visses.

O príncipe ficou parado com as mãos nos bolsos; tinha levado o olhar até os fragmentos sobre a lareira, e Maggie já podia distinguir o elemento de alívio, de absoluto socorro, na aceitação por parte dele da oportunidade de considerar os frutos da violência da amiga – cada centímetro de reflexão e de demora acrescentado tinham a vantagem, a partir deste ponto, de contar em dobro para ele. Isso havia atuado dentro dela até a última intensidade, seu vislumbre da verdade preciosa de que, ao ajudá-lo, ao ajudá-lo a se ajudar, deveria ajudá-lo a ajudá-*la*. Ela não havia praticamente entrado no labirinto de Amerigo com ele? – não tinha feito isso no próprio ato de se colocar ali, para ele, no centro e no âmago do labirinto, onde, com aquela orientação definida e por um instinto todo seu, poderia seguramente guiá-lo para fora? Assim ofereceu-lhe, certamente, uma espécie de apoio que não seria imaginado antecipadamente, e que além disso requeria – ah, sem dúvida! – algum olhar atento antes que pudesse ser pronunciado livre de traição. – Sim, vê, vê – Maggie parecia vê-lo ouvindo-a dizer mesmo enquanto as palavras que soavam eram outras – olha, olha para a verdade que ainda sobrevive daquela prova quebrada e na aparência ainda mais notável de que eu não sou tão idiota quanto supunhas. Olha para a possibilidade de que, uma vez que *sou* diferente, ainda possa haver nisso algo para ti; se fores capaz de trabalhar comigo para solucioná-lo. Consideres, claro, como deves, a questão do que deves abandonar, de teu lado, do preço que podes ter de pagar, *com* quem podes ter de pagar, para libertar essa vantagem; mas percebas, de qualquer modo, que *há* algo para ti se não desperdiçares cegamente demais a chance de fazê-lo.

Ele não se aproximou mais das peças condenatórias, mas olhava-as, de onde estava, com um grau de reconhecimento que visivelmente não poderia ser dissimulado; tudo isso representava para a princesa um certo processo passível de ser acompanhado. E as palavras que ela pronunciou, enquanto isso, foram bastante diferentes das que ele poderia ter inserido entre as frases que ela já falara.

– É a taça de ouro, tu sabes, que viste no pequeno antiquário em Bloomsbury, há tanto tempo, quando foste lá com Charlotte, quando passaste horas com ela, sem que eu soubesse, um ou dois dias antes do nosso casamento. Foi mostrada a vocês dois, mas vocês não compraram; deixaram para mim, e eu a encontrei, extraordinariamente, quando entrei por acaso na mesma loja na segunda-feira passada; quando caminhava para casa, passeando à busca de alguma coisinha para o aniversário de papai, depois de uma visita ao museu, de meu encontro com o Sr. Crichton, do qual te falei. Ela me foi mostrada, e eu me impressionei e adquiri, sem saber nada na época. O que sei agora fiquei sabendo a partir de então, fiquei sabendo esta tarde, há duas horas; e tive com isso uma grande impressão. De modo que aí está, em três pedaços. Tu podes segurá-los, não tenhas medo, se quiseres ter certeza de que a coisa *é* a que tu e Charlotte viram juntos. O fato de ter se partido faz uma diferença infeliz para a beleza do objeto, para seu valor artístico, mas não faz qualquer diferença para o resto. Seu outro valor continua igual; quero dizer, o valor de ter me dado tanto da verdade a respeito de vocês. Portanto não me importo muito com o que for feito dela agora. A não ser, talvez, que penses num bom uso. Nesse caso – concluiu Maggie – podemos facilmente levar os pedaços para Fawns.

Era maravilhoso como ela sentiu, ao perceber que havia atravessado essa passagem estreita, que realmente alcançara alguma coisa – que estava emergindo um pouco com a perspectiva menos contraída. Tinha-o feito por ele, isto é, com seu instinto ordenado; estabelecera uma base não meramente momentânea na qual ele poderia encontrá-la. Quando, com uma virada da cabeça, Amerigo finalmente a encontrou, esta foi a última coisa que brilhou em seu olhar; mas surgiu, mesmo assim, como uma percepção de que ele estava perturbado e quase como uma pergunta em seus olhos; de modo que, por mais um minuto ainda, antes que ele se comprometesse, ocorreu entre os dois uma espécie de troca moral sem precedentes, sobre a qual presidiu a lucidez superior de Maggie. Mas, quando ele se comprometeu, a demonstração não foi imediatamente auspiciosa.

– Mas o que, afinal de contas, Fanny Assingham tinha a ver com isso?

Ela poderia realmente, a partir de todo o seu sofrimento abafado, quase ter sorrido: a pergunta dele pareceu entregar toda a coisa a ele. Mas deixou apenas que ela fosse mais direta.

– Fanny tinha a ver porque mandei chamá-la imediatamente, e ela veio imediatamente. Era a primeira pessoa que eu queria ver, porque eu sabia que ela saberia. Quero dizer, saberia mais sobre o que eu fiquei sabendo do que eu poderia descobrir sozinha. Deduzi o máximo possível sozinha, isso eu também queria ter feito; mas, apesar de tudo, isso não me levou muito longe, e ela realmente ajudou. Não tanto quanto desejaria, não tanto, pobre coitada, quanto agora mesmo tentou ajudar; mas fez o máximo por ti, jamais te esqueças disso!, e me deixou muito melhor do que eu ficaria sem ela. Fanny Assingham me fez ganhar tempo; e isso, esses três meses, não vês?, significaram tudo.

Ela dissera "não vês?" de propósito, e no momento seguinte sentiria que isso dera resultado.

– "Esses três meses"? – perguntou o príncipe.

– Contando a partir da noite em que chegaste em casa tão tarde vindo de Matcham. Contando das horas que passaste com Charlotte em Gloucester; tua visita à catedral, que não esquecerás de ter-me descrito com tantos detalhes. Porque este foi o começo da minha certeza. Antes disso eu estava com dúvidas suficientes. Certa de teres, e de teres tido por longo tempo, *dois* relacionamentos com Charlotte.

Ele ficou olhando, um pouco para longe, enquanto absorvia isso.

– Dois...?

Algo no tom com que isso foi dito deu uma sensação, ou uma ambiguidade, quase tola – levando Maggie a sentir, como se num clarão, como tal consequência, uma infelicidade predestinada, partilhando do ridículo mesmo numa das pessoas mais inteligentes, poderia fazer parte da própria essência da penalidade pelo malfeito.

– Ah, tu podes ter tido cinquenta, podes ter tido o mesmo relacionamento com ela cinquenta vezes! Não é do número ou dos *tipos* de relacionamentos com ela que falo; um número que na verdade não importa, realmente, desde que não houvesse apenas um tipo, como papai e eu supúnhamos. Um tipo que estava diante de nós; nós considerávamos isso como ponto pacífico, como tu vias, e aceitávamos.

Nunca pensamos que houvesse outro, fora das nossas vistas. Mas depois da noite de que falo eu soube que havia outra coisa. Como disse, eu tinha antes disso uma ideia, que nunca sonhaste que eu tinha. A partir do momento de que falo, essa ideia teve em que se basear, e vocês se tornaram vagamente, ainda que de modo inquieto, conscientes da diferença. Mas foi nestas últimas horas que vi onde estamos; e como estive em comunicação com Fanny Assingham a respeito das minhas dúvidas, queria que ela soubesse de minha certeza; mas com cuja determinação, deves entender, ela nada tinha a ver. Ela te defende.

Ele lhe dera toda a atenção, e com a impressão para ela, de novo, de que estava, em essência, tentando ganhar tempo – tempo, apenas tempo –, ela podia imaginar suficientemente, e com qualquer estranheza, que gostava absolutamente de ela estar falando, mesmo ao custo de ele perder praticamente tudo o mais com isso. Durante um minuto continuou parecendo que Amerigo esperava algo pior; como se quisesse que tudo que havia dentro dela saísse, qualquer fato definitivo, qualquer coisa mais precisamente nomeável, de modo que ele também – como era seu direito – soubesse onde estava. O que se agitava dentro dele acima de tudo, enquanto acompanhava no rosto de Maggie o claro fluxo de seu discurso, devia ser o impulso de pegar algo que ela punha à sua frente e que por enquanto ele ainda tinha medo de tocar. Queria tomar liberdades com aquilo, mas tinha de manter as mãos longe – por motivos que já deduzira; e o desconforto de sua privação implorava a ela, saindo pelos olhos com um brilho que anunciava a febre, o frio intolerável do reconhecimento específico. A princesa parecia estar falando mais ou menos também pelo pai, e os olhos dele poderiam estar tentando hipnotizá-la para dar a resposta sem que ele fizesse a pergunta. "*Ele* tinha alguma ideia, e tem agora, contigo, alguma coisa a mais?" – essas eram as palavras que ele precisava se controlar para não dizer e que ela nada faria, por enquanto, para facilitar. Maggie sentia com sua emoção mais aguçada como ele estava tenso e preso, e seu consciente propósito atual de mantê-lo nesse estado podia estar de acordo com essa pena sofrida. Citar o pai dela, em qualquer dessas bases de ansiedade, de compunção, seria fazer a coisa impossível, fazer nada mais e nada menos do que revelar

Charlotte. Visivelmente, palpavelmente, identificavelmente ele ficou longe disso, afastou-se disso como de um abismo percebido de súbito, mas que estranhamente permanecera entre os dois, com tanta coisa, sem ser calculado. Na verdade essa história da confiança deles se alçava gigantesca diante dela. Eles haviam construído e empilhado – baseada como estava nas aparências – sua convicção de que, graças às variadas complacências naturais de Maggie, ela consideraria sempre, até o fim e absolutamente, que estas a estavam poupando. De qualquer modo Amerigo estava tendo a sensação de uma feiura específica a evitar, uma dificuldade específica com a qual contar, que particularmente o encontrava tão despreparado quanto se ele fosse, como sua esposa, uma pessoa abjetamente simples. E enquanto isso, por mais que fosse abjetamente simples, ela estava discernindo ainda mais, para si própria, que, independentemente do que ele pudesse lhe tomar – uma vez que, de seu lado, ela estava lindamente livre –, ele também não poderia, com qualquer objetivo qualitativo, falar o nome de Charlotte. Como esposa de seu sogro, a Sra. Verver se alçava diante deles, por enquanto, numa forma augusta e proibitiva; protegê-la, defendê-la, explicá-la, era, no mínimo, trazê-la para a questão – o que seria o mesmo que trazer o seu marido. Mas esta era exatamente a porta que Maggie não iria abrir para ele; e por tudo isso estava se perguntando no momento seguinte se, assim alertado e embaraçado, ele não estaria praticamente se retorcendo em sua dor. Segundo essa hipótese ele se retorceu mais alguns segundos, uma vez que só então escolheu entre o que poderia e o que não poderia fazer.

– Aparentemente tu estás tirando conclusões imensas a partir de coisas muito pequenas. Será que não sentes, com justiça, que estás golpeando, triunfando, ou o que quer eu possa chamar, de modo fácil demais? Será que não sentes quando admito perfeitamente que me lembro desta tua taça partida? Confesso francamente, agora, que a ocasião aconteceu, e que na época não quis falar contigo a respeito. Nós tivemos duas ou três horas juntos, havíamos combinado isso; *foi* na véspera do meu casamento, no momento em que dizes. Mas isso colocava a coisa na véspera do teu também, minha querida, e este era exatamente o objetivo. Ela desejava encontrar para ti, na última hora, algum pequeno presente de casamento; uma caçada, a alguma coisa para te dar, e ao mesmo tempo possível também segundo outros pontos de vista, na qual eu poderia ser útil. Naturalmente não deverias saber; exatamente porque era tudo *para* ti. Saímos juntos e procuramos; andamos e, como lembro que dissemos, batemos pernas; e foi então, como reconheço livremente, que encontramos esta taça de cristal; que devo dizer, sob palavra de honra, que acho uma pena ter sido tratada assim por Fanny Assingham, por qualquer motivo. – Ele manteve as mãos nos bolsos; virou o olhar de novo, mas agora de modo mais complacente, para as ruínas do recipiente precioso; e Maggie pôde senti-lo exalar na quietude de sua explicação um suspiro longo, profundo, de alívio comparativo. Atrás de tudo, por baixo de tudo, para ele era de algum modo um conforto estar finalmente falando com ela, e Amerigo parecia estar provando a si mesmo que *podia* falar. – Foi numa lojinha em Bloomsbury, acho que eu poderia ir ao lugar agora. O homem falava italiano, pelo que lembro; ele queria se livrar dessa taça. Mas não acreditei no objeto, e nós não compramos.

Maggie ouvira com um interesse que tinha toda a expressão da sinceridade.

– Ah, vocês a deixaram para mim. Mas o que levaram?

Ele a encarou; primeiro como se estivesse tentando lembrar, depois como se talvez estivesse tentando esquecer.

– Nada, eu acho... daquele lugar.

– O que compraram em algum outro, então? O que compraram para mim, uma vez que seu objetivo era um presente de casamento?

O príncipe continuou muito nobremente a pensar.

– Nós não lhe trouxemos nada?

Maggie esperou um pouco; durante algum tempo vinha mantendo o olhar firme sobre ele; mas diante disso desviou-o para os restos sobre a lareira.

– Sim; afinal de contas vocês acabaram me dando a taça. Eu mesmo iria encontrá-la, no outro dia, por um acaso tão maravilhoso; iria encontrá-la no mesmo lugar e o mesmo homenzinho iria me oferecê-la, o mesmo homenzinho que, como dizes, fala italiano. Eu "acreditei no objeto", veja bem, devo ter acreditado instintivamente;

porque comprei assim que vi. Ainda que na época não soubesse o que eu estava comprando *com* ele.

O príncipe deu-lhe, por um instante, visivelmente, a deferência de tentar imaginar o que poderia ter sido.

– Concordo contigo que a coincidência é extraordinária; o tipo de coisa que acontece principalmente em romances e peças. Mas, deves deixar que eu diga, não vejo a importância da conexão...

– De eu ter feito a compra quando vocês não fizeram? – Ela respondera rapidamente; mas de novo, com o olhar nele, teve outro mergulho na ordem de seus próprios pensamentos, à qual, independentemente do que o marido poderia dizer, ela ainda estava ligada. – Não é o fato de eu ter entrado no lugar, depois de quatro anos, que torna a coincidência mais estranha; esse tipo de acaso não acontece facilmente em Londres? A estranheza está no que a compra representaria para mim depois de tê-la trazido para casa, do espanto por ter encontrado um tal amigo.

– "Um tal amigo"? – Certamente seu marido só podia receber isso como um espanto.

– Como o homenzinho da loja. Ele fez por mim mais do que sabia; eu lhe devo isso. Ele sentiu um interesse por mim; e, com tal interesse, lembrou-se da visita de vocês, lembrou-se de ti e falou de ti.

Diante disso o príncipe passou o comentário de um sorriso cético.

– Ah, mas, minha cara, se coisas extraordinárias vêm das pessoas que sentem interesse por ti...

– Nesse caso minha vida deve ser muito agitada? Bom, o vendedor gostou de mim, quero dizer, muito particularmente. É com isso que posso explicar o fato de ter tido notícias dele depois, e na verdade ele me deu hoje, hoje ele me deu isso francamente como seu motivo.

– Hoje? – ecoou o príncipe.

Mas ela foi singularmente capaz de – fora-lhe maravilhosamente "dado", disse ela a si mesma depois – sustentar, para sua luz, para sua pista, sua própria ordem.

– Eu lhe inspirei simpatia, é isso! Mas o milagre foi que ele tivesse a oferecer uma simpatia que me fosse útil. Esta foi realmente a estranheza do acaso de eu ter, em minha ignorância, ido precisamente a *ele*.

Amerigo a viu manter o rumo de tal forma que era como se ele pudesse, na melhor das hipóteses, apenas ficar de lado, olhá-la e deixá-la passar; fez apenas uma vaga demonstração que era como um gesto ineficaz.

– Desculpe falar mal de seus amigos, e a coisa aconteceu há muito tempo; além do que, não havia nada que me fizesse lembrar. Mas recordo que o homem me pareceu uma pequena fera decidida.

Ela balançou a cabeça lentamente – como se, após considerar, isso não estivesse em questão.

– Só posso pensar nele como alguém gentil, uma vez que nada tinha a ganhar. Na verdade só tinha a perder. Foi o que ele acabou me dizendo: que tinha pedido um preço alto demais, mais do que o objeto realmente valia. Havia um motivo específico, que ele não tinha mencionado, e que o fez pensar e entrar em contato. Ele escreveu pedindo que eu o visse de novo, escreveu em tais termos que eu o recebi esta tarde.

– Aqui? – isso fez o príncipe olhar em volta.

– Lá embaixo, na saleta vermelha. Enquanto esperava, ele olhou as fotografias que estão lá e reconheceu duas. Apesar de ter sido há muito tempo, lembrou-se da visita feita pela dama e pelo cavalheiro, e isso lhe deu sua conexão. Também deu a minha, porque ele se lembrou de tudo e me contou tudo. Veja bem, vocês produziram um efeito; só que, diferentemente de ti, ele havia pensado nisso de novo; ele *havia* recordado. Contou-me que vocês quiseram dar presentes um ao outro, mas que isso não aconteceu. A dama ficou muito interessada pela peça que eu havia comprado, mas tu tivestes motivo para não aceitá-la, e estavas certo. Agora, mais do que nunca, ele pensaria isso a teu respeito; veria como tu adivinhastes o defeito e como a taça poderia ser quebrada facilmente. Eu própria a comprara como um presente, ele sabia que eu estava fazendo isso. Foi o que atuou sobre ele; especialmente por causa do preço que eu tinha pagado.

Sua história havia parado um instante; ela continuou trazendo-a em pequenas ondas de energia, cada uma das quais exauria a própria força; de modo que ele teve uma oportunidade de falar antes que essa força se renovasse. Mas o estranho foi o que disse agora:

– E, afinal de contas, qual *foi* o preço?

Ela parou de novo, um pouco.

– Foi alto, certamente, por esses fragmentos. Acho que, olhando para eles, sinto bastante vergonha de dizer.

O príncipe olhou de novo para os pedaços, poderia estar se acostumando à visão.

– Mas pelo menos podes conseguir teu dinheiro de volta?

– Ah, nem de longe eu o quero de volta, sinto que estou recebendo o devido valor. – Com isso, antes que ele pudesse responder, Maggie teve uma transição rápida. – O grande fato com relação ao dia do qual estamos falando me parece ter sido, notavelmente, que nenhum presente me foi dado. Se o objetivo de vocês era esse, pelo menos não foi o que resultou.

– Então não recebeste nada? -- O príncipe parecia vago e grave, quase preocupado retrospectivamente.

– Nada além de desculpas por mãos vazias e bolsos vazios; que me foram dadas (como se isso tivesse alguma importância para mim!), francamente, de modo tão lindo e tocante!

Isso Amerigo ouviu com interesse, mas não com confusão.

– Ah, claro que tu não terias te importado! – Claramente, enquanto ela prosseguia, o príncipe estava se aproveitando ao máximo do mero incômodo de sua retenção; como se percebesse que precisava *sofrer* uma retenção por parte dela agora – antes que os dois saíssem para se mostrar juntos ao mundo –, numa quantidade que, na melhor das hipóteses, não fosse maior do que uma ocasião mal escolhida para uma cena poderia exigir. Olhou o relógio; o tempo todo o compromisso do dia estava à sua frente. – Mas, veja bem, não entendo o que tu tens contra mim...

– Com relação a tudo que estou contando? Ora, o caso inteiro; o caso de vocês terem me enganado com sucesso durante tanto tempo. A ideia de encontrarem alguma coisa para mim, por mais encantador que isso pudesse ter sido, foi o que menos teve a ver com o passeio de vocês naquele momento. O que realmente teve a ver era que vocês *tinham* de fazer isso: não podiam não fazê-lo, uma vez que estavam de novo face a face. E o motivo era que havia muita coisa entre vocês antes, antes que *eu* entrasse entre os dois.

Nesses últimos minutos Amerigo vinha andando de um lado para o outro, sob seu olhar; mas diante disso, como se para controlar qualquer demonstração de impaciência, ele parou de novo.

– Tu nunca me foste mais sagrada do que naquela hora; a não ser, talvez, nesta.

A segurança de sua fala, ela pôde observar, fazia-o manter a cabeça erguida; seu olhar encontrou o de Maggie, durante a declaração, e foi como se algo frio e inimaginável soprasse sobre ela, vindo de longe, saindo da estranha coerência dele. Mas ela manteve sua direção.

– Ah, a coisa que sei acima de tudo é que vocês jamais quiseram nos ofender. Quiseram intensamente não fazê-lo, e as precauções que tiveram de tomar para isso causaram durante muito tempo uma das impressões mais fortes que já recebi. A partir disso, eu acho, foi que eu soube de modo melhor.

– Soube? – repetiu ele após um momento.

– Soube. Soube que vocês eram velhos amigos, e muito mais íntimos do que eu tinha qualquer motivo para supor quando nos casamos. Soube que havia coisas que não me foram contadas; e que deram significado, pouco a pouco, a outras coisas que estavam diante de mim.

– Será que faria diferença, na questão do nosso casamento – perguntou o príncipe –, se tu *tivesses* sabido delas?

Ela se demorou pensando.

– Garanto que não; na questão do *nosso*. – E então, enquanto Amerigo a fixava de novo com seu anseio intenso, que ele não conseguia baixar: – A questão é muito maior do que isso. Tu vês o quanto o que eu sei importa para mim. – Foi isso que agiu sobre ele, essa interação do conhecimento dela, na questão da validade, das várias direções para as quais ele não podia, de algum modo elevado, confiar em que pudesse fingir que estava indo. O que sua afirmação representava para ele; que ele não podia evitar trair, nem que fosse como consequência do efeito da própria palavra, do repetido e distinto "sei, sei", sobre os nervos dele. Ela era capaz de sentir pena dos nervos dele num momento em que Amerigo precisava deles para juntar força, pomposamente, até responsavelmente, sem estar com o coração naquilo; mas não deixaria que isso a impedisse de usar, com toda a economia, uma chance tão preciosa para a suprema clareza. – Eu não forcei isto sobre ti, deves lembrar-te, e provavelmente não teria acontecido se não tivesses entrado.

– Ah, eu acabaria entrando, tu sabes.

– Não achei que virias esta noite.

– E por que não?

– Bom, tu tens muitas obrigações. De diferentes tipos. – Com isso ela recordou o que tinha dito a Fanny Assingham. – E és muito profundo.

Isso produziu nas feições dele, apesar do controle sobre elas, um daqueles rápidos jogos de expressão, a sombra de uma careta, que testemunhava como nenhuma outra a sua nacionalidade.

– És tu, *cara*, que és profunda.

O que, após um instante, ela aceitou. Podia sentir finalmente que era verdade.

– Então terei total necessidade disso.

– Mas o que terias feito – estava perguntando ele nesse momento – se eu não tivesse entrado?

– Não sei. – Ela hesitara. – O que tu farias?

– Ah, *io*; esta não é a questão. Eu dependo de ti. Eu vou em frente. Tu terias falado amanhã?

– Acho que eu teria esperado.

– Esperado o quê?

– Para ver que diferença isso faria para mim. Quero dizer, por minha posse, afinal, do conhecimento verdadeiro.

– Ah!

– A única coisa que me interessa agora, de qualquer modo – prosseguiu ela –, é a diferença, como digo, que isso faz para *ti*. O teu conhecimento, desde o momento em que entraste, era tudo que eu tinha em vista. – E ela falou de novo; ele deveria escutar outra vez. – Tu saberes que eu deixei...

– Que deixaste...? – Com a pausa, de fato, ela praticamente o obrigara a pressioná-la.

– Ora, de ser quem eu era. De *não* saber.

Esta foi mais uma ocasião, depois de um tempo, em que ele teve de ficar receptivo; mas o efeito singular disso foi que ainda havia algo semelhante, do qual ele foi levado a sentir falta. Teve outra hesitação, mas finalmente essa quantidade estranha se revelou.

– Então mais alguém sabe?

Era o mais próximo possível que ele podia chegar de citar o pai de Maggie, e ela o manteve nessa distância.

– Alguém...?

– Quero dizer, alguém além de Fanny Assingham.

– Imagino que tu já terias meios particulares de saber. Não sei por que perguntas.

Então, após um instante – e apenas após um instante, como ela viu –, Amerigo entendeu o que ela queria dizer; e isso deu a Maggie, estranhamente, a luz ainda mais clara de que Charlotte, por si mesma, sabia tão pouco quanto ele soubera. A visão pairou durante uns poucos segundos diante dessa luz – a visão dos outros dois sozinhos em Fawns, e Charlotte, como um deles, precisando seguir tateando, sempre sem saber e sem saber! A imagem saltou ao mesmo tempo com toda a sua cor essencial – a da tão possível identidade da motivação e dos princípios de seu pai com os dela. *Ele* era "profundo", como dizia Amerigo, de modo que nenhuma vibração do ar imóvel deveria alcançar sua filha; assim como ela obtivera essa descrição tornando e, por sinal, pretendendo ainda tornar sua lei suprema todo o cuidado pela serenidade dele, ou pelo menos pela firme concha externa da dignidade dele, toda em esmalte magnífico. Ainda mais estranhamente do que todo o resto, seu marido pareceu falar agora apenas para ajudá-la nessa tarefa.

– Eu não sei nada, além do que me contaste.

– Então eu te contei tudo que pretendia. Descobre o resto...!

– Descobrir...? – Amerigo esperou.

Maggie ficou parada à frente dele por um momento – foi preciso esse tempo para prosseguir. Profundeza após profundeza de sua situação, enquanto ela o encarava, emergia e afundava dentro dela; mas de algum modo com o efeito, mais uma vez, de que mais a levantavam do que a deixavam cair. A princesa tinha os pés em algum lugar, o tempo todo – era o seu companheiro, absolutamente, que estava no mar. E Maggie manteve os pés; apertou-os contra o que havia embaixo. Foi até a campainha ao lado da chaminé e deu um toque que poderia ser considerado apenas uma convocação à empregada. Isso parou tudo por enquanto; era uma sugestão para que ele se vestisse. Mas ela precisou insistir.

– Descobre sozinho!

Parte V

1

Após o pequeno grupo ter-se constituído de novo em Fawns – coisa que demorara cerca de dez dias para acontecer – Maggie naturalmente sentia-se ainda mais de posse, em espírito, de tudo que acontecera ultimamente em Londres. Havia uma expressão que lhe vinha dos velhos tempos na América: ela estava, segundo essa expressão, se esbaldando – sabia disso pelo constante latejar desse sentimento de posse, que era quase violento demais para reconhecer ou esconder. Era como se tivesse saído – esta era sua consciência mais geral – de um túnel escuro, uma floresta densa, ou até simplesmente de um cômodo enfumaçado e que portanto, para continuar, tinha ao menos a vantagem do ar nos pulmões. Era como se estivesse finalmente colhendo os frutos da paciência; ela fora realmente mais paciente do que soubera na época, ou então por mais tempo: a mudança trouxe uma grande diferença de visão, como a mudança de dois centímetros na posição de um telescópio. Na verdade o telescópio tivera o alcance aumentado – assim como seu perigo estava em se expor à observação, pelo uso mais encantado, e portanto mais imprudente, desse recurso óptico. Sua regra de ouro era não mostrá-lo em público, sob qualquer provocação; mas as dificuldades da duplicidade não tinham se encolhido, ao passo que a necessidade da mesma havia-se duplicado. O embuste, que ela tanto praticara com o pai, fora uma questão comparativamente mais simples baseada na mera dúvida; mas o terreno a ser coberto agora era muito maior, e ela sentia-se não muito diferente de alguma jovem atriz que, contratada para um pequeno papel na peça e tendo dominado as falas com esforço ansioso, via-se subitamente promovida a um papel principal e devendo aparecer em todos os cinco atos.

Naquela última noite Maggie revelara ao marido boa parte do seu "conhecimento"; mas era exatamente essa quantidade que agora ela sabia que, desde o momento em que só podia dissimulá-lo, fazia aumentar a responsabilidade e a transformava *totalmente* na simples questão de ter algo precioso e precário sob sua guarda. Não havia quem pudesse ajudá-la com isso – nem mesmo Fanny Assingham; uma vez que a presença dessa boa amiga havia se tornado, inevitavelmente, com aquele clímax da última conversa em Portland Place, uma função tremendamente simplificada. Maggie tivera um uso para ela, ah, sim, mil vezes; mas dali em diante isso podia consistir apenas em não tocar visivelmente de modo algum – certamente, pelo menos com Maggie – no assunto que tinham discutido. Ela estava ali como um grande valor, mas como um valor apenas para a clara negação de tudo. Fanny era exatamente o sinal geral de uma beatitude sem par – e estaria à altura desse caráter um tanto árduo, pobre coitada, como pudesse. Se fosse necessário, poderia em particular afastar-se do mesmo com Amerigo ou com Charlotte – apenas não poderia, claro, jamais, sequer por uma piscada de um olho, com o dono da casa. Tais lapsos seriam problema dela, neles Maggie nem podia pensar. Enquanto isso, deve-se dizer, Fanny não traía essa hesitação para a sua jovem amiga; de modo que, desde o momento em que surgiu à porta com o coronel, tudo seguiu entre elas como um discurso combinado. O que a Sra. Assingham fizera, naquela última noite no quarto de Maggie, senão colocar marido e mulher mais juntos do que, aparentemente, eles jamais tinham estado? Portanto que indiscrição ela não deveria mostrar tentando ir além da grandiosa aparência de seu sucesso? – o que seria cortejar a dúvida de seu trabalho beneficente. Assim, ele conhecia apenas harmonia e uma paz difusa, inquieta – uma paz extravagante, cara, agressiva, não incongruente, afinal de contas, com a sólida calma do lugar; uma espécie de *pax Britannica* usando elmo e tridente.

A paz, deve-se acrescentar, havia se tornado, com o passar dos dias, uma paz geralmente animada e povoada – graças à presença de "companhias" em que a capacidade de Maggie para preservar uma aparência aprendera, desde tanto tempo, a encontrar seus melhores recursos. Não era oculto, na verdade era notável, que agora mesmo esse recurso parecia atender no mais alto grau a necessidade de todo mundo: como se todo mundo estivesse, pela multiplicação de objetos humanos na cena, pela criação, pela confusão, de questões fictícias, esperando escapar da percepção dos outros. Na verdade isso chegara ao ponto em que o seio coletivo poderia estar arfando com o conhecimento do desembarque em costas adjacentes, por um curto período, da Sra. Rance e das Lutch, ainda unidas, e ainda tão divididas, para a conquista: o sentimento do grupo parecia ao menos, estranhamente, favorável à ideia da mudança interessante que algum próximo "fim de semana" poderia obter com o reaparecimento delas. Isso mediu para Maggie o terreno que todos tinham percorrido juntos desde aquela tarde não esquecida do ano não muito distante, daquele determinado domingo de setembro em que, sentada com seu pai no parque, como se comemorando o clímax ao mesmo tempo de sua ordem e de seu perigo antigos, ela lhe propusera "chamar" Charlotte – chamá-la assim como um especialista pode ser convocado à cadeira de um inválido. Não seria isso o sinal de algo portentoso, o fato de estarem prontos a receber, como se para diversão, as um dia desprezadas Dotty e Kitty? Na verdade isso já tivera sua aplicação no convite que ela fizera de novo aos Castledean e vários outros membros da histórica semana em Matcham, feito antes que ela deixasse a cidade, e feito, sempre coerentemente, com uma ideia – uma vez que ela jamais se aproximaria novamente dessas pessoas sem uma ideia, e uma vez que esse elemento sinistro do relacionamento crescia para ela a cada ocasião. A chama com que essa ideia queimava de novo naqueles dias em especial, o modo como essa ideia erguia a tocha para qualquer coisa, para tudo que *pudesse* ter ocorrido como o clímax de diversões que brotavam de tradições tão vivas – isso em si justificava seu motivo particular e reconsagrava sua diplomacia. Ela já produzira, com a ajuda dessas pessoas, o efeito que procurava – o de ser "boa" em qualquer coisa que seus companheiros fossem bons, e de não pedir a qualquer deles que abrisse mão de qualquer outro ou de qualquer coisa por ela. Além do mais, francamente, havia nisso uma agudeza que lhe agradava; dava uma ênfase à verdade que ela queria ilustrar – a verdade de que a superfície de sua vida recente, semeada com a flor do empenho mais sério, com cada forma do inabalável e do indubitável, não sofreu o sintoma de ficar sendo visível em nenhum lugar. Era como se, sob sua pressão, nenhuma das partes pudesse se livrar da cumplicidade – como poderia ser imaginada – da outra; como se, numa palavra, ela visse Amerigo e Charlotte comprometidos, por medo de traição de seu próprio lado, com uma espécie de coerência débil com relação ao assunto do "cenário" de lady Castledean, e este último grupo, do mesmo modo, compelido a assistir a declarações cuja extensão e direção eles não conseguiam captar e que os deixava, apesar da animação hereditária, um pouco perplexos e até mesmo um pouco amedrontados.

Mesmo assim eles foram a Fawns, pelo número, pelo movimento, pelo som – representavam seus papéis durante uma crise que poderia ter pairado para eles, nos longos corredores da casa antiga, ao modo de um fantasma estabelecido, sentido através das horas escuras como uma possibilidade constante, em vez de tê-los ameaçado na forma de um tédio diurno, de um dos estranhos que poderiam ser encontrados na sala de estar ou que poderiam sentar-se ao lado durante o jantar. Além disso, se falhara em seu uso oculto de boa parte da máquina da diversão, mesmo assim a princesa teria um sentimento que não deixava de ser simpático com relação à vantagem extraída da mesma pela filosofia machucada de Fanny Assingham. A relação desta boa amiga com a diversão era na verdade a revanche, pelo que dava suficientemente a entender, de seu lustro obscuro em Matcham, onde ficara muito menos à vontade do que a maioria dos outros. Em Fawns ela soube disso, através da floresta cerrada do tom correto, positivamente melhor do que ninguém, Maggie podia notar para ela; e sua vingança tinha a magnanimidade de apontar corajosamente para todo mundo, um apoio maravilhoso e irresistível, consciente, quase compassivo. Aqui havia uma casa, a Sra. Assingham fez com que fosse triunfantemente notado, onde ela estava tão cheia de valores que alguns deles poderiam servir, por causa de sua divertida disponibilidade para compartilhar, para aqueles convidados temporariamente vazios, para alguns dos levemente desconcertados a ponto de ter perdido a chave dos seus próprios. Podia ser visto em parte como efeito dessa tensão especial de comunidade com a velha amiga o fato de Maggie se ver, numa noite, levada a retomar a abandonada objetividade de referência entre as duas. Elas tinham ficado no andar de baixo até tarde; as outras mulheres do grupo haviam subido, sozinhas ou em duplas, a "grande" escadaria onde, do saguão igualmente grandioso, essas retiradas e avanços sempre podiam ser agradavelmente observados; os homens aparentemente tinham ido para a sala de fumar; enquanto a princesa, de posse de um raro alcance de visão, havia se demorado como se para desfrutá-lo. Então viu que a Sra. Assingham estava ficando um pouco – e como se para a apreciação de seu desfrute; e depois disso elas ficaram se olhando por cima da perspectiva liberada até que Fanny, apenas vagamente expressiva e hesitante, aproximou-se. Era como o ato de perguntar se havia algo que ainda podia fazer, e essa pergunta foi respondida quando sentiu imediatamente, nessa visão mais próxima, o que sentira ao se apresentar em Portland Place depois das últimas convocações ansiosas de Maggie. A compreensão das duas era tomada por esses novos momentos fugazes quando a ocasião permitia.

– Ele jamais disse a ela que eu sei. Com isso, pelo menos, estou satisfeita. – E então, quando a Sra. Assingham arregalou os olhos: – Eu estava no escuro desde que chegamos, sem entender o que ele vem fazendo ou pretendendo; sem deduzir o que pode ter-se passado entre os dois. Mas dentro de um ou dois dias comecei a suspeitar, e esta noite, por vários motivos (ah, demasiados para te contar!), tive certeza, uma vez que isso explica. *Nada* se passou entre eles, foi o que aconteceu. Isso explica – repetiu a princesa com energia –, isso explica! – Ela falava de um modo que sua ouvinte descreveria depois ao coronel, estranhamente, como o da empolgação mais calma; tinha se virado para a lareira, onde, em homenagem a um dia úmido e a uma noite fria, os troncos empilhados haviam-se transformado em chamas e afundado em cinzas; e a evidente ansiedade de sua visão pelo fato que compartilhava fez com que Fanny Assingham esperasse mais palavras. Esse fato impressionante explicava ainda mais do que sua companhia, ainda que pudesse engolir de uma só vez, consciente, razoavelmente e com boa vontade. Mas a princesa, como se por indulgência de confiança, rapidamente encheu o pote: – Ele não lhe disse que eu sei. E, claramente, não pretende fazê-lo. Ele se decidiu; não vai dizer nada.

Portanto, como não pode chegar ao conhecimento sozinha, ela não tem ideia do quanto eu realmente sei. Ela acredita e, segundo sua convicção, ela *sabe* que não tenho conhecimento de nada. E isso, de algum modo, parece me ajudar imensamente.

– Imensamente, minha querida! – murmurou a Sra. Assingham como se aplaudisse, ainda que, por enquanto, sem exatamente ver tudo. – Então ele está quieto de propósito?

– De propósito. – Os olhos de Maggie se iluminaram, pelo menos olharam para mais longe do que já haviam olhado. – Agora ele *nunca* irá contar.

Fanny pensou; olhou em volta; acima de tudo, admirava sua pequena amiga, em quem esse anúncio era evidentemente iluminado por uma lucidez heroica. Ficou ali parada, com seu uniforme inteiro, como um pequeno e ereto comandante de um cerco, um capitão ansioso que subitamente recebera notícias, repletas de importância para ele, de agitação, de divisão. Essa importância soprou sobre a amiga.

– Então está tudo bem?

– Ah, *tudo* é um pouco demais para dizer. Mas pelo menos acho que vejo, como não via antes, onde estou nisso.

Fanny meditou longamente; havia ali um ponto que fora deixado vago.

– E tu ficaste sabendo isso com *ele*? Seu marido mesmo te disse?

– "Disse"...?

– Ora, isto que estás falando. Não é a partir de uma afirmação dele que falas?

Diante disso Maggie continuou a encará-la.

– Minha querida, não. Supões que eu lhe pedi uma confirmação?

– Ah, não pediste? – Sua companheira sorriu. – Foi isso que supus que havias dito. Então, querida, o que tu lhe...

– O que eu lhe pedi? Não pedi nada.

Mas isso, por sua vez, fez com que Fanny a encarasse.

– Então nada se passou entre vocês naquela noite do jantar na embaixada?

– Pelo contrário, passou-se tudo.

– Tudo...?

– Tudo. Eu lhe disse o que sabia; e lhe disse como soube.

A Sra. Assingham esperou.

– E foi só isso?

– Não foi o bastante?

– Ah, meu amor – empertigou-se ela –, tu é que tinhas de julgar isso!

– Então eu julguei. Julguei realmente. Fiz questão de que ele entendesse. Depois deixei-o sozinho.

A Sra. Assingham pensou.

– Mas ele não explicou...?

– Explicou? Graças a Deus, não! – Maggie jogou a cabeça para trás como se tivesse horror do pensamento; depois, no momento seguinte, acrescentou: – E eu também não.

A decência do orgulho naquilo espalhou uma pequena luz fria – mas como se de uma altura em cuja base sua companheira praticamente ofegava.

– Mas ele não nega nem confessa...?

– Ele faz o que é mil vezes melhor: deixa isso de lado. Ele faz o que *faria*; como agora vejo que tinha certeza de que ele faria. Ele *me* deixa em paz.

Fanny Assingham examinou isso.

– Então, como sabes tanto onde, como dizes, tu "estás"?

– Ora, simplesmente *por* isso. Eu o coloquei de posse da diferença; a diferença feita, em mim, pelo fato de que, afinal de contas, eu não era (ainda que com uma oportunidade maravilhosa, admiti, me ajudando) estúpida demais para chegar ao conhecimento. Ele precisou ver que estou mudada, muito diferente da ideia que há tanto tempo ele fazia a meu respeito. Então tornou-se uma questão de ele realmente aproveitar a oportunidade; e agora vejo que está fazendo isso.

Fanny acompanhou como pôde.

– Coisa que ele demonstra, como dizes, deixando-te em paz?

Maggie a encarou durante um minuto.

– E deixando-*a*.

A Sra. Assingham fez o possível para receber isso – mas um pouco contida por um pensamento que era a abordagem mais próxima que poderia ter, nesse ar quase amplo demais, de uma inspiração.

– Ah, mas Charlotte deixa-*o*?

– Ah, isso é outra coisa, com a qual eu não tenho praticamente nada a ver. Mas ouso dizer que não. – E a princesa teve um olhar mais distante para a imagem evocada pela pergunta. – Na verdade não vejo bem como ela *pode*. Mas para mim o importante é que ela entende.

– Sim – Fanny Assingham demonstrou surpresa –, entende...?

– Ora, o que eu quero. Quero uma felicidade sem qualquer fenda de tamanho suficiente para se enfiar um dedo.

– Uma superfície brilhante, perfeita, pelo menos para começar. Sei.

– A taça de ouro, como *deveria* ter sido. – E Maggie meditou nessa figura obscurecida. – A taça com toda a felicidade dentro. A taça sem uma rachadura.

Também para a Sra. Assingham a imagem tinha uma grande força, e o objeto precioso brilhou de novo diante dela, reconstituído, plausível, apresentado. Mas ainda não faltava um pedaço?

– Mas se ele te deixa em paz e se tu o deixas...?

– Queres dizer, será que isso não pode ser notado? Será que isso não pode nos revelar? Bom, esperamos que não, tentamos fazer com que não, tomamos um cuidado enorme. Somente nós sabemos o que há entre nós, nós e ti; e tu, precisamente, não ficaste espantada, desde que estamos aqui, com a demonstração tão boa que estamos dando?

Sua amiga hesitou.

– Para o teu pai?

Mas isso a fez hesitar também; ela não falaria diretamente do pai.

– Para todo mundo. Para *ela*; agora que tu entendes.

Isso deixou a pobre Fanny de novo espantada.

– Para Charlotte, sim: se há tanta coisa por baixo, para ti, e se tudo isso é um tal plano. Isso faz com que o plano se mantenha inteiro; faz com que *tu* te mantenhas inteira. – Ela praticamente exalou sua admiração. – Não te pareces com ninguém; és extraordinária.

Maggie recebeu isso com apreciação, mas com reserva.

– Não, não sou extraordinária. Mas *sou*, para todo mundo, quieta.

– Bom, é exatamente isso que é extraordinário. "Quieta" é mais do que *eu* sou, e tu me deixas muito para trás. – Com isso, de novo, por um instante, a Sra. Assingham francamente pensou. – "Agora que eu entendo", tu dizes. Mas há uma coisa que não entendo. – E no minuto seguinte, enquanto sua companheira esperava, ela mencionou: – Como Charlotte, afinal de contas, não o pressionou, não o atacou com relação a isso? Como ela pode não lhe ter perguntado, sob a palavra de honra dele, se tu sabes?

– Como ela pode "não" ter perguntado? Ora, claro que ela *deve* ter perguntado – disse a princesa limpidamente.

– Bom, então...?

– Bom, então, tu achas, ele deve ter contado? Ora, exatamente o que eu quis dizer é que ele não terá feito nada do tipo; como eu digo, ele terá afirmado exatamente o contrário.

Fanny Assingham avaliou isso.

– Diante do apelo direto dela à verdade?

– Diante do apelo direto dela à verdade.

– Do apelo à palavra de honra dele?

– Do apelo à palavra de honra dele. É exatamente o que quero dizer.

Fanny Assingham questionou:

– Pela verdade dele com relação a *ela*?

– Dele com relação a qualquer um.

O rosto da Sra. Assingham se iluminou.

– Ele simplesmente, insistentemente, terá mentido?

Maggie devolveu:

– Ele simplesmente, insistentemente, terá mentido.

Isso de novo manteve imóvel a companheira, mas em seguida, com um simples movimento, girando o pescoço, esta ficou agitada.

– Ah, se soubesses como me ajudas!

Maggie gostaria de que ela entendesse, na medida do possível; mas não fora lenta em ver em seguida como, pensando bem, a possibilidade era limitada por mistérios que ela não revelaria. Essa incapacidade não era notável, ainda mais porque a própria princesa, como vimos, apenas agora estava numa posição de alardear que havia tocado o fundo. Maggie vivia, por dentro, numa consciência que podia revelar apenas parcialmente até mesmo para uma amiga tão boa, e sua visita a essa vastidão maior, por sinal, ainda estava acontecendo. Mas esses recessos de sua imaginação tinham sido ainda mais sombrios – isto, sem dúvida, era o que podia ser dito deles. Ela olhara dentro deles, na véspera de deixar a cidade, quase sem penetração: descobrira naquelas horas, e também, em verdade, durante os dias que vieram em seguida, pouco mais do que a estranheza de uma relação que tinha como marca principal – fosse para ser prolongada ou não – a ausência de qualquer resultado "íntimo" para a crise que convidara o marido a reconhecer. Os dois haviam enfrentado a crise de novo, face a face, muito brevemente, na manhã após a cena no quarto dela – mas com a estranha consequência de Maggie ter parecido meramente deixar tudo nas mãos dele. Amerigo recebera isso dela como poderia ter recebido um molho de chaves ou uma lista de pedidos – atento às instruções sobre as mesmas, mas por enquanto somente colocando-as, muito cuidadosa e seguramente, no bolso. As instruções tinham parecido, dia a dia, fazer muito pouca diferença no comportamento dele – isto é, em sua fala ou seu silêncio; produziam, por enquanto, muito pouco do fruto da ação. Numa palavra: ele recebera imediatamente, antes de ir se vestir para o jantar, tudo que ela tinha a dar – depois, de manhã, pedira mais, como se ela pudesse renovar seu suprimento durante a noite; mas ele tivera sob seu comando, com este último objetivo, um ar de extraordinário distanciamento e discrição, um ar que na verdade significava um apelo que, se ela pudesse se obrigar a descrevê-lo vulgarmente, teria descrito como frio, assim como ele teria descrito o mesmo em outra pessoa como "descarado"; uma sugestão de que ela podia confiar nele nesse terreno específico, uma vez que não confiava no geral. Nem sua fala nem seu silêncio pareceram mais ou menos significativos a ela, sob essa pressão, do que tinham parecido significar nas semanas passadas; mas se o sentimento de Maggie não tivesse sido totalmente fechado a qualquer possibilidade de Amerigo feri-la, ela poderia ter considerado seus modos inalterados, a perfeição de sua aparência de ter-se recuperado, como uma daquelas intenções de alta impertinência com a ajuda da qual grandes pessoas, *les grands seigneurs*,* pessoas da classe e do tipo de seu marido, sempre sabiam restabelecer uma ordem violada.

Era sua única boa sorte poder sentir assim que tal impertinência – pelo menos para *ela* – não estava entre as artes em que ele se propunha a lançar; porque apesar de ele, de um modo quase mistificador, não ter respondido nada, negado nada, explicado nada, se desculpado por nada, de algum modo dera a entender que isso não era por causa de alguma determinação de tratar seu caso como se não "valesse" essa reação. Houvera consideração, em ambas as ocasiões, no modo como ele a ouvira – ainda que ao mesmo tivesse havido extrema reserva; uma reserva, como também seria lembrado, realmente qualificada pelo fato de que, na segunda e mais curta conversa, em Portland Place, e praticamente no fim da mesma, ela o imaginara positivamente propondo-lhe uma acomodação temporária. Tinha sido algo nas profundezas dos olhos que o príncipe finalmente fixou nela, e Maggie encontrara nisso, quanto mais pensava a respeito, o esboço tacitamente oferecido de um arranjo em progresso. "Deixa-me minha reserva, não a questiones; é tudo que tenho agora, não vês? De modo que, se me fizeres a concessão de me deixar sozinho com isso pelo tempo que eu necessitar, prometo-lhe alguma coisa, crescida sob a cobertura disso, mesmo que eu ainda não saiba o que, em troca de tua paciência." Maggie se virara para longe dele tendo no ouvido essas palavras não ditas; e de fato *precisou* representar para si mesma que espiritualmente as ouvira, tinha de ouvi-las de novo, para explicar sua paciência particular diante do fracasso particular do marido. Ele nem mesmo fingira enfrentar por um instante a questão levantada por Maggie, da ignorância dela, aceita, a respeito do ponto no tempo, do período antes de seu casamento, do qual datava a intimidade dele com Charlotte. Como uma ignorância na qual ele e Charlotte estavam particularmente interessados – e ao ponto de cada um proteger consumadamente, durante anos, o interesse do outro –, como uma condição assim imposta sobre ela, o fato de ter cessado poderia ter tornado essa

*Nobreza.

condição, no ato, o primeiro artigo da defesa dele. Mas Amerigo havia concedido apenas seu melhor olhar de consideração adiada. Esse tributo ele pagara friamente, e a própria Maggie poderia ter ficado estupefata, se não tivesse algo a que se agarrar, com sua capacidade atual, até mesmo provisória, de aceitar um capítulo da história na qual apenas há uma semana não seria capaz de mergulhar sem um arrepio mortal. No ritmo em que vivia, ela estava se acostumando hora a hora a essas extensões de visão; e quando se perguntava, em Fawns, a que única observação dela própria, em Londres, o príncipe tivera uma afirmação a opor, simplesmente não conseguia focalizar a pequena mulher tensa daqueles momentos como alguma ofegante dançarina numa coreografia difícil cabriolando, diante das luzes da ribalta num teatro vazio, para um espectador acomodado num camarote.

Sua melhor compreensão do sucesso de Amerigo em não se comprometer era a lembrança, enquanto isso, das perguntas que ele fizera na única vez em que voltaram ao assunto, e cuja volta na verdade ele provocara explicitamente para poder fazer. Ele repassara de novo com Maggie o incidente nitidamente notável de sua conversa em casa com o homenzinho da loja de Bloomsbury. De modo não de todo surpreendente, esse acontecimento exigira para o príncipe uma narração mais direta, e a atitude dele diante da mesma representara mais uma vez sua abordagem mais próxima de um interrogatório. A dificuldade com respeito ao homenzinho fora devido ao motivo dele – seu motivo para escrever, primeiro, no espírito de retratação, para uma dama com quem fizera uma barganha extremamente vantajosa, e depois em visitá-la para que suas desculpas fossem pessoais. Maggie sentira que a explicação tinha sido fraca; mas esses eram fatos, e ela não podia dar outros. Deixado sozinho, após a transação, com o conhecimento de que a jovem comprara o objeto como presente de aniversário para o pai – uma vez que Maggie confessou livremente ter conversado com ele quase como com um amigo –, o vendedor da taça de ouro agira com um escrúpulo raro em vendedores de qualquer classe, e quase sem precedentes nos frugais filhos de Israel. O homem não gostara do que tinha feito, e do que acima de tudo fizera tão bem; diante do pensamento na boa-fé e na presença encantadora da moça, em oposição àquela falha na aquisição que iria torná-la, realmente, como uma oferenda ao pai amado, uma coisa de significado sinistro e efeito maligno, ele tivera visitas da consciência, visitas da superstição, dera passagem a um capricho muito mais notável para sua mente comercial, sem dúvida, por jamais tê-lo perturbado em outras situações. Maggie reconhecera a estranheza de sua aventura e deixara que esta revelasse o que era. Não estivera inconsciente, por outro lado, de que se isso não tivesse tocado Amerigo tão de perto ele teria encontrado matéria para alguma reflexão divertida. Ele havia pronunciado um som extraordinário, algo entre um riso e um uivo, quando ela disse, como fez questão de dizer:

– Ah, certamente, ele me *contou* que o motivo foi ter "gostado" de mim! – ainda que a princesa permanecesse em dúvida se esse comentário inarticulado fora provocado mais pelas familiaridades que oferecera ou pelas que, ditas assim, ela tivera de suportar. O fato de o parceiro de sua barganha ter desejado vê-la de novo, de ele ter claramente saltado diante de um pretexto para fazê-lo, isso também ela expressou francamente ao príncipe, que não demorou a deduzir sem qualquer esnobismo ou escândalo, mas sim num espírito sinceramente apreciativo e agradecido. Ele desejara seriamente devolver-lhe parte do dinheiro, e ela se recusara totalmente a receber; e então o homenzinho falara de sua esperança de que, pelo menos, ela ainda não tivesse dedicado a taça de cristal ao belo objetivo que, de modo tão gentil e afortunado, Maggie lhe revelara. Não era uma coisa para ser dada de presente a uma pessoa de quem ela gostasse, porque ela não gostaria de dar um presente que traria má sorte. Isso o vendedor pensara – de modo que não pôde descansar, e iria sentir-se melhor se contasse. O fato de tê-la levado a agir em ignorância era o que deveria envergonhá-lo; e, sendo uma dama graciosa, se ela o perdoasse por todas as liberdades que ele tomara, a princesa poderia dar qualquer uso à taça, menos aquele.

Foi depois disso que ocorrera o incidente mais extraordinário de todos – ele apontou para as duas fotografias observando que conhecia aquelas pessoas, e que, de modo ainda mais espantoso, as conhecera, anos antes, exatamente a propósito do mesmo artigo. A dama, naquela ocasião, pensara em dá-lo de presente ao cavalheiro, e o cavalheiro, adivinhando e se desviando inteligentemente, declarara que de modo algum receberia um objeto sob tal suspeita. O próprio homenzinho confessara que não teria se importado – com relação a *eles*; mas jamais se esquecera da conversa ou dos rostos, da impressão deixada pelos dois, e, se ela realmente queria saber, agora, o que talvez mais o tivesse impressionado era a ideia de que ela ficasse, sem saber, com uma coisa que não era boa para outros compradores. Ele ficara imensamente impressionado – este era outro ponto importante – com esse acidente de os dois serem, depois de tanto tempo, também amigos dela. O homem havia ruborizado, ficado realmente vermelho, com o reconhecimento, com toda a sua responsabilidade – declarara que a conexão devia ter, misteriosamente, algo a ver com o impulso ao qual obedecera. E para o marido, enquanto ele ficava novamente parado à sua frente, Maggie não fizera segredo do choque recebido de modo tão súbito e violento. Ela fizera o máximo para não se revelar, mesmo enquanto recebia tudo aquilo na cara; mas não responderia – não, não faria isso – pelo que pudesse, em sua agitação, fazer o informante pensar. Ele poderia pensar o que quisesse – houvera três ou quatro minutos em que, enquanto lhe fazia uma pergunta após a outra, ela sem dúvida se importara muito pouco. E ele tinha falado abertamente de suas lembranças; tinha falado, ah, com deleite, dos "termos" em que os visitantes pareciam estar um com relação ao outro, e na verdade da convicção sobre a natureza e o grau da intimidade que, apesar das precauções, eles não tinham podido evitar que ele percebesse. O homenzinho observara, julgara e não se esquecera; tivera certeza de que eram pessoas importantes, mas não, ah, não, claramente não tinha "gostado" deles como gostara da *signora principessa*. Certamente (ela não criara qualquer imprecisão com relação a isso) ele ficara sabendo seu nome e endereço, para mandar a taça e a conta. Mas com relação aos outros o vendedor apenas, sempre, ficara pensando – tinha certeza de que jamais voltariam. E quanto à ocasião da visita, podia situá-la, certamente, num determinado dia – por conta de uma transação importante, registrada em seus livros, que ocorrera algumas horas depois. Resumindo, ele a deixara definitivamente regozijando pelo fato de compensá-la por não ter sido totalmente correto no pequeno negócio dando-lhe, de modo tão inesperado, o serviço dessa informação. Além disso, a alegria dele foi – por mais que Amerigo não aceitasse! – uma questão do interesse pessoal com que a gentileza de Maggie, sua graça, sua presença encantadora, sua humanidade e familiaridade tranquilas, o haviam inspirado. Tudo isso, enquanto, em pensamento, Maggie repassava vezes sem conta – ah, repassava qualquer aspereza imputável de sua paixão e sua dor imediatas, bem como o resto da história direta que ela, afinal de contas, havia contado –, poderia concebivelmente estabelecer um enorme quebra-cabeça para o príncipe resolver.

Enquanto isso, após os Castledean e os que foram convidados para encontrá-los terem ido embora, e antes de a Sra. Rance e as Lutch terem vindo, houve três ou quatro dias durante os quais ela descobriria toda a extensão de sua necessidade de não ser penetrável; e foi então que sentiu toda a força e se lançou a toda a ajuda da verdade que confessara, várias noites antes, a Fanny Assingham. Maggie soubera disso adiantadamente, alertara a si própria com relação a isso enquanto a casa estava cheia: Charlotte tinha para a enteada desígnios de uma natureza mais conhecida dela própria, e só estava esperando a melhor oportunidade para se encontrarem com menos companhia. Essa consciência estivera exatamente no fundo do desejo de Maggie de multiplicar os espectadores; para ela havia momentos, certamente, momentos de adiamento planejado, de evasão pouco menos disfarçada do que estudada, durante os quais examinava ansiosa os diferentes modos – uma vez que havia dois ou três possíveis – com que sua madrasta poderia, segundo a necessidade, atuar sobre ela. O fato de Amerigo não lhe ter "contado" a conversa com a esposa dava, para Maggie, um aspecto totalmente novo da consciência e da condição de Charlotte – um aspecto que, com apreensão, com espanto, e em alguns momentos até mesmo, de modo bastante inconsequente, com algo parecido à compaixão, a princesa tinha de considerar. Ela se perguntava – uma vez que era capaz disso – o que ele *pretendera* ao manter a pessoa que compartilhava sua culpa no escuro com relação a uma coisa que a tocava tão de perto; isto é, o que ele pretendera para aquela personagem inconfundivelmente mistificada. Maggie podia imaginar o que Amerigo pretendera para *ela* – todo tipo de coisas pensáveis, fossem coisas de mera "forma" ou coisas de sinceridade, coisas de piedade ou coisas de prudência: ele pretendera, por exemplo, com toda a probabilidade, primariamente afastar qualquer aparência de uma mudança de relacionamento entre as duas mulheres, uma vez que seu sogro poderia perceber e entender. Mas para ele estaria aberto, dado o tom de sua intimidade, evitar esse perigo através de algum caminho mais concebível com Charlotte; uma vez que um alerta mais sério, na verdade, toda a liberdade do alarme, o de ele insistir com ela sobre o perigo de suspeitas, e sobre a importância, assim, de uma paz externa a qualquer preço, teria sido realmente o caminho mais concebível. Em vez de alertar e aconselhar, ele a tranquilizara e enganara; de modo que nossa jovem, que desde há muito, pelo hábito de sua natureza, estivera bastante de guarda contra sacrificar os outros como se sentisse que a grande armadilha da vida fosse feita principalmente para fazermos isso, agora se via ligando sua fantasia a esse lado da situação do par exposto que envolvia, pelo menos para eles, o sacrifício da pessoa menos afortunada.

No presente ela nunca pensava no que Amerigo poderia estar pretendendo, sem refletir, do mesmo modo, que, qualquer que fosse essa quantidade, ele a estava deixando ainda mais para a engenhosidade dela. Ele a estava ajudando, quando a coisa estivesse sob teste, apenas pela superfície polida, talvez quase polida demais, de seus modos para com a esposa diante de um mundo admirador; e isso, certamente, destinava-se a pouco mais do que o elogio da diplomacia negativa. Ele estava mantendo suas maneiras corretas, como ela relatara à Sra. Assingham; o caso estaria além de qualquer cálculo, realmente, se, acima de tudo, ele o permitisse seguir de modo errado. Maggie tinha horas de exaltação quando o significado disso tudo lhe vinha como um voto tácito, da parte dele, de obedecer sem perguntas qualquer coisa que ela pudesse conseguir ou achar adequado prescrever. Era então que, ao mesmo tempo em que prendia o fôlego pelo espanto, ela realmente sentia-se quase capaz de qualquer coisa. Era como se tivesse passado, num tempo incrivelmente curto, de ser nada a ser tudo para ele; era como se, observado de modo correto, cada movimento da cabeça dele, cada tom de sua voz, naqueles dias, *pudesse* significar que havia apenas um modo pelo qual um homem orgulhoso reduzido à abjeção poderia se comportar. Durante aquelas vigílias de Maggie, quando essa visão parecia mais ampla, a imagem de seu marido mostrava uma beleza por cuja revelação ela se via pagando pouco demais, se é que pagava alguma coisa. Para certificar-se disso – certificar-se da beleza que brilhava na humildade, e na humildade que espreitava em todo o orgulho da presença dele – ela teria chegado ao ponto de pagar ainda mais, de pagar com dificuldades e ansiedades comparadas às quais as que estavam diante dela agora poderiam ter sido tão superficiais quanto dores de cabeça ou dias chuvosos.

Mas o ponto em que essas exaltações desmoronavam era o ponto em que ela podia perceber que, se suas complicações tivessem sido maiores, a questão de pagar estaria limitada ainda menos às obrigações de seu bolso. As complicações ainda eram bastante grandes, fosse por engenhosidades ou sublimidades, enquanto ela tivesse de pensar com tanta frequência que Charlotte, o tempo todo, só podia estar lutando com segredos mais cortantes do que os seus. Era estranho como essa certeza, repetidamente, determinava e coloria seus assombros de detalhes; a questão, por exemplo, de *como* Amerigo, em escassas oportunidades de conferência, afastava com falsas explicações aquela criatura assombrada, enfrentava seus desafios particulares e escapava – se era isso que ele fazia! – às exigências particulares dela. Até mesmo a convicção de que Charlotte estava apenas esperando realmente alguma chance de testar sua perturbação com relação à mulher do amante deixava os sentidos de Maggie como se abertos à visão de arames dourados e asas machucadas, da gaiola espaçosa mas suspensa, do lar da inquietação eterna, de andar de um lado para o outro, de golpes, movimentos bruscos, tudo em vão, com que a consciência perplexa se resolvia impotentemente. A gaiola era a situação enganada, e Maggie, tendo conhecido o engano – sem dúvida! –, entendia a natureza das gaiolas. Andava ao redor da de Charlotte – cautelosamente e num círculo muito amplo; e quando, inevitavelmente, as duas tinham de se comunicar, ela se sentia, comparativamente, do lado de fora, no seio da natureza, e via o rosto da companheira como o do prisioneiro olhando através de grades. De modo que era através de grades, grades ricamente douradas, mas plantadas firmemente, ainda que discretamente, que Charlotte finalmente lhe parecia fazer uma triste tentativa; da qual, a princípio, a princesa recuava tão instintivamente como se de súbito a porta da gaio'a tivesse sido aberta por dentro.

2

Tinham ficado sozinhos naquela noite – sozinhos como um grupo de seis, e quatro deles, após o jantar, sob sugestão irresistível, sentaram-se para jogar bridge na sala de fumar. Charlotte e a Sra. Assingham, que eram sempre indulgentes ao tabaco, tinham passado juntas para esse aposento ao se levantarem da mesa, e na verdade praticando uma emulação que, como dizia Fanny, se o coronel não tivesse emitido uma proibição baseado no medo de ela roubar seus charutos, para ela só teria parado no cachimbo curto. Aqui as cartas haviam determinado seu domínio com uma prontidão inevitável, e o jogo se formava – como acontecera frequentemente – com o Sr. Verver tendo a Sra. Assingham de parceira e com o príncipe tendo a Sra. Verver. O coronel, que então pedira licença a Maggie para escrever duas cartas para o primeiro correio da manhã seguinte, estava se dedicando a essa tarefa na outra extremidade da sala, e a princesa aproveitara a hora comparativamente quieta – uma vez que os jogadores de bridge eram sérios e silenciosos – no clima de uma atriz cansada que tinha a sorte de estar "fora de cena" enquanto seus companheiros se encontram no palco, quase pelo tempo suficiente para um cochilo nos bastidores. O cochilo de Maggie, caso ela pudesse cochilar um pouco que fosse, teria sido mais do espírito do que dos sentidos; mas enquanto ficava, perto de um abajur, com o último periódico francês cor de salmão, ela deixaria de ter, como alívio, até mesmo esse gostinho de independência.

Para Maggie, como ela notou, não havia como fechar os olhos e se afastar; estes voltavam à vida, na imobilidade, por cima da revista; não podia se entregar a qualquer daqueles refinamentos da crítica elevada com que as páginas estavam cheias; ela estava ali, onde se encontravam seus companheiros, ali de novo e mais do que nunca ali; era como se, de repente, eles se tivessem tornado, em sua intensidade pessoal e em sua rara complexidade de relações, subitamente inoportunos. Era a primeira noite em que não havia mais ninguém. A Sra. Rance e as Lutch viriam no dia seguinte; mas enquanto isso os fatos da situação estavam para ela ao redor do tecido verde e do candelabro de prata; o fato de o amante da mulher de seu pai se encontrar diante da amante; o fato de seu pai estar sentado, silencioso, sem se abalar ou piscar, entre eles; o fato de Charlotte sustentar, sustentar tudo, com o marido ao lado; o fato de Fanny Assingham, criatura maravilhosa, colocada diante dos três e sabendo mais sobre cada um deles, provavelmente, do que cada um sabia sobre qualquer dos outros. Ereto acima de tudo, para ela, estava o fato cortante da relação de todo o grupo, individual e coletivamente, com ela própria – ela tão capciosamente eliminada por enquanto, mas presumivelmente mais presente à atenção de cada um deles do que a próxima carta a ser jogada.

Mas, sob essa imputação, para seu sentimento, os quatro continuavam sentados – a imputação de pensar, por baixo e por trás de todo o jogo correto deles, como se ela não estivesse realmente vigiando-os do canto e conscientemente, como poderia ser dito, segurando-os na palma da mão. Maggie estava finalmente se perguntando como eles podiam suportar isso – uma vez que, apesar de as cartas nada significarem para ela e ela não ser capaz de acompanhar qualquer jogada, de modo que estava sempre, em tais ocasiões, fora do grupo, eles lhe pareciam estar se conformando, na questão de seriedade e propriedade, ao padrão rígido da casa. Seu pai, a princesa sabia, era um grande adepto do jogo, um dos maiores – a ponto de ela sempre ter sido, em sua estupidez, seu pequeno, seu único desespero; Amerigo se destacava facilmente, como entendia e praticava cada arte que pudesse atrair seu grande ócio; a Sra. Assingham e Charlotte, além do mais, eram consideradas membros tão "bons" quanto possível de um gênero incapaz de coerência mais nobre. Portanto, evidentemente, eles não estavam apenas, todos tão em sua forma usual, simplesmente passando o tempo, quer por ela ou por si mesmos; e a quantidade de segurança desfrutada, ou pelo menos alcançada, representada por uma conquista tão completa das aparências, era o que atuava sobre seus nervos, precisamente, com uma espécie de força provocadora. Maggie se viu, durante cinco minutos, empolgada com a ideia do efeito prodigioso que, enquanto estava sentada perto deles, tinha sob seu comando; com o sentimento de que se ela fosse apenas diferente – ah, sempre tão diferente! –, todo esse alto decoro penderia num fio de cabelo. Reinava para ela, absolutamente, durante aqueles momentos vertiginosos, aquele fascínio do monstruoso, aquela tentação do horrivelmente possível, que frequentemente identificamos quando de modo súbito aparece, para não ir mais longe, em recuos e reações inexplicáveis.

Depois de ter estado assim vividamente diante de Maggie, por um instante, a possibilidade de que – saltando sob sua iniquidade e fazendo todos levarem um susto, se virarem e ficarem pálidos – ela poderia fazer soar a perdição deles numa única frase, uma frase fácil de ser escolhida entre várias das sinistras – depois de ter encarado aquela luz ofuscante e a sentido se transformar em escuridão ela se levantou de seu lugar, deixando de lado a revista, e circulou devagar pela sala, passando perto dos jogadores e parando um instante atrás de uma cadeira de cada vez. Silenciosa e discreta, curvou um rosto vago e brando sobre eles, como se para dar a entender que, por mais que acompanhasse o que faziam, desejava-lhes o bem; e recebeu de cada um, do outro lado da mesa, na solenidade comum, um reconhecimento que levou consigo enquanto ia até o terraço, alguns minutos depois. Seu pai e seu marido, a Sra. Assingham e Charlotte nada tinham feito além de encontrar seu olhar; mas a diferença nessas demonstrações tornou cada situação única – o que era ainda mais maravilhoso porque, com o segredo atrás de cada rosto, eles tinham tentado igualmente olhá-la *através* disso e negando isso.

Tudo deixou-a, enquanto saía, com a mais estranha das impressões – o sentimento, forçado como nunca sobre Maggie, de um apelo, uma confiança sincera, vinda dos quatro pares de olhos, que era mais profunda do que qualquer negação, e que parecia falar, da parte de cada um, de alguma relação a ser maquinada por ela, uma relação consigo mesma, que pouparia ao indivíduo o perigo, a tensão atual, da relação com os outros. Assim eles colocavam tacitamente sobre ela toda a complexidade do perigo que corriam, e a princesa viu prontamente por que: porque estava ali, e ali exatamente *como* estava, para levantá-la de cima deles e tomá-la; para se encarregar disso como o antigo bode expiatório, de quem um dia Maggie vira uma pintura terrível, encarregado dos pecados das pessoas e que fora para o deserto afundar sob seu fardo e morrer. Na verdade este não era o desígnio e o interesse *deles*: que ela afundasse sob seu fardo; não seria o sentimento deles que Maggie fizesse qualquer coisa além de viver, continuar vivendo de algum modo para o benefício deles, e até mesmo ao máximo possível em sua companhia, continuar provando que eles tinham realmente escapado e que ela ainda estava ali para simplificar. Esta ideia de ela simplificar, e da luta combinada deles, por enquanto fraca mas crescendo cada vez mais, agarrou-se à jovem enquanto ia para o terraço, onde a noite de verão era tão suave que ela mal precisava do leve xale que tinha apanhado. Várias das longas janelas dos quartos ocupados estavam abertas, e a luz saía em fachos vagos caindo sobre as pedras antigas e lisas. A hora estava sem luz e sem estrelas, e o ar pesado e imóvel – e era por isso que, em seu vestido de noite, Maggie não precisava sentir frio e podia se afastar, na escuridão externa, daquela provocação da oportunidade que a assaltara, por dentro, no sofá, como uma fera que pulasse em sua garganta.

Na verdade nada era mais estranho do que o modo como, quando ela permaneceu ali um tempo, seus companheiros, observados através de uma das janelas, pareceram-lhe quase conscientemente e agradecidamente mais seguros. Eles poderiam ter sido – de modo realmente encantador como pareciam no belo salão, e sem dúvida Charlotte, como sempre, magnificamente bonita e soberbamente distinta –, eles poderiam ter sido figuras ensaiando uma peça da qual ela era autora; poderiam até mesmo, pela aparência feliz que continuavam a apresentar, ter sido figuras que, pela forte nota de caráter que havia em cada uma, preencher qualquer autor com a certeza do sucesso, especialmente do histrionismo que possuíam. Resumindo, poderiam ter representado qualquer mistério que quisessem; e o mais importante era que a chave do mistério, a chave que podia apertá-lo e desapertá-lo sem partir a mola, estava ali no seu bolso – ou melhor, sem dúvida, presa em sua mão nessa crise e apertada contra o peito, enquanto ela andava de um lado para o outro. Maggie caminhava até a extremidade, saindo da luz; voltava e via os outros onde os havia deixado; rodeava a casa e olhava a sala de estar, também iluminada, mas agora vazia, e parecendo falar ainda mais, numa voz própria, de todas as possibilidades que ela controlava. Espaçosa e esplêndida, como um palco de novo esperando um drama, era uma cena que ela podia povoar, apertando sua mola, com serenidades, dignidades e decências ou com terrores, vergonhas e ruínas, coisas tão feias quanto aqueles fragmentos informes da taça de ouro que com tanto empenho ela estava tentando pegar.

Continuou a andar e a fazer pausas; parou de novo para olhar na sala de fumar, e dessa vez – era como se o reconhecimento a tivesse atraído – viu como numa pintura, extinta a tentação da qual fugira, o motivo de poder ter-se entregado tão pouco, desde o início, ao calor vulgar de sua iniquidade. Poderia muito bem, enquanto os observava, ter sentido falta dessa iniquidade como de uma coisa perdida; tê-la desejado, pela visão vingativa mais direta, os direitos do ressentimento, as fúrias do ciúme, os protestos da paixão, como alguma coisa que lhe fora não menos negada: uma gama de sentimentos que para muitas mulheres teria significado tanto, mas que para a mulher de *seu* marido, para a filha de *seu* pai, não parecia mais próximo da experiência do que uma caravana no Oriente distante, surgindo com cores cruas ao sol, trombetas ferozes no ar, lanças altas contra o céu, tudo uma empolgação, uma alegria natural com a qual se misturar, mas virando-se para outro lado pouco antes de encontrá-la e mergulhando em outros desfiladeiros. De qualquer modo, ela via por que o horror em si quase lhe faltara; o horror que, prefigurado antecipadamente, segundo seu pensamento, teria feito tudo que não era acostumado nela gritar de dor; o horror de encontrar o mal sentado, à vontade, onde ela apenas sonhara com o bem; o horror da coisa odiosamente *por trás*, por trás da nobreza, da inteligência e da ternura tão confiadas, tão fingidas. Era a primeira falsidade aguda que Maggie conhecia na vida, que ela tocava e pela qual era tocada; esta a encontrara como um estranho de rosto feio, surpreendido num dos corredores atapetados de uma casa silenciosa numa tarde de domingo; e no entanto sim, sim, espantosamente, ela pudera olhar o terror e o nojo sabendo que devia afastar de si o agridoce do frescor que possuíam. A visão, pela janela, do grupo assim constituído, *dizia*-lhe por que, dizia-lhe como, nomeava para Maggie, como se com lábios duros, nomeava direto *para* ela, de modo que ela devesse receber plenamente no rosto, aquela outra relação possível com o fato que sozinho pesaria irresistivelmente. Era extraordinário: eles certamente faziam-na perceber que se sentir a respeito deles de qualquer um dos modos imediatos, inevitáveis, mitigantes, os modos geralmente abertos à inocência ultrajada e à generosidade traída, seria desistir deles, e que desistir deles era, maravilhosamente, não estar no pensamento deles. Jamais, desde a primeira hora de seu estado de convicção adquirida, a princesa desistira deles tão pouco quanto agora; ainda que, sem dúvida, como consequência de um passo dado alguns minutos depois, fosse invocar a concepção de fazer isso, se possível, ainda menos. Tinha voltado a caminhar – parando aqui e ali, enquanto se apoiava na fria e lisa balaustrada de pedra, para pensar a respeito; e no curso dessa caminhada, depois de um tempo, passou de novo pelas luzes da sala de estar e parou de novo pelo que viu e sentiu ali.

Mas isso não se tornou concreto de uma vez; foi o efeito de ela perceber que Charlotte estava na sala, lançada e ereta ali, no meio, e olhando em volta; de ela ter evidentemente acabado de entrar, saindo da mesa de jogo, por uma das passagens – segundo todas as aparências, com a expectativa de se juntar à enteada. Charlotte havia parado ao ver o salão vazio – uma vez que Maggie não fora observada pelo grupo ao sair. Uma busca tão definida, interrompendo ou alterando o jogo de bridge, era uma impressão que praticamente atacou a princesa, e para a qual uma espécie de atitude e aspecto, o ar de perseguição e propósito interrompidos, em Charlotte, juntamente com a sugestão de seus vagos movimentos seguintes, rapidamente fez aumentar o significado. Esse significado era que ela decidira, que estivera infinitamente cônscia da presença de Maggie antes, que sabia que finalmente iria encontrá-la a sós, e que a desejava, por algum motivo, o bastante para presumivelmente ter pedido a ajuda de Bob Assingham. Este ocupara sua cadeira e a deixara ir, e para Maggie o arranjo era uma prova clara da seriedade da madrasta; da energia que, mesmo sendo uma situação superficialmente comum nas quais as pessoas supostamente não deveriam estar vigiando umas às outras, foi o que afetou a nossa jovem, no ato, como um rompimento das grades. A criatura esplendidamente brilhante e obsequiosa estava fora da gaiola, estava solta; e agora surgia quase grotescamente a questão de se ela não poderia, por alguma arte, ali onde estava e antes que pudesse ir mais longe, ser encurralada e presa. Neste caso teria sido por um momento uma questão de fechar rapidamente as janelas e dar o alarme – com o sentimento da pobre Maggie de que, apesar de não poder saber o que Charlotte queria, bastava para deixá-la abalada saber que, naquelas mãos firmes, poderia ser qualquer coisa: para não falar da sequência de uma fuga de novo pelo terraço, mesmo sob a vergonha da confessada fragilidade de tais evasões da parte de uma esposa ultrajada. Foi a essa fragilidade, nada menos, que a esposa ultrajada havia recorrido; uma vez que o máximo que poderia ser dito dela era que, como se sentia quando finalmente parou de súbito, a uma distância, pelo menos pôde resistir suficientemente à sua abjeção a ponto de não se esgueirar para a casa através de outro caminho e alcançar em segurança o seu quarto. Maggie literalmente havia-se apanhado no ato de se desviar e se esconder, e isso lhe disse, vividamente, numa única palavra, do que ela tivera mais medo o tempo todo.

A princesa tivera medo da conversa específica com Charlotte, que determinaria a conversa de sua madrasta com o seu pai, uma conversa que ela certamente ainda não tivera, para prepará-lo para uma declaração de sua iniquidade, para colocar diante dele a infâmia da qual ela era aparentemente suspeita. Isso, caso tivesse se decidido a fazer, iria se apoiar no cálculo do pensamento que evocava, estranhamente, outras possibilidades e visões. Isso iria mostrá-la acreditando suficientemente que o controle que tinha sobre o marido lhe garantia que, com a filha dele lançada na defensiva, em suma: com a causa de Maggie e a palavra de Maggie atuando contra ela própria, certamente não seria

Maggie a obter a vitória. Tal vislumbre da ideia concebível por Charlotte, que seria fundada em motivos próprios, motivos de experiência e confiança, impenetráveis para os outros, mas intimamente familiares para ela própria – tal vislumbre se escancarou assim que surgiu à vista; uma vez que se ao menos isso ainda era solo firme para o casal mais idoso, se a beleza das aparências fora tão coerentemente preservada, era apenas a taça de ouro como Maggie a conhecia que se quebrara. A quebra não representava qualquer desassossego tecido entre os três triunfantes – significava meramente a horrível deformidade de sua atitude com relação a eles. No momento ela era incapaz, claro, de medir totalmente a diferença assim envolvida, e permanecia inevitavelmente uma imagem perturbadora, o modo como poderia ser estendido sobre Maggie que se, com sua prudência, ela não satisfizesse Charlotte quanto à referência, em seu espírito zombeteiro, de tanta coisa não pronunciada e impronunciável, do que era constante e inconfundivelmente implícito, seu pai seria convidado sem mais cerimônia a recomendar que ela fizesse isso. Mas *qualquer* confiança, *qualquer* insolência latente que a Sra. Verver pudesse, graças aos seus grandes recursos naturais, continuar a possuir e a guardar em reserva, brilhava subitamente como uma possível luz de trabalho e parecia oferecer, para encontrá-la, uma nova base e algo que parecia um novo sistema. Maggie sentia, realmente, um raro aperto no coração ao deduzir, no instante seguinte, o que o novo sistema provavelmente teria de ser – e praticamente fizera isso antes de perceber que a coisa que temia já acontecera. Charlotte, estendendo sua busca, aparecia agora para se definir vagamente a distância; disso, após um instante, a princesa teve certeza, ainda que a escuridão fosse densa, porque a projetada claridade das janelas da sala de fumar contribuíra. Sua amiga entrou lentamente naquele círculo – tendo descoberto, por si mesma, que Maggie estava no terraço. Maggie, do final, viu-a parar diante de uma das janelas e olhar para o grupo lá dentro, e em seguida a viu se aproximar e parar de novo, ainda mantendo uma distância considerável entre as duas.

Sim, Charlotte a vira e estava olhando-a de longe, e tinha parado agora para testar mais ainda sua atenção. Seu rosto estava fixo nela, através da noite; era a criatura que escapara à força da gaiola, mas sem dúvida havia em todo o seu movimento, mesmo discernido tão fracamente, uma espécie de imobilidade prodigiosa e inteligente. Ela escapara com uma intenção, mas com uma intenção ainda mais definida porque podia sê-lo com medidas calmas. As duas mulheres, de qualquer modo, apenas ficaram ali paradas, durante aqueles primeiros minutos, face a face por sobre o espaço que as separava e sem trocar qualquer sinal; a intensidade do olhar mútuo poderia ter cortado a noite, e Maggie finalmente estremeceria com o sentimento apavorado de ter cedido à dúvida, ao pavor, à hesitação, por um tempo que, sem necessidade de qualquer outra prova, tê-la-ia denunciado completamente. Quanto tempo ficara olhando? – só um minuto ou cinco? O bastante, de qualquer modo, para sentir-se absolutamente tomando da recém-chegada algo que esta última lançava sobre ela, irresistivelmente, por esse efeito de silêncio, por esse efeito de esperar e observar, por esse efeito, inconfundivelmente, de medir sua decisão e seu medo. Se então, apavorada e recuando, ela tivesse, como era tão evidente, sacrificado todos os fingimentos passados, teria sido com o conhecimento instantâneo de uma imensa vantagem obtida que Charlotte finalmente a viu chegar. Maggie chegou com o coração nas mãos; chegou com a previsão definida, latejando como um relógio, de um destino impossivelmente cortante e duro, mas para o qual, após examiná-lo com os olhos totalmente abertos, ela mesmo assim baixou a cabeça. Quando estava ao lado da companheira, por sinal, quando Charlotte, sem movimento, sem palavra, simplesmente a deixou se aproximar e ficar ali, sua cabeça já estava no cepo, de modo que a consciência de que tudo havia se ido borrava toda a percepção de se o machado havia caído ou não. Ah, na verdade a "vantagem" estava perfeitamente com a Sra. Verver; uma vez que qual era o sentimento de Maggie senão o de ter sido lançada de costas desde o início, com o pescoço meio partido e o rosto impotente olhando para cima? Somente essa posição podia explicar a careta de fraqueza e dor produzida ali pela dignidade de Charlotte.

– Vim te procurar... achei que estarias aqui.

– Ah, sim, estou aqui – ouviu-se Maggie dizer, num tom meio inexpressivo.

– Lá dentro está muito abafado.

– Muito... mas está abafado até aqui. – Charlotte continuava imóvel e séria; tinha feito sua observação sobre a temperatura com um peso expressivo que beirava a solenidade; de modo que Maggie, reduzida a olhar vagamente para o céu, só podia sentir que ela não falhava em seu objetivo. – O ar está pesado como se com trovões... acho que virá uma tempestade. – Fez essa sugestão para afastar qualquer falta de jeito; o que sempre fazia parte do ganho de sua companheira; mas a falta de jeito não diminuiu no silêncio que veio em seguida. Charlotte nada dissera em resposta; sua testa estava escura, com uma expressão fixa, e sua alta elegância, a cabeça bonita e o pescoço comprido e reto testemunhavam, em meio à escuridão, sua inveterada completude e seu nobre porte ereto. Era como se o que ela saíra para fazer já tivesse começado, e quando, em consequência, Maggie disse desamparada: – Não queres alguma coisa? Não queres meu xale? – tudo poderia ter-se desmoronado na pobreza comparativa do tributo. A rejeição do mesmo pela Sra. Verver teve a brevidade de um sinal de que elas não haviam se aproximado visando palavras vãs, assim como seu rosto sombrio, sério, apresentado ininterruptamente até que elas se moveram de novo, poderia ter representado o sucesso com que ela observava toda a sua mensagem penetrar. As duas voltaram por onde Charlotte viera, mas esta fez com que Maggie parasse de novo ao alcance da janela da sala de fumar, e a fez esperar no ponto em que o grupo de jogadores estaria à sua frente. Lado a lado, por três minutos, fixaram aquela imagem de silenciosas harmonias, o encanto daquilo e, como poderia ser dito, todo o significado – que, como agora ficava claro para Maggie, não podia ser mais, afinal de contas, do que uma questão de interpretação, diferindo sempre para um intérprete diferente. Como ela própria havia parado diante daquela vista há um quarto de hora, teria sido uma coisa interessante para mostrar a Charlotte – mostrar numa ironia cheia de razões, numa reprovação séria demais a qualquer coisa que não o silêncio. Mas agora era ela que estava sendo levada a ver, como Charlotte mostrava, de modo que precisava, no momento, parecer que estava percebendo de modo submisso.

Os outros estavam absorvidos e inconscientes, quer em silêncio pelo jogo ou soltando observações que não eram ouvidas no terraço; e era para o rosto calmo de seu pai, claramente sem expressar coisa alguma que estivesse na mente da filha, que a atenção de nossa jovem mais se dirigia. A mulher e a filha dele estavam observando-o atentamente, e para qual delas, se ele fosse notificado disso, seus olhos reagiriam primeiro, de modo totalmente impulsivo? Em qual delas ele teria sentido mais importante destruir – por *seu* apego ao equilíbrio – qualquer germe de inquietação? Desde o casamento dele, Maggie ainda não percebera de modo tão incisivo e formidável que sua antiga posse sobre o pai era uma coisa dividida e contestada. Estava olhando-o sob a permissão e a direção de Charlotte; na verdade como se o modo particular pelo qual devesse olhá-lo lhe fosse prescrito; até mesmo como se tivesse sido desafiada a olhá-lo de qualquer outro modo. Percebeu também que o desafio não estava, como poderia ser dito, no interesse dele e por sua proteção, mas, incisivamente, insistentemente, no de Charlotte, no interesse da segurança *dela* a qualquer preço. Ela poderia realmente, numa demonstração tola, estar dizendo a Maggie o preço, dizendo-o como uma questão para a própria Maggie, uma quantia de dinheiro que ela, adequadamente, descobriria. Charlotte deveria permanecer em segurança e Maggie deveria pagar – o que ela iria pagar era problema seu.

Assim, mais rígida do que nunca, de novo a princesa sentiu que tudo era posto sobre ela, e houve um minuto, apenas um instante supremo, em que ardeu nela um desejo louco de que seu pai ao menos erguesse os olhos. Latejou durante aqueles segundos como um desejo de apelar a ele – ela arriscaria, isto é, se ele ao menos levantasse os olhos e as percebesse, do outro lado do amplo espaço, paradas juntas no escuro. Então seu pai poderia ser afetado pela visão, percebendo-as como eram; poderia fazer algum sinal – qual, ela não sabia – que *a* salvasse; salvasse de ser a única, deste modo, a pagar tudo. Ele poderia de algum modo mostrar uma preferência – distinguindo entre as duas; poderia, por piedade dela, dar a entender que a medida extrema de seu esforço por ele era mais do que ele pedia. Isso representou o único pequeno lapso de coerência sentido por Maggie – o único pequeno desvio em todo o curso de seu esquema. Mas isso dera em nada no minuto seguinte, porque os olhos do homem querido não se moveram, e a mão de Charlotte, prontamente enfiada em seu braço, já a havia puxado com muita firmeza – praticamente, por sinal, como se devido a alguma percepção súbita, também da parte dela, dos vários meios com que a impressão delas poderia apelar. Voltaram pelo resto do terraço, virando a esquina da casa, e chegaram às outras janelas, as da pomposa sala de estar, ainda iluminada e ainda vazia. Aqui Charlotte parou de novo, e foi de novo como se estivesse apontando o que Maggie observara sozinha, a aparência do lugar, vívido em sua imobilidade, a aparência de, com todos os seus grandiosos objetos tão ordenados e equilibrados como se para uma recepção formal, ter sido designado para alguma alta transação, alguma verdadeira questão de estado. Na presença dessa oportunidade ela encarou a companheira mais uma vez; identificou nela o efeito de tudo que já comunicara; deu a entender, com o mesmo sucesso, que o terraço e a noite soturna seriam testemunhas muito fracas para a conclusão de sua ideia. Logo, então, dentro da sala, sob os antigos lustres de Veneza e os olhos dos grandes retratos, mais ou menos contemporâneos daqueles que esperavam nas paredes de Fawns a migração final para longe – logo Maggie se viu olhando, e a princípio muito boquiaberta, para o grande total composto por cada exigência separada que a Sra. Verver lhe fizera até então, independentemente de como tivesse sido feita.

– Eu estava esperando, e durante mais tempo do que tu talvez acreditasses, para fazer uma pergunta para a qual nenhuma oportunidade me pareceu melhor do que esta. Talvez tivesse sido mais fácil se tu tivesses me parecido ao menos um pouco disposta a me dar uma. Tenho de tomá-la agora, veja bem, como puder. – As duas estavam paradas no centro da sala imensa, e Maggie podia sentir que a cena da vida que sua imaginação criara há vinte minutos estava agora suficientemente povoada. Essas poucas palavras diretas encheram-na até os recônditos mais distantes, e agora nada estava ausente de sua consciência com relação ao papel que ela estava sendo chamada a representar.

Charlotte marchara direto arrastando seu rico trem; erguia-se ali, bela e livre, com todo o seu aspecto e sua ação afinados com a firmeza de sua fala. Maggie mantivera o xale que havia levado para fora, e, agarrando-o com força em seu nervosismo, apertou-o em volta do corpo como se procurasse abrigo, cobrindo-se por humildade. Olhava como se por baixo de um capuz improvisado – a única cobertura de alguma mulher pobre à porta de uma pessoa orgulhosa; até mesmo esperava como a mulher pobre; encontrava os olhos da amiga com reconhecimentos que não podia reprimir. Poderia dizer como pudesse – "Que pergunta, então?". Tudo nela, da cabeça aos pés, revelava a Charlotte que ela sabia. Sabia bem demais – estava mostrando isso; de modo que a imprecisão bem-sucedida, para salvar algum farrapo de sua dignidade da iminência da derrota, já era uma causa perdida, e a única coisa que restava era se possível, a qualquer custo, até mesmo ao custo da estúpida inconsequência, tentar parecer que não tinha medo. Se pudesse ao menos parecer que não estava com medo, poderia parecer, um pouco, que não estava envergonhada – isto é, que não estava com vergonha de *sentir* medo, que era o tipo de vergonha que poderia lhe ser imputada, pois que o tempo todo era o medo que a impulsionava. Seu desafio, de qualquer modo, seu espanto, seu terror – a superfície vazia, turva, o que quer que ela apresentasse – tornou-se uma mistura que deixou de significar; uma vez que, para a vantagem acumulada que sustentava Charlotte no momento, suas próximas palavras tiveram pouco a acrescentar.

– Tens alguma coisa para reclamar comigo? Achas que te fiz algum mal? Sinto ao menos que tenho o direito de perguntar.

Os olhos das duas tiveram de se encontrar diante disso, e se encontraram durante longo tempo; os de Maggie evitaram pelo menos a desgraça de se desviar.

– O que te faz perguntar isso?

– Meu desejo natural de saber. Tu fizeste, durante tanto tempo, pouca justiça a isso.

Maggie esperou um momento.

– Durante tanto tempo? Queres dizer que pensaste...?

– Quero dizer, minha cara, que eu vi. Vi, semana após semana, que *tu* parecias estar pensando... em alguma coisa que te deixou perplexa ou preocupada. É alguma coisa pela qual sou responsável em algum grau?

Maggie juntou todas as suas forças.

– O que, meu Deus, *seria*?

– Ah, não sou eu que devo imaginar isso, e lamentaria muito ter de tentar dizer! Não imagino qualquer ponto em que eu possa ter-te falhado; nem um ponto em que possa ter falhado com alguém por quem eu suponho que tenhas o interesse de se importar. Se tive culpa de alguma falha, eu a cometi inconscientemente, e estou ansiosa para ouvir honestamente a respeito. Mas se estive enganada com relação ao que falo, à diferença, cada vez mais nítida, de seus modos para comigo, bom, obviamente, tanto melhor. Nenhuma forma de correção recebida de ti me daria mais satisfação.

Ela falava com uma facilidade crescente, extraordinária, percebeu a companheira; como se o fato de ouvir-se dizer tudo isso, além de ver como era ouvida, a ajudasse a ir de um ponto a outro. Via que estava certa – que este *era* o tom a ser usado e a coisa certa a fazer, a coisa cuja dificuldade ela provavelmente estivera antecipadamente, em seus adiamentos e incertezas, exagerando demais. A dificuldade era pequena, e ficava cada vez menor enquanto sua adversária continuava a se encolher; ela não estava apenas fazendo o que queria, mas dessa vez o fizera com eficácia, e o erguia no alto. Tudo isso apenas aprofundava em Maggie o sentimento da necessidade aguda e simples, agora, de que ela fosse até o final.

– "Se" estiveste enganada, é o que dizes...? – e a princesa praticamente hesitou. – Tu *estiveste* enganada.

Charlotte a encarou com intensidade esplêndida.

– Estás perfeitamente certa de que *tudo* é um equívoco meu?

– Só posso dizer que recebeste uma impressão falsa.

– Ah, então, tanto melhor! Desde o momento em que a recebi, soube que cedo ou tarde precisaria falar a respeito; porque este, veja bem, é, sistematicamente, o meu jeito. E agora tu me deixas feliz por ter falado. Muito obrigada.

Era estranho como para Maggie também, com isso, a dificuldade pareceu encolher. A aceitação de sua negativa por parte da companheira era como um pedido geral para não manter as coisas piores para ela do que essencialmente tinham de ser; isso positivamente a ajudou a construir sua falsidade – à qual ela contribuiu com mais um tijolo.

– Eu evidentemente a afetei, por acidente, de algum modo do qual não tive consciência. *Não* senti que me fizeste qualquer mal, em qualquer momento.

– Como eu poderia chegar sequer a um quilômetro de fazer uma coisa dessas? – perguntou Charlotte.

Maggie, agora com mais facilidade para fixar o olhar na outra, não fez qualquer tentativa de dizer; disse, após um tempo, algo mais ligado à situação presente.

– Eu não te acuso... não te acuso de nada.

– Ah, que bom!

Charlotte dissera isso praticamente com a riqueza da alegria; e Maggie, para prosseguir, teve de pensar, com sua própria intensidade, em Amerigo – pensar em como ele, de seu lado, tivera de passar pela mentira com ela, como era pela esposa que ele fizera isso, e como o fato de ter feito isso lhe dera a pista e estabelecera o exemplo. Ele devia ter tido sua própria dificuldade, e ela, afinal de contas, não estava ficando abaixo do marido. Na verdade era como se, graças à imagem dele confrontada com esta admirável criatura no mesmo momento em que era confrontada, brilhasse sobre ela vinda de longe, mas direta e forte, uma profunda luz explanatória que cobria cada centímetro do terreno. Amerigo lhe dera uma coisa com a qual se ajustar, e ela não o recusara de modo pouco inteligente não se ajustando. Assim os dois estavam juntos, ele e ela, perto, perto e juntos – ao passo que Charlotte, ainda que se erguendo radiantemente diante de Maggie, estava na verdade em alguma escuridão de espaço que iria envolvê-la em solidão e assediá-la com preocupações. O coração da princesa inchou, mesmo em seu rebaixamento; ela se mantivera afinada com o que era certo, e alguma coisa, certamente, alguma coisa que poderia ser como uma rara flor arrancada de um penhasco impossível, viria, e possivelmente logo, para ela. O que era certo – sim, o que era certo assumia essa extraordinária forma de seu logro, como ela o chamara, até o final. Era apenas uma questão de não se desviar em direção à verdade sequer por um fio de cabelo. Assim, de modo supremo, Maggie estava sustentada.

– Deves acreditar que tua ansiedade repousa bastante numa concepção errada. Deves acreditar que jamais, em qualquer momento, achei que poderia sofrer alguma coisa vinda de ti. – E, maravilhosamente, ela manteve o tom; não apenas manteve, mas aprimorou. – Deves acreditar que jamais pensei em ti senão como linda, maravilhosa e boa. E creio que isto é tudo que podes pedir.

Charlotte a reteve por mais um momento: precisava, para não ter parecido desprovida de tato, dar a última palavra.

– Isto é muito mais, minha querida, do que sonhei em pedir. Eu só queria a tua negativa.

– Bem, então, tu a tens.

– Palavra de honra?

– Palavra de honra.

E nossa jovem até fez questão de não se virar. O aperto no xale havia se afrouxado – ela o deixara cair para trás; mas ficou ali parada por mais alguma coisa, e até que o peso fosse retirado. E logo viu o que viria a mais. Viu no rosto de Charlotte, e sentiu aquilo provocar entre elas, no ar, um arrepio que completou a frieza do perjúrio consciente das duas.

– Então me beijas para selar isso?

Ela não poderia dizer sim, mas não disse não; entretanto o que lhe valeu ainda foi medir, em sua passividade, a que distância Charlotte tivera de se retirar. Mas também havia algo diferente, algo do qual, enquanto seu rosto recebia o beijo prodigioso, ela teve a oportunidade: a visão dos outros, que, tendo-se levantado das cartas para se juntar aos membros ausentes do grupo, tinham chegado à porta aberta no final da sala e parado, evidentemente, na presença da demonstração que os esperava. Seu marido e seu pai estavam na frente, e o abraço de Charlotte – que para eles não seria distinguido, percebeu ela, do seu abraço em Charlotte – assumiu uma grande publicidade com a chegada deles.

3

Seu pai havia lhe perguntado, três dias depois, num intervalo de calma, o que ela estava achando de Dotty e Kitty, e da formidável Sra. Rance, à luz do reaparecimento e da fruição talvez mais intensa delas; e a consequência dessa pergunta fora, para os dois, mais um daqueles passeios juntos, longe do resto do grupo e entrando no parque, a mesma necessidade que surgira na ocasião da visita anterior daquelas amigas ancestralmente mais turbulentas – aquele da longa conversa no banco afastado, sob uma das grandes árvores, quando surgira para eles a questão particular, a discussão então obtusa que Maggie formara o hábito de ver como o "primeiro início" da situação presente. Assim o rodopio do tempo lhes trouxera de novo, ao se verem face a face enquanto os outros estavam se reunindo para o chá no terraço, o mesmo impulso antigo de "escapar" silenciosamente – foi como o próprio Adam Verver, enquanto seguiam, expressou de modo familiar – que atuara em seu modo antigo; atuou para a distante tarde de outono e para a agudeza da crise que eles haviam superado desde então. Agora poderia ter sido engraçado pensar que a presença da Sra. Rance e das Lutch – e também com os sintomas, naquela época menos desenvolvidos – um dia constituíra uma crise para a ansiedade e a prudência dos dois; poderia ter sido engraçado que aquelas damas pudessem algum dia ter figurado, para a imaginação deles, como um símbolo de perigos suficientemente vívidos para precipitar a necessidade de um remédio. Essa quantidade de diversão e assistência eles estavam dispostos a extrair de suas impressões iguais; nos últimos meses, segundo a visão de Maggie, os dois vinham considerando um alívio, com quase intensidade, quando se encontravam, falar de todas as pessoas em quem não estavam realmente pensando e com quem realmente não se importavam, as pessoas com quem sua existência começara a ficar praticamente apinhada; e no momento se concentraram nos espectros do passado, como se permitiam descrever as três damas, com uma melhor imitação de desfrutar o tempo do que podiam conseguir, certamente, durante a estada, por exemplo, dos

Castledean. Os Castledean eram uma piada nova, comparativamente, e tinham tido – sempre pela visão de Maggie – de descobrir um caminho de saída; ao passo que o grupo de Detroit, de Providence, ricocheteando tanto de Providence quanto de Detroit, eram uma piada antiga e ampla, que poderia ser aproveitada ao máximo e para a qual podia ser guardada uma insistência bem-humorada.

Além disso, nesta tarde, fora agudo e súbito seu confessado desejo de simplesmente ficar um pouco juntos, como se por uma tensão sentida há muito mas jamais nomeada; descansar, como poderia ser dito, ombro a ombro e de mãos dadas, cada par de olhos fechado de modo tão ardente – e de que outro modo senão cauteloso? – como se para deixar o colapso a salvo da detecção pelo outro par. Era como se a felicidade interior de serem mais uma vez, talvez apenas por meia hora, simplesmente filha e pai tivesse brilhado para eles, e eles tivessem aproveitado o pretexto que tornaria isso mais fácil. Eles eram marido e mulher – ah, tão imensamente! – com relação a outras pessoas; mas depois de terem-se deixado cair de novo em seu antigo banco, conscientes de que o grupo no terraço, acrescido, como no passado, de vizinhos, iria se virar maravilhosamente sem os dois, era como se tivessem entrado juntos num barco e remado para longe da costa onde maridos e esposas, complicações luxuriantes, tornassem o ar demasiadamente tropical. No barco eles eram pai e filha, e as pobres Dotty e Kitty supriam abundantemente os remos ou a vela. Bom, nessa barganha, por sinal – isso Maggie pensou –, será que eles não podiam viver sempre, na medida em que viviam juntos, num barco? Ela sentia no rosto, com a pergunta, o sopro da possibilidade que a tranquilizava; eles só precisavam *conhecer* um ao outro, daqui em diante, na relação não casada. Naquela outra tarde doce, no mesmo lugar, seu pai estivera o mais descasado possível – o que mantivera baixa, por assim dizer, a quantidade de mudança no estado dos dois. Ora, então era com aquela outra tarde doce que a atual tarde doce se pareceria; com o quieto efeito calculável de um refinado alívio interior. Afinal de contas, independentemente do que acontecesse, eles sempre *tinham* um ao outro; um ao outro – este era o tesouro escondido e a verdade salvadora – para fazer um do outro exatamente o que fariam: uma provisão cheia de possibilidades.

Quem poderia dizer, por enquanto, o que, graças a isso, eles não teriam feito antes do final?

Enquanto isso vinham traçando juntos, no ar dourado que, perto das seis horas de uma tarde de julho, pairava nos densos bosques de Kent, várias características da evolução social das antigas companheiras de jogos dela, ainda atraídas, aparentemente, por ideais inalcançáveis, ainda recuando, além do mar, para seus lugares nativos, para renovações da aparência moral, financeira, coloquial – mal era possível saber como chamá-la – e de novo e para sempre reaparecendo como uma tribo de judeus errantes. Mas nossa dupla havia finalmente exaurido o estudo daqueles anais, e Maggie abordaria, após uma pausa, uma questão diversa, ou pelo menos uma questão com a qual a conexão imediata a princípio não era aparente.

– O senhor me achou engraçada agora mesmo, quando perguntei pelo que as outras pessoas desejariam lutar? O senhor me achou... bem, presunçosa? – perguntou ela com alguma seriedade.

– "Presunçosa"? – ele pareceu não entender.

– Quero dizer sublime em *nossa* felicidade, como se olhasse de uma altura. Ou então sublime em nossa posição geral, é o que quero dizer. – Ela falava como se pelo hábito de sua consciência ansiosa; algo que a levava frequentemente a se certificar, para suas relações humanas, do estado dos "livros" do espírito. – Porque não quero de modo algum – explicou Maggie – ficar cega, ou esnobe, por causa de qualquer sentimento de uma situação social. – Seu pai ouviu essa declaração como se as precauções da misericórdia geral dela ainda pudessem, pelo modo como se traíam, ter surpresas para ele; para não dizer de um encanto da delicadeza e da beleza; ele poderia estar desejando ver até que ponto ela poderia chegar e aonde chegaria, de modo tocante para ele. Mas Maggie esperou um pouco; como se estivesse nervosa, exatamente, por senti-lo depender demais do que ela dizia. Os dois estavam evitando a seriedade, mantendo-se ansiosamente afastados do real, e caíam, repetidamente, como se para disfarçar a precaução, no tom do tempo que lhes voltava da outra conversa, quando tinham compartilhado esse mesmo refúgio. – O senhor não se lembra de como, quando elas estiveram aqui antes, eu lhe disse que não tinha certeza de que nós possuíamos a coisa em si?

Ele fez o máximo para lembrar.

– Queres dizer, não possuíamos uma situação social?

– Sim; depois de Fanny Assingham ter-me dito pela primeira vez que, no ritmo em que estávamos indo, jamais teríamos.

– E foi o que nos pôs diante de Charlotte? – Ah, sim, eles haviam falado disso com frequência suficiente para que o Sr. Verver recordasse.

Maggie fez outra pausa – percebendo com ele que agora ambos podiam admitir sem se abalar que tinham sido, em seu momento crítico, "postos diante" de Charlotte. Era como se esse reconhecimento tivesse sido enfiado entre os dois como fundamental para a visão honesta de seu sucesso.

– Bom – continuou ela –, eu me lembro de que me senti, com relação a Kitty e Dotty, que mesmo que na época já estivéssemos mais "situados", ou como quer que estejamos agora, isso ainda não seria uma desculpa para perguntar por que os outros não poderiam obedientemente me deixar mais exaltada tendo, eles próprios, ideias menores. Uma vez que esses eram os sentimentos que costumávamos ter.

– Ah, sim – respondeu ele filosoficamente –, lembro-me dos sentimentos que costumávamos ter.

Maggie pareceu que desejava implorar por eles um pouco, num terno retrospecto – como se também tivessem sido respeitáveis.

– Já era bastante ruim, eu acho, não ter simpatia no coração quando se *tinha* uma posição. Mas era pior ser sublime com relação a isso (como eu tinha tanto medo, como na verdade ainda tenho medo de ser) quando isso não estava ali para nos sustentar. – E ela revelou de novo a seriedade que poderia achar que tinha superado; diante disso tornou-se quase sentenciosa; o que agora, sem dúvida, era com muita frequência o seu perigo. – Devemos sempre ter alguma imaginação sobre a situação dos outros, sobre as coisas das quais eles podem sentir-se privados. Kitty e Dotty não podiam imaginar que éramos privados de alguma coisa. E agora, e agora...! – Mas ela parou, como se por indulgência ao espanto e à inveja das amigas.

– E agora elas veem, ainda mais, que podemos ter tudo, manter tudo, e não sermos orgulhosos.

– Não, nós não somos orgulhosos – respondeu ela após um momento. – Não tenho certeza de que somos suficientemente orgulhosos. – Mas no instante seguinte mudou também esse assunto. Entretanto só pôde fazer isso voltando ao assunto anterior; como se fosse um fascínio. Maggie podia estar desejando, com esta visita renovada, esta visita ainda mais sugestiva, mantê-lo com ela para recuar a corrente do tempo e mergulhar de novo, pela suavidade da água, na contraída bacia do passado. – Nós falamos disso, falamos disso; o senhor não se lembra tão bem quanto eu. O senhor também não sabia, e isso era lindo de sua parte; como Kitty e Dotty, o senhor também achava que tínhamos uma posição, e ficou surpreso quando *eu* pensei que deveríamos ter-lhes dito que não estávamos fazendo por elas o que elas supunham. Na verdade, nós não estamos fazendo agora. Não estamos realmente apresentando-as. Quero dizer, não para as pessoas que elas querem.

– Então de que tu chamas as pessoas com quem elas estão tomando chá agora?

Isso a fez praticamente saltar.

– Foi exatamente o que o senhor me perguntou da outra vez, num dos dias em que havia alguém. E eu disse que não chamo ninguém de nada.

– Eu lembro... que aquelas pessoas, as pessoas que nós considerávamos bem-vindas, não "contavam"; que Fanny Assingham sabia que elas não contavam. – A sua filha havia despertado o eco; e ali no banco, como antes, ele balançou a cabeça divertido, ficou nervosamente balançando o pé. – Sim, elas eram apenas boas o bastante para *nós*, as pessoas que vinham. Eu lembro – disse ele de novo –, foi como tudo aconteceu.

– Foi assim, foi assim. E o senhor me perguntou se eu não achava que deveríamos lhes contar. Contar à Sra. Rance, em particular, quero dizer, que nós a vínhamos entretendo sob falsos pretextos.

– Exatamente, mas tu disseste que ela não entenderia.

– Ao que o senhor respondeu que nesse caso o senhor era como ela. *O senhor* não entendia.

– Não, não, mas agora me lembro de que, em nossa inocência benigna com relação a não termos posição, tu praticamente me esmagaste com tua explicação.

– Bom, nesse caso – disse Maggie com toda a aparência de deleite –, vou esmagá-lo de novo. Eu lhe disse que o senhor sozinho tinha uma posição; disso não havia dúvida. O senhor era diferente de mim; o senhor tinha a mesma que sempre teve.

– E *então* eu te perguntei por que, nesse caso, tu não tinhas a mesma.

– Perguntou mesmo. – Ele atraíra o rosto dela antes, e isso o manteve ali, cobrindo-o com sua claridade gentil, resultado da atestada verdade de que eram assim, em conversa, capazes de viver juntos de novo. – O que respondi foi que perdi minha posição pelo meu casamento. *Aquela* posição, eu sei como eu a via, jamais iria voltar. Eu fizera algo *para* ela; eu não sabia exatamente o quê; eu abrira mão dela, de algum modo, e no entanto, como parecia na época, não consegui realmente algo em troca. Eu tinha sido assegurada, sempre pela querida Fanny, de que *poderia* consegui-la, se ao menos despertasse. De modo que estava tentando, veja bem, despertar; tentando com muito empenho.

– Sim, e até certo ponto tiveste sucesso; como também tiveste sucesso em me despertar. Mas exageraste tua dificuldade. – Ao que acrescentou: – É o único caso de que posso me lembrar, Mag, em que transformaste *alguma coisa* em dificuldade.

A jovem manteve os olhos nele durante um momento.

– O fato de eu ser tão feliz quanto era?

– O fato de seres tão feliz quanto eras.

– Bom, o senhor admitiu que esta era uma boa dificuldade. Confessou que nossa vida parecia realmente bela.

Ele pensou um momento.

– Sim, posso muito bem ter confessado isso, porque era o que me parecia. – Mas ele se guardou com seu sorriso discreto, mais tranquilo. – De que queres me acusar agora?

– Somente de que costumávamos pensar, de que pensávamos na época, que nossa vida talvez não fosse um pouco egoísta.

Isso também por um tempo, muito à vontade, Adam Verver fixou retrospectivamente.

– Porque Fanny Assingham achava assim?

– Ah, não; ela nunca pensava, ela não conseguia pensar, se pudesse, algo do tipo. Ela só pensa que algumas vezes as pessoas são tolas. Ela não parece pensar muito a respeito de as pessoas estarem erradas; isto é, erradas no sentido de serem más. Ela – aventurou-se mais a princesa – não se importa muito com que sejam más.

– Sei... sei. – E no entanto podia ter sido por sua filha que ele não sabia tão vividamente. – Então ela só nos considerava tolos?

– Ah, não, não digo isso. Estou falando de sermos egoístas.

– E isso está sob o âmbito da malignidade que Fanny tolera?

– Ah, eu não diria que ela *tolera*...! – Um escrúpulo em Maggie ergueu a crista. – Além disso, estou falando do que era.

Mas seu pai mostrou, depois de um tempo, que não tinha sido alcançado por essa discriminação; seus pensamentos estavam repousando por enquanto onde haviam se assentado.

– Olhe aqui, Mag – disse ele reflexivamente –, eu não sou egoísta. Que me dane se eu sou egoísta.

Bom, se ele *fosse* falar disso, Maggie também poderia se pronunciar:

– Então, papai, *eu* sou.

– Besteira! – disse Adam Verver, a quem a informalidade, em momentos da mais profunda sinceridade, podia retornar. – Acreditarei nisso quando Amerigo reclamar de ti.

– Ah, é exatamente ele que é meu egoísmo. Eu sou egoísta, por assim dizer, *para* ele. Quero dizer que ele é o meu motivo... em tudo.

Bom, o Sr. Verver podia, a partir da experiência, imaginar o que a filha queria dizer.

– Mas uma jovem não tem o direito de ser egoísta com relação ao marido?

– O que eu *não* quero dizer – observou ela sem responder – é que tenho ciúme dele. Mas este mérito é de Amerigo; não meu.

De novo seu pai pareceu achar divertido.

– Tu *poderias* ser outra coisa?

– Ah, como posso falar de "outra coisa"? Felizmente, para mim, isso *não* é outra coisa. Se tudo fosse diferente – aprofundou ela seu pensamento –, claro que tudo *seria*. – E então de novo, como se isso fosse apenas a metade: – Minha ideia é a seguinte: quando nós amamos apenas um pouco, naturalmente não sentimos ciúme; ou só somos um pouco ciumentos, de modo que isso não importa. Mas quando amamos de um modo mais profundo e intenso, sentimos ciúme na mesma proporção; o ciúme tem intensidade e, sem dúvida, ferocidade. Mas quando amamos do modo mais abismal e impronunciável de todos... bom, aí estamos além de tudo, e nada pode nos puxar para baixo.

O Sr. Verver ouviu como se nada tivesse a opor.

– E este é o modo como *tu* amas?

Durante um minuto ela não conseguiu falar, mas finalmente respondeu:

– Isso não deveria ser dito. Mas eu realmente *sinto*, acima de tudo; e em consequência ouso dizer – acrescentou com uma virada para a jovialidade – que frequentemente não sei exatamente *onde* estou.

A mera pulsação da paixão naquilo, a sugestão como se de uma criatura conscientemente flutuando e brilhando num mar quente de verão, algum elemento de ofuscante safira e prata, uma criatura aninhada sobre profundezas, boiando entre perigos, em que tipo de medo ou loucura, ou afundando de outro modo que não por brincadeira, era impossível – algo em tudo isso poderia estar-se fazendo de novo presente para ele, com um assentimento discreto, meio tímido, a provável fruição, por parte dela, de um fascínio que ele, em sua época, presumivelmente não convencera muitas pessoas de que dava ou recebia. Ficou um tempo sentado como se soubesse que estava silenciado, quase admoestado, e não pela primeira vez; mas este era um efeito que poderia ter trazido diante dele mais o que havia ganhado do que o que havia perdido. Além disso, quem senão Adam Verver sabia realmente o que *ele*, afinal de contas, não tinha, ou até mesmo tinha, ganhado? A beleza da condição de Maggie o estava mantendo, de qualquer modo, como ele podia sentir, à vista do mar, onde, apesar de seus mergulhos pessoais estarem terminados, a coisa toda podia brilhar, e o ar, o barulho e a brincadeira tornavam-se também para ele uma sensação. Isso não podia ser fixado sobre ele como algo que faltava; uma vez que ainda que não estivesse pessoalmente flutuando, se não estava sequer sentado na areia, podia muito bem parecer que respirava o prazer, de um modo irresistível – sentindo o gosto do bálsamo. Podia parecer, ainda mais, o conhecimento – conhecimento de que sem ele nada poderia ter sido: o que teria sido a falta menor de todas.

– Acho que nunca fui ciumento – observou finalmente. E isso disse mais à sua filha, Adam Verver teve ocasião de perceber em seguida, do que ele pretendia; porque a fez, como se pela pressão de uma mola, lançar-lhe um olhar que parecia falar de coisas que ela não poderia dizer.

Mas finalmente Maggie experimentou uma delas.

– Ah, o senhor, papai, é o que eu chamo de alguém que está acima de tudo. Nada pode puxá-lo para baixo.

Ele devolveu o olhar como se com a sociabilidade da comunicação fácil entre os dois, ainda que inevitavelmente lançando dessa vez uma sombra de solenidade. Ele poderia estar vendo coisas para dizer, e outras, quer de um tipo presunçoso ou não, que sem dúvida seria melhor manter guardadas. Por isso decidiu-se pelo meramente óbvio.

– Bom, então, nós fazemos um tremendo par. Estamos muito bem.

– Ah, nós estamos muito bem! – Uma declaração lançada não somente com toda a sua ênfase discriminadora, mas confirmada por Maggie ter-se levantado e ficado ali como se o objeto daquela pequena excursão não exigisse mais prosseguimento. Mas nessa conjuntura – com o ato de terem atravessado a barra, de terem, como poderia ser dito, chegado ao porto – ocorreu a única coisa que se aproximava da traição de terem tido de navegar contra o vento. Seu pai ficou onde estava, e foi como se ela tivesse precisado sair do barco antes e estivesse parando para que seu companheiro viesse atrás. Se os dois estavam muito bem, estavam muito bem; no entanto ele parecia hesitar e esperar por alguma palavra a mais. Seu olhar encontrou o dela, sugestivamente, e foi somente depois de Maggie ter-se contentado em simplesmente sorrir, sorrir de um modo muito fixo, que ele falou, pela importância que ainda restava naquilo, ainda sentado; o Sr. Verver se recostou, levantando o rosto para ela, as pernas esticadas um pouco cautelosamente e as mãos agarrando cada um dos lados do banco. Os dois tinham enfrentado o vento, e ela ainda estava fresca; tinham enfrentado o vento, e ele, na melhor das hipóteses como a embarcação mais fustigada, talvez estivesse apenas vagamente debilitado. Mas o efeito do silêncio de ambos foi que ela pareceu chamá-lo, e ele poderia muito bem estar junto dela quando, no fim de outro minuto, encontrou o mundo dos dois.

– A única coisa é que, com relação a algum dia aceitar de novo seu fingimento de ser egoísta...!

Diante disso ela o ajudou.

– O senhor não vai aceitar?

– Não vou aceitar.

– Bom, claro que não vai, porque este é o seu jeito. Isso não importa, e só prova...! Mas também não importa o que isso prova. Neste momento eu estou rígida e congelada de egoísmo.

Ele a encarou por mais um tempo, do mesmo modo; estranhamente era como se, por essa pausa súbita, por eles terem, na aceitação do não dito, ou pelo menos pela referência ao mesmo, praticamente desistido de fingir – era como se estivessem sob a ameaça disso, de alguma coisa que vinham inefavelmente evitando, mas cujo pavor era, de certo modo, uma sedução, assim como qualquer concessão ao pavor era apenas uma alusão. Então ela pareceu vê-lo ceder.

– Quando uma pessoa é da natureza da qual falas, sempre há outra pessoa que sofre. Mas tu estiveste descrevendo o que tomarias, se tivesses uma boa chance, de seu marido.

– Ah, eu não estou falando do meu marido!

– Então de quem *estás* falando?

Mas a resposta e a réplica tinham sido mais rápidas do que qualquer coisa dita anteriormente, e foram seguidas, da parte de Maggie, por uma parada momentânea. Entretanto ela não iria se afastar, e enquanto seu companheiro mantinha os olhos fixos nela, enquanto

Maggie pensava se ele não estava esperando que ela citasse a sua esposa, então, com alta hipocrisia, como se pagasse pelo contentamento da filha dele, ela disse algo que achou ser muito melhor.

– Estou falando do *senhor*.

– Queres dizer que eu tenho sido tua vítima?

– Claro que tem sido minha vítima. O que o senhor fez, o que já fez na vida, que não tenha sido *para* mim?

– Muitas coisas; mais do que posso dizer; coisas que terias de pensar sozinha. O que achas de tudo que fiz para mim mesmo?

– Para o senhor...? – Ela se iluminou com a zombaria.

– O que achas do que fiz por American City?

Ela demorou apenas um momento para dizer:

– Não estou falando do senhor como personagem público; estou falando de seu lado pessoal.

– Bom, American City, se alguma "pessoalidade" pode fazer isso, me deu um lado bastante pessoal. O que achas do que fiz por minha reputação?

– Sua reputação *lá*? O senhor a deixou por conta deles, das pessoas medonhas, em troca de menos do que nada; o senhor a deixou para que a despedaçassem, para que fizessem piadas horríveis e vulgares a seu respeito.

– Ah, minha cara, eu não me importo com as piadas horríveis e vulgares deles – insistiu Adam Verver quase com inabilidade.

– Então, aí está! – triunfou ela. – Tudo que o toca, tudo que o rodeia, prossegue à sua custa, por causa de sua esplêndida indiferença e à sua incrível permissão.

Sentado como estava, ele a encarou por um instante a mais; depois levantou-se devagar, enquanto suas mãos se enfiavam nos bolsos, e ficou ali parado diante dela.

– Claro, minha querida, que *tu* prossegues à minha custa: jamais foi minha ideia – sorriu ele – que devesses trabalhar para viver. Eu não gostaria de ver isso. – Com o que, de novo por algum tempo, os dois continuaram face a face. – Digamos portanto que eu *tenho* os sentimentos de um pai. Como eles fazem de mim uma vítima?

– Porque eu o sacrifico.

– Mas a quê, em nome de Deus?

Diante disso Maggie percebeu que deveria ter tido, como nunca, a oportunidade de dizer, e prendeu-a por um minuto, como se num torno, a impressão que tinha sobre ele agora, com seu sorriso tenso, que a tocou nas maiores profundezas, fazendo soar nela a inquietação secreta de Adam Verver. Este era o momento, em todo o processo da vigilância mútua, em que decididamente *mais* pendia por um fio de cabelo a ideia de que a parede fina poderia ser rasgada pelo mais leve toque errado. Essa transparência tremeu entre eles com sua respiração; era um tecido exótico, mas esticado numa moldura, e cederia no instante seguinte se qualquer um dos dois ao menos respirasse com muita intensidade. Ela prendeu o fôlego, porque soube pelos olhos do pai, cuja luz que havia no centro ele não podia ofuscar, que ele estava, por intenção própria, certificando-se – certificando-se de se a certeza dela era como a dele. A intensidade com que Adam Verver dependia disso naquele momento – foi o que absolutamente a convenceu de modo que, como se empoleirada diante dele em seu ponto vertiginoso e no próprio clarão da observação dele, Maggie se equilibrou por trinta segundos, quase balançou: durante esse tempo ela podia ter sido, em toda a sua pessoa consciente, a própria forma do equilíbrio que os dois, a seus diferentes modos, estavam tentando salvar. E estavam salvando-o – sim, estavam, ou pelo menos ela estava: essa ainda era a questão passível de ser trabalhada, ela podia dizer, enquanto sentia a tontura baixar. Segurou-se com força; a coisa deveria ser feita, de uma vez por todas, por sua ação, agora, onde estava. Tanta coisa se apinhava num espaço tão pequeno que ela já sabia que estava mantendo a cabeça. Mantivera-a pelo alerta nos olhos dele; não deveria perdê-la de novo; sabia como e por quê, e se tinha ficado fria, foi exatamente isso que a ajudou. Ele dissera a si mesmo: "Ela vai desmoronar e citar Amerigo; dirá que é a ele que está me sacrificando, e é por meio disso – com tantas outras coisas também – que minha suspeita será confirmada." Adam estava olhando os lábios da filha, espionando os sintomas do som; de modo que esses sintomas só precisavam falhar e ele não receberia nada que ela não medisse para ele enquanto desse. Na verdade Maggie havia se recuperado tanto que parecia saber que poderia com mais facilidade tê-lo feito citar a esposa do que ele poderia fazê-la citar o marido. Estava claro para ela que se ao menos o forçasse a *não* evitar conscientemente dizer: "Charlotte, Charlotte", ele teria se entregado. Mas ter certeza disso lhe bastava, e ela via com mais clareza a cada instante que passava o que os dois estavam fazendo. Seu pai estava fazendo o que vinha realizando constantemente: estava praticamente se *oferecendo*, impondo-se sobre ela, como um sacrifício – percebera que esse caminho era a melhor possibilidade; e onde ela já havia, durante dias e semanas, plantado os pés senão na aceitação da oferta? Realmente fria, cada vez mais fria ela ficava, enquanto sentia que essa visão pessoal da atitude do pai ainda não a fazia enfraquecer. Esta era sua certeza, a intensidade da pressão dele; porque se alguma coisa não acontecera não haveria, para qualquer dos dois, essas coisas pavorosas a serem feitas. Enquanto isso Maggie tinha a imensa vantagem de que *ela* poderia ter citado Charlotte sem se expor – como, por sinal, estava mostrando a ele no minuto seguinte.

– Ora, eu sacrifico o senhor, simplesmente, a tudo e todos. Assumo as consequências de seu casamento como perfeitamente naturais.

Adam Verver jogou a cabeça um pouco para trás, ajeitando os óculos com uma das mãos.

– O que chamas, minha querida, de consequências?

– A sua vida, o que seu casamento fez dela.

– Bom, ele não fez dela exatamente o que queríamos?

Maggie apenas hesitou, depois sentiu que se firmava – ah, além do que havia sonhado.

– Exatamente o que *eu* queria... sim.

Os olhos dele, através dos óculos ajeitados, ainda estavam depositados nos dela, e ele poderia, com seu sorriso fixo e mais intenso, saber que ela estava, sozinha, corretamente inspirada.

– Então o que achas que eu pretendia?

– Não acho nada, não mais do que o que o senhor conseguiu. Esse é exatamente o ponto. Não me proponho a fazer isso, nunca me propus; recebo do senhor tudo que posso receber, tudo que o senhor me deu, e deixo-o para fazer o que puder com seu lado da questão. Aí está: o resto é problema seu. Nem mesmo finjo que me preocupo...!

– Que te preocupas...? – Ele a observou enquanto ela hesitava levemente, olhando em volta como se para não ficar sempre encarando-o.

– Com o que o senhor pode *realmente* ter se tornado. É como se tivéssemos concordado desde o princípio em não entrar nisso; e esse arranjo, claro, foi encantador para *mim*. O senhor não pode dizer, e sabe disso, que eu não me mantive presa ao mesmo.

Ele não disse – nem com a oportunidade dada por ela ter parado mais uma vez para recuperar o fôlego. Em vez disso falou:

– Ah, minha querida... ah, ah!

Mas a fala não fez diferença, por mais que ela soubesse a que passado – ainda tão recente e no entanto tão distante – isso aludia; Maggie repetiu sua negação, alertando-o, de seu lado, para não desperdiçar a verdade do que ela alegava.

– Eu nunca entrei em coisa alguma, o senhor sabe que não; continuei a adorá-lo. Mas o que é isso, vindo de uma filha decente para um tal pai? O que é isso senão uma questão de arranjo conveniente, de nós termos duas casas, três casas, em vez de uma (o senhor teria arranjado cinquenta, se eu desejasse!), e de eu tornar fácil para o senhor ver o menino? O senhor não afirma, suponho, que meu caminho natural, uma vez que o senhor tivesse se ajeitado, seria embarcá-lo de volta para American City?

Essas eram perguntas diretas, praticamente ressoavam no ar macio, florestal; de modo que, por um minuto, Adam Verver pareceu recebê-las com reflexão. Mas ela viu a reflexão suficientemente rápido para mostrar-lhe o que fazer com elas.

– Tu sabes, Mag, o que me fazes querer quando falas assim? – E ele esperou de novo, enquanto ela percebia ainda mais o sentimento de alguma coisa que estivera por trás, profundamente na sombra, vindo cautelosamente para a frente e simplesmente tateando o caminho antes de se apresentar. – Tu regularmente fazes com que eu queira ter embarcado de volta para American City. Quando ages assim... – mas ele já tivera de se controlar para dizer isso.

– Bom, quando ajo assim...?

– Bom, fazes com que eu queira embarcar de volta. Fazes com que eu sinta que American City seria o melhor lugar para nós.

Isso fez com que ela vibrasse nitidamente.

– Para "nós"...?

– Para mim e Charlotte. Sabes que se nós *embarcássemos*, isso te serviria muito bem? – Com o que ele sorriu; ah, ele sorriu! – E se disseres muito mais nós *embarcaremos*.

Ah, foi então que a taça de sua convicção, cheia até a borda, transbordou num toque! *Ali* estava a ideia dele, cuja clareza por um instante quase a ofuscou. Era um borrão de luz, no meio do qual ela viu Charlotte como algum objeto marcado, por contraste, em negro, viu-a oscilar no campo de visão, viu-a removida, transportada, condenada. E ele citara Charlotte, citara-a de novo, e ela o *fizera* citar – o que era tudo de que Maggie mais precisava: era como se tivesse estendido uma carta em branco para o fogo e a escrita surgisse ainda maior do que esperava. O reconhecimento disso custou-lhe alguns segundos, mas, quando falou, ela poderia estar dobrando aquelas preciosas linhas e as recolocando no bolso.

– Bom, eu serei tanto quanto sempre a causa do que o senhor fizer. Não duvidei nem um pouco de que estaria disposto a isso se achasse que eu obteria alguma coisa como resultado; até mesmo o pequeno prazer – riu ela – de ter falado, como o senhor diz, "mais". Portanto deixe que meu prazer com isso, a qualquer preço, continue a representar para o senhor o que *eu* chamo de sacrificá-lo.

Ela havia inspirado longamente; tinha feito com que ele fizesse *tudo* por ela, e tinha iluminado o caminho para fazê-lo sem que ele citasse seu marido. Aquele silêncio fora tão distinto quanto o som agudo, inevitável, e alguma coisa agora, nele, veio em seguida, um ar súbito de estar finalmente confessando onde ela estava e de implorar a pergunta específica.

– Então não achas que eu posso cuidar de mim mesmo?

– Ah, foi exatamente por cima disso que eu passei. Não foi por isso...!

Mas ela se interrompeu, e os dois ficaram apenas outro momento face a face.

– Eu te direi, minha querida, no dia em que *eu* sentir que começaste a me sacrificar.

– "Começaste"? – ecoou ela de modo extravagante.

– Bom, será, para mim, o dia em que deixares de acreditar em mim.

Com isso, tendo os óculos ainda fixos nela, as mãos nos bolsos, o chapéu empurrado para trás, as pernas um pouco afastadas, ele pareceu se plantar ou se firmar para uma espécie de afirmação que lhe ocorrera que ele deveria fazer, na falta de outras coisas, antes que mudassem de assunto. Isso teve para a princesa o efeito de um lembrete – um lembrete de tudo que ele era, de tudo que fizera, de tudo, acima e além de ser seu pai perfeito, que ela poderia considerá-lo representando, para o qual poderia considerá-lo, eminentemente, aos olhos de dois hemisférios, tendo sido capaz de, e portanto desejando, de modo não – seria? – ilegítimo, chamar sua atenção. A "bem-sucedida" pessoa beneficente, o belo cidadão generoso, original, ousadamente voluntarioso, o consumado colecionador e infalível autoridade que ele fora e ainda era – essas coisas lhe pareciam, naquele momento, compensar para ele, de modo maravilhoso, um caráter que ela deveria levar em conta ao lidar com ele por piedade ou por inveja. Seu pai parecia, sob essa impressão, erguer-se maior do que a vida, de modo que ela o viu naqueles momentos sob uma luz de reconhecimento que tivera um brilho em muitas ocasiões do passado, mas que nunca fora tão intensa e tão quase admonitória. A própria calma dele fazia parte disso agora, como sempre fizera parte de tudo, de seu sucesso, sua originalidade, sua modéstia, sua refinada perversidade pública, sua energia inescrutável, incalculável; e talvez fosse essa qualidade – ainda mais, também, como resultado, na ocasião presente, de um esforço admirável, reconhecível – que o colocava aos olhos dela como nenhuma obra de arte preciosa provavelmente já fora colocada aos dele. Houve um longo momento, absolutamente, em que a impressão dela crescia e crescia, como a do encantado visitante, no museu silencioso, diante do objeto com nome e data, o orgulho do catálogo, que o tempo havia polido e consagrado. Extraordinária, em particular, era a quantidade de diferentes modos que ele lhe parecia mostrando. Ele era forte – essa era a coisa importante. Ele era seguro – seguro de si, sempre, qualquer que fosse sua ideia; de algum modo a expressão disso nele jamais parecera mais idêntica ao seu gosto comprovado pelo raro e pelo verdadeiro. Mas o que se destacava além de tudo era que ele era sempre, maravilhosamente, jovem – o que só podia coroar, nessa conjuntura, todo o seu apelo à imaginação da filha. Antes que Maggie soubesse se estava sendo erguida pela consciência de que ele era simplesmente um homenzinho grande, profundo e elevado, e que amá-lo com ternura não era para ser distinguido, nem um pouco, de amá-lo com orgulho. Veio-lhe estranhamente, de súbito, um alívio imenso. O sentimento de que ele não era um fracasso, e jamais poderia ser, tirou qualquer maldade do sofrimento dos dois – fez com que fosse como se eles já tivessem emergido, em sua união transmutada, para sorrir quase sem dor. Era como uma nova confiança, e após outro instante ela soube ainda melhor por quê. Não seria porque agora, também, ele estava pensando nela como sua filha, estava *experimentando-a*, durante aqueles segundos mudos, como a filha de seu sangue? Ah, então, se ela, com sua pequena paixão consciente, não era filha de qualquer fraqueza, o que era senão forte também? Isso cresceu dentro de Maggie; fez com que ela se elevasse mais alto, mais alto; nesse caso ela também não era um fracasso – pelo contrário; a força dele era a força dela, o orgulho dele era o orgulho dela, e os dois eram decentes e competentes juntos. Isso tudo estava na resposta que ela finalmente lhe deu.

– Acredito no senhor mais do que em qualquer pessoa.

– Do que absolutamente qualquer pessoa?

Ela hesitou, por tudo que aquilo poderia significar; mas ali estava – ah, mil vezes! –, sem dúvida.

– Do que absolutamente qualquer pessoa. – Agora não resguardava nada, encontrou os olhos dele, deixou-o perceber por inteiro; e depois prosseguiu: – E acho que este é o modo como o senhor acredita em mim.

Ele a encarou por mais um minuto, mas seu tom de voz finalmente foi correto.

– Com relação ao modo, sim.

– Bom, então...? – Ela falou como se pelo fim e por outras questões, por qualquer coisa, por tudo o mais que pudesse haver. Eles jamais voltariam a isso.

– Bom, então...! – As mãos dele saíram, e enquanto as dela as seguravam ele puxou-a para o peito e abraçou-a. Prendeu-a com força e por muito tempo, e ela se deixou ir; mas foi um abraço que, augusto e quase sério, não produziu, por sua intimidade, qualquer reação súbita e não irrompeu em qualquer inconsequência de lágrimas.

4

Depois dessa conversa Maggie sentiria como os dois tinham sido ajudados pela influência daquele acidente de ela ter sido apanhada, algumas noites antes, no abraço familiar da esposa de seu pai. A volta dele ao salão coincidira exatamente com essa demonstração, que além disso não fora perdida por seu marido ou pelos Assingham, que, interrompendo o jogo de cartas, tinham deixado a sala de bilhar com ele. O tempo todo ela estivera consciente do que essa impressão recebida pelos outros poderia, naquele instante prolongado, fazer por sua situação; e não menos porque, como ninguém parecera ser o primeiro a fazer alguma observação a respeito, isso assumira na consciência o tom especial de consagração conferido por unanimidades de silêncio. O efeito, ela poderia ter considerado, fora quase incômodo – sua separação rápida de Charlotte, como se elas tivessem sido descobertas em algum absurdo, no fato de ela ter-se conscientizado dos espectadores. Os espectadores, por outro lado – essa era a aparência –, não poderiam ter suposto que, na relação existente, as duas fossem viciadas em carinhos mútuos; e no entanto, hesitando com um fino escrúpulo entre a simpatia e a diversão, deviam ter sentido que praticamente qualquer comentário falado ou rido só não pareceria vulgar se parecesse, além de qualquer medida permissível, inteligente. Evidentemente elas pareciam duas mulheres "fazendo as pazes" efusivamente, como as mulheres costumam fazer, em especial quando são tolas comprovadas, depois de uma discussão; mas perceber a reconciliação implicaria, da parte de seu pai, de Amerigo e de Fanny Assingham, alguma visão proporcional das bases das diferenças entre elas. Houvera alguma coisa, houvera simplesmente demais, no incidente, para cada observador; entretanto nada havia que alguém pudesse dizer sem parecer essencialmente estar dizendo: "Vejam, vejam, vejam, coitadinhas... a briga das duas foi superada com as bênçãos de Deus!" "Nossa briga? Que briga?", teriam necessariamente perguntado as coitadinhas; e assim a inteligência dos outros teria sido convocada para alguma agilidade de exercício. Ninguém fora capaz, na pressa de produzir desajeitadamente um motivo fictício para qualquer estranhamento – isto é, que ocupasse o lugar do verdadeiro, que há tanto tempo, para as sensibilidades mais aguçadas, havia permeado o ar; e todo mundo, assim, para não ser inconvenientemente desafiado, ficou fingindo, imediatamente, não ter observado nada que qualquer outro não tivesse.

Mesmo assim a avaliação de Maggie permanecera cheia da reflexão captada da dedução total; que atuara, virtualmente, permitindo que todos os presentes – e ah, Charlotte não menos! – respirassem fundo. A mensagem da pequena cena fora diferente para cada um, mas fora isso, nitidamente, que ela reforçara – reforçara até mesmo imensamente: o esforço geral, levado de semana em semana e ultimamente com mais sucesso, a olhar, falar e se mover como se nada na vida fosse importante. Mas, de modo supremo, enquanto essa taça lhe era estendida, o sentimento de Maggie virou-se para a qualidade do sucesso constituído, no ato, para Charlotte. Acima de tudo, se ela estava pensando em como seu pai havia secretamente se espantado, em como seu marido devia ter secretamente imaginado, em como Fanny Assingham devia ter secretamente, num átimo, visto a luz do dia por si mesma – acima de tudo, pela comunicação, Maggie sentira o gosto do alto lucro para sua companheira. Ela *sentiu*, em todas as suas pulsações, Charlotte sentiu, e como publicamente lhe fora exigido, absolutamente, coroar seu próprio rebaixamento. Foi o toque acrescido, e agora nada mais faltava – que, para fazer justiça à sua madrasta, a Sra. Verver parecera apenas desejar mostrar que reconhecia, desde aquela noite, com a definitiva nitidez. Maggie reviveu os minutos em questão – vira-se repetidamente fazendo isso; ao ponto de a noite inteira parecer, para os seus sentidos posteriores, uma coisa designada por algum poder oculto que lidara com ela, que por exemplo animara os quatro exatamente com a inquietação correta, fazendo o jogo de bridge – por mais abismal que fosse o rosto que este lhe mostrara – dar lugar, exatamente, ao impulso comum e não verbalizado de descobrir, de imitar a impaciência de Charlotte; uma preocupação, esta última, ligada de modo detectável ao membro do grupo que estava perambulando em sua esquisitice e que, apesar de toda a simulada cegueira dos outros, não perambulava sem ser percebida.

Se enquanto isso a Sra. Verver lhe parecera determinada numa certa direção pela última inspiração na qual aquela noite fluíra, nossa jovem ainda não deixaria de apreciar a verdade de que ela não fora posta à vontade, afinal de contas, com permanência absoluta. Maggie a vira, inconfundivelmente, desejar alçar-se à altura da ocasião e ser magnífica – vira-a decidir que o modo correto para isso seria provar que a confirmação que ela exortara ali, sob o lustre alto e frio do salão, um tilintar de cristal e prata, não somente jorrara óleo sobre as águas turbulentas da situação de ambas, mas praticamente encharcara toda a conversa com lubrificante. Ela excedera o limite da discrição nessa insistência à sua capacidade de pagar em proporção a um serviço que considerou belo. "Por que belo?" – sentir-se-ia Maggie livre para perguntar; uma vez que se ela fosse verdadeira o serviço certamente não teria sido grande. Nesse caso teria ficado nítido, e igualmente para cada um deles, que a verdade, nos lábios da princesa, não apresentava qualquer dificuldade. Se o humor desta última, de fato, pudesse ter se transformado em alegria particular, ele poderia ter fracassado em resistir à distração de ver uma criatura tão esperta ser tão lograda. A teoria de Charlotte sobre maneiras generosas era manifestamente expressar que a palavra de sua enteada, varrendo tudo – como ela poderia ter dito –, as restaurara à serenidade de uma relação sem qualquer nuvem. Resumindo, fora nesta luz idealmente conclusiva, de modo que nenhum fantasma de qualquer coisa à qual a mesma se referia pudesse jamais caminhar de novo. Mas o que era o êxtase disso senão, em si, algo um tanto comprometido? – como realmente, dentro de uma semana, Maggie teve ocasião de suspeitar que sua amiga começava, e um tanto abruptamente, a lembrar. Convencida como estava do exemplo que já lhe fora dado pelo marido, e com relação ao qual sua declaração de confiança na amante dele fora um ato de conformidade refinadamente calculado, ainda assim sua imaginação buscava no jogo oculto da influência dele a explicação de qualquer mudança de superfície, qualquer diferença de expressão ou intenção. Houvera, através de sua vida, como sabemos, poucos lugares em que a fantasia da princesa podia se soltar; mas esta se livrou de qualquer restrição quando mergulhou no vazio figurado dos detalhes daquela relação. Este era um reino que a fantasia poderia povoar com imagens – repetidamente com imagens novas; estas pululavam como as estranhas combinações que espreitavam nos bosques durante o crepúsculo; pairavam sobre o definido e se desbotavam no vago, uma vez que o principal sinal presente para ela era que estavam sempre, estavam crepuscularmente, agitadas. Sua visão anterior de um estado de contentamento se tornara insegura pela própria intensidade do contentamento – isso caíra dela; Maggie deixara de ver, enquanto se perdia, o par de amantes operísticos, amantes altamente wagnerianos (ela encontrou, no fundo de si mesma, essas comparações) entrelaçados em seu bosque de encantamento, uma clareira verde tão romântica quanto o sonho que temos a respeito de uma antiga floresta alemã. Pelo contrário, a imagem era velada com as sombras dos problemas; atrás dos quais ela sentia, indistinguível, a procissão de formas que tinham perdido, de modo digno de pena, a preciosa confiança.

Portanto, apesar de naqueles dias haver para Maggie, com Amerigo, muito pouco até mesmo da imitação, de dia para dia, de qualquer referência desembaraçada – como ela previra, por sinal, desde o início, que haveria –, sua concepção ativa da acessibilidade dele ao direito particular e não extinguido da amiga de preparar o terreno não estava muito menos ativa do que antes. Assim era que seu sentimento interno, apesar de tudo, representava-o como se ainda mexesse os pauzinhos e controlasse as correntes, ou então como se abafasse toda a possibilidade, mantendo-a cada vez mais embaixo, levando sua cúmplice continuamente a alguma nova curva da estrada. Com relação a si mesma, Maggie se tornara mais consciente, de semana em semana, das engenhosidades intencionais dele para compensar o abandono de ambos, num grau tão terrível, de qualquer realidade de franqueza –

uma privação que deixara nos lábios dele talvez um pouco da mesma sede com que ela sentia os seus distorcidos, o tormento do peregrino perdido que ouve nas areias do deserto o possível, o impossível barulho de água. Mas era exatamente essa condição embaraçada do príncipe que ela mantinha diante de si quando mais desejava descobrir bases de dignidade para a paixãozinha dura que nada que ele fizera poderia abafar. Havia muitas horas, horas solitárias, em que ela se entregava dignamente; e havia outras em que, presa com sua concentração alada a alguma profunda cela da colmeia do coração, armazenava sua ternura acumulada como se a tivesse recolhida totalmente de flores. Ele estava andando ostensivamente ao seu lado, mas na verdade entregue, sem interrupção, ao meio cinzento em que tateava impotente; uma percepção da parte dela que era uma pontada perceptiva e que poderia durar o que durasse – para sempre, se necessário – mas que, se tivesse de ser aliviada, deveria ser aliviada somente pela ação dele. Maggie não poderia fazer mais nada a respeito; fizera o máximo possível. Nesse meio-tempo não era mais fácil suportar esse aspecto sob o qual Charlotte era apresentada como dependendo dele para orientação, tomando isso dele até mesmo em doses de amargura, e entretanto perdida com ele em profundezas remotas. Assim nada seria deduzido de modo mais incisivo do que ele a ter alertado prontamente, ao ouvir dela a preciosa confirmação recebida de sua esposa, de que ela deveria cuidar de que sua satisfação não traísse algo de seu perigo. Maggie tivera um dia ainda esperando, depois de lhe dar tempo para descobrir como lhe mentira sem reservas – esperando como se pela luz de algum lento reflexo desse conhecimento na atitude pessoal dele. Que evolução retardada, perguntava-se ela naquelas horas, não poderia a pobre Charlotte ter precipitado involuntariamente? Assim, para Maggie ela era de novo a pobre Charlotte, mesmo enquanto a cabeça de Maggie estava baixada, e o motivo para isso ficava voltando à nossa jovem na concepção do que teria secretamente acontecido. Ela a viu, face a face com o príncipe, tirar do mesmo o frio da mais rígida reprimenda dele, com as possibilidades de dificuldade mais profunda que isso representava para cada um. Ela a ouviu perguntar, irritada e sombria, que tom, em nome de Deus – uma vez que sua coragem não servia a ele –, ele *deveria* adotar então; e, através de um fantástico voo de adivinhação, ouviu Amerigo responder, numa voz em que cada nota, familiar e admirável, vinha-lhe, de que ela realmente precisava administrar essas prudências um pouco para si própria. Era positivo na princesa que, para isso, ela respirava o ar frio de Charlotte – afastada dele, no mesmo, com ela, afastada com ela, numa compaixão crescente, de um modo e de outro, pairava atrás dela enquanto a sentia se perguntar onde, então, poderia descansar. Maravilhoso o modo como, sob tais imaginações, Maggie circulava e se demorava – como se estivesse, materialmente, seguindo-a sem ser vista, contando cada passo que ela desperdiçava impotentemente, notando cada estorvo que a fazia parar.

Alguns dias assim haviam tecido uma mudança naquela apreensão da beatitude instantânea do triunfo – do triunfo magnânimo e sereno – com que o resultado da cena noturna no terraço condenara nossa jovem a fazer concessões. Ela tivera, como sabemos, sua visão das grades de ouro torcidas, da porta da gaiola aberta à força por dentro e da criatura à solta – um movimento, da parte da criatura, que teria sua beleza impressionante naquele curto intervalo, mas cujo limite, e numa outra direção, estivera diretamente à vista durante a última conversa sob as grandes árvores com seu pai. Foi quando viu o rosto da mulher dele lastimavelmente preso ao lugar aonde, durante a conversa, seu pai tão significativamente dirigiu o dele – foi então que Maggie pôde vê-lo ficar pálido, foi então que pareceu saber o significado de pensar nela, à sombra da referência mais agourenta dele, como "condenada". Se, como digo, a atenção da princesa agora, dia após dia, circulava e adejava tanto, esta se encontrou atraída por certas situações em que via absolutamente com os olhos graves de Charlotte. O que infalivelmente percebia através deles era a figura de um cavalheiro pequeno e quieto que usava principalmente, enquanto se movia sozinho pelo campo de visão, um chapéu de palha, um colete branco e uma gravata azul, mantendo um charuto nos dentes e as mãos nos bolsos, e que frequentemente apresentava as costas um tanto meditativas enquanto avaliava lentamente as perspectivas do parque e contava pensativo (poderia parecer) seus passos. Houve horas de intensidade, por uma ou duas semanas, quando parecia que ela seguira disfarçadamente a madrasta, na grande casa, de cômodo em cômodo e de janela em janela, somente para vê-la, aqui, ali e em toda parte, *testar* sua aparência inquieta, questionar sua situação e seu destino. Inconfundivelmente surgira para ela alguma coisa que jamais houvera antes; isso representava uma nova complicação e provocara uma nova ansiedade – coisas que ela carregava exausta no lenço da censura aceita do amante, enquanto procurava inutilmente algum canto onde poderia largá-las em segurança. A solenidade disfarçada, a prolongada futilidade de sua busca poderia ter sido grotesca para um olhar mais irônico; mas a provisão de ironia de Maggie, que nós percebemos como naturalmente pequena, nunca fora tão escassa quanto agora, e havia momentos em que o mero efeito de estar perto dela era sentir o coração na garganta, era quase ser levada a lhe dizer: "Fique firme, minha pobre querida – sem terror *demais* –, e tudo se resolverá de alguma forma."

Até mesmo a isso, podia ela refletir, Charlotte seria capaz de responder que era fácil falar; nem mesmo isso poderia ter um significado muito grande enquanto o homenzinho meditativo com chapéu de palha continuava surgindo com o indescritível ar de tecer seu feitiço, tecê-lo sozinho, lá longe. Em qualquer trecho do horizonte em que as aparências fossem examinadas, ele seria notado absorvido nessa ocupação; e Maggie perceberia duas ou três ocasiões extraordinárias em que recebera do pai a sugestão de que ele avaliava a impressão que produzia. Na verdade somente depois da longa conversa recente no parque ela soube com que profundidade, de que modo exaustivo, os dois haviam se comunicado – de modo que em consequência permaneceriam juntos, por enquanto, na forma de dois bebedores sociáveis que se recostam nas cadeiras, afastando-se da mesa onde estiveram pousando os cotovelos, sobre a qual esvaziaram até a última gota os copos cheios. Os copos continuavam sobre a mesa, mas virados de cabeça para baixo; e nada restava para os companheiros senão confirmar com silêncios plácidos o fato de que o vinho tinha sido bom. Eles haviam se separado, positivamente, como se, de cada lado, estivessem bêbados com o mesmo – bêbados para qualquer coisa que viesse; e tudo entre eles, enquanto o mês ia passando, acrescentava seu toque de verdade a essa similitude. De fato, nada *havia* atualmente entre eles a não ser que estavam olhando um para o outro em confiança infinita; isso não requeria mais palavras, e quando se encontravam durante os profundos dias de verão, quando se encontravam até mesmo sem testemunhas, quando se beijavam de manhã e à noite, ou em qualquer das outras ocasiões de contato que sempre haviam celebrado com tanta liberdade, um par de pássaros de voo alto não pareceria menos ter convidado um ao outro a sentar-se e se preocupar de novo. De modo que na própria casa – de uma extremidade à outra da grande galeria, o orgulho da casa, por exemplo –, onde seus tesouros incompletos mais do que nunca estavam enfileirados temporariamente, algumas vezes ela olhava para ele como se, num dos salões de um museu, ela fora uma jovem séria diante de um Baedeker e ele um vago cavalheiro para quem até mesmo os Baedeker eram desconhecidos. Claro que o Sr. Verver sempre tivera seu modo de caminhar para rever suas posses e verificar o estado delas; mas esse era um passatempo no qual ele parecia, a Maggie, estar quase extravagantemente viciado, e quando ela passava por ele e ele se virava para lhe dar um sorriso, a princesa captava – ou pelo menos pensava captar – a maior profundidade de seu pequeno, de seu perpétuo zumbido de contemplação. Era como se estivesse cantando para si mesmo, *sotto voce*,* enquanto andava – e ocasionalmente também era, inefavelmente, como se Charlotte, pairando, observando, ouvindo, também de seu lado, se mantivesse suficientemente no alcance da audição para perceber aquilo como uma música, e entretanto, por algum motivo ligado ao próprio jeito da música, se mantinha afastada e não ousava.

Uma das atenções que, desde imediatamente após seu casamento, ela lhe dava com maior frequência era a do interesse pelas raridades dele, a apreciação de seu gosto, a paixão nativa que ela sentia por objetos lindos e o desejo agradecido de não deixar escapar qualquer coisa que ele pudesse ensinar sobre esses objetos. Com o tempo Maggie passara a vê-la "trabalhar" essa fonte afortunadamente natural

*Em silêncio.

de simpatia, por tudo que ela podia valer. Charlotte tomou posse do terreno em toda a extensão; abundava nela, num estranho excesso, poderíamos observar, a suposição de que era para si própria, com seu marido, *todo* o terreno, o ar mais fino, mais claro e o meio mais respirável comum a eles. Fora dado a Maggie imaginar, nessas intensidades de aprovação, se ela não o trancava demais na província dele; mas esta é uma reclamação que Adam Verver jamais fez à filha, e Charlotte devia pelo menos ter a seu favor o fato de que, graças ao instinto admirável, seu alcance de percepção marchando junto ao dele e nunca ficando para trás, ela provavelmente nenhuma vez cometera algum erro grosseiro ou mostrara uma estupidez reveladora. Nos dias de verão, Maggie sentia maravilhosamente que, afinal de contas, este era um modo de ser uma esposa afável; e essa percepção jamais era tão forte quando naqueles momentos casuais em que encontrava os *sposi*, como Amerigo os chamava, sob os tetos abrigados de Fawns enquanto, tão juntos, mas ao mesmo tempo tão separados, faziam sua ronda cotidiana. Charlotte ficava para trás, com atenção enfatizada; parava quando o marido parava, mas à distância de uma ou duas vitrines, ou de qualquer outra sucessão de objetos; e a semelhança da conexão entre eles não seria percebida erradamente se ele fosse visto como se segurasse numa das mãos enfiadas no bolso a ponta de uma comprida corda de seda enrolada no belo pescoço da mulher. Ele não puxava a corda, mas esta se encontrava ali; ele não arrastava Charlotte, mas ela vinha; e essas indicações que descrevi a princesa achando extraordinárias nele eram duas ou três mudas sugestões faciais que a presença de sua esposa não impedia que ele dirigisse à filha – nem impedia a filha, quando passava, isso sem dúvida deveria ser acrescentado, de ruborizar um pouquinho ao recebê-las. Eram no máximo apenas um sorriso sem palavras, sem palavras, mas o sorriso era o puxão suave na corda de seda, e a tradução de Maggie para isso, presa em seu peito até ela estar bem longe, saía apenas, como poderia ser entreouvido, quando alguma porta estava fechada atrás dela. "Sim, veja bem... eu a seguro pelo pescoço, levo-a para o seu destino, e ela nem sabe o que é, apesar de ter no coração um medo que, se tivesses a chance de aplicar o ouvido ali como eu apliquei, na condição de esposo, ouvirias um martelar contínuo. Ela pensa que seu destino *pode* ser o lugar medonho lá longe – medonho para *ela*; mas ela tem medo de perguntar, não vês?, assim como tem medo de não perguntar; assim como tem medo de tantas outras coisas que agora vê multiplicadas em volta como augúrios e traições. Mas ela saberá... quando souber."

Enquanto isso, a única oportunidade de Charlotte para o ar de confiança que usara anteriormente tão bem e que combinava tanto com seu tipo fino e encantador, era a presença de visitantes jamais totalmente interrompida, enquanto a estação prosseguia – na verdade era tão constante, com todas as pessoas que apareciam para almoçar, para o chá e para ver a casa, agora repleta, agora famosa, que Maggie passou a sentir de novo nesse grande elemento de "companhia" uma espécie de renovado suprimento de água para o tanque onde, como um cardume de ofegantes peixes dourados, eles se mantinham à tona. Isso os ajudava, inconfundivelmente, um com o outro, enfraquecendo a ênfase de tantos silêncios em que, de outro modo, consistiria o íntimo intercurso deles. Belo e até mesmo maravilhoso para ela, às vezes, era o efeito daquelas intervenções – acima de tudo ao provocar em cada um o possível heroísmo das coisas perfunctórias. Eles aprendiam a viver no superficial; permaneciam nele pelo máximo de horas do dia; o superficial assumiu finalmente a semelhança de alguma câmara espaçosa e central numa casa assombrada, uma grande rotunda cheia de arcos e cercada de vidros, onde a alegria podia reinar, mas cujas portas se abriam para corredores sinistros e circulares. Ali um se virava para o outro, como diziam, com os rostos vazios que negavam qualquer incômodo sentido na aproximação; ali eles fechavam numerosas portas depois de ter passado – todas menos a porta que conectava o lugar, como se por um corredor reto em forma de barraca, até o mundo exterior, e, encorajando assim a interrupção da sociedade, imitava a abertura pela qual os artistas engalanados do circo chegam à arena. Por sorte o grande papel que a Sra. Verver representara socialmente vinha, podia perceber Maggie, em sua ajuda; ela possuía "amigos pessoais" – os amigos pessoais de Charlotte sempre tinham sido, em Londres, nas duas casas, uma das amenidades mais convenientes – que temperavam, nesta crise, seu aspecto de isolamento; e não teria sido difícil adivinhar que seus melhores momentos eram aqueles em que não sofria qualquer medo de se tornar um tédio ao restringir seu apelo à curiosidade deles. A curiosidade dos visitantes podia ser vaga, mas a inteligente anfitriã era distinta, e marchava com eles, sem lhes poupar coisa alguma, como se contasse, a cada dia, com uma colheita de meias-coroas. Maggie a encontrava, na galeria, nas horas mais estranhas, com o grupo que Charlotte estava recebendo; ouvia-a dar suas lições, insistir no interesse, esnobe, até mesmo, na presunção particular e no sorriso diante do espanto geral – características inevitáveis, estas últimas, de quase qualquer ocasião – de um modo que fazia nossa jovem, ela própria incuravelmente fascinada, maravilhar-se de novo com o mistério pelo qual uma criatura que em algumas situações podia ser tão seriamente certa estar em outras tão perversamente errada. Quando seu pai, circulando vagamente, era acompanhado pela mulher, era sempre Charlotte quem parecia vir atrás; mas ele ficava no fundo quando ela ciceroneava, e talvez fosse então que, movendo-se com discrição e modéstia de um lado para o outro nos limites da exposição, a aparência de ele estar tecendo um feitiço era, para a consciência iniciada, mais irresistível. Mulheres brilhantes se voltavam para ele em vaga emoção, mas sua resposta mal o envolvia mais do que se ele fosse a pessoa empregada para ver se, depois de a onda invasora se dispersar, os armários estavam todos trancados e a simetria restaurada.

Houve uma manhã em que, durante a hora antes do almoço e pouco depois da chegada de um contingente da vizinhança – vizinhos de 16 quilômetros de distância –, de quem a Sra. Verver se encarregara, Maggie parou no limiar da galeria pela qual estava para passar e hesitou, por causa da impressão do rosto dele encarando-a da porta oposta. No meio da paisagem Charlotte mantinha unido, como se por algo quase austero na graça de sua autoridade, o grupo de visitantes semiamedrontado (agora que estavam ali!), que, desde que haviam se anunciado por telegrama desejosos de inquirir e admirar, viam-se restritos a esta coerência. A voz dela, alta e clara e um pouco dura, alcançava o marido e a enteada enquanto expunha sem qualquer dúvida a alegre submissão ao dever. Suas palavras, endereçadas à publicidade mais ampla, ressoaram alguns minutos no local, com todo mundo tão quieto para ouvir como se aquilo fosse uma igreja cheia de velas e ela estivesse cumprindo sua parte em algum hino de louvor. Fanny Assingham parecia fascinada em devoção – Fanny Assingham que abandonava esta outra amiga tão pouco quanto abandonava seu anfitrião ou a princesa, o príncipe ou o *principino*; ela a apoiava, em lentas circunvoluções, em murmurantes demonstrações de presença, em todas essas visitas, e Maggie, avançando após uma primeira hesitação, não deixaria de perceber sua atitude solene, inescrutável, seus olhos atentamente erguidos, de modo que pudesse escapar de ser provocada a trair qualquer impressão. Mas traiu uma, quando Maggie se aproximou, baixando o olhar ao nível da outra por tempo suficiente para parecer aventurar, maravilhosamente, um apelo mudo: "Tu entendes, não entendes, que se ela não fizer isso não saberá o que fazer?" A Sra. Assingham lançou ricamente essa luz enquanto a jovem amiga, irresistivelmente comovida, ficava insegura de novo, e então, para não demonstrar muito – ou positivamente para escondê-lo, e também para esconder algo mais –, virava-se para uma das janelas e esperava desajeitadamente, sem objetivo.

– A maior das três peças tem a rara peculiaridade de que as guirlandas postas em volta, que, como vocês veem, são o mais fino *vieux saxe** possível, não são da mesma origem ou do mesmo período, e nem mesmo, por mais maravilhosas que sejam, de um gosto tão perfeito. Elas foram postas numa época posterior, por um processo do qual há poucos exemplos, e nenhum tão importante quanto este, que é realmente único; de modo que, ainda que a coisa toda seja um tanto *baroque*, acredito que seu valor como espécime seja inestimável.

Assim a alta voz trinava, objetivando causar efeitos muito acima das cabeças dos vizinhos boquiabertos; de modo que a guia, elevando-a bastante, a nada se prendendo, como juízes menos interessados poderiam ter dito, parecia justificar a fé com que era honrada. Enquanto isso Maggie, na janela, sabia que a coisa mais estranha estava acontecendo: começara subitamente a chorar, ou pelo menos estava a ponto

*Um tipo de porcelana da Saxônia.

disso – com o quadrado luminoso à sua frente parecendo borrado e indistinto. A voz aguda continuava; seu trinado, sem dúvida, era apenas para ouvidos conscientes, mas houve trinta segundos em que ele soou, para nossa jovem, como o guincho de uma alma em dor. Mantido por um minuto a mais ele se partiria e desmoronaria – de modo que Maggie pegou-se, em seguida, virando-se assustada para seu pai. "Ela não pode ser parada? Ela não fez isso *o bastante*?" – alguma pergunta assim ela deixou que ele supusesse ouvir. Foi então, à distância de metade da galeria — uma vez que ele não se movera de onde a princesa o vira inicialmente –, o Sr. Verver lhe pareceu estar confessando, com estranhas lágrimas nos olhos, uma aguda identidade de emoção. "Coitada, coitada" – isso lhe veio diretamente –, "ela não está, para nosso crédito, apenas bravateando?". Depois disso, enquanto presos assim, os dois tiveram outro minuto tenso, a vergonha, a pena, o conhecimento melhor, o protesto abafado, até mesmo a angústia adivinhada, dominou-o tanto que, ruborizando até os olhos, ele se virou para o outro lado. O acontecimento de apenas alguns instantes, essa rápida comunhão, pareceu levantar Maggie no ar – tantas coisas, para adivinhações profundas também de seu lado, este fez com que ela pensasse. Havia, honestamente, uma horrenda mistura nas coisas, e não ficava fechado para seu sentimento posterior com relação a esses acontecimentos – na verdade, em outros casos nós já o vimos aberto – que a profundeza mais profunda de todas, numa penalidade percebida, era que não dava para ter certeza de que algumas de suas compunções e contorções não se mostrariam ridículas. Amerigo, naquela manhã, por exemplo, estivera tão ausente quanto, nessa conjuntura, parecera demonstrar que desejava ser percebido; fora a Londres passar o dia e a noite – uma necessidade que agora surgia frequentemente e que mais de uma vez ele demonstrara na presença de convidados, de sucessões de mulheres bonitas, pelas quais a teoria de seu interesse fora publicamente cultivada. Nunca ocorrera à sua esposa declará-lo ingênuo, mas finalmente chegou uma escura madrugada de agosto em que ela não conseguia dormir e quando, andando inquieta e respirando na janela o frio dos bosques, encontrou o leve rubor do leste marchando com a percepção daquele outro prodígio quase igual.

Coloriu roseamente sua visão a ideia de que – mesmo tal como ele era, sim – seu marido podia ocasionalmente pecar pelo excesso de sinceridade. Caso contrário não teria dado como motivo para ir a Portland Place nos dias de agosto a explicação de que estava arrumando os livros lá. Ultimamente ele havia comprado muitos, e mandara vir outros, uma grande quantidade, de Roma – maravilhas de impressão antiga em que seu pai ficara interessado. Mas quando a imaginação de Maggie rastreou-o na cidade poeirenta – até a casa onde cortinas fechadas e pálidos sudários, onde um zelador e uma cozinheira estavam de posse sozinhos –, não foi para vê-lo, em mangas de camisa, desfazendo caixas antigas.

Ela o viu, na verdade, menos facilmente distraído – viu-o caminhar, nos cômodos fechados e escuros, de um lugar ao outro, ou então, por longos períodos, reclinar-se em sofás macios e olhar para a frente através da fumaça de cigarros intermináveis. Percebeu-o querendo mais do que qualquer coisa no mundo estar sozinho com seus pensamentos. Estando conectada com os pensamentos do marido, ela continuava a acreditar, mais do que nunca, que era como se ele estivesse sozinho com *ela*. Percebia-o assim descansando daquela tensão constante do superficial ao qual ficava exposto em Fawns; e Maggie era acessível à impressão do aspecto quase mendicante dessa alternativa. Era como se ele estivesse cumprindo penitência de maneiras sórdidas – sendo mandado para a prisão ou ficando sem dinheiro; não teria sido necessário muito para fazê-la pensar no príncipe como se estivesse realmente sem comida. Ele poderia ter ido embora, poderia ter começado a viajar; ele possuía o direito – pensava agora a maravilhosa Maggie – de muito mais liberdades do que tomava! Seu segredo, claro, era que em Fawns, enquanto se encolhia, Amerigo estava o tempo todo diante de presenças com relação às quais havia recuado, com quaisquer mistérios de orgulho, quaisquer molas familiares ao homem do mundo, que ele podia impedir que se soltassem. Naquela manhã, por algum motivo, enquanto olhava o nascer do sol, Maggie fizera uma avaliação extraordinária do terreno sobre o qual ele devia ter tido de arrancar pretextos para a ausência. Tudo lhe veio ali – ele partiu para escapar de um som. O som ainda estava em seus ouvidos –

o trinar agudo e coagido de Charlotte diante dos armários na galeria silenciosa; o som pelo qual ela própria fora rasgada na véspera como se pela voz de uma criatura angustiada e por causa da qual, enquanto ela buscava refúgio numa janela turva, as lágrimas haviam-se forçado em seus olhos. Sua compreensão cresceu tanto que o espanto tornou-se realmente o fato de ele não ter sentido a necessidade de intervalos mais amplos e paredes mais grossas. Diante *dessa* admiração ela também meditou; por mais que pudesse considerar agora, continuava lendo não menos no que ele omitira do que no que ele desempenhara uma beleza de intenção que a tocou ainda mais por ser obscura. Era como estar pendurada sobre um jardim à noite; nada seria percebido da confusão das coisas crescendo, mas dava para sentir que eram flores dobradas, e a vaga doçura delas tornava todo o ar seu meio. Ele teve de se afastar, mas pelo menos não era um covarde; esperaria no lugar a questão do que fizera no lugar. Ela se ajoelhou com o braço apoiado no parapeito, onde cegou os olhos da claridade de ver que a ideia dele podia ser apenas esperar, independentemente do que viesse, ao lado dela. Foi para o seu rosto enterrado que assim, por longo tempo, Maggie o sentiu chegar mais perto; ainda que depois de um tempo, quando o estranho uivo da galeria começou a repetir seu eco inevitável, ela ficou consciente de como isso revelava o esgar pálido e duro de seu marido.

5

A semelhança não estivera presente para ela quando saiu pela primeira vez na claridade quente e imóvel da tarde de domingo – apenas o segundo domingo, de todo o verão, em que o grupo dos seis, o grupo dos sete incluindo o *principino*, ficara praticamente sem adesões ou invasões; mas à vista de Charlotte, sentada longe, praticamente onde ela esperara encontrá-la, a princesa começou a pensar se a amiga não estaria afetada do mesmo modo que ela estivera, naquela noite no terraço, sob a perseguição perceptiva da Sra. Verver. A relação, hoje, havia se invertido; Charlotte estava vendo-a chegar, através de retalhos da tarde que se demorava, do mesmo modo como ela observara Charlotte ameaçá-la através da noite sem estrelas; e houve um momento, o momento em que ela esperava um pouco enquanto as duas se encontravam através da distância, em que o intervalo foi ligado por um reconhecimento não menos sem som, e, para todas as aparências, não menos carregado de estranhos significados do que na outra ocasião. Mas o fato era que elas haviam trocado de lugar; Maggie, de sua janela, vira a madrasta sair de casa – numa hora tão improvável, três da tarde de um agosto ardente, para um passeio no jardim ou no bosque – e em seguida sentira seu impulso determinado com a mesma intensidade que provocara a ação da companheira há três semanas. Era o dia mais quente da estação, e a sesta à sombra, para pessoas ociosas, certamente teria sido prescrita; mas talvez nossa jovem ainda não tivesse sentido tão completamente que tais refinamentos de repouso, entre eles, constituía a cadeira vazia na festa. Isso era ainda mais distinto porque a festa, literalmente, na grande sala de jantar escurecida – a fria e cerimoniosa ficção de um almoço – acabara de acontecer sem a presença da Sra. Verver. Ela fora representada apenas pela desculpa de uma dor de cabeça, não informada ao resto das pessoas por seu marido, e sim oferecida diretamente ao Sr. Verver, assim que todos se reuniram, por sua criada, encarregada da missão e realizando-a com solenidade.

Maggie havia se sentado, com os outros, diante de iguarias artisticamente geladas, do lento circular de preciosas jarras tilintantes, de nítidas reservas de referências em muitas direções – a pobre Fanny Assingham mal pondo o nariz para fora do buraco almofadado ao qual havia se recolhido. Um consenso de langor, que quase poderia ser confundido com uma comunhão de pavor, dominava a cena – aliviada somente pelos hábeis experimentos do padre Mitchell, homem bom, santo, faminto, um grande e atarefado amigo e conselheiro de Londres, que assumira, por uma ou duas semanas, o leve serviço da vizinhança, ritos locais florescendo sob a generosidade de Maggie, e estava desfrutando, como conveniência, todas as prodigalidades da casa. *Ele*, o padre Mitchell, conversava sem se sentir desencorajado –

conversava principalmente com o sorriso indefinido, errante, dos artistas do palco, e o poder da princesa de senti-lo no todo como uma bênção naquelas ocasiões não era prejudicado pela falta de jeito que ela sentia na consciência por ter, desde o início de seu problema, realmente achado o caminho sem a orientação dele. Às vezes se perguntava se ele suspeitava do modo mais do que sutil, do modo perverso, com que ela o tratava, e Maggie se equilibrava entre visões de tudo que ele devia ter adivinhado particularmente e certezas de que ele não adivinhara absolutamente nada. Mesmo assim ele poderia estar educadamente preenchendo as lacunas, no presente, pelo simples motivo de que seu instinto, mais aguçado do que a expressão no rosto, lhe servira suficientemente – deixara-o cônscio do gelo fino, falando figurativamente, e dos prolongamentos de tensão, ao redor, quase todas estranhas aos círculos em que a luxúria era parente da virtude. Algum dia, em alguma estação mais feliz, ela lhe confessaria que não tinha confessado, ainda que levando tanta coisa na consciência; mas neste momento estava carregando na mão fraca e rígida um copo cheio até a borda, do qual ela prometera que nenhuma gota transbordaria. Maggie temia o próprio sopro de uma sabedoria melhor, o jorro da luz mais elevada, da própria ajuda celestial; e, além disso, como quer que isso fosse, nessa tarde ela respirava, como nunca antes, um elemento pesado a ponto de ser opressivo.

Algo sério acontecera, de algum modo e em algum lugar, e ela teve, Deus sabe, a chance de supor: seu coração ainda ficava imóvel quando ela pensava acima de tudo se não teria sido arrebentada a corda entre seu marido e seu pai. Fechava os olhos, desanimada, diante de tal possibilidade – movia-se diante deles a procissão das formas horrendas que isso poderia ter assumido. "Descobre sozinho!", lançara ela para Amerigo, como última palavra, na questão de quem mais "sabia", naquela noite em que a taça fora quebrada; e se sentia lisonjeada porque desde então não o ajudara, em sua clara coerência, sequer por um centímetro. Era o que ela lhe dera, em todas aquelas semanas, para se ocupar, e repetidamente Maggie ficara acordada pela obsessão desse sentimento da incerteza do marido jogando implacável e interminavelmente com a dignidade dele. Ela o entregara a uma ignorância que não podia sequer tentar ser indiferente e que no entanto não se projetaria, tampouco, no ar clareado da convicção. Na proporção em que Amerigo era generoso isso mordera o espírito dele, e mais de uma vez Maggie dissera a si mesma que, para quebrar o feitiço que lançara sobre ele e que o polido marfim antigo da inatacável superfície de seu pai tornava tão absoluto, ele subitamente cometeria algum erro ou alguma violência, despedaçaria algum vidro de janela em busca de ar, falharia até mesmo numa de suas abençoadas obstinações de gosto. Desse modo, fatalmente, ele ter-se-ia colocado em erro – estragando com um único passo em falso a perfeição de sua aparência externa.

Essas sombras subiam e desciam para ela enquanto o padre Mitchell arengava; com outras sombras também, as que pairavam acima de Charlotte, as que a destacavam como presa de suspeitas iguais – da ideia, em particular, de uma mudança nas relações entre os dois homens, uma mudança tal que ela não podia encarar. Ou havia ainda outras possibilidades, como parecia a Maggie; havia sempre possibilidades demais, e todas eram coisas malignas quando seus nervos tinham finalmente feito o que os nervos fazem; tinham-na deixado numa escuridão de perigos que rondavam, que era como o apuro do vigia noturno numa terra assombrada por feras e que não tem mais como fazer fogo. Com esses nervos ela poderia ter suposto quase qualquer coisa da parte de qualquer pessoa; quase qualquer coisa do pobre Bob Assingham, condenado a eternas observações e solenemente apreciando o vinho de seu pai; qualquer coisa, verdadeiramente, sim, do bom sacerdote, enquanto ele finalmente se recostava na cadeira com mãos gordas cruzadas e ficava girando os polegares diante da barriga. O bom sacerdote olhou intensamente para as várias jarras, para os diferentes pratos de sobremesa – olhou-os, meio obliquamente, como se *eles* pudessem tê-lo encontrado hoje, para uma conversa, de modo melhor do que qualquer pessoa presente. Mas a princesa finalmente teve sua fantasia também sobre isso: estava no meio de um corredor, antes que percebesse, entre o padre Mitchell e Charlotte – alguma abordagem que ele teria tentado com ela, talvez naquela manhã mesmo, com relação à circunstância de um aparente distanciamento, recentemente observado nela, de qualquer prática de devoção.

Ele teria retirado disso, digamos, sua inferência inábil – confundido isso com um sinal de algum problema interior sufocado e apontava, naturalmente, a moral de que o caminho para sair desse tipo de apuro não era através da negligência do grande remédio. Ele provavelmente prescrevera a contrição – de qualquer modo acelerara a batida daquele falso sossego ao qual o ato de nossa jovem a dedicara em sua condição tão iludida. A falsidade do mesmo criara armadilhas comparadas às quais a acusação de traição até mesmo aceita poderia ter parecido um caminho de rosas. A aceitação, estranhamente, não lhe teria deixado nada a fazer – ela poderia ter permanecido, se quisesse, insolentemente passiva; ao passo que o fracasso em prosseguir contra ela, como poderia ter sido chamado, deixava-lhe tudo, e muito mais por estar tão embrulhado em confiança. Ela precisava confirmar, dia após dia, a justeza de sua causa e a justiça e a propriedade de sua isenção – de modo que não haveria, em qualquer preocupação explícita do padre Mitchell, profundezas de motejo prático pelo sucesso dela?

A questão foi provisoriamente respondida, de qualquer modo, quando o grupo começou a se dispersar depois do almoço – com a versão de Maggie da Sra. Verver aguçada ao ponto de representar seu pretexto para ausência como uma positiva fuga do gracejo. Ela encontrou os olhos do bom sacerdote antes de os dois se separarem, e os padres realmente eram, na pior das hipóteses, por assim dizer, pessoas tão maravilhosas que ela por um instante acreditou que ele estivesse a ponto de lhe dizer, numa suavidade abismal: "Vai até a Sra. Verver, minha filha; vai. Tu descobrirás que podes ajudá-la." Mas isso não veio; nada veio senão o renovado girar dos polegares sobre a barriga satisfeita e todo o jorro, a sinceridade cômica, da referência à pessoa empregada em Fawns para fazer maionese de salmão. Nada veio senão o recuo de cada um dos outros – dos ombros ligeiramente curvos de seu pai, em especial, que parecia tecer seu feitiço, pela força do hábito, com não menos paciência do que se a esposa estivesse presente. Seu marido estava presente para sentir qualquer coisa que houvesse para ser sentida – e talvez tenha sido exatamente por isso que esse personagem foi levado prontamente a emular um exemplo tão definido de "escape". Ele tinha suas ocupações – livros para arrumar talvez até em

Fawns; além disso, a ideia da sesta, em todas as condições, não precisava ser invocada em voz alta. Maggie foi deixada sozinha por um minuto com a Sra. Assingham, que, depois de esperar, por segurança, parecia estar precisando fazer uma demonstração. O estágio de "conversar a respeito" há muito havia passado para elas; quando se comunicavam agora era com relação a fatos bastante definitivos; mas Fanny desejava testemunhar a existência, de sua parte, de uma atenção à qual nada escapava. Era como a dama gentil que, demorando-se por acaso no circo enquanto o resto dos espectadores partem às pressas para a saída, depara com a exausta menina trapezista – o sustento acrobático de pais presumivelmente embaraçados e exigentes – e lhe dá, na condição de artista obscura e meritória, a confirmação do interesse benevolente. O que era mais claro, sempre, na percepção de nossa jovem, era o sentimento de ser deixada, em qualquer ocasião, para suportar o ataque inimigo. Ela estava ali essencialmente para carregar o fardo, em último recurso, de omissões e evasões em volta, e era eminentemente para esse serviço que fora hoje abandonada – com o único alívio, aparentemente, de a Sra. Assingham ter ficado com ela. A Sra. Assingham sugeriu que também estava nas trincheiras – apesar de mostrar, após um momento, que boa parte de sua galanteria consistia em curiosidade. Tinha olhado em volta e visto que os companheiros estavam fora do alcance da audição.

– Tu realmente não queres que nós...?

Maggie encontrou um sorriso fraco.

– Tu realmente queres...?

Isso fez sua amiga ruborizar.

– Bem... não. Mas nós *poderíamos*, tu sabes, a um olhar teu. Nós vamos fazer as malas e partir... como um sacrifício.

– Ah, não faça nenhum sacrifício. Ajuda-me a atravessar isso.

– É isso... é isso que eu quero. Eu seria mesquinha demais...! Além disso – prosseguiu Fanny –, tu és demasiadamente esplêndida.

– Esplêndida?

– Esplêndida. Além disso, tu sabes, tu já praticamente "atravessaste". Tu fizeste isso.

Mas Maggie só entendeu pela metade.

– O que te faz achar que atravessei?

– O que tu querias. Eles vão.

Maggie continuou a olhá-la.

– É isso que eu queria?

– Ah, não és tu quem deveria dizer. Isso era problema *dele.*

– Do meu pai? – perguntou Maggie após uma hesitação.

– Do teu pai. Ele escolheu; e agora ela sabe. Ela vê tudo à sua frente; e não pode falar, nem resistir, nem mexer um dedinho. Esse é o problema *dela* – disse Fanny Assingham.

Isso criou uma imagem, para a princesa, enquanto as duas ficavam ali paradas – a imagem de que as palavras dos outros, quaisquer que fossem, sempre lhe serviam, mesmo quando sua visão já estava carregada, melhor do que quaisquer palavras suas. Ela via, ao redor, através das frestas das janelas, o brilho duro da natureza – via Charlotte em algum lugar, virtualmente a distância, e no entanto tendo negada a última graça de qualquer verdade protetora. Via-a em algum lugar, sem ajuda, pálida em seu silêncio e assumindo seu destino.

– Ela te contou?

Sua companheira deu um sorriso superior.

– *Eu* não preciso de que me contem... qualquer coisa! Vejo algo, graças a Deus, todo dia. – E então, como Maggie parecia estar pensando em quê, por exemplo: – Vejo as longas milhas de oceano e o grande país apavorante, estado após estado; que jamais me pareceu tão grande ou tão terrível. Vejo-*os* finalmente, dia a dia e passo a passo, na extremidade mais distante; e os vejo nunca voltar. Mas *nunca*... simplesmente. Vejo o lugar extraordinário e "interessante"; onde jamais estarei, tu sabes, e onde estiveste; e o grau exato em que ela estará convocada a se mostrar interessada.

– Ela *estará* – respondeu Maggie.

– Convocada.

– Interessada.

Durante um tempo, depois disso, os olhos das duas se encontraram; e depois Fanny disse:

– Ela estará, sim, como *tiver* de estar. E isso será, não é?, para sempre e sempre. – Falava como se percebesse com abundância o sentimento da amiga, mas isso fez com que Maggie apenas a olhasse. Aquelas eram palavras amplas e visões amplas; ainda mais porque agora, realmente, espalhavam-se cada vez mais. Entretanto, no meio delas, a Sra. Assingham logo havia continuado: – Quando eu falo de "saber", não quero falar como tu tens o direito de fazer. Tu sabes porque vês, e eu não *o* vejo. Não o entendo – confessou ela quase de modo grosseiro.

Maggie hesitou de novo.

– Queres dizer que não entendes Amerigo?

Mas Fanny balançou a cabeça, e foi como se, em termos de apelo à inteligência, a compreensão a respeito de Amerigo tivesse sido, apesar de tudo, superada há muito. Então Maggie avaliou o alcance da alusão da outra, e como o que ela disse em seguida deu uma riqueza ao que queria dizer. Nenhum outro nome seria falado, e sem demora a Sra. Assingham percebera isso nos olhos dela – com uma discrição, mesmo assim, que escapou por apenas um centímetro.

– Tu sabes como ele se sente?

Diante disso Maggie lentamente imitou o balançar de cabeça de Fanny.

– Não sei de nada.

– Tu sabes como *tu* te sentes.

Mas de novo ela negou.

– Não sei de nada. Se soubesse...!

– Bom, se soubesses? – perguntou Fanny enquanto ela hesitava.

Mas a princesa já tivera o bastante.

– Morreria – disse Maggie enquanto virava as costas.

Foi para o seu quarto, através da casa silenciosa; andou ali durante um momento, pegando, sem sentido, um leque diferente, e depois foi até os aposentos sombreados em que, nessa hora, o *principino* estaria tirando seu cochilo. Passou pelo primeiro cômodo vazio, o quarto de brinquedos, e parou numa porta aberta. O quarto interno, grande, escuro e fresco, estava igualmente calmo; o berço amplo, antigo, histórico, régio, de seu menino, supostamente consagrado pelo descanso de herdeiros legítimos, e presente do avô, no início da carreira, dominava a cena no centro, em cuja imobilidade ela quase podia ouvir a respiração suave da criança. O principal protetor de seus sonhos instalava-se ao lado; o pai dela estava sentado ali praticamente sem se mover – com a cabeça lançada para trás e sustentada, com olhos aparentemente fechados, com o pé elegante, tão apto a trair nervosismo, em paz sobre o outro joelho, com o coração imensurável envolto no constante frescor impecável do colete branco que sempre podia receber nas cavas os firmes polegares preênseis. A Sra. Noble havia se dissolvido majestosamente, e todo o lugar sinalizava sua abdicação temporária; entretanto a situação atual era regular, e Maggie se demorou apenas para dar uma olhada. Espiou por cima do leque, cujo topo estava apertado contra o rosto, o bastante para imaginar se o pai realmente dormia ou se, percebendo-a, apenas se mantinha conscientemente silencioso. Será que os olhos dele realmente a fixavam entre pálpebras entreabertas, e será que Maggie deveria tomar isso – o fato de ele evitar qualquer pergunta – somente como um sinal, de novo, de que tudo era deixado para ela? De qualquer modo, durante um minuto observou a imobilidade dele – então, como se mais uma vez renovando a submissão total, voltou, sem qualquer som, para seus aposentos.

Havia, um estranho impulso agudo, mas não era, de sua parte, o desejo de retirar o peso. Ela poderia tão pouco ter dormido quanto poderia ter dormido naquela manhã, dias antes, em que olhara o alvorecer pela janela. Virado para o leste, esse lado de seu quarto estava agora na sombra, com as duas alas dobradas para trás e o encanto que ela sempre encontrava em sua posição aparentemente empoleirada – como se seu mirante, acima dos altos terraços, fosse o de alguma torre de castelo montado sobre uma rocha. Quando ficou ali, pairou acima, acima dos jardins e dos bosques – de tudo que se espalhava abaixo, nessa hora, na imensidão da luz. Os quilômetros de sombras pareciam quentes, os canteiros de flores pareciam escuros; os pavões nas balaustradas deixavam as caudas pender frouxas e os pássaros menores espreitavam entre as folhas. Portanto nada pareceria se agitar no vácuo brilhante se Maggie, no momento em que estava para se virar, não tivesse captado a visão de um ponto em movimento, uma clara sombrinha verde no ato de descer um lance de escada. Passou do terraço, recuando a distância, sumindo da vista, e era levada, naturalmente, de modo a esconder a cabeça e as costas da pessoa que a usava; mas Maggie reconheceu rapidamente o vestido branco e o movimento particular daquela criatura aventuresca – percebera que Charlotte, logo ela, escolhera o brilho do início de tarde para uma exploração dos jardins, e que poderia estar indo para algum lugar não visitado no âmago dos mesmos, ou além deles, que ela já escolhera como refúgio superior. A princesa a manteve por alguns minutos à vista, viu-a por tempo suficiente para senti-la, pela mera traição do andar e da direção, levada por uma espécie de fuga, e então entendeu, sozinha, por que o ato de ficar imóvel se tornara impossível para qualquer uma das duas. Veio-lhe, confusamente, algum eco de uma fábula antiga – alguma visão de Io picada pelo moscardo ou Ariadne* andando pela praia solitária. Isso trouxe o sentimento de sua própria intenção e seu desejo; ela também poderia ter sido alguma heroína atormentada – somente tendo de representar um papel para o qual não conhecia, exatamente, qualquer precedente inspirador. Sabia apenas que, o tempo todo – o tempo todo em que estava ali entre os outros sem Charlotte –, quisera ir direto até esse membro separado do grupo e fazer de algum modo, para apoiá-la, a última demonstração. Só faltava um pretexto, e depois de outro instante Maggie o encontrara.

Ela captara um vislumbre, antes de a Sra. Verver desaparecer, de que esta levava um livro – percebida, meio perdida nas dobras de seu vestido branco, a capa escura de um volume que explicaria seu objetivo no caso de ser encontrada com surpresa, e cujo companheiro, exatamente, estava agora na mesa de Maggie. O livro era um antigo romance que a princesa mencionara alguns dias antes ter trazido de Portland Place na elegante forma original de seus três volumes. Charlotte saudara, com um brilho especioso de interesse, a oportuni-

*Na mitologia grega, Ariadne, filha de Minos, rei de Creta. Traiu o pai para ajudar Teseu, por quem se apaixonou, a atravessar o labirinto em que habitava o Minotauro, criatura meio homem meio touro. Ariadne, então, lhe deu uma espada e um novelo de linha (o fio de Ariadne), para que ele pudesse achar o caminho de volta.

dade de lê-lo, e nossa jovem, na manhã seguinte, pediu à sua criada que o levasse aos aposentos da Sra. Verver. Depois disso observaria que essa mensageira, estúpida ou inadvertidamente, pegara apenas um dos volumes, que por acaso não era o primeiro. Assim, ainda de posse do primeiro enquanto Charlotte, ao sair, fantasticamente, a tal hora, para cultivar romance num arvoredo, estava desamparadamente armada com o segundo, Maggie se preparou no ato para levar o socorro. O volume certo, com um guarda-sol, era tudo de que precisava – isto é, além da coragem de sua ideia geral. Passou de novo pela casa, sem ser incomodada, e saiu no terraço, pelo qual seguiu, grudando-se à sombra, com aquela consciência de estar virando a mesa com relação à amiga, coisa que já vimos. Mas enquanto prosseguia, depois de descer ao ar livre e começar a explorar o terreno, a Sra. Verver fora ainda mais longe – além disso, com o aumento da estranheza de ter trocado a proteção de seu quarto por aqueles lugares expostos e luminosos. Mas felizmente não era com grande demora que, persistindo na busca, chegava-se a regiões de sombra admirável: este era o asilo, presumivelmente, que a pobre mulher tinha em vista – várias aleias, em particular, bastante longas, cobertas por densos arcos de rosas e madressilvas e convergindo, em verdes paisagens separadas, numa espécie de templo umbroso, uma antiga rotunda, com pilares e estátuas, nichos e teto, mas com sua antiguidade não corrigida, como a de tudo o mais em Fawns, portanto inconsciente de qualquer violência do presente e sem ameaça do futuro. Charlotte havia parado ali, em seu frenesi, ou como quer que isso fosse chamado; o lugar era um retiro concebível, e ela estava olhando para a frente, do banco onde parecera ter afundado, involuntariamente, quando Maggie parou no início de uma das perspectivas.

Foi mais do que nunca uma repetição da noite no terraço; a distância era grande demais para lhe garantir que ela fora vista imediatamente, mas a princesa esperou, com sua intenção, como na outra ocasião Charlotte havia esperado – permitindo, ah, permitindo, que percebesse a diferença de intenção! Maggie estava cheia *desse* sentimento – tão cheia que isso a deixava impaciente; portanto se adiantou um pouco, colocando-se ao alcance dos olhos que tinham estado mirando outro lugar, mas que ela subitamente chamara ao reconhecimento. Evidentemente Charlotte não sonhara em ser seguida, e instintivamente, com seu olhar pálido, enrijeceu-se num protesto. Maggie pôde perceber isso – bem como, ainda mais, que a segunda impressão da aproximação da amiga teve um efeito instantâneo em sua atitude. A princesa chegou mais perto, séria e em silêncio, mas praticamente parou de novo, para lhe dar tempo de fazer qualquer coisa. Qualquer coisa que ela fizesse, qualquer coisa que ela pudesse, era o que Maggie queria – querendo acima de tudo tornar isso tão fácil para ela quanto possível. Não era o que Charlotte desejara na outra noite, mas isso jamais importava – o fundamental era permitir-lhe, era praticamente produzir nela, o sentimento de estar escolhendo. A princípio, sem dúvida, ela ficara amedrontada; não fora perseguida, isso rapidamente ficou claro, sem algum desígnio da parte da perseguidora, e em que ela poderia não estar pensando, além disso, senão no modo como, quando tinha sido a perseguidora, fizera sua enteada perceber seu espírito e seu objetivo? No momento Maggie captara aquela dura insistência, e a Sra. Verver sentira-a, vira-a e a ouvira captar; naturalmente essa maravilhosa lembrança de pressão aplicada com sucesso permanecera até agora com ela. Mas seu olhar era como um medo projetado de que o tesouro oculto – achado de modo tão desonesto, para o qual as feições imóveis de sua companheira, na hora e depois, tinham consentido em servir como solo profundo – poderia ter subido de novo até a superfície para ser lançado de novo em suas mãos. Sim, era positivo que durante um daqueles minutos a princesa tivera a visão de seu alarme particular. "É a sua mentira, é a sua mentira que discordou mortalmente dela; ela não pode manter sujeitada sua rebelião contra a mesma, e passou a retraí-la, a negá-la e a denunciá-la; a em vez disso me dar no rosto toda a verdade." Com isso, por um instante concentrado, Maggie sentiu-a engasgar – mas somente para deixar revelada a indignidade, e sentiu pena de seu estado. Ela própria só podia pairar hesitante, colocar à vista o livro que levava, parecer o menos perigosa, o mais abjetamente afável possível; lembrar-se realmente de pessoas sobre as quais lera em narrativas do oeste selvagem, pessoas que levantavam as mãos, em certas ocasiões, como sinal de que não estavam segurando revólveres. Quase poderia ter sorrido finalmente, por mais que estivesse perturbada consigo mesma, para mostrar o quanto era inofensiva; manteve o seu volume no alto, que era uma arma tão fraca, e enquanto continuava, por consideração, a manter distância, explicou com um tremor o mais contido possível:

– Eu te vi sair, vi da minha janela, e não pude deixar de pensar que irias estar aqui sem o início do livro. *Este* é o início; tu estás com o volume errado, e eu trouxe o certo.

Maggie ficara parada depois de falar; era como ter uma negociação com um possível adversário, e seu sorrisinho intenso, exaltado, pedia um alívio formal. "Posso chegar mais perto agora?", parecia dizer – ao que, entretanto, no momento seguinte, viu a resposta de Charlotte soltar-se num estranho processo, uma coisa de vários estágios nítidos, que Maggie podia perceber ali parada. O medo, depois de um minuto, caíra do rosto dela; ainda que, suficientemente discernível, ela ainda não podia acreditar que havia, de modo tão estranho, sido deliberadamente procurada. Se fora procurada, pelo menos, fora com uma ideia – a ideia que a princípio lhe parecera necessariamente perigosa. Mas não era, insistentemente não era, isso brilhava em Maggie com uma força à qual finalmente era impossível resistir; e com essa percepção, com o imenso alívio assim constituído, no fim de três minutos tudo tinha mudado extraordinariamente. Maggie viera até a madrasta, realmente, porque a sabia condenada, condenada a uma separação que era como uma faca em seu peito; e na simples visão de sua busca incontrolável, sua busca física e cega por uma paz que não alcançaria, algo da imagem feita pela Sra. Assingham sobre ela ser lançada, num futuro triste, para além do grande mar e do grande continente a princípio encontrara a realização. Ela fora embora, desse modo – praticamente queimando atrás de si os navios do disfarce –, para deixar seu horror do que estava adiante aparecer sem testemunhas; e mesmo depois de a aproximação de Maggie ter apresentado uma fronte inocente ainda continuava claro que ela estava cheia dos sinais de sua condição extrema. Não seria dito para as duas, tampouco, que estes estavam embrulhados nessa hora em qualquer de suas graças usuais; revelados e praticamente desavergonhados, eram trágicos para a princesa apesar da dissimulação que, com a volta da confiança comparativa, iria atuar tão prontamente. Como era trágica, em essência, a própria mudança tornada nítida, o enrijecimento instantâneo da mola do orgulho – isso para uma possível defesa, se não para uma possível agressão. De fato o orgulho, no momento seguinte, havia se tornado o manto apanhado para proteção e perversidade; ela se envolveu nele como uma negação de qualquer perda da liberdade. Ser condenada era, em sua situação, ter incorrido de modo extravagante numa ruína, e assim confessar a desventura era, do mesmo modo, confessar a falsidade. Não confessaria, não confessou – mil vezes não; apenas olhou em volta, e de modo franco e feroz, procurando outra coisa que daria cor ao fato de ter rompido as amarras. Seus olhos se expandiram, seu seio ergueu-se enquanto ela invocava isso, e o efeito sobre Maggie foi realmente desejar que ao menos pudesse ajudá-la. Ela se levantou – o que pareceu significar "Ah, fiques se quiseres!" – e em seguida se moveu um tanto ao acaso, desviando o olhar, olhando para qualquer coisa, para tudo menos a visitante; quando falara da temperatura e declarara que a estava adorando; quando pronunciara o agradecimento pelo livro, que, de modo um tanto incoerente, com seu segundo volume, ela talvez achasse menos inteligente do que esperava; quando deixara Maggie se aproximar o suficiente para deixar, intocado, o tributo em questão sobre um banco e pegar obedientemente o companheiro supérfluo: quando fizera essas coisas, ela sentou-se em outro lugar, mais ou menos visivelmente de posse da sua parte. Nossa jovem não teria passado, em toda a sua aventura, qualquer momento mais estranho; porque não somente via agora a companheira praticamente concordar em percebê-la como a pobre pessoazinha que ela estava achando tão fácil parecer, mas passou, num êxtase secreto e compreensível, a pensar se não haveria alguma suprema abjeção com que poderia estar inspirada. Vaga, mas cada vez mais luminosa, essa possibilidade brilhava sobre ela. Finalmente pairou ali, de modo adequadamente claro para Charlotte, que Maggie se apresentara mais uma vez para (como dizem) rastejar; e isso realmente tornava grande o palco. Com o tempo isso absolutamente assumira o mérito ofuscante de ser grande igualmente para as duas.

– Fico feliz em te encontrar sozinha. Há uma coisa que estive querendo te dizer. Eu estou cansada – disse a Sra. Verver. – Estou cansada...!

– Cansada...? – Isso tinha provocado a coisa seguinte; não poderia vir tudo de uma vez; mas Maggie já adivinhara o que era, e o rubor de reconhecimento estava em seu rosto.

– Cansada desta vida, da que tenho levado. Tu gostas dela, eu sei, mas eu tinha outro sonho. – Agora ela ergueu a cabeça; seus olhos iluminados repousaram de modo mais triunfante; Charlotte estava encontrando, estava seguindo o seu caminho. Maggie, sob a mesma influência, ficou à vista do mesmo; havia algo que ela estava *salvando*, alguma quantidade da qual ela própria era juíza; e durante um longo momento, mesmo com o sacrifício que a princesa viera fazer, foi como observá-la, daquela margem sólida, mergulhar em profundezas incertas, possivelmente traiçoeiras. – Eu vejo outra coisa; tenho uma ideia que me atrai muito. Tenho-a há muito tempo. Percebi que estamos errados. Nossa vida real não está aqui.

Maggie prendeu o fôlego.

– A nossa...?

– Do meu marido e minha. Não estou falando por ti.

– Ah! – disse Maggie, apenas rezando para não ser, para nem mesmo parecer, estúpida.

– Estou falando por nós. Estou falando por *ele*.

– Sei. Pelo meu pai.

– Pelo teu pai. Por quem mais? – Agora as duas se olharam intensamente, mas o rosto de Maggie buscou refúgio na intensidade de seu interesse. De qualquer modo, não era tão estúpida a ponto de tratar as perguntas da companheira como se precisassem de resposta; uma discrição que sua imobilidade controlada justificara após um instante. – Devo me arriscar a que me consideres egoísta; uma vez que obviamente sabes o que isso envolve. Deixa-me admitir: eu *sou* egoísta. Coloco meu marido em primeiro lugar.

– Bom – disse Maggie, sorrindo e sorrindo –, como este é o lugar onde eu coloco o meu...!

– Queres dizer que não discutirias comigo? Então tanto melhor; porque – prosseguiu Charlotte num voo cada vez mais alto – meu plano está completamente formado.

Maggie esperou – seu brilho havia se aprofundado; sua chance, de algum modo, estava à mão. O único perigo era estragá-la; sentia-se margeando um abismo.

– Então, se é que posso perguntar, qual é o teu plano?

Isso suspendeu o fogo por apenas dez segundos; ele veio rápido.

– Levá-lo para casa... para sua real posição. E não esperar.

– Queres dizer... bem... nesta estação?

– Quero dizer imediatamente. E, posso muito bem dizer agora, estou falando de meu tempo. Quero tê-lo finalmente um pouco para mim; quero, por mais estranho que te possa parecer – e ela deu todo o peso à fala –, *manter* o homem com quem me casei. E para fazer isso vejo que preciso agir.

Maggie, ainda com o esforço de seguir a linha correta, sentiu-se ruborizar até os olhos.

– Imediatamente? – ecoou pensativa.

– Assim que pudermos partir. A remoção de tudo é, afinal de contas, apenas um detalhe. Isso sempre pode ser feito; com dinheiro, como ele gasta, tudo pode ser feito. O que eu peço – declarou Charlotte –, é a mudança clara. E quero agora. – Com isso sua cabeça, como sua voz, elevou-se mais. – Ah – acrescentou ela –, conheço a minha dificuldade!

Muito abaixo do nível de atenção, em profundezas sagradas que ela mal podia identificar, a inspiração de Maggie viera, e tremera no momento seguinte transformando-se em som.

– Queres dizer que *eu* sou a tua dificuldade?

– Tu e ele juntos, uma vez que é sempre contigo que eu tinha de vê-lo. Mas é uma dificuldade que estou enfrentando, se queres saber; que já enfrentei; que me proponho a superar. A luta com essa dificuldade, nem um pouco agradável, não tem sido para mim uma coisa encantadora, como podes imaginar; às vezes senti nela, se devo te dizer tudo, uma feiura muito grande e muito estranha. Mas acredito que posso ter sucesso.

Com isso, a Sra. Verver havia se levantado, e havia se movimentado, para dar ênfase, alguns passos para longe; enquanto Maggie, a princípio imóvel, apenas ficou sentada olhando-a.

– Queres tirar meu pai *de* mim?

O gemido agudo, bem-sucedido, quase primitivo, fez Charlotte se virar, e esse movimento atestou para a princesa o acerto de sua mentira. Algo latejou nela como latejara na noite em que parou na sala de estar e negou que sofria. Estava pronta a mentir de novo se sua companheira ao menos lhe desse a abertura. Em seguida saberia que tinha feito tudo. Charlotte a encarou intensamente, como se para comparar seu rosto com a nota de ressentimento; e Maggie, sentindo isso, recebeu-o com os sinais de uma impressão que poderia passar pela impressão de derrota.

– Eu quero realmente possuí-lo – disse a Sra. Verver. – Por acaso também sinto que ele vale isso.

Maggie se levantou como se para recebê-la.

– Ah... vale! – emitiu ela maravilhosamente.

O tom, viu ela no mesmo instante, de novo teve seu efeito: Charlotte chamejou para o alto – poderia realmente estar acreditando em seu desfile passional.

– Pensavas que *tu* sabias o que ele vale?

– Sim, minha cara, acredito que sabia; como acredito que ainda sei.

Maggie devolvera imediatamente, e de novo o tiro não errara o alvo. Charlotte, por outro momento, apenas a encarou; depois irrompeu nas palavras – Maggie sabia que viriam – cuja mola ela havia apertado.

– Como vejo que tu desprezaste nosso casamento!

– Estás me *perguntando*? – quis saber Maggie após um instante.

Charlotte havia olhado ao redor, apanhado a sombrinha que deixara sobre um banco, segurara mecanicamente um dos volumes do romance relegado e então, mais conscientemente, largou-o de novo: estava visivelmente em presença de sua última palavra. Abriu o parasol com um estalo; girou-o sobre o ombro, orgulhosa.

– "Perguntando"? E eu preciso? Como vejo que tramaste contra mim!

– Oh, oh, oh! – exclamou a princesa.

Sua companheira, deixando-a, havia chegado a um dos caminhos sob os arcos, mas nesse momento virou-se com um lampejo.

– Tu não tramaste contra mim?

Maggie recebeu isso e por um momento o sustentou; segurou, de olhos fechados, como se fosse um pássaro capturado, apertado com as duas mãos contra o peito. Em seguida abriu os olhos para falar:

– O que importa... se eu fracassei?

– Então reconheces que fracassaste?

Maggie esperou; olhou para os dois livros sobre o banco, como sua companheira fizera há um instante; em seguida decidiu.

– Fracassei! – disse antes que Charlotte, tendo-lhe dado tempo, se afastasse. Ficou olhando-a, esplêndida e ereta, flutuar pela paisagem longa; depois se deixou cair no banco. Sim, tinha feito tudo.

Parte VI

1

— Farei tudo que quiseres – disse ela ao marido num dos últimos dias do mês – se nossa permanência aqui, desse modo e neste tempo, te parece absurda demais, ou desconfortável demais, ou impossível demais. Podemos nos despedir deles agora, sem espera, ou voltaremos a tempo, três dias antes de eles partirem. Eu viajarei contigo, se quiseres; para a Suíça, o Tirol, os Alpes italianos, qualquer dos lugares altos e antigos que mais queiras ver de novo; aqueles lugares lindos que te faziam bem depois de Roma e dos quais me falaste com tanta frequência.

Onde eles estavam, nas condições que provocaram esta oferta, e onde poderia parecer ridículo que, com o rançoso setembro de Londres tão perto, eles deveriam se contentar em ficar, era onde o deserto de Portland Place parecia vazio como nunca e onde um cocheiro sonolento, examinando o horizonte em busca de uma corrida, podia afundar no esquecimento dos riscos da imobilidade. Mas Amerigo era da estranha opinião, dia após dia, de que a situação não poderia ser melhorada; e em nenhum momento ele ao menos teve a formalidade de responder que, caso ela achasse que as agruras dos dois era maior do que a paciência, qualquer passo que dessem poderia ser para seu próprio alívio. Isso, sem dúvida, acontecia em parte porque, até o fim, ele se mantinha maravilhosamente contrário a admitir, ao menos por uma palavra fraca, que qualquer elemento da existência dos dois *era*, ou algum dia tinha sido, uma agrura; nenhuma armadilha de circunstância, nenhum lapso de "forma", nenhum acidente de irritação, o desembarcara nessa inconsequência. Sua mulher poderia ter sugerido que ele era consequente – consequente com a admirável aparência que desde o início assumira; e assim continuava, no presente –, um tanto rigidamente demais à custa *dela*; só que por acaso ela não era a pessoazinha que faria qualquer coisa do tipo, e o estranho pacto atualmente em operação entre eles poderia ter se fundado numa comparação inteligente, numa dedução definida dos tipos de paciência adequados a cada um. Maggie o estava ajudando – ele se propusera a sair do lado certo se ela *o ajudasse*: esse entendimento, tacitamente renovado de semana em semana, praticamente recebera, com a procissão das semanas, a consagração do tempo; mas não era necessário insistir que ela o estava ajudando nos termos *dele*, não nos dela, ou que, em outras palavras, ela deveria lhe permitir seu modo não explicado ou não mapeado, seu modo trabalhável em termos práticos. Se esse modo, por meio de uma das íntimas adequações cuja responsabilidade ainda estava tão longe de ter caído completamente dele, por acaso o tivesse mostrado tão bem como mais entediado do que tedioso (com vantagens de ele ter-se rendido livremente, mas não de ser persuadido a dever aos outros por isso), o que representava esse falso rosto da questão senão o fato, em si, de que ela estava empenhada? Se ela tivesse questionado, desafiado ou interferido – se tivesse se reservado esse direito –, não estaria empenhada; ao passo que ainda havia, e evidentemente haveria por um tempo, momentos longos, tensos, em que a situação dos dois poderia estar pendendo, para cada olhar, na possível, na impossível defecção dela. Maggie deveria sustentar a coisa até o final, não poderia se ausentar por três minutos de seu posto: apenas desse jeito, certamente, iria se mostrar com ele, e não contra ele.

Era extraordinário como a princesa o convidara a dar uma série tão escassa de sinais de que estava, de que realmente estivera em qualquer tempo, "com" a esposa: dessa reflexão ela não estava livre enquanto eles agora, em seu *suspense*, esperavam intensamente – uma reflexão sob cujo toque ela reconhecia que tivera, também com respeito a ele, de "fazer tudo", de ir até o final, de se mover, infatigavelmente, enquanto Amerigo permanecia tão fixo no lugar como uma estátua de um de seus ancestrais. O significado disso pareceria ser, pensava ela em horas solitárias, que ele *tinha* um lugar, e que esse era um atributo, de algum modo, impossível de ser anulado, insaciável, que colocava nos outros – desde o momento em que esses quisessem alguma coisa dele – a necessidade de dar mais passos do que ele poderia, de circular ao seu redor, de lembrar-se, em favor dele, da famosa relação entre a montanha e Maomé. Era estranho, se pensássemos bem, mas um lugar como o de Amerigo era como algo feito por ele antecipadamente por meio de inumeráveis fatos, fatos principalmente conhecidos como históricos, feitos por ancestrais, exemplos, tradições, hábitos; ao passo que o de Maggie passara a se mostrar simplesmente como aquele "posto" improvisado – um posto do qual se fala como avançado – com o qual ela teria de se achar conectada ao modo de um colono ou mercador num novo país; até mesmo à semelhança de alguma índia pele-vermelha com um bebê às costas e rústico artesanato de contas para vender. O de Maggie, resumindo, teria sido procurado em vão no mapa mais rudimentar das relações sociais. Seu único marco geográfico seria o das paixões fundamentais. O "fim" no qual o príncipe insistia, de qualquer modo, era representado na expectativa da anunciada partida de seu sogro com a Sra. Verver; assim como esse evento prospectivo originalmente parecera alertar, por discrição, o afastamento do jovem casal, para não falar da saída de qualquer outra companhia importuna, antes do grande levante de Fawns. Essa residência seria povoada durante um mês por carregadores, empacotadores e marteladores, a cujas operações tornara-se peculiarmente público – isto é, público para Portland Place – que Charlotte presidiria em força total; operações cuja escala bastante medonha e cujo estilo em nenhum momento pareceram tão grandes para o pensamento de Maggie quanto um dia em que os caros Assingham voltaram à sua presença salpicados de serragem e parecendo tão pálidos como se tivessem visto Sansão derrubar o templo. Tinham visto pelo menos o que ela não estava vendo; coisas belas e indistintas sob cuja impressão haviam se retirado; ela, no presente, tendo apenas olhos para o relógio pelo qual marcava o tempo do marido, ou para o espelho – a imagem talvez fosse mais verdadeira –, no qual ele estava refletido para ela como *ele* marcava o tempo do casal no campo. A chegada dos amigos de Cadogan Place contribuiu para todas as suas interrupções, de qualquer modo, com um certo efeito de ressonância; um efeito especialmente marcado pelo surgimento de uma conversa imediata entre a Sra. Assingham e a princesa. Foi observado, na ocasião da última aproximação entre essa dama ansiosa e sua jovem amiga em Fawns, que sua simpatia havia se aventurado, depois de uma privação muito aceita, a se tornar de novo inquisitiva, e talvez jamais cedendo tanto a essa necessidade quanto na questão da presente "linha" estranha dos excêntricos eminentes.

– Queres dizer realmente que vais ficar aqui? – E então, antes que Maggie pudesse responder: – Mas o que farás com tuas noites?

Maggie esperou um momento – Maggie ainda podia dar um sorriso hesitante.

– Quando as pessoas ficarem sabendo que estamos aqui, e claro que os jornais vão estar cheios disso!, aparecerão de novo às centenas, de onde quer que estiverem, para nos buscar. Veja bem, tu e o coronel mesmos fizeram isso. Quanto às nossas noites, ouso dizer que não serão particularmente diferentes de qualquer outra coisa nossa. Não serão diferentes de nossas manhãs ou nossas tardes; a não ser, talvez, porque vocês dois, meus queridos, virão algumas vezes nos ajudar a passar por elas. Eu me ofereci a ir para qualquer lugar, a alugar uma casa, se ele quisesse. Mas *isto*, só isto e nada mais, é ideia de Amerigo. Ontem ele deu a esta situação um nome que, como disse, a descrevia muito bem. Então veja – e a princesa cedeu de novo ao seu sorriso que não brincava, mas que somente, como poderia ter sido dito, funcionava –, veja que há um método em nossa loucura.

Isso atraiu o espanto da Sra. Assingham.

– E qual é o nome, então?

– "A redução do que *estamos* fazendo à expressão mais simples", foi como ele chamou. Portanto, como não estamos fazendo nada, estamos fazendo do modo mais exacerbado, que é o modo que ele deseja. – Com isso, Maggie disse ainda: – É claro que eu entendo.

– Eu também! – Sua visitante respirou fundo após um momento. – Vocês teriam de sair de casa, isso era inevitável. Mas pelo menos aqui ele não se encolhe de medo.

Nossa jovem aceitou a expressão.

– Ele não se encolhe de medo.

Mas isso apenas contentou Fanny pela metade, e ela ergueu pensativamente as sobrancelhas.

– Ele é prodigioso; mas o que há, como tu "fixaste", para ter medo? A não ser que seja de ela chegar perto dele; de, se me perdoas a vulgaridade, de ela *dar em cima* dele. Isso – sugeriu Fanny – pode ser significativo para Amerigo.

Mas a fala encontrou a princesa preparada.

– Ela pode chegar perto dele aqui. Ela pode "dar em cima" dele aqui. Ela pode aparecer.

– *Pode?* – questionou Fanny Assingham.

– *Não pode?* – devolveu Maggie.

Os olhos das duas, por um minuto, encontraram-se intimamente, pensando nisso. Depois Fanny disse:

– Quero dizer, encontrá-lo a sós.

– Eu também.

Diante disso Fanny, por seus motivos, não pôde deixar de sorrir.

– Ah, se é por *isso* que ele está ficando...!

– Ele está ficando, eu deduzi, para aceitar qualquer coisa que venha ou que o convoque. Aceitar até mesmo isso. – Então ela expôs, como finalmente expusera a si mesma: – Ele está ficando pela alta decência.

– Decência? – ecoou gravemente a Sra. Assingham.

– Decência. Se ele *tentasse*...!

– Bem...? – insistiu a Sra. Assingham.

– Bom, eu espero...!

– Espera que ele a veja?

Mas Maggie hesitou; não deu uma resposta direta.

– É inútil esperar – acabou dizendo. – Ela não espera. Mas ele deveria. – A expressão dada por sua amiga um momento antes, cuja vulgaridade fora desculpada, teve a força prolongada em seu ouvido; a de uma campainha elétrica sob pressão contínua. Dito de modo tão simples, o que seria, senão pavorosa, realmente, a ideia de que estivesse sendo questionada a possibilidade de Charlotte "dar em cima" do homem que durante tanto tempo a amara? A coisa mais estranha de todas, sem dúvida, essa preocupação de Maggie quanto ao que poderia colaborar ou contrariar isso; ainda mais estranho era ela cair ocasionalmente num vago cálculo de até que ponto era concebível, de sua parte, com seu marido, alguma abordagem direta ao assunto. Seria monstruoso demais ela subitamente lhe dizer como num alarme diante do lapso das semanas: "Será que tu não deverias, por honra, fazer alguma coisa para ela, em particular, antes que eles partam?" Maggie era capaz de pesar o risco dessa aventura para o seu próprio espírito, capaz de afundar em pequenas ausências intensas, mesmo enquanto conversava, como agora, com a pessoa que tinha sua maior confiança, durante a qual acompanhava todas as possibilidades. Era verdade que a Sra. Assingham poderia, em ocasiões assim, de certa forma restaurar o equilíbrio não deixando de adivinhar totalmente seu pensamento. Mas seu pensamento, no presente, tinha mais de uma face – tinha uma série de faces apresentadas sucessivamente. Estas eram de fato as possibilidades envolvidas na aventura de se preocupar com a quantidade de compensação que a Sra. Verver ainda poderia procurar. Sempre havia a possibilidade de que ela *fosse*, afinal de contas, dar em cima dele – havia de fato a possibilidade de ela ter feito isso repetidamente. Contra isso nada havia além da aparente crença de Fanny Assingham em sua privação – imposta de modo mais impiedoso, ou sentida de modo mais desamparado, na atual relação das partes; acima e além de tudo aquela que, durante mais de três meses, viera crescendo na princesa como uma convicção. Certamente essas suposições poderiam ser infundadas – ainda mais porque havia horas e horas do tempo de Amerigo que ele não tinha o hábito, ou o fingimento, de explicar; ainda mais porque Charlotte, inevitavelmente, mais de uma vez, diante do conhecimento explícito do casal de Portland Place, fora obrigada a aparecer em Eaton Square, de onde tantas de suas posses pessoais estavam sendo removidas. Charlotte não vinha a Portland Place, nem mesmo veio pedir almoço em duas ocasiões separadas em que os donos da casa ficaram sabendo que ela estava passando um dia em Londres. Maggie odiava, desprezava comparar horas e aparecimentos, pesar a ideia de se não houvera momentos, naqueles dias, em que um compromisso, em condições fáceis, uma entrevista rápida, num ar que a estação livrara de olhos curiosos, não poderia ter funcionado perfeitamente. Mas o motivo disso, em parte, era que, assombrada com a visão da pobre mulher realizando com tamanha bravura o segredo de não estar apaziguada, tinha consciência de pouco espaço para qualquer imagem alternativa. A imagem alternativa teria sido que o segredo encoberto era o segredo do apaziguamento obtido de algum modo, de algum modo exortado e acalentado; e a diferença entre os dois tipos de ocultação era grande demais para permitir um erro. Charlotte não estava escondendo orgulho nem alegria – estava escondendo humilhação; e era aí que a paixão da princesa, tão impotente para voos vingativos, esbarrava de modo mais inveterado sua ternura contra o duro vidro de sua questão.

Por trás do vidro espreitava *toda* a história da relação em nome da qual ela praticamente espremera o nariz contra o mesmo, tentando penetrar – o vidro no qual a Sra. Verver, nesse estágio, poderia estar batendo, de dentro, por um apelo supremo, irreprimível. Maggie dissera a si mesma com complacência, depois daquela última conversa com a madrasta no jardim em Fawns, que nada restava para fazer e que portanto poderia cruzar as mãos. Mas por que ainda não lhe restava empurrar ainda mais e, do ponto de vista do orgulho pessoal, rebaixar-se ainda mais? – por que ainda não lhe restava se oferecer como portadora de uma mensagem relatando a ele a angústia da amiga e convencendo-o da necessidade dela? Assim Maggie poderia ter traduzido de cinquenta formas a batida da Sra. Verver no vidro; talvez poderia tê-la traduzido principalmente na forma de um lembrete que rasgaria fundo. "Tu não sabes o que é ter amado e sofrer um rompimento. Tu não rompeste, porque na *tua* relação o que pode ter havido, do qual valha a pena falar, a romper? A nossa era tudo que uma relação podia ser, preenchida até a borda com o vinho da consciência; e se ela não tivesse qualquer significado, nenhum significado melhor do que uma criatura como tu pudesses dar-lhe, em tua hora, como bênção, por que eu tive de lidar com tudo como mentira? Por que fui condenada depois de dois anos curtos a descobrir a chama dourada – ah, a chama dourada! – transformada num mero punhado de cinzas pretas?" Assim nossa jovem cedia ocasionalmente ao que era insidioso nessas predestinadas engenhosidades de sua piedade, que durante minutos seguidos, algumas vezes, o peso de um novo dever parecia repousar sobre ela – o dever de falar antes que a separação constituísse seu abismo, de pedir algum benefício que pudesse ser levado para o exílio como o último objeto valioso salvo da *émigré*,* a joia enrolada num pedaço de seda velha e negociável algum dia no mercado da miséria.

Esse serviço imaginável para a mulher que não podia mais se ajudar era uma das armadilhas postas para o espírito de Maggie a cada curva da estrada; cujo estalo, pegando e mantendo com força a faculdade divina, era seguido inevitavelmente por um adejar, por uma luta de asas e até mesmo, como podemos dizer, pelo espalhar de plumas finas. Uma vez que eles sentiam com bastante prontidão esses desejos de pensamento e essas excursões de simpatia, a concussão que não podia derrubá-los – a prisão produzida pela figura tão notavelmente distinta que, em Fawns, nas semanas anteriores, estava constantemente atravessando, em sua revolução regular, o final de qualquer perspectiva observada. Quem sabia, ou quem não sabia, se ou até que ponto Charlotte, com negócios naturais em Eaton Square, havia embaralhado outras oportunidades por baixo da capa, era tudo matéria para o tipo de ponderação silenciosa que o homenzinho que mantinha seu modo de divagar tornara seu. Fazia parte do próprio costume inveterado de seu chapéu de palha e do colete branco, do truque das mãos nos bolsos, do distanciamento da atenção que ele fixava nos passos lentos por trás do pincenê seguro no lugar. A coisa que jamais falhava agora como um item na imagem era aquele brilho da corda de seda, a coleira imaterial de sua esposa, tão nítida para o sentido de Maggie durante o último mês passado no campo. O pescoço reto da Sra. Verver certamente não escapara; tampouco a outra ponta da corda comprida – ah, convenientemente comprida! – soltara o nó menor do polegar dobrado que, com os outros dedos fechados em cima, seu marido mantinha fora das vistas. Ter reconhecido, a

*Emigração.

despeito de toda a tenuidade, o jogo desse laço poderia inevitavelmente ser perguntar com que mágica ele era torcido, a que tensão estava sujeito, mas nunca poderia ser posta em dúvida sua adequação ao objetivo ou a perfeita durabilidade. Para a princesa essas condições recordadas eram na verdade condições de espanto renovado. Seu pai sabia tantas coisas das quais ela não fazia ideia!

Tudo isso, no presente, com a Sra. Assingham, passou por ela em rápidas vibrações. Ela expressara, enquanto a revolução de seu pensamento estava incompleta, a ideia do que Amerigo "poderia", de seu lado, ser capaz de fazer, e então sentira o olhar da amiga respondendo. Mas insistiu no que queria falar.

– Ele deveria ter vontade de vê-la (e digo ver de um modo protegido e independente, como costumava acontecer) no caso de ela poder fazer isso. Isso – disse Maggie com a coragem de sua convicção –, ele deveria estar preparado, deveria estar feliz, deveria sentir-se obrigado (uma vez que falta tão pouco para o fim dessa história!) a tomar dela. É como se ele desejasse sair sem levar nada.

A Sra. Assingham meditou em deferência.

– Mas qual é o objetivo da ideia de que eles deveriam se encontrar de novo, e de modo tão íntimo?

– O objetivo que eles desejarem. O caso é *deles*.

Fanny Assingham deu um riso agudo, depois voltou irrepreensivelmente à sua posição constante.

– Tu és esplêndida; perfeitamente esplêndida. – Diante disso, como a princesa, balançando a cabeça impaciente, não queria aceitar de novo, ela acrescentou: – Ou se não és é porque és tão segura. Quero dizer, segura com relação a *ele*.

– Ah, não sou exatamente segura com relação a ele. Se fosse, não duvidaria...! – Mas Maggie olhou em volta.

– Duvidaria de quê? – insistiu Fanny enquanto esperava.

– Bom, de que ele deve sentir que paga muito menos do que ela, e de como esse fato deve mantê-la presente para ele.

Isso, por sua vez, após um instante, a Sra. Assingham pôde receber com um sorriso.

– Confie nele, minha cara, para mantê-la presente! Mas também confie nele para manter-se ausente. Deixe-o agir ao modo dele.

– Eu o deixarei fazer tudo. Só que, tu sabes que é a minha natureza, eu *penso*.

– É tua natureza pensar demais – arriscou Fanny Assingham um tanto asperamente.

Mas isso apenas apressou a princesa ao ato que ela reprovava.

– Pode ser. Mas se eu não tivesse pensado...!

– Queres dizer que não estarias onde estás?

– Sim, porque eles, de seu lado, pensaram em tudo, *menos* nisso. Pensaram em tudo, menos em que eu poderia pensar.

– Ou então – concordou a amiga superficialmente demais – em que teu pai poderia!

Com relação a isso, de qualquer modo, Maggie fez uma discriminação.

– Não, isso não os teria impedido; por que sabiam que a primeira preocupação dele seria fazer com que eu não pensasse. Como está, esta iria se tornar a última.

Fanny Assingham pensou mais – e isso imediatamente a fez expor em voz mais alta:

– Então *ele* é esplêndido – falou de modo quase agressivo; era ao que ela estava reduzida; tinha positivamente de situar a coisa.

– Ah, tanto quanto quiseres!

Maggie falou e deixou no ar, mas no momento seguinte o tom disso determinara na amiga uma nova reação.

– Vocês dois pensam, de modo tão abismal e ao mesmo tempo tão silencioso! Mas foi isso que os salvou.

– Ah, é isso, desde o momento em que eles descobriram que nós podemos pensar, que salvou *a eles*. Somos nós que estamos perdidos.

– Perdidos...?

– Perdidos um para o outro, papai e eu. – E então, quando sua amiga pareceu contestar: – Ah, sim – declarou Maggie com bastante lucidez –, muito mais perdidos um para o outro do que Amerigo e Charlotte; uma vez que para eles é justo, é certo, é merecido, enquanto para nós é apenas triste, estranho e não causado por nossa culpa. Mas não sei por que falo de mim, uma vez que se trata realmente de papai. Eu o deixei ir.

– Tu deixaste, mas não fizeste com que ele fosse.

– Eu tiro isso dele.

– Mas o que mais podes fazer?

– Eu tiro isso dele – repetiu a princesa. – Faço o que desde o princípio sabia que *deveria* fazer. Eu me livro abrindo mão dele.

– Mas ele abre mão de ti? – supostamente objetou a Sra. Assingham. – Então isso não completa o próprio objetivo com que ele se casou: o de tornar-te e deixar-te mais livre?

Maggie a encarou longamente.

– Sim, eu o ajudo a fazer isso.

A Sra. Assingham teve uma hesitação, mas finalmente sua bravura relampejou.

– Então por que não chamar isso francamente de o sucesso completo dele?

– Bom, é só o que me resta a fazer.

– É um sucesso – desenvolveu engenhosamente sua amiga – com o qual tu simplesmente não interferiste. – E como se para mostrar que falava sem frivolidade, a Sra. Assingham foi mais longe. – Ele tornou isso um sucesso para *eles*...!

– Ah, aí estás! – respondeu Maggie pensativamente. – Sim, é por isso que Amerigo fica.

– Ainda mais porque é por isso que Charlotte vai. – E a Sra. Assingham, sentindo coragem, sorriu. – Então ele sabe...?

Mas Maggie devolveu:

– Amerigo...? – Mas, depois disso, ruborizou; para reconhecimento da companheira.

– Teu pai. Ele sabe o que *tu* sabes? Quero dizer – Fanny hesitou –, bom, quanto ele sabe? – O silêncio e os olhos de Maggie na verdade haviam travado o ímpeto da pergunta; que, por uma coerência decente, ela ainda não podia abandonar por completo.

– O que eu deveria dizer é: ele sabe quanto? – Fanny ainda achou isso inadequado. – Quero dizer, o quanto eles fizeram. Até que ponto – ela foi mais precisa – eles foram.

Maggie havia esperado, mas somente com uma pergunta.

– Tu achas que ele sabe?

– Se sabe pelo menos alguma coisa? Ah, sobre *ele* eu não posso pensar. Ele está além de mim.

– Então tu sabes?

– Quanto...?

– Quanto.

– Até onde...?

– Até onde.

Fanny parecera que desejava se certificar, mas houve algo de que se lembrou – lembrou-se a tempo e até mesmo com um sorriso.

– Eu te disse antes que não sei absolutamente nada.

– Bom, isso é o que *eu* sei – disse a princesa.

Sua amiga hesitou de novo.

– Então ninguém sabe...? Quero dizer, quanto teu pai sabe?

Ah, Maggie demonstrou ter entendido.

– Ninguém.

– Nem Charlotte, um pouco?

– Um pouco? – ecoou a princesa. – Saber alguma coisa, para ela, seria saber o bastante.

– E ela não sabe nada?

– Se soubesse, Amerigo saberia.

– E é exatamente isso: ele não sabe?

– É exatamente isso – disse a princesa com profundidade.

Diante do que a Sra. Assingham refletiu.

– Então como Charlotte está tão presa?

– Exatamente *por* isso.

– Pela própria ignorância?

– Pela própria ignorância.

Fanny pensou.

– Um tormento...?

– Um tormento – disse Maggie com lágrimas nos olhos.

Sua companheira observou-os durante um momento.

– Mas então o príncipe...?

– Como *ele* está preso? – perguntou Maggie.

– Como *ele* está preso?

– Ah, isso não posso te dizer! – e de novo a princesa se interrompeu.

2

Um telegrama, em nome de Charlotte, veio cedo: "Chegaremos para tomar um chá às cinco, se for conveniente. Estou telegrafando aos Assingham para almoçarmos." Maggie colocou prontamente este documento no qual havia significados a serem lidos, diante do esposo, acrescentando a observação de que seu pai e a mulher dele, que deviam ter chegado na noite anterior ou naquela manhã, evidentemente tinham ido para um hotel.

O príncipe estava em seu "próprio" quarto, onde agora costumava ficar sozinho; meia dúzia de jornais, notavelmente o *Figaro*, além do *Times*, estavam espalhados ao redor; mas, com um charuto nos dentes e uma nuvem visível na testa, ele parecia atualmente engajado em andar de um lado para o outro. Nunca, ao se aproximar assim dele – uma vez que ela o fizera ultimamente, várias vezes, sob variadas necessidades –, Maggie fora recebida por uma impressão tão particular; extremamente forte, por algum motivo, enquanto Amerigo se virava rapidamente no momento em que ela havia entrado. O motivo era em parte o olhar no rosto dele – um rubor como de febre, que lhe trouxe de volta a acusação de Fanny Assingham, recentemente pronunciada sob aquele teto, de que ela "pensava" de maneira impenetrável. A palavra permanecera com Maggie e a fez pensar ainda mais; de modo que, a princípio, ali parada, sentia-se responsável por, mesmo sem querer, tê-lo deixado irritado com o *suspense*. Nesses três meses vinha se aproximando dele, sabia perfeitamente, com uma ideia constante – da qual nunca falara a Amerigo; mas o que finalmente acontecera foi que o modo de ele olhá-la, ocasionalmente, parecia uma percepção da presença não de uma ideia, mas de cinquenta, preparadas de vários modos para usos que ele de algum modo devia reconhecer. A princesa se percebeu de súbito, quase estranhamente, satisfeita em estar vindo até ele, nessa hora, sem nada mais abstrato do que um telegrama; mas mesmo depois de ter entrado na prisão do marido com esse pretexto, enquanto seus olhos captavam o rosto dele e em seguida abarcavam as quatro paredes que envolviam sua inquietação, reconheceu a virtual identidade da condição dele com aquele aspecto da situação de Charlotte em que, no início do verão e em toda a amplitude de uma residência grandiosa, ela encontrara, com tão pouca procura, a semelhança de uma gaiola trancada. Ele lhe pareceu engaiolado, o homem que agora não podia, sem um efeito instantâneo em sua sensibilidade, dar um empurrão instintivo na porta que ela não fechara totalmente depois de entrar. Amerigo estivera se virando para vinte lados, por impaciências próprias, e assim que ela se viu trancada com ele foi de novo como se tivesse vindo a essa cela, mais do que monástica, oferecer luz ou comida. Mesmo assim havia uma diferença entre o cativeiro dele e o de Charlotte – a diferença, aparentemente, de ele estar ali por sua própria ação e sua própria escolha; cuja admissão estivera virtualmente no fato de Amerigo ter levado um susto, na entrada dela, como se até mesmo isso fosse num certo grau uma interferência. Foi isso que traiu para ela, praticamente, o medo que ele sentia de suas cinquenta ideias, e o que começara, após um minuto, a fazer com que ela quisesse repudiar ou explicar. Era mais espantoso do que ela poderia ter contado; era como se estivesse tendo com ele um sucesso além de sua intenção. Naqueles instantes teve o sentimento de que ele exagerava, de que a imputação de objetivo subira demais nele. Maggie começara, há um ano, perguntando-se como poderia fazê-lo pensar mais nela; mas em que, afinal de contas, ele estaria pensando agora? Amerigo mantinha os olhos no telegrama; leu-o mais de uma vez, já que era fácil de entender, apesar da súplica expressa; durante esse tempo ela se sentiu quase pasma de desejo, quase ao ponto de definir de algum modo o que havia definido com Charlotte no jardim em Fawns – que viera realmente desarmada. Não estava cheia de intenções – mal sabia, como nessa circunstância ele dava a entender, o que acontecera com a única intenção com a qual havia entrado. Nada tinha além de sua velha ideia, a velha ideia que ele conhecia; não tinha sequer o fantasma de outra. Na verdade, quando quatro ou cinco minutos haviam se passado, foi como se ela positivamente nem mesmo tivesse aquela. O príncipe devolveu o papel, perguntando com isso se havia algo específico que Maggie desejava que ele fizesse.

Maggie ficou ali com os olhos fixos no marido, dobrando o telegrama como se fosse uma coisa preciosa e o tempo todo prendendo o fôlego. Subitamente, de algum modo, como se pela ação de meramente terem entre os dois aquelas poucas palavras escritas, surgiu um fato extraordinário. Amerigo estava com ela como se lhe pertencesse, num grau e numa escala, com uma intensidade e uma intimidade, que eram uma quantidade nova e estranha, que eram como o fluxo de um maremoto arrancando-os de onde estavam agarrados e fazendo com que se sentissem flutuando. O que era aquilo que, com esse jorro, simplesmente a impedia de estender as mãos, de agarrá-lo como, em outra época, com o ímpeto superficial que ele e Charlotte conspiravam compartilhar particularmente, com tanta frequência, sentindo faltar o fôlego, ela conhecera o impulso de agarrar o pai? Mas no momento a princesa nada fez de inconsequente – ainda que não pudesse ter dito de imediato o que a impediu; e quando havia dobrado muito bem o telegrama, ela estava fazendo algo meramente necessário.

– Queria que simplesmente soubesses, de modo que, por acidente, não deixasses de encontrá-los. Porque esta é a última vez.

– A última.

– Estou considerando esse momento a despedida deles. – E Maggie sorriu como sempre podia sorrir. – Eles vêm às pressas, para partir formalmente. Eles fazem tudo que é adequado. Amanhã vão para Southampton.

– Se eles fazem tudo que é adequado – perguntou o príncipe –, por que ao menos não vêm para jantar?

Ela hesitou, mas deu sua resposta com bastante leveza.

– Isto certamente devemos perguntar-lhes. Será fácil para ti. Mas claro que eles estão imensamente ocupados...!

Amerigo pensou.

– Tão imensamente ocupados que não podem... que o teu pai não pode, dar-te a última noite na Inglaterra?

Isso, para Maggie, era mais difícil de responder; mas ela ainda não estava sem uma saída providencial.

– Talvez seja isso que eles vão propor; que vamos a algum lugar juntos, nós quatro, para uma comemoração; a não ser que, para sermos completos, também deveríamos ter Fanny e o coronel. Eles não *os* querem no chá, isso ela deu bastante a entender; eles os descartam, pobres coitados, livram-se deles antecipadamente. Querem apenas *nós* juntos; e se nos reduzirem ao chá como reduzem Fanny e o coronel ao almoço, talvez seja pensando, afinal de contas, em ter a última noite em Londres um para o outro.

Disse essas coisas como lhe vieram; não pôde retê-las, mesmo que, enquanto se ouvia, pudesse estar jogando tudo ao vento. Mas não era esse o modo correto – de compartilhar o último dia de cativeiro com o homem que adorava? A cada momento, mais e mais, era como se estivesse esperando com ele na prisão – esperando com algum brilho da lembrança de como os nobres cativos na Revolução Francesa, na escuridão do Terror, costumavam fazer uma festa, ou um elevado discurso, a partir de seus últimos pobres recursos. Se agora ela havia rompido com tudo, com cada observação de todos os meses passados, devia simplesmente aceitar – aceitar que aquilo pelo qual trabalhara estava perto demais, finalmente, para deixá-la manter a cabeça. Devia estar perdendo a cabeça verdadeiramente diante dos olhos do marido – uma vez que ele não sabia, o tempo todo, que a súbita liberdade das palavras dela era apenas a intensidade desviada de sua disposição de agarrá-lo pessoalmente. Ele também não sabia que este era o seu modo – agora ela *estava* com ele – de lograr audaciosamente a supremacia do *suspense*. Para as pessoas da Revolução Francesa, decerto, não havia *suspense*; o cadafalso, para aqueles em que ela estava pensando, era certo – ao passo que o que o telegrama de Charlotte anunciava era, se não houvesse algum erro incalculável, a clara libertação. Mas o importante era que isso estava mais claro para ela do que para ele; sua clareza, suas libertações – aquelas pelas quais ela trabalhara de modo quase abjeto –, ameaçavam apinhar-se na forma de um dos cachos de cabeças angelicais, os raios de luz povoados, descendo através de barras de ferro, que enfeitam ocasionalmente a visão febril daqueles que estão acorrentados. Ela sentia que saberia mais tarde – saberia com compunção, sem dúvida, na manhã seguinte, como seu coração batera forte diante desse gosto antecipado de terem sido deixados juntos: julgaria à vontade a rendição atual à consciência de complicações que seriam fisicamente retiradas. Julgaria à vontade até mesmo aquela avidez por uma questão que estava percebendo tão pouco qualquer complicação a não ser a presença não terminada dos outros; e de fato que ela já estava simplificando tanto mais do que seu marido lhe revelou no instante seguinte no rosto com que escutava. Ele podia certamente estar perplexo, com respeito ao sogro e à Sra. Verver, com o olhar dela à possível preferência deles por uma tarde concentrada.

– Mas não é como se eles estivessem se separando um do outro, é? – perguntou ele.

– Ah, não; não é como se estivessem se separando um do outro Eles só estão fechando (sem saber quando pode se abrir de novo) um tempo que naturalmente foi interessante demais para os dois. – Sim, Maggie podia falar assim do "tempo" deles; de algum modo estava amparada; estava amparada a ponto de afirmar mais intensamente sua posse atual do terreno. – Eles têm seus motivos, muitas coisas em que pensar; como podemos saber? Mas sempre há a chance de que ele me proponha que *nós* tenhamos nossas últimas horas juntos; quero dizer, eu e ele. Ele pode querer me levar para jantar em algum lugar a sós, e fazer isso em memória dos velhos tempos. Quero dizer – prosseguiu a princesa –, os *verdadeiros* velhos tempos; antes que meu grandioso marido fosse inventado e, muito mais, antes que a grandiosa esposa dele fosse inventada: os tempos maravilhosos do início do interesse no que ele tem feito desde então, seus primeiros grandes planos e oportunidades, suas descobertas e barganhas. O modo como nos sentávamos tarde da noite, sempre tarde, em restaurantes estrangeiros, dos quais ele gostava; o modo como, em cada cidade da Europa, nós nos demorávamos com os cotovelos sobre a mesa e a maioria das luzes apagadas, para falar de coisas que ele tinha visto naquele dia ou pelas quais fizera uma oferta, as coisas que havia conseguido, recusado ou perdido!, porque frequentemente ele só podia me deixar com os empregados. Se papai me levasse consigo esta noite, em nome dos velhos tempos, à Exposição de Earl's Court, será um pouco (só um pouco, muito pouco) como nossas aventuras de juventude. – Depois disso, enquanto Amerigo a olhava, e na verdade por causa disso, ela teve uma inspiração, à qual cedeu no momento. Se ele estava imaginando o que Maggie diria em seguida, esta encontrara exatamente a coisa certa. – Nesse caso ele te deixará cuidando de Charlotte em nossa ausência. Tu terás de levá-la a algum lugar para a última noite; a não ser que prefiras ficar aqui com ela. Então darei um jeito para que os dois jantem, para que tenham tudo, maravilhosamente. Vocês poderão fazer como quiserem.

Antes ela não poderia ter tido certeza, e não tivera; mas o resultado mais imediato desse discurso foi que ele a deixou ver que não recebeu isso como uma extravagância barata, ironia ou distração. Nada no mundo, em verdade, jamais fora tão doce para Maggie quanto o olhar dele tentando ser sério o suficiente para não se enganar. Ela o perturbava – o que não tinha sido todo o seu propósito; confundia-o –, coisa que não podia evitar e com a qual, comparativamente, não se importava; depois Maggie percebeu que, afinal de contas, ele tinha uma simplicidade muito considerável, que ela jamais ousara presumir. Era uma descoberta – não como a outra descoberta que fizera um dia, mas que revelava um frescor; e ela reconheceu de novo à luz da mesma a quantidade de ideias das quais ele a achava capaz. Eram todas, aparentemente, estranhas para ele, mas finalmente, com o passar dos meses, ela havia criado a percepção de que poderia haver algo nas mesmas; e por isso Amerigo ficava olhando, lindo e sombrio, para o que ela estava lhe proporcionando. Ele tinha na mente algo próprio, ela teve certeza, com o qual comparava tudo em busca de medida e significado; ele jamais largava isso, desde a noite, semanas antes, em que, no quarto dela, depois de ter encontrado a taça de Bloomsbury, ela havia plantado essa ideia lançando-a contra ele, diante da pergunta de como seu pai o via, sua decidida exclamação: "Descubras tu mesmo!" Durante os meses ela tivera consciência de que ele estivera tentando descobrir, e que estivera procurando, acima de tudo, evitar a aparência de quaisquer evasões de uma forma de conhecimento que poderia alcançá-lo, com violência ou com uma penetração mais insidiosa, vinda de qualquer outra fonte. Mas nada o alcançara; nada que ele pudesse reconhecer convenientemente se desengajara dele mesmo diante do anúncio, suficientemente súbito, da separação final dos companheiros. Charlotte estava sofrendo, Charlotte estava atormentada, mas ele próprio lhe dera motivos suficientes para isso; e, com respeito à obrigação de seguir o marido, aquela personagem e Maggie tinham afastado a tal ponto qualquer elo entre consequência e causa que, como alguma famosa frase poética numa língua morta, a intenção permanecia sujeita a variedades de interpretação. O que renovava a obscuridade era a estranha imagem que ela fazia da oferta dos dois a ele, de seu pai e dela, de uma oportunidade para se separar da Sra. Verver com a quantidade adequada de forma – e ainda mais porque ele era, de modo tão patético, incapaz de uma discussão sobre a questão da distinção. A distinção nele, como uma pedra de toque, estava agora totalmente ao mar; porque quem poderia dizer que uma das cinquenta ideias dela, ou talvez 49, não seriam, exatamente, de que a distinção em si, o gosto ao qual ele sempre havia se conformado, não tinha qualquer importância? Se enquanto isso, de qualquer modo, Amerigo sentia que sua mulher estava falando sério, isso aumentava a razão para ela estar lucrando com isso talvez como jamais lucraria de novo. Maggie estava invocando essa reflexão no mesmo momento em que ele fez, respondendo às suas últimas palavras, uma observação que, ainda que perfeitamente relevante e perfeitamente justa, afetou-a primeiro com uma enorme estranheza.

– Os dois estão fazendo a coisa mais sensata, tu sabes. Por que se eles tinham de ir...! – E ele baixou os olhos para o charuto.

Se eles tinham de ir, resumindo, já era tempo, com a idade de seu pai, com a necessidade de iniciação por parte de Charlotte e a magnitude geral do serviço de se estabelecerem e se adaptarem, de aprenderem a viver seu estranho futuro – já era tempo de terem juntado coragem. Esse era um sentimento eminente, mas não atraiu a princesa, que, no momento seguinte, encontrara uma forma para o seu desafio.

– Mas então tu não sentirás um pouco de falta dela? Ela é maravilhosa e linda, e eu sinto como se ela estivesse morrendo. Não de verdade, não fisicamente. Ela está muito longe de ter encerrado a vida, naturalmente, esplêndida como é. Mas morrendo para nós, para ti e para mim; e fazendo-nos sentir isso pelo simples fato de restar tanta coisa dela.

O príncipe fumou intensamente durante um minuto.

– Como dizes, ela é esplêndida, mas resta (sempre restará) muito dela. Somente que, como dizes, para os outros.

– E eu acho – retrucou a princesa – que nós não terminamos o que tínhamos com ela. Como podemos não ficar sempre pensando nela? É como se a infelicidade dela fosse necessária para nós; como se tivéssemos necessitado de que ela, a seu próprio custo, tivesse de nos construir e nos iniciar.

Amerigo pensou nisso, mas respondeu com uma pergunta lúcida.

– Por que falas da infelicidade da esposa de teu pai?

O casal trocou um longo olhar – o tempo que ela demorou para encontrar sua resposta.

– Porque não falar...

– Bom, não falar...?

– Iria levar-me a falar *dele*. E não posso falar dele.

– Não "podes"...?

– Não posso – disse ela como se fosse uma coisa definitiva, que não devesse ser repetida. Mesmo assim acrescentou: – Há coisas demais. Ele é grande demais.

O príncipe olhou para a ponta de seu charuto, e em seguida, enquanto recolocava a semente:

– Grande demais para quem? – E percebendo que ela hesitou: – Não grande demais para ti, minha cara. Para mim... ah, ele é tão grande quanto queiras.

– Quero dizer grande demais para mim. Sei porque penso isso. É o que basta.

Ele a encarou de novo como se ela apenas fizesse aumentar seu espanto; Amerigo estava a ponto, julgou Maggie, de perguntar por que ela pensava assim. Mas os olhos da jovem mantiveram o alerta, e no fim de um minuto ele havia pronunciado outras palavras.

– O importante é que és filha dele. Isso pelo menos nós temos. E suponho que, se não posso dizer outra coisa, devo dizer ao menos que valorizo esse fato.

– Ah, sim, podes dizer que valorizas. Eu, por mim, dou a maior importância a isso.

De novo ele pensou, deixando que o pensamento lhe apresentasse uma conexão marcante.

– Ela deveria ter te *conhecido*. É isso que está presente para mim. Ela deveria ter-te entendido melhor.

– Melhor do que tu?

– Sim – afirmou ele gravemente –, melhor do que eu. E ela realmente não te conheceu nem um pouco. Não te conhece agora.

– Ah, sim, conhece!

Mas ele balançou a cabeça; sabia o que estava dizendo.

– Ela não apenas não te entende mais do que eu, ela te entende muito menos. Menos ainda do que eu...!

– Menos do que tu? – insistiu Maggie quando ele se interrompeu.

– Do que eu, até eu mesmo ainda...! – De novo ele parou e o silêncio os reteve.

Mas Maggie finalmente quebrou-o.

– Se Charlotte não me entende, foi porque eu a impedi. Optei por enganá-la e mentir para ela.

O príncipe manteve o olhar na esposa.

– Sei o que optaste por fazer. Mas eu optei por fazer o mesmo.

– Sim – disse Maggie após um instante –, minha escolha foi feita quando adivinhei a tua. Mas queres dizer que ela *te* entende?

– Isso não apresenta grande dificuldade!

– Tens tanta certeza?

– Bastante. Mas não importa. – Ele esperou um momento; depois, olhando através da fumaça do charuto: – Ela é estúpida – opinou abruptamente.

– O-oh! – protestou Maggie num longo gemido.

Isso, de fato, fizera-o mudar rapidamente de cor.

– O que quero dizer é que ela não é infeliz, como dizes. – E com isso ele recuperou toda a sua lógica. – Por que ela é infeliz se não sabe?

– Não sabe...? – Maggie tentou tornar difícil a lógica dele.

– Não sabe que *tu* sabes.

Isso veio dele de tal modo que ela ficou consciente, instantaneamente, de três ou quatro coisas para responder. Mas o que disse primeiro foi:

– Tu achas que isso é tudo que é necessário? – E antes que ele pudesse responder: – Ela sabe, ela sabe! – proclamou Maggie.

– Bom, então, o quê?

Mas a princesa jogou a cabeça para trás, virou-se impacientemente de costas para ele.

– Ah, não preciso te dizer! Ela sabe o bastante. Além disso, ela não acredita em nós.

Isso fez o príncipe encará-la um pouco.

– Ah, ela pergunta demais! – Mas essa afirmação provocou em sua esposa outro gemido de objeção que determinou nele um julgamento. – Ela não deixará que a consideres infeliz.

– Ah, sei melhor do que ninguém o que ela não me deixará considerá-la.

– Muito bem, tu verás.

– Eu verei maravilhas, sei. Sempre as vi, e estou preparada para elas. – Maggie recordou; tinha lembranças suficientes. Suas memórias levaram-na a falar. – É terrível. Eu sei que é *sempre* terrível para as mulheres.

O príncipe baixou os olhos com seriedade.

– Tudo é terrível, *cara*, no coração do homem. Ela está fazendo a própria vida. Ela irá conseguir.

Maggie virou-se de novo para Amerigo; tinha andado até uma mesa, ajeitando objetos vagamente.

– Um tanto a propósito então, ao mesmo tempo ela está fazendo a nossa. – Diante disso ele ergueu os olhos, que encontraram os dela, e ela os sustentou enquanto se livrava de algo que estava consigo nos últimos minutos. – Tu falaste agora mesmo que Charlotte não ficou sabendo contigo que eu "sei". E devo entender então que aceitas e reconheces meu conhecimento?

Ele fez todas as honras à pergunta – visivelmente pesou sua importância e pesou sua resposta.

– Tu achas que eu deveria estar te mostrando isso de modo um pouco mais bonito?

– Não é uma questão de beleza, é apenas uma questão da quantidade de verdade.

– Ah, a quantidade de verdade! – murmurou ele num tom suave, porém ambíguo.

– Isso é uma coisa em si. Mas também há coisas como questões de boa-fé.

– Claro que há! – apressou-se o príncipe a responder. Depois disso continuou mais devagar: – Se algum homem, desde o início dos tempos, agiu em boa-fé...! – Mas ele se interrompeu, oferecendo simplesmente isso.

Então, quando as palavras tiveram tempo para se assentar razoavelmente, como um punhado de poeira de ouro jogado no ar, Maggie se mostrou captando profunda e estranhamente.

– Sei. – E ela até mesmo desejou que essa forma fosse tão completa quando pudesse torná-la. – Sei.

A completude, claramente, após um instante, parecera divina a ele.

– Ah, minha cara, minha cara, minha cara...! – Era só o que podia dizer.

Mas ela não estava falando em termos gerais.

– Tu mantiveste um silêncio durante tanto tempo...!

– Sim, sim, sei o que mantive. Mas será que farás mais uma coisa ainda por mim?

Foi como se, por um instante, com sua nova abertura, isso a fizesse empalidecer.

– Então ainda resta uma coisa?

– Ah, minha cara, minha cara, minha cara! – isso apertara nele, de novo, a fina mola do indizível.

Mas nada havia que a princesa não pudesse dizer.

– Farei qualquer coisa, se me disseres o quê.

– Então espera. – E sua mão italiana erguida, com o conjunto de dedos admonitórios, jamais fizera gesto mais expressivo. Sua voz em si baixou até um tom... – Espera – repetiu ele. – Espera.

Ela entendeu, mas era como se desejasse ouvir.

– Até eles estarem aqui, é o que queres dizer?

– Sim, até eles terem ido embora. Até que tenham partido.

Ela insistiu.

– Até eles terem saído do país?

Maggie estava com os olhos fixos no marido, em busca de clareza; aquelas eram as condições de uma promessa – e assim ele colocou a promessa, praticamente, em sua resposta.

– Até termos deixado de vê-los, por tanto tempo quanto Deus permitir! Até estarmos realmente sozinhos.

– Ah, se é só isso...! – Quando ela retirara dele assim, como podia sentir, o sopro denso do definido (que era o íntimo, o imediato, o familiar, como ela não recebia há tanto tempo), virou-se de novo para o outro lado, tocou a maçaneta da porta. Mas a princípio sua mão pousou sem segurar; Maggie tinha de fazer outro esforço, o esforço de deixá-lo, e tudo que tinha acabado de se passar entre os dois, a presença dele, irresistível, carregada daquilo, duplicava essa dificuldade. Havia alguma coisa – ela não poderia dizer o que; era como se, fechados juntos, tivessem chegado longe demais – longe demais para onde estavam; de modo que o simples ato de deixá-lo era como a tentativa de recuperar o que estava perdido. Maggie tomara alguma coisa que, naqueles dez minutos, e especialmente nas últimas três horas, tinha escorregado dela – e era inútil agora, não era?, tentar parecer que estava agarrando ou pegando. De fato essa consciência provocava uma pontada, e ela se equilibrou, intensamente, durante o momento que se demorava, quase com um terror de sua interminável capacidade de se render. Ele só precisava pressionar para que ela cedesse centímetro a centímetro, e no momento a princesa sabia, enquanto o encarava através de sua nuvem, que a confissão desse segredo precioso estava ali para ele arrancar. A sensação, durante aqueles poucos segundos, foi extraordinária; sua fraqueza, seu desejo, à medida que ela ainda não estava se salvando, florescia em seu rosto como uma luz na escuridão. Procurou alguma palavra que encobrisse isso; reverteu à questão do chá, falando como se os dois não fossem se encontrar logo:

– Então às cinco. Conto contigo.

Mas nele também alguma coisa havia baixado; com relação à qual isso exatamente lhe deu sua chance.

– Ah, ver-te-ei...! Não? – disse ele, chegando mais perto.

Com a mão ainda na maçaneta, Maggie estava com as costas apoiadas na porta, de modo que sua retirada, sob a aproximação dele, deveria ser menos do que um passo, e no entanto ela não podia, de jeito algum, tê-lo empurrado com a outra mão. Agora Amerigo estava tão perto que ela poderia tocá-lo, sentir seu gosto, cheirá-lo, beijá-lo, contar-lhe; ele quase se pressionava contra ela, e o calor de seu rosto – franzindo a testa, sorrindo, ela não sabia o quê; apenas lindo e estranho – estava sobre ela com a imensidão que alguns objetos assumem nos sonhos. Fechou os olhos e assim, no instante seguinte, contra seu objetivo, havia estendido a mão, que encontrara a dele e que ele havia segurado. E foi então que, de trás de seus olhos fechados, veio a palavra certa.

– Espera! – Era a palavra da própria perturbação e do pedido dele, a palavra para os dois, tudo que lhes restava, a tábua no meio do grande mar. Suas mãos estavam agarradas, e assim ela disse de novo: – Espera. Espera. – Manteve os olhos fechados, mas a mão, ela sabia, ajudava no significado; que depois de um minuto Maggie teve consciência de ter sido absorvido por ele. Amerigo soltou-a, virou-se para o outro lado com essa mensagem, e quando ela o viu de novo suas costas estavam apresentadas, e ele a deixara, e seu rosto estava olhando pela janela. Ela havia se salvado, e saiu.

3

Depois, à tarde, antes que os outros chegassem, a forma da reunião dos dois foi pelo menos notável: eles poderiam, na grande sala de estar virada para o leste, estar comparando anotações ou nervos em apreensão quanto a alguma rígida visita oficial. A mente de Maggie, em sua inquietude, até mesmo brincava um pouco com essa perspectiva; a sala alta e fresca, com a sombra da tarde, com as antigas tapeçarias descobertas, com o polimento perfeito do piso amplo refletindo os jarros de flores, a prata e o linho da mesa preparada para o chá, provocaram uma observação na qual todo esse efeito estava espelhado, bem como alguma coisa no movimento do príncipe enquanto ele andava devagar e se virava.

– Nós somos distintamente *burgueses*! – disse ela um tanto tristemente, como um eco da antiga comunidade entre os dois; ainda que para um espectador suficientemente distanciado eles pudessem ter sido o par privilegiado que supostamente eram, admitindo-se apenas que estivessem esperando a visita da realeza. Poderiam estar prontos, diante da notícia dada antecipadamente, para se juntar ao pé da escada – o príncipe um tanto à frente, avançando para as portas abertas e até mesmo fazendo uma reverência, todo principesco, para receber, à parada da carruagem, a augusta chegada. O tempo era ruim, deveria ser admitido, para incidentes de magnitude; o silêncio de setembro tinha um domínio total, no fim do dia sem graça, e duas das longas janelas estavam abertas para o balcão que dava para o desolamento – o balcão onde, na primavera, Maggie tinha visto Amerigo e Charlotte olharem para baixo na hora em que ela voltava do Regent's Park, ali perto, com seu pai, o *principino* e a Srta. Bogle. Agora de novo, em sua impaciência pontual, Amerigo saiu duas vezes e ficou ali; depois do que, como para informar que não havia coisa alguma à vista, voltou à sala sem ter, francamente, o que fazer. A princesa fingia estar lendo; ele a olhou enquanto passava; pairava em seus sentidos o pensamento de outras ocasiões em que ela havia enganado com um livro as aparências de agitação. Por fim sentiu-o parado à sua frente, e então ergueu os olhos.

– Lembras-te de como, hoje de manhã, quando me falaste deste acontecimento, eu perguntei se havia algo específico que querias que eu fizesse? Tu falaste de eu ficar em casa, mas isso era óbvio. Falaste de outra coisa – prosseguiu ele, enquanto ela permanecia sentada com o livro no joelho e os olhos erguidos. – Uma coisa que me faz quase desejar que aconteça. Falaste da possibilidade de eu vê-la a sós. Se isso acontecer, tu sabes o uso que posso ter para a oportunidade? – E então, enquanto ela esperava: – O uso está totalmente diante de mim.

– Ah, agora isso é problema teu! – disse ela, mas isso a fez se levantar.

– Devo torná-lo meu. Devo dizer a ela que menti para você.

– Ah, não!

– E devo dizer que tu mentiste.

Ela balançou a cabeça de novo.

– Ah, menos ainda!

Com isso, portanto, os dois estavam em diferença, ele com a cabeça ereta e a feliz ideia empoleirada, numa ansiedade, sobre o cocuruto.

– Então como ela vai saber?

– Ela não deve saber.

– Ela só deve pensar que *tu* não...?

– E portanto que sou sempre uma tola? Ela pode pensar o que quiser.

– Pensar isso sem o meu protesto...?

A princesa fez um movimento.

– Em que isso te interessa?

– Não é meu direito corrigi-la...?

Maggie deixou a pergunta ressoar – ressoar por tempo suficiente para ele próprio ouvi-la; só então retrucou:

– "Corrigi-la"? – e agora foi a sua que de fato ressoou. – Não estás esquecendo quem ela é? – Depois do que, enquanto Amerigo olhava perplexo, como se fosse a primeira majestade clara que ele a vira usar, Maggie largou o livro e levantou uma das mãos em alerta. – A carruagem. Vem!

O "vem!" tinha combinado, em termos de lúcida firmeza, com o resto de seu discurso, e quando os dois estavam embaixo, no saguão, houve um "vai!" para ele, através das portas abertas e entre os serviçais enfileirados, que combinou até mesmo com isso. Portanto ele recebeu a realeza, de cabeça descoberta, nas pessoas do Sr. e da Sra. Verver, quando ela surgiu na calçada, e Maggie estava junto à porta para dar-lhes as boas-vindas em sua casa. Mais tarde, de novo no andar de cima, ela até mesmo sentiu mais a força do limite do qual o havia lembrado há pouco; durante o chá, na presença definida de Charlotte – como Charlotte a definia –, deu um longo suspiro de alívio mais intenso. Mais uma vez, era a mais estranha de todas as impressões; mas o que ela mais sentiu, durante a meia hora, foi que o Sr. e a Sra. Verver estavam tornando fácil a ocasião. De algum modo eles estavam de conluio nisso, de conluio para um efeito que Maggie jamais vira nos dois; ocorreu, antes que se passasse muito tempo, um momento em que o olhar de Amerigo encontrou o seu em reconhecimentos que ele não pôde reprimir. A questão da quantidade de correção à qual Charlotte se abrira ergueu-se e pairou, por um instante, apenas para afundar, visivelmente, por seu próprio peso; ela parecera dar um tom extremamente incisivo à inconsciência das questões, tão resplandecente era a demonstração de serenidade que conseguia expressar. A sombra de oficialidade, em sua beleza e sua segurança, jamais caiu sequer por um momento; era um refúgio frio, elevado, como o recesso profundo e abobadado de alguma imagem colorida e dourada, em que ela se sentava, sorria e esperava, bebia seu chá, referia-se ao marido e lembrava-se de sua missão. Sua missão praticamente assumira a forma – era apenas outro nome para o interesse de sua grande oportunidade – de representar as artes e as graças para um povo que se afundava, distante, na ignorância. Maggie dera a entender ao príncipe, dez minutos antes, que não precisava demonstrar o que a amiga deles não consentiria em ser percebido; mas agora a dificuldade era escolher, como explícito tributo de admiração, entre as variedades de seus aspectos mais nobres. Ela carregava isso, para dizer de modo grosseiro, com um gosto e uma discrição que prendeu a atenção de nossa jovem, durante o primeiro quarto de hora, até o ponto de afastá-la da atitude de seu companheiro obscurecido, quase posto de lado. Mas Adam Verver lucrava naquele momento, mesmo com sua filha, por sua peculiaridade tão marcada de parecer ocasionalmente *ter* uma atitude; e uma vez que estavam juntos na sala ela o sentiu ainda simplesmente tecer sua teia e brincar com sua corda comprida e fina, viu-se em presença desse processo tácito como tinha se visto em Fawns. Ele tinha um jeito, aquele homem querido, onde quer que estivesse, ou movendo-se pela sala, sem ruídos, de ver o que esta podia conter; e seu modo de agora recorrer a esse hábito, conhecendo como conhecia os objetos à vista, expressava com certa ênfase a intenção de deixar a esposa com seus recursos. Essa atitude fazia ainda mais do que isso; significava, para a percepção da princesa, desde o momento em que pensou mais diretamente nele, quase uma visão especial daqueles recursos, exibidos em sua raridade, com uma apreciação independente, estabelecida, da bela adequação geral deles, que mal exigia o acompanhamento do leve murmurar contemplativo de seu pai.

Charlotte estava entronizada, como alguém poderia dizer, entre a anfitriã e o anfitrião, toda a cena tendo-se cristalizado, assim que ela ocupou seu lugar, no lustro certo e silencioso; a harmonia não era menos sustentada por ser superficial, e a única aproximação de um rompimento na mesma foi quando Amerigo permaneceu de pé por tempo suficiente para seu sogro, vagamente meditando, apelar-lhe, apelar-lhe, convidá-lo ou dirigir-se a ele, e então, na falta de tal palavra, escolheu para apresentar à outra visitante um prato de *petits fours*. Maggie observou o marido – se isso pudesse agora ser chamado de observar – oferecer essa iguaria; observou o modo consumado – uma vez que "consumado" foi a palavra que usou em particular – como Charlotte tirou de sua aceitação, tirou de seu sorriso impessoal, qualquer traição, qualquer valor minúsculo, de consciência; e então sentiu o surgimento vagaroso de uma visão que, no fim de mais um ou dois minutos, a fizera flutuar pela sala até onde seu pai estava parado, olhando uma pintura, um antigo objeto sagrado florentino, que ele lhe dera no casamento. Ele poderia estar, em silêncio, despedindo-se do quadro; era uma obra pela qual tinha, ela sabia, uma estima sem tamanho. A ternura representada para ela por esse sacrifício de tal tesouro havia se tornado, para o sentimento da princesa, parte de toda a infusão, da expressão imortal; a beleza desse sentimento olhava para ela, sempre, a partir da beleza do resto, como se a moldura compusesse positivamente uma janela para o rosto espiritual dele: ela poderia ter dito a si mesma, nesse momento, que ao deixar aquilo para trás, seguro nos seus braços, ele estava fazendo o máximo possível para deixar-lhe uma parte de seu eu palpável. Pôs a mão sobre o ombro dele, e os olhos dos dois foram de novo segurados, juntos, pela felicidade que existia; eles sorriram, um imitando o outro, vagamente, como se a fala lhes faltasse por terem ido longe demais. Ela teria começado a imaginar no minuto seguinte se estava reservado para os dois, no último estágio, descobrir que seu contato, como o de velhos amigos reunidos demais na teoria do não mudado, sujeitar-se-ia a lapsos de timidez.

– Está tudo perfeito, não está?

– Ah, meu querido, está!

Ele aplicara a pergunta ao grande fato da pintura, assim como ela falara da pintura em resposta, mas foi como se as palavras, por um instante em seguida, simbolizassem outra verdade, de modo que olharam para tudo que havia ao redor para lhes dar essa extensão. Maggie passara o braço pelo dele, e os outros objetos na sala, as outras pinturas, os sofás, as cadeiras, as mesas, os armários, as peças "importantes", supremas ao seu modo, se destacavam em volta, conscientemente, para o reconhecimento e o aplauso. Os olhos dos dois se moveram juntos de peça em peça, captando toda a nobreza – como que para ele medir a sabedoria de velhas ideias. As duas nobres pessoas sentadas, em conversa, diante do chá, ajustavam-se assim no efeito esplêndido e na harmonia geral: a Sra. Verver e o príncipe praticamente se "situavam", ainda que involuntariamente, como altas expressões do tipo de mobília humana necessária, esteticamente, para tal cena. A fusão da presença deles com os elementos decorativos, sua contribuição para o triunfo da seleção, era completa e admirável; ainda que, para uma visão mais demorada, uma visão mais penetrante do que a ocasião realmente exigia, eles também poderiam ter figurado como afirmações concretas de um raro poder de compra. Foi praticamente esse o tom com que Adam Verver falou de novo, e quem poderia dizer onde seu pensamento parou?

– Tu tens algumas coisas boas.

Maggie concordou.

– Ah, eles não parecem estar muito bem? – Seus companheiros, ouvindo isso, deram-lhes, numa espaçosa interrupção da conversa lenta, uma atenção de absoluta gravidade, que era como uma submissão mais ampla ao dever geral da magnificência; sentados tão imóveis como se para ser avaliados, como um par de efígies dos grandes contemporâneos numa das plataformas de Madame Tussaud. – Estou tão feliz... pelo último olhar do senhor.

Com o que, depois de Maggie – praticamente no ar – ter dito isso, a nota foi realmente soada; a nota daquela estranha finalidade da relação, de casal para casal, que quase escapou de um incômodo apenas não tentando brilhar. Sim, isso era o espantoso, a ocasião desafiava a insistência exatamente por causa das vastas quantidades com a qual lidava – de modo que a separação estava numa escala além de qualquer bússola de partida. Fazer justiça a uma hora assim teria sido em algum grau questionar sua base – e era por isso, resumindo, que os quatro permaneciam, no ar mais elevado, unidos na mais firme ausência de pressão. Não havia um ponto que, visivelmente, face a face, Amerigo ou Charlotte houvessem pressionado; e como corriam pouco perigo de fazer isso, Maggie mal precisava lembrar. Seu pai não o faria, sequer com a ponta do pé – disso ela estava igualmente cônscia: a única coisa era que, como ela não o fazia, podia apenas segurar o fôlego pelo que ele faria em vez disso. Quando, no fim de mais três minutos, ele dissera, com certa brusquidão:

– Bom, Mag... e o *principino*? – foi como se *esta*, por contraste, fosse a voz dura, a voz mais verdadeira.

Ela olhou para o relógio.

– Mandei que ele fosse trazido às cinco e meia, ainda não está na hora. Confie, querido, que ele não lhe falhará.

– Ah, eu não quero que *ele* me falhe! – foi a resposta do Sr. Verver; mas pronunciada numa relação tão explicitamente jocosa com as possibilidades de falha que mesmo quando, logo depois, ele andou impaciente até uma das longas janelas e passou para o balcão, Maggie se perguntou apenas por alguns instantes se a realidade, caso ela o acompanhasse, iria dominá-la ou encontrá-la ali. Seguiu-o por necessidade, saindo num distanciamento temporário, para dar aos outros algo da chance que ela e seu marido haviam discutido de modo tão fantástico. Ao lado dele então, parados acima do grande local melancólico, claro e quase colorido agora, colorido com o ar estranho, triste, "fora de moda", que as ruas vazias de Londres assumiam nas tardes desbotadas do final do verão, sentiu mais uma vez como uma conversa assim teria sido impossível para eles, como iria despedaçá-los, caso tivessem ao menos sentido as relações suprimidas saltarem aos olhos. Sem dúvida esse perigo teria de ser mais admitido se o instinto de cada um – ela pelo menos podia responder pelo seu – não tivesse agido com sucesso para inventar outras conexões aparentes, conexões com relação às quais eles poderiam fingir ser francos.

– Tu não deves ficar aqui, tu sabes – disse Adam Verver como resultado de seu olhar não obstruído. – Fawns está lá, toda desmantelada – acrescentou com leve pesar. – Imagino que Fawns, com metade de seu conteúdo e metade das melhores coisas retiradas, não te parecerá particularmente animada.

– Não – respondeu Maggie –, nós sentiremos falta das coisas melhores. As melhores coisas, meu querido, certamente foram retiradas. Voltar para lá, voltar para lá...! – E ela parou diante da força da ideia.

– Ah, voltar para lá sem nada de bom...!

Mas agora ela não hesitou; levou sua ideia adiante.

– Voltar para lá sem Charlotte é mais do que eu acho que seria capaz de fazer. – E sorriu para ele, de modo que o viu no instante seguinte absorver aquilo; absorver de um modo que ajudou seu sorriso a passar por uma alusão ao que não disse e não podia dizer. Essa quantidade era muito clara – ela não podia em tal hora fingir dizer-lhe o que, como ele teria dito, "seria" em Fawns ou em qualquer outro lugar, sentir a falta *dele*. Isso agora estava – exaltadamente, sublimemente, fora de sua bússola e de sua questão, de modo que o que ela estava fazendo, enquanto esperavam pelo *principino*, enquanto deixavam os outros e sua tensão sensivelmente ameaçada, o que ela estava fazendo senão oferecer um substituto ousado mas substancial? Além disso, nada era mais estranho, sob a ação da presença de Charlotte, do que o fato de uma sinceridade sentida em suas palavras. Ela sentia sua sinceridade totalmente legítima; revelava-a por tudo que esta podia significar. – Porque Charlotte, meu querido, o senhor sabe, é incomparável. – Demorou trinta segundos, mas quando terminassem ela saberia que tinha pronunciado uma das palavras mais felizes de sua vida. Os dois tinham se virado de costas para a rua; encostaram-se no parapeito do balcão, com a sala quase toda ao alcance de onde se encontravam, mas com o príncipe e a Sra. Verver fora das vistas. Nada que ele pudesse pensar, viu Maggie imediatamente, iria impedir os olhos dele de se iluminarem, nem mesmo quando pegou a cigarreira e disse antes de qualquer outra coisa:

– Posso fumar?

Ela respondeu a isso, como encorajamento, com o seu:

– Meu querido! – de novo, e então, enquanto ele acendia o fósforo, Maggie teve outro minuto para ficar nervosa; um minuto que não usou, entretanto, nem um pouco para hesitar, mas para reiterar com um tom elevado, um tom que poderia alcançar os dois lá dentro: – Papai, papai... Charlotte é grandiosa!

Somente depois de ter começado a fumar ele a encarou.

– Charlotte é grandiosa.

Podiam encerrar o assunto – tal a base que sentiram que isso formava; e assim ficaram parados, agradecidamente, cada um registrando para os olhos do outro que essa base estava firme sob seus pés. Tiveram até mesmo uma espera renovada, como prova disso; como se ele a estivesse deixando ver, enquanto passavam os minutos para os companheiros ocultos, que era enfim exatamente por isso – *por isso*!

– Tu sabes – acrescentou ele – como eu estava certo. Quero dizer, certo em fazer isso por ti.

– Ah, de fato! – murmurou ela com seu sorriso. E então, como se para ficar idealmente certa: – Não sei o que o senhor faria sem ela.

– O importante – retrucou ele em voz baixa – era que eu não sabia o que *tu* irias fazer. Mas era um risco.

– Era um risco, mas eu acreditei. Pelo menos para mim! – sorriu ela.

– Bom, *agora* – ele fumou – nós vemos.

– Nós vemos.

– Eu a conheço melhor.

– O senhor a conhece melhor.

– Ah, mas naturalmente! – Diante disso, enquanto a verdade garantida daquilo pairava no ar (a verdade garantida, como poderia ser dito, exatamente pela oportunidade atual de se pronunciar, essa oportunidade criada e aceita), ela se viu perdida, ainda que com uma emoção melhor do que talvez já tivesse conhecido, na visão de tudo que ele podia estar querendo dizer. Esse sentimento cresceu ainda mais dentro dela, cresceu a cada momento em que ele a convidava assim a vê-lo se demorar; e quando, depois de mais algum tempo, ele dissera, fumando de novo e erguendo os olhos, com a cabeça lançada para trás e as mãos abertas sobre o parapeito, para a fachada cinzenta da casa – Ela é linda, linda! –, a sensibilidade de Maggie mostrou a ela a sombra de um novo tom. Era tudo que poderia ter desejado, porque era, com uma espécie de competência falante, o tom da posse e do controle; e no entanto lhe revelava, como nada até então, a realidade de que estavam se separando. Estavam se separando, à luz disso, absolutamente sobre o *valor* de Charlotte – o valor que estava preenchendo a sala da qual haviam saído como se para lhe dar espaço, e que o príncipe, de seu lado, talvez estivesse conhecendo melhor. Se Maggie desejara, numa hora tão tardia, alguma última categoria conclusiva e confortável onde colocá-lo na despedida, poderia tê-la encontrado ali, na capacidade de ele se apoiar em valores elevados. De algum modo, quando tudo estava dito, e com a lembrança de seus dons, sua variedade, seu poder, tanta coisa permanecia de Charlotte! O que mais quisera dizer há três minutos quando falou dela como grandiosa? Grandiosa para o mundo que estava à sua frente – *isso* ele propusera que ela deveria ser: ela não deveria ser desperdiçada na aplicação do plano dele. Então Maggie se agarrou a isso: Charlotte não deveria ser desperdiçada. Para deixar que a filha soubesse disso, ele buscara essa breve privacidade. Que bênção, igualmente, que ela pudesse falar de sua alegria nisso! Nesse meio-tempo o rosto do Sr. Verver estava virado para a filha, e enquanto encontrava seus olhos de novo, a alegria dela seguiu reta:

– É o sucesso, papai.

– É o sucesso. E até mesmo *isto* – acrescentou ele enquanto o *principino* aparecia sozinho, lá dentro, e gritava um cumprimento instantâneo –, nem mesmo isso é totalmente um fracasso!

Entraram para receber o menino, diante de cuja chegada à sala com a Srta. Bogle, Charlotte e o príncipe se levantaram – aparentemente com um movimento tão impressionante que fez a Srta. Bogle não provocar mais efeito com sua própria entrada. Ela havia se retirado, mas a presença do *principino*, em si, bastou para quebrar a tensão – e cuja permanência, na grande sala, dez minutos mais tarde, deu ao ar algo da qualidade produzida pelo encerramento de um barulho contínuo. A imobilidade, quando o príncipe e a princesa voltaram depois de levar os visitantes à carruagem, poderia ser considerada não tanto como restaurada quanto como criada; de modo que o que quer que acontecesse em seguida estava destinado a ter um destaque notável. Este teria sido o caso até mesmo com um movimento tão natural, ainda que tão fútil, como Maggie ter ido ao balcão de novo para acompanhar com os olhos a partida do pai. A carruagem estava fora das vistas – ela se demorara muito para subir de novo solenemente, e olhou durante um tempo apenas para o grande espaço cinzento, onde, como ainda mais na sala, a sombra do crepúsculo havia caído. Aqui, a princípio, seu marido não havia se juntado a ela; tinha subido com o menino, que, agarrando a mão dele, abundava, como sempre, em observações dignas dos arquivos da família; mas então os dois pareceram ter procurado a Srta. Bogle. Significava alguma coisa para a princesa seu marido ter tirado desse modo o filho do caminho, sem trazê-lo de volta para a mãe; mas tudo agora, enquanto ela se movia vagamente, parecia-lhe significar tanta coisa que o coro inaudível crescia. Mas *isso* acima de tudo – o fato de ela simplesmente estar ali esperando a vinda dele, a liberdade de estarem juntos ali sempre – era o significado mais desimpedido: ficou parada no frio crepúsculo e percebeu totalmente, ao redor, onde espreitava, seu motivo para o que tinha feito. Finalmente sabia por que – e como fora inspirada e guiada, como fora persistentemente capaz, como, para sua alma, o tempo todo, a coisa estivera visando a esse objetivo. Ali estava então o momento, o fruto dourado que brilhava de longe; só que, o que *eram* esses sinais, de fato, para a mão e para os lábios, quando testados, quando saboreados – o que eram eles como recompensa? Mais perto do que ela jamais estivera da medida de seu rumo e de toda a extensão de seu ato, Maggie teve um instante do terror de que, quando há *suspense*, sempre precede, da parte da criatura a ser paga, a certificação da quantia. Amerigo sabia qual era a quantia, ainda a segurava; e o atraso na volta, fazendo seu coração bater rápido demais, era como uma súbita luz ofuscante sobre uma especulação louca. Ela jogara os dados, mas a mão dele estava por cima, ocultando o resultado do lance.

Mas ele finalmente abriu a porta – não tinha ficado longe mais de dez minutos; e então, com sua visão do marido renovada até a intensidade, Maggie pareceu ter uma visão do número. Apenas a presença dele, enquanto parava para encará-la, de algum modo tornou o número mais elevado, e antes mesmo que ele falasse ela começara a ser paga integralmente. Com essa consciência, de fato, aconteceu uma coisa extraordinária; a certeza de sua segurança derrubava tanto o terror que já, dentro de um minuto, este se transformara em preocupação pela ansiedade dele, por tudo que estava no fundo do ser e em tudo que estava no rosto de Amerigo. Na medida em que Maggie via que estava sendo "paga", ele poderia estar segurando a bolsa de dinheiro para que ela viesse pegá-la. Mas o que se ergueu instantaneamente, entre o ato e sua aceitação, foi o sentimento de que ela devia estar parecendo esperar uma confissão. Isso, por sua vez, encheu-a de um novo horror: se *esse* era o pagamento adequado, ela ficaria sem dinheiro. O reconhecimento dele pairava ali, monstruosamente demais, à custa de Charlotte, diante de cujo domínio do estilo mais grandioso ela simplesmente estivera ofuscada. Tudo que sabia agora era que deveria sentir vergonha de ouvir a palavra dita; tudo, isto é, menos que ela deveria dispensá-la no ato, para sempre.

– Ela não é esplêndida demais? – disse simplesmente, oferecendo isso como explicação e encerramento.

– Ah, esplêndida! – com o que Amerigo se aproximou.

– É a nossa ajuda, vês? – acrescentou ela, para deixar mais claro sua moral.

Isso o manteve à sua frente, percebendo – ou tentando perceber – o que ela dava de modo tão maravilhoso. O príncipe tentou, claramente, agradá-la; encontrá-la ao seu modo; mas apenas com o resultado de, perto dela, com o rosto dela à sua frente, com as mãos segurando os ombros dela, com todo o seu ato envolvendo-a, ele ter ecoado:

– "Vejo"? Não vejo nada além de *ti*.

E a verdade disso, com essa força, após um momento, iluminou tão estranhamente os olhos de Amerigo que, como se por piedade e pavor deles, ela enterrou os seus no peito dele.

fim

ATENDIMENTO AO LEITOR E VENDAS DIRETAS

Você pode adquirir os títulos da BestBolso através do Marketing Direto do Grupo Editorial Record.

- Telefone: (21) 2585-2002
  (de segunda a sexta-feira, das 8h30 às 18h)
- E-mail: mdireto@record.com.br
- Fax: (21) 2585-2010

Entre em contato conosco caso tenha alguma dúvida, precise de informações ou queira se cadastrar para receber nossos informativos de lançamentos e promoções.

Nossos sites:
www.edicoesbestbolso.com.br
www.record.com.br

EDIÇÕES BESTBOLSO

Alguns títulos publicados

1. *As melhores crônicas*, Fernando Sabino
2. *Os melhores contos*, Fernando Sabino
3. *Baudolino*, Umberto Eco
4. *O pêndulo de Foucault*, Umberto Eco
5. *À sombra do olmo*, Anatole France
6. *O manequim de vime*, Anatole France
7. *O poderoso chefão*, Mario Puzo
8. *O último chefão*, Mario Puzo
9. *Perdas & ganhos*, Lya Luft
10. *Educar sem culpa*, Tania Zagury
11. *O livreiro de Cabul*, Åsne Seierstad
12. *O lobo da estepe*, Hermann Hesse
13. *O jogo das contas de vidro*, Hermann Hesse
14. *A condição humana*, André Malraux
15. *Sacco & Vanzetti*, Howard Fast
16. *Spartacus*, Howard Fast
17. *Os relógios*, Agatha Christie
18. *O caso do Hotel Bertram*, Agatha Christie
19. *Riacho doce*, José Lins do Rego
20. *Pedro Páramo*, Juan Rulfo
21. *Essa terra*, Antônio Torres
22. *Mensagem*, Fernando Pessoa
23. *As vinhas da ira*, John Steinbeck
24. *A pérola*, John Steinbeck
25. *O cão de terracota*, Andrea Camilleri
26. *Ayla, a filha das cavernas*, Jean M. Auel
27. *O vale dos cavalos*, Jean M. Auel
28. *O perfume*, Patrick Süskind
29. *O caso das rosas fatais*, Mary Higgins Clark
30. *Enquanto minha querida dorme*, Mary Higgins Clark

EDIÇÕES
BestBolso

Este livro foi composto na tipologia Minion, em corpo 10/12,5, e impresso em papel off-set 63g/m² no Sistema Cameron da Divisão Gráfica da Distribuidora Record.